WOLF
SERNO

Große Elbstraße 7

1

atb aufbau taschenbuch

(1

WOLF SERNO war, bevor er begann, Romane zu schreiben, viele Jahre erfolgreich als Werbetexter und als Dozent tätig. Mit »Der Wanderchirurg« gelang ihm ein internationaler Bestseller. Er lebt mit seiner Frau und zwei Hunden in Hamburg und Nordjütland.
Bei Rütten & Loening erscheint der zweite Band »Große Elbstraße 7 – Liebe in dunkler Zeit«.

Hamburg, 1892. Eine Cholera-Epidemie erfasst die Stadt und wütet vor allem unter den Hafenarbeitern, die ihr Wasser aus der Elbe beziehen. Professor zur Haiden, Chefarzt am Neuen Allgemeinen Krankenhaus Eppendorf, macht mit dem Bakteriologen Robert Koch einen Rundgang durch das Gängeviertel, um das Ausmaß der Seuche und die Möglichkeiten ihrer Bekämpfung zu erkunden. Was er nicht weiß: Seine Tochter Vicki kümmert sich bereits um die Erkrankten, zusammen mit dem Mann ihres Herzens – dem jungen Doktor Johannes Dreyer. Als zur Haiden und Koch den beiden zufällig begegnen, fällt zur Haiden aus allen Wolken, denn kurz zuvor hatte er Dreyer entlassen. Der Familienstreit ist da. Er legt sich erst, als Vicki selbst an der Cholera erkrankt …

WOLF
SERNO

Große Elbstraße 7

Das Schicksal einer Familie

ROMAN

atb aufbau taschenbuch

MIX
Papier aus verantwortungsvollen Quellen
FSC® C083411
www.fsc.org

ISBN 978-3-7466-3808-9

Aufbau Taschenbuch ist eine Marke
der Aufbau Verlag GmbH & Co. KG

1. Auflage 2021
Vollständige Taschenbuchausgabe

Die Originalausgabe erschien 2019 bei Rütten & Loening,
einer Marke der Aufbau Verlag GmbH & Co. KG
Umschlaggestaltung www.buerosued.de, München
unter Verwendung von Motiven von

Gesetzt aus der Whitman durch Greiner & Reichel, Köln
Druck und Binden CPI books GmbH, Leck, Germany
Printed in Germany

www.aufbau-verlag.de

Stadt Hamburg in der Elbe Auen,
Wie bist du stattlich anzuschauen!
Mit deinen Türmen hoch und hehr
Hebst du dich schön und lieblich sehr!
Heil über dir, Heil über dir, Hammonia, Hammonia!
O wie so glücklich stehst du da! ...*

*Erste Strophe der Hamburg-Hymne nach der Urfassung von Georg Nikolaus Bärmann. Albert Methfessel vertonte den Text. Die Hymne wurde erstmals im Jahre 1828 von der Hamburger Liedertafel gesungen.

Wie immer für mein Rudel:
Micky, Olli und Magda

Und für Fiedler, Buschmann, Sumo und Eddi,
die schon auf der anderen Seite
der Straße gehen

VORBEMERKUNG DES AUTORS

Im ausgehenden neunzehnten Jahrhundert wurde in Hamburg noch überwiegend Plattdeutsch gesprochen. Arm und Reich, Alt und Jung, alles sprach Platt. Natürlich verständigte man sich in den besseren Kreisen auch auf Hochdeutsch – parlierte in der feinen Gesellschaft sogar französisch –, aber die Alltagssprache war Platt. Es hätte also nahegelegen, im vorliegenden Roman die Dialoge mundartlich abzuhandeln, doch das wäre für Sie und für mich zu mühsam gewesen. Wenn beipielsweise der Krankenwärter Puttfark sagt: »Glauben Sie mir, es ist ein wunderbares Gefühl, wenn jemand dieses Haus als geheilt verlässt«, hätte das auf Platt ungefähr so geklungen: *»Glöven Se mi, dat is een wunnerbores Geföhl, wenn een düt Huus as kurert verlooten deit.«*

Wo wir gerade im Krankenhaus sind: Im Neuen Allgemeinen Krankenhaus Eppendorf gab es seinerzeit zwar einen Direktor – in unserem Fall Professor Theodor Rumpf –, aber keine Chefärzte. Sie führten den Titel Oberarzt. Außerdem gab es den Zweiten Chirurgischen Arzt, den Prosektor und sogenannte »Gehülfsärzte«. Aus Letzteren habe ich »Gehilfsärzte« gemacht.

Den Titel »Gehilfswärter« habe ich handlungsbedingt erfunden.

Ebenso wenig existierte die »II. Chirurgische Abteilung«, deren Leitung in diesem Roman Professor zur Haiden innehat. Es gab lediglich eine Chirurgische Abteilung, die im fraglichen Zeitraum von Professor Max Schede bzw. von Doktor Hermann Kümmell geführt wurde.

Ansonsten habe ich alles nach bestem Wissen und Gewissen behandelt – und mit der erlaubten dichterischen Freiheit.

ERSTER TEIL

August bis Dezember
1892

KAPITEL 1

Nur wenige Stunden, bevor die Katastrophe ihren Lauf nahm, lähmte die Hitze alles Leben in der Stadt. Wie eine unsichtbare Glocke hing sie über den Straßen und Plätzen und trieb jedermann, der sich zu schnell bewegte, den Schweiß auf die Stirn. Sie ließ die Luft über den Pflastersteinen flirren, das Laub in den Bäumen erschlaffen und fauligen Gestank aus den Fleeten emporsteigen.

Niemand, auch nicht die Ältesten, konnte sich erinnern, jemals einen so heißen Tag im August erlebt zu haben. Die sonst so geschäftige Hafenstadt Hamburg stand still.

Am schlimmsten litten die Menschen in jenem Teil der Altstadt, der als Gängeviertel bekannt war – einem unübersichtlichen, lichtlosen Labyrinth aus unzähligen verwinkelten Pfaden und Gässchen. In der Niedernstraße jedoch, dort, wo das Gängeviertel am dunkelsten war, trotzten ein paar Kinder der sengenden Hitze. Fröhlich schreiend trieben sie einen eisernen Fassreifen mit Stockschlägen vor sich her. Der Reifen tanzte über die Steinplatten des Hinterhofs und geriet immer wieder gefährlich in die Nähe der Kellerfenster, doch jedesmal gelang es einem der Kinder, ihm rechtzeitig eine andere Richtung zu geben. Dann aber streifte der Reifen ein Geländer, geriet ins Trudeln und stieß gegen einen Jungen, der an einer Hauswand hockte.

Der Junge hieß Finn. Er wurde von den anderen Kindern »Vogelscheuche« gerufen, weil sein Hemd viele Flicken aufwies und die Hose ihm bei jedem Schritt um die Beine schlotterte. Finn war schon zwölf und damit älter als die anderen, aber er war nicht größer, was daran lag, dass er in den letzten Jahren kaum gewachsen war.

Finn hielt den Reifen fest.

Die anderen Kinder riefen: »Seuche, Seuche, Vogelscheuche! Rück den Reifen raus.«

Finn grinste. Er wusste, sie würden es nicht wagen, ihm ihr Spielzeug wegzunehmen. Er war zwar schwächer als sie, aber er hatte einen starken Vater. Einen sehr starken sogar. Und Vater musste jeden Augenblick zurückkommen. Eigentlich hätte er schon längst wieder da sein müssen. Vor einer halben Stunde hatte er über Kopfschmerzen geklagt und war gegangen, um in *Gädgen's Eck* ein Bier zu trinken.

»Aber wirklich nur ein Bier, Hermann!«, hatte Mutter ihm nachgerufen. »Wir müssen sparen!«

Wo blieb Vater nur? Er gehörte nicht zu den Männern, die den halben Tag in der Kneipe hockten und sich über Gott und die Welt unterhielten. Er führte auch keine politischen Reden, wetterte nicht gegen kapitalistische Ausbeuter und kämpfte nicht für den Achtstundentag. Er war der Meinung, an Arbeit sei noch niemand gestorben, und fuhr sechs Tage in der Woche über die Norderelbe hinüber zum Kleinen Grasbrook, wo er die vom Flusswasser verschmutzten Siele reinigte. Vater war stolz auf das, was er tat, auch wenn sein Lohn kaum ausreichte, die Familie satt zu bekommen.

Wo blieb er nur?

»Seuche, Seuche, Vogelscheuche! Gib endlich den Reifen her, oder du kriegst was auf die Fresse!«

Finn fand, es sei klüger, sich von dem Reifen zu trennen. Unvermittelt gab er dem eisernen Ring einen Stoß, so dass er den fordernden Kinderhänden entwischte. Er rollte über den Hof, stieß gegen die Tür des allgemeinen Plumpsklosetts und fiel scheppernd um.

In diesem Augenblick passierte es.

Die Tür wurde aufgestoßen, und ein großer Mann taumelte heraus, die Hose hastig hochgezogen. Es war Finns Vater. Er war blaugrau im Gesicht und torkelte, als wäre er betrunken. Aber er konnte nicht betrunken sein, denn er kam nicht aus der Kneipe. Was war los mit ihm?

»Vater!« Finn rappelte sich auf und lief zu ihm hin.

»Finn.« Der Vater stützte sich schwer auf ihn. »Bring mich nach Haus. Muss mich hinlegen.«

»Mach ich! Was hast du bloß?«, fragte Finn ängstlich. So schwach hatte er seinen Vater noch nie gesehen. Dessen Beine zuckten so seltsam, und er zitterte am ganzen Körper. Finn legte sich Vaters Arm um die Schulter und machte einen Schritt. Es ging nicht. Der große Mann war zu schwer. Da fiel Finns Blick auf den eisernen Reifen. »Warte!« Er stellte ihn auf und drückte ihn in Vaters Hand. »Damit kannst du dich abstützen.«

»Danke, Junge.«

Finn drehte den anderen Kindern eine Nase. Sie würden sich ein neues Spielzeug suchen müssen. Mit schleppenden Schritten ging Vater zur Kellertreppe, deren fünf Stufen hinab zur winzigen Wohnung der Familie Flögl führte. Sie bestand aus zwei Räumen, die vollgestopft waren mit Bettgestellen und Strohsäcken, denn Finn hatte noch sieben Geschwister. Zwei Brüder und fünf Schwestern, alle jünger als er. Ein Regal mit Tellern und Tassen, ein Schrank mit Kleidern und ein halbblinder Spiegel – das machte schon fast die gesamte Einrichtung aus. Der einzige Schmuck im Raum bestand aus zwei fotografischen Aufnahmen an der Wand. Die eine zeigte den Kaiser in Feldherrnpose, die andere die Eheleute Flögl bei ihrer Hochzeit – steif und ernst und in Schwarzweiß. Am Handstein in der Ecke, neben Tisch und Herd, stand Mutter und riss die Augen auf. »Hermann, um Gottes willen, was ist mit dir?«

»Nichts.« Vater ließ sich kraftlos ins Ehebett fallen.

»Aber du hast doch was!«

»Nein. Ich fühl mich nur nicht.«

»Willst du ein Glas Wasser?«

»Nein.« Vater starrte gegen die Decke. Seine Augen waren eingesunken, seine Gesichtshaut war feucht. Die Familie umringte ihn ratlos.

Schließlich sagte Mutter: »Am besten lassen wir ihn erst mal in Ruhe.« Sie wollte zurück zum Handstein, um weiter zu spülen – und verharrte mitten in der Bewegung. Ein sehr vernehmliches Geräusch, das nichts Gutes ahnen ließ, hatte sie innehalten lassen. »Hermann, hast du etwa …?«

In Vaters Augen traten Tränen. Es waren Tränen der Scham.

Mutter schlug sich die Hand vor den Mund, doch sie fasste sich schnell. »So, Kinder, geht alle raus! Spielt im Hof und macht euch nicht schietig. Nur Finn bleibt hier.«

Als die Geschwister fort waren, schlug Mutter die Decke zurück und sah sich die Bescherung an. Vater hatte sich vollgemacht. Es stank entsetzlich. »Hol ein frisches Laken aus dem Schrank, Junge. Und bring den Eimer mit dem Spülwasser her. Und Kernseife.«

Finn gehorchte.

Mit vereinten Kräften wuchteten sie den schweren Mann auf die Seite, zogen ihm die Hose aus, entfernten das Betttuch und wuschen ihn sauber. Zuckend und wimmernd ließ er alles über sich ergehen. Finn beobachtete währenddessen die Mutter. Was mochte sie denken? War Vater ernstlich krank? »Ich glaube«, sagte sie laut, »wir sollten einen Doktor holen.«

Vater protestierte. »Für so was haben wir kein Geld.«

»Aber Hermann, meinst du nicht …?«

»Nein!«

Mutter fügte sich. Vater war krank, aber immer noch der Herr im Haus.

Lieber Himmel, dachte Finn, hoffentlich geht das gut.

Nur ein paar Gehminuten entfernt, in der Steinstraße, saß am selben Tag Doktor Johannes Dreyer vor einem Glas Bier. Er befand sich in einer Gaststätte, die sich ein wenig hochtrabend

Ohlof's Wirthschaft & Frühstücks-Lokal nannte, in Wahrheit aber eine billige Kneipe war. Gegen das Holsten-Export, das vor ihm im Glas schäumte, ließ sich nichts sagen, es kostete nur zehn Pfennig, und auch die Gemüsesuppe, die daneben in einer Terrine dampfte, war nicht schlecht, dennoch war seine Laune auf dem Nullpunkt. Vor nicht einmal zwei Wochen hatte er seine Anstellung als Arzt verloren, aus Gründen, die er bis heute nicht begreifen konnte. Klar war nur eines: Es würde schwierig, wenn nicht gar unmöglich werden, den Arztberuf weiter in Hamburg auszuüben.

Hannes, wie er von seinen wenigen Freunden gerufen wurde, schob den Suppenteller zur Seite, trank einen Schluck Bier und ließ den Blick schweifen. Es war nicht viel los in der Kneipe. Außer dem Tisch, an dem er saß, gab es noch drei weitere, von denen zwei unbesetzt waren. Am dritten Tisch saßen zwei Arbeiter mit Schirmmützen, die Pfeife rauchten und dicke Qualmwolken in die Luft pafften. Sie tranken trotz der Hitze Schnaps und schimpften über die steigenden Mieten. »Eine Schande ist es, dass man sein schwer verdientes Geld den Hauswirten in den Rachen werfen muss«, tönte der eine.

Der andere nickte schwer. »Blutsauger sind's, verdammte Blutsauger.«

»Statt kleine Wohnungen in der Stadt zu bauen, bauen sie Paläste, wo die Mieten keiner bezahlen kann, und wenn sie Arbeiterwohnungen bauen, dann welche, die anderthalb Stunden vom Arbeitsplatz weg liegen, und man muss jeden Morgen mit der Pferdebahn fahren ...«

Hannes hörte nur mit halbem Ohr hin. Er hatte andere Sorgen. Mutter Ohlof, die nach dem Tod ihres Mannes die Kneipe allein betrieb, machte sich im Hintergrund am Tresen zu schaffen. Sie wischte den Messingzapfhahn blank und fragte: »Schmeckt Ihnen meine Suppe nicht, Herr Doktor? Sie haben ja erst einen Teller gegessen.«

»Doch, doch. Sie ist sehr gut. Ich habe nur keinen rechten Appetit.«

»Das erzählen Sie mir seit Tagen.«

»Ach, wirklich?« Hannes musste zugeben, dass Mutter Ohlof recht hatte. Weil er so knapp bei Kasse war, hatte er nach einer billigen Unterkunft Ausschau gehalten und Kost und Logis bei ihr gefunden. Das lag jetzt über eine Woche zurück. Und seit über einer Woche forderte die freundliche Frau ihn auf, kräftiger zuzulangen.

»Wer nicht richtig isst, fällt vom Fleisch. Das müssten Sie als Arzt eigentlich wissen.«

»Natürlich.« Hannes seufzte. Die Frau meinte es nur gut, aber ihre Fürsorge ging ihm manchmal auf die Nerven. Gleich würde sie sich zu ihm an den Tisch setzen und ihm erzählen, dass auch ihr Mann ein schlechter Esser gewesen sei und er sie deshalb viel zu früh verlassen habe. Auf dem Ohlsdorfer Friedhof liege er, und sie würde regelmäßig zu seinem Grab gehen, um mit ihm zu sprechen …

Zum Glück öffnete sich in diesem Moment die Tür. Ein Junge kam herein. Er war vielleicht zehn oder elf Jahre alt, trug ein geflicktes Hemd und eine Hose, die ihm um die Beine schlotterte. Er guckte sich um und entdeckte Hannes. »Sind Sie der Doktor?«, fragte er scheu.

»Der bin ich.« Hannes wunderte sich. »Woher kennst du mich?«

»Ich kenn Sie nicht. Aber ich weiß, dass Sie hier wohnen.«

»Aha.« Es hatte sich also herumgesprochen, dass sein Zuhause eine Kneipe war. Alle Welt schien mittlerweile zu wissen, dass es bergab mit ihm ging. Auch dieser schmächtige blonde Bengel.

»Wie heißt du, Junge?«

»Finn Flögl. Können Sie mal nach Vater sehen? Ihm geht's nicht gut.«

Mir auch nicht, hätte Hannes am liebsten geantwortet und die Bitte des Jungen abgelehnt. Schließlich gab es Leute, die wegen des geringsten Zipperleins nach dem Arzt riefen und ihm die Zeit stahlen. Lag hier ein solcher Fall vor? Darauf durfte er sich nicht verlassen. Er war Arzt aus Berufung – und stolz darauf, trotz allem. »Was fehlt deinem Vater denn?«

»Er hat kalten Schweiß, sagt Mutter.«

»Kalter Schweiß, nicht mehr?«

»Doch, er zuckt auch immer so mit den Beinen.«

»Und weiter?«

»Na ja.« Der Junge fuhr sich mit der Hand durchs Haar. »Übergeben hat er sich. Und er hat dauernd Durchfall.«

»Erbrechen und Durchfall?« Die Sache schien ernster zu sein. »Warte hier. Ich hole meinen Arztkoffer.«

Kurz darauf waren sie auf dem Weg. »Wo wohnst du denn?«, fragte Hannes.

»Niedernstraße, Hof 22«, antwortete der Junge. »Nur durch den Kattrepel und dann links.«

Hannes war noch nie in dieser Gegend gewesen. Schmale Häuserschluchten, die mit jedem Schritt enger zu werden schienen, taten sich vor ihm auf. Leinen mit Wäsche spannten sich von Wand zu Wand. Fensterflügel mit zersprungenem Glas standen offen. Der Geruch nach Ruß, Kohl und Fäkalien lag in der Luft. »Ist es noch weit?«, fragte er.

»Nee, wir sind gleich da.«

Sie passierten einen tunnelartigen Durchgang und gelangten in einen Hinterhof. Hannes blinzelte. Hier war es noch schummriger als auf der Straße. Das Sonnenlicht gelangte nur bis hinunter zum zweiten Stock der Gebäude, darunter herrschte Zwielicht. Ein paar Kinder mit Rotznasen starrten ihn hinter einem Mauervorsprung an. Sie streckten dem Jungen an seiner Seite die Zunge raus. Gleich daneben hatte jemand ein Fenster geöffnet und Stiefel zum Lüften herausgestellt. Ein fragwürdiges Unterfangen, denn in unmittelbarer Nähe befand sich das Plumpsklosett: ein behelfsmäßiger Bau mit zwei Holztüren, eine links, eine rechts, dahinter je ein Balken mit Loch. Im Mauerwerk des Hauses gegenüber, gleich neben einem schiefen Regenrohr, hing eine einsame Laterne, wahrscheinlich die einzige Lichtquelle in der Nacht.

»Hier ist es.« Der Junge wies auf eine Kellertreppe. »Da runter.«

Hannes klopfte und betrat ein Zimmer, in dem mehrere Betten standen. Im größten lag ein Mann, der mühsam atmete. Eine junge Frau mit verhärmten Zügen stand neben ihm. Sie trug ein Kittelkleid und deutete einen Knicks an. »Gott sei Dank, dass Sie da sind, Herr Doktor, es geht ihm ja so schlecht!«

»Äh, nun ja.« Hannes wusste nicht recht, was er sagen sollte. So viel Armut war ihm selten begegnet. Er blickte sich um. An der Wand des Zimmers standen sieben Kinder. Sie verharrten da wie die Orgelpfeifen und blickten ihn hohläugig an. Er räusperte sich. »Vielleicht ist es am besten, wenn die Kinder nicht dabei sind.«

»Ja, natürlich, Herr Doktor.« Die Frau schickte die Kleinen in den Nebenraum und wies dann auf den Jungen. »Kann Finn bleiben? Er ist mein Ältester.«

»Gewiss. Haben Sie eine Lampe oder ein paar Kerzen? Ich brauche Licht für die Untersuchung.«

»Kerzen hab ich, noch von Weihnachten.« Die Frau riss ein Streichholz an und entzündete zwei Talglichte. Sie stellte sie auf einen Stuhl neben dem Bett. Als sie sich hinunterbeugte, sah Hannes, wie der Kranke ihr etwas zuflüsterte. Er sprach sehr leise, trotzdem war er zu verstehen. Hermann Flögl sagte: »Schick den Kerl weg, der ist viel zu jung. Für Quacksalber haben wir kein Geld.«

Die Frau schüttelte den Kopf. Zu Hannes sagte sie: »Mehr Kerzen hab ich nicht.«

»Es ist schon gut.« Er trat an das Bett und griff zum Handgelenk des Kranken. Beiläufig sagte er: »Ich bin erst achtundzwanzig, Herr Flögl, aber ich habe zehn Semester Medizin in Heidelberg studiert und zwei Jahre lang am Neuen Allgemeinen Krankenhaus in Eppendorf gearbeitet. Das müsste eigentlich ausreichen, um feststellen zu können, dass Sie einen sehr schwachen Puls haben. Finden Sie nicht?«

Der Kranke drehte den Kopf zur Seite.

»Vertrauen Sie mir, sonst kann ich Ihnen nicht helfen. Strecken Sie die Zunge raus. Ja, so ist es gut. Danke.« Die Zunge roch schlecht und hatte einen weißlichen Belag.

Hannes betrachtete die Augen, sie waren eingesunken und rotgerändert. Er nahm ein hölzernes Instrument aus seinem Koffer und erklärte ruhig: »Dies ist ein Pinard-Rohr. Ich werde damit Ihre Lungen und Herzklappen abhören. Eigentlich müsste ich dazu eines der modernen Stethoskope benutzen, aber ich habe keins. Es wird auch so gehen.« Er redete absichtlich so ausführlich über das, was er tat, denn er hatte die Erfahrung gemacht, dass Patienten sehr viel einsichtiger waren, wenn sie in die Untersuchung einbezogen wurden.

So war es auch bei diesem Kranken. Hannes horchte ihn sorgfältig ab und sagte dann: »Lungen und Herztöne scheinen soweit in Ordnung. Wie steht es mit dem Stuhl?«

Kaum hatte er die Frage gestellt, legte die Frau einen Finger an die Lippen und nahm ihn zur Seite: »Es ist ihm ja so peinlich«, wisperte sie. »Er macht sich andauernd voll. Oben und unten, überall kommt es raus. Es ist schrecklich, ich hab schon gar keine frischen Bettlaken mehr.«

Hannes fragte ebenso leise: »Haben Sie von den Ausscheidungen etwas aufgehoben?«

»Nein.« Die Frau blickte verständnislos.

»Eine Stuhlprobe wäre hilfreich für die Diagnose. Nach dem, was ich sehe, höre und fühle, leidet ihr Mann an einer Influenza von Magen und Darm. Mehr lässt sich so nicht sagen. Auf jeden Fall muss er viel trinken, sonst trocknet der Körper zu sehr aus. Auch eine kräftigende Suppe wäre gut. Ach, übrigens, woher beziehen Sie Ihr Trinkwasser?«

Die Frau zuckte mit den Schultern. »Aus der Elbe, woher sonst? Das tun alle hier. Das Wasser vom Wasserträger ist doch viel zu teuer. Außerdem kommt der nur alle Jubeljahre. Ich…« Sie fuhr herum. Der Kranke hatte aufgestöhnt und sich mit einem Schwall erleichtert. »Mein Gott, Herr Doktor, schon wieder!« Sie schickte sich an, das Malheur zu beseitigen, aber Hannes hinderte sie daran.

»Augenblick, bitte«, sagte er. »Ich möchte mir das genau ansehen.« Er nahm eine Lupe zur Hand und betrachtete die dünnflüssigen Fäkalspuren. Sie erinnerten ihn im Aussehen an Reiswasser. Reiswasser? In Hannes keimte ein bestimmter Verdacht. Er vergegenwärtigte sich noch einmal die Symptome des Kranken. Da waren die eingesunkenen Augen, die blaugraue Haut, die Muskelzuckungen in den Waden, das Erbrechen, der Durchfall… und nun auch das Reiswasser, als letztes, entscheidendes Indiz. All das formte sich zu einer schrecklichen Gewissheit: Eine Katastrophe bahnte sich an.

»Er wird doch wieder gesund?«, fragte die Frau voller Angst.

»Das wollen wir hoffen«, antwortete Hannes und versuchte, sich nichts anmerken zu lassen. Er wusste: Noch vor wenigen Jahrzehnten hatten die Ärzte bei einem Fall wie diesem gern den Aderlass vorgenommen. Doch inzwischen war man mehrheitlich der Meinung, dass der Blutverlust einen kranken Körper eher schwächte. Auch Calomel, ein Hornquecksilber vom Moschellandsberg, war gern appliziert worden, dazu wurde ein gewisses Quantum Opium verschrieben. Doch beides hatte Hannes nicht. Überdies glaubte er nicht an deren heilende Wirkung.

Er nahm ein Saugröhrchen mit Pipettierball aus seinem Koffer und zog damit eine kleine Menge der Ausscheidung auf. Gleich morgen würde er die Probe zum Krankenhaus bringen und sie mikroskopisch untersuchen lassen. Zwar war er dort unerwünscht, aber hier ging es um mehr als um seine Person: Es musste verifiziert werden, ob seine Schlussfolgerung richtig war.

Nachdem er die Probe verstaut hatte, sagte er zu der Frau: »Machen Sie sich nicht zu viele Gedanken. Geben Sie Ihrem Mann wie besprochen reichlich zu trinken. Aber bitte nicht aus der Elbe!«

Die Frau nickte beflissen. »Ich mach alles, was Sie sagen.«

Hannes wandte sich an Finn. »Und du hilfst deiner Mutter bei der Pflege. Bist ja fast schon ein Mann, nicht wahr?«

»Ja, bin ich.« Finn blickte stolz.

»Gut, für heute bleibt nichts mehr zu tun.« Er trat an das Bett des Patienten und nahm seine Hand. »Gute Besserung, Herr Flögl, ich gehe jetzt.«

»Danke, Herr Doktor«, sagte die Frau und fügte unsicher hinzu: »Wie viel …?«

Hannes winkte ab. »Darüber reden wir morgen. Ich will am Vormittag wieder nach Ihrem Mann sehen.«

Während er das sagte, bewegte sich der Kranke schwach. Er wollte noch etwas sagen. Die Frau legte das Ohr an seinen Mund. Er sprach abermals sehr leise, aber Hannes bekam es trotzdem mit. Der Kranke krächzte: »Sag ihm, er soll wegbleiben.«

Die Frau wollte widersprechen. »Aber …«

»Das ist mein letztes Wort.«

Hannes tat, als hätte er nichts gehört. Er nahm seinen Arztkoffer und ging. »Auf Wiedersehen, Frau Flögl.«

Am nächsten Morgen – man schrieb Montag, den fünfzehnten August 1892 – saß Hannes beim Frühstück in Mutter Ohlofs Kneipe, vor sich eine Tasse Kaffee und ein Butterbrot mit Marmelade. Doch es wollte ihm nicht schmecken. Der Gedanke an seinen gestrigen Patienten ließ ihn nicht los. Wie es dem Kranken wohl ging? Er war von kräftiger Statur, ein Bär von einem Mann. Gute Voraussetzungen für eine Genesung also, aber trotzdem …

Hannes erhob sich rasch. Eigentlich hatte er als Erstes nach Eppendorf zum Krankenhaus gehen wollen. Dort wirkte Doktor Ermann, der Leiter der Autopsie, der auch Laboruntersuchungen durchführte. Er sollte das Röhrchen mit der Probe erhalten. Die Ausscheidungen Flögls mussten bakteriologisch geprüft und die Keime in Kultur genommen werden, um einen endgültigen Befund zu erstellen und weitergehende Maßnahmen ergreifen zu können.

Doch nun entschied sich Hannes anders. Das Wohl des Patienten hatte Vorrang, und die Probe konnte auch am Nachmittag untersucht werden. Er lenkte seine Schritte wieder zur Niedernstraße, fand mit einiger Mühe den Hof und klopfte an die Tür der Flögls.

Er wartete einige Zeit. Als keine Antwort kam, trat er ein. Die Familie saß mit steinerner Miene um das Bett des Kranken. Hannes sah es mit einem Blick: Der Patient war gestorben.

Die Frau schluchzte auf. »Bis eben hat er noch gelebt, Herr Doktor, und nun ist er tot.«

»Das tut mir sehr leid.« Hannes meinte es aufrichtig. Er war noch nicht lange genug Arzt, um dem Tod mit Gleichmut zu begegnen, schon gar nicht, wenn es sich um einen seiner Patienten handelte. Er überlegte, ob es nicht besser gewesen wäre, den Mann ins Krankenhaus einweisen zu lassen, aber die Frage war müßig. Flögl hätte sein Einverständnis mit Sicherheit nicht gegeben.

Die Schultern der Frau zuckten. Dann begann sie, laut zu weinen. Finn hielt ihre Hand. Eine der Töchter versuchte, ihr mit einem zerknüllten Taschentuch die Tränen abzutupfen. Die anderen Kinder stierten vor sich hin.

Hannes kam sich sehr hilflos vor.

Langsam beruhigte die Frau sich wieder. »Es ist alles so furchtbar«, sagte sie mit stockender Stimme. »Was soll nur werden? Ich sitze hier mit acht Kindern in diesem winzigen Loch, die Enge, der Gestank, der ewige Lärm. Das bringt mich noch um.«

Hannes schwieg. Was sollte er auch sagen?

»Früher, da haben wir auf der Elbinsel Kehrwieder gewohnt, da hatten wir mehr Platz. Kennen Sie Kehrwieder?«

»Nein, tut mir leid.«

»Aber da mussten wir weg. Ist alles abgerissen worden für die neue Speicherstadt, die war ja wichtiger. Und nun ist Hermann auch noch tot, und ich sitz allein mit den Kindern in dieser schrecklichen Gegend. Wussten Sie, dass hier geklaut wird? Wie soll man seine Kinder erziehen, wenn überall geklaut wird.«

Hannes schwieg.

»Und dann die Dirnen, die sich nachts hier rumtreiben. Ein schlechteres Beispiel für meine Kleinen gibt's wohl nicht.« Die Frau begann wieder, hemmungslos zu weinen.

Hannes räusperte sich. Er musste versuchen, die arme Frau auf andere Gedanken zu bringen. Doch was konnte er sagen? Vielleicht dies: »Ich glaube, Finn hat Rachitis.« Kaum waren die Worte heraus, hätte er sich ohrfeigen können.

Die Frau reagierte prompt: »Rachitis – ist das was Schlimmes?«

»Die englische Krankheit. Finn, komm mal zu mir.« Hannes ergriff die Handgelenke des Jungen und zeigte sie der Frau. »Sehen Sie die Verbreiterungen? Daran kann man das Leiden erkennen. Ebenso daran, dass Finn kleiner ist als seine Altersgenossen.«

Die Frau sagte nichts. Immerhin weinte sie nicht mehr.

Hannes wollte hinzufügen, dass Finn sehr schmächtig war und eine Hühnerbrust hatte, aber er unterließ es. Es wäre dem Jungen sicher peinlich gewesen. Deshalb fuhr er fort: »Finn, du musst mehr an die frische Luft. Spiel doch mal vor den Toren Hamburgs. Da, wo die Sonne scheint, im Zoologischen Garten oder auf der Gänseweide vor dem Dammtorbahnhof. Und dann solltest du mehr Fisch essen und viel Milch trinken.«

Finn nickte, doch seine Mutter lachte freudlos. »Woher nehmen und nicht stehlen, Herr Doktor! Finn muss arbeiten, es geht nicht anders, jetzt mehr denn je. Er arbeitet als Träger und Laufjunge in *Köster's Druckerei-Anstalt*, jeden Tag mehrere Stunden nach der Schule. Der alte Köster ist ein Kapitalist und Leuteschinder, und Finn ist nicht der Einzige, den er ausbeutet.«

»Ist das Ihr Ernst?« Hannes konnte kaum glauben, was die Frau erzählte. Sicher, er hatte schon davon gehört, dass Kinder

Geld hinzuverdienen mussten. Aber dass es unter solchen Umständen geschah … »Kinderarbeit ist doch verboten.«

Die Frau zuckte mit den Schultern.

»Nun ja.« Hannes besann sich auf das, was zu tun war. Er trat an den Leichnam heran und führte die vorgeschriebenen Maßnahmen zur Feststellung des Exitus durch. »Ich muss den Tod des Patienten bestätigen, dazu brauche ich einige Informationen. Sagen Sie, was war Ihr Mann von Beruf?«

»Sielarbeiter. In den Kanälen drüben auf dem Kleinen Grasbrook.«

»Und wie alt wurde er?«

»Vierunddreißig.«

»Hatte er früher ernsthafte Krankheiten?«

»Nein, nie. Er war gesund wie ein Fisch im Wasser.« Wieder fing die Frau an zu schluchzen.

Hannes sprach schnell weiter: »Ich muss das alles aufschreiben. Haben Sie Feder, Tinte und Papier?«

Finn antwortete für seine Mutter: »Nee, haben wir nicht. Aber ich hab Schulhefte.«

»Ein leeres Blatt daraus wird reichen. Einen Totenschein habe ich sowieso nicht dabei.«

Gemeinsam rissen sie eine Seite aus einem alten Schreibheft, und Hannes setzte sich damit an den Tisch. Er nahm einen Kopierstift aus seinem Arztkoffer, leckte ihn an und hielt die bisherigen Auskünfte fest. Dann fügte er weitere Angaben wie Datum und Wohnort hinzu. Als er die Todesursache hinschrieb, fragte die Frau: »Woran ist mein Hermann denn nun gestorben?«

»Die Krankheit nannte man am Anfang des Jahrhunderts ›morgenländische Brechruhr‹«, antwortete Hannes.

»Ist das so was wie Durchfall?«

»Nun, in gewisser Weise, ja.«

»Komisch, das klingt so harmlos. Und trotzdem ist er daran gestorben.«

Hannes ließ sie in dem Glauben. Es würde nur schaden, ihr

zu sagen, wie die Krankheit wirklich hieß. Er unterschrieb das Blatt Papier, faltete es zwei Mal und überreichte es der Frau. »Das müssen Sie beim zuständigen Standesamt abgeben, damit der offizielle Totenschein ausgestellt wird. Vielleicht kann man Ihnen dort auch in anderer Hinsicht weiterhelfen.«

»Danke, Herr Doktor.«

»Sie sagten gestern, das Trinkwasser vom Wasserträger sei sehr teuer. Sie würden deshalb Elbwasser nehmen. Bitte, kochen Sie es in Zukunft ab, bevor Sie es im Haushalt verwenden. Mindestens fünf Minuten lang. Versprechen Sie mir das?«

»Ja, Herr Doktor.« Die Frau zögerte. Dann nahm sie eine zerbeulte Dose mit der Aufschrift *Kümmel* aus dem Regal. Sie kramte darin und reichte Hannes ein paar Groschen. »Mehr hab ich leider nicht.«

»Lassen Sie, ich möchte kein Geld.« Hannes fand, das Leid der armen Frau war schon groß genug, da musste er ihr nicht noch die letzten Pfennige abnehmen. »Kaufen Sie davon lieber etwas Obst für die Kinder.«

»Wenn Sie meinen…« Die Frau hielt inne. »Warten Sie.« Sie ging zum Schrank, stellte sich auf die Zehenspitzen und holte zwei Gläser herunter. »Eingekochte Sülze«, erklärte sie. »Die müssen Sie aber nehmen.«

»Danke.« Hannes lächelte. »Sülze ist meine Lieblingsspeise.« Das stimmte zwar nicht, doch er wollte der Frau eine Freude machen. Er packte die Gläser in seinen Arztkoffer. »Ich wünsche Ihnen alles Gute für die Zukunft, Frau Flögl. Und viel Kraft.«

»Danke, Herr Doktor.« Der Frau kamen schon wieder die Tränen. »Es hilft ja nichts. Irgendwie muss es weitergehen.«

»Auf Wiedersehen. Wenn Sie oder eines Ihrer Kinder auch an… Brechdurchfall erkranken sollten, melden Sie es mir sofort. Ich logiere bei Mutter Ohlof in der Steinstraße.«

»Jawohl, Herr Doktor, adschüs.« Die Frau wischte sich die Hände am Kittel ab und gab Hannes die Hand. »Ach, Finn, trag dem Herrn Doktor doch die Tasche vor die Tür.«

Hannes wollte abwehren, aber Finn hatte den Arztkoffer bereits ergriffen.

Draußen auf dem Hof nahm Hannes Finn den Koffer wieder ab. Er schaute ihm ins blasse Gesicht und fragte sich, was wohl demnächst auf den Jungen zukommen würde. Armut, Hunger, Elend, soviel stand fest. Man musste kein Prophet sein, um das vorherzusehen. Aber vielleicht hatte das Schicksal mit ihm auch etwas Besseres vor. Das Leben ging manchmal seltsame Wege. »Mach's gut, Junge. Du bist jetzt der Mann im Haus. Und denk daran: Wenn jemand von euch krank wird, gib mir sofort Bescheid.«

»Ja, Herr Doktor.«

Hannes klopfte Finn auf die Schulter und schritt über den Hof zu dem tunnelartigen Durchgang, der auf die Niedernstraße führte. Hinter dem Mauervorsprung hockten wieder die Kinder. Sie hatten die Köpfe durch einen Fassreifen gesteckt und riefen Finn etwas zu. Hannes verstand zuerst nicht, worum es ging, weil ihre Stimmen so unterschiedlich waren, aber dann bekam er es mit. Sie riefen lauthals einen Vers: »Seuche, Seuche, Vogelscheuche!«

Hannes lächelte schmerzlich. Armer Finn. Kinder konnten so grausam sein! Aber noch viel grausamer war die Wahrheit, die sie dem Jungen, ohne es zu wissen, zugerufen hatten. Zwar stand die bakteriologische Untersuchung der Probe beim Physikus Ermann noch aus, doch Hannes war überzeugt: Hermann Flögl war einer Seuche erlegen, die in Hamburg schon einmal, im Jahre 1831, verheerend gewütet hatte. Sie kam ursprünglich aus Indien, verbreitete sich rasend schnell und suchte Europa immer wieder in großen Wellen heim.

Es war die Asiatische Cholera.

KAPITEL 2

Professor Carl-Heinrich zur Haiden rülpste dezent hinter der vorgehaltenen Hand, griff zur Serviette und tupfte sich den Mund ab. Er saß im Speisezimmer seines Privathauses an der Elbe und hatte soeben mit Frau und Sohn zu Abend gegessen. Eine Kraftbrühe mit Fleischklößchen hatte es gegeben, danach gebackenen Kabeljau mit Gemüse und Kartoffeln. Alles sehr schmackhaft und ausreichend. Zur Haiden war ein guter Esser, was man – zu seinem nicht geringen Kummer – auch seiner Figur ansah.

»Frieda!« Zur Haiden blickte sich nach der Dienstmagd um, die bei der Anrichte stand. »Geben Sie mir noch etwas von dem Wein.«

»Jawohl, Herr Professor.« Frieda schenkte von dem Riesling nach.

Zur Haiden trank einen Schluck. »Achten Sie darauf, dass er nicht zu warm wird. Ich mag keinen warmen Weißwein, das wissen Sie doch.«

»Jawohl, Herr Professor.« Frieda ging zur anderen Seite des Tisches, wo die Hausherrin saß, und fragte: »Brauchen Sie auch noch was, gnä' Frau?«

Louise zur Haiden, die in der Leibesfülle ihrem Mann nur wenig nachstand, hatte nicht zugehört. Wie so häufig hatte sie aus dem Fenster gesehen und den regen Betrieb auf der Elbe verfolgt. Ein schönes Bild, besonders bei klarem Wetter. Der einzige Umstand, der ihre Freude hartnäckig trübte, war der Fischmarkt, der sich in unmittelbarer Nähe befand. Dort wurden sogar am Sonntag neben Aal, Stint und Hering auch gackernde Hühner, schnatternde Gänse, grunzende Ferkel, Obst, Gemüse und dergleichen mehr unter heftiger Lärmentfaltung feilgeboten, was nicht nur wenig romantisch war, sondern auch für unangenehme Gerüche sorgte, die bei ungünstigem Wind genau auf das Haus in der Großen Elbstraße 7 trafen. Die Versuche, ihren Gatten von der Notwendigkeit eines Umzugs zu überzeugen, zum Beispiel in eines der schönen Anwesen an der Außenalster, waren stets auf taube Ohren gestoßen. »Wir zur Haidens«, pflegte er zu antworten, »können unseren Stammbaum bis in die Zeit des Dreißigjährigen Krieges zurückverfolgen, als wir noch in der Lüneburger Heide saßen und unseren Broterwerb aus Fischteichen zogen, weshalb, wie du weißt, unser Hauswappen einen springenden Karpfen auf grünem Grund zeigt. Da kannst du nicht erwarten, dass ich meine Herkunft verleugne und mich von ein paar Fischhändlern mit ihren Schuppentieren vertreiben lasse.«

»Ob Sie noch was brauchen, gnä' Frau.«

»Wie?« Louise schüttelte den Kopf. »Nein, Sie können abräumen. Es sei denn, Benno will noch etwas.«

»Wollen Sie noch was, junger Herr?«, fragte Frieda.

Benno grinste. Anders als seine Eltern war er hochaufgeschossen und von hagerer Gestalt. Er war neunzehn Jahre alt, hatte auf dem Christianeum das Abitur mit Ach und Krach bestanden und hielt nicht viel von Etikette. »Nein, Frieda, ich will nichts von Ihnen.«

Frieda errötete sanft und begann, die leergegessenen Teller auf ein Tablett zu stellen.

Benno stand auf, vergewisserte sich, dass seine Eltern ihn nicht beobachteten, und gab Frieda einen Klaps auf den Hintern. »Ich verdünnisiere mich mal.«

»Ja, ja.« Zur Haiden trank einen weiteren Schluck Riesling, setzte sich den Kneifer auf die Nase und schlug die Sonnabendausgabe der *Hamburger Nachrichten* auf. Er las das Blatt regelmäßig, nicht nur, weil er mit dem Herausgeber, Doktor Emil Hartmeyer, bekannt war, sondern auch, weil er es schätzte, dass die *Nachrichten* sich oftmals als Sprachrohr des vor gut zwei Jahren vom Kaiser fallengelassenen Reichskanzlers Bismarck verstanden. Da zur Haiden gleichzeitig ein strammer Monarchist war, geriet er bei der Lektüre immer wieder in einen Zwiespalt der Gefühle. Heute jedoch hatte er keinen Grund dazu. »Hast du das gelesen, Louise?«, fragte er entrüstet. »Hier steht ein Artikel über Deutsch-Südwest. Unsere braven Siedler werden dort zunehmend von den Negern überfallen. Ein Bild ist auch dabei. *Hendrik Witbooi* steht darunter. Das ist der Anführer der Horden. Der Kerl sieht aus wie eine schwarze Mumie mit Hut. Ich verstehe nicht, warum Leutnant Hugo von François mit seiner Truppe der Lage nicht endlich Herr wird. Seit drei Jahren ist er nun da unten, und die Aufstände sind immer noch nicht niedergeschlagen. Da müssen mal andere Saiten aufgezogen werden.«

»Wenn du meinst.« Louises Interesse lag weniger in der Politik. Ihre Aufmerksamkeit galt vielmehr dem häuslichen und repräsentativen Bereich. Sie hatte alle neunzehn Zimmer mit großer Liebe und Sorgfalt ausgestattet und dabei nicht auf die Mark sehen müssen, was sie dem Umstand verdankte, dass ihr Gatte aus wohlhabender Familie stammte. Die Einrichtung bestand im Wesentlichen aus Möbeln der Gründerzeit, darunter Kommoden und Schränke mit verspielten Ornamenten, Mahagonivitrinen, Armlehnstühle und brokatbezogene Ottomanen. Aber auch filigranere Stücke waren dabei, wie Blumenständer und Beistelltischchen im Lyra-Stil. Die größte Bewunderung der Gäste des Hauses galt jedesmal zwei hohen chinesischen Vasen, die links und rechts an der Eingangstür zum Salon standen und angeblich aus der Ming-Zeit stammten, vermutlich aber Nachbildungen waren. An den Wänden hingen hauptsächlich Bilder mit Jagdmotiven, ferner ein paar holländische Stillleben aus dem Goldenen Zeitalter und nicht zuletzt mehrere großformatige Seestücke. Letztere auf Wunsch des Hausherrn, der sich ansonsten wenig in die Gestaltung seines Heims einmischte.

Das war Louise nur recht. Sie glaubte, am besten zu wissen, was am meisten Eindruck machte, wenn die Damen ihres

Zirkels – allesamt dem Bürgeradel zugehörig – auf eine Tasse Tee, ein Likörchen und etwas Gebäck vorbeischauten, um über die wichtigen und weniger wichtigen Ereignise in der Hamburger und Altonaer Gesellschaft zu tratschen – ein Anlass, den Louise gern dazu benutzte, um das eine oder andere französische Wort einzuflechten.

»Gnä' Frau!«

Louise schreckte auf.

In der Tür stand Martha, die Köchin, und rang die Hände. »Frieda hat vergessen, den Nachtisch zu servieren – schon das zweite Mal in dieser Woche.« Marthas Blick streifte wütend die Dienstmagd, die im Begriff war, das Tablett aus dem Zimmer zu tragen. »Es gibt Birnenkompott.«

»Lassen Sie nur, Martha, wir sind satt«, sagte Louise. »Oder willst du noch etwas, *Chéri?*«

»Nein. Es ist gut, Martha.«

Martha zog beleidigt ab, gefolgt von Frieda.

Zur Haiden schlug eine neue Seite der *Nachrichten* auf und stutzte. »Schon über hundert Todesfälle und an die tausend Erkrankungen!«, rief er. »Das ist eine exponentielle Steigerung! Ermann hat doch schon vor drei oder vier Tagen Proben aus verschiedenen Stadtteilen erhalten. Und Kollege Rumpf hat mir erzählt, unter dem Mikroskop seien auffallend große Stäbchen entdeckt worden. Ich verstehe nicht, wieso Ermann so lange über seinen Petrischalen sitzt. Wieso braucht der so ewig, um ein paar Kulturen zu isolieren und den Erreger nachzuweisen? Was macht der Mann nur?«

Louise schaute aus dem Fenster. Der Schiffsverkehr auf der Elbe hatte nachgelassen. »Und du? Warum machst du das nicht, *Chéri?*«

»Meine Liebe, du scheinst zu vergessen, dass ich Leiter der II. Chirurgie im Krankenhaus bin, also Skalpellkünstler und kein Bakteriologe. Ich kenne mich mit Keimen nicht aus, sondern heile mit dem Messer.«

»Ja, ja, *naturellement.*«

»Man kann die Angelegenheit doch nicht unter den Teppich kehren! Aber genau das will der Senat, scheint mir. Man redet um den heißen Brei herum, quasselt von miasmatischen Absonderungen, von Dämpfen aus dem Erdinneren und von Giftwolken, die aus abschmelzenden Eisbergen steigen. Und warum? Ich sage es dir: Sobald das Wort Cholera erst offiziell gefallen ist, wäre die Katastrophe da. Der Hafen würde geschlossen werden, kein Schiff käme mehr herein, keines mehr hinaus, alles würde unter Quarantäne gestellt. Ein unvorstellbarer Schaden für die Pfeffersäcke dieser Stadt! Medizinalrat Kraus hat Rumpf in seiner Eigenschaft als Direktor des Krankenhauses beschworen, um Gottes willen jedes Aufsehen zu vermeiden. Man hätte es mit Einzelfällen zu tun. In jedem Sommer gäbe es schließlich Todesfälle mit ähnlichen Symptomen. Dass ich nicht lache!« Zur Haiden redete sich langsam in Rage, was bei ihm nicht selten vorkam. »Höchste Zeit, dass Fraenkel am Montag aus dem Urlaub zurückkommt.«

»Fraenkel?«

»Doktor Eugen Fraenkel, Pathologe, aber auch Bakteriologe. Wenn der sich die Proben vornimmt, geht das ruckzuck, das ist so sicher, wie Ebbe und Flut einander abwechseln. Der versteht wenigstens, die neue hervorragende Laboreinrichtung zu nutzen. Überhaupt muss man sagen, dass unser Institut in jeder Hinsicht das Nonplusultra ist. Kein großer, schwerer Krankenhausklotz, sondern fünfundfünfzig lichte Pavillons, jeder einzelne ausgerichtet nach der Sonneneinstrahlung, eingebettet in ein großes, parkähnliches Gelände …«

»Das hast du schon erzählt«, wagte Louise einzuwerfen.

»So, habe ich das?« Zur Haiden zündete sich eine Zigarre an, ein kleiner Luxus, den er sich nach jedem guten Abendessen gönnte. »Das macht nichts. Das kannst du dir gern noch einmal anhören. Wo war ich? Ach ja, bei den Pavillons. In ihnen finden sich umwälzende Erneuerungen, das kannst du mir glauben. Allein das Operationshaus hat zwei Säle mit riesigen Fensterscheiben und großen elektrischen Lampen mit zwölf

Glühlichtern zu je zwölf Kerzen. Sogar einen Extraraum zum Lagern und Chloroformieren der Patienten gibt es. Jeder Saal besitzt voll ausgestattete Operationstische, von denen einer sogar beheizbar ist, sodann Waschtische, Waschschalen für die Schwämme, dazu einen Anwärmekasten. Die Instrumente werden in nicht weniger als vier großen Schränken verwahrt. Ihre Säuberung findet in modernsten Sterilisationsapparaten mit Hilfe strömenden Wasserdampfes statt und so weiter und so weiter. Ja, der gute Curschmann wusste schon genau, was er machte, damals, als er den gesamten Komplex plante.«

»Curschmann? Meinst du den, der nach Leipzig gegangen ist?«

»Ja, genau den.« Zur Haiden klaubte ein Fitzelchen Tabak aus seinem Schnauzbart und produzierte nacheinander drei kunstvolle Rauchringe.

»So ein netter, höflicher Mann, ein Kavalier alter Schule.«

»Jedenfalls war er bis vor vier Jahren ärztlicher Direktor der Hamburger Krankenhäuser. Er hat alles bis ins Kleinste durchdacht, bis hin zur Dampf- und Bratküche für das leibliche Wohl der Kranken. Ich sage dir, die Kraftbrühe und der Kabeljau von unserer Martha wären dort genauso gut gelungen … Herrgott, was ist denn nun schon wieder?«

In der Tür stand Frieda und blickte etwas ratlos. »Da ist ein Mann, Herr Professor. Er sagt, er hätte eine Nachricht für Sie.«

»Was, zu dieser Tageszeit? Was will er denn?«

»Das wollte er nicht sagen. Das wollte er nur Ihnen sagen. Soll ich ihn reinlassen?«

»In Gottes Namen, ja. Herein mit ihm.«

»'n Abend, Herr Professor, 'n Abend, Gnädigste«, sagte kurz darauf ein stämmiger Mann in Lederjoppe. Er verbeugte sich und drehte dabei seine Mütze in der Hand. Offensichtlich wusste er nicht, wie er anfangen sollte. »Trauschke, Max, wenn's recht ist, ich bin Kutscher«, sagte er schließlich. »Ich fahr normalerweise die Damen vom Roquetteschen Lehrerinnenseminar in Lübeck.«

»Ja, und?«, fragte zur Haiden.

Louise ahnte nichts Gutes. »*Qu'est-ce qui se passe?* Ich meine, was gibt es, Trauschke?«

»Tja, ich soll schön von der Leiterin, von Fräulein Amélie Roquette, grüßen, und Ihre Tochter Viktoria wäre leider weg.«

»Vicki weg, was soll das heißen?«, fragte zur Haiden.

»Um Gottes willen, was ist passiert?« Louise fasste sich an den Busen. »So reden Sie doch, Trauschke!«

»Sie ist seit drei Tagen weg, soll ich ausrichten. Keiner weiß, wo sie ist. Die Polizei in Lübeck wurde bereits verständigt, aber die hat sie auch nicht gefunden.«

Zur Haiden brauchte einen Augenblick, um die ganze Tragweite dessen zu begreifen, was er soeben gehört hatte. Dann schwoll ihm eine Ader auf der Stirn. »Und wieso erfahren wir das erst jetzt?«

»Mein armes Kind!« Louise schluchzte auf.

»Fräulein Roquette wollte, äh, nicht die Pferde scheu machen, Herr Professor. Es passiert ja immer mal wieder, dass eine der jungen Damen stiften geht, aber sie sind immer wiedergekommen. Ihr Fräulein Tochter ist allerdings nicht wiedergekommen. Bis jetzt jedenfalls.«

»Aber warum?« Zur Haiden schüttelte den Kopf. »Warum hat sie das gemacht? Ich meine, sie hatte dort in Lübeck doch alles?«

»Ich weiß nicht, Herr Professor. Fräulein Amélie hat die Hoffnung gehabt, dass Ihre Tochter hier ist, aber wie es aussieht, ist sie's nicht. Tut mir leid.« Trauschke zuckte hilflos mit den Schultern. »Sie sagte, es wäre schicklicher, wenn ich Ihnen die schlechte Nachricht persönlich bringe, besser als nur ein Brief.«

»Schon gut.« Trotz allem besann sich zur Haiden auf seine Pflichten als Hausherr. »Danke, Trauschke. Haben Sie eine Unterkunft für die Nacht? Ich nehme an, Sie wollen nicht im Dunkeln zurück nach Lübeck fahren.«

»Nein, Herr Professor, ich habe hier einen Bruder. Der

wohnt am Schaartor beim Rödingsmarkt. Da kann ich schlafen.«

»Schön.« Zur Haiden kramte nach einer Münze und gab Trauschke eine Mark. Das war vielleicht etwas üppig, aber er hatte es nicht kleiner. »Danke für Ihre Mühe.«

Trauschke nahm das Geld, setzte die Mütze auf und verließ sichtlich erleichtert das Zimmer.

Louise weinte still vor sich hin. »Was soll nur werden?«, fragte sie nach einer Weile verzweifelt.

Zur Haiden fühlte sich nicht viel besser, aber als Mann durfte er keine Schwäche zeigen. Er räusperte sich. »Davon, dass wir hier Löcher in die Luft starren, kommt Vicki nicht zurück. Wir müssen etwas unternehmen.«

»Ja, doch was?«

Das wusste zur Haiden auch nicht. Er griff zur Klingel und läutete. Als Frieda erschien, sagte er: »Holen Sie Benno her. Stante pede!«

Als Benno die Neuigkeit erfahren hatte, verschlug es sogar seinem losen Mundwerk die Sprache. »Alle Wetter«, sagte er und ließ sich in einen Sessel fallen. »Das muss ich erst mal verdauen.« Er schenkte sich einen Kognak ein.

»Gib deiner Mutter und mir auch einen«, befahl zur Haiden.

Gemeinsam tranken sie.

»Und nun?«, fragte Louise, der die Tränen noch immer die Wangen herunterliefen.

»Wir müssen Kontakt nach Lübeck aufnehmen«, sagte zur Haiden. »Ich will wissen, was da los ist. Benno, du gibst ein Telegramm auf. Gleich morgen.«

»Morgen ist Sonntag. Da haben sämtliche Kaiserlichen Postämter geschlossen.«

»Verflixt und zugenäht! Dann eben übermorgen.«

»Ja, Vater. Aber was versprichst du dir von einem Telegramm? Die Antwort darauf wird nicht mehr erbringen, als dieser Kutscher uns schon gesagt hat.«

»Auch wieder wahr.« Zur Haiden trommelte mit den Fingern auf dem Tisch und überlegte. »Dann wirst du eben persönlich hinfahren und Nachforschungen anstellen. Stelle fest, ob morgen vom Bahnhof in der Spaldingstraße ein Zug nach Lübeck fährt. Ich würde es selbst machen, aber ich muss an jedem Tag in der nächsten Woche operieren. Gehe zu diesem Fräulein Amélie und quetsche es aus. Frage Vickis Mitstudentinnen, ob sie etwas wissen. Suche die zuständige Polizeiwache auf und erkundige dich, ob irgendwo eine Lei…« Er hielt inne und fuhr fort: »Ob irgendwo jemand aufgefunden wurde. Tu alles Erdenkliche und zeige mal, dass du zu etwas nütze bist. Versprichst du mir das?«

»Ja, Vater. Vielleicht aber taucht Vicki ja zwischenzeitlich wieder auf.«

»Oh, lieber Gott, das wollen wir hoffen.« Louise trocknete sich die Tränen. »Wie wäre das schön!«

»Ja, das wäre schön.« Zur Haiden seufzte. Er griff zur Zigarre und wollte einen tiefen Zug tun.

Doch die Zigarre war ausgegangen.

Hannes Dreyer, der junge Arzt, war mit sich im Reinen. Er hatte an diesem Montag einem älteren Kollegen namens Doktor Hugo Simon in Altona einen Besuch abgestattet, mit ihm einen Kaffee getrunken und über die besorgniserregenden Erkrankungsfälle gesprochen. Beide Mediziner verband, dass ihnen beruflich viel Unrecht widerfahren war: Simon hatte man nach einem Prozess, über den er nicht näher reden mochte, die Mitgliedschaft im Hamburger Ärztlichen Verein verwehrt, und Hannes war im Krankenhaus Eppendorf Knall und Fall entlassen worden. Simon hatte – genau wie Hannes – bereits vor einer Woche die Asiatische Cholera diagnostiziert. Der Name seines Patienten war Sahling gewesen. Sahling hatte in der Friedenstraße 28 gewohnt, er hatte ebenfalls auf dem Kleinen Grasbrook gearbeitet und dieselben Symptome wie Hermann

Flögl aufgewiesen. Er war kurz nach Simons Besuch verschieden. »In Altona treten erheblich weniger Cholerafälle auf als in Hamburg«, hatte Simon gesagt. »Der Grund dürfte in der besseren Wasserqualität liegen, weil die Stadt eine Filteranlage hat.«

»Das glaube ich auch«, hatte Hannes geantwortet. »Die Hamburger hinken mit ihrem Filtrierwerk hinterher. Der Erreger schwimmt im Flusswasser, und ich fürchte, bei den derzeitigen Temperaturen fühlt er sich pudelwohl. Die Elbe soll 22 Grad haben.«

»Traurig nur, dass es noch immer Kollegen gibt, die nicht an die Existenz von *Vibrio cholerae* glauben. Leider gehören auch sehr prominente Kollegen unserer Zunft dazu. Doch lassen wir das. Ich will keine Namen nennen.«

»Hoffen wir, dass sie sich bald eines Besseren belehren lassen. Das gilt erst recht für den Senat und die Bürgerschaft. Die Herren müssen schleunigst wirksame Maßnahmen ergreifen. So geht es nicht weiter.«

»Da haben Sie recht, mein lieber Dreyer«, hatte Simon geantwortet und auf die Uhr geschaut. »Nehmen Sie es mir nicht übel, aber ich muss unsere Unterhaltung beenden. Ein paar Hausbesuche wollen erledigt sein. Ich darf Ihnen jedoch noch Folgendes sagen: Auch die Amtsärzte in Altona sind sicher, dass es die Cholera ist. Wir stehen mit unserer Meinung also nicht allein da.«

»Das ist erfreulich«, hatte Hannes gesagt, »auch wenn die Begleitumstände äußerst unerquicklich sind. Ich danke Ihnen für die Zeit, die Sie sich genommen haben.«

»Gern geschehen.«

»Zum Glück ist es heute nicht mehr ganz so heiß. Ich werde die Gelegenheit nutzen und noch einen Spaziergang hinunter an die Elbe machen.«

»Tun Sie das, Herr Kollege.«

Sie hatten sich freundschaftlich verabschiedet, und Hannes war über die Lange Straße zum Pinnasberg geschlendert.

Nun blieb er stehen und genoss den Ausblick. Im Osten lagen die Landungsbrücken, dahinter ragte das Wahrzeichen Hamburgs empor: der Michel mit seinem hölzernen Turm. Vor ihm wälzte sich träge die Elbe dahin. Kein Lüftchen regte sich. Auf der anderen Seite des Stroms, drüben auf Steinwerder, erklangen hell die Hammerschläge der Nieter von *Blohm & Voss.* Ein dreimastiger Frachtsegler schob sich in Hannes' Blickfeld. Er glitt majestätisch flussabwärts, gezogen von zwei Schleppern mit qualmenden Schornsteinen. Ihm folgte langsam ein großer Dampfer: die hundertzehn Meter lange *Suevia*, auf deren Decks die Passagiere dichtgedrängt standen. Es waren Auswanderer, die nach New York wollten. Hannes fragte sich, wie viele von ihnen wohl den Erreger in sich trugen und die Seuche nach Amerika einschleppen würden. Der Dampfer verschwand und gab den Blick frei auf zwei Elbfischer, die ihre Netze ausgeworfen hatten. Sie würden ihren Fang wahrscheinlich noch heute am Fischmarkt anlanden, der westlich vom Pinnasberg lag.

Der Pinnasberg verdankte seinen Namen einem Wirtshaus, das vor über hundert Jahren auf diesem Hügel gestanden hatte. »Der neue Pinnas« hatte es geheißen und eine Pinasse im Schild geführt. Das Wirtshaus gab es schon lange nicht mehr, stattdessen stand dort heute eine Sitzbank. Eine junge Frau saß darauf und sah wie Hannes hinaus auf die Elbe. Sie trug eine weiße Rüschenbluse und einen blauen Rock in Turnürenform. Das dazugehörige Jäckchen hatte sie neben sich auf die Bank gelegt. Die Frau war schlank, vielleicht zwanzig Jahre alt, und ihr Gesicht war von ganz eigenem Reiz – mit schön geschwungenen Brauen und einem wohlgeformten Mund. Ein keckes Hütchen bedeckte ihre brünetten Locken.

Hannes wollte schon weitergehen, als ihm ein Bursche auffiel, der sich von hinten an die Bank heranschlich. Der Kerl sah ziemlich abgerissen aus, und betrunken war er obendrein, denn er schwankte wie ein Rohr im Winde. Das schien ihn aber nicht daran zu hindern, die Hand zielstrebig nach dem Jäckchen auszustrecken.

Ein Dieb!, schoss es Hannes durch den Kopf. Mit drei, vier schnellen Schritten war er heran und packte den Kerl beim Schlafittchen. »Das könnte dir so passen, hier lange Finger zu machen!«, rief er.

Der Kerl wehrte sich, aber Hannes hielt ihn eisern fest. »Ich werde dich dem nächsten Schutzmann übergeben, dann kannst du die Nacht in der Zelle schmoren.«

»Bitte nicht.« Der Mann gab seinen Widerstand auf. »Ich … ich wollte nichts stehlen, wollte nur, äh, dass die Jacke bei dem Wind nicht runterfällt.«

Hannes sagte grimmig: »Willst du mich für dumm verkaufen? Es ist heute ungefähr so windig, wie du nüchtern bist!«

»Hä?«

Die junge Frau lachte. Hannes sah, dass sie grüne Augen hatte.

»Lassen Sie ihn laufen«, sagte sie.

Hannes lockerte seinen Griff. »In Ordnung. Vorher soll er mir aber verraten, wieso er am helllichten Tag betrunken ist.«

»'s ist nur wegen der Cholera«, sagte der Kerl. »Ich hab ein paar Schnäpse gekippt, damit sie mich nicht erwischt. Hätte sonst auch nie die Jacke angefasst.«

Hannes ließ ihn los. Aufatmend lief der Mann davon.

»Das war sehr ritterlich von Ihnen«, sagte die junge Frau und schaute ihn direkt an. Was sie sah, war ein freundliches, jungenhaftes Gesicht mit rotblonder Mähne.

»Ach, nicht der Rede wert.« Hannes wusste nicht recht, wohin er blicken sollte. Immer wenn er einer hübschen Frau begegnete, wurde er verlegen.

Sie lächelte. »Ich würde mich gern erkenntlich zeigen.«

Hannes schluckte. Täuschte er sich, oder war das ein Zeichen, dass seine Gesellschaft ihr nicht unangenehm war? »Nun, äh, Sie könnten sich erkenntlich zeigen, indem Sie mir erlauben, Sie zu einer Limonade einzuladen.«

»Gern!« Als wäre es die selbstverständlichste Sache von der Welt, hakte sie sich bei ihm unter. »Wohin führen Sie mich?«

Diese Frage brachte Hannes ins Schwitzen. Er kannte die Ausflugslokale an der Elbe nur dem Namen nach und wollte keinen Fehler machen. Deshalb sagte er: »Wir könnten in den Alsterpavillon gehen. Es ist zwar ein ganzes Stück bis dahin, aber die Limonade soll gut sein.«

»Einverstanden.«

Eine Zeit lang gingen sie nebeneinander her. Hannes stellte fest, dass die Frau sich ohne Mühe seiner Schrittlänge anpasste. »Wir sind im Gleichschritt.« Sie lachte. »Wie beim Militär.«

»Stimmt.« Auch Hannes musste schmunzeln.

»Haben Sie gedient?«

»Nein. Ich bin kein großer Krieger.«

»Für den betrunkenen Kerl hat es aber gereicht. Wenn Sie kein Krieger sind, was sind Sie dann?«

»Ich bin Arzt.«

»Ein Doktor? Das ist lustig.«

Hannes runzelte die Stirn. »Was ist daran lustig?«

»Ach, nichts. Sehen Sie, gleich haben wir schon das Hafentor erreicht. Dann sind wir wieder in Hamburg.«

»Und Sie, mein Fräulein, was sind Sie, wenn ich fragen darf?«

»Ich bin ein unartiges Mädchen, das zurzeit kein Zuhause hat.«

»Kein Zuhause? So sehen Sie gar nicht aus.«

Daraufhin schwieg die junge Frau.

Wieder gingen sie eine Zeit lang nebeneinander her. Dann sagte Hannes: »Ich habe auch kein Zuhause.«

»Was, Sie auch nicht?«

»Nein, ich wohne seit einiger Zeit in Logis, genauer gesagt in einer Kneipe, die sich *Ohlof's Wirthschaft & Frühstücks-Lokal* nennt. Die Gegend ist nicht besonders gut, aber die Preise sind niedrig.«

»Das heißt, Ihr Portemonnaie ist ziemlich leer?«

»Nun…« Die direkte Art der jungen Frau war Hannes peinlich. Andererseits gefiel ihm, dass sie aussprach, was sie dachte. »Um ehrlich zu sein, ja.«

»Dann gehen wir nicht in den Alsterpavillon. Da ist es viel zu teuer. Wir gehen in Ihre Kneipe.«

Hannes zögerte. »Ich weiß nicht, ob das für Sie der passende Ort wäre. Sie sind doch …«

»Unsinn!« Sie lachte erneut. »Ich war noch nie in einer billigen Kneipe. Gibt es da auch Limonade?«

Hannes musste grinsen. »Wohl eher nicht. Aber vielleicht kriege ich Mutter Ohlof dazu, uns eine Bowle zu machen.«

»Das wäre himmlisch! Ich bin nur Zichorienkaffee und Hagebuttentee gewöhnt.«

Das wunderte Hannes, aber er mochte nicht fragen, warum das so war. »Wir sind schon in der Steinstraße«, sagte er, »da vorne ist es.«

Hannes öffnete die quietschende Holztür, auf dem ein angerostetes Emailleschild mit dem Sinnspruch *Trautes Heim, Glück allein!* prangte. Erleichtert stellte er fest, dass von den vier Tischen nur einer besetzt war. Ein Arbeiter saß daran, der den Kopf auf die Arme gelegt hatte und vor sich hin döste. Der Tresen im Hintergrund des Schankraums war leer. »Mutter Ohlof, sind Sie da?«, rief Hannes.

Die Tür zu der winzigen Küche öffnete sich. Mutter Ohlof erschien. Als sie die junge Frau an Hannes' Seite sah, machte sie ein verdutztes Gesicht.

»Mutter Ohlof, darf ich vorstellen, das ist …«, begann Hannes. Dann fiel ihm ein, dass er den Namen seiner Begleiterin nicht kannte.

»Lassen Sie mich raten: Ihre Gattin, Herr Doktor?« Mutter Ohlof fing an zu strahlen. »Das ist aber eine Überraschung!« Sie wischte sich die Hände an der Schürze ab und begrüßte die junge Frau. »Herzlich willkommen in *Ohlof's Wirthschaft & Frühstücks-Lokal!*«

Hannes' Begleiterin lächelte, machte jedoch keine Anstalten, das Missverständnis aufzuklären.

Mutter Ohlof drohte Hannes scherzhaft mit dem Finger. »Eigentlich müsste ich mit Ihnen Schlitten fahren, Herr Doktor, dass Sie mir Ihre hübsche Gattin so lange vorenthalten haben!«

»Nun, äh …«, sagte Hannes.

»Aber ich bin nicht nachtragend. Was darf ich Ihnen anbieten, Frau Doktor?«

»Mein Mann dachte, dass Sie vielleicht eine Bowle ansetzen könnten?«

»Eine Bowle?« Mutter Ohlof zog die Stirn kraus und kratzte sich die sorgfältig ondulierten Haare. »Da muss ich Sie enttäuschen … Aber warten Sie! Ich habe noch einige Flaschen Weißbier hinten stehen. Bruno, mein Seliger, war Brauergeselle in der Hauptstadt, müssen Sie wissen. Der mochte das Hamburger Bier nicht. Ich könnte etwas eingemachten Rhabarbersaft hineingeben. Die Berliner nehmen allerdings Waldmeister, aber wenn es Sie nicht stört …?«

»Nein, überhaupt nicht.« Die junge Frau lächelte. »Das ist ganz reizend von Ihnen, Frau Ohlof.«

»Sie können ruhig ›Mutter Ohlof‹ zu mir sagen. Das tun alle hier. So, und nun mache ich Ihnen ein Weißbier mit Schuss.«

Mutter Ohlof verschwand.

Hannes und die junge Frau standen da und sahen sich an. »So übel ist Ihr Zuhause gar nicht«, sagte sie und streckte die Hand aus. »Ich heiße übrigens Viktoria. Aber alle rufen mich Vicki.«

»Ich heiße Hannes.« Sie gaben sich die Hand. Weil die Situation so förmlich war, mussten sie beide lachen.

»Komm, wir setzen uns«, schlug Vicki vor.

Kurze Zeit später erschien Mutter Ohlof mit dem von ihr zusammengemischten Getränk. Vicki probierte, verzog das Gesicht und sagte: »Köstlich.«

»Ich habe leider keine Buletten dazu«, entschuldigte sich Mutter Ohlof. »Die Berliner sagen ja Buletten, obgleich die Dinger nichts anderes als Frikadellen sind. Gekocht habe ich heute leider auch nicht. Aber wenn die Frau Doktor mit ein paar Rollmöpsen und Soleiern vorliebnehmen würde …?«

»Natürlich«, sagte Vicki und angelte sich, ohne zu zögern, einen Rollmops aus dem Glas.

»Guten Appetit. Freut mich, wenn es Ihnen schmeckt.« Mutter Ohlof wandte sich ab, weil andere Gäste die Kneipe betreten hatten. »Wenn Sie was brauchen, sagen Sie Bescheid.«

»Danke, das mache ich.«

Hannes trank einen Schluck und sagte: »So, und nun musst du mir erklären, warum du vorhin gelacht hast, als ich sagte, ich sei Arzt.«

»Ich komme aus einer Arztfamilie.«

»Ach so. Aber du sagtest doch, du hättest kein Zuhause?«

»Habe ich auch nicht.«

»Warum nicht?«

»Oh, das ist eine lange Geschichte.«

»Ich kann zuhören.«

»Also gut, es fängt damit an, dass meine Eltern aus ihrer Tochter eine staubtrockene Lehrerin machen wollten …«

Sie redeten den ganzen Abend bis in die Nacht hinein, und auch Hannes fand Gelegenheit, aus seinem Leben zu berichten. Dabei tranken sie mehrere Flaschen Berliner Bier mit Rhabarber-Schuss und wurden mit jedem Glas ein wenig lustiger. Dann jedoch, als das Gespräch für einen Augenblick versickerte, wurde Vicki plötzlich ernst. »Ich habe das Gefühl, ich kenne dich schon mein ganzes Leben«, sagte sie leise.

»So geht's mir auch.«

Hannes nahm Vickis Hand – und ließ sie rasch wieder los, denn Mutter Ohlof erschien und scheuchte die letzten Gäste aus dem Schankraum. »Ich mache für heute den Laden dicht«, verkündete sie. »Es war ein langer Tag. Sie sollten auch schlafen gehen, Herr Doktor.«

»Äh, ja«, sagte Hannes.

»Gute Nacht, Frau Doktor. Brauchen Sie noch was?«

»Nein, vielen Dank«, sagte Vicki.

»Dann ist es gut.« Mutter Ohlof erlaubte sich ein Augenzwinkern. »Das Bett dürfte ja breit genug für zwei sein.«

Wenig später standen sie sich in der kleinen, von Hannes gemieteten Kammer gegenüber. Hannes räusperte sich. »Du bekommst natürlich das Bett.«

»Das ist nicht nötig.«

»Ich bestehe darauf. Wenn du möchtest, hänge ich eine Wolldecke quer durch den Raum, damit du dich ungestört entkleiden kannst.«

»Du bist ein echter Gentleman. Ich nehme dein Angebot an. Aber nur unter der Bedingung, dass wir dir ein bequemes Lager auf dem Fußboden herrichten.«

Sie suchten sämtliche Kissen und Handtücher zusammen und bauten daraus ein Bett, zogen ein Stück Leinen darüber und spannten danach gemeinsam die Wolldecke durch die Kammer. Dann schauten beide sich verlegen an. »Tja, schlafe gut, Vicki«, sagte Hannes.

»Du auch.«

Sie stellte sich auf die Zehenspitzen und küsste ihn rasch auf den Mund. »Bis morgen, Herr Doktor.«

KAPITEL 3

Am dreiundzwanzigsten August, nur einen Tag, nachdem Hannes und Vicki sich zum ersten Mal begegnet waren, wurde der Hafen abgeriegelt. Das Dröhnen der Schiffshörner erstarb, die Kräne standen still, die Arbeit auf den Werften ruhte. Tagelang hatte der Senat sich mit der Beschlussfassung schwergetan, auch weil die einflussreiche *Hamburg-Amerikanische Packetfahrt-Actien-Gesellschaft*, kurz *HAPAG*, gedroht hatte, in diesem Fall ihren Firmensitz nach Bremen zu verlagern.

Doch dann endlich war die Entscheidung gefallen. Und nicht nur diese: Man hatte sich ebenfalls dazu durchgerungen, den Ausbruch der Cholera nach Berlin zu melden. Im Gegenzug war Professor Robert Koch, der berühmte Entdecker des Tuberkel-Bakteriums, nach Hamburg gekommen, um sich vor Ort ein Bild zu machen.

Die ganze Stadt summte an diesem Tag wie ein Bienenkorb, überall standen die Menschen auf der Straße und sprachen über das Ereignis. Die Bedrohung durch die Seuche war für jedermann greifbar geworden. Und man hatte Angst. Keine zehn Jahre lag es zurück, dass der Typhus die Elbmetropole heimgesucht hatte. Tausende waren damals gestorben. Würden es diesmal genauso viele werden? Man munkelte bereits von Hunderten Toten. Jedes Pferdefuhrwerk, das sich als Krankenwagen seinen Weg durch die engen Gassen bahnte, wurde argwöhnisch betrachtet, und nicht selten lag tatsächlich ein Todkranker darin.

Auch durch die Steinstraße fuhr ein solches Gefährt. Es hielt vor dem Nebenhaus von Mutter Ohlofs Kneipe, zwei Träger sprangen vom Bock herab. Sie nahmen eine Bahre von der Pritsche und verschwanden damit in der Eingangstür.

Hannes, der das beobachtet hatte, sagte zu Vicki: »Ich glaube, da soll jemand abgeholt werden. Ich werde mir meinen Arztkoffer greifen und mal nachsehen. Vielleicht kann ich helfen.«

»Ich komme mit.«

Hannes schüttelte den Kopf. »Es wird wahrscheinlich kein schöner Anblick sein.«

»Das macht mir nichts aus.«

»Gut, wie du willst.« Er gab nach und nahm sie mit ins Nachbarhaus. Im ersten Stock, in einer kleinen Wohnung, die eher als Loch bezeichnet werden musste, lag eine alte Frau im Bett. Die zwei Träger und ihr Mann standen daneben. Der Mann war der alte Lüdders, der früher als Glasbläser in Ottensen gearbeitet hatte. Die Träger wollten die Frau auf die Bahre heben, doch die Alte wehrte sich mit matten Bewegungen.

»Nun komm schon, Oma, es geht ab ins Krankenhaus«, drängte einer der Träger.

»Warten Sie!« Hannes trat hinzu und schaute sich die Kranke an. Eine eingehende Untersuchung – das sah er sofort – war nicht vonnöten. Die Symptome waren eindeutig: graublaue Gesichtshaut, eingesunkene Augen, schweißnasses Gesicht. Die alte Frau hatte Cholera. Und sie hatte nicht mehr lange zu leben.

»Lasst … lasst mich hier sterben«, flüsterte sie kraftlos.

»Das geht nicht wegen der Ansteckungsgefahr«, sagte der andere Träger. »Komm, Fritz, pack mit an.«

»Halt!«, sagte Hannes. »Die Frau bleibt hier. Ich übernehme die Verantwortung.«

»Sie? Wer sind Sie denn?« Der erste Träger baute sich vor Hannes auf.

»Ich bin Arzt. Mein Name ist Doktor Johannes Dreyer.«

»Arzt? Ach so.«

»Sie haben sicher noch andere Fälle, um die Sie sich kümmern müssen. Für Sie gibt es hier nichts mehr zu tun.«

»Tja, dann.« Die Träger tippten an ihre Mützen und zogen mit ihrer Pritsche ab.

Dem alten Lüdders kamen die Tränen. Er streichelte seine Frau immerfort und sagte stockend: »Vorgestern war sie noch drüben in St. Jacobi und hat gebetet, dass die verfluchte Seuche uns verschont, und nun war's doch umsonst.«

Hannes schwieg. Er konnte nicht mehr helfen.

Vicki nahm eine Kruke mit Wasser vom Tisch, schenkte einen Becher ein und hielt ihn der Kranken an die Lippen. Die alte Frau trank mühsam einen winzigen Schluck. Ihre Lippen formten ein unhörbares Wort: danke.

»Bitte ... bitte lassen Sie mich jetzt nicht allein«, murmelte Lüdders.

»Natürlich bleiben wir«, sagte Vicki.

In der nächsten Stunde flößte sie der Sterbenden noch zwei Mal etwas Wasser ein. Dann ging es zu Ende.

Hannes kam sich sehr hilflos vor, doch Vicki fand die richtigen Worte: Sie sprach ein Vaterunser.

Nach dem Amen sank Lüdders in sich zusammen. »Ich will auch nicht mehr leben«, flüsterte er. »Meine Edith war mir der liebste Mensch auf Erden. Warum musste ausgerechnet sie sterben?«

»Wir wissen alle nicht, was Gott mit uns vorhat«, sagte Vicki. »Wie heißt denn der Seelsorger von St. Jacobi?«

»Röpe«, murmelte Lüdders, »Pastor Röpe.«

»Wir werden versuchen, Pastor Röpe zu holen, damit er Ihnen Trost spendet. Bleiben Sie solange bei Ihrer Edith. Sie hat es überstanden und schaut jetzt von oben auf Sie herab.«

»Ja, ja.«

Vicki zog Hannes mit zur Tür, doch die Stimme des alten Mannes hielt sie auf. »Warten Sie.« Er kramte in einer Blechbüchse und gab Hannes ein Fünfmarkstück.

»Das kann ich nicht annehmen.«

»Doch, Herr Doktor, nehmen Sie's, bitte. Meine Edith hätte gewollt, dass Sie's nehmen.«

Widerstrebend steckte Hannes die Münze ein.

Sie verließen die Wohnung und wurden im Treppenhaus von einer Fau angesprochen, hinter deren Rücken sich drei oder vier Kinder versteckten. Aus ihrer Wohnungstür roch es streng nach Kohl. »Sie sind Doktor, hab ich gehört«, sagte sie.

»Das stimmt.«

»Können Sie mal nach Conrad sehen?«

Hannes zögerte.

»Ich würde nicht fragen, wenn's nicht wichtig wäre.«

»Wer ist das?«

»Conrad Meyer.« Die Frau guckte, als müsse jedermann Conrad Meyer kennen. »Das ist mein Bruder. Handelt mit Kohle und Kaminholz.«

»Etwas mehr müssen Sie mir schon sagen.«

»Er ist Witwer. Lebt allein. Gestern ist sein Lehrling gekommen und hat gesagt, ihm geht's schlecht. Conrad geht es nie schlecht. Aber jetzt kommt er gar nicht mehr vom Klo runter.«

»Wo wohnt Ihr Bruder?«

»Caffamacherreihe, Ecke Wexstraße, in dem alten Haus.«

Hannes war zu einem Entschluss gekommen. »Gut, ich gehe hin – wenn Sie mir versprechen, Pastor Röpe von St. Jacobi zu holen. Er muss sich um den alten Lüdders kümmern. Seine Frau ist gerade gestorben.«

»Was, Edith ist tot?«

»Ja, bitte tun Sie, was ich sage.« Hannes wandte sich an Vicki. »Kommst du mit?«

»Ich habe gerade nichts anderes vor.«

»Dann los.« Zusammen machten sie sich auf den Weg. Sie gingen den Speersort hinunter, an St. Petri vorbei und durch die Bergstraße zum Alten Jungfernstieg. Im Herzen Hamburgs pulsierte das Leben, trotz der Schreckensnachrichten, die sich wie ein Lauffeuer verbreiteten. Auf Höhe des Alsterpavillons machte Hannes halt. »Weißt du noch, dass wir da gestern fast eine Limonade getrunken hätten?«, fragte er lächelnd.

»Es kommt mir vor, als läge es eine Ewigkeit zurück.«

»Ja, inzwischen ist eine Menge geschehen.« Zärtlich drückte er ihren Arm. »Komm weiter.«

Sie bogen nach links in die Großen Bleichen ab und standen wenig später vor dem alten Haus, das den Eckpunkt zwischen der Caffamacherreihe und der Wexstraße bildete.

Conrad Meyer wohnte im dritten Stock. Er war ein zäher Mann in den Vierzigern mit einer dunklen, vom Kohlenstaub verfärbten Gesichtshaut. Die letzten zwei Tage hatte er mehr oder weniger im Klosett-Verschlag auf der halben Treppe verbracht, aber er lebte noch. Auch sein Puls war vergleichsweise kräftig. Hannes kam zu dem Schluss, dass der Mann es schaffen konnte. Nicht jeder Fall war zweifellos auf die Cholera zurückzuführen. Vielleicht handelte es sich in Meyers Fall nur um Cholerine, eine abgeschwächte Form der Seuche.

»Ich habe leider kein Geld im Haus«, krächzte Meyer, als es ans Bezahlen ging.

»Nun …« Hannes überlegte. Dass der Mann kein Geld im Haus hatte, war sehr unwahrscheinlich. Vermutlich war er ein Geizkragen.

Vicki sagte geistesgegenwärtig: »Das macht nichts. Ihr Lehrling soll morgen drei Sack Kaminholz bei Mutter Ohlofs Kneipe in der Steinstraße abgeben. Dann ist die Sache erledigt. Sie kennen doch Mutter Ohlofs Kneipe?«

»Ja«, knurrte Meyer.

»Schön, dann gute Besserung«, sagte Hannes.

Sie gingen. Auf der Straße schlugen sie den Weg zurück zum Gängeviertel ein. Auf halber Strecke sagte Hannes: »Ich will noch einmal nach der Familie Flögl sehen. Die Frau tat mir so leid.«

In der Niedernstraße fand Hannes sich diesmal schneller zurecht. Er klopfte an die Kellertür im Hof 22 und trat ein, nachdem drinnen jemand »Ja?« gerufen hatte.

Frau Flögl saß am Tisch und palte Erbsen in eine Schüssel. Ihre Kinder halfen ihr dabei. Als sie Hannes und Vicki sah, sprang sie auf. »Oh, der Herr Doktor!«

»Bleiben Sie ruhig sitzen. Ich wollte nur sehen, ob es Ihnen gutgeht.«

»Nein«, sagte die Frau dumpf. »Zwei meiner Kleinen sind inzwischen auch noch gestorben, und Finn liegt krank im anderen Zimmer. Schon drei Mal hat er sich vollgemacht. Wie soll es mir da gutgehen!« Ihr Mund zuckte. Sie begann zu weinen. »Hört das denn nie mehr auf?«

Vicki nahm sie spontan in den Arm.

Hannes ging in den Nebenraum. »Was machst du denn für Sachen«, sagte er zu Finn.

Finn grinste schwach. »Mich hat's auch erwischt«, flüsterte er.

»Dann wollen wir sehen, was wir dagegen unternehmen können.« Hannes untersuchte den Jungen eingehend. Er hatte Cholera, soviel war klar, und ebenso klar war, dass es auf der Kippe stand, ob er überleben würde. Er war ohnehin nicht der Stärkste, und die Rachitis schwächte seinen Körper zusätzlich. »Ich glaube, es ist besser, wenn ich dich ins Krankenhaus nach Eppendorf bringen lasse«, sagte Hannes und strich dem Jungen die Haare aus der Stirn.

»Nein«, sagte die Frau, die dazugekommen war, »das kann ich nicht bezahlen.«

»Hatte Ihr Mann denn keine Krankenversicherung?«, fragte Hannes erstaunt. Im Jahre 83 war vom Kaiser ein Gesetz erlassen worden, nach dem jeder Arbeiter, der in Lohn oder Gehalt stand, gegen Krankheit zu versichern war.

Die Frau schüttelte den Kopf. »Mein Hermann hat immer auf eigene Rechnung gearbeitet. Der war ein Querkopf, der mochte nicht, wenn ihm einer reinredete.«

»Haben Sie denn niemanden, der Ihnen etwas leihen könnte?«, fragte Vicki.

»Die, die ich kenne, haben selber nichts. Schauen Sie sich doch um, hier wohnen nur arme Leute.«

»Schon gut.« Hannes biss sich auf die Lippen. Gegen den Komma-Bazillus, wie *Vibrio cholerae* auch genannt wurde, waren den Ärzten die Hände weitgehend gebunden. Die Einnahme von reichlich Flüssigkeit, frische Luft und Leibesübungen, Stärkung des Körpers durch gute Kost – viel mehr war nicht zu machen, auch wenn manche Kurpfuscher zu Stromstößen, Packungen mit Kuhfladen oder Schwarzpulver-Infusionen rieten.

»Finn muss viel trinken, das wissen Sie ja«, sagte Hannes zu der Frau. Er klopfte dem Jungen aufmunternd gegen die Wange und ging wieder in den ersten Raum. Dort deutete er auf die gepalten Erbsen in der Schüssel. »Ich nehme an, Sie wollen eine Erbsensuppe kochen. Nehmen Sie sauberes Wasser, und tun Sie ein ordentliches Stück Speck hinein, damit Finn wieder zu Kräften kommt.«

»Speck?« Die Frau guckte vorwurfsvoll. »Sie machen wohl Witze, Herr Doktor.«

»Nun ja.« Hannes schwieg.

»Vielleicht gibt es einen Krämer, bei dem Sie anschreiben lassen können?«, fragte Vicki.

»Ja, vielleicht«, sagte die Frau. Aber man sah ihr an, dass sie selbst nicht daran glaubte.

Hannes und Vicki verabschiedeten sich. Draußen auf dem Hof sagte Vicki: »Wenn der Junge nicht richtig isst, wird er sterben.«

»Ja, aber er wird richtig essen«, erwiderte Hannes.

»Ich denke, die Frau hat kein Geld?«

»Doch, etwas schon.« Hannes lächelte schief. »Ich habe ihr das Fünfmarkstück vom alten Lüdders unter die Schüssel geschoben.«

Vicki blieb stehen. »Das war sehr großzügig von dir«, sagte sie überrascht. »Wenn ich mich recht erinnere, ist dein eigenes Portemonnaie ziemlich leer.«

»Das stimmt. Aber ich habe immer noch mehr als die arme Frau Flögl. Und ich will, dass der Junge gesund wird.«

Sie gingen weiter. Doch sie kamen nicht weit. Grund dafür war Hannes' Arztkoffer, der weithin signalisierte, welchen Beruf sein Träger ausübte. Ein Mann, der eine Schottsche Karre mit allerlei Krimskrams schob, kam ihnen entgegen, zog die Mütze und bat Hannes um Hilfe. Seine Frau liege darnieder.

Hannes und Vicki gingen mit. Die Wohnung befand sich in der Spitalerstraße, direkt über einer Lotterie-Annahmestelle. Die Frau hatte, wie sich alsbald zeigte, Vierländer Zwetschgen mit Elbwasser gewaschen und anschließend von dem Obst gegessen. Hannes tat, was er konnte – es war wenig genug –, und verließ die Kranke. Danach kam ein weiterer Fall und dann noch einer. Es schien, als griffe die Cholera von allen Seiten nach ihm und seiner Hilfsbereitschaft.

Am Abend waren er und Vicki so erschöpft, dass sie kaum in der Lage waren, die mit viel Liebe und Kümmel gekochten Pellkartoffeln von Mutter Ohlof zu würdigen. Es gab dazu Bockwürste von Schlachter Brügmann und ein frisch gezapftes Holsten. »Nehmen Sie es uns nicht übel, Mutter Ohlof«, sagte Hannes nach dem letzten Bissen, »aber mehr als eine Wurst schaffen wir nicht. Wir sind todmüde.«

»Es war ein langer Tag«, erklärte Vicki.

Mutter Ohlof nickte. »Es hat sich schon herumgesprochen, dass Sie gern helfen, Herr Doktor, aber Sie sind zu gutmütig, wenn die Bemerkung gestattet ist. Sie dürfen sich nicht ausnutzen lassen.«

Hannes erhob sich. »Wenn jemand krank ist, muss ich ihm helfen. So verstehe ich den Eid, den ich als Arzt geleistet habe. Das Essen war wirklich gut, aber bitte, entschuldigen Sie uns jetzt. Gute Nacht.«

»Gute Nacht«, sagte auch Vicki und folgte Hannes die Stiege hinauf in den ersten Stock, in dem Hannes' kleine Kammer lag. »Ich glaube, sie ist ein bisschen beleidigt, weil wir sie so plötzlich verlassen haben.«

»Das macht nichts. Manchmal denke ich, man muss ein bisschen aufpassen, dass sie einen nicht zu sehr vereinnahmt. Morgen früh hat sie das wieder vergessen.«

»Dann ist es ja gut.«

»Ich werde jetzt die Wolldecke wieder aufspannen. Hilfst du mir dabei?«

»Nein.«

»Nein?« Hannes blickte verständnislos.

Vicki lächelte vielsagend. »Ich glaube, wir brauchen sie nicht mehr. Wie sagte Mutter Ohlof gestern Abend ganz richtig? ›Das Bett dürfte ja breit genug für zwei sein.‹«

»Ja, aber ...?«

»Außerdem bist du ein Gentleman, und ich bin sicher, du weißt, wie du dich einer Dame gegenüber zu verhalten hast, nicht wahr?«

»Gewiss, natürlich.«

Sie zogen sich bis auf die Leibwäsche aus und schlüpften unter die Federn. Dann lagen sie eine Weile wach, spürten die Nähe des anderen, waren ein bisschen verlegen und wagten es kaum, sich zu bewegen. Nach einer Weile sagte Vicki leise: »Gute Nacht, Hannes.«

Sie bekam keine Antwort.

Der Gentleman war eingeschlafen.

KAPITEL 4

Professor zur Haiden legte das Skalpell aus der Hand und bog das schmerzende Kreuz durch. »Das war's, Seebohm«, sagte er zu dem Zweiten Chirurgischen Arzt. »Setzen Sie die Naht und bringen Sie den Patienten wieder zu sich.«

»Jawohl, Herr Professor.«

»Der Operationswärter soll die Narkosemaske reinigen und alles Weitere erledigen.« Zur Haiden ging zu einem der Waschtische an der Wand und ließ mit der Brause warmes Wasser in das Becken laufen. Bedächtig begann er, sich die Hände zu waschen. Er tat dies stets nach einem Eingriff, ob notwendig oder nicht, denn es gab ihm Gelegenheit, die durchgeführten Maßnahmen noch einmal auf ihren Sinn und Zweck zu überprüfen. Heute jedoch war er mit seinen Gedanken ganz woanders. Der Grund war Vicki, seine Tochter. Noch immer hatte sie nichts von sich hören lassen. Wie lange wartete er jetzt schon auf ein Lebenszeichen? Man schrieb mittlerweile Donnerstag, fünf Tage lag es zurück, dass Trauschke die Hiobsbotschaft gebracht hatte, und mit jedem weiteren Tag war die Hoffnung mehr geschwunden. Die Angst, Vicki könne etwas Schreckliches zugestoßen sein, war fast zur Gewissheit geworden: Sie lebte nicht mehr. Louise, Frieda, Martha und die anderen Bediensteten, ja, das ganze Haus in der Großen Elbstraße war vor Sorge und Trauer wie gelähmt.

Sogar Benno lief mit hängendem Kopf herum. Wie gewünscht, war er gleich am Sonntag über Büchen nach Lübeck gefahren und hatte vor Ort Erkundigungen eingezogen. Fräulein Amélie Roquette, eine sechzigjährige Erzieherin mit hochgeschlossenem schwarzen Kleid und Dutt, hatte ihn höflich empfangen und ihr tiefstes Bedauern über den Vorfall ausgedrückt, allerdings nicht ohne den diskreten Hinweis, Vicki habe schon immer ihre Flausen im Kopf gehabt. Gewiss, ihre Leistungen seien über jeden Zweifel erhaben, aber wie gesagt … Im Übrigen habe niemand auch nur die leiseste Vermutung, wo sie geblieben sein könne.

Auch die Mitstudentinnen hatte Benno befragt, aber nichts erfahren, obwohl er seinen ganzen Charme hatte spielen lassen. Vicki war beliebt, das wurde deutlich, doch dieser Umstand half auch nicht weiter. Sein Besuch bei der zuständigen Polizeiwache, der am darauffolgenden Montag stattgefunden hatte, war genauso ergebnislos verlaufen. Die Beamten kannten den Fall bereits und hatten bedauernd mit den Schultern gezuckt. Einer hatte versucht, ein aufmunterndes Wort zu finden, und gesagt, mitunter sei die Liebe für ein derartiges Verschwinden verantwortlich. Ein schwacher Trost, an den Benno nicht glauben mochte.

Er hatte sich bedankt und war schweren Herzens wieder nach Hamburg gefahren.

In der Folgezeit versuchte jeder auf seine Art, mit der furchtbaren Erkenntnis fertigzuwerden. Louise und Benno zogen sich in ihre Zimmer zurück, und die Bediensteten liefen mit steinerner Miene herum.

Zur Haiden war das Krankenhaus geblieben. Er hatte sich in die Arbeit gestürzt und stundenlang operiert, allein schon, um sich abzulenken. Es gelang ihm jedoch nicht. Bei der Aufmeißelung eines Knochenabszesses am Schienbein musste er ebenso an Vicki denken wie bei der Amputation einer Zehe, die wegen eines Gangräns entfernt wurde, bei einer Rippensektion ebenso wie bei der Operation einer eingeklemmten Hernie. Doch was sollte er machen? Die Krankenanstalt war sein Leben …

»Herr Professor!« Einer der Gehilfsärzte eilte herbei. »Herr Direktor Rumpf bittet Sie in die Pathologie im Leichenhaus.«

»Ist es denn schon so spät, Krukenberg?« Rasch trocknete

zur Haiden sich die Hände ab. »Laufen Sie nur schon voraus. Ich komme nach!«

Er eilte den breiten Weg hinunter bis zur fünften Pavillonreihe, bog nach rechts ab und lief direkt auf das Leichenhaus zu, das im äußersten Nordosten des Areals lag. Das Gebäude barg nicht nur die Halle für verstorbene Patienten, sondern auch die Pathologie mit den dafür erforderlichen Einrichtungen, darunter einige hochmoderne Lichtmikroskope der Firma *Leitz*. Vor einem dieser Mikroskope stand eine Traube würdiger Herren. Der berühmteste unter ihnen trug einen mächtigen Schnäuzer, der an den Borstenbart eines Walrosses erinnerte: Robert Koch, der große Bakteriologe. An seiner Seite Direktor Rumpf und die verantwortlichen Herren der medizinischen und chirurgischen Abteilungen. Auch Professor Schede, ein Mann mit strengem Mittelscheitel, war dabei. Dazu Doktor Eugen Fraenkel, welchem – anders als dem Physikus Ermann – innerhalb kürzester Zeit der bakteriologische Nachweis des Cholera-Erregers gelungen war, sowie die Gehilfsärzte Krukenberg und Barth.

»Da sind Sie ja, zur Haiden!«, rief Rumpf und fügte mit leisem Vorwurf hinzu: »Ich hatte Ihnen doch den Besuch aus Berlin rechtzeitig angekündigt. Nun, wie dem auch sei, ich darf die Herren einander vorstellen: Der Kollege zur Haiden ist Leiter der II. Chirurgischen Abteilung unserer Anstalt und …« – Rumpf gestattete sich ein Lächeln – »… Professor Koch, der Direktor des Institutes für Infektionskrankheiten in Berlin, ist natürlich allseits bekannt.«

»Gewiss, gewiss«, keuchte zur Haiden, der vom Laufen noch etwas kurzatmig war.

Die Herren gaben sich die Hand.

Zur Haiden versuchte einen Scherz: »Tut mir leid, dass ich mich verspätet habe, aber der *Ulcus ventriculi,* den ich bis eben unter dem Messer hatte, schien von Pünktlichkeit nicht viel zu halten.«

Koch lachte freundlich. »Manchmal ist ein Magengeschwür wichtiger als ein Bakterienstamm. Bei der Gelegenheit muss ich dem Kollegen Fraenkel ein großes Kompliment machen. Ich habe selten eine schöner angesetzte Kultur des *Vibrio cholerae* gesehen.«

Fraenkel winkte geschmeichelt ab. Das Lob galt umso mehr, als der Physikus Ermann die Aufgabe nicht bewältigt hatte, weshalb er dem Kreis auch nicht angehörte.

Die Gehilfsärzte Krukenberg und Barth nickten eifrig.

»Wunderschöne Exemplare«, murmelte Koch, während er, den Zwicker in der Hand, neuerlich in das Mikroskop blickte. »Sehr typisch.«

»Die durchschnittliche Länge dürfte 23 Mikrometer betragen, die Dicke 0,5 Mikrometer, Herr Professor«, erklärte Fraenkel.

»Würden Sie mir eine Abschrift Ihrer Unterlagen zur Verfügung stellen?«

»Mit dem größten Vergnügen, Herr Professor.«

»Ich bin Ihnen sehr verbunden.« Koch richtete sich auf. »Das Bild, das sich unter einem Mikroskop auftut, will mir manchmal schöner erscheinen als die ganze neumodische Malerei: Pointillismus, Post-Impressionismus, Impressionismus, Sie wissen schon, was ich meine. Wer soll sich da noch auskennen?«

»Sehr wahr.« Die Herren lachten pflichtschuldigst.

»Ein sauber dargestelltes Bakterium ist da doch schöner.«

»Sehr viel schöner«, bekräftigte Krukenberg.

Rumpf runzelte die Stirn. Ein Gehilfsarzt durfte mitlachen, aber nicht mitreden.

Zur Haiden bemerkte missbilligend: »*Schnell fertig ist die Jugend mit dem Wort*... Schiller.«

»War es nicht Goethe?«, fragte Rumpf.

»Goethe?« Koch überlegte.

Schede, dessen Terrain nicht gerade die Kunst war, brachte Hölderlin ins Spiel.

Man einigte sich auf Goethe.

Der Gehilfsarzt Barth, der es besser wusste, schwieg. Es war klüger so.

»Wenden wir uns wieder der Wissenschaft und ihren Möglichkeiten zu«, sagte Koch. »Wie Ihnen bekannt ist, meine Herren, habe ich gestern die Meldung vom Ausbruch der Cholera nach Berlin durchgegeben. Heute nun, am fünfundzwanzigsten, sind die Tore Hamburgs geschlossen worden. Die Stadt ist damit auf sich allein gestellt, was zu der Frage führt: Wie ist sie auf die Seuche vorbereitet?«

»Wir tun, was wir können«, versicherte Rumpf, »jedenfalls, was unsere Anstalt angeht. Wir sind zwar schon unter normalen Umständen voll belegt, aber für Notfälle wie diesen gibt es im Norden des Geländes mehrere Holzbaracken.«

»Holzbaracken?«

»Ich weiß, das klingt nach einem Provisorium, aber die Häuser sind umfassend ausgestattet. Sie wurden anno 84 anlässlich der Gefahr durch die große Cholera-Epidemie in Ägypten errichtet und eignen sich vorzüglich als Evakuations-Hospital. Ich schlage vor, wir gehen hin und schauen uns mal eines an.«

Die Herren verließen das Leichenhaus und schritten hinüber zu den Baracken, Koch und Rumpf an der Spitze, die anderen Mediziner in hierarchischer Reihenfolge hinterher. Den Schluss bildeten Krukenberg und Barth.

Vor einer der Baracken blieb Rumpf stehen und führte aus: »Gewöhnlich kommt ein neuer Patient zunächst in die Aufnahmestation, wo er ein Reinigungsbad erhält, auf Ungeziefer untersucht wird und eine Urinprobe abgibt. Auch Fieber wird gemessen. Bei einem Cholera-Verdächtigen ist das selbstverständlich anders. Der Erkrankte wird direkt hierher geschafft und steht vom ersten Moment an unter Quarantäne. Die Aufnahme der Personalien, die Erstuntersuchung, das Anlegen eines Krankenjournals, all das geschieht separat in diesen Häusern. Bitte folgen Sie mir.«

Er ging voran und blieb in einem großen Raum stehen. »Wie Sie sehen, befinden wir uns hier in einer Frauenbaracke. Der Krankensaal macht den Hauptteil aus und ist für zwanzig Betten eingerichtet, zehn auf jeder Seite.«

»Sehr schön«, sagte Koch.

Einige Kranke in den Betten wendeten müde den Kopf, um die Ankömmlinge zu betrachten, starrten dann aber wieder teilnahmslos gegen die Decke. Ein Wärter im Hintergrund hatte respektvoll Haltung angenommen.

»Zwei Mantel-Füllöfen, an beiden Enden des Saales stehend, sorgen auch im Winter für ausreichende Beheizung.«

»Ah, ja.«

Rumpf wandte sich an den Wärter: »Kruse, zeigen Sie uns mal Ihr Zimmer.«

»Jawoll, Herr Direktor.«

Kruse zeigte das Wärterzimmer, das allerdings so klein war, dass die Herren nicht eintreten, sondern nur die Köpfe hineinstecken konnten. »Hier sitze ich, wenn nichts anderes zu tun ist«, erklärte er. »Auch die Schreibarbeit wird hier gemacht.«

»Und nun zeigen Sie uns mal die weiteren Räumlichkeiten.«

»Jawoll.« Kruse führte die Herren zum Spülzimmer. »Hier wird das Geschirr sauber gemacht«, sagte er mit wichtiger Miene. »Teller, Tassen, Bestecke.«

»Sämtliche Baracken sind mit Wasserleitung und Sielanschluss versehen«, warf Rumpf ein. »Die Anschlüsse enden im extra angelegten Sielgrubenhaus.«

Schede ergänzte: »Wir achten strengstens auf Hygiene.«

Kruse ging in den nächsten Raum, der zweigeteilt war. »Das ist unser Magazin. Da sind die Vorräte an Bettzeug, Putzmitteln, Klopapier und so was drin.«

»Sehr interessant«, sagte Koch.

»Zeigen Sie uns die Klosetträume!«, befahl Rumpf.

»Jawoll.« Kruse öffnete eine Tür, hinter der ein WC-Becken mit Sitzbrett und darüber ein Wasserkasten mit Zugkette sichtbar wurden. Alles war in tadellosem Zustand. »Jede Baracke hat zwei Klos.«

Er ging weiter und öffnete die nächste Tür, hinter der sich ein Waschtisch mit Wasserhahn verbarg. »Hier machen wir die Bettschüsseln sauber und desinfizieren sie.«

»Womit?«, fragte Koch.

»Mit Lysolwasser.«

»Wie hoch ist der Lysolanteil?«

»Äh …« Kruse kratzte sich am Kopf.

»Es ist fünfprozentiges Lysolwasser, Herr Professor«, half Fraenkel aus.

»Sehr gut.«

»Sämtliche Baracken sind mit Gasbeleuchtung ausgerüstet«, erklärte Rumpf abschließend. »Sie sehen, Herr Kollege: Was in unseren bescheidenen Kräften steht, wird getan. Im Übrigen habe ich gestern von Senator Hachmann erfahren, dass im benachbarten Eppendorfer Park noch weitere sechs Epidemiebaracken errichtet werden sollen. Das wären hundertachtzig Betten zusätzlich.«

Koch nickte. »Ich muss sagen, ich bin beeindruckt. Doch angesichts des Ausmaßes, das die Seuche in Ihrer Stadt bereits angenommen hat, nicht unbedingt zuversichtlich. Ich werde in den nächsten Tagen mit den Herren des Senats und der Bürgerschaft besprechen, welche Maßnahmen im Allgemeinen und welche im Besonderen zu ergreifen sind.«

»Das ist beruhigend zu hören, Herr Kollege.«

»Hoffen wir, dass der Kelch noch einmal an Ihrer Stadt vorübergeht.«

BEKANNTMACHUNG.

Vor dem Genuß ungekochter Speisen,
namentlich ungekochten Elb- und Leitungs-Wassers
sowie ungekochter Milch wird dringend gewarnt.
Hamburg, den 31. August 1892

Die Cholera-Commission des Senats.

Warnhinweise wie dieser klebten eine knappe Woche später zehntausendfach an Hamburgs Häusern. Die Hoffnung Professor Kochs, die Stadt möge vom Schlimmsten verschont bleiben, hatte sich nicht erfüllt. Pro Tag starben mittlerweile über vierhundert Menschen, rund tausend erkrankten neu. Auf den Straßen und Plätzen herrschte eine Stille wie auf dem Friedhof.

Professor zur Haiden stand mit Polizeisenator Hachmann, Koch und Fraenkel vor einem der signalroten Hinweise. Irgendjemand hatte einen Totenkopf daraufgemalt und »Nieder mit den Kapitalisten!« danebengeschrieben. Der Hinweis hing an einem Haus am Hopfenmarkt bei St. Nicolai, und Koch studierte ihn eingehend, während zur Haiden ihn dabei beobachtete.

Er hatte sich nicht darum gerissen, den berühmten Bakteriologen zu begleiten, aber Direktor Rumpf war nicht zu erweichen gewesen. »Mein lieber zur Haiden«, hatte er gesagt, »Sie können dem Kollegen Koch nicht einen Gehilfsarzt an die Seite geben, das wäre ein Affront. Also muss es einer von uns beiden machen.«

»Und Professor Schede?«, hatte zur Haiden gefragt.

»Schede hat eine Besprechung bei Senator Lappenberg. Lappenberg organisiert die Entkeimungstrupps der Stadt, da ist Schedes Engagement in der Antisepsis gefragt. Ich selbst würde den Kollegen Koch ja begleiten, aber als Direktor muss ich mich um das große Ganze kümmern. Da bleiben nur noch Sie. Außerdem gebe ich Ihnen Fraenkel mit, der scheint bei Koch einen Stein im Brett zu haben.«

Zur Haiden hatte sich in das Unvermeidliche gefügt und sich mit dem Gedanken getröstet, dass an der Exkursion vielleicht auch etwas Gutes war. Sie würde ihn für ein paar Stunden von der allgegenwärtigen Sorge um Vicki ablenken.

Unterdessen hatte Koch seine Lektüre des roten Warnhinweises beendet. »Die Maßnahmen kommen zu spät«, sagte er missbilligend, »viel zu spät«, ohne auf die politische Schmiererei einzugehen.

Polizeisenator Hachmann, der als ehemaliger Präsident der Hamburgischen Bürgerschaft durchaus seine Meriten hatte, tat so, als habe er den Tadel nicht gehört. »Sämtliche Schulen wurden geschlossen und alle öffentlichen Veranstaltungen abgesagt. Außerdem haben viele Hamburger die Stadt rechtzeitig verlassen«, erklärte er und wies auf die wartende Kutsche. »Sie wollten sich im Gängeviertel ein Bild machen, Herr Professor, wir wären dann so weit.«

»Ich komme.«

Die vier Herren kletterten in den Wagen. Hachmann gab dem Kutscher ein Zeichen und winkte sechs Schutzmänner heran. »Drei von Ihnen gehen vor, drei sichern nach hinten ab. Ich will nicht, dass die Gaffer uns aufhalten. Also los.«

Der Kutscher schnalzte mit der Zunge, und die Braunen zogen an. Sie fuhren durch den Großen Burstah bis zur Börse und danach die Große Johannisstraße entlang. Die Menschen am Straßenrand reckten die Hälse, kümmerten sich aber nicht weiter um die ungewöhnliche Formation, sie hatten andere Sorgen. Die Fahrt setzte sich fort, vorbei an dem im Bau befindlichen Rathaus, dessen Richtfest erst im Mai begangen worden war, und hinein in den Speersort.

»Halt!«, rief Koch plötzlich vor dem Hof einer Tischlerei. »Wenn mich nicht alles täuscht, steht dort ein Krankenwagen ohne Kranke, und die Träger sind abgestiegen und betrinken sich. Was geht da vor?«

Hachmann, dem die Antwort unangenehm war, versuchte abzuwiegeln: »Das hat nichts zu bedeuten. Wir sollten weiterfahren.«

»Nein.« Der sonst so freundliche Koch konnte sehr energisch werden. »Ich will wissen, was da los ist. Man hat mir gesagt, es seien dreißig Krankenwagen im Einsatz, was angesichts der erschreckend hohen Krankheitsfälle wenig genug ist. Was also ist da los?«

Zur Haiden hatte ein Einsehen mit dem Senator. Er antwortete für ihn: »Die Männer singen *Juppheidi, juppheida, Schnaps ist gut für die Cholera,* Herr Kollege. Sie unterliegen dem Irrglauben, Alkohol mache sie vor der Seuche gefeit, was, wie man hört, von den ortsansässigen Brauereien natürlich begrüßt wird.«

Fraenkel fügte hinzu: »Wo Elend ist, ist auch Verrohung, Herr Professor. Aber vielleicht kann man es den Männern nicht verübeln. Der Dienst schlägt ihnen aufs Gemüt.«

Hachmann hatte seine Sprache wiedergefunden und sagte: »Der Senat hat beschlossen, den Krankenträgern täglich eine halbe Flasche Wein und ein Quantum Kognak zur Verfügung zu stellen. Da die Wagen stets von zwei Trägern gefahren werden, teilen sie sich eine Flasche. Was die Zahl der Krankenwagen angeht, so lässt die Stadt in diesen Tagen Möbelwagen umbauen, damit sie ebenfalls für den Transport Kranker geeignet sind.«

Koch brummte irgendetwas, das Zustimmung bedeuten konnte. »Und was macht der Tischlergeselle dort mit den Sitzbrettern auf dem Wagen?«

Wieder tat Hachmann sich mit der Antwort schwer.

Zur Haiden sagte: »Sie bohren Löcher hinein.«

»Löcher? Warum?«

»Nun, Herr Kollege, bekanntlich hat der Cholerakranke seine Ausscheidungen häufig nicht unter Kontrolle. Die Faezes gehen schwallartig ab und verschmutzen die Transportwagen. Um das zu vermeiden, werden Löcher in die Sitze gebohrt. Durch sie gelangen die Faezes direkt auf die Straße.«

»Eine eklige Vorstellung. Aber ich verstehe.«

Sie fuhren wieder an und mussten an der nächsten Kreuzung haltmachen. Es wurde zu eng für die Kutsche. Hachmann sagte zu Koch: »Wenn Sie genug gesehen haben, Herr Professor, wäre es mir eine Freude, Sie zurück in Ihr Hotel bringen zu lassen.«

»Nein«, erwiderte Koch, »das Hotel läuft mir nicht weg. Ich bin noch nicht fertig.«

Sie stiegen ab, die Kutsche blieb zurück. Zu Fuß bahnten sie sich ihren Weg durch die drangvolle Enge der winzigen Gässchen, froh, die Schutzmänner vor und hinter sich zu wissen.

Plötzlich verzog zur Haiden die Nase. Es roch scharf und unangenehm.

Koch hatte es auch bemerkt. »Was ist das?«, fragte er.

»Das muss der Geruch von Chlorkalk sein«, antwortete Hachmann. »Sicher von einer Desinfektionskolonne.«

Er sollte recht behalten. An der nächsten Hausecke schob sich ihnen eine Schottsche Karre mit abgedeckter Kalkladung entgegen, an der mehrere Eimer mit Putzzeug baumelten. Vier auffällig gekleidete Männer gehörten dazu. Sie hatten weiße Arbeitsanzüge an und schwarze Melonenhüte auf dem Kopf. Einer von ihnen balancierte eine Leiter auf der Schulter, die er – der engen Verhältnisse wegen – fast senkrecht trug. Sie grüßten und drängten sich an zur Haiden und seiner Begleitung vorbei.

Hachmann erklärte: »Die Männer schütten das Entseuchungsmittel in die Siele, desinfizieren Straßen und Häuser. Siebenhundert von ihnen gibt es insgesamt.«

»Es müssten doppelt so viele sein«, sagte Fraenkel.

Hachmanns Stirn umwölkte sich. Er hatte Koch gegenüber sowieso schon einen schweren Stand, da musste Fraenkel ihm nicht auch noch in den Rücken fallen. »Es ist nicht leicht, für diese Arbeit qualifiziertes Personal zu finden.«

»Sehen wir weiter«, meinte Koch.

»Wenn Sie gestatten, gehe ich vor«, sagte zur Haiden. Er machte einen Schritt und wäre fast gegen einen ausgeklappten Fensterflügel gelaufen.

Eine Frau steckte den Kopf heraus und rief: »Pass doch auf, du Dämelack!«

Zur Haiden ersparte sich eine Antwort. Sie kamen an einen kleinen Platz. Ein Fasswagen mit abgekochtem Wasser stand dort. Davor drängten sich zwei Dutzend Menschen: Männer, Frauen, Kinder, mit Eimern und Kannen jeglicher Größe.

Hachmann erklärte: »Überall in der Stadt wird sauberes Trinkwasser verteilt. Außerdem wird Wasser mittels Dampfmaschinenkraft entkeimt.«

Koch fragte: »Wo sind wir hier?«

Keiner der Herren wusste es. »Ich werde es sofort feststellen lassen«, bot Hachmann an.

Koch winkte ab. »Lassen Sie nur. Ich möchte mir einige Wohnungen ansehen.«

Sie verließen den Platz und gerieten immer tiefer in den steinernen Irrgarten des Viertels. Manch ein Pfad war so schmal, dass sich ein ausgewachsener Mann kaum hindurchzwängen konnte. Dämmerlicht breitete sich aus. Die Steinplatten unter ihnen wurden zunehmend glitschiger. Sie stolperten über Unrat, Abfall und Hundekot.

Koch murmelte: »Zustände sind das …«

»Wir sind jetzt in der Niedernstraße«, meldete einer der Schutzmänner.

»Gut«, sagte Koch. »Ich werde einfach irgendwo anklopfen und um Einlass bitten.«

Hachmann wandte ein: »Wäre es nicht besser, wir würden die Leute auf unseren Besuch vorbereiten?«

»Nein«, entgegnete Koch, »gerade das will ich vermeiden.« Er schritt zu einer windschiefen Holztür und pochte mehrmals dagegen.

Als keine Antwort kam, rief er: »Darf ich eintreten?«

Abermals rührte sich nichts.

Zur Haiden überlegte: »Vielleicht ist niemand zu Hause?« Er öffnete die Tür und trat vorsichtig über die Schwelle. Ein dunkler Raum tat sich vor ihm auf, kaum zehn Quadratmeter groß. In der Mitte stand ein Tisch, auf dem ein Berg verschmutzter Bettwäsche lag. Die Wäsche roch penetrant. Rechts von der Tür lag ein Mann, der rasselnd atmete. Eine Frau hielt seine Hand. »Was wollen Sie?«, fragte sie.

Zur Haiden erklärte es ihr.

Koch blickte sich blinzelnd um. Er musste sich erst an das Zwielicht gewöhnen. Ein blindes Fenster zur Linken ließ kaum Helligkeit herein. Die Wände waren feucht und rissig, in den Ecken trat blankes Mauerwerk zutage.

»Gehen Sie«, sagte die Frau. »Oder machen Sie, dass er am Leben bleibt.«

»Mein Kollege Fraenkel wartet draußen«, erklärte zur Haiden. »Er wird Ihren Mann untersuchen und seinen Abtransport ins Krankenhaus veranlassen.«

»Mir ist schon alles egal«, erwiderte die Frau. »Würde mich am liebsten dazulegen.«

Zur Haiden und Koch setzten ihren Rundgang allein fort. Fraenkel hatte sich des Kranken angenommen, und Hachmann war von Koch gebeten worden, mit seinen Schutzmännern zurückzubleiben. Ihr Anblick würde nur Misstrauen und Ablehnung bei den Anwohnern wecken.

Einige Türen weiter klopfte Koch erneut. Wieder kam keine Reaktion von der anderen Seite. Sie traten ein. In dem ärmlich eingerichteten Zimmer blühte an den Wänden der Schimmel: schwarzgrün, feucht, bedrohlich. Ein Teil der Decke war durchgebogen, durch die Risse trat Putz und Stroh zutage. Ein deprimierender Anblick. Doch niemand schien ihn ertragen zu müssen. Nur ein Kanarienvogel, der in seinem Käfig auf der Schaukel wippte. Der Käfig stand offen, aber der kleine Vogel schien keine Lust auf einen Rundflug zu haben. Vielleicht, weil er ihn schon gemacht hatte. Dafür sprachen die vielen Dreckhäufchen, die überall herumlagen.

Der Käfig des kleinen Sängers hing an der Wand über einem Tisch, auf dem einige abgegriffene Familienfotografien lagen. Daneben befand sich ein Teller mit halb aufgegessener Suppe. Auch darin schwammen ein paar Dreckhäufchen. »Hier hat es jemandem den Appetit verschlagen«, meinte zur Haiden.

»Kein Wunder«, sagte Koch.

Sie wollten gerade gehen, als zur Haiden ein Löffel auffiel, der am Boden lag. Der Löffel wurde von einer Hand gehalten, die unter der herabhängenden Tischdecke hervorragte. »Was ist das?« Zur Haiden hob die Tischdecke etwas an. Die Hand gehörte zu einer alten Frau. Die Alte starrte sie mit toten Augen an. Ihr zahnloser Mund stand halb offen.

»Großer Gott!«, entfuhr es Koch.

Zur Haiden bückte sich. Er drückte der Toten die Augen zu und entwand der Hand den Löffel. »Der *Rigor mortis* hat sich bereits gelöst«, stellte er fest. »Die Frau dürfte seit mindestens vierundzwanzig Stunden tot sein.«

Koch strich sich über den Schnäuzer. »Womöglich noch viel länger. Doch woran ist sie gestorben?«

Zur Haiden überlegte. »Sie hat nicht aufgegessen. Entweder sie wollte den Rest der Suppe nicht mehr ...«

»... oder sie konnte ihn nicht mehr verzehren!«

»Denken Sie an einen Suizid, Herr Kollege?«

»Auszuschließen ist es nicht.«

Zur Haiden durchsuchte die Schürzentasche der alten Frau. Er fand eine Lupe, ein kleines Nadelkissen und ein Fläschchen. Darauf stand *Arsenik*. Darunter: As_2O_3. »Da haben wir's«, sagte er. »Das Fläschchen ist nahezu leer. Ich wette, der Inhalt findet sich in der Suppe wieder.«

»Also tatsächlich Selbstmord durch Gift«, konstatierte Koch. »Sie hat das Arsenik in die Suppe geschüttet und danach den Kanarienvogel freigelassen. Sie wollte sterben.«

»Aber warum?«, fragte zur Haiden. »Dem groben Augenschein nach lässt sich keine gravierende Krankheit an der Frau erkennen. Nur eine Beule am Hinterkopf, die wohl entstanden ist, als sie vom Stuhl fiel und unter den Tisch rutschte.«

»Bevor der Tod eintrat, muss sie noch eine Weile heftige Schmerzen gehabt haben. Vielleicht hat sie auch geschrien, aber niemand außer dem Vogel hat sie gehört. Das ist seltsam.«

Zur Haiden spann den Faden weiter: »Auf jeden Fall ist sie nicht sofort gestorben, dafür reicht die Toxizität von Arsenik nicht aus. Dass niemand ihr Rufen gehört hat, mag daran liegen, dass keiner ihrer Verwandten oder Nachbarn mehr im Haus wohnt.«

Koch nickte: »Vermutlich, weil alle dem Cholera-Tod erlegen sind.«

»Und weil sie deshalb nicht mehr leben wollte.« Zur Haiden atmete tief durch. »Wenn es wirklich so war, hat sich in diesen Mauern ein Drama abgespielt. Uns bleibt nichts mehr zu tun, außer Fraenkel Bescheid zu geben. Er soll die Suppe untersuchen, die alte Frau obduzieren und anhand einer Marshschen Probe nachweisen, ob unsere Vermutung eines Arsen-Suizids richtig ist.«

»Ein guter Vorschlag. Lassen Sie mich bei dieser Gelegenheit eines sagen: Mir ist bewusst, dass Ihnen als Mann des Skalpells nicht unbedingt die Welt der Bakterien und ihrer vielfältigen Auswirkungen nahesteht. Umso dankbarer bin ich, dass der Hamburger in Ihnen sich die Zeit nimmt, um einen« – über Kochs Gesicht huschte ein Lächeln – »›Quiddje‹ wie mich durch die Armenviertel seiner Vaterstadt zu führen.«

»Nicht der Rede wert«, sagte zur Haiden leichthin. Doch in Wahrheit schwoll ihm die Brust ob des Dankes aus so berühmtem Munde. »Wollen Sie sich noch weitere Wohnungen ansehen, Herr Kollege?«

»Ja, ich denke schon, um den Eindruck vollständig abzurunden.«

Sie verließen das Haus und traten nach draußen.

Der Kanarienvogel begann zu singen.

Eine gute Stunde später hatten zur Haiden und Koch drei weitere Behausungen in Augenschein genommen. Der erschütternde Eindruck der ersten Wohnungen war jedesmal auf traurige Weise bestätigt worden. In den engen, verspakten Zufluchten waren ihnen sieben neue Fälle mit Cholera-Symptomen begegnet, von denen jedoch, so stand zu hoffen, nicht alle einen tödlichen Ausgang nehmen würden. »Meiner Wahrnehmung nach liegt die Sterblichkeitsrate trotz aller Bemühungen erschreckend hoch«, sagte Koch sinnend, als sie weitergingen. »Jede zweite Erkrankung dürfte letal enden.«

»Hoffen wir, dass es nicht so kommt«, erwiderte zur Haiden.

Koch nickte ernst. »Hoffen wir, dass es *nie wieder* so kommt.« Er blieb stehen und deutete auf einen tunnelartigen Durchgang, der sich rechter Hand vor ihnen auftat. »Was verbirgt sich dahinter?«

»Vermutlich einer der engen Höfe«, antwortete zur Haiden.

»Wir wollen hineingehen.«

Sie betraten den Durchgang und waren nach zwei oder drei Schritten von nahezu völliger Dunkelheit umgeben. Unwillkürlich suchte Koch Halt und griff zur Haiden an den Oberarm. »Wenn Sie gestatten, Herr Kollege, aber meine Augen sind bei Lichtarmut nicht die besten. Mein Gott, die Finsternis ist wahrhaft ägyptisch! Ich muss gestehen, Zustände wie diese habe ich in meinem ganzen Leben nicht gesehen. Nehmen Sie es nicht persönlich, aber ich habe noch nie solche ungesunden Wohnungen, Pesthöhlen und Brutstätten für jeden Ansteckungskeim angetroffen wie in diesem Viertel. Ich vergesse, dass ich in Europa bin! Das muss ich – bei aller Rücksichtnahme – auch dem Kaiser nach Berlin melden.«

»Selbstverständlich, Herr Kollege.« Obwohl er an der Situation keine Schuld trug, gab es zur Haiden doch einen Stich. Als Hamburger sah er es nicht gern, wenn seine Stadt in einem schlechten Licht erschien. Aber die Sache war nun einmal, wie sie war, und nicht mehr zu ändern. »Da vorn wird es übrigens wieder heller.«

Sie gelangten in den Hof und blickten sich um. Zur Haiden machte einen Schritt vorwärts und wäre mit dem Kopf fast wieder gegen etwas gerannt. Es war eine einsame Laterne, die neben einem schiefen Regenrohr hing. Er unterdrückte eine Verwünschung.

Jemand kicherte.

Das Kichern kam von einem Mauervorsprung auf der anderen Seite. Ein paar Kinderköpfe schauten dahinter hervor und verschwanden gleich wieder. Ein Fassreifen rollte über den Hof, kam ins Trudeln und prallte gegen zur Haidens Beine. »Lausebengel!« Er drohte den unsichtbaren Kindern mit dem

Finger und beschloss, sie nicht weiter zu beachten. »Herr Kollege«, sagte er zu Koch und zeigte auf die Tür am Fuße einer Kellertreppe, »vielleicht sollte dies die letzte Wohnung sein, die wir besuchen.«

»Ja, einverstanden.«

Zur Haiden stieg die erste Stufe hinunter – und blieb wie vom Donner gerührt stehen. Die Tür hatte sich geöffnet, und eine junge Frau trat heraus. Sie war schlank, brünett und trug ein keckes Hütchen.

Es war Vicki.

KAPITEL 5

Obwohl es ein warmer Abend war, hatte Werner Puttfark kalte Hände. Seit seiner Militärzeit war das so, und die lag mittlerweile über zwanzig Jahre zurück. 1870/71 hatte er als Musketier des Infanterie-Regiments »Hamburg« No. 76 gegen die Franzosen gekämpft und in den Gefechten von Loigny und Le Mans miterleben müssen, dass ein tödlich verwundeter Feind genauso verzweifelt nach seiner Mutter rief wie der eigene Kamerad. Das hatte ihn sehr nachdenklich gestimmt. Und er war zu der Überzeugung gelangt, dass die Parole vom »Erzfeind« nichts mit der Wirklichkeit zu tun hatte. Ein Mensch war ein Mensch, und Gute und Böse gab es hüben wie drüben.

Angesichts des vielen Leids, dem er auf den Schlachtfeldern begegnet war, hatte er geschworen, er würde später einmal in den Krankendienst treten – sofern er überlebte.

Bis auf ein paar Kratzer war er tatsächlich mit heiler Haut davongekommen und hatte sein Versprechen wahrmachen können. Seitdem pflegte er Patienten.

Nur die kalten Hände waren geblieben.

Puttfark betrat die Epidemiebaracke 2 durch den hinteren Eingang und sagte zu dem diensttuenden Wärter: »'n Abend, Kruse, du kannst Feierabend machen.«

Kruse blickte auf seine Taschenuhr. »Es ist schon zwei nach«, sagte er vorwurfsvoll. »Ablösung ist um neun.«

»Tut mir leid, Forthmann musste erst noch den Dienstplan ändern, deshalb hat's etwas länger gedauert.« Forthmann war der Oberwärter, der die Männer einteilte.

»Forthmann kommt nie zu Potte.«

»Das sag mal lieber nicht zu laut. Irgendwelche Vorkommnisse?« Puttfark hängte seine Drelljacke an den Haken und setzte sich auf den Stuhl, den Kruse freigemacht hatte.

»Wie man's nimmt. Ich hab bei drei Patientinnen das Bettzeug wechseln müssen. Sie konnten's nicht halten. Die Dreckwäsche ist im Magazin separiert. Diensthabender Gehilfsarzt ist Wahngau. Der hat sich zuletzt um acht hier blicken lassen und den Neuzugang in Bett 5 untersucht.«

»Und?«

Kruse zuckte mit den Schultern. »Sieht nicht gut aus. Die Frau macht es wohl nicht mehr lange.«

»Ich sehe später nach ihr. Gute Nacht, Kruse.«

»Adschüs.« Kruse verschwand.

Puttfark machte es sich bequem, sein Dienst würde bis zum anderen Morgen halb sechs dauern, und bis dahin war noch viel Zeit. Er setzte den Kneifer auf und trug sich als Erstes in die Anwesenheitsliste ein. Dann nahm er sich die Journalbögen vor. Mit dem Neuzugang von Bett 5 war die Baracke voll belegt. Insgesamt zwanzig Frauen waren es, die hier lagen, alle mehr oder weniger stark erkrankt. Puttfark seufzte. Mit der Cholera war es wie mit einer launischen Frau. Man wusste nie, woran man bei ihr war. Manch einen packte sie und rang ihn innerhalb von Stunden nieder, andere wiederum behandelte sie gnädig. Wobei es nicht unbedingt die Stärksten waren, die überlebten. Gerade die Schwächsten hatten sich manchmal als die Zäheren erwiesen.

Puttfark stand auf und ging zum Speiseschrank, in dem die Wärter Brot und alkoholfreie Getränke verwahren durften. Ein Becher mit Kaffee stand darin, nicht mehr ganz heiß, aber heiß genug. Kruse hatte ihn wohl stehenlassen. Er vergaß immer irgendetwas. Puttfark nahm den Becher, trank einen Schluck und setzte sich wieder. Hunger hatte er ohnehin nicht. Nach seiner Erfahrung lag spätes Essen nur schwer im Magen. Er trank einen weiteren Schluck und wandte sich wieder den Journalen zu. Die Frau von Bett 5 zeigte die üblichen Symptome: Muskelkrämpfe, starker Flüssigkeitsverlust, graublaue, schrumpelige Haut. Das Beste würde sein, nicht länger zu warten und nach ihr zu sehen.

Er stand auf, entzündete eine kleine Petroleumlampe und betrat den Krankensaal. Im Schein des schwachen Deckenlichts wirkten die Köpfe der Patientinnen wie dunkle Masken. Er ging zu Bett 5 und sagte leise: »Hören Sie, ich bin Puttfark. Ich pass heute Nacht auf Sie auf.«

Die Kranke murmelte etwas. Puttfark wusste nicht, ob sie antwortete oder im Schlaf sprach. Er setzte die Lampe auf dem Nachttisch neben Spucknapf und Uringlas ab und beugte sich über die Betttafel am Kopfende. Aus ihr ging unter anderem hervor, dass die Patientin leichte Untertemperatur hatte, dazu einen schwachen Puls bei zeitweiliger Tachykardie, was so viel wie Herzjagen bedeutete. Auch ihr Vor- und Nachname waren vermerkt sowie ihr Beruf und das Geburtsdatum. Sie war Hausfrau, einunddreißig Jahre alt und hieß Elfriede Flögl.

»Frau Flögl, hören Sie mich?«

»J... ja.«

»Sie sind hier, damit Sie wieder gesund werden und recht bald zu Ihrer Familie zurückkehren können. Aber dazu müssen Sie viel trinken.« Puttfark füllte ein Glas mit frischem Wasser, hob mit der einen Hand den Kopf der Kranken an und setzte ihr mit der anderen Hand das Glas an den Mund. »Versuchen Sie's mal.«

Die Kranke bewegte schwach die Lippen.

»Trinken Sie einen Schluck.« Puttfark kippte das Glas etwas stärker an, doch nur ein Teil des Wassers gelangte in den Mund. Der Rest lief daneben. Er wischte der Kranken behutsam das Kinn ab und sagte: »Wir müssen es noch einmal probieren.«

Wieder versuchte er es, aber es misslang erneut. Nachdem er sich ein weiteres Mal vergebens bemüht hatte, sagte er sich, dass es besser wäre, der Kranken ihre Ruhe zu lassen. Manche Patientinnen hatten mit dem Leben bereits abgeschlossen, wollten mit ihren Gedanken allein sein und nur noch in eine bessere Welt hinüberdämmern. »Wenn Sie den Pastor sprechen möchten, nicken Sie einfach.«

»N… nein.«

»Nun gut, dann schau ich mal nach den anderen Patientinnen.« Puttfark nahm die Lampe und verließ die Frau, nicht ohne ein Gefühl der Hilflosigkeit zu spüren.

Wie sich herausstellte, schliefen die meisten Frauen, auch die drei, bei denen Kruse das Bettzeug ausgewechselt hatte. Vielleicht würden sie durchschlafen können, ohne sich nochmals erleichtern zu müssen. Puttfark hoffte es. Nicht so sehr wegen der Arbeit, die dann anfiel, sondern weil es den Frauen jedesmal entsetzlich peinlich war. Für manche war das Schamgefühl sogar schlimmer als die Erkrankung – besonders, wenn ein Mann die Spuren beseitigte. Es gab in der Anstalt zwar achtzig Wärterinnen, die überdies noch Unterstützung durch eine Anzahl Rotkreuz-Schwestern aus Kassel bekommen hatten, doch das reichte bei Weitem nicht aus, schon gar nicht in schlimmen Zeiten wie diesen.

Puttfark kehrte an seinen Platz im Wärterzimmer zurück und beschloss, seinen Rundgang zu machen. Er pflegte dies normalerweise um Mitternacht zu tun, aber er konnte es genauso gut gleich erledigen. Er nahm wieder die Petroleumlampe und suchte zuerst die beiden Klosetträume auf. Die Sitzbretter waren beschmutzt. Entweder hatte Kruse das übersehen, oder er hatte keine Lust gehabt, sie zu säubern. Puttfark dachte nicht weiter darüber nach, griff sich den Eimer mit Seifenwasser und reinigte die Bretter mit Bürste und Schwamm. Gleiches tat er, weil er einmal dabei war, auch mit den WC-Becken.

Er nahm die Petroleumlampe wieder auf und setzte seinen Rundgang fort. Im Spülzimmer war alles in Ordnung, ebenso im Magazin, wenn man von dem unangenehmen Geruch absah, der von dem verschmutzten Bettzeug ausging. Nun ja, das würde morgen früh abgeholt und in die Wäscherei gebracht werden.

Blieb noch die kleine Abstellkammer, in der Besen, Kehrblech, Schneeschieber für den Winter und Ähnliches verwahrt wurden. Eigentlich machte es kaum Sinn, dort nachzusehen, aber manchmal verirrte sich ein Vogel in das kleine Gelass, weil oben im Gebälk ein winziges Loch war.

Puttfark öffnete die Tür und leuchtete mit der Lampe hinein. Wie erwartet, war nichts Ungewöhnliches festzustellen. Er wollte die Tür schon wieder schließen, als er ein leises Geräusch vernahm. Was war das? Das konnte kein Vogel gewesen sein. »Ist da jemand?« Er hielt die Lampe höher. Nein, da war nichts. Besen, Harken, Schaufeln, ein Wäscheklammersack … Doch halt! Ein blonder Haarschopf lugte dahinter hervor. Also doch! »Komm heraus«, sagte Puttfark, und seine Stimme klang ruhiger, als ihm zumute war. »Na wird's bald?«

Ein Junge trat zögernd ans Licht. Er war schmächtig, vielleicht zehn oder elf Jahre alt, trug eine abgewetzte Hose, die ihm um die Beine schlotterte, und ein schmutziges Hemd. Das Gesicht konnte Puttfark nicht erkennen, denn der Junge hielt den Kopf gesenkt.

»Sieh mich an.«

Der Junge blickte auf. Puttfark erschrak. Selten hatte er ein traurigeres Gesicht gesehen. Es war schmal, mit hohlen Wangen und großen Augen, die ihn furchtsam anschauten.

»Wie kommst du hierher?«

Keine Antwort.

»Was hast du hier verloren?«

Der Junge schluckte. Eine Träne lief ihm die Wange herunter.

»Gesprächig bist du ja nicht gerade.« Puttfarks gutes Herz meldete sich. »Na ja, das kannst du mir auch nachher erzählen. Komm erst mal mit.« Er nahm den Jungen bei der Hand und ging mit ihm zurück zum Wärterzimmer.

Dort angelangt, setzte Puttfark sich hinter den Schreibtisch und zog eine Fußbank darunter hervor. »Da hast du auch etwas zum Sitzen. Mach's dir gemütlich.«

Der Junge blieb stehen.

Puttfark seufzte stumm. Er war nicht verheiratet und hatte keine Übung im Umgang mit Kindern. Dann fiel ihm ein, dass der Junge vielleicht hungrig war. »Warte.« Puttfark ging zum Speiseschrank, in den er bei Dienstantritt seine Brotdose gelegt hatte. Er öffnete die Dose und hielt sie dem Jungen hin. »Wie wär's mit einem Wurstbrot?«

Der Junge zögerte.

»Na, lang schon zu.«

Mit einer Bewegung, die so schnell war, dass Puttfark sie kaum verfolgen konnte, packte der Junge das Brot mit beiden Händen und führte es zum Mund. Wie ein Hamster, dachte Puttfark. Wahrscheinlich hat das Bürschchen seit Tagen kaum etwas gegessen. Laut sagte er: »Das schmeckt dir, was?«

Der Junge kaute mit vollen Backen und hieb die Zähne wieder und wieder in das Brot, so rasch, dass er mit dem Schlucken kaum hinterherkam.

»Lass dir Zeit, niemand isst dir was weg.« Puttfark überlegte. Heute war Mittwoch, also Besuchstag. Das bedeutete, der Junge war in der Zeit zwischen zwei und vier Uhr nachmittags auf das Anstaltsgelände gekommen – und später aus irgendeinem Grund geblieben. Aber warum?

Ein Hustenanfall unterbrach Puttfarks Gedanken. Der Junge hatte sich verschluckt. »Das kommt davon, wenn man zu sehr schlingt.« Puttfark klopfte dem Jungen ein paar Mal auf den Rücken, aber es half nicht. »Du brauchst ein Glas Wasser.«

Er stand auf und eilte hinüber in den Krankensaal, wo im Mittelgang ein Tisch mit einer Kanne Wasser stand. Der Tisch stand ungefähr auf Höhe von Bett 5, und während Puttfark ein Glas einschenkte, wusste er plötzlich, warum der Junge das Gelände nicht verlassen hatte.

Er ging zurück und gab ihm das Glas. »Trink das, aber langsam.«

Der Junge gehorchte.

»Du bist der Sohn von der Frau in Bett 5, stimmt's?«

Der Junge nickte scheu.

»Wie heißt du?«

»Finn.«

»Gut, Finn. Du hast heute deine Mutter besucht, und als die zwei Stunden um waren, wolltest du sie nicht allein lassen und bist heimlich geblieben. Du hast dich versteckt, erst vor Kruse, dann vor mir. Habe ich recht?«

»Ja«, flüsterte Finn.

»Das war eine ziemliche Dummheit. Wenn nämlich herauskommt, dass du dich auf dem Krankenhausgelände aufhalten konntest, ohne bemerkt zu werden, hat Kruse seinen Wachdienst verletzt. Und nicht nur er, auch alle anderen, vor denen du dich versteckt hast. Die Sache könnte an die große Glocke gehängt werden und empfindliche Strafen nach sich ziehen, auch für dich. Wir müssen also zusehen, dass wir sie zu einem guten Ende bringen. Am besten, indem niemand davon erfährt. Willst du mir dabei helfen?«

»Ja, 's tut mir leid.« Finn blickte schuldbewusst. »Aber ich konnte Mutter nicht im Stich lassen. Hab's ihr versprochen. Außer mir hat sie ja keinen mehr.«

»Aber wo ist denn deine Familie?«

»Alle tot, bis auf Mine und Rike. Die sind zu Tante Gerti nach Hittfeld, weil da die Cholera noch nicht ist.« Finns Augen füllten sich mit Tränen, und er schaute weg.

Puttfark merkte, wie ihm die Hände kalt wurden. Er rieb sie aneinander, wie er es immer tat, und sagte: »Das tut mir sehr, sehr leid.«

»Mutter wollte, dass ich auch zu Tante Gerti geh, aber ich hatte ja schon die Cholera.«

»Was? Du warst erkrankt und hast überlebt?«

»Ja. Hab bis vor drei Tagen noch im Bett gelegen. Als ich aufgestanden bin, hat Mutter gesagt, Unkraut vergeht nicht.«

Puttfark konnte nicht umhin, so etwas wie Bewunderung für Finn zu empfinden. Der Junge war schmächtig und rachitisch, das hatte sein geschultes Wärterauge sofort erkannt. Umso erstaunlicher, dass die Cholera ihn nicht geholt hatte. War das ein Wink des Schicksals? Fest stand, dass der Junge es auch so schon schwer genug hatte, und es würde vielleicht noch schwerer werden, je nachdem, ob seine Mutter genas – oder nicht. »Weißt du was, Finn: Du gehst jetzt zu Bett 5 und setzt dich zu ihr. Das wird ihr bestimmt helfen, gesund zu werden. Und wenn sie trinken will, gib ihr von dem Wasser, das im Mittelgang steht.«

»Danke.« Finn strahlte und verschwand.

Puttfark blickte dem Jungen nach. Er dachte, dass es kein großes Risiko war, ihn am Bett seiner Mutter sitzen zu lassen. Jetzt, mitten in der Nacht, würde er kaum entdeckt werden. Forthmann, der Oberwärter, ließ sich ohnehin nie blicken, weil er gern ein Nickerchen hielt, und Wahngau, der diensthabende Gehilfsarzt, würde nicht vor morgen früh acht Uhr erscheinen. Jedenfalls nicht, solange nichts Unvorhergesehenes eintrat.

Was blieb, war die Schwierigkeit, den Jungen unbemerkt vom Gelände zu schleusen. Möller, der Pförtner am Eingang des Verwaltungsgebäudes, war ein scharfer Hund, der selten ein Auge zudrückte. Was also tun?

Kommt Zeit, kommt Rat, dachte Puttfark. In jedem Fall wollte er helfen, denn die Geschichte des Jungen hatte ihn sehr berührt.

Er rückte den Kneifer zurecht und widmete sich aufs Neue der nie enden wollenden Schreibarbeit. Es war immer wieder erstaunlich, wie viel Tinte und wie viele Federstriche notwendig waren, um einen Krankheitsfall zu verwalten und – so Gott wollte – zu einem guten Ende zu bringen. In seinen ersten Jahren als Krankenwärter war die Schreiberei bei Weitem nicht so aufwendig gewesen, doch mit der Zeit war es immer mehr geworden. Manchmal fragte er sich, ob er sich heute wieder für denselben Beruf entscheiden würde. Er wusste es nicht. Noch immer aber hielt er das Waschen und Füttern eines Patienten für entscheidender als die Fähigkeit zu korrekter Rechtschreibung …

Puttfark merkte, wie ihm die Buchstaben vor den Augen verschwammen. Sein Kopf sank vornüber, und er nickte ein.

Wie lange er geschlummert hatte, konnte er später nicht mehr sagen, nur dass er plötzlich aufschreckte, weil jemand an seiner Seite stand.

Es war Finn.

Augenblicklich war Puttfark hellwach. »Was gibt es, Junge?«, fragte er.

Finns Mundwinkel zuckten. Dann schluchzte er auf. »Mutter ist tot.«

KAPITEL 6

Professor zur Haiden saß am Schreibtisch in seinem Arbeitszimmer und wahrte mühsam die Contenance. Vor ihm stand Vicki, die Arme trotzig vor der Brust verschränkt. Im Hintergrund hielten sich Louise und Benno auf. Sie hatten sich bislang kaum an der Unterhaltung beteiligt, die eher eine Anklage war.

»Was hast du dir nur dabei gedacht?«, herrschte zur Haiden seine Tochter an. »Oder hat man dir in Lübeck das Denken abgewöhnt?«

»Vater, ich...«

»Schweig! Bist du dir eigentlich im Klaren darüber, dass wir in den letzten Wochen keine einzige ruhige Minute gehabt haben, aus Sorge, dir könne etwas passiert sein? Deine Mutter hat sich die Augen ausgeweint!«

»*Mon Dieu*, das stimmt, Vicki, wie konntest du uns das nur antun!« Louise hatte vor der großen Bücherwand Platz genommen und fächelte sich mit einem Exemplar der *Gartenlaube* Luft zu.

»Himmel und Hölle haben wir in Bewegung gesetzt, um dich zu finden! Benno ist sogar nach Lübeck gefahren, um dort Erkundigungen einzuziehen. Aber Fräulein Roquette wusste ebenso wenig, wo du dich herumtreibst, wie deine Mitschülerinnen oder die dortige Polizei.«

»Vater, es tut mir...«

»Eine Vermisstenanzeige haben wir aufgegeben, haben sämtliche Freunde nach dir gefragt, haben Bekannte ausgequetscht, haben in den *Hamburger Nachrichten* einen Aufruf platziert. Frieda und Martha und der Rest der Bediensteten haben sich überall herumgehört, haben sogar die Händler auf dem Fischmarkt befragt und was weiß ich noch alles unternommen, um dich zu finden, und was macht mein Fräulein Tochter? Spaziert seelenruhig mit dem windigen Doktor Dreyer im Gängeviertel herum, als wäre nichts geschehen!«

»Er ist nicht windig! Er ist ein grundanständiger junger Mann.«

»Er ist im Krankenhaus hochkantig rausgeschmissen worden.«

»Weil du dafür gesorgt hast!« Vicki hatte das Donnerwetter bisher ohne Gegenwehr ertragen, doch dass über Hannes schlecht geredet wurde, wollte sie nicht hinnehmen. »Hannes hat nicht mehr getan, als einer Patientin bei ihrer Entlassung etwas Essen mitgeben zu lassen.«

»Aha, man redet den Herrn Doktor also schon mit dem Vornamen an!« Zur Haiden schnappte nach Luft.

Benno hatte sich in der Zwischenzeit einen Kognak eingeschenkt und grinste. »Bist wohl verliebt in den Medizinmann, wie?«

»Quatsch!«

»Also ja.« Bennos Grinsen wurde breiter.

Zur Haiden ergriff wieder das Wort. »Ich bin dir keine Rechenschaft schuldig, aber ich sage es dir trotzdem: Die Entlassung Dreyers war unumgänglich. Es ist aus hygienischen Gründen strikt verboten, übrig gebliebenes Essen aus dem Krankenhaus nach draußen abzugeben. Vor zwei Monaten musste deshalb ein Wärter entlassen werden. Der Vorfall schlug hohe Wellen. Als Dreyer – aus welchen Gründen auch immer – den Fehler wiederholte, blieb mir gar keine andere Wahl, als die gleiche Sanktion vorzunehmen, wollte ich den Arbeitsfrieden in meiner Abteilung nicht gefährden. Im Übrigen habe ich mit völligem Einverständnis von Direktor Rumpf und dem gesamten Krankenhauskollegium gehandelt.«

Vicki schüttelte den Kopf. »Vater, es ging doch nur um etwas Essen! Die Patientin war arm, ihre Angehörigen hatten nichts zu beißen. Wenn sie die Speise nicht bekommen hätte, wäre sie weggeworfen worden.«

»Das verstehst du nicht!«

»Das will ich auch nicht verstehen. Und Hannes wollte es auch nicht. Er hat die Courage, Menschlichkeit zu zeigen. Egal, ob es um eine Essenspende geht oder um die Betreuung der Ärmsten im Gängeviertel. Er hat den Menschen ganz uneigennützig geholfen, zu einer Zeit, als viele seiner Kollegen noch nicht einmal wahrhaben wollten, dass die Cholera in Hamburg grassiert. Ich jedenfalls habe ihn gern dabei unterstützt.«

»Das war nicht zu übersehen.« Zur Haiden musste an die hochblamable Situation denken, als Vicki ihm aus der Kellerwohnung entgegengetreten war, dicht gefolgt von Dreyer. Es hatte ihm die Sprache verschlagen, vor Erleichterung, aber auch vor Empörung, und Koch hatte ihn gefragt: »Kennen Sie die junge Dame, Herr Kollege?«

Er hatte Vicki mit dem berühmten Bakteriologen bekannt gemacht und dabei Dreyer geflissentlich ignoriert, hatte irgendetwas von einer zufälligen Begegnung gefaselt und sich gewundert, wie arglos Koch die Erklärung geschluckt hatte. Sie waren zur Kutsche zurückgegangen, ohne Dreyer, und Vicki hatte sich mit Koch auf das Angeregteste unterhalten, ganz so, als wäre ihr Vater Luft.

»Du wirst Dreyer nicht wiedersehen. Er ist kein Umgang für dich!«

»Das kannst du mir nicht verbieten, Vater.«

»Und ob ich das kann!«

Louise pflichtete ihrem Mann bei. »Der Doktor ist nichts für dich, ein armer Schlucker ist er. Glaub mir, Kind, du könntest eine viel bessere Partie machen. Neulich erst hat mir Frau Senator Roosen gesagt …«

»Was Frau Senator Roosen neulich gesagt hat, steht jetzt nicht zur Debatte.« Zur Haiden spähte zu der Kiste mit den Zigarren, die griffbereit vor ihm stand, aber er versagte es sich, dem Verlangen nachzugeben. »Ich will von dir wissen, Vicki, welcher Teufel dich geritten hat, einfach das Roquettesche Seminar zu verlassen.«

»Ich habe mich dort nicht wohlgefühlt.«

»Willst du mich auf den Arm nehmen? Das Seminar kostet mich jeden Monat eine Stange Geld, da spielt es überhaupt keine Rolle, ob du dich dort wohlfühlst oder nicht. Du wirst nach Lübeck zurückkehren.«

»Das werde ich nicht!« Vickis Augen blitzten auf. »Weißt du überhaupt, wie stumpfsinnig und humorlos es dort zugeht? Von morgens bis abends bekommt man eingebläut, wie man sich sittsam zu benehmen hat, jedes frohe Wort ist verboten, Lachen ist Sünde. Religion, Pädagogik, Geschichte, das ist der staubige tägliche Stoff, und zum Ausgleich ein paar Turnübungen mit der Keule, aber bloß nicht zu viel, damit die weibliche Grazie nicht leidet!«

Benno lachte. »Du als Keulen schwingendes Ungeheuer, die Vorstellung gefällt mir.«

»Halt den Mund.« Zur Haiden sah seinen Sohn strafend an. »Und trink nicht so viel.«

Louise mischte sich ein. Sie legte die *Gartenlaube* fort und sagte: »Aber ihr habt doch auch Französisch. Französisch kann man immer gebrauchen, *n'est-ce pas?*«

»Ja, das stimmt.« Vicki klang bitter. »Wir lernen, über die wichtigsten Dinge des Lebens zu parlieren, mit Wörtern, wie *manique de cuisine, pâte brisée* und *braisière.* Weißt du, was das heißt?«

Das wusste Louise nicht.

»Du sollst deine Mutter nicht examinieren«, wies zur Haiden seine Tochter zurecht.

»Es heißt Topflappen, Mürbeteig und Bratpfanne. Daraus mögt ihr ersehen, über welch welterschütternde Themen bei Fräulein Amélie Roquette gesprochen wird. Ich sage euch: Der Unterricht ist zum Einschlafen. Das Schlimmste jedoch ist die Klüngelei. Das alte Fräulein hat seine erklärten Lieblinge, die ihm bei allem nach dem Mund reden. Überflüssig zu sagen, dass diese Lieblinge ständig bevorzugt werden. Ich habe mir ein paarmal erlaubt, den Missstand anzusprechen, was allerdings jedesmal dazu führte, dass man meine Beschwerde mit honigsüßen Worten ins Lächerliche zog. Und das vor versammelter Klasse. Leider war ich die Einzige, die den Mut aufbrachte, die Dinge beim Namen zu nennen. Alle anderen haben gekuscht.«

»Das finde ich großartig.« Benno hob sein Kognakglas. »Tod allen Lehrkörpern dieser Welt!«

»Halt den Mund!«, fuhr zur Haiden ihn an. »Ich habe dir eben schon gesagt, du sollst nicht so viel trinken.«

»Jedenfalls«, nahm Vicki den Faden wieder auf, »werde ich auf keinen Fall zurück nach Lübeck gehen. Die Atmosphäre dort ist vergiftet. Ich habe es nicht mehr ausgehalten. Dass ihr euch so große Sorgen gemacht habt, tut mir wirklich leid. Bitte verzeiht mir. Aber ich habe nicht geahnt, dass Trauschke von Fräulein Amélie nach Hamburg geschickt werden würde. Als dann die Cholera ausgebrochen war, bin ich gar nicht mehr zum Nachdenken gekommen, ich war ständig mit Hannes unterwegs, um zu helfen. Gleich morgen werde ich wieder zu ihm gehen. Er braucht mich.«

»Das kommt überhaupt nicht infrage!«

»*Mon Dieu*, vergiss doch diesen Dreyer, Kind.«

»Ich werde zu ihm gehen, und niemand wird mich daran hindern.«

»Bravo!«, rief Benno.

»Raus!«, brüllte zur Haiden.

Benno zog ab.

Zur Haiden sagte gefährlich leise: »Du wirst nicht zu Dreyer gehen, du wirst schön hierbleiben.«

»Und warum sollte ich das?« Vicki reckte das Kinn vor.

»Weil du ab heute Hausarrest hast. So lange, bis du vernünftig geworden bist und freiwillig zurück nach Lübeck gehst.«

»Da kannst du lange warten.«

»Das werden wir sehen. Und nun: marsch, auf dein Zimmer!«

Vicki verschwand mit hochrotem Kopf. Louise und zur Haiden blieben zurück. Eine Zeitlang schwiegen sie. Dann sagte Louise: »Musstest du so streng zu ihr sein, *Chérie?*«

Zur Haiden nahm sich eine Zigarre. Es war eine echte Havanna, handgerollt, aus der Provinz Pinar del Rio und sündhaft teuer, nicht so ein armseliger Fünfpfennig-Stumpen, wie ihn die Zigarrendreher in Ottensen fabrizierten. Er zündete die Havanna an und paffte einige Wolken. »Ja«, sagte er, »ich musste so streng sein. Das Kind tanzt uns sonst auf der Nase herum.«

»Vielleicht liebt sie diesen Dreyer.«

»Das möge Gott verhüten!« Zur Haiden blies ein paar Ringe. Sie misslangen. »Und sag nicht immer *Chéri* zu mir.«

Am selben Abend, gegen neun, saß zur Haiden noch immer in seinem Arbeitszimmer, jetzt allerdings allein, und las in der einschlägigen Literatur über die Kunst der Narkotisierung und die dafür entwickelten Apparate. Die Methode stand erst in den Anfängen der Entwicklung, barg jedoch große Möglichkeiten. Bis vor wenigen Jahrzehnten hatte eine der Hauptfähigkeiten des Chirurgen in seiner Schnelligkeit bestanden, um die Schmerzen des Operierten so kurz wie möglich zu halten. Die Narkose hingegen, die dem Patienten eine gnädige Ohnmacht bescherte, verschaffte dem Operateur Zeit. Er konnte langsamer und damit sorgfältiger arbeiten.

Einer der Pioniere auf dem Gebiet war der amerikanische Zahnarzt William Morton gewesen. Er hatte bereits in den vierziger Jahren mit Schwefeläther experimentiert und Fische, Hühner und sogar den eigenen Hund betäubt, bevor er den ersten Selbstversuch vornahm. Seitdem war viel geforscht und probiert worden. Auch am Krankenhaus Eppendorf. Ein Hauptproblem bei der Narkotisierung waren aber nach wie vor die Nebenwirkungen und die Wahl der richtigen Dosierung, besonders, seitdem man Anfang der achtziger Jahre die Lokalanästhesie mittels Kokain-Injektionen eingeführt hatte. Hier zunächst in der Zahnmedizin, doch zunehmend auch auf anderen Feldern der Heilkunde.

Zur Haiden griff zur geliebten Zigarre – es war bereits die dritte an diesem Tag – und wollte an ihr ziehen, sie war allerdings ausgegangen. Er suchte nach Zündhölzern und fand keine. Eine Verwünschung unterdrückend stand er auf und beschloss, nach unten in die Küche zu gehen. Frieda würde ihm Feuer geben können.

In der Küche hielt sich niemand mehr auf, was angesichts der späten Stunde kein Wunder war. Zur Haiden sah sich um. Weit und breit waren keine Zündhölzer zu sehen. Da fiel sein Blick auf das Paradetuch an der Wand, es trug den Sinnspruch:

Fünf sind geladen,
zehn sind gekommen,
gieß Wasser zur Suppe,
heiß alle willkommen!

Er schlug das Tuch zurück und hatte Glück: Im unteren Regal neben den Platztellern lag eine Schachtel. Er riss ein Hölzchen an und entzündete die Zigarre. Zufrieden paffte er ein paar Wolken und machte sich auf den Rückweg. Als er die Treppe hinauf in den ersten Stock stieg, sah er aus dem Augenwinkel Frieda. Sie strebte in Richtung Hinterausgang. Merkwürdig eilig hatte sie es. Nun ja, vielleicht hatte die Gute frei.

Zur Haiden dachte nicht weiter über die Begegnung nach. Sonst wäre er vielleicht darauf gekommen, dass er nicht Frieda gesehen hatte. Sondern nur jemanden, der ihre Kleider trug …

»Armer kleiner Kerl.« Puttfark drückte den schluchzenden Finn an sich und suchte nach Worten. Ihm wollte nichts Rechtes einfallen, zu groß schien der Schmerz des Jungen. Schließlich sagte er: »Jetzt muss deine Mutter nicht mehr leiden, jetzt hat sie es besser, da oben.«

Finns kleiner Körper zuckte vor Seelenpein.

Puttfark kam sich sehr hilflos vor. »Warte mal.« Behutsam ließ er den Jungen los und griff zur Brotdose. »Ich habe noch ein Käsebrot. Hier, nimm. Ich geb's dir gern.«

Finn schüttelte wild den Kopf.

»Na ja, hast keinen Appetit, das verstehe ich.« Puttfark überlegte. Wenn ein Kranker starb, war umgehend eine Reihe von Maßnahmen durchzuführen und als Allererstes die Leiche mit einem Laken abzudecken. Das aber konnte er schlecht machen, jedenfalls nicht, ohne dem Jungen vorher Gelegenheit gegeben zu haben, sich von seiner Mutter zu verabschieden. »Komm, wir gehen zusammen zu Bett 5. Dann kannst du Lebewohl sagen.«

Hand in Hand näherten sie sich der Toten. Finn wirkte nun sehr gefasst. Elfriede Flögl lag friedlich da, fast sah es so aus, als schliefe sie. Aller Schmerz, alles Leiden war aus ihrem Gesicht gewichen. »Schau sie dir noch einmal an, Finn«, sagte Puttfark. »Dieses Bild sollst du immer vor Augen haben, es wird dir Kraft geben. Und wenn du irgendwann glaubst, du schaffst etwas nicht, dann denk an deine Mutter. Sie wird dir helfen.«

»Ja«, sagte Finn.

Puttfark zog die Schublade des Nachttisches auf. »Hier sind ein paar Sachen von ihr. Ich nehme an, sie gehören jetzt dir. Nimm dir, was du willst.« Streng genommen überschritt Puttfark damit seine Kompetenzen, aber das war ihm egal.

Finn musterte die Utensilien. Es waren ein Kamm, ein Döschen mit Rouge, mehrere Haarnadeln, zwei Eheringe und eine schmale Börse. Der Junge entschied sich für die Börse und steckte sie in die Tasche.

»Vielleicht möchtest du jetzt mit deiner Mutter allein sein. Dann gehe ich.«

»Nein … bitte.« Finn schluckte. »Können Sie ein Gebet sprechen?«

Das konnte Puttfark nicht. Er war in derlei Dingen nicht sehr geübt. Er erinnerte sich jedoch an den Anfang des dreiundzwanzigsten Psalms. Der wurde gern bei Beerdigungen zitiert. »Nun gut, falte die Hände und hör zu:

Der Herr ist mein Hirte, mir wird nichts mangeln.
Er weidet mich auf einer grünen Aue und führet mich
zum frischen Wasser. Er erquicket meine Seele.
Er führet mich auf rechter Straße
um seines Namens willen.
Und ob ich schon wanderte im finstern Tal,
fürchte ich kein Unglück; denn du bist bei mir,
dein Stecken und Stab trösten mich … Amen.«

»Amen«, murmelte Finn.

»Ich muss jetzt einige Dinge erledigen, dabei kannst du mir nicht helfen«, sagte Puttfark. »Ab jetzt darf dich niemand mehr sehen. Du weißt doch, es ist für alle Beteiligten besser.«

»Ja«, sagte Finn.

»Ich bringe dich ins Magazin. Da ist es nicht so eng wie in der Abstellkammer, und du kannst dich hinsetzen. Ich gebe dir auch die kleine Petroleumlampe mit, dann hast du Licht. Verhalte dich mucksmäuschenstill, bis ich dich morgen früh hole. Hast du alles verstanden?«

»Ja, und dann?«

Das wusste Puttfark selbst noch nicht. »Wir werden sehen. Denk an deine Mutter, und mach dir keine Sorgen.«

Puttfark brachte den Jungen ins Magazin und nahm, bevor er den kleinen Raum sicherheitshalber abschloss, die übel riechende Bettwäsche heraus. Er stopfte sie in die Abstellkammer und kehrte in den Krankensaal zurück. Dort verhüllte er die Tote mit einem Laken und überlegte. Normalerweise musste das Bett mit der Verstorbenen eine halbe Stunde nach Todeseintritt separiert werden, indem es auf den Korridor geschoben wurde. Diese Regelung galt für alle Krankenpavillons. Das Problem war nur, dass die Baracken keine Korridore hatten. Puttfark entschloss sich, das Bett fürs Erste an die Stirnseite des Saals zu schieben, direkt neben einen der beiden Mantel-Füllöfen. Ein Paravent würde zusätzlich als Sichtschutz dienen.

Dann trug er Tag und Todeszeitpunkt in das Journal von Elfriede Flögl ein.

Danach machte er sich auf den Weg zu Forthmann, dem Oberwärter. Forthmann hatte die Verantwortung für die drei Epidemiebaracken, die Frauen und Kindern vorbehalten waren, und saß in Baracke 1.

Höflich wie Puttfark war, räusperte er sich ein paarmal vernehmlich, bevor er sich Forthmann näherte.

»Was gibt's?«, knurrte der Oberwärter. Man musste kein großer Beobachter sein, um zu sehen, dass er geschlafen hatte.

»Sterbefall in Baracke 2. Du musst kommen.«

»Mir bleibt auch nichts erspart.« Forthmann gähnte, aber er kam mit.

»Reichtümer hat die Frau ja nicht gerade besessen«, sagte er wenig später, als er die Nachttischschublade inspizierte. »Hatte sie kein Geld? Das ist ungewöhnlich. Auch die Ärmsten haben normalerweise ein paar Münzen dabei.«

»Ich habe keine Münzen gesehen«, erwiderte Puttfark wahrheitsgemäß.

»Nun gut.« Forthmann fingerte einen Leinenbeutel hervor und steckte die Gegenstände hinein, wie es Vorschrift war. »Du machst eine Aufstellung von den Sachen, Puttfark.«

»In Ordnung.«

»Das wär's fürs Erste. Bis morgen früh hat die Leiche noch ihre Ruhe. Um sieben muss ich Wahngau Meldung machen, der wird die Leichenschau vornehmen. Danach kommen die Leichenträger.«

»In Ordnung«, sagte Puttfark nochmals.

»Adschüs. Hauen wir uns den Rest der Nacht auch noch um die Ohren.«

Forthmann verschwand, und Puttfark blieb zurück. Er suchte sein Wärterzimmer auf und begann zu grübeln. Wie es aussah, hatte Finn niemanden mehr, der sich um ihn kümmerte, und ins Waisenhaus würde er auf keinen Fall wollen. Aber wohin mit dem Jungen? Puttfark merkte zu seiner Überraschung, dass er sich für ihn verantwortlich fühlte. Was nur konnte er tun? Jetzt, da die Mutter tot war, würde es nicht ausreichen, den Jungen vom Krankenhausgelände zu schmuggeln. Er brauchte eine Bleibe. Er brauchte Essen, Kleidung, Wärme und Zuwendung – alles Dinge, die Puttfark nicht geben konnte, selbst wenn er es gewollt hätte.

Ihm waren die Hände gebunden. Als einfacher Wärter durfte er das Anstaltsgelände nicht verlassen. Und wenn, dann nur mit genehmigtem Urlaub, welcher vormittags schriftlich beantragt werden musste und frühestens am selben Tag abends angetreten werden durfte. So lange aber konnte er Finn nicht im Magazin verstecken. Es war eine vertrackte Situation, aus der es keinen Ausweg zu geben schien …

Am anderen Morgen um Viertel nach fünf wusste Puttfark noch immer nicht, wie er Finn ungesehen vom Gelände herunterbringen konnte. Es blieb nur noch eine Viertelstunde Zeit bis zur Ablösung. Wenn erst der neue Kollege übernommen hatte und der Tagesbetrieb seinen Lauf nahm, würde es keine Gelegenheit mehr geben, den Jungen hinauszuschmuggeln.

Da kam Puttfark der Zufall zu Hilfe. Er stand unschlüssig vor dem hinteren Eingang der Baracke und überlegte, ob es Sinn machte, den neuen Kollegen in sein Geheimnis einzuweihen. Vielleicht würde dem eine Lösung einfallen. Doch nein, das verbot sich von selbst. Thiessen war eine Plaudertasche, der konnte das Wasser nicht halten. Was also tun? Puttfarks Blick fiel auf einen Essenkarren, der zwischen den Baracken stand. Solche Karren hatten zwei schulterhohe Räder mit einer Plattform dazwischen, auf der Kisten, Körbe und große Töpfe transportiert wurden. Die Töpfe wurden Bidons genannt und waren riesig. Die größten Bidons hingen an Haken unter der Plattform und schaukelten während der Fahrt über das Kopfsteinpflaster hin und her, besonders, wenn sie leer waren.

Waren diese Bidons leer? Ja, die Suppe, die sie enthalten hatten, war wohl am gestrigen Abend verteilt worden. Irgendjemand hatte vergessen, den Karren zurück zur Küche im Ökonomietrakt zu schieben. Welch ein Glück!

Puttfark schloss das Magazin auf und legte den Finger an die Lippen. »Pst, Finn, bleib ganz ruhig. Wenn alles gutgeht, bist du in einer halben Stunde draußen. Siehst du den großen Topf, der da unter der Karre hängt? Da krabbelst du hinein. Alles Weitere überlasse mir.«

»Da soll ich rein?«

»Es geht nicht anders.«

»Na gut.« Finn rieb sich die Augen. Wahrscheinlich hatte er trotz allem ein wenig geschlafen. »Kann ich noch mal eben aufs Klo?«

»Ja, aber mach schnell.«

Finn verschwand.

Puttfark blickte auf seine Taschenuhr. Es war eine Minute vor halb sechs. Thiessen musste jeden Moment kommen. »Beeil dich, Finn!«

Finn erschien wieder und stieg mit Puttfarks Hilfe in den größten Bidon. Es war nicht sehr angenehm für den Jungen, denn ein Rest der Kartoffelsuppe schwamm noch am Boden. Aber er schaffte es. Sein verkümmerter Wuchs kam ihm in diesem Fall zustatten.

Puttfark schloss den Deckel und richtete sich auf. Keine Sekunde zu früh, denn Thiessen erschien auf der Bildfläche. »Was machst du denn da?«, fragte er. »Bist du neuerdings unter die Essenholer gegangen?«

»Unsinn. Irgendeine Schlafmütze hat den Karren gestern Abend hier vergessen. Ich werde ihn gleich mitnehmen und in der Ökonomie abgeben. Vorher machen wir die Übergabe.« Puttfark berichtete von dem Sterbefall in Bett 5 und den diesbezüglich eingeleiteten Maßnahmen. »Forthmann weiß Bescheid, und Wahngau kommt nachher und macht die Leichenschau. Du brauchst dich also um nichts mehr zu kümmern.«

»Das hört man gern«, sagte Thiessen.

Puttfark nahm seine Drelljacke vom Haken und zog sie an. »Adschüs.«

»Adschüs.«

Aufatmend packte Puttfark die beiden langen Holme der Karre und schob sie davon. Es klapperte und schepperte nicht wenig, als er auf den breiten Weg einbog, der als Nord-Süd-Achse das gesamte Anstaltsgelände durchzog. Normalerweise hätte er sich auf Höhe des Badehauses nach Westen wenden müssen, weil dort die Ökonomiegebäude mit der Dampf- und Bratküche des Krankenhauses lagen, doch er steuerte geradeaus; er wollte zum Verwaltungsgebäude. Er ging weiter, begegnete zwei Ärzten und einer Schwester, die aus dem Operationshaus kamen und ihm keine Beachtung schenkten, und gelangte schließlich an sein Ziel.

Das Verwaltungsgebäude war zweiflügelig und beherbergte unter anderem die Administration, einige Arztwohnungen, den Sitzungssaal des Kollegiums, das Casino, die Bibliothek und die Apotheke. Und nicht zuletzt die Pförtnerloge unten im Tor. Das war das Nadelöhr, durch das Puttfark musste. Er brachte den Essenkarren zum Stehen, sah sich um und stellte erleichtert fest, dass niemand von ihm Notiz nahm. Rasch öffnete er den Deckel des Bidons und half Finn aus seinem engen Gefängnis. Der Junge hatte die ganze Zeit bis zu den Knöcheln im Rest der Kartoffelsuppe gehockt und trotzdem keinen Mucks von sich gegeben. Fast war Puttfark ein wenig stolz auf ihn. Doch dafür blieb keine Zeit. »Pass auf, Finn«, sagte er, »ich gehe jetzt bis zu dem kleinen Sichtfenster der Pförtnerloge und spreche mit Möller. Möller ist der Portier, ein ziemlich sturer Zeitgenosse. Ich will versuchen, ihn abzulenken. Während ich das tue, tauchst du unter dem Fenster hindurch und läufst auf die Martinistraße hinaus. Dort wartest du auf mich. Hast du alles verstanden?«

»Ja, hab ich.«

»Gut, dann los.« Langsam näherte sich Puttfark der Loge. »Hallo, Möller, schönes Wetter heute«, sagte er beiläufig und wollte weitergehen.

»Halt!«

Notgedrungen blieb Puttfark stehen. Doch zu seinen Füßen wieselte Finn unerkannt weiter.

»Hast du einen Urlaubsschein?«

»Natürlich.«

»Gib schon her.« Fordernd streckte Möller seine Hand durch das Loch im Sichtfenster.

Puttfark grub in seinen Taschen. Er untersuchte die Dreiljacke, die Tuchhose und die Tuchweste, alles, was ein Krankenwärter am Leib hatte, prüfte nochmals und murmelte: »Zu dumm.«

»Wird's bald?«

»Ich könnte schwören, ich habe ihn eingesteckt.«

»Das sagen alle. Freizeit außerhalb der Anstalt muss beim zuständigen Oberwärter beantragt werden, was du ganz offensichtlich versäumt hast.«

Puttfark runzelte die Stirn. »Willst du damit etwa sagen, dass ich lüge?«

Genau das wollte Möller. Aber da Puttfark mindestens zwanzig Jahre älter war und überdies allseits beliebt, zögerte er kurz.

Puttfark lächelte. »Na also, du glaubst mir. Das ist nett von dir.« Er streckte die Hand durch das Loch in der Scheibe und tätschelte Möllers Schulter. »Forthmann hat mir Freizeit bis heute Abend genehmigt. Kannst ihn gerne anrufen, er sitzt in Baracke 1.«

»Baracken haben keine Telefonapparate.«

Das war Puttfark natürlich bekannt. »Ach, ja. Jedenfalls hat er seinen Kaiser Wilhelm unter den Antrag gesetzt. Ich liefere den Wisch heute Abend nach. Muss ihn im Wärterzimmer vergessen haben.«

»Ich …«

»Nett, dass du ein Auge zudrückst. Danke, Möller, wir sehen uns später.«

Puttfark schlug das Herz bis zum Hals, als er weiterging, jeden Moment befürchtend, dass Möller ihn zurückrief. Doch der Befehl blieb aus.

Wenig später lief Finn erleichtert auf ihn zu. »Und jetzt?«, fragte er.

»Jetzt gehen wir zum Eppendorfer Baum. Dort gibt es eine Haltestelle, an der wir auf die Pferdebahn warten können«, antwortete Puttfark.

»Wohin fahren wir?«

»Mal sehen. Erst mal bis zum Dammtor.«

Am Eppendorfer Baum hatten sie Glück. Sie mussten nicht lange auf die Bahn warten und erwischten noch zwei Plätze im Waggon. Puttfark entrichtete das Fahrgeld beim Schaffner, und die Braunen zogen an. Die Fahrt ging zum Klosterstern und von da die Rothenbaumchaussee hinunter. Finn schaute mit großen Augen hinaus auf die Straße und beobachtete alles ganz genau.

»Gefällt es dir?«, fragte Puttfark.

»Oh, ja.«

»Dann hör mal zu:

In Hamburg ist's gemütlich
auf der Pferdebahn.
Der eine Gaul, der zieht nicht,
der andere, der ist lahm.

Der Kutscher, der ist bucklig,
die Räder, die sind krumm,
und alle fünf Minuten,
da kippt der Wagen um.«

Finn lächelte. Zum ersten Mal, seit seine Mutter tot war.

Am Dammtor machte die Bahn halt. Wegen der Cholera-

Epidemie wurde jeder Fahrgast streng kontrolliert, bevor er die Stadt betreten durfte. Puttfark erklärte dem Posten, er sei Wärter im Eppendorfer Krankenhaus, wie man an seiner Kleidung sehen könne, und er begleite den Jungen nach Hause. Der Junge habe die Krankheit überstanden und sei wieder vollständig genesen.

Sie fuhren die Dammtorstraße entlang nach Süden, vorbei am Gänsemarkt mit dem Lessingdenkmal und hinein in die Poststraße. Am Rathausmarkt stiegen sie aus. »Ist es noch weit?«, fragte Finn.

»Es geht. Wir müssen zur Brooks Brücke. Die teilt den Zollkanal vom Binnenhafen.«

»Brooks Brücke? Komischer Name.«

»Brook bedeutet flaches, feuchtes Land. Früher war da der nördliche Teil vom Großen Grasbrook.«

»Sie kennen sich gut aus.«

»Ich bin auf der Wandrahminsel aufgewachsen. Aber das ist lange her. Komm weiter.«

Sie gingen durch den Großen Burstah, bogen beim Hopfenmarkt links in die Mattentwiete ab und erreichten die Brücke. Hier wie überall herrschte gespenstische Ruhe auf dem Wasser; die Quarantänemaßnahmen des Senats hatten den Schiffsverkehr vollständig zum Erliegen gebracht.

Unter der Brücke lag eine schwarze Schute vertäut, eines der typischen Verladeschiffe des Hamburger Hafens. Früher einmal waren in ihrem geräumigen Leib die unterschiedlichsten Dinge zu den Lagerhäusern am Hafen transportiert worden: Sand, Kies, Ölsaaten und Kaffeesäcke. Heute war sie außer Dienst. Doch unbewohnt war sie nicht. Davon zeugten eine Hütte mit Schornstein auf dem Achterschiff und ein Mast, an dem eine rote Flagge auswehte. Die Aufschrift der Flagge lautete: *Freiheit, Gleichheit, Brüderlichkeit.*

Sie sprangen vom Kai hinüber auf die Schute, und Puttfark klopfte kräftig an die Tür der Hütte. »Klaas, bist du da?«, rief er.

Die Tür öffnete sich. Ein drahtiger Mann schaute heraus. Er

war Mitte zwanzig, trug Schnäuzer und Kinnbart und einen silbernen Ring im Ohr. In der Hand hielt er einen großen Pinsel. »Was willst du?«, fragte er.

»Zunächst einmal guten Morgen«, antwortete Puttfark. »Dürfen wir eintreten?«

»Meinetwegen.« Klaas machte den Weg frei.

Sie gingen in die Kajüte, einen Raum, der so niedrig war, dass kein ausgewachsener Mann in ihm stehen konnte, und sahen sich um. Die Einrichtung war spärlich: ein paar Regale an den Wänden, ein verblasster roter Rettungsring mit der Aufschrift *SMS ADLER*, ein Schapp, das Klaas' Habe beinhalten mochte, und zwei Positionslampen, die von der Decke herabhingen. Beherrscht wurde die Kajüte von einem großen Tisch, der in der Mitte stand. Auf ihm lag ein weißes Transparent mit schwarzer Beschriftung:

Achtung!

**Arbeitsbrüder in den Werkstätten,
Fabriken, Häfen, wehrt Euch gegen**

Wogegen sie sich wehren sollten, wollte Klaas offenbar gerade mit dem Pinsel niederschreiben. »Was willst du?«, fragte er nochmals.

»Ich bringe dir jemanden, um den du dich eine Weile kümmern musst.«

»Ich habe keine Zeit.«

»Oh, doch, die hast du.« Puttfark setzte sich unaufgefordert auf eine Kiste und zog Finn an seine Seite. »Ich weiß, dass du Mitglied im Gewerkschaftskartell der Hamburger Berufsverbände bist und viel Mühe aufwendest, um die Streikenden und Ausgesperrten zu unterstützen. Ich weiß auch, dass Tausende von Arbeitern durch die Cholera nicht mehr in Lohn und Brot sind und unsere Solidarität brauchen.«

»Na bitte, da sagst du es selbst.«

»Verstehe mich nicht falsch, alles, was du tust, finde ich richtig, aber es wäre schön, wenn sich deine Bemühungen nicht nur in der Theorie erschöpfen würden. Finn ist der Sohn eines Sielarbeiters vom Kleinen Grasbrook. Er hat seine Familie durch die verfluchte Seuche verloren. Nun hat er niemanden mehr. Auch er braucht Solidarität. Nicht nur in Wort und Schrift und mit flammenden Aufrufen, sondern ganz einfach durch die Hilfe eines Christenmenschen. Bitte, gib sie ihm. Nimm ihn bei dir auf. Er ist ein guter Junge.«

Klaas zögerte und blickte auf den Pinsel in seiner Hand. »Du stellst dir das so einfach vor.«

»Nein, das tue ich nicht. Ich weiß, was ich von dir erbitte. Ich würde den Jungen selbst zu mir nehmen, aber im Krankenhaus ist das unmöglich. Er braucht jemanden, der ihn beschützt, einen großen Bruder, einen Vater, einen Freund, nenn es, wie du willst. Er hat letzte Nacht seine Mutter verloren und ist heute Morgen der einsamste Mensch auf der Welt.«

Finn fing an zu weinen. »Ich will nicht hier sein«, schniefte er. »Ich will bei Ihnen bleiben.«

Puttfark zerriss es fast das Herz. »Es geht wirklich nicht, Junge. Du hast gehört, warum. Außerdem ist Klaas gar nicht so grimmig, wie er aussieht. Wenn er nicht gerade wieder die Welt retten will, kann er sogar ziemlich nett sein, nicht wahr, Klaas?«

Klaas murmelte irgendetwas.

»Ich schlage vor, ihr beide versucht es mal miteinander. Jedenfalls die nächsten Wochen oder Monate, je nachdem, wie lange der Ausnahmezustand in der Stadt anhält. Wenn sich das Leben normalisiert hat und in den Schulen wieder regelmäßig Unterricht stattfindet, sehen wir weiter.«

»Es heißt, die Quarantäne des Hafens müsse mindestens bis Ende des Jahres aufrechterhalten werden«, brummte Klaas.

»Das habe ich auch gehört. Ich bin sicher, ihr werdet euch vertragen. Und vergiss nicht, du warst mal genauso klein wie

Finn, und auch damals gab es jemanden, der sich um dich gekümmert hat. Drei Mal darfst du raten, wer das war.«

»Schon gut.« Klaas legte den Pinsel zur Seite und grinste schief. »Wenn du dir was in den Kopf gesetzt hast, Puttfark, nützt alles Streiken nichts. Ich gebe auf.« Er strich Finn über den Haarschopf. »Darfst bleiben, mein Junge. Im Vorschiff liegt altes Segeltuch, daraus kannst du dir eine Koje bauen, und heute Mittag gibt's Heringe. Die braten wir zusammen an Deck, in Ordnung?«

»In Ordnung.« Finn schluckte. Die Aussicht auf gebratene Heringe war sehr verlockend.

»Tja, dann will ich mal.« Puttfark stand auf. Er hatte ein schlechtes Gewissen, den Jungen zurückzulassen, doch er würde ihn wiedersehen.

Sobald es irgend möglich war.

KAPITEL 7

Hannes Dreyer, der junge Arzt, saß in seiner Kammer über der Gaststube von Mutter Ohlof's Kneipe und blies Trübsal. Die Konfrontation mit Professor zur Haiden und dem berühmten Bakteriologen Koch lag bereits mehrere Stunden zurück, und doch konnte Hannes sie nicht vergessen. Zu beleidigend war die Art und Weise gewesen, wie Vickis Vater ihn behandelt hatte. Er hatte getan, als gäbe es ihn gar nicht, hatte sein Töchterchen vorgestellt, von einer zufälligen Begegnung gesprochen und ihre Fähigkeiten mit väterlichem Stolz über den grünen Klee gelobt. Hannes hatte danebengestanden wie ein Depp und war schließlich gegangen, bis ins Innerste verletzt, sich nur mühsam beherrschend.

Die Abendmahlzeit, die Mutter Ohlof ihm später vor die Tür stellte, hatte er nicht angerührt. Stattdessen hatte er finstere Rachepläne geschmiedet, hatte sich ausgemalt, Koch in seinem Hotel aufzusuchen und ihm zu verraten, dass die Cholera bereits am ersten Tag ihres Auftretens von ihm und Doktor Simon erkannt worden war und dass nur durch unglaubliche Schlamperei und Unfähigkeit Hunderte, wenn nicht gar Tausende hatten sterben müssen.

Doch was hätte das bezweckt? Nichts. Erstens wusste Hannes nicht, in welchem Hotel Koch logierte, und zweitens war die Katastrophe längst eingetreten.

Sollte er vielleicht doch etwas essen? Nein, er hatte keinen Appetit. Er begann, sich auszukleiden, faltete die Hose sorgfältig zusammen und hängte die Jacke über den Bügel. Es war sein einziger Anzug. Dann legte er sich, nur noch mit der Leibwäsche bekleidet, ins Bett. Vielleicht konnte er etwas schlafen? Er schloss die Augen.

Es klopfte. Hannes fuhr hoch. »Tut mir leid, Mutter Ohlof!«, rief er. »Ich bin noch nicht zum Essen gekommen. Stellen Sie mir den Teller ruhig rein.«

Die Tür öffnete sich. Hannes zog sich die Decke bis ans Kinn. Doch es war nicht Mutter Ohlof, die eintrat. Es war eine Dienstmagd mit Häubchen und gestärkter Kittelschürze. Die Magd hielt den Teller in der Hand und setzte sich lächelnd zu ihm auf die Bettkante. »Da staunst du, was?«, sagte Vicki.

Hannes war sprachlos.

»Mutter Ohlof hat für dich Birnen, Bohnen und Speck gekocht, du solltest mal probieren.«

»Hat sie dich etwa in dem Aufzug gesehen?«

»Um Gottes willen, nein!« Vicki lachte. »Ich habe mich in die Gaststube gestohlen und bin gleich zu dir rauf. Vor deiner Tür fand ich das Essen. Nun probier mal.«

»Ich mag nicht.«

»Komm schon.« Vicki gabelte ein Stück Speck auf und hielt es Hannes vor den Mund.

Folgsam aß er.

»Na siehst du, es schmeckt doch. Schluck den Ärger über meinen Vater gleich mit hinunter.«

»Ich hätte ihn erwürgen können!«

»Ich auch, aber ich musste gute Miene zum bösen Spiel machen. Später habe auch ich mein Fett weggekriegt. Aber ich habe dich verteidigt. Und ich bin heimlich in Friedas Kleidern aus dem Haus, weil ich Arrest habe. Ich darf dich nicht wiedersehen, hat Vater gesagt. Er würde platzen vor Wut, wenn er wüsste, dass ich bei dir bin.«

»Die Vorstellung, er würde platzen, gefällt mir.« Hannes' Laune besserte sich etwas.

»Koste auch von der Birne und den Bohnen. Es nützt niemandem, wenn du hungerst.«

»Du bist immer so vernünftig.«

»So, bin ich das?«

»Ja, das bist du.« Hannes aß.

»Wenn ich vernünftig wäre, säße ich nicht hier.« Vicki stellte den Teller weg und kehrte zu Hannes zurück. Langsam nahm sie das Häubchen ab und band die Kittelschürze los. Dann stieg sie aus Rock und Unterrock und löste ihr Korsett. »Ich will nicht vernünftig sein«, sagte sie leise, beugte sich hinunter und küsste ihn auf den Mund. »Ich will etwas ganz Verrücktes tun.«

Als sie sich aufrichtete, sagte er: »Das war schon ziemlich unvernünftig. Aber ich glaube, es geht noch verrückter.« Er fasste sie bei den Armen und zog sie zu sich aufs Bett. Wieder küssten sie sich, diesmal länger, leidenschaftlicher.

»Mach die Kerze aus«, flüsterte sie.

Er blies sie aus und streifte ihr die seidenen Unaussprechlichen ab. Gleichzeitig spürte er, wie seine Männlichkeit wuchs. Er presste sie an sich und sagte heiser: »Ich habe so lange auf diesen Augenblick gewartet, so lange, viel zu lange …«

»Ich auch.«

»Ich liebe dich.«

»Sag das noch einmal.«

»Ich liebe dich.«

»Bitte, sei vorsichtig. Ich habe es noch nie …«

»Wir haben Zeit.« Wieder küsste er sie. Dann öffnete er mit einiger Mühe seine Hose, fühlte sich endlich frei und richtete es so ein, dass sie rittlings auf ihm saß. »Hab keine Angst, es wird nur kurz wehtun, wenn überhaupt …«

»Jawohl, Herr Doktor.«

Er glitt in sie hinein, spürte den kleinen Widerstand, überwand ihn und drang tiefer ein. »Genieße mit mir, meine Liebste, was nur wir genießen können, du und ich. Komm, komm, so komm doch.«

Sie wiegten sich im Takt ihrer Liebe, spürten den anderen so nah, wie zwei Menschen einander nur spüren können, kosteten jede einzelne ihrer Bewegungen aus, umschlangen sich, liebkosten sich, atmeten heftig, keuchten, stöhnten, wurden schneller und schneller, bis Vicki schließlich nicht mehr an sich halten konnte. »Oh, Hannes, was machst du bloß mit mir, oh, Liebster, mein Liebster, oh, oooh …!«

»Pst.« Hannes, der den Augenblick der höchsten Lust um einiges früher erlebt hatte und dabei selbst fast aufgeschrien hätte, zog Vickis Kopf zu sich herab und küsste ihre Augen. Dann flüsterte er ihr ins Ohr: »Es ist vorbei, aber es ist auch ein Anfang, ganz gleich, was dein Vater sagt. Ich werde versuchen, mir eine Existenz in Hamburg aufzubauen, und sei es noch so schwer. Und wenn mir das gelungen ist, werde ich zu ihm gehen und um deine Hand anhalten. Er wird sie mir geben müssen.«

»Welch wunderbare Vorstellung!« Sie küsste ihn zärtlich.

Danach lagen sie erschöpft nebeneinander, Vicki den Kopf in Hannes' Armbeuge gebettet.

»Wie bist du überhaupt nach Hamburg hereingekommen?«, fragte er nach einer Weile. »Die Große Elbstraße liegt doch in Altona?«

Vicki lachte leise. »Durchs Hafentor. Mit einem Krankenwagen, der spät in die Stadt zurückfuhr. Die Männer hatten Schnaps getrunken und waren sehr lustig. Noch lustiger fanden sie es allerdings, eine Dienstmagd in ihrem Wagen zu verstecken und sie am Posten vorbeizuschmuggeln. Sie haben mir dauernd von ihrem Fusel angeboten, aber ich habe natürlich abgelehnt.«

»Du bist eine wunderbare junge Frau.«

»Und du bist ein wunderbarer junger Mann.«

Eine Zeitlang lagen sie nebeneinander, ohne zu sprechen, im Einklang mit sich und ihrer Liebe, und irgendwann schlummerten sie ein.

Vicki wachte auf und wusste im ersten Moment nicht, wo sie war. Dann hörte sie Hannes' ruhige Atemzüge neben sich. Ihr Blick ging zur alten Standuhr in der Ecke. Im fahlen Licht einer

Außenlaterne sah sie, dass es bereits nach Mitternacht war. Ihr Gewissen regte sich. Nicht wegen der Dinge, die sie mit Hannes getrieben hatte, sondern weil sie sich ausmalte, wie groß die Sorgen ihrer Eltern sein würden, wenn sie am Morgen nicht zu Hause wäre. Es half nichts, sie musste heim.

Leise stand sie auf und kleidete sich an. »Auf bald, mein Liebster, ich komme wieder«, flüsterte sie und hauchte ihm einen Kuss auf die Stirn. Dann huschte sie aus der Kammer.

Auf den nächtlichen Straßen Hamburgs herrschte weitgehend Stille. Vicki strebte hinunter zum Hafen und achtete darauf, stets im Licht der wenigen Gaslaternen zu bleiben. Erst jetzt erkannte sie, dass es nicht ungefährlich war, als Frau allein durch die schlafende Stadt zu gehen. Die Cholera hatte vieles lahmgelegt, doch die Kriminalität schien gegen jede Krankheit gefeit, sie blühte nach wie vor an jeder Ecke. Vicki ging die Brandstwiete hinunter und bog dann rechts ab, kam an St. Katharinen vorbei und erreichte die Straße Bei den Mühren. Sie eilte weiter, passierte die Brooks Brücke, an deren Fuß eine große schwarze Schute lag, und lief den Binnenhafen entlang. Als sie zu den Vorsetzen kam, sah sie plötzlich zwei Gestalten im Schatten eines Lagerhauses stehen. Es waren zwei Männer. Sie lösten sich aus dem Schatten und kamen näher. Vickis Herz krampfte sich vor Angst zusammen. Die Kerle hatten gewiss nicht Gutes im Sinn. Was konnte sie tun? Da fiel ihr Blick auf einen Kiesel zu ihren Füßen. Rasch bückte sie sich und warf den Stein gegen die Mauer eines gegenüberliegenden Hauses. Es gab ein kurzes, scharfes Geräusch.

»Was war das?«, fragte einer der beiden Kerle.

»Keine Ahnung«, antwortete der andere. »Sehen wir nach.«

Sie änderten die Richtung und steuerten auf die Hausmauer zu.

Aufatmend verdrückte Vicki sich in einer Seitengasse und wartete. Als sie sicher war, dass die Kerle nicht wieder auftauchen würden, setzte sie ihren Weg fort. Doch das mulmige Gefühl in ihrem Magen blieb. Kurz darauf spürte sie, wie ihre

Beine zu zittern begannen. Gleichzeitig krampfte sich ihr Gedärm zusammen. Der Drang, sich zu erleichtern, wurde unwiderstehlich. Für Scham blieb keine Zeit. Sie lüftete die Röcke und hockte sich nieder. Keine Sekunde zu früh, denn schon ergoss sich ihr Darminhalt schwallartig auf das Pflaster. Sie ekelte sich vor sich selbst. Hatte sie etwas Falsches gegessen? Sie konnte sich nicht erinnern. Noch mehrere Male durchzog es sie krampfartig, mit immer denselben Folgen. Dann schienen die Anfälle vorüber zu sein. Gott sei Dank! Sie stand auf und ging weiter. Das Hafentor kam schon in Sicht, als ein neuer Drang sie niederzwang. Diesmal war es noch schlimmer. Als sie sich wieder aufrichtete, fühlte sie sich schwindelig und schwach. Kalter Schweiß trat ihr auf die Stirn. Sie schleppte sich weiter, machte insgeheim drei Kreuze, als sie sah, dass der Wachtposten schlief, drückte sich durch das Tor und war kurz darauf in Altona.

Bis nach Hause waren es nur noch fünfhundert Meter, doch die Strecke kam ihr endlos vor, und als sie schließlich vor ihrem Vaterhaus stand, wurde ihr schwarz vor Augen.

Sie stöhnte auf und brach zusammen.

Sie wachte auf, weil etwas Schweres auf ihrer Stirn lag. »Fieber hat sie jedenfalls nicht«, sagte eine vertraute Stimme. Ihr Vater nahm seine Hand fort und konstatierte: »Nimmt man die graublaue Gesichtshaut dazu und die diarrhöischen Anfälle, bleibt leider nur eine Diagnose – unsere Vicki hat die Cholera.«

»Nein, wie furchtbar!« Louise, die am Bettende stand, rang die Hände.

»Wir müssen sie nach Eppendorf bringen lassen, so schnell wie möglich. Dort hat sie alle Pflege, die sie braucht.«

»Bitte … nicht«, flüsterte Vicki. »Du bist doch selbst Arzt, Vater.«

»Gerade deshalb.« Zur Haiden klang nachsichtig. »Ein guter Arzt behandelt die eigenen Angehörigen nicht, weil ihm dafür die Objektivität fehlt. Und wer nicht objektiv ist, kann leicht Fehler machen. Das wollen wir auf jeden Fall vermeiden. Du musst nach Eppendorf, und damit Punktum.«

»Bitte, Vater.«

»Nein, es ist nur zu deinem Besten!«

Eine halbe Stunde später ratterte ein Krankenwagen mit ihr zu der modernen Krankenanstalt im Norden. Vicki dämmerte vor sich hin und bekam kaum mit, was mit ihr geschah. Sie hatte das Gefühl, als lägen Mühlsteine auf ihren Gliedmaßen, und in ihrem Darm rumorte es unablässig. In den wenigen Augenblicken, da sie bei Sinnen war, dachte sie, dass sie schon zum zweiten Mal binnen vierundzwanzig Stunden in einem Krankenwagen mitfuhr, doch unter welch veränderten Vorzeichen!

Später lag sie in einer Baracke, links und rechts neben sich ebenfalls ein Bett mit einer Kranken, über sich hölzernes Dachgebälk und in der Luft der allgegenwärtige Geruch nach Lysol. Ein Krankenwärter kümmerte sich um sie, der sich als Thiessen vorgestellt hatte. Er war sehr bemüht, mehr als um die anderen Patientinnen, und Vicki ahnte auch, warum: Sie war die Tochter des Oberarztes der II. Chirurgischen Abteilung und damit etwas Besonderes. Es war ihr peinlich, so bevorzugt zu werden, aber sie war zu schwach, um zu protestieren. Am Nachmittag kam ihr Vater ans Bett, noch vor der eigentlichen Visite um fünf, doch das spielte in diesem Fall keine Rolle. Er hatte Fraenkel im Gefolge und einen jungen Arzt namens Wahngau, und alle machten ernste Gesichter und ermahnten Thiessen, er möge die Patientin immer wieder dazu auffordern, viel zu trinken. Ob er das verstanden habe. Thiessen versprach es dienernd.

Vicki dachte an Hannes, rief sich die wundervollen Stunden mit ihm ins Gedächtnis zurück, schöpfte Kraft daraus und trank, so viel sie vermochte. Sie kämpfte gegen das Zittern in den Gliedmaßen, gegen die Muskelkrämpfe und gegen den schneidenden Schmerz im Gedärm, der sie immer wieder überfiel.

Am zweiten Tag fühlte sie sich so elend, dass sie am liebsten gestorben wäre. Wieder kam Vater an ihr Bett, dazu Louise und auch Benno, doch sie nahm ihre Angehörigen kaum wahr. Am Abend erschien ein Mann mit gütigem Gesicht, er war vielleicht fünfzig Jahre alt und rieb die Hände aneinander. Es sah aus, als wolle er sie dadurch wärmen. »Ich bin Puttfark«, sagte er ruhig, »ich pass heute Nacht auf Sie auf.«

»Danke«, hauchte Vicki.

»Sie brauchen nicht zu sprechen. Ich sehe auch so, was Sie möchten. Wenn man so lange Krankenwärter ist wie ich, dann sieht man so etwas.«

»Ich … will sterben.«

»Das glaube ich nicht. Ich glaube, Sie wollen etwas trinken.« Puttfark füllte ein Glas mit frischem Wasser und setzte es Vicki an die Lippen.

Vicki schüttelte den Kopf.

»Kommen Sie, trinken Sie einen Schluck.«

»Nein, bitte.«

»Nur einen Schluck. Denken Sie an Ihre Mutter, sie wäre zu Tode betrübt, wenn Sie aufgeben würden. Also, einen Schluck für Ihre Mutter.«

Vicki trank.

»Einen Schluck für Ihren Vater.«

Vicki trank wieder, drehte dann aber den Kopf zur Seite.

»Na, na, Sie müssen weitertrinken. Einen Schluck für Ihren Liebsten. Sie haben doch einen Liebsten?«

Vicki dachte an Hannes und trank.

»Einen Schluck für Ihren Bruder.«

Vicki kam die Prozedur albern vor. Sie erinnerte sie an das, was man mit kleinen Kindern machte, die ihren Brei nicht essen wollten. Trotzdem trank sie.

»Sehr gut. Das Glas ist leer. In einer halben Stunde komme ich wieder, dann trinken wir das nächste Glas. Und immer so weiter, bis Sie wieder gesund sind. Trinken ist das A und O bei einer Cholera-Erkrankung.«

»Ja… danke.«

»Wenn Sie die Nacht überstehen, werden Sie morgen leben. Und Sie wollen doch leben? Ich habe es vorhin in Ihren Augen gesehen, als ich von Ihrem Liebsten sprach. Und nun schlafen Sie ein wenig. In dreißig Minuten bin ich wieder da, ich will nur rasch meine Runde machen.«

Puttfark hielt Wort. Die ganze Nacht kam er in regelmäßigen Abständen zu Vicki und nötigte sie zum Trinken. Am Morgen, als Schichtwechsel war und Puttfark sich von ihr verabschiedete, lebte sie noch.

Am Abend trat Puttfark erneut seinen Dienst an. »Da bin ich wieder«, sagte er. »Wie es scheint, geht es Ihnen besser. Heute Nacht bringe ich Sie über den Berg.«

Wieder musste Vicki viel trinken, doch diesmal kam zwischen ihr und Puttfark ein Gespräch zustande. Es begann damit, dass sie fragte, ob viele Frauen an der Cholera sterben würden.

»Jede Patientin, die stirbt, ist eine zu viel«, antwortete Puttfark und goss das Glas abermals voll. »Viel Flüssigkeit, stärkende Kost und krampflösende Mittel sind die gebotenen Arzneien. Das wichtigste Medikament aber muss die Patientin selbst mitbringen: Es ist der Überlebenswille. In diesem Bett lag eine Frau, die nahezu ihre ganze Familie verloren hatte. Es war schrecklich. Ich denke mir, wenn alle Lieben gegangen sind, will man nur noch dort sein, wo sie sind. Der Sinn des Lebens hat sich erschöpft. Ich verstehe das. Aber es hindert mich nicht daran, um jedes Leben zu kämpfen. Glauben Sie mir, es ist ein wunderbares, mit nichts zu vergleichendem Gefühl, wenn jemand dieses Haus als geheilt verlässt. Und genau das werden auch Sie tun, Fräulein zur Haiden. Und nun trinken Sie dieses Glas aus.«

Vicki nahm einen Schluck. »Wie hieß die Frau?«, fragte sie.

»Flögl, Elfriede Flögl. Drei ihrer Kinder sind ihr geblieben. Zwei Töchter sind in Hittfeld, Finn, der Sohn, war auch erkrankt. Kaum war er genesen, packte es seine Mutter. Er brachte sie vorgestern hier ins Krankenhaus, wo sie noch in derselben Nacht verstarb.«

»Wie furchtbar«, sagte Vicki. »Ich kenne Finn.«

»Sie kennen Finn?« Puttfark, der im Begriff war, ihr das Glas erneut an die Lippen zu setzen, hielt erstaunt inne.

Vicki erzählte von ihren Besuchen mit Hannes im Gängeviertel. »Ich war mit Doktor Dreyer in Frau Flögls Wohnung, traf dort aber niemanden mehr an. Wahrscheinlich war sie zu jenem Zeitpunkt schon mit Finn auf dem Weg ins Krankenhaus. Sie kennen doch sicher Doktor Dreyer?«

»Ja, ich habe ihn ein paarmal im Badehaus gesehen, wo sich ein Aufenthaltsraum für die Gehilfsärzte befindet.«

»Dann wissen Sie sicher, wie ungerecht er von meinem Vater behandelt wurde.«

»Ich kenne den Fall, Fräulein zur Haiden, aber wir sollten nicht darüber sprechen. Sie dürfen sich nicht aufregen.«

»Ich verstehe«, sagte Vicki. »Das Thema ist ein wenig… heikel. Wissen Sie, was aus Finn geworden ist?«

»Er ist in guten Händen.«

Vicki merkte, dass Puttfark nicht näher darüber sprechen wollte, und schwieg.

»Versuchen Sie, jetzt zu schlafen.«

Vicki nickte. Das Gespräch hatte sie sehr erschöpft.

Am nächsten Tag ging es ihr leidlich gut und am übernächsten Tag noch besser. Puttfark sagte: »Ich bin kein Arzt, aber ich glaube, Sie können demnächst entlassen werden.«

»Das habe ich Ihnen zu verdanken«, sagte Vicki.

»Unsinn, denken Sie an das wichtigste Medikament, das bei Ihnen gewirkt hat: Ihren Überlebenswillen.«

»Auch davon haben Sie mir gegeben.«

Puttfark schob die Utensilien auf dem Nachttisch zurecht, was gar nicht nötig war, murmelte etwas von »Pflicht« und »Selbstverständlichkeit« und verschwand.

Wenig später erschien ihr Vater, die Mutter an seiner Seite. »*Dieu merci*«, seufzte Louise und ergriff Vickis Hand. »Wir haben uns schreckliche Sorgen um dich gemacht, aber nun wird alles gut. Wir werden verreisen.«

»Verreisen?«, fragte Vicki.

»So ist es«, bestätigte ihr Vater. »Wir drei werden auf dem Postwege über das Watt nach Norderney fahren. Die Saison ist vorbei, es wird dort herrlich ruhig sein. Die Seeluft sollte dir guttun.«

Vicki dachte an Hannes. »Ich möchte lieber hierbleiben.«

»Nichts da. Ich habe bereits telegrafiert. Im Inseldorf liegt das Hotel *Seestern*. Dort sind ab nächster Woche zwei Zimmer reserviert. Das *Seestern* ist eines der besten Häuser am Platze, es liegt direkt am Strand und hat sogar mehrere eigene Badekutschen. Du wirst ins Meer hineinfahren können und die Brandung in vollen Zügen genießen.«

»Ist das Wasser nicht viel zu kalt?«

»Wir haben Mitte September, da hat die Nordsee noch 15 Grad. Außerdem härtet das Baden ab. Wir werden viel Zeit miteinander verbringen und eine glückliche Familie sein.«

»Und Benno?«

»Benno bleibt in Altona. Die Fensterläden im Erdgeschoss sind marode. Sie werden ausgetauscht. Jemand muss die Handwerker beaufsichtigen.«

Vicki sah ein, dass weitere Einwände zwecklos waren. Sie ergab sich in ihr Schicksal.

Eine knappe Woche später fuhr sie mit ihren Eltern nach Norderney.

KAPITEL 8

Benno saß in der Küche am großen Tisch und studierte die *Hamburger Nachrichten.* Normalerweise interessierte ihn das Blatt kaum mehr, als es die Lateinstunden in der Oberprima getan hatten, an die er sich leidvoll erinnerte. Die Zeitung eignete sich, wie er Vicki einmal grinsend erklärt hatte, allenfalls für »hinterlistige Zwecke« auf dem gewissen Örtchen. Heute jedoch sah die Sache anders aus. Auf der Seite 3, wo der Leser stets das Neueste über Hamburg fand, hatte der Herausgeber, ein gewisser Doktor Emil Hartmeyer, einen ausführlichen Artikel über *Die zunehmende Verderbtheit gewisser Etablissements in der Hansestadt* abdrucken lassen. Im Text beklagte der Verfasser die Verrohung der guten Sitten und scheute sich auch nicht, Namen zu nennen. Mit leuchtenden Augen las Benno, dass es auf dem Heiligengeistfeld verschiedene Wanderbetriebe gab, die sich »Biographentheater« nannten. In ihren windigen Buden konnte man durch einen Guckkasten »Minutenstreifen« sehen. Sie zeigten so verwerfliche Bilder wie barbusige, sich prügelnde Frauen. In der Großen Freiheit 58 gab es den *Palmengarten,* einen Tanzsalon, von dem Spötter behaupteten, die Preise dort seien so gepfeffert, dass sie den Gast auf die Palme brächten. Am Neuen Pferdemarkt befand sich *Hagenbeck's Handels-Menagerie,* wo Tiere aus aller Herren Länder feilgeboten wurden: Flughunde aus Madagaskar, Netzpythons aus Indien, Amazonenpapageien aus Mexiko. Fremdländische Kreaturen, die, so der Verfasser, nichts im Deutschen Reich verloren hätten. Und am Spielbudenplatz 21 stand *Eberhard Knopf's Konzert und Automatenhaus,* mit Attraktionen, die sich *Das Weltwun-*

der Australiens und *Der größte Mann der Welt* nannten. Maßlose Übertreibungen, wie der Schreiber entrüstet festhielt, doch bei Benno genau das Gegenteil auslösten. Er las jede Zeile mit wachsender Begeisterung.

Am meisten aber fesselte ihn der Bericht über *Höller's Hölle,* eine Kellerkneipe und ehemalige Destille, in der früher Kümmel gebrannt worden war. Ihr Besitzer, Willi Höller, war in jüngeren Jahren Viz einer Gruppe von »schwarzen Schauerleuten« gewesen, die im Hafen Kohlen schleppten. Später hatte Höller sich selbstständig gemacht. Die *Hölle* lag an der Nordseite des Spielbudenplatzes und war Anlaufstelle und Rettungsanker für betrunkene Matrosen, streikende Hafenarbeiter und zwielichtige Bordsteinschwalben. Überdies, wie der Verfasser des Artikels mahnend feststellte, eine Brutstätte der immer zahlreicher werdenden Sozialdemokraten. Alles in allem ein Pfahl im Fleische der Gesellschaft, der so nicht länger geduldet werden könne, wolle man den guten Ruf Hamburgs nicht aufs Spiel setzen.

Benno schlug die Zeitung zu und wäre am liebsten sofort nach St. Pauli aufgebrochen, denn schon immer hatte ihn die Reeperbahn mit ihren tausendfachen Verlockungen angezogen. Doch das ging natürlich nicht. Seine Eltern würden es spitzkriegen, wenn er die Nacht über fortblieb, und ein solches Theater, wie sie es mit Vicki veranstaltet hatten, wollte er nicht riskieren. Doch halt: Seine Eltern und Vicki waren ja gar nicht da! Sie machten Ferien auf Norderney. Das bedeutete, er konnte tun und lassen, was er wollte. Welch paradiesischer Zustand!

Benno streifte sich eine alte Joppe über und winkte den Fensterbauern zu, die noch dabei waren, die neuen Läden zu montieren. Sie würden ohnehin in einer halben Stunde Feierabend machen und bedurften sicher keiner Beaufsichtigung mehr. Augenblicke später war er unterwegs. Wie so häufig blies ein frischer Nordwest die Elbe hinauf. Auf den Straßen liefen die Menschen mit ernsten Gesichtern herum. Die zahllosen Cholera-Toten drückten auf die Stimmung in der Stadt. Benno ließ sich davon nicht die Laune verderben. Er schritt rasch aus und hatte bald darauf den Spielbudenplatz erreicht. Suchend glitt sein Blick über die Häuserzeile der Nordseite. *Glücks-keller* stand in großen Lettern an einem der Gebäude und darunter kleiner: *Lotterielose, 5 Stck. 1 Mark*. Links daneben befand sich das erste Biographentheater auf der Reeperbahn, das *Apollo*. Benno fragte sich, ob dort ebenfalls barbusige Frauen gezeigt würden, und hätte dabei fast einen schmalen, dunklen Niedergang übersehen, der zwischen den Gebäuden nach unten führte und an einer verwitterten Tür endete. *Höller's Hölle* hatte jemand mit blutroten Lettern daran gemalt. Die Buchstaben beider Wörter bildeten jeweils ein Halbrund und gaben auf diese Weise zwei mächtigen Brüsten Kontur. Das also war der Eingang zu der berüchtigten Kaschemme. Benno trat ein und sah sich um. Er war als Primaner schon in einigen Kneipen gewesen und glaubte sich auszukennen, doch was ihm hier begegnete, stellte alles in den Schatten. Es begann damit, dass er fast gegen ein Haigebiss gelaufen wäre, das von der Decke herabbaumelte. Zwei Schritte entfernt hing ein Kugelfisch zwischen mehreren mächtigen Schildkrötenpanzern. Im spärlichen Licht zweier Kasemattenfenster wirkten sie wie die spitzen Buckel einer Tropfsteinhöhle. Der Raum zwischen den Fenstern war mit allerlei Seegetier vollgestopft, mit Kraken, Krebsen, Schnecken und Nautilusmuscheln aus der Familie der Kopffüßer sowie der Säge eines Sägefischs. Doch das beeindruckendste Exemplar war eine japanische Seespinne, deren Durchmesser mindestens zwei Meter betrug. An die Enden ihrer zehn Schreitbeine hatte jemand mit linkischer Hand verschiedene Aktpositionen gemalt, ein Machwerk, das bei Benno ein mitleidiges Grinsen auslöste.

Und dann waren da noch die sieben Gebilde, die sich in unregelmäßigen Abständen über die Wände verteilten und wie das pralle Gesäß einer Frau aussahen. Sie stammten von den Küsten Indiens und wurden Meeresnuss genannt, waren in Wirklichkeit aber die Früchte der Seychellenpalme.

Benno riss sich von dem Anblick los und fragte betont munter: »Gibt es in dieser Meeresgrotte auch ein Bier?«

»Ausschank nur an Personen über achtzehn«, brummte der riesige Mann hinter der Theke. Er hatte eisgraue Haare und einen Vollbart. Sein Mund sah aus, als trüge er einen Schnuller darin, was ihm einen harmlosen Ausdruck verlieh. Doch der Eindruck täuschte. Wenn es sein musste, konnte Willi Höller äußerst ungemütlich werden.

»Ich bin seit einer halben Ewigkeit achtzehn, genauer gesagt, schon neunzehn.«

»Das sieht man dir nicht an.« Willi musterte Benno von oben bis unten. »Bist dünn wie ein Spargel, hast ein Milchgesicht und Waschfrauenhände. Ein Matrose bist du nicht, soviel steht fest, und ein Arbeiter bist du auch nicht. Was bist du dann?«

»Durstig.« Benno musste Willis direkte Art erst mal verdauen.

»Na ja, jedenfalls nicht auf den Mund gefallen.« Willi zapfte ein Holsten, strich den Schaum vom Glasrand und reichte es rüber. »Macht dreißig Pfennig.«

»Dreißig Pfennig?« Benno verschlug es die Sprache.

»Ist das zu wenig?«

»Der Halbe kostet höchstens fünfzehn.«

»Was du nicht sagst.« Willi schürzte die Lippen. »Du scheinst zu vergessen, dass du hier auf St. Pauli bist. Hier ist alles ein bisschen teurer. Wenn du nicht zahlen kannst, mach die Fliege.«

»Doch, doch.« Benno griff in die Tasche – und stellte mit Schrecken fest, dass er keinen Pfennig dabei hatte. Hätte er vorhin bloß nicht die Jacke gewechselt!

»Na, was ist?«

»Ich hab's mir überlegt, dreißig ist mir zu teuer. Ich mach lieber die Fliege.«

»Wie du willst, verdufte.«

Benno trat den Rückzug an. Um seine Niederlage etwas abzumildern, deutete er im Hinausgehen auf die Aktpositionen an den Enden der Seespinnenbeine. »Ich möchte nicht wissen, wer das armselige Gekritzel verzapft hat.«

»Hüte deine Zunge!« Es ging niemanden etwas an, dass Willi sich dort selbst mit Pinsel und Farbe versucht hatte.

»Da ist kein einziger Strich sein Geld wert.«

»Ach, und der feine Herr kann es besser?«

»Genauso ist es.« Weil Benno auf dem Weg nach draußen war, spielte es keine Rolle mehr, was er sagte, deshalb fügte er lässig hinzu: »Ich hatte im Zeichnen immer eine Eins«, was im Übrigen sogar stimmte. »Ich würde dir die dicksten Titten, die prallsten Ärsche und die schärfsten Akte malen. Aber weil hier alles ein bisschen teurer ist, könntest du das nicht bezahlen.« Insgeheim grinsend griff er zur Türklinke. Dem Riesen hatte er es tüchtig gegeben!

»Warte mal!«

Benno hielt inne.

»Kannst du wirklich gut zeichnen?«

»Ich war immer der Beste.«

In Willis Hirn reifte ein Plan. Schwellende nackte Leiber animierten zu vermehrtem Konsum, was angesichts der durch die Cholera bedingten Flaute im Geschäft durchaus notwendig war. Das Gleiche galt für den *Glückskeller* nebenan, der Willi ebenfalls gehörte. In ihm wurden nur zum Schein ein paar Lotterielose verkauft, in Wahrheit lief dort ein Bordellbetrieb. »Traust du dir das wirklich zu?«

»Aber klar.«

»Gut, wenn du es schaffst, kriegst du anständig Kohle.«

»Und wenn nicht?«

»Kriegst du in die Fresse.«

Benno schluckte. »Abgemacht.«

Willi schob ihm das Bierglas rüber.

»Ich sagte doch, dreißig ist mir zu teuer.«

»Betrachte es als Vorschuss.« Willi zapfte sich auch ein Holsten. »Wie heißt du eigentlich?«

»Benno.«

»Wer ich bin, kannst du dir wohl denken. Na denn, prost, Maler Klecksel.«

»Äh, prost, Willi.«

In den folgenden Tagen stellte sich heraus, dass keine Gefahr bestand, »in die Fresse« zu kriegen, denn Benno kam gut voran. In der stattlichen Bibliothek seines Vaters hatte er ein Werk über die Ausgrabungen in Pompeji gefunden und darin von Tempeln, Theatern, Thermen und Bordellen gelesen. Letztere hatten ihn natürlich besonders interessiert. Über den Türen zu den einzelnen Räumen in den Freudenhäusern der untergegangenen Stadt waren lustvolle Liebesstellungen abgebildet, vermutlich, um die Sinne der Freier anzuregen. Genau darum ging es. Benno nahm den Band mit in die *Hölle* und kopierte die Abbildungen Strich für Strich, wobei ihm zustattenkam, dass sein künstlerischer Vorgänger schon alles wie gewünscht angelegt hatte: Die Geschlechtsorgane waren mächtig übertrieben und standen stets im Mittelpunkt.

Willi, der von Zeit zu Zeit ein Auge auf die Arbeit warf, war sehr zufrieden. Doch er war nicht der Einzige, der den Fortgang der Malerei genau verfolgte. Auch die Gäste taten es. Es waren nicht viele in diesen Zeiten, da der Hafen stillstand und fast alle Männer, die ihr Brot an den Kais verdienten, arbeitslos waren. Doch die wenigen Matrosen, Schauerleute, Festmacher, Nietenklopper und Lagerarbeiter, die den Weg in die *Hölle* fanden, standen staunend, ja, fast ehrfürchtig daneben, wenn Benno den Pinsel führte. Am dritten oder vierten Tag – Benno malte gerade einen Akt *a tergo* – fragte ihn eine kleine Blonde mit Rehaugen und piepsiger Stimme, ob er es selbst schon mal von hinten gemacht habe. Es wäre erstaunlich, wie gut er sich auskenne.

Benno räusperte sich und versuchte, seine Verlegenheit zu verbergen. »Ich bin ein Naturtalent«, sagte er schließlich und ließ offen, was er damit meinte.

Die Blonde lachte. »Ich heiße Vira«, sagte sie. »Ich arbeite drüben im *Glückskeller.*«

»Ach, dann bist du eine …?«

»Ganz recht, eine Losverkäuferin.« Vira schaute ihn abschätzend an. »Ich muss jetzt wieder rüber. Wenn du willst, kannst du ja mal dein Glück versuchen.«

Benno wurde der Mund trocken. »Das mache ich bestimmt.«

Doch er ließ noch zwei Tage verstreichen, bis er sich traute, Vira einen Besuch abzustatten. Sie saß auf einem riesigen Bett inmitten roter Kissen und hatte außer einem spitzenverzierten, nach unten offenen Leinenhöschen nichts an.

»Ich dachte, ich ziehe mal ein Los bei dir«, sagte Benno lässig. Er wollte um alles in der Welt vermeiden, dass Vira seine Schüchternheit bemerkte.

»Und ich dachte schon, du wärest bei Mona oder Emmi gelandet.«

»Äh, nein.«

»Na, schön. Du weißt, fünf Lose kosten eine Mark, du musst aber mindestens fünfundzwanzig Lose kaufen, sonst wirst du bei mir kein Glück haben.«

»Ich verstehe.«

»Du kannst die fünf Mark da auf den Waschtisch legen.«

»Mach ich.« Benno zählte die Markstücke ab und warf sie in die Porzellanschüssel. Es gab ein klimperndes Geräusch. Als er sich Vira wieder zuwandte, lag sie völlig nackt da. Im milden Licht eines Kerzenleuchters wirkte das blonde Dreieck zwischen ihren Beinen überaus verführerisch. Benno hüstelte. Er hatte noch nie bei einer Frau gelegen, war völlig unerfahren und kannte alles nur in der Theorie.

»Komm schon, ich beiße nicht.«

Benno zögerte.

»Oder bist du einer, der gern gebissen und geschlagen wird? Da wärst du bei mir an der falschen Adresse.«

»Ja … ich meine, nein. Ich meine …«

»Gib mir deine Hand.«

Benno gab sie ihr.

Vira nahm seine Hand und legte sie auf ihre Brust. »Wie fühlt sich das an?«

»Groß... artig.«

Vira führte die Hand nach unten in ihren Schoß. »Und das?«

Benno stöhnte.

Alles Weitere ging sehr schnell. Schneller und flüchtiger, als er es sich erträumt hatte. Trotzdem war es ein überwältigendes Gefühl, eine Explosion, die sein Körper erlebte, eine Erfahrung, die er nie vergessen würde. Dankbarkeit durchströmte ihn. »Ich glaube, ich habe das große Los gezogen«, murmelte er leise, schob sich abermals über Vira und wollte sie auf den Mund küssen.

Sie drehte den Kopf zur Seite. »Lass das.«

»Verzeihung.« Er war irritiert.

»Sei nicht böse.« Sie strich ihm über die Haare. »Wir Mädchen hier verkaufen Glück, aber dieses Glück hat nichts mit Liebe zu tun. Das sollte man nie verwechseln. Ich liebe dich nicht, und deshalb darfst du mich auch nicht küssen. Jedenfalls nicht auf den Mund.«

»Ich glaube, ich verstehe.«

»Vielleicht war es nicht richtig von mir, dich herzulocken. Aber ich war neugierig. Ich wollte wissen ...« Vira hielt inne.

»Was wolltest du wissen?«

»Ach, nichts.«

»Du wolltest wissen, ob ich nicht nur mit dem Malerpinsel geschickt bin?«

»Du hast es erfasst.«

»Und? Ich fürchte, ich bin doch kein Naturtalent?«

Vira lächelte schief. »Sagen wir so: Übung macht den Meister.«

»In jedem Fall danke ich dir.« Benno stand auf und zog sich an.

Als er hinausgehen wollte, erscholl von einer der Wände ein mehrfaches deutliches »Kuckuck«.

Er fuhr herum und entdeckte eine Schwarzwalduhr, aus deren Türchen statt eines Kuckucks ein steifer Penis hervorschnellte.

»Das ist mein Wecker«, erklärte Vira. »Er arbeitet im Viertelstundentakt und erinnert meine Freier daran, dass jedes Glück ein Ende haben muss.«

»Das war bei mir ja nicht nötig.« Er wandte sich endgültig zur Tür.

»Komm mal her.«

»Was ist denn noch?«

»Adschüs.« Sie hauchte ihm einen Kuss auf die Stirn. »Ich liebe dich nicht, aber du bist ein netter Kerl. Und du malst sehr schöne Bilder.«

»Auf Wiedersehen, Vira.«

Er trat hinaus auf die Reeperbahn, die sich zu dieser Stunde rasch belebte. Sein Blick ging hinüber zum *Urania-Theater* und zum *Panoptikum* und verharrte bei den Ständen direkt vor ihm an der Straße. Hier wurden den Besuchern von auswärts Erfrischungen, Zeitungen, Postkarten, Luftballons und mehr oder weniger sinnlose Andenken verkauft. Benno erstand eine Tüte mit gebrannten Mandeln und begann zu essen. Es schmeckte ihm, er fühlte sich in der Umgebung schon ganz zu Hause. Nachdem er die letzte Mandel verspeist hatte, warf er einen letzten Blick in die Runde und stieg wieder die Stufe hinab zur *Hölle*. Als er die Hand ausstreckte, um die Klinke runterzudrücken, fiel ihm auf, dass er seine Joppe nicht trug. Er hatte sie bei Vira vergessen.

Er kehrte um, betrat erneut den *Glückskeller* und wollte sich bemerkbar machen, als er unvermittelt Stimmen hörte. Die eine schien von Vira zu sein, die andere war ungleich dunkler, gehörte aber ebenfalls einer Frau. Benno wusste nicht, warum, aber er näherte sich lautlos der Tür und spähte durch den Spalt. Im Licht des Kerzenleuchters sah er zwei Körper in inniger Umarmung auf dem Bett liegen. Vira und eine große Frau mit schwarzen Locken und tätowierten Armen. Sie küssten und liebkosten sich, lachten dabei und flüsterten sich Zärtlichkeiten ins Ohr. Benno starrte sie mit offenem Mund an.

Das also war die Liebe, wie Vira sie verstand.

Er beschloss, seine Joppe ein andermal zu holen.

Am nächsten Tag kehrte zur Haiden aus Norderney zurück. Er hatte Frau und Tochter auf der Insel gelassen, weil seine Anwesenheit im Krankenhaus nicht länger entbehrlich war.

»Deine Mutter und deine Schwester werden noch zwei Wochen im *Seestern* bleiben, ich soll dich schön grüßen«, sagte er zu Benno beim Abendessen.

»Danke, geht es Vicki gut?«

»Mit jedem Tag besser. Sie futtert wie ein Scheunendrescher, isst jeden Tag Speckscholle mit Bratkartoffeln oder Krabben mit Rührei. Die Seeluft tut ihr gut. Und wie ist es dir ergangen?«

»Hier ist alles in Ordnung.« Benno hielt es nicht für nötig, über seine Tätigkeit auf St. Pauli zu berichten.

»Hast du die Fensterbauer beaufsichtigt?«

»Hab ich, die Arbeiten sind abgeschlossen.«

»Gut. Ist die Rechnung schon gekommen?«

Benno hatte keinen blassen Schimmer. »Äh, ich habe deine Post nicht geöffnet, Vater.«

Zur Haiden gab sich mit der Antwort zufrieden und ließ sich von Frieda ein Glas Riesling nachschenken.

Der Rest des Abends verlief ereignislos. Benno wäre gern zu *Höller's Hölle* aufgebrochen, aber er traute sich nicht. Jedenfalls nicht am ersten Abend.

Am anderen Morgen – man schrieb Freitag, den dreißigsten September – strebte sein Vater schon in aller Herrgottsfrühe zur Palmaille und bestieg dort die Pferdebahn zum Eppendorfer Baum, da es ihn zu seinen Skalpellen drängte. Benno schlief aus und machte sich erst am späten Vormittag auf nach St. Pauli.

In der *Hölle* begrüßte er Willi und sagte zu ihm: »Hör mal, die zehn Akte um die Beine der Seespinne sind fertig, ich könnte jetzt rüber zum *Glückskeller* und dort den Eingangsbereich ausschmücken. Ich könnte aber auch erst die sieben Meeresnüsse fleischfarben anmalen, damit sie aussehen wie echte Ärsche. Es würde lustig aussehen, wenn sie in Kopfhöhe von den Wänden herunterhingen.«

»Hm.« Willi angelte sich eine saure Gurke aus dem Glas, aß einen Rollmops dazu – sein übliches Frühstrück – und antwortete kauend: »Mach mir erst die Ärsche fertig. Aber wo du gerade den *Glückskeller* erwähnst: Was hältst du davon, wenn wir da einen oder zwei von den Weiberhintern an den Eingang nageln?«

»Gute Idee.«

Benno wollte wieder zu seinen Farbtöpfen, aber Willi hielt ihn auf. »Ich hab noch was für dich.« Er griff in die Tasche und holte einen Fünfzigmarkschein heraus. »Für dich, hast mich nicht enttäuscht. Was trinkst du?«

»Ein schönes Bier.« Es war undenkbar, Limonade oder Saft zu verlangen, wenn Willi einen ausgab. Soviel hatte Benno schon gelernt.

Sie tranken beide, und als die Gläser leer waren, sagte Willi: »Heute Abend ist ’ne Versammlung im Klubraum ganz hinten.«

»Im Klubraum?« Dass es einen solchen Raum gab, war Benno neu.

»Ganz recht. Die Sozis haben aufgerufen, mal sehen, wer alles kommt.«

»Bist du Sozialdemokrat?« Benno glaubte, Willi mittlerweile gut genug zu kennen, um ihn das fragen zu dürfen.

Willi grunzte. »Jedenfalls kein Antisemit. Und auch kein Monarchist. Der Kaiser kann mich mal. Der schippert mit seiner *Meteor* durch die Weltgeschichte, und bei uns ist der Hafen dicht. Kein Mensch hat mehr Arbeit. Wie soll ich da auf meinen Schnitt kommen!«

»Läuft der *Glückskeller* denn auch nicht?«, fragte Benno und dachte an Vira.

»Wenn der nicht wäre, könnte ich hier den Laden zumachen. Gepimpert wird Gott sei Dank immer.«

»Klar. Ich fang dann mal an.«

Am Abend, als Benno gerade den letzten Hintern lebensecht fertiggestellt hatte, kamen die ersten Männer in die Kellerkneipe. Sie waren ein bunt zusammengewürfelter Haufen, manche ernst dreinblickend, andere wütend, dritte gleichgültig. Trotzdem blieben einige vor den Ärschen und den Aktmalereien stehen und pfiffen anerkennend. Die anderen strömten ohne viele Worte in den Klubraum, wo Willi zwei große Tabletts mit vollen Bier- und Schnapsgläsern hatte hinstellen lassen. Ein Zettel mit Bleistift lag daneben.

»Hört mal her, Leute!«, rief Willi. »Jeder schreibt seinen Namen auf und was er getrunken hat, damit ich nachher sauber abrechnen kann. Ist das klar?«

»Klar«, brummten die Männer.

Ein drahtiger Mann mit Schnäuzer und Kinnbart erschien, begrüßte mehrere der Teilnehmer mit Handschlag und bat sie, ihm zu helfen. Gemeinsam hängten sie eine rote Fahne mit der Aufschrift *Freiheit, Gleichheit, Brüderlichkeit* an die Stirnseite des Klubraums. Danach brachten sie ein Transparent an der Längsseite an. Darauf stand in großen schwarzen Lettern:

AUFRUF!

Es gibt Arbeitslose, die weniger haben als Du.
Unterstütze sie durch Deine Spende!

Die Sammel-Commission der SPD

Mittlerweile hatten auch die letzten Männer den Raum betreten. Sie trugen sich mit ihrem Namen auf dem Zettel ein und bedienten sich von den bereitgestellten Tabletts. Nach einem ersten Schluck setzten sie sich auf die in mehreren Reihen aufgestellten Stühle. Benno hatte sich entschlossen, an der Veranstaltung teilzunehmen. Er war neugierig und nahm in der letzten Reihe Platz. Als alle saßen, ging der Drahtige nach vorn und stellte sich hinter einen Tisch, auf dem eine Sammelbüchse stand und mehrere Exemplare vom *Hamburger Echo,* vom *Vorwärts* und vom *Wahren Jacob* lagen. Ruhe gebietend hob er beide Hände. »Arbeitsbrüder!«, rief er. »Ich danke euch, dass ihr in diesen schweren Zeiten gekommen seid. Seit Wochen haben die kapitalistischen Unternehmer die Betriebe im Hafen geschlossen, weil sie keine Profite mehr machen. Sie sitzen in ihren Palästen und warten in Ruhe auf bessere Zeiten. Der Arbeiter jedoch bleibt auf der Strecke. Der Arbeiter, das bist du, das bin ich, das sind wir alle!«

»Jawoll, stimmt«, ertönte es bestätigend von mehreren Seiten.

Der Drahtige fuhr fort: »Tausende können ihre Familien nicht mehr ernähren. Nur die Wenigsten haben die Möglichkeit, in Ohlsdorf als Totengräber zu arbeiten oder sich in einer Desinfektionskolonne ein paar Mark zu verdienen. Und trotzdem, Brüder: Es geht uns immer noch besser als den vielen anderen, die zu Hause zehn oder mehr hungrige Mäuler stopfen müssen, die gegen Alter und Siechtum kämpfen oder die ihre Frau durch die Cholera verloren haben. Ich sage euch, wer von Kopf bis Fuß Sozialdemokrat ist, der zeigt sich solidarisch! Wir alle haben uns das Lied *Freiheit, die ich meine* zur Richtschnur gemacht, denn darin liegt der tiefste sozialistische Sinn. Einer für alle, alle für einen! Ich bitte euch, spendet für die Brüder, die es nötig haben …«

Der Drahtige sprach weiter, er kam allmählich in Fahrt. Er redete von den Ursprüngen der Partei, dem *Allgemeinen Deutschen Arbeiterverein* aus dem Jahre 63 und der *Sozialistischen*

Arbeiterpartei Deutschlands sowie von den Wurzeln, aus denen ihre Kraft erwuchs: dem Humanismus, der Aufklärung, der marxistischen Gesellschaftslehre und der europaweiten Arbeiterbewegung. Benno lauschte fasziniert. Nie zuvor hatte er jemanden so reden hören. Immer nur hatte er seinen Vater und dessen unkritische Bewunderung für den Kaiser ertragen müssen. Doch der Kaiser saß in Berlin, feierte Feste und wechselte mehrmals täglich die Uniform, was Hohn und Spott auslöste. Der Volksmund sang frei nach einem Kinderlied: *Schottisch, russisch, türkisch sind alle meine Kleider …* Dies hier jedoch war anders, unmittelbarer, überzeugender.

Während der Drahtige seine Rede fortsetzte, hatte Benno Gelegenheit, die Männer in den Stuhlreihen zu beobachten. Sie hörten konzentriert zu und blickten ausnahmslos nach vorn. Nur einer, schräg vor ihm, schrieb ab und zu etwas in ein Notizbuch.

Benno achtete nicht weiter auf ihn und verfolgte, wie der Drahtige allmählich zum Schluss kam. Er forderte die Teilnehmer nochmals zu einer Spende auf; jeder Groschen in der Sammelbüchse auf dem Tisch würde dem hilfreichen Zweck zugutekommen. Die ausgelegten Zeitungen dürften umsonst mitgenommen werden. Dann bat er alle, sich zu erheben und gemeinsam das Lied der Arbeiterbewegung zu singen. Er stimmte an, und die Männer fielen ein:

Freiheit, die ich meine,
die mein Herz erfüllt,
komm mit deinem Scheine,
süßes Engelbild …

Sie sangen noch die zweite und dritte Strophe, dann löste der Drahtige die Versammlung auf. Er bat ein letztes Mal um eine Spende und wünschte einen guten Heimweg.

Nacheinander traten die Männer an die Sammelbüchse, stopften Münzen oder sogar einen Schein in den Schlitz und nahmen sich – je nach Geschmack – eine der drei Zeitungen. Willi war unterdessen aus der Gaststube gekommen und kassierte ab, was auf dem Zettel stand.

Benno hatte nichts getrunken; er fühlte sich auch nicht als Sozialdemokrat, dennoch trat er an die Büchse und ließ ein Fünfzigpfennigstück hineinfallen.

»Danke«, sagte der Drahtige und musterte ihn. »Du bist keiner von uns. Wieso gibst du was?«

»Weil ich es richtig finde.«

»Ich hörte, du hast die Akte und die Ärsche gemalt?«

»Das stimmt.«

»Traust du dir zu, auch eine Faust zu malen, einen Arm, einen Bizeps, eine gesprengte Kette? Ich …«

»Ich hau dir in die Fresse, wenn du dich noch einmal hier blicken lässt, du verdammter Schnüffler!« Es war Willi, der die Drohung ausstieß. Er hatte einen Mann am Kragen gepackt, der ein Notizbuch in der Hand hielt. Es war der Kerl, der vor Benno gesessen hatte.

»Lassen Sie mich los!«, rief er.

»Schnauze!«

»Sofort loslassen! Wer einen Beamten während der rechtmäßigen Ausübung seines Amtes tätlich angreift, wird mit Gefängnis von vierzehn Tagen bis zu zwei Jahren bestraft. Paragraf 113, Strafgesetzbuch!«

»Deinen Paragrafen kannst du dir in die Furche stecken«, entgegnete Willi, nun schon ruhiger. Er hielt den Mann nach wie vor gepackt und erklärte: »Das ist Graumann, ein Vigilanzbeamter der übelsten Sorte. Hat sich hier reingeschlichen. Schnüffelt für Rosalowsky, den Chef der Politischen Polizei. Stimmt's?« Er versetzte Graumann eine Kopfnuss.

»Das wird Sie teuer zu stehen kommen!«

»Warum tut der Mann so etwas?«, fragte Benno.

»Weil der Senat sich in die Hose macht«, antwortete der Drahtige. »Nach dem Anschluss an den Zollverein im Jahre 88 kam der schnelle Aufschwung für Hamburg, aber genauso schnell sind auch die Mieten und die Preise gestiegen. Dagegen wehren wir uns. Die letzte große Demonstration gegen die Ausbeutung haben wir am ersten Mai 1890 veranstaltet, es gab erhebliche Unruhen im Gängeviertel. Seitdem schickt der Senat Vigilanten in die Kneipen, um die Stimmung unter den Arbeitern zu erforschen – und sie gegebenenfalls zu denunzieren.«

»Aber nicht bei mir.« Willi wand Graumann das Notizbuch aus der Hand und schaute hinein. »Seht euch das an: Der Kerl hat doch die Frechheit besessen und wollte sich die Namen von dem Bierzettel abschreiben. Na, daraus wird nichts.« Er riss das Blatt heraus, und weil er einmal dabei war, auch die anderen Notizen, die Graumann sich während der Veranstaltung gemacht hatte. »Und jetzt, Abmarsch!« Er hob den Schnüffler wie einen Kohlensack an, schleifte ihn durch den Raum und durch die Gaststube und warf ihn vor die Tür.

Zufrieden kehrte er zurück. »Gelernt ist gelernt.«

»Das riecht nach Ärger«, meinte Benno. »Mit den Behörden ist nicht zu spaßen.«

»Wieso?«, entgegnete Willi vergnügt. »Mein Name ist Hase, ich weiß von nichts. Ich war die ganze Zeit drüben im *Glückskeller* und habe von der Veranstaltung überhaupt nichts mitgekriegt.«

»Das kann ich bezeugen«, sagte der Drahtige.

Benno grinste. »Ich auch.«

»Na, denn ist ja gut.« Willi entfernte sich. Vorne in der Gaststube hatte jemand nach einem Bier verlangt.

»Wir sind vorhin unterbrochen worden«, sagte der Drahtige zu Benno, als sie allein waren. »Ich fragte dich, ob du eine Faust, einen Arm, einen Bizeps und eine gesprengte Kette malen kannst. Würdest du das schaffen?«

»Ich glaube schon.«

»Dann könntest du für uns Plakate malen. Es wäre nicht umsonst. Hast du Lust?«

Benno zögerte kurz. Doch die Aufgabe reizte ihn. »Klar habe ich Lust.«

»Das freut mich.« Der Drahtige hielt ihm die Hand hin. Benno schlug ein.

»Wie heißt du eigentlich?«

»Benno.«

»Auf gute Zusammenarbeit. Ich bin Klaas.«

KAPITEL 9

Am Sonnabend, dem fünfzehnten Oktober, kehrte Vicki mit ihrer Mutter aus Norderney zurück. Zur Haiden zeigte sich erfreut, dass Frau und Tochter wieder daheim waren, und auch Benno fand es gut, dass wieder »mehr Leben in die Bude« kam.

Nach einem gemeinsamen Abendessen – es hatte Königsberger Klopse mit Kapernsauce und Heidekartoffeln gegeben – nahm Vicki Benno beiseite und fragte: »Hast du etwas von Hannes gehört?«

»Du meinst deinen Medizinmann, den du beim letzten Gespräch wie eine Löwin verteidigt hast?«

Vicki unterdrückte den aufkommenden Ärger. Manchmal war es lästig, dass ihr Bruder nichts auf der Welt ernst nehmen konnte. »Ja, den meine ich. Ich habe ihm mehrere Briefe aus Norderney geschrieben, aber keine einzige Antwort erhalten. Ich mache mir Sorgen.«

»Also liebst du ihn doch. Hast es ja heftig abgestritten.«

Vicki schaute Benno wütend an. Sie standen in der Tür zum Speisezimmer und sprachen leise, da zur Haiden noch am Esstisch saß und Riesling trinkend eine Zigarre rauchte, während Louise sich ein Stickkissen zur Hand genommen hatte. »Und wenn schon! Hat Hannes seine Briefe vielleicht hierher geschickt?«

»Nicht, dass ich wüsste.«

»Denk doch mal nach!«

Benno zuckte mit den Schultern. »Tut mir leid, Schwesterlein. Frieda hat mir die Post jeden Tag auf den Tisch gelegt, aber ich habe sie nicht beachtet. Sie war mir ziemlich wurscht, um ehrlich zu sein. Allerdings glaube ich, dass Frieda sich eine Bemerkung nicht verkniffen hätte, wenn ein Liebesbrief von deinem Doktor dabei gewesen wäre.«

»Idiot!« Vicki ließ Benno stehen und lief in das Arbeitszimmer ihres Vaters. Die eingegangene Post verwahrte er für gewöhnlich in der rechten oberen Schublade des Schreibtischs. Sie zog die Lade auf und schaute hinein. Ein Stapel Briefe lag da. Rechnungen, Kollegenpost, Schreiben der Ärztekammer und andere Korrespondenz. Aber kein Brief von Hannes. Vicki überlegte: Konnte es sein, dass Vater ihre Post unterschlagen hatte? Nein, das war unwahrscheinlich. Das lag nicht in seiner Natur. Wenn Briefe da gewesen wären, hätte er das nicht verschwiegen. Im Gegenteil, er hätte ihr wahrscheinlich eine Standpauke gehalten.

Vicki fiel ein, dass die Zigarre ihres Vaters schon ziemlich heruntergebrannt war, als sie das Speisezimmer verlassen hatte. Es konnte also sein, dass er jeden Moment auftauchte, um sich wie üblich noch seinem neuen Forschungsgebiet, der Anästhesie, zu widmen. Rasch schob sie die Schublade wieder zu, verließ das Zimmer und ging hinunter in die Küche, wo Frieda das Geschirr des Abendessens abwusch. Zum Glück hatte Martha, die Köchin, schon Feierabend gemacht. Sie wohnte nur wenige hundert Schritte weiter, in der Van-der-Smissen-Allee. Vicki nahm sich ein Tuch und begann, Bestecke und Teller abzutrocknen.

»Das sollen Sie doch nicht, Fräulein Vicki«, sagte Frieda vorwurfsvoll.

»Ich mach's doch gern, und Sie haben Arbeit genug.« Es war Vicki klar, dass sie sich nicht standesgemäß verhielt, aber sie brauchte Friedas Hilfsbereitschaft.

Schweigend arbeiteten sie eine Weile nebeneinander. Dann tastete Vicki sich langsam vor. »Sie haben meinem Bruder doch immer die Post vorgelegt, Frieda«, begann sie.

»Ja, warum?«

»War da vielleicht ein Schreiben von Doktor Dreyer an mich dabei?«

»Fräulein Vicki, ich bitte Sie! Ich schaue mir die Post nicht an!«

»Das weiß ich doch. Aber womöglich haben Sie es zufällig gesehen?«

Frieda hängte die Spülbürste an den Haken und griff sich ebenfalls ein Geschirrtuch, um die restlichen Teller abzutrocknen. »Na gut, wenn Sie es genau wissen wollen: Es war kein Brief von dem Doktor dabei.«

»Danke, Frieda.«

»Aber wenn ich's recht bedenke, war da ein junger Mann, der zwei oder drei Mal vorm Eingang stand und den Türklopfer betätigt hat. Ich war die Tage allein, weil Martha ja den Arm in der Schlinge hatte und nicht arbeiten konnte, und der junge Herr Benno war ja immer unterwegs, deshalb hab ich den Mann nicht reingelassen. Man kann ja nie wissen. Sicher ist sicher, hab ich mir gedacht.«

Vickis Herz schlug schneller. »Wie sah er aus?«

»Blond war er, oder nein, eher rotblond, und einen Anzug hatte er an. Ach ja, und eine Tasche hatte er auch dabei.«

Das muss Hannes gewesen sein!, dachte Vicki. Am liebsten hätte sie Frieda dafür geohrfeigt, dass sie ihm nicht die Tür geöffnet hatte, aber das verbot sich von selbst. »Können Sie sich erinnern, wann der junge Mann vor dem Haus stand? Ich meine, wie lange liegt das zurück?«

Frieda überlegte. »Oh, bestimmt drei Wochen.«

Ich muss zu ihm!, dachte Vicki. Noch heute! Anders als Martha wohnt Frieda hier im Haus in einem Mansardenstübchen, das heißt, sie muss nicht weg, was wiederum bedeutet, dass sie mir noch ein Mal ihre Kleidung leihen könnte. Nicht gleich jetzt, das wäre zu früh, aber vielleicht in ein, zwei Stunden, wenn alle zu Bett gegangen sind. »Würden Sie mir noch einmal Ihr schwarzes Kleid und die Kittelschürze überlassen, Frieda?«

Frieda zögerte. »Ich hab schon beim ersten Mal tausend

Ängste ausgestanden, Fräulein Vicki. Reiner Zufall war's, dass ich Sie an dem Morgen vor der Haustür gefunden hab. Niedergestreckt von der Cholera, schrecklich!«

»Ich weiß, Frieda.«

»Sonst wär die ganze Sache aufgeflogen, und ich wär meine Stellung losgewesen.«

»Das wird auch diesmal nicht passieren.«

»Und wenn doch?«

»Werde ich drohen, mit Ihnen das Haus zu verlassen. Von ihrer Dienstmagd werden sie sich trennen, von ihrer Tochter auf keinen Fall.«

»Na gut, aber ich hab mächtig Schiss, wenn der Ausdruck gestattet ist.«

»Ich bin Punkt neun oben bei Ihnen im Stübchen.«

»Ja, ja.«

Zur festgelegten Zeit klopfte Vicki an Friedas Tür. Nach einem leisen »Herein« trat sie ein und sagte: »Meine Eltern haben sich eben ins Schlafzimmer zurückgezogen. Vater liest normalerweise immer vor dem Einschlafen, aber ich glaube nicht, dass er noch einmal herauskommt, und wenn doch, dann nur, um zur Toilette zu gehen. Und Benno ist vor einer Stunde fortgegangen. Es kann also gar nichts passieren.«

Frieda war schon im Nachthemd. Sie hatte einen langen Tag hinter sich und ging normalerweise mit den Hühnern zu Bett. Das Warten auf Vicki hatte sie damit überbrückt, sich die grauen Haare mit der Brennschere zu ondulieren. Nach einem prüfenden Blick in den Spiegel legte sie das heiße Gerät auf der Marmorplatte des Nachtschränkchens ab und sagte: »Ich hab die Sachen schon parat gelegt, Fräulein Vicki. Wann kommen Sie denn zurück? Ich muss um fünf Uhr raus, dann brauch ich die Kleider.«

»Bis dahin bin ich längst wieder da.« Vicki schlüpfte rasch in die Tracht der Dienstmagd und hängte die eigenen Röcke über einen Stuhl. »Lassen Sie einfach die Tür offen, ich werde sehr leise sein.«

»Hoffentlich krieg ich ein Auge zu.« Frieda legte ein Haarnetz an, um den Sitz der frisch gebrannten Locken während der Nachtruhe nicht zu gefährden. »Alles Gute, Fräulein Vicki. Ich wünsche Ihnen, dass Sie Ihren Doktor antreffen.«

»Danke, Frieda«, antwortete Vicki und dachte: Bei Gott, wenn du wüsstest, wie sehr ich mir das selbst wünsche…

Sie verließ das Stübchen und ging wenige Augenblicke später aus dem Haus.

Die Nacht war sehr dunkel. Am Himmel hingen dichte Wolken und verdeckten das Mondlicht. Gottlob regnete es nicht. Von den vertäuten Schiffen im Hafen grüßten einige rote und grüne Positionslampen herüber. Am Ufer gab es nur wenige Straßenlaternen. Vicki ging über den Pinnasberg, vorbei an der Bank, auf der sie gesessen hatte, als sie Hannes kennenlernte, und weiter bis zu den Landungsbrücken. Hier machte sie halt und schaute sich um. Sie hatte einen Plan. Doch zu diesem Plan gehörte ein wenig Glück. Würde es ihr hold sein?

Ja! Da lag ein kleines Ruderboot, es war wie geschaffen für ihre Zwecke. Sie sprang hinein und machte das Bötchen los. Dann legte sie sich in die Riemen, ruderte hinaus auf den Fluss und weiter elbaufwärts. Sie war nicht sehr geübt im Rudern, aber für das, was sie vorhatte, reichte es. Als sie die Lichter des Hafentors passiert hatte, steuerte sie wieder zum Ufer, ohne die Richtung zu ändern. Sie spähte in die Nacht. Bei den Vorsetzen entdeckte sie an der Kaimauer eine Leiter, die nach oben führte. Sie machte das Boot an der Leiter fest und kletterte nach oben. Als sie auf dem Kai stand, atmete sie tief durch, sie hatte das Hafentor und die Wache im wahrsten Sinne des Wortes umschifft.

Während sie in Richtung Steinstraße strebte, überlegte sie voller Sorge, was sie sagen sollte, wenn sie einer Nachtstreife begegnete. Eine Dienstmagd, die nachts im Stockdunkeln unterwegs war, warf viele Fragen auf.

Doch niemand lief ihr über den Weg, und nach zwanzig Minuten hatte sie ihr Ziel erreicht. Als sie sich *Ohlof's Wirthschaft &*

Frühstücks-Lokal näherte, hörte sie plötzlich Stimmen. Ein paar Männer torkelten aus dem Eingang, sie hatten schon tüchtig Schlagseite. Einer lallte: »Nur noch einen, 'n klitzekleinen …«

Eine Frau rief energisch: »Geht nach Hause, für heute ist Schluss!« Es war Mutter Ohlof, die ein Schlüsselbund hervorholte und sich anschickte, die Tür abzuschließen.

Mit klopfendem Herzen wartete Vicki, bis die Männer verschwunden waren. Dann rief sie leise: »Mutter Ohlof!«

Die alte Frau schreckte zusammen. »Wer ist da?«

»Ich bin's.« Vicki trat aus der Dunkelheit. »Die ›Frau Doktor‹.«

»Die Frau Doktor?« Mutter Ohlof kniff die Augen zusammen. Sie war stark kurzsichtig, trug aus Eitelkeit aber keine Brille. »Das nenne ich eine Überraschung.«

»Darf ich reinkommen?«

»Ja, natürlich.«

Sie traten ein, und Mutter Ohlof schloss von innen ab. Dann stutzte sie. »Wie sehen Sie denn aus?«

»Das ist eine längere Geschichte.«

»Da bin ich aber gespannt. Setzen Sie sich. Ich hole uns einen Köm, der ist jetzt nötig.«

Mutter Ohlof füllte zwei Schnapsgläser aus einer Flasche Helbing Kümmel und sagte: »Prost.«

Sie kippten den starken Brannt, und Vicki lief ein Schauer über den Rücken. Sie konnte sich nicht erinnern, jemals Köm getrunken zu haben. »Ich muss mit einem Geständnis beginnen: Ich bin nicht mit Doktor Dreyer verheiratet.«

»Das habe ich von Anfang an gewusst.«

»Wie bitte?«

»Als der Doktor mit Ihnen zum ersten Mal herkam, habe ich es ihm gleich an der Nasenspitze angesehen: Er war schwer verliebt. Aber er wäre nie auf die Idee gekommen, Sie als seine Frau auszugeben. Hätte er Sie jedoch nur als eine Bekanntschaft vorgestellt, wäre es mir nicht möglich gewesen, Ihnen eine gemeinsame Kammer zu geben. Das war mir in dem Moment klar. Und weil der Doktor bei mir von Anfang an einen Stein im Brett hatte, habe ich Sie flugs zur Frau Doktor gemacht.«

»Ich bin platt.«

»Ich war auch mal jung. Glauben Sie nicht, ich hätte mit Bruno, meinem Seligen, immer nur Händchen gehalten. Und nun verraten Sie mir, wie Sie wirklich heißen.«

»Viktoria zur Haiden. Tochter von Professor zur Haiden.«

»Ein hübscher Name. Und warum trägt die Tochter eines Professors die Kleider einer Dienstmagd?«

»Weil ich sicher sein wollte, unerkannt aus dem Haus zu kommen.« Vicki berichtete von dem Zerwürfnis zwischen Ihrem Vater und Hannes, das seine Ursache in der ungerechten Kündigung hatte. Dann stellte sie die Frage, die ihr schon die ganze Zeit auf den Nägeln brannte: »Ist Hannes, ich meine, Doktor Dreyer, oben auf seinem Zimmer?«

Mutter Ohlofs Gesicht verdüsterte sich. »Nein, das ist er nicht.«

Die Antwort hatte Vicki befürchtet. »Wissen Sie denn, wo er sich aufhält?«

»Auch das nicht. Ich habe keine Ahnung. Seine Rechnung jedenfalls hat er bezahlt. Das Geld steckte in einem Kuvert, das ich eines Morgens auf dem Tresen fand.«

»Wie lange ist das her?«

»Lassen Sie mich überlegen. Zwei Wochen? Ja, zwei Wochen, vielleicht ein paar Tage länger. In der letzten Zeit war er viel unterwegs und wirkte sehr unglücklich. Er sprach nicht darüber, aber ich weiß, dass er versuchte, wieder offiziell als Arzt zu arbeiten.«

»Hat er denn keine Andeutungen gemacht, warum er so plötzlich verschwunden ist?«

»Nein, überhaupt nicht. Deshalb war ich ja auch so sprachlos an dem Morgen, als ich das Kuvert vorfand.« Mutter Ohlof schüttelte traurig den Kopf. »Wollen Sie noch einen, Fräulein Viktoria?«

»Nein, aber bitte nennen Sie mich einfach Vicki.«

»Gut, Vicki, wenn Sie meinen.«

»Sagen Sie, sind wenigstens die Briefe angekommen, die ich Hannes an diese Adresse geschrieben habe?«

»Briefe? Nein. Er hat überhaupt keine Post bekommen. Das hätte ich bestimmt gemerkt. Ich habe übrigens ein paarmal nach Ihnen gefragt, aber er hat mir nur ausweichende Antworten gegeben. Ach, es ist ein Jammer! Er war mein einziger Logiergast.« Mutter Ohlof schenkte sich selbst einen ein und kippte ihn mit einem Ruck runter. »Die verdammte Cholera ist Gift fürs Geschäft. Von den paar Saufköppen, die noch den Weg in meine Wirtschaft finden, kann ich auf Dauer nicht leben. Ja, es sind schlimme Zeiten. Man sagt, über siebentausend Opfer sind schon zu beklagen. Hundertfünfundzwanzig Totengräber, die meisten Entlassene von *Blohm & Voss*, haben Tag und Nacht geschuftet, um in Ohlsdorf die Leichen unter die Erde zu bringen. Massengräber wurden angelegt, weil die Sargtischler nicht mehr hinterherkamen. Arbeiterversammlungen und Parteiveranstaltungen wurden verboten. Die Sozis, die Antisemiten, die Nationalliberalen, die Katholiken vom Zentrum, sie alle mussten zu Hause bleiben. Und wer sich nicht dran hielt und erwischt wurde, der lief Gefahr, ins Raboisen-Gefängnis gesteckt zu werden.«

Mutter Ohlof griff wieder zur Flasche, überlegte es sich jedoch anders. Als Wirtin musste man nüchtern bleiben. »Und dann der ewige Gestank! Überall hat man Desinfektionsstellen eingerichtet, in Bahnhöfen, Turnhallen, Tanzsälen, dazu zig Cholerabaracken gebaut. Die halbe Stadt lag unter einer Wolke von Chlorkalk. Ich frage Sie: Wer hat da noch Lust auf ein Bier oder einen Schnaps!«

»Ich habe nicht geahnt, dass es so schrecklich zuging. Ich war die letzten Wochen auf Norderney, zur Erholung, weil die Cholera auch mich nicht verschont hat.«

»Ach, Sie Arme!« Mutter Ohlof nahm Vickis Hand und drückte sie. »Aber wie man sieht, haben Sie wenigstens überlebt.«

»Ja, das habe ich.«

»Nun wird mir auch klar, warum Sie nicht gekommen sind. Bisher hatte ich angenommen, Sie wären vielleicht mit dem Doktor fort. Wollen Sie nicht doch noch einen?«

»Nein, wirklich nicht.« Vicki dachte an die Rückfahrt mit dem Boot. Mit betrunkenem Kopf ruderte es sich schlecht. »Aber ich danke Ihnen für alles und besonders für Ihr – Verständnis.«

»Ach, nicht der Rede wert.«

»Ich möchte jetzt gehen. Doch ich würde Sie gern von Zeit zu Zeit besuchen, für den Fall, dass Sie doch noch etwas von Hannes hören. Wäre Ihnen das recht?«

»Was für eine Frage, natürlich! Dabei fällt mir ein: Wollen Sie nicht die Nacht über hierbleiben? Eine Kammer wäre frei. Und morgen früh im Hellen würde eine Dienstmagd auf der Straße viel weniger auffallen.«

Vicki dachte an Frieda und antwortete: »Das geht leider nicht. Trotzdem vielen Dank für das Angebot.« Sie stand auf und reichte Mutter Ohlof die Hand. »Auf Wiedersehen.«

»Auf Wiedersehen, Vicki.«

Wenige Augenblicke später tappte sie wieder durch die Dunkelheit. Zum Glück schaute der Mond jetzt ab und zu durch die Wolken, so dass die Sicht etwas besser war. Unentdeckt gelangte sie zu den Vorsetzen und kletterte die Leiter hinunter ins Boot. Während sie in den Fluss ruderte, rief sie sich das Gespräch mit Mutter Ohlof ins Gedächtnis zurück. Hannes war von einem Tag auf den anderen spurlos verschwunden, und zuvor hatte er vergeblich versucht, eine Anstellung als Arzt zu finden. Überdies hatte er aus irgendwelchen Gründen ihre Briefe nicht erhalten. Er musste sehr verzweifelt gewesen sein. So verzweifelt, dass er …?

Vicki erschauerte bei dem Gedanken.

Wenig später erreichte sie wieder die Landungsbrücken, vertäute das Bötchen an seinem Platz und machte sich auf den restlichen Weg nach Hause. Vom Rudern taten ihr sämtliche

Glieder weh, und Blasen an den Händen hatte sie auch, aber für Selbstmitleid blieb keine Zeit. Es war gegen ein Uhr in der Frühe, als sie auf leisen Sohlen Friedas Mansardenstübchen betrat. Die Dienstmagd lag auf dem Rücken und schnarchte wie ein Holzfäller. Trotz der traurigen Umstände musste Vicki lächeln. Rasch wechselte sie die Kleider und huschte nach unten in ihr Zimmer.

Als sie im Bett lag, merkte sie erst, wie müde sie war. Doch der Schlaf wollte sich nicht einstellen. Die Gedanken drehten sich wie ein Karussell in ihrem Kopf. Sie mündeten in der immer wiederkehrenden Frage: Hannes, mein Liebster, lebst du überhaupt noch?

Im November und Dezember schlich sich Vicki noch drei Mal heimlich zu Mutter Ohlof in die Steinstraße. Jedesmal war es ein Weg zwischen Hoffen und Bangen, und jedesmal war die Antwort der alten Wirtin niederschmetternd: Hannes hatte sich nicht gemeldet. Er war wie vom Erdboden verschwunden.

Vicki wollte es nicht wahrhaben, sie sträubte sich mit jeder Faser ihres Herzens dagegen, und trotzdem wurde die Gewissheit von Woche zu Woche, von Monat zu Monat größer:

Hannes war tot.

ZWEITER TEIL

März 1895 bis Dezember
1896

KAPITEL 10

Die Cholera war wie eine zähe Schlange: Schon nahezu besiegt, bäumte sie sich immer wieder auf und forderte Opfer bis in den Februar des darauffolgenden Jahres hinein. Dann endlich gab sie sich geschlagen. In der Zeit danach geschah vieles, damit sie niemals wiederkehrte: Die Stadt beschloss, große Teile des Gängeviertels, der Hauptbrutstätte tödlicher Keime, abzureißen. Eine Reihe von Baugesetzen zur Verbesserung der Hygiene wurde erlassen. Am Bullerdeich in Hammerbrook entstand eine Müllverbrennungsanlage. Und auf der Elbinsel Kaltehofe wurde das Filtrierwerk endlich fertiggestellt.

Am ersten April 1893 ernannte der Senat Doktor Bernhard Nocht, einen Mitarbeiter Robert Kochs, zum Hafenarzt, mit der Maßgabe, einen ärztlichen Überwachungsdienst einzurichten. Als ehemaligem Sanitätsoffizier der Kaiserlichen Marine lag Koch das Wohl der Seeleute mit ihren oftmals tropischen Erkrankungen besonders am Herzen, weshalb er eine – zunächst bescheidene – Forschungsstation gründete, in deren Räumen er unbekannten Erregern auf die Spur zu kommen suchte.

Auch im Allgemeinen Krankenhaus Eppendorf wurde neben der täglichen Patientenpflege intensiv geforscht. Professor zur Haiden, von Hause aus Chirurg, legte sein Augenmerk dabei besonders auf das Gebiet der Anästhesie, um die Narkosen für seine Operationen zu verbessern. Doch daneben fand er Muße, jeden Sonntagnachmittag zum Schachspiel bei Theodor Rumpf, dem befreundeten Direktor des Krankenhauses, zu gehen. Seiner Frau Louise, die ihn lieber bei einer der Veranstaltungen ihres Zirkels gesehen hätte, erklärte er: »Meine Liebe, der ewige Wettstreit in eurem Kreis, wer die klügsten Kinder, die reichsten Freunde, die neuesten Rezepte, die schönste Garderobe und so weiter hat, langweilt mich. Da halte ich es lieber mit dem königlichen Spiel und kämpfe auf dem Brett.«

Louise fügte sich grollend und griff vermehrt zu Gebäck und Likörchen.

Benno, ihr Sohn, war auf dem besten Wege, sich als Maler freizügiger Akte einen Namen auf St. Pauli zu machen.

Und Vicki, seine ein Jahr jüngere Schwester, konnte Hannes Dreyer, den jungen Arzt, nicht vergessen. Das Leben schien seinen Sinn verloren zu haben. Wenigstens war es ihr gelungen, die Forderung ihrer Eltern, das Roquettesche Lehrerinnenseminar weiter zu besuchen, abzuwehren, doch nur, weil sie sich einverstanden erklärt hatte, Klavier- und Gesangsunterricht zu nehmen. So beschäftigte sie sich mit Tasten und Tönen, begann mit *Für Elise* von Beethoven, verbesserte sich im Laufe der Zeit, spielte Bach, Chopin und Telemann, wie es sich für eine höhere Tochter gehörte, und sang an einem Abend im März 1895 recht solide *Die Forelle* von Schubert:

In einem Bächlein helle,
da schoss in froher Eil'
die launische Forelle
vorüber wie ein Pfeil …

Den stürmischen Applaus des Zirkels – es waren viele Damen und wenige Herren anwesend – nahm sie lächelnd entgegen und dachte: Ich weiß, dass es nicht überragend war, und ihr wisst es auch. Höflichkeit kann manchmal sehr anstrengend sein – für beide Seiten.

Unter den wenigen Herren, die der Einladung in das Haus der zur Haidens gefolgt waren, befand sich auch Ernst-Otto Schädeba, Sohn von Doktor Waldemar Schädeba, einem reichen Anwalt, der eine der erfolgreichsten Kanzleien Hamburgs betrieb. Nachdem der Beifall verklungen und eine kleine Pause eingetreten war, ergriff Ernst-Otto schwungvoll zwei der von einem dienstbaren Geist angebotenen Champagnergläser und kam mit strahlender Miene auf Vicki zu. »Wunderbar!«, rief er. »Ein Hochgenuss! Darauf müssen wir trinken, Fräulein Viktoria, die Forelle will schwimmen, haha.«

Vicki nahm das Glas entgegen und musterte ihn kühl. Sein dunkler Vollbart war penibel gepflegt, konnte jedoch das Manko der zu eng stehenden Augen und der zu langen Nase nicht ganz ausgleichen. Wenn ich mich recht entsinne, dachte sie, hat Mutter schon mehrfach versucht, ein Gespräch zwischen ihm und mir zu arrangieren – natürlich immer so, dass es wie Zufall aussah. Jetzt traut er sich zum ersten Mal selbst. »Sie übertreiben, Herr Schädeba, es war brav gesungen, mehr nicht.«

»Es war großartig, auf mein Wort! Prosit!«

Sie tranken.

Vicki nippte nur, während Ernst-Otto den Champagner hinunterstürzte. »Ich habe eine große Bitte«, sagte er geheimnisvoll.

»Vielleicht kann ich sie erfüllen.«

»Schädeba klingt so förmlich, nennen Sie mich doch einfach Ernst-Otto, liebe Vicki. Ich darf doch Vicki sagen?«

Das konnte sie schlecht ablehnen. »Gewiss.«

»Fabelhaft! Darauf steht ein weiteres Gläschen.«

»Ich habe noch«, sagte Vicki.

Ernst-Otto schnippte mit den Fingern und ließ sich von dem dienstbaren Geist nachschenken. »Setzen wir uns, im Sitzen plaudert es sich netter.«

Auch das noch, dachte Vicki und blickte sich hilfesuchend um. Doch da war niemand, der sie hätte retten können. »Warum nicht?«

Sie steuerten zwei Stühle am Rande des Salons an und nahmen Platz. Wieder tranken sie, und Ernst-Otto versuchte einen Scherz. »Sie sind eine Sängerin, liebe Vicki, ich dagegen bin ein Reiter.«

»Ein Reiter?«

»Ein Paragrafenreiter!«

»Sehr lustig.«

Ernst-Otto schien die Ironie nicht zu bemerken, trank aus und wollte das Glas zurückgeben, doch der dienstbare Geist war nicht in der Nähe. So sah er sich genötigt, es neben sich auf den Boden zu stellen. »Ich bin Assessor der Jurisprudenz, sehr vielversprechend, wenn das Eigenlob gestattet ist! Ich habe an der Ruperto Carola in Heidelberg studiert, unter anderem bei Professor Jellinek. Sie haben schon von Jellinek gehört?«

»Leider nicht.«

»Ein sehr guter Mann. Aus bester Familie. Er hat zwei Brüder, der eine, Emil Jellinek-Mercédès, ist Diplomat, der andere, Max Hermann Jellinek, ist Mediävist.«

»Aha.«

»Sie sollten unbedingt seine Schrift über das *System der subjektiven öffentlichen Rechte* lesen. Hochinteressant, auch für Laien. Zufällig besitze ich ein Exemplar. Wenn Sie wollen, bringe ich es Ihnen gern morgen vorbei.«

»Das wird nicht nötig sein.«

Ernst-Otto legte seine Hand gönnerhaft auf Vickis Arm. »Nun ja, für eine Frau ist der Inhalt vielleicht etwas schwer zu verstehen, aber es gibt ja auch anderes, mit dem man sich beschäftigen kann, nicht wahr? Ich für meinen Teil treibe sehr viel Sport, *mens sana in corpore sano*, sage ich immer. Das heißt: Ein gesunder Geist in einem gesunden Körper.«

»Was Sie nicht sagen.«

»Oh, wie dumm von mir.« Ernst-Otto hüstelte. »Natürlich kennen Sie das lateinische Sprichwort. Ich wollte Ihnen nicht zu nahetreten, liebe Vicki. Rudern Sie?«

»Wie kommen Sie plötzlich darauf?«

»Nun, in Berlin werden den Damen der Gesellschaft seit einigen Jahren auf Wunsch Ruderstunden erteilt, da ihnen der Beitritt zu einem Ruderclub naturgemäß verwehrt ist, und da nahm ich an …«

»Ich habe nur Klavier- und Gesangsstunden.« Vicki dachte an ihre nächtlichen Bootsausflüge über die Elbe zu den Vorsetzen und von da aus weiter zur Steinstraße. Ihre Besuche bei Mutter Ohlof lagen mittlerweile über zwei Jahre zurück. Sie waren jedes Mal umsonst gewesen und hatten sehr wehgetan, weil Hannes verschwunden blieb. Ein Schmerz, den sie noch heute genauso verspürte.

»Ich rudere regelmäßig auf der Außenalster, als Schlagmann im Vierer: von der Badeanstalt ganz im Norden bis hinunter zur Lombardsbrücke, weiter über die Binnenalster bis zum Alsterpavillon und wieder zurück. Sportlich sehr ertüchtigend!«

»Gewiss.«

Ernst-Otto winkte dem dienstbaren Geist, um sich erneut nachschenken zu lassen, trank das Glas mit einem Zug aus und erklärte augenzwinkernd: »Denken Sie sich nichts dabei, liebe Vicki, für einen Burschenschaftler der Allemannia Heidelberg gehört sich das so. ›Nicht nippen, kippen!‹, heißt es bei uns. Sie kennen die Allemannia?«

»Tut mir leid, nie gehört.«

»Unsere Farben sind Schwarz-Weiß-Rot – von unten gesehen, wohlgemerkt –, und wir sind selbstverständlich pflichtschlagend.« Ernst-Otto beugte sich vor, wobei er Vicki näher kam als nötig, und lüftete den Bart über der linken Wange. Ein tiefer Schmiss wurde sichtbar. »Was sagen Sie dazu?«

»Sehr schön.« Der Kerl ging ihr auf die Nerven. Sie hielt Ausschau nach Benno, der erst später dazukommen wollte, um, wie er sagte, ihr »Geträller« nicht mit anhören zu müssen. Sie hatte sich über ihn geärgert, wie so oft, aber nun sehnte sie seine Anwesenheit herbei. Er würde dem Schwätzer Paroli bieten können.

»*Ehre, Freiheit, Vaterland* – das ist der Wahlspruch, dem wir uns verbunden fühlen. Einer für alle, alle für einen, das gilt vom jüngsten Fuchs bis zum ältesten Haus. Eines unserer berühmtesten Mitglieder ist übrigens der hochgeschätzte Franz Adickes. Da staunen Sie, was?«

Das überraschte Vicki in der Tat. Adickes war bis vor zwei Jahren Oberbürgermeister von Altona gewesen und hatte dafür gesorgt, dass die Stadt durch Eingemeindungen deutlich wachsen konnte. Ottensen, Neumühlen, Bahrenfeld, Othmarschen und Övelgönne waren in seiner Amtszeit hinzugekommen und profitierten dadurch von moderner Kanalisation und zeitgemäßer Strom- und Gasversorgung.

Wo Benno nur blieb? Die Gäste des Abends standen in verschiedenen Grüppchen im Salon und unterhielten sich lebhaft miteinander. Mutter parlierte mit einigen ihrer Damen – darunter Frau Senator Hachmann –, und Vater, der sich vor diesem Abend nicht hatte drücken können, hielt einen Kognakschwenker in der Hand, mit dem er gestenreich seine Rede unterstrich. Rumpf, der Direktor des Eppendorfer Krankenhauses, und Fraenkel, der ebenfalls eingeladen worden war, nickten einträchtig. Niemand schien Vicki auf der Rechnung zu haben.

Benno, bitte komm!

Da! Endlich betrat er den Salon. Er klopfte gegen eine der hohen Ming-Vasen und rief: »Guten Abend allerseits!«

Vicki winkte ihm heimlich zu. Als er sie bemerkte, verdrehte sie die Augen und streifte Ernst-Otto mit einem vernichtenden Blick. Alles an ihr signalisierte: Hilf mir, befreie mich von diesem Langweiler!

Ernst-Otto hatte unterdessen pausenlos weitergeredet: »Adickes ist ein guter Mann, einer unserer Besten, wie ich bereits sagte. Ein Jammer, dass er sich um den vakanten Posten des Oberbürgermeisters von Frankfurt am Main beworben hat. Aber wir wollen nicht unzufrieden sein, mit Doktor Otto Giese hat die Stadt Altona einen würdigen Nachfolger gefunden …«

»Der würdige Nachfolger steht hier.«

Benno hatte sich vor ihnen aufgebaut und grinste.

Ernst-Otto, der Vickis Bruder nicht kannte, wusste nicht, mit wem er es zu tun hatte, sonst hätte er vielleicht nicht so verschnupft reagiert. »Wie meinen der Herr?«, schnarrte er.

»Ich meine, dass ich dich jetzt ablöse. Ich setze das Gespräch für dich fort. Ich übernehme die Dame, ich klatsche ab, nenne es, wie du willst.«

»Duzen wir uns?« Ernst-Ottos Stimme nahm einen drohenden Tonfall an.

Bennos Grinsen wurde breiter. »Duzen wir uns nicht?«

»Mein Herr, wenn Sie weiter so daherreden, kompromittieren Sie mich, und ich sehe mich gezwungen, Satisfaktion zu fordern!«

»Nun mal langsam.« Benno runzelte die Stirn. Der Kerl schien höchst empfindlich zu sein, wahrscheinlich gehörte er einer schlagenden Verbindung an. Mit solchen Leuten war nicht zu spaßen. Sie faselten ständig von Ehre und Treue und waren in aller Regel völlig humorlos. Ein Menschenschlag, den er überhaupt nicht schätzte. Da waren ihm die rauen, aber herzlichen Leute auf St. Pauli tausend Mal lieber. Doch diese Erkenntnis nützte jetzt wenig. Vicki brauchte seine Hilfe. »So schnell schießen die Preußen nicht. Und in diesem Haus wird überhaupt nicht geschossen. Wenn du dich mit mir duellieren willst, dann allenfalls mit Wort und Witz. So, und nun musst du mich und meine Schwester entschuldigen, wir haben etwas zu besprechen.«

Benno bot Vicki seinen Arm. Sie stand erleichtert auf und hakte sich unter. »Stimmt, mein Bruder und ich haben etwas zu besprechen.«

»Ihr Bruder?« Ernst-Otto sperrte den Mund auf. »Aber ich ahnte ja nicht …«

»Jetzt weißt du es.« Benno hatte sein Grinsen wiedergefunden.

Zusammen verließen sie den Salon. Draußen blieb Vicki stehen. »Puh, der Kerl hat mir fast ein Ohr abgesabbelt. Danke, dass du mich losgeeist hast.«

»Wer ist der Bursche?«

»Ernst-Otto Schädeba. Er kommt aus der berühmten Anwaltsfamilie.«

»Ein unangenehmer Zeitgenosse. Völlig verquast im Kopf. Na ja, jedenfalls hast du für heute Ruhe vor ihm.«

»Gott sei Dank.« Vicki drückte Benno einen Kuss auf die Wange. »Wir müssen gleich wieder rein. Die Frau von Bürgermeister Lehmann will die *Mondscheinsonate* spielen.«

»Dann auf in den Kampf.«

»Gib Acht, dass wir nicht neben Ernst-Otto sitzen müssen.«

»Da kannst du Gift drauf nehmen. Aber eines sage ich dir.«

»Was denn?«

»Den wirst du so schnell nicht mehr los.«

Benno sollte recht behalten. Schon zwei Tage später erschien Ernst-Otto wieder. Er hatte einen Schmuckband mit Fabeln von La Fontaine dabei, den er Louise mit einer artigen Verbeugung im Kleinen Salon überreichte. »Ich habe mich erinnert, wie sehr Sie die französische Sprache schätzen«, sagte er schöntuerisch. »Die Fabeln gelten als unsterbliche Klassiker. La Fontaine widmete sie dem ältesten Sohn von Ludwig XIV. Heute aber sind sie nur Ihnen gewidmet, gnädige Frau.«

»*Mon Dieu*, wie reizend!« Louise schmolz dahin.

»Am lehrreichsten finde ich die Fabel *Der Löwe und die Maus*.« Ernst-Otto schlug die Seite auf. »Hier.«

Louise, die in Wahrheit nur ein paar Brocken Französisch konnte, tat so, als lese sie. »*Magnifique, mon cher!*« Rasch fügte sie mit schelmischem Augenaufschlag hinzu: »Aber Sie sind doch gewiss nicht nur meinetwegen gekommen?«

Ernst-Otto gab sich zerknirscht. »Sie haben mich durchschaut, gnädige Frau. Ich sprach vorgestern mit Ihrem Fräulein Tochter über den Heidelberger Juristen Georg Jellinek und seine Schrift über das *System der subjektiven öffentlichen Rechte*. Um ehrlich zu sein, zeigte sich Fräulein Vicki nicht sehr interessiert daran, was ich natürlich verstehe. Ich habe mir deshalb erlaubt, ihr einen Gedichtband von Eichendorff mitzubringen. Wenn Sie gestatten, werde ich ihn ihr übergeben.«

»*Naturellement!* Fabeln für mich, Gedichte für meine Tochter, wie aufmerksam von Ihnen.« Louise betätigte ein Glöckchen und befahl Frieda, Vicki zu holen.

Vicki saß in ihrem Zimmer und hätte sich am liebsten verleugnen lassen, als Frieda ihr Ernst-Ottos Besuch ankündigte. Sie hatte gerade über *Die Kunst der Geburt* von Marie Anne Boivin gelesen, denn die von ihren Eltern verordneten Klavier- und Gesangsstunden füllten sie nicht aus. Seit sie mit Hannes die Cholera-Kranken im Gängeviertel behandelt hatte, interessierte sie sich für alles, was mit Heilkunde zu tun hatte – einschließlich der Fertigkeiten einer Hebamme. Und Puttfark, der gütige Krankenwärter, hatte ein Übriges bewirkt. Als sie mit der Seuche im Krankenhaus darniederlag, hatte er zu ihr gesagt: »Glauben Sie mir, es ist ein wunderbares, mit nichts zu vergleichendes Gefühl, wenn jemand dieses Haus als geheilt verlässt. Und genau das werden auch Sie tun, Fräulein zur Haiden.« Das hatte sie sehr beeindruckt. Und sie hätte lieber heute als morgen ein Studium der Medizin aufgenommen. Doch das war ihr als Frau verwehrt.

»Nun kommen Sie schon, Fräulein Vicki«, drängte Frieda. »Der junge Herr wartet doch.«

Vicki richtete sich rasch die Haare im Spiegel und bändigte eine widerspenstige Locke mit der Spange. Dann folgte sie Frieda in den Kleinen Salon.

»Rate mal, wer uns besucht!«, rief Louise strahlend, als sie eintrat.

Ernst-Otto stand unübersehbar im Raum. Vicki lächelte dünn. »Ich fürchte, ich komme nicht darauf.«

»Nun sei mal nicht so kratzbürstig. Frieda bringt euch Tee und Gebäck, und ich lasse euch allein. Ich muss doch meine Tierfabeln von, äh …«

»La Fontaine, gnädige Frau«, half Ernst-Otto bereitwillig aus.

»*Naturellement* … meine Tierfabeln von La Fontaine lesen.« Louise kicherte und rauschte davon.

Als sie verschwunden war, herrschte für eine Weile Verlegenheit im Raum, bis Frieda mit einem Tablett erschien und einen Earl Grey aus London mit ein paar selbstgebackenen Biskuits servierte. Sie setzte das Tablett auf einem Beistelltisch ab und sagte: »Der Tee muss noch ziehen, Fräulein Vicki.«

»Danke, Frieda. Wir bedienen uns selbst. Bitte, nehmen Sie doch Platz, Ernst-Otto.« Vicki wies einladend auf die beiden Besucherstühle im Lyra-Stil.

Ernst-Otto setzte sich. »Wie lange muss der Tee noch ziehen?«, fragte er und zog die Taschenuhr aus der Weste.

»So nach Gefühl und Wellenschlag«, antwortete Frieda. »Vielleicht vier Minuten?«

»Ich werde ein Auge darauf haben.«

Frieda ging.

Ernst-Otto räusperte sich. »Ich habe Ihnen etwas mitgebracht, Fräulein Vicki.«

»So? Was denn?«

»Einen kleinen Gedichtband. Ich dachte, Eichendorff könnte Sie mehr interessieren als Professor Jellinek mit seinen Paragrafen.«

»Das ist sehr nett, vielen Dank.«

Ernst-Otto übergab das Büchlein. »Ich möchte Ihre Aufmerksamkeit auf das Gedicht *An eine Tänzerin* lenken. Es steht auf Seite siebzehn. Kennen Sie es?«

»Leider nein.«

»Die erste Strophe ist besonders lyrisch. Ich darf zitieren:

Kastagnetten lustig schwingen
seh ich dich, du zierlich Kind!
Mit der Locken schwarzen Ringen
spielt der sommerlaue Wind.
Künstlich regst du schöne Glieder,
glühendwild,
zärtlichmild
tauchest in Musik du nieder,
und die Woge hebt dich wieder …«

Ernst-Otto ließ die letzten Silben ein wenig nachklingen und blickte erwartungsvoll auf.

»Ich glaube, der Tee ist so weit«, sagte Vicki. »Nehmen Sie Milch und Zucker?«

»Äh, nur Zucker.« Ernst-Otto zückte erneut die Taschenuhr, überprüfte die verstrichene Zeit und verkündete: »Noch fünf Sekunden, dann sind die vier Minuten um.«

Vicki schenkte ein. »Einen oder zwei Teelöffel?«

»Drei, wenn ich so unbescheiden sein darf.«

Vicki gab drei Löffel Zucker in die Meißner Tasse und reichte sie Ernst-Otto.

»Vielen Dank.« Er rührte um und trank mit spitzen Lippen. »Köstlich, diese Bergamotte-Note! Nun, meine liebe Vicki, ich habe Ihnen das Gedicht *An eine Tänzerin* nicht ganz ohne Hintergedanken vorgetragen. Am kommenden Sonnabend, dem dreiundzwanzigsten März, geben meine Eltern eine Soiree in ihrem Haus am Harvestehuder Weg. Ich würde mich glücklich schätzen, wenn Sie kämen und der Veranstaltung durch Ihre Anwesenheit Glanz verliehen.«

»Ich weiß nicht…« Die Einladung kam etwas plötzlich. Abgesehen davon, dass Vicki wenig Lust verspürte, an der Festlichkeit teilzunehmen, hatte sie, wie sie glaubte, nichts Rechtes anzuziehen.

»Mein Vater wird Ihre Eltern noch heute ebenfalls einladen, liebe Vicki. Ganz offiziell, per Billett und Bote. Ich jedoch wollte es mir nicht nehmen lassen, Sie persönlich zu fragen. Bitte, sagen Sie ja.«

Vicki sah ein, dass sie sich nicht länger sträuben konnte; außerdem würden ihre Eltern mit Sicherheit zusagen. »Und was ist mit Benno?«

»Ihr Bruder?« Ernst-Otto lächelte mild. »Ist selbstverständlich auch willkommen. Unser kleiner, äh, Disput soll vergessen sein. Schließlich ist er noch recht jung. Ich bin nicht nachtragend.«

»Tja, dann… komme ich.«

»Wunderbar!« Ernst-Otto griff spontan nach Vickis Hand und küsste sie. »Sie machen mich zum glücklichsten Mann der Welt.«

»Möchten Sie noch etwas Tee?«

»Wie? Ach ja. Warum nicht.«

Vicki goss nach und reichte Ernst-Otto die Zuckerdose. In diesem Moment kehrte Louise strahlend zurück. »Wir haben eben eine Einladung zur Soiree Ihrer Eltern erhalten, lieber Ernst-Otto!«, rief sie. »Wir nehmen mit Freuden an.«

»Das hatte ich so sehr erhofft, gnädige Frau! Noch glücklicher aber macht mich der Umstand, dass auch Ihr Fräulein Tochter zugesagt hat.«

»Es wird gewiss ein zauberhafter Abend.« Louise strich Vicki über den Kopf. »Meinst du nicht auch, Kind?«

»Gewiss«, sagte Vicki.

Aber sicher war sie sich nicht.

Wider Erwarten war die Soiree ein voller Erfolg, was nicht zuletzt daran lag, dass Hamburgs Bürgeradel an diesem Abend unter sich war. Senatoren, Botschafter, Reeder und Offiziere gaben sich mit ihren Damen ein Stelldichein. Man aß und trank, lachte und plauderte und tanzte zu den Melodien, die ein Quintett zu Gehör brachte. Es bestand aus zwei Violinen, Viola, Violoncello und Flöte und spielte Werke von Strauß, Offenbach, Ziehrer und anderen.

Ernst-Otto erwies sich überraschend als ebenso guter wie fleißiger Tänzer, der Vicki ein ums andere Mal aufforderte und sich mit ihr zu beschwingten Walzerklängen über das Parkett drehte. Nach anfänglicher Reserviertheit hatte sie ihre Zurückhaltung aufgegeben, denn es machte keinen Sinn, immer Trübsal zu blasen. Sie hatte beschlossen, sich zu amüsieren, zumal ihr Aussehen ihr allen Grund dazu gab: Sie trug ein grünes Abendkleid mit halblangen Ärmeln, Spitzenaccessoires und angedeuteter Turnüre. Es war ein Traum in Organza, passte hervorragend zu ihrem brünetten Haar und hatte ein kleines Vermögen gekostet, da es von dem berühmten Modeschöpfer Charles Frederick Worth stammte.

Doch auch die anderen Damen hatten beeindruckende Roben angelegt. Der Festsaal im Schädebaschen Anwesen glich einer Palette aus fröhlich durcheinanderwirbelnden bunten Farbtupfern, die einen deutlichen Gegensatz zu den steifen Fräcken, den Vatermördern und Langbindern der Herren bildeten.

Benno, der legere, zwanglose Kleidung liebte, war aus diesem Grund der Veranstaltung ferngeblieben. Aber Vicki vermisste ihn kaum, da Ernst-Otto an diesem Abend vergleichsweise wenig auf sie einredete, vermutlich, weil er die Luft zum Tanzen brauchte.

Dafür redete Carl-Heinrich zur Haiden umso mehr. Er stand in einer Gruppe würdiger Herren, die sich aus illustren Persönlichkeiten zusammensetzte. Es waren die Senatoren Roosen, Hachmann und Lappenberg, ferner die Reeder Ballin und Laeisz, wobei Letzterer über seinen neuen Flying P-Liner, die im Bau befindliche *Potosi*, ausgefragt wurde. Laeisz, ein stattlicher Mann mit weißem Backenbart, hob abwehrend die Hände und wies auf Kapitän Hilgendorf, der als erster Kommandant für die Fünfmastbark vorgesehen war. Er könne viel besser über alle Details Auskunft geben. Nachdem Hilgendorf geduldig alle Fragen zu Länge, Breite, Tiefgang und Segelfläche des Schiffs beantwortet hatte, kam die Sprache auf fremde Länder und Sitten und auf die Hagenbecksche Lappen-Völkerschau, die bis vor Kurzem auf dem Spielbudenplatz gastiert hatte. Da einige der Lappen in dieser Zeit an Katarrh erkrankt waren, lag das nächste Thema auf der Hand: die Medizin, wodurch automatisch zur Haiden um seine Meinung gebeten wurde. Er führte aus, dass »Katarrh« ursprünglich aus dem Griechischen käme und »herabfließen« bedeute, da der Schleim des Schnupfens nach Überzeugung der alten Hellenen aus dem Hirn herabfließe. Mit Katarrh-Erkrankungen sei nicht zu spaßen, was überall auf der Welt gelte, nicht nur im Deutschen Reich, da aus ihnen eine Bronchitis oder eine Pneumonie entstehen könne. Im Übrigen sei jeder Fall anders. Das wiederum konnte Schädeba, der hinzugetretene Gastgeber, nur bestätigen. Zwar nicht für die Medizin, aber für die Jurisprudenz. Launig gab er ein paar spektakuläre Fälle aus seinem langen Anwaltsleben zum Besten, wies darauf hin, dass er genau wie die Jünger des Äskulap der Schweigepflicht unterliege und deshalb keine Namen nennen dürfe, und tat es dann – scheinbar ganz aus Versehen – zur allgemeinen Erheiterung doch.

So zog sich die Unterhaltung angeregt hin, und sie endete erst, als einige Ehefrauen energisch protestierten und auf die Tanzfläche geführt zu werden wünschten. Auch Louise war darunter. Alsbald drehte sie sich mit zur Haiden zu den Klängen des *Donauwalzers* über das Parkett. Nach der Hälfte des Stückes wurde ihr jedoch der Atem etwas knapp – was an der Enge ihres Mieders und an ihrer Leibesfülle lag –, und sie musste innehalten. »*Chéri*«, japste sie, »ich kann nicht mehr. Ist es nicht ein wundervoller Abend?«

»In der Tat, in der Tat«, bestätigte zur Haiden, insgeheim froh über die Unterbrechung.

»Lass uns noch ein Glas Champagner trinken, so jung kommen wir nicht wieder zusammen.«

»Gute Idee, meine Liebe.«

Als sie wieder auf ihren Plätzen saßen, deutete Louise auf Ernst-Otto und Vicki, die sich noch auf der Tanzfläche befanden. »Sind sie nicht ein schönes Paar?«

»Das sind sie.«

»Weißt du was?«

»Nein.«

»Ich glaube, wir bekommen demnächst einen Schwiegersohn.«

KAPITEL 11

Man schrieb Ende März, als Ernst-Otto ein weiteres Mal im Haus in der Großen Elbstraße aufkreuzte. Nachdem Frieda ihn eingelassen hatte, lief ihm Benno in der Vorhalle über den Weg.

»Sieh da, der Walzerkönig!«, rief er. »Der Mann, der so ausdauernd das Tanzbein schwingt. Was verschafft uns die Ehre?«

»Ich möchte zu Fräulein Vicki.« Ernst-Otto schluckte seinen Ärger hinunter. Wenn er bei Vicki Chancen haben wollte, durfte er es mit dem Bruder nicht verderben.

»Und ich dachte schon, du willst zu mir.«

»Ich habe etwas Besseres vor.«

»Na, na.« Benno drohte scherzhaft mit dem Finger. »Du willst sie doch nicht etwa verführen?«

»Ich muss doch sehr bitten.«

»Versuche es lieber nicht, sonst müsste ich Satisfaktion fordern.«

Ernst-Otto ließ alle Höflichkeit fahren. »Du kannst mich mal.«

»Gerne, aber nicht heute.« Benno klopfte Ernst-Otto auf die Schulter und entfernte sich. Er wollte hinunter in die Küche zu Martha, von der er wusste, dass sie einen Napfkuchen mit Rosinen gebacken hatte.

Frieda erschien wieder und sagte: »Fräulein Vicki wär dann so weit. Sie lässt bitten.«

»Ich komme.«

Vicki hätte nicht sagen können, dass sie über den Besuch

besonders erbaut war, als Ernst-Otto ihr kurz darauf gegenüberstand. Er trug einen taubengrauen Anzug mit schwarz-weiß-rotem Binder und sah, das musste der Neid ihm lassen, sehr passabel aus.

»Liebe Vicki, erinnern Sie sich an das Eichendorffsche Gedicht über die Tänzerin, das ich für Sie zitierte?«, begann er das Gespräch.

»Gewiss«, antwortete sie abwartend.

»Nun, nachdem ich das Vergnügen hatte, Sie, liebe Vicki, einen ganzen Abend als Tänzerin in meinen Armen zu halten, hat mich gewissermaßen selbst die Muse geküsst. Ich habe versucht, meine Gefühle in Verse zu kleiden. Bitte hören Sie mich an.« Ernst-Otto breitete die Arme aus und deklamierte:

»Oh, du mein zauberhaftes Wesen,
du machst mein krankes Herz genesen!
Wo liebend sich zwei Herzen einen,
nur eins zu sein in Freud und Leid,
da muss des Himmels Sonne scheinen
und heiter lächeln jede Zeit.
Willst du dein Herz mir treulich geben,
für heute, morgen, stets bereit,
verbring mit mir dein ganzes Leben
an meiner starken rechten Seit'.«

Ernst-Otto ließ die Arme sinken und fiel auf ein Knie. »Ich bitte dich, Vicki, werde meine Frau.«

»Ich …« Es hatte ihr die Sprache verschlagen.

»Bitte, liebe Vicki.«

»Ich weiß nicht, was ich sagen soll.«

»Sag einfach ja!« Ernst-Otto sprang auf und ergriff ihre Hand. »Wir beide sind füreinander geschaffen, ich spüre es.«

Das konnte Vicki nicht von sich behaupten. Dennoch war es schmeichelhaft, dass ein Mann ihr eigens ein Liebesgedicht gewidmet hatte. Außerdem war er einer der begehrtesten Junggesellen Hamburgs, kam aus begütertem Hause und hatte zweifellos eine große Karriere vor sich.

Sie entzog ihm ihre Hand. »Das alles kommt ein bisschen plötzlich.«

»Ich weiß, ich weiß, es geht mir ja genauso! Noch vor ein paar Monaten hätte ich geschworen, nicht vor meinem dreißigsten Geburtstag zu heiraten, aber nun ist meine Liebe zu dir entbrannt. Vicki, liebe Vicki, es vergeht keine Stunde, keine Minute am Tag, in der ich nicht an dich denke. Ich kann nicht länger leben ohne dich, ich bin verloren ohne dich. Bitte, sag ja.«

Nein, hätte Vicki am liebsten geantwortet, aber sie brachte es nicht übers Herz. Jedenfalls nicht in diesem Augenblick. »Ich werde es mir überlegen.«

Ernst-Otto schluckte. Dann mühte er sich ein Lächeln ab. »Das ist wenigstens keine Absage. Das heißt, ich darf hoffen. Sowie du ja gesagt hast, Liebste, werde ich in aller Form bei deinem Vater um deine Hand anhalten. Ich möchte, dass wir uns noch in diesem Frühling verloben. Es wird ein rauschendes Fest werden, und ganz Hamburg wird darüber sprechen.« Er zog ein Kuvert mit der Aufschrift *Für Vicki* aus der Tasche und reichte es ihr mit feierlicher Miene. »Hierin findest du das Gedicht, von mir persönlich verfasst und schriftlich niedergelegt. Es soll der Anfang unserer Liebe sein.«

»Ich liebe dich nicht«, sagte Vicki.

Ernst-Otto nahm abermals Vickis Hand. »Doch, das tust du. Du weißt es nur noch nicht. Liebe, sagt meine Mutter immer, kann man lernen.«

»Wir werden sehen.«

»Ich darf also hoffen?« Ernst-Otto küsste ihre Hand.

»Auf Wiedersehen, Ernst-Otto.«

»Auf Wiedersehen, liebste Vicki. Ich zähle jede Sekunde bis dahin.«

Als Ernst-Otto fort war, atmete Vicki erst einmal durch. Dann nahm sie das Gedicht aus dem Kuvert. Es war in einer gestochenen Handschrift geschrieben und ohne jeden Makel – wie nicht anders zu erwarten. Sie strich den gefalteten Bogen glatt und legte ihn auf das Tischchen neben ihrem Bett. Dann hörte sie, wie die Tür sich nochmals öffnete.

»Ich bin's nur.« Benno grinste. »Ist der Walzerkönig weg?«

Vicki nickte und wollte rasch das Gedicht verschwinden lassen.

Doch Benno war schneller. »Zeig doch mal.« Er nahm ihr den Bogen aus der Hand und begann zu lesen.

»Gib her!«

Benno hielt das Papier wie eine Trophäe in die Luft.

Vicki sprang an ihm hoch und versuchte, es zu erreichen, aber sie war zu klein. »Idiot!«

Benno lachte. Dann hielt er sie mit einem Arm auf Abstand und las weiter. »Donnerwetter, sehr hübsch. Schade, dass Hoffmann von Fallersleben sich das nicht zu Gemüte führen kann. Er würde sich im Grabe umdrehen.«

»Was soll das heißen?«

»Das soll heißen, dass ich ausnahmsweise in Deutsch mal aufgepasst habe. Deshalb weiß ich, dass dieses Gedicht zum größten Teil von Hoffmann stammt, oder anders gesagt: Der Mittelteil ist abgeschrieben.«

Vicki riss Benno das Gedicht aus der Hand. »Und wenn schon. Es geht dich nichts an.«

Benno lachte und verschwand.

Vicki blieb zurück und las das Gedicht noch einmal Zeile für Zeile durch.

Zu ihrer Verwunderung war sie wütender auf den eigenen Bruder als auf Ernst-Otto.

Beim Abendessen fiel Vicki ein Stück Fleisch von der Gabel und landete auf dem Tischtuch. Während Frieda das Malheur entfernte, fragte Louise: »Was ist mit dir, Kind, du wirkst so abwesend?«

»Nichts.«

»Sie hatte heute Besuch von Ernst-Otto«, sagte Benno kauend. »Du und Vater haben es nicht mitgekriegt, weil ihr bei Direktor Rumpf zur Teestunde eingeladen wart.«

Zur Haiden, der sich hinter den *Hamburger Nachrichten* verschanzt hatte, fragte: »Was habe ich nicht mitgekriegt?«

»Nichts«, wiederholte Vicki.

»Ernst-Otto ist auf Freiersfüßen«, platzte Benno heraus.

»Auf Freiersfüßen?« Zur Haiden legte die Zeitung zur Seite und blickte Louise an. »Donnerwetter, das ist aber eine Überraschung.«

Louise klatschte in die Hände. »Überhaupt nicht, *Chéri!* Habe ich es nicht gleich gewusst? Oh, es ist *magnifique!* Kind, ich freue mich so für dich.«

»Ich werde ihn nicht heiraten.«

»Unsinn, natürlich heiratest du ihn. Er ist eine fantastische Partie. Jedes Mädchen in Hamburg wird dich glühend beneiden.«

»Aber ich liebe ihn nicht.«

»Als ob es darauf ankäme! Du wirst in glänzenden Verhältnissen leben, gesunde Kinder haben, und Ernst-Otto wird dir ein aufmerksamer, treusorgender Ehemann sein. Was willst du mehr?«

»Ich möchte Medizin studieren.«

»Wie bitte?« Zur Haiden glaubte, nicht richtig gehört zu haben. »Du weißt genau, dass Frauen keinen Zugang zu Universitäten haben.«

»In der Schweiz schon.«

»Wir sind hier nicht in der Schweiz.«

»Ich habe mich erkundigt. Ich könnte nach Zürich gehen und dort studieren. Franziska Tiburtius, eine gebürtige Rügenerin, und Emilie Lehmus aus Fürth haben es auch getan. Sie sind promoviert und betreiben heute eine Poliklinik für Frauen und Kinder in Berlin. Sie waren die ersten Ärztinnen dort.«

Auf zur Haidens Stirn entstand eine Falte. »Die von dir

genannten Damen sind keine Ärztinnen, weil sie in Deutschland keine Approbation haben. Ich kenne den Fall. Tiburtius und Lehmus dürfen lediglich unter der Bezeichnung ›Dr. med. in Zürich‹ praktizieren und haben damit bei uns den Status von Heilerinnen – mehr nicht.«

»Titel sind mir egal. Ich will studieren.«

Zur Haidens Zeigefinger schnellte vor. »Aber nicht auf meine Kosten! Und schon gar nicht mit meiner Erlaubnis. Solange du deine Füße unter meinen Tisch stellst, wirst du tun, was ich dir sage.«

»Vater, ich …«

»Du wirst weiter Klavier- und Gesangsunterricht nehmen, wie es sich für eine Tochter aus gutem Hause gehört. Und damit Schluss der Diskussion.«

Danach herrschte dicke Luft im Speisezimmer. Alle blickten betreten. Selbst Benno war das Grinsen vergangen. Doch er wusste, was zu tun war. Er erhob sich, holte die kleine Kiste aus Zedernholz und klappte sie vor seinem Vater auf: »Immer mit der Ruhe und ’ner feinen Havanna, Vater.«

Zur Haiden grunzte und nahm ein Exemplar seiner gerollten Lieblinge heraus.

Benno gab ihm Feuer.

Zur Haiden paffte ein paar blaue Wolken, danach versuchte er einige Ringe. Sie gelangen. Die Atmosphäre im Raum entspannte sich.

»Na bitte«, sagte Benno.

»Du kannst allein schon deshalb nicht studieren«, sagte zur Haiden sehr viel ruhiger zu Vicki, »weil dir der Abschluss im Roquetteschen Lehrerinnenseminar fehlt. Ohne ein Diplom kannst du dich nirgendwo immatrikulieren, auch nicht in der Schweiz.«

»Das stimmt«, sagte Benno.

Louise tätschelte Vickis Hand. »Kind, schlag dir das aus dem Kopf. Was soll die dumme Studiererei? Wir Frauen können ganz anders Karriere machen.«

»Wie meinst du das?«, fragte Vicki.

Louise lächelte vielsagend. »Das weißt du doch, *n'est-ce pas?*«

In den beiden darauffolgenden Wochen machte Vicki noch mehrere Vorstöße bei zur Haiden. »Vater«, sagte sie, »ich habe mich erkundigt. Auch Franziska Tiburtius hat nur eine private Mädchenschule in Stralsund besucht. Sie hat als Gouvernante und Erzieherin gearbeitet und ohne Abschluss als Lehrerin gewirkt – jedenfalls am Anfang. Trotzdem wurde sie in Zürich angenommen. Was sie konnte, kann ich auch.«

»Nein«, sagte zur Haiden.

An einem anderen Tag, als zur Haiden bester Laune war, da man seine Forschungsarbeit im Krankenhaus-Kollegium *coram publico* lobend erwähnt hatte, machte sie einen neuen Versuch. »Vater«, sagte sie. »Du weißt, dass aus mir nie eine gute Sopranistin werden wird. Und ich weiß es auch. Ich habe mir deshalb gedacht, ich könnte die Gesangsstunden aufgeben.«

»Und was bezweckst du damit?«, fragte zur Haiden, der einen Brief an den Extraordinarius August Bier in Kiel schrieb, um sich mit ihm über die neuesten Methoden der Narkosekunst auszutauschen.

»Ich könnte stattdessen Lateinstunden nehmen.«

»*Quare?*«

»Wie bitte?«

Zur Haiden lächelte überlegen. »Das war Latein. Ich fragte dich: ›Aus welchem Grund?‹«

»Nun, Vater, ich denke, wenn ich Latein kann, erhöhe ich meine Chancen, an der Züricher Universität angenommen zu werden«

»Nein, in drei Teufels Namen!« Zur Haiden schoss hoch, wie von der Tarantel gestochen. Seine gute Laune war wie weggeblasen. »Verschone mich mit diesem Thema.«

Damit war das Gespräch schon beendet, bevor es richtig begonnen hatte, aber diesmal wollte Vicki nicht so leicht aufgeben. »Entschuldige, Vater, findest du nicht auch, dass Frauen die gleichen Rechte haben sollten wie Männer?«

»Nein, das finde ich nicht. *Der Mann ist des Weibes Haupt,* so steht es schon in der Bibel. Und im Gesetz steht es auch, nur etwas ausführlicher und auf verschiedene Paragrafen verteilt.«

»In der Bibel steht auch, dass eine Frau unter Schmerzen gebären soll, was keine Frau auf dieser Welt versteht, und dass Abraham mehrere Frauen hatte, was nichts anderes als Vielweiberei ist, die nach unserem Gesetz bestraft werden müsste.«

»Das sind Spiegelfechtereien.«

»Vater, bitte ...«

»Nein, nein und nochmals nein! Das ist mein letztes Wort.«

Nach dieser Kontroverse sprachen zur Haiden und Vicki tagelang kein Wort miteinander. Louise, die den Zustand unerträglich fand, machte einige Versuche, die beiden Streithähne zu versöhnen, aber es gelang ihr nicht. Beide wollten ihren Dickkopf durchsetzen. Selbst Benno, der sonst für alles eine Lösung hatte, wusste keinen Rat.

Dafür ließ sich Ernst-Otto fast täglich sehen. Er war der einzige Lichtblick in dieser Zeit, denn er umschmeichelte Louise, rauchte gemeinsam mit zur Haiden Zigarren, ertrug Bennos Sticheleien klaglos und gab sich Vicki gegenüber sehr verständnisvoll.

An einem Nachmittag, als er mit ihr im Kleinen Salon allein war – Louise hatte sich diskret zurückgezogen –, sagte er: »Liebste Vicki, ich verstehe, dass du zornig auf deinen Vater bist. Es wird dir nicht viel helfen, aber ich sage es dir trotzdem: Wenn wir eine Tochter hätten, die studieren will, würde ich es ihr erlauben.«

»Wirklich?«

»Aber ja!«

»Das ist sehr anständig von dir.«

»Ich würde es auch dir erlauben, aber es ginge aus anderen Gründen nicht.«

»Warum nicht?«

»Rate mal.« Er hob die Hand, als wolle er ihre Wange streicheln, und berührte dabei nicht ganz zufällig ihren Busen. »Oh, entschuldige!«

»Schon gut.« Vicki maß dem kleinen Vorfall keine Bedeutung bei. »Warum könnte ich deiner Meinung nach nicht studieren?«

»Weil du als meine Frau ein halbes Dutzend Kinder bekommen würdest und keine Zeit fändest, dich mit dem Erlernen von medizinischem Wissen zu beschäftigen.«

Vicki musste lächeln. Der Gedanke, von glücklichen, spielenden Kindern umgeben zu sein, gefiel ihr in diesem Augenblick sehr. Auch die Vorstellung, der Hartherzigkeit ihres Vaters entfliehen zu können, darüber hinaus das französische Geplapper Louises nicht mehr anhören zu müssen und nicht zuletzt dem ewigen Grinsen Bennos zu entgehen, war durchaus verlockend.

Und was konnte schon passieren? Ernst-Otto war jung, sah gut aus und würde sich um seinen beruflichen Aufstieg kümmern. In spätestens zehn Jahren würde er zudem die Kanzlei seines Vaters übernehmen. Und sie? Sie würde ihm eine gute Ehefrau sein, sich ihren eigenen Freundeskreis suchen und in ihrer eigenen Welt leben. Und wenn sie es richtig anstellte, würde sie viel mehr Freiheiten haben als in den Fesseln ihres Elternhauses.

»Du lächelst, Vicki? Ist der Gedanke, mit mir zusammen Kinder zu haben, so angenehm?«

»Er ist zumindest nicht unangenehm.«

»Heißt das …?« Ernst-Otto begann zu strahlen.

»Das heißt, ich will es mir überlegen.«

»Aber du überlegst doch schon so lange, liebste Vicki. Du quälst mich! Bitte, sag endlich ja.«

Vicki stand auf. »Bis morgen werde ich mich entschieden haben. Und nun geh bitte, ich habe Kopfschmerzen.«

Als Ernst-Otto fort war, stellte Vicki sich vor den Spiegel im Kleinen Salon und richtete sich die Haare. Die Behauptung, Kopfschmerzen zu haben, stimmte natürlich nicht, doch sie brauchte Zeit, um noch einmal alles in Ruhe zu überdenken. Und sie brauchte einen Schnaps. Sie ging in das Arbeitszimmer ihres Vaters und untersuchte den Glasschrank, der die Flaschen mit den geistigen Getränken barg. Sie fand einen Aquavit, nicht ausreichend kalt, aber halbwegs genießbar. Dabei musste sie an Mutter Ohlof denken, mit der sie einen Köm gekippt hatte. Was hätte die alte Wirtin ihr geraten? Sie hätte wahrscheinlich gesagt, dass Hannes der bessere Mann sei. Aber Hannes war tot. Was also tun? Vicki stellte die Flasche zurück und ging in ihr Zimmer. Sie warf sich aufs Bett und überlegte hin und her, weinte ein bisschen, schalt sich deshalb eine dumme Gans, weinte abermals und stellte immer wieder dieselben Gedanken an. Es war, als drehe sie sich in einem Karussell. So ging es nicht weiter.

Sie zog sich eine Pelerine über und verließ kurz entschlossen das Haus. Eine gute halbe Stunde war sie unterwegs, bis sie ihr Ziel in der Steinstraße erreicht hatte. Sie öffnete die Tür mit dem Sinnspruch *Trautes Heim, Glück allein!* und stand Augenblicke später Mutter Ohlof gegenüber.

»Da brat mir doch einer einen Storch, sind Sie es wirklich, Vicki?«

»Ja, ich bin's, und ich brauche Ihren Rat.«

»Na, da bin ich aber gespannt«, sagte die alte Wirtin. »Setzen Sie sich da rüber an den kleinen Tisch, ich komme gleich. Muss erst noch die Gäste am Vierertisch bedienen.«

Nachdem das geschehen war, nahm sie Vicki gegenüber Platz. Sie hatte eine Flasche Weißbier, die noch von ihrem seligen Bruno stammte, und zwei Gläser dabei. Während sie einschenkte, staunte sie: »Mein Gott, wie die Zeit vergeht! Aber Sie haben sich überhaupt nicht verändert, Vicki. Es muss über zwei Jahre her sein, dass wir uns zuletzt gesehen haben. Wir trauerten gemeinsam dem Herrn Doktor nach und tranken Helbing Kümmel. Wollen sie einen?«

»Nein, danke, Mutter Ohlof, ich hatte heute schon einen Aquavit. Deshalb musste ich auch an Sie denken.«

»Oh, das ehrt mich. Wie ist es Ihnen ergangen?«

»Ich bin gesund, aber nicht glücklich.«

»Das hört sich nicht gut an. Na, sagen wir erst mal Prost.«

Sie tranken. Mutter Ohlof schenkte nach. »Und nun schießen Sie los.«

Vicki überlegte. Wie sollte sie anfangen? Schließlich sagte sie: »Das ganze Problem läuft auf die Frage hinaus, ob ich einen Mann heiraten soll, den ich nicht liebe.« Dann schilderte sie die Hintergründe, erzählte von Ernst-Otto und seiner glühenden, hartnäckigen Verehrung, von seiner Engstirnigkeit und Humorlosigkeit, aber auch von den glänzenden Verhältnissen, die er ihr bieten konnte. Zuletzt sprach sie die Schwierigkeiten an, die sie zu Hause mit ihrem Vater hatte.

»In Ihrer Haut möchte ich nicht stecken«, sagte Mutter Ohlof, als Vicki fertig war. »Aber ich will mich vor der Antwort nicht drücken. Eines vorweg: Wenn Ihr Vater es nicht will, werden Sie nicht studieren.«

»Aber das ist nicht gerecht!«

»Richtig, Vicki, doch es ist leider nicht zu ändern. Deshalb darf daran kein weiterer Gedanke verschwendet werden. Bleibt die Frage, ob Ernst-Otto der Richtige ist, obwohl Sie nichts für ihn empfinden.«

»Und ist er es?«

Mutter Ohlof dachte nach. Dann trank sie ihr Glas aus und sagte: »Ich glaube, darauf gibt es drei Antworten.«

»Drei Antworten?«

»Ja, je nach Alter: Eine zwanzigjährige Frau würde sofort nein sagen. Eine Dreißigjährige würde vielleicht sagen, und eine Vierzigjährige würde ja sagen.«

»Das verstehe ich nicht.«

»Es ist eigentlich ganz einfach. Wenn man jung ist, glaubt man, ohne Liebe gäbe es kein Glück, und die Liebe würde ewig halten. Das stimmt aber nicht. Die Liebe verblasst mit jedem Jahr mehr. An ihre Stelle tritt Gewohnheit – und mit ihr andere Werte, die im Feuer der ersten Gefühle nicht so wichtig erscheinen: Anstand, Fürsorge, Verlässlichkeit, Verantwortungsgefühl. Das ist der Grund, warum eine Vierzigjährige Ihre Frage mit Ja beantworten würde und eine Zwanzigjährige mit Nein.«

»Ich verstehe. Obwohl ich mir nicht vorstellen kann, Hannes jemals nicht zu lieben.«

»Sie müssen ihn vergessen.«

Vicki seufzte. »Das kann ich nicht. Sagen Sie, Mutter Ohlof, würden Sie sich an meiner Stelle für Ernst-Otto entscheiden?«

Die alte Wirtin lächelte. »Ich komme für eine Antwort nicht mehr infrage. Ich bin schon sechzig.«

Am selben Abend kleidete Vicki sich mit besonderer Sorgfalt an, arbeitete ihre Löckchen mit der Brennschere nach und legte ein leichtes Rouge auf ihre Wangen. Dann ging sie zu ihren Eltern und sagte: »Ich heirate ihn.«

KAPITEL 12

Vicki spürte, wie ihr plötzlich schwindelig wurde. Sie saß in der Mitte der Festtafel, die anlässlich ihrer Verlobung im Salon eingedeckt worden war und an Aufwand nichts zu wünschen übrig ließ. Weißer Damast, edles Meißner, funkelndes Kristall und blinkendes Silber wetteiferten auf dem Tisch um die Aufmerksamkeit des Betrachters – ein Anblick, der sich trotz aller Pracht vor ihren Augen zu drehen begann.

Was war nur mit ihr los? Lag es an der Luft, der Aufregung, den vielen illustren Gästen? Oder einfach nur an ihrem engen Korsett? Frieda hatte es vorhin besonders fest geschnürt, damit der Busen, wie sie sagte, in dem roséfarbenen Spitzenkleid aus Atlas gut zur Geltung käme.

»Ist dir nicht wohl, Liebste?« Ernst-Otto neben ihr runzelte die Stirn.

»Nein, es ist alles in Ordnung.«

»Du bist die Schönste heute Abend. Sieh nur, wer alles gekommen ist.«

In der Tat waren die Gäste handverlesen. Manche von ihnen hatten an diesem dreißigsten April in den Mai tanzen wollen, aber ein Fest im Hause zur Haiden war ein gesellschaftliches Ereignis, bei dem man nicht fehlen durfte – auch wenn die Einladung ein wenig kurzfristig erfolgt war. An der Spitze der Besucher standen die Bürgermeister Altonas und Hamburgs, die Herren Doktor Otto Giese und Johannes Versmann, in deren Gefolge sich weitere Honoratioren befanden, die zum größten Teil aus Hamburg kamen: unter ihnen die Senatoren Mönckeberg, O'Swald, Hachmann, Predöhl und Burchard. Sie alle waren in Begleitung ihrer Damen erschienen und unterhielten sich aufs Angeregteste, denn man kannte sich. Man hatte bereits ein oder zwei Gläschen Champagner getrunken und Russische Eier mit Scheibchen von Schwarzer Trüffel genossen – eine Vorspeise, die von Louise stolz als *Horsd'œuvre* angekündigt worden war.

Nun wartete man darauf, dass der Hausherr, der mit Ernst-Ottos Vater an der Stirnseite der Tafel saß, das Wort ergreifen und die große Neuigkeit verkünden würde.

Vicki gab der hinter ihr stehenden Frieda ein Zeichen und stand auf.

»Wo willst du hin?«, zischte Ernst-Otto. »Du kannst doch jetzt nicht gehen! Dein Vater will jeden Moment mit seiner Rede beginnen.«

»Tut mir leid«, murmelte Vicki, »ich bin gleich wieder da.« Auf Frieda gestützt, verließ sie mühsam lächelnd den Salon, durchquerte das Treppenhaus und strebte hinüber in Louises Ankleidezimmer, wo sie nach Luft ringend stehenblieb.

»Was haben Sie denn bloß?«, fragte Frieda besorgt.

»Das Korsett! Ich glaube, es ist das Korsett.«

»Warten Sie.« Frieda öffnete hastig die Häkchen am Rückenteil des Kleids und löste die Kordel der Schnürbrust, bis die Stäbe aus Fischbein etwas nachgaben.

»Aaah!« Vicki seufzte. »Das tut gut. Ich glaube, jetzt geht es wieder. Ich wäre fast erstickt.«

»Na, malen Sie nicht den Teufel an die Wand, Fräulein Vicki.«

»Wer immer es war, der den Frauen die Wespentaille verordnet hat, er sollte gesteinigt werden.«

»Da sagen Sie was.« Frieda verknotete die Kordel ein wenig lockerer und schloss die Häkchen. »Schaffen Sie's allein zurück?«

»Ja, danke. Gehen Sie nur schon vor, Frieda, und richten Sie meinem Vater aus, ich käme gleich nach.«

»Ist gut.«

Als die Dienstmagd fort war, blickte Vicki in den Spiegel über der Frisierkommode und musterte kritisch ihr Gesicht. Gottlob hatte es unter der Schminke wieder etwas Farbe angenommen. Sie strich eines ihrer Korkenzieherlöckchen aus der Stirn – und erschrak. Unverhofft war ein zweites Gesicht hinter ihr im Spiegel aufgetaucht. Es gehörte Ernst-Otto. »Hier steckst du also«, sagte er.

»Ja, hier.« Irgendetwas an seinem Lächeln gefiel ihr nicht. »Ich komme.«

»Was hattest du denn auf einmal?«

»Ich war zu fest geschnürt und kriegte kaum noch Luft.«

»Zu fest geschnürt?«

»Frieda hat mir die Bänder etwas gelockert.«

»Das ist schade!« Sein Lächeln bekam etwas Lauerndes. Er packte sie am Arm und drehte sie zu sich herum. »Deine Tittchen sahen vorher viel voller aus.«

»Wie bitte?«

»Ich sagte: ›Deine Tittchen sahen vorher viel voller aus.‹«

»Was erlaubst du dir!«

»Nichts, was mir nicht zusteht. Es wird Zeit, dass ich es mir nehme.« Er drückte seine Hände auf ihre Brüste und fing an, sie zu kneten.

Vicki wollte zurückweichen, aber die Kommode war ihr im Weg. »Aufhören! Hör sofort auf damit!«

Er lachte. »Stell dich nicht so an. Beim letzten Mal hattest du doch auch nichts dagegen. Oder glaubtest du wirklich, es wäre keine Absicht gewesen, als ich deine Nippel berührte?«

»Du tust mir weh!«

»Halt den Mund.« Er drängte seinen Unterleib gegen ihr Becken, während seine Hände weiter ihre Brüste bearbeiteten.

Sie wehrte sich, wollte ihn ohrfeigen, doch der Schlag ging ins Leere. »Bitte …«

Er keuchte. Ihr Widerstand machte ihn nur gieriger.

Wieder versuchte sie, ihn zu schlagen, aber er drängte sich einfach noch näher an sie heran, während sein Unterleib zotige Bewegungen ausführte. Sie trommelte mit den Fäusten auf seinem Rücken, zerrte an ihm, wand sich, zappelte, doch er war zu stark. Endlich ließ er von ihr ab. Allerdings nur, um mit einer Hand ihren Hals zu umklammern und sie auf Armlänge fernzuhalten, während er mit der anderen Hand seine Hose öffnete.

Angewidert musste sie mitansehen, wie er sein steifes Glied hervorholte und damit begann, sich selbst zu befriedigen. Warum mussten Männer nur so viel stärker sein als Frauen! Wieder wollte sie ihn schlagen, wollte ihn treten, doch sein Arm hielt sie auf Abstand.

»Oh, ja, wie tut das gut! Schau nur genau hin, Fräulein Hochnäsig, dann weißt du, was dich in Zukunft erwartet.«

Verzweiflung überkam sie. Und unbändiger Zorn. Sie war auf einen Lüstling aus gutem Hause hereingefallen, der nun, da er glaubte, sich ihrer sicher sein zu können, sein wahres Gesicht zeigte. Zum Teufel mit ihm! Was konnte sie tun, um dem schändlichen Schauspiel Einhalt zu gebieten? Da ertastete sie hinter sich auf der Frisierkommode einen Handspiegel mit langem Stiel. Sie ergriff ihn und schlug ihn ihrem Widersacher mit aller Kraft gegen die Schläfe.

Er schrie auf, taumelte und fasste sich an den Kopf. Der Spiegel war zersprungen und hatte eine lange Schnittwunde auf seiner Stirn hinterlassen. Augenblicklich begann sie zu bluten. »Was hast du getan!«

»Mich nur gewehrt.«

Er befühlte die Wunde. Blut lief zwischen seinen Fingern hervor. Er begann zu zittern. Sein Glied schrumpfte zusammen wie eine Raupe.

»Steck dein Ding weg. Es ekelt mich an.«

Er tat es mit fahrigen Bewegungen. Aus dem rücksichtslosen Rüpel war ein Jammerlappen geworden. »Du musst mich verbinden, Vicki.«

»Womit denn?«

»Schau nur, was du angerichtet hast!«

»Ich sehe es.« Vicki konnte nicht umhin, Genugtuung zu empfinden. Gleichzeitig reifte ein Plan in ihr. »Komm mit, wir gehen zurück.«

»Aber ich kann so nicht ...«

»Doch, das kannst du.« Du hast eben noch ganz andere Dinge gekonnt, dachte sie. Du hast mich gedemütigt, mir gezeigt, wie ohnmächtig ich bin. Es kam einer Vergewaltigung gleich. Jetzt läuft es umgekehrt. Alle sollen sehen, was geschehen ist. Der hochherrschaftliche Sohn als Ritter der traurigen Gestalt, der Lächerlichkeit preisgegeben!

»Ich bleibe hier.«

»Dann gehe ich allein zurück, und man wird dich holen.« Sie strich sich das Kleid glatt, richtete die Frisur und gab ihm einen Stoß. »Komm schon.«

Er gab nach und trottete neben ihr her, unverständliches Zeug murmelnd. Sie betraten den Salon. Alle Augen richteten sich auf sie. Einige Damen schlugen sich die Hand vor den Mund, als sie sein blutverschmiertes Gesicht sahen; die Herren steckten die Köpfe zusammen. Zur Haiden blickte entgeistert. »Mein Gott, was ist denn passiert?«

»Das kann Ernst-Otto dir am besten selbst erklären«, antwortete Vicki.

»Später.« In zur Haiden erwachte der Arzt. »Zunächst einmal braucht er einen Verband. Komm mit, mein Junge.«

Er dirigierte Ernst-Otto aus dem Salon und ließ eine ratlose Gästeschar zurück. Niemand sagte ein Wort. Nur ein gelegentliches Räuspern, Hüsteln oder Tuscheln war zu hören. Auf den Gesichtern stand ein Fragezeichen.

Doch Vicki schwieg. Sie nippte an ihrem Champagner und starrte auf den Platzteller, der das Familienwappen zeigte: den springenden Karpfen auf grünem Grund.

Zur Haiden und Ernst-Otto betraten wieder den Salon. Der Verlobte *in spe* trug um den Kopf einen dicken Verband, der wie ein Turban aussah. Zur Haiden lächelte etwas mühsam und erklärte, es handele sich um einen kleinen Unfall, mehr nicht. Ernst-Otto habe ihm gesagt, er habe sich wegen Viktorias plötzlichem Verschwinden Sorgen gemacht und sie deshalb überall gesucht. Bis in die Küche hinunter sei er vorgedrungen, ohne sie zu finden. Dort jedoch habe sich von den hängenden Kupfertöpfen einer gelöst und sei ihm auf den Kopf gefallen. Ein Missgeschick, das schlimmer aussehe, als es in Wahrheit sei. Schließlich habe er Viktoria doch aufgespürt und sei mit ihr in den Salon zurückgekehrt.

Die Gäste nickten, erleichtert und voller Mitgefühl.

Zur Haiden geleitete seinen künftigen Schwiegersohn zu seiner Tochter, half ihm fürsorglich, Platz zu nehmen, und schritt wieder an die Stirnseite der Tafel. Dort richtete er sich zu voller Größe auf und klopfte vernehmlich gegen sein Glas. Vicki erinnerte sich, dass er in den vergangenen Tagen immer wieder an seiner Ansprache gefeilt hatte, denn er wollte sich auf keinen Fall blamieren.

»Sehr geehrte Herren Bürgermeister, verehrte Senatoren, liebe Gäste, Freunde und Verwandte«, begann er. »Heute ist ein besonderer Tag, und es fällt mir nicht leicht, seine Bedeutung in wohlgesetzter Rede zu beschreiben. Denn wie sagte schon Mark Twain, der berühmte amerikanische Schriftsteller, der seit einigen Jahren in unserem schönen Deutschland weilt: *Der Unterschied zwischen dem richtigen Wort und dem beinahe richtigen Wort ist derselbe wie zwischen einem Blitz und einem Glühwürmchen.*«

Zur Haiden blickte in die Runde, und das erhoffte Schmunzeln trat ein. Dieserart ermutigt, fuhr er fort: »Wenn ich eben von einem Blitz gesprochen habe, so hat dieser dich, mein lieber Ernst-Otto, und dich, meine liebe Viktoria, gewiss getroffen, als ihr euch das erste Mal tief in die Augen saht.«

Das kleine Bonmot wurde erneut mit wohlwollendem Schmunzeln belohnt.

Vicki schmunzelte nicht.

Zur Haiden versuchte einen dritten Scherz: »Und wenn ich euch beide so anschaue, glücklich und verliebt, dann bin ich sicher, dass auf euren ganz persönlichen Blitz kein Donnergrollen folgt.«

»O doch!« Vicki stand auf und reckte das Kinn vor. »Die Verlobung ist hiermit geplatzt!«

Betretenes Schweigen.

Vicki zeigte mit dem Finger auf Ernst-Otto. »Dieser Lump wollte mir im Ankleidezimmer Gewalt antun. Ich habe ihm mit dem Handspiegel eins übergezogen. Daher rührt seine Verletzung! Nie im Leben werde ich ihn heiraten.«

Zur Haiden versuchte zu retten, was nicht zu retten war. »Vicki, bitte, sei vernünftig …«, begann er.

»Nein, es ist aus!« Sie stieß den Stuhl zurück, lief mit wehenden Röcken aus dem Salon, durchs Treppenhaus und hinüber in den anderen Flügel zu ihrem Zimmer.

Dort warf sie sich aufs Bett und weinte bittere Tränen.

KAPITEL 13

Zur Haiden stellte fest, dass er sechs Pfund abgenommen hatte. Er stieg von der Waage in der Badestube und ging hinüber ins Schlafzimmer, um sich anzukleiden. Normalerweise hätte er sich über den Gewichtsverlust gefreut, da er zur Körperfülle neigte, aber nicht unter den gegebenen Umständen. Der Eklat bei der Verlobungsfeier lag knapp vier Wochen zurück, und seitdem schmeckte ihm kein Essen mehr. Niemals würde er die hochnotpeinliche Situation vergessen, nachdem Vicki aus dem Salon gerannt war. Alle Bemühungen, sie umzustimmen und doch in eine Verbindung einzuwilligen, waren vergeblich gewesen. Schließlich hatten die Gäste sich verabschiedet. Die meisten mit steinernem Gesicht – auch Schädebas, die Eltern Ernst-Ottos, die man von Stund an nicht mehr zum Freundeskreis würde zählen können. Lediglich Johannes Versmann, Hamburgs Erster Bürgermeister, hatte ihm tröstend auf die Schulter geklopft und gesagt: »Das Leben geht weiter, lieber Professor.« Und Senator Mönckeberg hatte aufmunternd hinzugefügt: »Glauben Sie mir, in einem Jahr kräht kein Hahn mehr danach.«

Doch dessen war sich zur Haiden nicht sicher. Besonders, was seine Familie anging: Louise lag ihm von morgens bis abends wegen der Blamage in den Ohren, jammerte und lamentierte, ganz Hamburg spräche über den Vorfall, die Zeitungen seien voll davon. Dasselbe gelte für Altona. Im Zirkel sei sie untendurch, niemand besuche sie mehr, niemand lade sie mehr ein, es sei *épouvantable* und sie wisse nicht, wie es weitergehen solle.

Benno wiederum war ständig unterwegs. Auf die Frage, wann er endlich gedenke, ein Medizin- oder Jurastudium zu beginnen, hatte er geantwortet, er würde lieber als Maler arbeiten. Und auf den Vorwurf, wozu er Abitur gemacht habe, wenn er künftig Fassaden und Fenster anstreichen wolle, hatte er gegrinst und gesagt, er arbeite als Kunst- und Plakatmaler auf St. Pauli. Die Kraft nachzuhaken, was darunter zu verstehen sei, hatte zur Haiden an jenem Tag gefehlt.

Und Vicki? Mit ihr war überhaupt nicht mehr zu reden. Sie lief stumm und hohläugig im Haus herum und verkroch sich die meiste Zeit in ihrem Zimmer. Der Klavierlehrer und die Gesangslehrerin hatten sich schon über ihre Teilnahmslosigkeit beklagt. Sie war und blieb ein schwieriges Kind …

Mit diesen trüben Gedanken kleidete zur Haiden sich an und beschloss, Vicki in ihrem Zimmer aufzusuchen. Vielleicht war ihre Stimmung heute ein wenig besser, zumal die Maisonne draußen herrlich schien. Er klopfte kurz und betrat den Raum. Sie war nicht da. Vielleicht hatte sie sich entschlossen, einen Spaziergang vor dem Frühstück zu machen? Gut genug war das Wetter ja. Ihr Zimmer sah aufgeräumt aus. Frieda war wohl schon da gewesen. Ein bedruckter Zettel lag auf dem Tischchen neben ihrem Bett. Zur Haiden setzte sich den Kneifer auf und las. Und je länger er las, desto mehr Zornesfalten wuchsen ihm auf der Stirn. Die Überschrift lautete: *Schwestern-Verein.* Und die Zeile darunter: *Dieser Bogen ist ausgefüllt an die Oberin H. v. Schlichting zurückzusenden.*

Es folgten elf Punkte, die mit der Frage: *Name und jetzige Wohnung?* begannen und mit: *Wann möchten Sie eintreten?* endeten.

Die letzte Zeile lautete: *Ich bescheinige, daß obige Fragen von mir selbst der Wahrheit gemäß beantwortet sind.*

Datum: … Name der Bewerberin: …

Alle Felder waren von Vicki sorgfältig ausgefüllt. Hinter die Frage: *Wann möchten Sie eintreten?* hatte sie *Sofort!* geschrieben.

Zur Haiden steckte den Zettel in seine Rocktasche. Er kochte vor Wut. Mit großen Schritten eilte er ins Speisezimmer. Louise und Vicki saßen bereits am Frühstückstisch. Benno schlief vermutlich noch. Grußlos setzte er sich an seinen Platz, zog den Zettel hervor und hielt ihn Vicki unter die Nase. »Was ist das?«

Sie wurde blass, fasste sich jedoch schnell. »Ich möchte dem Verein der Erika-Schwestern beitreten, Vater.«

»Hinter meinem Rücken? Das ist ja reizend!«

»Ich hätte es dir schon gesagt, aber ich wollte erst prüfen, ob ich angenommen werde.«

»Soso, ich glaube, da verwechselst du etwas. Bevor du dich um eine Aufnahme bemühst, hättest du mein Einverständnis einholen müssen – nicht umgekehrt!« Zur Haiden köpfte mit dem Messer ein Ei, doch er tat es in seiner Empörung so heftig, dass ihm das Käppchen davonflog. Es landete auf der Tischdecke und hinterließ einen gelben Fleck. Frieda eilte herbei, um den Schaden zu beheben. Während zur Haiden abgelenkt war, versuchte Vicki, den Vater zu besänftigen: »Der Verein ist eine ganz neue Einrichtung, die seit dem ersten April besteht und ihren Sitz in einem Haus in der Erikastraße hat. Es gibt insgesamt vierunddreißig Schwestern, dazu Plätze für zwölf Schülerinnen, die jung und ledig sein müssen. Außerdem sollen sie aus gutem Hause sein, weil man glaubt, dass sie sich verständiger zeigen als solche aus Arbeiterkreisen. Der Verein soll einen schützenden Verbund darstellen, in dem sie leben und arbeiten können.«

»Ja, ja, zum Donnerwetter, das weiß ich alles!« Zur Haiden hatte wieder freie Sicht, da Frieda mit der Beseitigung des Malheurs fertig war. »Erzähle dem Bäcker nicht, wie man Brot backt.«

»Wenn ich schon nicht Medizin studieren darf, möchte ich wenigstens den Beruf der Krankenschwester erlernen. Bitte, sag ja, Vater.«

»Nein!«

»Aber …«

»Ich will nicht, dass meine Tochter Fenster putzt, Fußböden scheuert und Pisspötte ausleert.« Zur Haiden schaute in die Runde, vergewisserte sich, dass Frieda den Raum verlassen hatte, und fuhr fort: »Willst du dich auf eine Stufe mit einer Dienstmagd stellen? Vergiss nicht, wer du bist. Du bist die Tochter des Leiters der II. Chirurgischen Abteilung im modernsten Krankenhaus Hamburgs. Der Stammbaum meiner Familie reicht zurück bis in die Zeit des Dreißigjährigen Krieges, als wir Ländereien und Fischteiche in der Lüneburger Heide besaßen.«

»Bitte, Vater, das hat doch damit nichts zu tun.«

Louise, die bislang geschwiegen hatte, sagte vorwurfsvoll: »Hast du uns nicht schon genug Kummer bereitet?«

»Mutter, ich möchte Kranken helfen. Es ist der gleiche Grund, warum Vater Arzt geworden ist.«

»Unsinn. Du kannst Ernst-Otto nicht vergessen, das ist alles. Aber er ist unter unserem Niveau. Sein Verhalten war in jeder Beziehung *dégoûtant*. Es gibt auch noch andere junge, gutaussehende Männer. Ich denke da an einen gewissen Cornelius von Berenberg-Gossler. Er führt den Titel Freiherr und ist, soviel ich weiß, genau wie du einundzwanzig ...«

»Mutter! Vater!« Vicki sprang auf. »Begreift es doch endlich: Ich will nicht heiraten! Ich will nicht Klavier spielen! Ich will nicht singen! Ich will Menschen helfen, gesund zu werden. Nichts ist großartiger als das Gefühl, einen Kranken geheilt zu haben.«

»Setz dich.« Zur Haidens Stimme war kalt wie Eis. »In diesem Hause bestimme immer noch ich. Du wirst Ernst-Otto, diesen Möchtegern-Casanova, vergessen und einen anderen heiraten. Das allein wird schon schwer genug werden, nachdem du uns vor aller Augen kompromittiert hast und die halbe Stadt sich das Maul darüber zerreißt. Bis dahin wirst du weiter Klavier- und Gesangsunterricht nehmen, und zwar mit etwas mehr Engagement, wenn ich bitten darf. Die Stunden sind wahrhaftig teuer genug!«

»Vater, ich ...«

»Schluss, Ende, Punktum!« Zur Haiden hielt den Bewerbungsbogen hoch und zerriss ihn demonstrativ.

»Ihr wollt mich einfach nicht verstehen!« Mit hochrotem Kopf lief Vicki aus dem Zimmer.

Louise blickte ihren Mann vorwurfsvoll an.

»Du brauchst gar nicht so zu gucken. Oder willst du, dass deine Tochter ihr Leben lang Verbände auswäscht und Jodoformbinden herstellt?«

»Nein, natürlich nicht, *Chéri*.«

»Na also.« Zur Haiden stand auf und blickte auf die Taschenuhr. »Ich muss in die Klinik.«

»Aber du hast doch noch gar nichts gegessen.«

»Mir ist der Appetit vergangen.«

Zur Haiden ließ sich an der Haustür von Frieda in den Sommerüberzieher helfen und machte sich auf den Weg zur Palmaille, um dort die Pferdebahn zum Eppendorfer Krankenhaus zu nehmen. Er tat dies nur zwei Mal in der Woche, weil die Verbindung recht mühselig war und dreimaliges Umsteigen erforderte. Immerhin war im letzten Jahr die Strecke zwischen Landungsbrücken und Schlump elektrifiziert worden, so dass es dort etwas schneller ging. Trotzdem war er froh, die anderen Nächte in einem Zimmer des Verwaltungsgebäudes verbringen zu können, zumal der Haussegen in den letzten Wochen schief hing.

Als vor ihm die Haltestelle in der Palmaille auftauchte, kehrten seine Gedanken zu Vicki zurück, und er beschloss, die Oberin des Schwestern-Vereins so bald wie möglich aufzusuchen. Wie er seine Tochter kannte, war nicht auszuschließen, dass sie sein Bewerbungsverbot missachtete. Dem musste unbedingt vorgebeugt werden.

Halbwegs beruhigt bestieg er die Bahn.

Am Nachmittag dieses Tages – es war gegen drei – machte er sich zu Fuß in die Erikastraße auf. Gern hätte er das Krankenhaus bereits früher verlassen, aber einige kleine Eingriffe auf dem Operationsplan hatten sich als unaufschiebbar erwiesen. In der Toreinfahrt des Verwaltungsgebäudes winkte er dem Pförtner flüchtig zu, überquerte die Martinistraße und ging geradeaus weiter in die Haynstraße. Im Park links und rechts zwitscherten die Meisen. Wenig später bog er in die Erikastraße ab. Da tauchte auch schon das Backsteingebäude vor ihm auf. Es war von der Stadt Hamburg während der Cholera-Epidemie zur Pflege der Kranken angekauft worden und hatte seinerzeit die »Station Erika« beherbergt. Nun war es eine Art Wohn- und Ausbildungsheim, in dem eine gewisse Hedwig von Schlichting als Oberin residierte. Von ihr wusste zur Haiden nur, dass sie die Tochter eines Generals war und im vergangenen Jahr zunächst als »Hilfs-Inspektor« in der Frauenabteilung begonnen hatte, da zu jenem Zeitpunkt die Schwesternpflege noch nicht allgemein eingeführt worden war. Ihr ging der Ruf voraus, eigenwillig zu sein und kein Blatt vor den Mund zu nehmen.

Nun ja, man würde sehen.

Zur Haiden wappnete sich und betrat das Haus. Im Eingangsbereich bedeutete man ihm höflich, aber bestimmt, er möge sich einen Augenblick gedulden, da er nicht angemeldet sei und die Frau Oberin sehr beschäftigt.

Fünf Minuten vergingen. Dann zehn. Zur Haiden schaute auf seine Taschenuhr. Gerade nahm er sich vor, höchstens noch weitere drei Minuten zu warten, als ihn eine energische Stimme ansprach: »Herr Professor zur Haiden?«

»Ganz recht.« Vor ihm stand eine große, schlanke Frau in schwarz-weiß gestreiftem Kleid mit weißer Schürze. Auf dem Kopf saß ein Häubchen, am Kragen die Rotkreuz-Brosche.

»Ich bin Hedwig von Schlichting. Es tut mir leid, dass Sie warten mussten, aber Ihr Besuch kommt etwas überraschend.«

»Ich habe meine Gründe«, sagte zur Haiden steif.

»Bitte folgen Sie mir.« Die Oberin ging vor und führte ihn in einen spartanisch eingerichteten Raum, in dem sich neben einem Schreibtisch nur zwei Besucherstühle und ein Schrank mit Leitz-Ordnern befanden. An der Wand hinter dem Schreibtisch hing ein schlichtes Holzkreuz und darunter eine gerahmte Strophe von Goethe:

Allen Gewalten
zum Trutz sich erhalten,
nimmer sich beugen,
kräftig sich zeigen,
rufet die Arme
der Götter herbei!

»Nehmen Sie Platz, Herr Professor. Ich kann Ihnen leider noch nichts anbieten, da sich hier alles erst einspielen muss.«

»Das macht nichts.«

»Die Gründungsfeier unseres Vereins fand, wie Sie wissen, am zweiten Mai hier im Hause statt. Leider haben wir Sie dazu nicht begrüßen dürfen.«

»Ich hatte an jenem Donnerstag andere Verpflichtungen.«

»Wie schade.« Die Oberin setzte sich ebenfalls und schob ein paar Papiere vor sich zurecht. »Was kann ich für Sie tun?«

Zur Haiden räusperte sich. »Es geht um meine Tochter Viktoria. Sie hat die fixe Idee, Schwesternschülerin in diesem Haus werden zu wollen. Ich möchte Sie bitten, ihr die Flausen auszureden, sollte sie sich bei Ihnen melden.«

»Das ist bereits geschehen.«

Zur Haiden stutzte. Mit allem hatte er gerechnet, aber damit nicht. »Wann soll denn das passiert sein?«

»Heute Vormittag.«

»Soso, aha.« Da war Vicki, dieser Satansbraten, ihm also doch zuvorgekommen! »Jedenfalls danke ich Ihnen. Der Fall dürfte damit erledigt sein.«

»Ganz im Gegenteil.«

»Wie meinen?« Zur Haiden, der sich bereits halb erhoben hatte, setzte sich wieder.

»Ich will sagen, dass sich Ihr Fräulein Tochter heute Vormittag bei mir persönlich meldete. Wir hatten ein langes Gespräch, an dessen Ende ich zu der Überzeugung gekommen bin, dass Viktoria als Schwesternschülerin hervorragend geeignet ist. Sie wird ihre Ausbildung am ersten Juni, also Ende dieser Woche, bei uns beginnen.«

»Das wird sie nicht.« Zur Haiden schwoll der Kamm. Jetzt steckte Vicki mit dieser Oberin schon unter einer Decke!

»Beruhigen Sie sich, Herr Professor. Viktoria ist eine kluge junge Frau, die genau weiß, was sie will. Sie hat den tief empfundenen Wunsch, für andere Menschen da zu sein und ihnen in christlicher Nächstenliebe zu helfen.«

»Das mag sein, trotzdem wird daraus nichts, verehrte Dame!«

Hedwig von Schlichting musterte ihn kühl. »Bitte reden Sie mich mit ›Frau Oberin‹ an.«

»Bitte sehr. Wenn Ihr Selbstwertgefühl es verlangt.«

Die Oberin überging die Bemerkung. »Viktoria bringt alle erforderlichen Voraussetzungen mit, sie ist zwar nicht so jung wie die meisten Lernschwestern, aber sie ist ledig, gebildet und hat nicht vor zu heiraten – eine wichtige Voraussetzung, weil bei einer Eheschließung die Anstellung automatisch erlöschen würde.«

»Bei meiner Tochter wird nichts erlöschen – so oder so –, da eine Anstellung gar nicht erst zustande kommt.«

Die Oberin zog die Brauen hoch. »Oh, das ist sie bereits. Viktoria hat heute Morgen den Ausbildungsvertrag eigenhändig unterschrieben. Hier habe ich die Ausfertigung des Vereins.« Sie hielt zur Haiden das Papier hin.

»Das bedeutet nichts!«

»Vergessen Sie nicht, dass Ihre Tochter am dreizehnten dieses Monats einundzwanzig wurde und damit großjährig ist.«

Zur Haiden beugte sich vor, jedes Wort einzeln betonend: »Nochmal, verehrte Dame oder – wenn Ihnen das lieber ist – Frau Oberin: Das bedeutet nichts.«

»Viktoria ist eine erwachsene Frau. Warum respektieren Sie das nicht?«

»Weil sie für etwas Besseres ausersehen ist, als ihre Tage als Lernschwester zu fristen. Der Vertrag ist null und nichtig. Ich kenne die Rechtslage genau. Ob großjährig oder nicht, spielt keine Rolle. Ich habe die väterliche Gewalt über meine Tochter, und zwar so lange, bis sie heiratet und dieses Privileg auf ihren Ehemann übergeht. Bis dahin kann ich ihr verbieten, eine Arbeit anzunehmen, kann über ihren Besitz verfügen, kann ihr Vermögen verspielen, kann ihren Aufenthalt bestimmen und kann ihr, sollte sie ein uneheliches Kind bekommen, sogar verbieten, dieses zu stillen. Ganz wie es mir beliebt. Im Übrigen verbitte ich mir jegliche Einmischung in meine Familienangelegenheiten.«

Die Oberin schüttelte verständnislos den Kopf. »Ist Ihnen das Glück Ihrer Tochter denn wirklich so gleichgültig? Wollen Sie sie bis in alle Ewigkeit einsperren? Ist es Ihnen lieber, wenn sie ausreißt und halb Hamburg darüber spricht? Wenn ich mich nicht irre, ist sie schon einmal aus dem Roquetteschen Lehrerinnenseminar fortgelaufen. Wollen Sie das?«

»Das geht Sie nichts an!«

»Da haben Sie recht. Aber ich habe eine Bitte: Denken Sie einmal darüber nach, ob eine glückliche Tochter Sie nicht selbst viel glücklicher machen würde.«

Zur Haiden erhob sich, zitternd vor Wut. »Ich denke, es ist alles gesagt. Leben Sie wohl – Frau Oberin.«

Dann stürmte er aus dem Raum.

Am Sonnabend, dem ersten Juni 1895, zog Vicki in das Erika-Haus ein. Ihr Vater hatte sich bis zuletzt gegen diesen Schritt gesträubt, allein schon, um der Oberin von Schlichting, diesem »Drachen mit Haaren auf den Zähnen«, den Triumph nicht zu gönnen, aber schließlich hatte er nachgegeben. Vielleicht würde sie die harte Ausbildung ohnehin nicht durchstehen.

Vicki bekam ein Bett in Stube 3 zugewiesen und verstaute ihre wenigen Habseligkeiten in einem Spind. Ihre Zimmergenossinnen waren ein blasses, sommersprossiges Zwillingspaar namens Lena und Luna und eine große junge Frau mit schwarzen Locken und tätowierten Armen, die sich als Auguste vorstellte. Während die Mädchen sich noch einrichteten, steckte die Oberin den Kopf durch die Tür und sagte: »Beeilung, meine jungen Damen, in zehn Minuten treffen sich alle zur Begrüßung im Gemeinschaftsraum. Wer von Ihnen will die Stubenälteste sein?«

Die Mädchen sahen sich an. »Das mache ich«, sagte Auguste mit tiefer Stimme.

»Gut, Auguste, Sie sind damit für Sauberkeit und Ordnung in diesem Zimmer verantwortlich. Die Einteilung, wer wann für den Stubendienst zuständig ist, überlasse ich Ihnen. Bis gleich.«

»Hier geht's ja ganz schön zur Sache«, sagte Auguste, als die Oberin fort war, »aber sei's drum. Ich schlage vor, wir machen nachher einen Plan für den Stubendienst. Jede von uns ist für eine Woche dran, immer der Reihe nach, damit es gerecht ist. Und weil wir morgen Sonntag haben, geht der Dienst immer von Sonntag bis Sonnabend. Ich übernehme die erste Woche. Hat jemand was dagegen?«

Das war nicht der Fall, und wenig später machten sie sich zum Gemeinschaftsraum auf. Dort saßen schon die anderen Mädchen. Sie musterten die Ankömmlinge abschätzend, und Auguste sagte zur Begrüßung: »Morgen allerseits, wir sind die Neuen von Stube 3.« Dann setzten sie sich und warteten gespannt auf die Oberin.

Hedwig von Schlichting betrat mit einer dicklichen älteren Schwester den Raum, blieb ein paar Schritte neben der Tür stehen und sagte: »Ich gehe jetzt mit Oberschwester Elfriede noch einmal hinaus und komme dann wieder herein. Kann sich jemand denken, warum?«

Niemand wusste es.

»Weil Sie, meine jungen Damen, eben nicht aufgestanden sind. Also, versuchen wir es noch einmal.«

Beim nächsten Mal schossen die Mädchen von ihren Stühlen hoch.

Die Oberin lächelte. »Das war schon besser. Wir wollen es ab jetzt immer so halten. Es ist eine Frage des Respekts. Überhaupt ist der Respekt neben der Nächstenliebe die zentrale Eigenschaft, die ich von Ihnen erwarte. Respekt mir gegenüber, Ihren Mitschwestern gegenüber und vor allem den Patienten gegenüber. Ihnen gilt unsere ganze Kraft und unser ganzer Einsatz. So, nachdem das geklärt wäre, können Sie sich wieder setzen. Ich denke, es ist an der Zeit, dass wir einander kennenlernen. Ich bitte deshalb jede von Ihnen aufzustehen, sich vorzustellen und kurz zu erzählen, woher sie kommt und was sie bisher gemacht hat.«

Nacheinander erhoben sich die Mädchen, nannten ihren Namen und schilderten die Verhältnisse, aus denen sie kamen. Lena und Luna waren die Töchter eines Lüneburger Kaufmanns und hatten zuvor im Kontor Rechnungsbücher geführt, Auguste dagegen kam aus Hamburg. Sie war die Tochter von Ernst Drucker, dem Direktor des gleichnamigen Theaters am Spielbudenplatz, und hatte schon in der einen oder anderen Hosenrolle mitgewirkt.

»Hosenrolle?«, fragte die Oberin, die bis dahin schweigend den Ausführungen der Mädchen zugehört hatte.

»Ein Rolle, in der eine Frau einen Mann spielt«, erklärte Auguste. »Ich hab ein paar Male den Thetje in dem Schwank *Familie Eggers oder Eine Hamburger Fischfrau* gespielt. Da ging es jedesmal im Publikum hoch her. Ich war *Thetje mit de Utsichten.*«

»Würden Sie Ihren Mitschwestern erzählen, warum es Sie von der Bühne weg ins Krankenhaus zieht, Auguste?«

Die große junge Frau mit den tätowierten Armen blickte plötzlich sehr ernst. »Ich hab's schon beim Bewerbungsgespräch gesagt: Die Schauspielerei ist 'ne schöne Sache, aber sie gaukelt den Leuten nur was vor. Das Leben ist kein Schabernack. Die Wirklichkeit sieht anders aus, gerade im Hafen. Ich will gegen Krankheit und Elend kämpfen.«

Die Oberin nickte und gestattete sich ein Lächeln. »Und vielleicht in einer ›Hosenrolle‹ zeigen, dass wir Frauen genauso gute Medizinerinnen sind wie die Männer?«

Auguste erwiderte das Lächeln. »Genau.«

Nachdem alle Mädchen ihren Lebensweg beschrieben hatten, sagte die Oberin: »Dann will ich uns ebenfalls vorstellen: Oberschwester Elfriede ist meine Stellvertreterin, sie kommt vom Roten Kreuz und hat lange im Elisabeth-Hospital in Kassel gewirkt, bevor sie dem Ruf nach Hamburg folgte. Ich selbst stamme aus Berlin und fühlte mich schon in jungen Jahren zur Rotkreuz-Bewegung hingezogen. Ich habe an den verschiedensten Orten als Krankenpflegerin gearbeitet, bis ich Oberin in der Chirurgischen Universitätsklinik zu Heidelberg wurde, wo ich mein Wissen auf vielen Gebieten erweitern konnte. Ein Wissen, das ich gerne an Sie weitergeben will.«

Sie hielt inne und fuhr fort: »Womit ich bei Ihnen und Ihrer Ausbildung bin, meine jungen Damen. Eines vorweg: Sie wird ein Jahr dauern. Nach Ablauf dieser Zeit werden Sie als Schwester tätig sein und nach einem weiteren Probejahr rechtsverbindlich in den Verein aufgenommen werden. In den ersten zwölf Monaten werden Sie ein Taschengeld aus den Mitteln der Heinrich-Schmilinsky-Stiftung erhalten, danach ein Gehalt und im Alter eine Pension. Doch so weit ist es noch lange nicht. Zunächst werden Sie kaum Gelegenheit haben, Geld auszugeben, denn Sie werden täglich vierzehn bis fünfzehn Stunden arbeiten und nur wenige freie Tage haben. Sie werden von Ihren Mitschwestern und mir alle pflegerischen Fertigkeiten erlernen, das heißt, Patienten waschen, betten und füttern. Sie werden Material-, Instrumenten- und Apparatekunde haben, Sie werden lernen, Verbände anzulegen und zu wechseln und nach ärztlicher Anordnung Medikamente zu verabreichen. Ferner ist geplant, dass Sie an einem theoretischen und einem praktischen Unterrichtskursus durch die beiden Sekundarärzte der Anstalt teilnehmen. Man wird Sie also in die Grundzüge der Anatomie einführen, ebenso in die Lehre über die Knochen und Muskeln. Darüber hinaus werden Sie die Säfte des Menschen und deren Bestimmung kennenlernen und die Zusammenarbeit der Organe. Sie werden lernen, bei Untersuchungen zu helfen, bei Operationen zu assistieren und vieles mehr. Alles aufzuzählen würde hier zu weit führen. Vielleicht noch eines: Sie werden auch auf den Männerstationen Dienst tun.«

Ein Raunen ging durch die Mädchen.

Die Oberin hob die Hand. »Bitte Ruhe! Ich begrüße das ausdrücklich, trotz des vorhersehbaren Aufschreis der Moralapostel. Sollte sich jemand bei Ihnen über diese Maßnahme beklagen, sagen Sie ihm, der gebrochene Knochen, der Katarrh oder der Typhus eines Mannes unterscheide sich in nichts von dem einer Frau – und müsse genauso behandelt werden.«

Einige Mädchen kicherten, aber die Oberin war noch nicht fertig: »Das meiste von dem, was ich eben sagte, habe ich Ihnen im Vorgespräch schon erzählt, trotzdem war mir wichtig, es noch einmal zu erwähnen, denn Sie sollten Ihre künftigen Aufgaben auf keinen Fall unterschätzen. Was auf Sie zukommt, ist kein Zuckerschlecken!«

Die Oberin machte eine Pause und blickte fragend in die Runde. »Falls bei einer von Ihnen noch Zweifel aufkommen, möge sie es mich bis morgen wissen lassen. Ich nehme es ihr nicht übel, wenn sie es sich anders überlegt. Doch wer sich einmal entschieden hat, sollte dabei bleiben. Ich kann Ihnen allen versprechen: Sie werden einen der schönsten und wichtigsten Berufe dieser Welt ausüben. So, und jetzt übergebe ich das Wort an Oberschwester Elfriede.«

»Danke«, sagte die dickliche Schwester lächelnd. »Meine jungen Damen«, begann sie, »ich weiß genau, was Sie in diesem Augenblick denken: Sie fragen sich, ob Sie den vielfältigen Aufgaben gewachsen sein werden. Sie überlegen, ob Sie alles, was man von Ihnen verlangt, schaffen können, ob Sie den Anforderungen gerecht werden. Ich möchte Sie beruhigen: Uns ist es am Anfang ebenso ergangen, doch mit der Zeit werden Sie sehen, dass eins zum anderen kommt. An jedem Tag werden Sie etwas Neues lernen, und mit jedem Tag werden Sie etwas mehr wissen, bis Sie am Ende des Jahres umfassend ausgebildet sind. Der Umgang mit den Patienten wird Ihnen in Fleisch und Blut übergehen, und Sie werden merken, dass nichts mehr anspornt als ein dankbares Lächeln. Und dieses dankbare Lächeln wird Ihnen überall begegnen, in jedem Pavillon, auf jeder Station, sofern Sie vorher die wichtigste Arznei, die es gibt, in einer guten Dosis verabreicht haben. Wissen Sie, von welcher Arznei ich spreche?«

Wie erwartet, blieb die Antwort aus, und die Oberschwester fuhr fort: »Es ist das tröstende Wort. Das Verständnis, die Anteilnahme. Jeder Patient ist darauf angewiesen, der männliche genauso wie der weibliche. Vergessen Sie das nie, meine jungen Damen, und Sie werden als Erika-Schwester Ihre Erfüllung finden.«

Die Mädchen nickten andächtig.

»Morgen ist Sonntag«, sagte die Oberin ein wenig übergangslos, »da haben Sie noch frei, meine jungen Damen. Nutzen Sie die Zeit, um sich gegenseitig kennenzulernen, sich einkleiden zu lassen und über den ersten Dienstplan zu informieren. Sollten Sie Fragen haben, wenden Sie sich an Oberschwester Elfriede. Sie wird Ihnen alles sagen, was Sie wissen müssen. Ich wünsche Ihnen noch einen guten Tag.«

»Guten Tag«, antworteten die Mädchen.

Hedwig von Schlichting lächelte. »Es heißt: guten Tag, Frau Oberin.«

»Guten Tag, Frau Oberin!«

»Sehr schön. Montag beginnt der Ernst des Lebens.«

KAPITEL 14

Am ersten Tag nahm Oberschwester Elfriede die Mädchen mit zum Verwaltungsgebäude, befahl ihnen, sich in einem Halbkreis aufzustellen, und trat vor einen großen Übersichtsplan. »Meine jungen Damen«, sagte sie, »bevor ich Sie über das Gelände führe, wollen wir uns anschauen, wo die wichtigsten Abteilungen des Krankenhauses liegen. Im Grunde genommen ist es ganz einfach.« Ihr dicker Zeigefinger tippte auf einen breiten Weg. »Das ist die Achse, die das Areal in zwei Hälften teilt und ganz am Ende zu den ehemaligen Cholerabaracken führt. Links haben wir die Pavillons für Frauen, rechts diejenigen für Männer. Der südliche Teil der beiden Hälften ist den Chirurgischen Abteilungen vorbehalten, der nördliche Teil den Medizinischen. Dazwischen liegen sämtliche Häuser mit spezieller Verwendung. Das ist schon alles.«

»Wo sind die Kinder untergebracht?«, fragte Auguste, die neben Vicki stand.

»Bei den Frauen. Es gibt aber auch einen Extrapavillon für die Kleinen, wenn sie Keuchhusten haben. Wir kommen nachher daran vorbei.« Die Oberschwester wandte sich um und zeigte zum Tor. »Und nun wollen wir losmarschieren.« Sie führte die Mädchen kreuz und quer über das Gelände der Anstalt und ließ kein Haus aus, angefangen vom riesigen Verwaltungsgebäude über die kleinen und großen Krankenpavillons, das Operationshaus, das Badehaus, das Leichenhaus, die Desinfektionsanstalt und so weiter bis hin zu den Gebäuden der sogenannten Ökonomieabteilung, die aus dem Waschhaus, der Dampf- und Bratküche mit den Esszimmern für die Ärzte und

Apotheker, dem Kesselhaus, den Werkstätten, dem Eishaus und dem Spritzenhaus bestand.

Nach der Führung schwirrte allen Mädchen der Kopf, keine konnte sich vorstellen, jemals den gewaltigen Komplex zu überschauen, doch die freundliche Oberschwester beruhigte sie: »Glauben Sie mir, in ein, zwei Wochen kennen Sie das Gelände im Schlaf.«

Sie sollte recht behalten.

Vicki trat ihren Dienst frühmorgens an und arbeitete bis zum Abend, dazwischen lagen, wie von der Oberin vorausgesagt, vierzehn bis fünfzehn Stunden, die nur von kurzen Pausen unterbrochen wurden. Das Mittagessen mussten die Mädchen in einem Behelfsraum der Ökonomieabteilung einnehmen, da ein eigenes Schwesternhaus noch im Bau war und erst im nächsten Jahr fertig werden würde. Es war eine harte Zeit, nicht nur für Vicki, sondern auch für ihre elf Mitschülerinnen. Die Oberin hatte bestimmt, dass immer paarweise gearbeitet wurde, damit die Mädchen zusammen lernen und einander in schwierigen Situationen beistehen konnten.

Vicki verrichtete ihren Dienst häufig an Augustes Seite. Nachdem sie das erste Mal zusammen einen fieberschwachen Influenza-Patienten umgebettet hatten, um frische Laken aufzuziehen, sagte Auguste mit ihrer tiefen Stimme: »Es ist wie im Hafen. Beim Säckeverladen arbeiten manche Schauerleute auch zu zweit. Weißt du, wie sie sich gegenseitig nennen?«

»Nein, weiß ich nicht.«

»Schwester.«

»Wirklich?«

»Ja, ohne Scherz. Komm, Schwester, pack mit an. Der Boden im Korridor soll noch desinfiziert werden.«

Von da an nannte Auguste sie stets nur »Schwester«, und Vicki dachte sich nichts dabei. Doch eines Abends, als sie todmüde in ihr Bett fallen wollte, stellte sie fest, dass Auguste schon darin lag.

»Die Zwillinge schlafen fest«, sagte Auguste leise.

»Ich hab's gesehen. Was willst du in meinem Bett?«

Auguste schlug die Decke zurück. Sie war völlig nackt.

Vicki brauchte einige Augenblicke, um zu begreifen, was sie sah. Sie wusste nur vom Hörensagen, dass es Frauen gab, die Frauen liebten. Nie hätte sie vermutet, dass Auguste dazugehörte. Oder war sie einfach zu naiv gewesen?

»Komm, liebe Schwester.«

Vicki setzte sich auf die Bettkante. Im Licht der Nachtbeleuchtung schimmerte Augustes Haut wie Elfenbein. Sie zeigte nicht nur an den Armen Tätowierungen. Auch auf den Schultern, wo Seeschlangen sich um Seesterne ringelten, und auf den üppigen Brüsten, die von konzentrischen Kreisen umschlossen wurden. Oberhalb des Bauchnabels stand in schwungvoller Schrift ein Name: *Vira*. Links und rechts daneben saß ein rot ausgestochenes Herz.

»Wer ist Vira?«, fragte Vicki.

»Vira ist meine Frau.«

»Oh.«

»Bist du nun eifersüchtig?«

Vicki musste lächeln. »Nein. Ich glaube, ich kann nur Männer lieben. Bist du nun traurig?«

»I wo.« Auguste grinste schief. »Wollen wir es nicht wenigstens mal versuchen? Es kann sehr schön sein zwischen zwei Frauen.«

»Ich glaube nicht. Bitte, sei nicht böse.« Vicki deckte Auguste wieder zu. »Ich werde heute Nacht in deinem Bett schlafen. Morgen tauschen wir dann wieder.«

Rasch legte Vicki ihre Kleider ab und hängte sie über einen Stuhl. Wenige Augenblicke später, schon halb eingeschlafen, hörte sie noch einmal Augustes Stimme: »Aber wir bleiben doch Freundinnen – Schwester?«

»Ganz bestimmt.«

Als Vicki am nächsten Morgen sah, dass sie laut Dienstplan in den kommenden Tagen allein in Pavillon 41 arbeiten sollte, war sie erleichtert. Zwar mochte sie Auguste, die eine gute Kameradin war und sich zu einer Art Sprecherin der Lernschwestern entwickelt hatte, aber sie liebte sie nicht – und konnte ihr deshalb auch nicht geben, was sie sich erhoffte.

Nie zuvor hatte Vicki eine junge Frau wie Auguste kennengelernt: Einerseits war sie sehr freizügig, um nicht zu sagen unmoralisch – andererseits umsichtig und fürsorglich, mit einem ausgeprägten Sinn für Gerechtigkeit. Schon einmal war sie deshalb bei der Oberin vorstellig geworden und hatte gesagt: »Ich finde es nicht richtig, dass wir für unsere vielen Überstunden keine Entschädigung bekommen.«

»Meine liebe junge Dame«, hatte die Oberin stirnrunzelnd geantwortet, »unser Beruf hat auch eine ideelle Seite. Man heilt Kranke nicht nach der Stechuhr.«

»Gewiss, Frau Oberin, aber es wäre trotzdem anständig, einen Ausgleich zu erhalten.«

»Sie sind ziemlich hartnäckig, wie?«

»Ich will nur Gerechtigkeit. Dafür stehe ich ein.«

»Nun gut, niemand soll behaupten, ich würde mich für meine Mädchen nicht einsetzen. Aber ich kann Ihnen nichts versprechen, die Mittel der Stiftung sind begrenzt.«

Passiert war daraufhin zunächst einmal nichts. Doch am Wochenende darauf hatte die Oberin einen Umtrunk im Erika-Haus arrangiert, ein kleines Fest nur unter Frauen, bei dem es Bowle und selbstgebackenen Kuchen gab, und zu vorgerückter Stunde war Auguste in ihre Hosenrolle geschlüpft und hatte eine Passage als *Thetje* gespielt. Danach hatten sie noch *Der Mond ist aufgegangen* und *Ade nun zur guten Nacht* gesungen. Es war ein sehr harmonischer Abend, der mit dazu beitrug, dass die Mädchen zu einer festen Gemeinschaft zusammenwuchsen, die ihnen die Familie ersetzte.

Ein anderes Mal hatte Auguste die ungleiche Bezahlung von Wärtern und Wärterinnen angesprochen. Es sei, so hatte sie argumentiert, nicht zu verstehen, warum jemand mehr Geld für die gleiche Arbeit erhalte, nur weil er ein Mann sei.

»Das fällt nicht in meinen Zuständigkeitsbereich«, hatte die Oberin geantwortet. »Da müssten Sie mit dem Anstaltsdirektor Professor Rumpf sprechen.«

»Das werde ich tun.«

»Darf ich Ihnen einen Rat geben? Lassen Sie es.«

»Schweigen hilft nicht, Frau Oberin.«

»Da haben Sie recht. Aber wenn Sie schon meinen Rat nicht annehmen wollen, erfüllen Sie mir wenigstens eine Bitte.«

»Gern, wie lautet sie?«

»Genauso: Lassen Sie es. Ich möchte Sie nicht verlieren. Sie können es nicht mit einem ganzen Verwaltungsapparat aufnehmen. Außerdem wird man Ihnen vorhalten, Sie hätten als Schwesternschülerin nichts mit dem Wärterpersonal zu tun. Es ginge Sie nichts an.«

»Wenn jeder sich nur um die Dinge kümmern würde, die ihn betreffen, sähe es auf der Welt noch düsterer aus. Aber ich werde es mir überlegen, Frau Oberin.«

»Tun Sie das. Und nun gehen Sie wieder an Ihre Arbeit, Auguste …«

An diesen Wortwechsel musste Vicki denken, als auch sie sich an diesem Morgen zur Arbeit aufmachte – ohne Auguste. Der Pavillon 41 lag auf der Ostseite des Geländes und zählte zu den großen Stationen, mit einer Kapazität von dreiunddreißig Betten. Vicki war froh, dass er zum medizinischen Bereich gehörte, weil so nicht die Gefahr bestand, ihrem Vater über den Weg zu laufen. Seit ihrem Einzug ins Erika-Haus hatte sie ihn nicht mehr gesehen, aber sie war sicher, dass er ihr den eigenmächtigen Schritt noch immer verübelte.

Sie betrat den Pavillon und gelangte in einen kleinen Flur, der zum Krankensaal führte. Vier Türen gingen von dem Flur ab, auf dreien stand *Isolierraum,* auf einer *Wärterraum.* Vicki klopfte an die letzte Tür und trat ein. Das Zimmer hatte nur ein Fenster und war spärlich eingerichtet: ein Spind, zwei Betten, eine Uhr an der Wand. Sie zeigte zehn vor sechs. Auf einem der Betten saß eine Schwester, die ihr Häubchen mit einer Haarspange befestigte.

»Sind Sie Schwester Georgia?«, fragte Vicki. »Ich soll mich bei Ihnen melden.«

»Gott sei Dank! Ja, ich bin Schwester Georgia. Einer der Wärter ist erkrankt, da brauchen wir Ersatz. Ich hatte mich nur für ein paar Minuten hingelegt. Bin ja schon die ganze Nacht auf den Beinen.«

»Ich heiße Vicki. Ich bin noch in der Ausbildung.«

»Oh, das macht nichts. Jede Hand wird gebraucht.« Schwester Georgia war unterdessen aufgestanden und band sich die Schürze um. Sie hatte die Figur einer Spindel, faltete die Hände beim Reden und erinnerte in ihrer Haltung an ein Eichhörnchen. »Im Moment liegen achtundzwanzig Patienten hier. Normalerweise müssten sie von fünf oder sechs Wärtern betreut werden, aber einer ist, wie gesagt, erkrankt, und ein weiterer ist in Urlaub, weil er einen Todesfall in der Familie hat. Außer uns sind nur noch Blunck und Lemke da. Hier brennt es an allen Ecken und Enden. Ich gehe mal vor.«

Sie betrat den Querkorridor vor dem Krankensaal und fragte: »Kennen Sie sich in den großen Pavillons aus?«

»Nein, noch nicht.«

»Da links hinter der Tür ist eine Außentreppe. Sie führt hinunter ins Souterrain, wo die Heizung und die Kleiderkammer liegen. Vor uns sehen Sie die Tür zum Saal, sie ist extrabreit, damit die Betten durchgeschoben werden könn…«

Ein schriller Ton unterbrach ihre Erklärungen. Es war die Anstaltsglocke, die anzeigte, dass es sechs Uhr war. »Mein Gott, schon so spät, nun aber ran an den Speck!«

Sie eilte durch die Saaltür und winkte Blunck und Lemke heran, die dabei waren, den Marmor-Terrazo-Boden mit Feudel und Leuwagen aufzuwischen. Nachdem sie Vicki vorgestellt hatte, sagte sie zu den beiden: »Lassen Sie den Fußboden erst mal. Der kann warten. Öffnen Sie sämtliche Dachreiterklappen, damit frische Luft reinkommt. Und danach wechseln Sie das Bettzeug, wo's nötig ist, und machen das Bett bei den Patienten, die's nicht selbst können.«

»Jawoll, Schwester.« Blunck und Lemke entfernten sich.

Schwester Georgia durchmaß mit schnellen Schritten den Saal, grüßte die Kranken links und rechts und deutete am Ende auf eine Tür zur Linken. »Da geht es zu den Klosetts. Die müssen peinlich sauber gehalten werden. Aber das ist nicht Ihre Aufgabe. Auf der anderen Seite ist das Badezimmer mit Wanne. Darin finden die Kaltwasserbehandlungen für unsere Typhuskranken statt, wenn's im Badehaus nicht möglich ist. Es wird aber auch benutzt, um Patienten zu separieren, beispielsweise, wenn Untersuchungen und Punktionen vorgenommen werden müssen. Hinter dem Badezimmer befindet sich das Spülzimmer. Direkt vor uns liegt der Tagesraum, er ist nach dem Krankensaal der zweitgrößte Raum und bietet ausreichend Platz für die Patienten, die in der Lage sind, selbst zu essen. Die Verteilung der Mahlzeiten erfolgt streng nach Speiselisten. Wer nicht in der Lage ist, hier zu essen, bekommt seine Speisen ans Bett.«

Schwester Georgia holte Luft und faltete die Hände. »Bin ich zu schnell?«

»Nein, nein.«

»Schön, das war's im Wesentlichen. Nun kommen wir zum Wichtigsten – unseren Patienten. Vorab eine Frage: Kennen Sie sich mit den Betttafeln aus?«

»Ja, ich kenne sie. Außerdem war ich selbst schon einmal als Patientin hier, während der Choleraseuche.«

»Ach, das tut mir leid! Da hätten wir uns eigentlich schon begegnen können, aber ich war seinerzeit nicht in der Epidemie-Abteilung eingesetzt. Hier haben wir übrigens unseren ersten Fall.« Schwester Georgia begrüßte einen etwa zwanzigjährigen jungen Mann, der im Krankenhemd auf der Bettkante saß. »Das ist Max, wir haben uns darauf geeinigt, dass ich noch du zu ihm sagen darf.«

»Stimmt.« Max lächelte müde. Er war blass und wirkte kraftlos.

»Die Diagnose ist Chlorose oder Eisenmangel, wenn Sie das besser verstehen. Wir versuchen momentan noch, die beste Diät für ihn herauszufinden, nicht wahr?«

»Ja«, sagte Max.

Der nächste Patient litt an einem Bronchialkatarrh. Er bekam schleimlösende und fiebersenkende Mittel, unter anderem Antipyrin.

Es folgte ein fettleibiger Mann, dessen rote Nase auf zuviel Weingenuss hindeutete. Er litt an Diabetes mellitus. Für ihn galt dasselbe wie für Max: Er musste strenge Diät halten, darüber hinaus abnehmen und ein Mal am Tag unter Aufsicht eine halbe Stunde Sport treiben.

Im nächsten Bett lag ein Gichtkranker mit akuter Podagra, der ebenfalls auf spezielle Kost gesetzt war, danach kam ein Patient mit Magengeschwür, der Rollkuren machte, anschließend einer, der eine Gehirnhautentzündung auskurierte. Und so ging es immer weiter. Mit allen sprach Schwester Georgia, als wäre sie eine Mutter, nahm sich Zeit, obwohl sie eigentlich keine hatte, faltete die Hände und machte kleine Scherze.

Und sie vergaß ihre eigentliche Arbeit nicht. Sie maß Fieber, wo es notwendig war, fragte nach dem Stuhlgang, notierte sich Hinweise für den diensthabenden Gehilfsarzt und brachte die Betttafeln auf den neuesten Stand. Allmählich begriff Vicki, warum es in Pavillon 41 »an allen Ecken und Enden« brannte.

»Auch die Krankenjournale müssen regelmäßig auf den neuesten Stand gebracht werden«, sagte sie und schaute zur Uhr über der Tür zum Tagesraum. »Ach, du lieber Gott, schon kurz vor sieben!«, rief sie erschrocken. »Um sieben gibt es Frühstück, hoffentlich haben Blunck und Lemke schon die Bidons von der Ökonomie geholt. Jetzt muss alles hopplahopp gehen, um acht ist Visite. Professor Glaeser kann sehr ungemütlich werden, wenn die Patienten während seines Durchgangs noch essen. Kommen Sie, Vicki, ich zeige Ihnen zum Schluss die drei Isolierräume im Eingangsbereich. So viel Zeit muss sein.«

Während sie durch den Saal zurückgingen, sah Vicki, wie Blunck und Lemke damit begannen, den bettlägerigen Patienten die Speisen auf den Essbrettern zu reichen. Die anderen Kranken schlurften zum Tagesraum. Das hatte also geklappt. Schwester Georgia öffnete die Tür zu einem Isolierraum und wünschte guten Morgen. Der Gruß wurde erwidert von einem Mann mit Glatze, der fieberfrei zu sein schien und bereits frühstückte.

»Herr Lührs kam vor sechs Wochen mit Typhus zu uns«, erklärte Schwester Georgia. »Er wird bald wieder gesund sein. Professor Glaeser möchte, dass er noch zwei oder drei Tage zur Beobachtung bleibt, bevor er entlassen wird.«

Lührs nickte und trank einen Schluck Tee. »Habe einen Marktstand auf dem Harburger Sand. Obst und Gemüse aller Art. Beste Ware aus dem Alten Land. Meine Frau wird drei Kreuze machen, wenn ich wieder zurück bin, sie musste den Laden die ganze Zeit alleine schmeißen.«

»Es dauert ja nicht mehr lang.« Schwester Georgia maß die Temperatur des Patienten, nickte zufrieden und trug den Wert in die Betttafel ein. »Weiterhin guten Appetit.«

»Danke, Schwester, wenn Sie mal einen schönen Gravensteiner probieren wollen, kommen Sie an meinen Stand. Einen besseren Apfel kriegen Sie nirgends.«

»Das mache ich.«

Hinter der zweiten Tür lag ein an Ruhr erkrankter Patient namens Quast. Er begrüßte die Frauen matt, sein Frühstück hatte er stehen lassen. »Sie müssen etwas essen, Herr Quast«, mahnte Schwester Georgia.

»Behalt's ja doch nicht für mich«, brummte der Patient.

»Doch, doch, versuchen Sie es nur. Sie sind seit einer Woche hier, und die Koliken haben schon nachgelassen. Außerdem müssen Sie viel trinken. Sie haben ihr Wasserglas nicht einmal angerührt.«

Quast trank einen Schluck.

»Und nun essen Sie etwas. Oder soll ich Sie füttern?«

Das wollte Quast nicht. Er nahm einen Bissen.

»So ist es recht. Bald sind Sie wieder auf dem Damm.«

Vicki fragte: »Muss kein Fieber gemessen werden?«

»Fieber ist uncharakteristisch bei Dissenterie, deshalb ist das Messen nicht notwendig.«

Wie sich zeigte, war es bei dem Patienten im dritten Isolierraum umso wichtiger. Er hatte Unterleibstyphus, war erst achtzehn Jahre alt und hieß Hinnerk Fründt. Man sah, dass seine Stirn glühte. Schwester Georgia schaute in die Bettschüssel und stellte fest, dass nichts darin war. »Der Typhus geht anfangs mit trägem Stuhl einher, der Leib des Patienten ist druckempfindlich und von Darmgasen aufgebläht«, erklärte sie. Dann griff sie zum Thermometer und maß. »40,4 Grad«, stellte sie fest. »Seit Tagen geht das so. Nach der Visite wird Hinnerk eine Kaltwasserbehandlung brauchen. Das Fieber muss runter, die Organe müssen gestärkt werden. Aber warten wir erst mal ab, was der Professor sagt.«

»Kann man sonst nichts tun?«, fragte Vicki.

»Nicht viel. Der Erreger ist entdeckt, aber man kennt seine Verbreitungswege noch nicht. Deshalb ist Hygiene das oberste Gebot. Bei Infektionskrankheiten wie Typhus, Ruhr oder Cholera sollen die Bettschüsseln vor jeder Benutzung mit fünfprozentigem Lysolwasser ungefähr eine Handbreit bedeckt sein. Wir werden das später zusammen erledigen.«

»Wie groß ist die Ansteckungsgefahr?«, fragte Vicki.

»Sehr gering. Eine Übertragung vom Kranken direkt auf Gesunde ist kaum zu befürchten. Allerdings dürfen die Ausleerungen der Bettschüsseln niemals in die Klosetts gelangen. Sie müssen vorher mit Kalkmilch oder saurem Torfmull aufbereitet werden. Wer mit einem Kranken zu tun hatte, soll sich stets die Hände gründlich mit Seife und Nagelbürste reinigen.«

»Ich werde es mir merken.«

Nach der Visite durch Professor Glaeser, gegen halb elf, bekam Hinnerk einen lauwarmen Darmeinlauf mit der Birnspritze. Danach ein kühles Klistier, um den Stuhl zu halten. Blunck und Lemke schoben den Patienten mit dem fahrbaren Bett ins Badezimmer und setzten ihn in die halbvolle Wanne. Hinnerk stöhnte leise, er hatte Gliederschmerzen. Schwester Georgia beruhigte ihn und schaute auf das Unterwasserthermometer. »25 Grad«, stellte sie fest. Gleichzeitig begann sie, das Wasser mit der Hand zu durchpflügen. Kleine, kräftige Wellen entstanden.

»Warum machen Sie das?«, fragte Vicki.

»Bei der Kaltwasserbehandlung gibt es zwei Hauptwirkungen«, erklärte Schwester Georgia, während sie für weitere Wellen sorgte. »Die eine besteht in dem Reiz durch die kühlere Temperatur, die andere in der Reibung, die das bewegte Wasser auf der Haut erzeugt. Kommen Sie, machen Sie das Gleiche wie ich auf der anderen Seite.«

Vicki gehorchte, und die Schwester redete weiter: »Die wärmeentziehende Wirkung pflanzt sich durch die inneren Organe des Körpers fort. Herz, Lunge und Gefäßsystem werden gestärkt. Vor allem aber geht das Fieber runter. Der Patient fühlt sich wohler.«

Sie wandte sich an Hinnerk: »Geht es Ihnen ein wenig besser?«

Der Kranke nickte schwach.

Zu Vicki sagte sie: »Die Temperatur soll schrittweise niedriger werden, um den Effekt zu erhöhen. Man spricht von einem absteigenden Bad.« Sie goss einen Eimer kaltes Wasser hinzu. Das Thermometer sank auf 22 Grad.

»Vergessen Sie nicht, weiter Wellen zu machen.«

»Ja, gewiss.«

Nach drei Minuten entleerte Schwester Georgia den nächsten Eimer in die Wanne. Die Temperatur betrug danach 19 Grad.

Nach einem weiteren Eimer waren 17 Grad erreicht. Hinnerk begann zu frösteln.

»Zeit, die Behandlung abzubrechen«, sagte Schwester Georgia. »Länger als zehn bis zwölf Minuten soll sie ohnehin nicht dauern. Vicki, würden Sie schon mal Blunck und Lemke holen? Sie sollen Hinnerk zurückbringen. In der Zwischenzeit rubbele ich ihn ab, damit das Blut besser zirkuliert.«

»Ja, Schwester.«

Als Hinnerk später wieder in seinem Bett lag, fragte Schwester Georgia: »Trauen Sie sich zu, die Kaltwasserbehandlung heute Nachmittag allein durchzuführen?«

»Ich denke schon.«

»Fein, dann machen wir es so.«

Doch bevor Vicki zum ersten Mal auf sich allein gestellt einen Patienten behandelte, stand Fortbildung auf dem Programm. Sie fand für alle Lernschwestern drei Mal wöchentlich in der Mittagsfreistunde statt. An diesem Tag versammelten sich die Mädchen in der sogenannten Verbandstofffabrik, die im Obergeschoss des Operationshauses lag. Den Unterricht hielt der Sekundararzt Doktor Schultz, ein hochaufgeschossener, hagerer Chirurg mit strengem Mittelscheitel. Schultz hielt sich nicht mit langen Vorreden auf, denn er wusste, dass die Schülerinnen nach einer Stunde wieder auf ihre Stationen mussten. »Unter Sterilisation verstehen wir ein Verfahren, durch das Materialien und Gegenstände von lebenden Organismen einschließlich ihrer Sporen befreit werden«, begann er mit schnarrender Stimme. »In unserem Fall geht es um Verbandstoffe. Sie zu sterilisieren ist von höchster Wichtigkeit, um den Heilungsprozess der Wunde nicht zu gefährden.«

Er hielt inne, vergewisserte sich, dass alle ihm aufmerksam zuhörten, und wies auf einen zylindrischen, von Rohren umschlungenen Apparat. »Dazu dient dieser Desinfektor. Er wurde gebaut von der Firma *RIETSCHEL & HENNEBERG* in Berlin. Bevor er zum Einsatz kommt, wird das Verbandmaterial auf die gewünschte Länge zugeschnitten.«

Wieder unterbrach er sich und erklärte, welche gängigen

Längen für Binden üblich waren. »Das fertig präparierte Material wird sodann in Rohrkörbe gelegt und mit den Körben in den Desinfektor gegeben …«

Es folgte eine langatmige Erklärung über die Funktionsweise des Apparates, seine Maße, sein Gewicht, die Durchmesser der Rohre, ihre Wandstärke, ihre Krümmung und so weiter. Vicki drohten ständig die Augen zuzufallen. Sie hielt sich mühsam wach. Ihren Mitschülerinnen erging es ganz ähnlich. Sie alle waren seit fünf Uhr morgens auf den Beinen und hatten außer einer kurzen Essenpause keine freie Minute gehabt.

»… Der auf etwa 103 Grad erhitzte strömende Wasserdampf, der im Übrigen aus dem Kesselhause der Ökonomie herangeleitet wird, desinfiziert das Material. Ich komme nunmehr zu der vorgeschriebenen Desinfektionsdauer …«

Vicki erhielt einen Knuff von Auguste, die an ihrer Seite stand. Sie war tatsächlich im Stehen eingeschlafen.

»… Nach erfolgter Entkeimung kommen die Körbe in den Trockenschrank, den Sie hier sehen. Es wird immer nur so viel Verbandstoff hergestellt, wie es dem Tagesverbrauch entspricht. Stoffe, die auf den Stationen nicht zur Verwendung kommen, werden wieder eingeliefert und erneut sterilisiert. Hat jemand noch eine Frage?«

Das war nicht der Fall.

»Dann mag der Unterricht für heute beendet sein. Ich danke Ihnen für Ihre Aufmerksamkeit und wünsche Ihnen noch einen guten Tag.«

Die Mädchen erwiderten murmelnd den Gruß und gingen aufatmend ins Freie. Vicki tat es fast leid, dass sie bei dem schönen Wetter wieder in die Enge des Pavillons musste, aber dann gab sie sich einen Ruck. Es half nichts, die Patienten warteten auf sie.

Am Nachmittag war sie genauso wie am Morgen ständig auf den Beinen. Sie konnte nicht umhin, Schwester Georgia zu bewundern. Die Frau hatte gewiss die Fünfzig schon überschritten, und dennoch schienen ihre Kräfte unerschöpflich zu sein.

»Wenn Ihnen die Kaltwasserbehandlung an Hinnerk zu viel wird, Vicki, sagen Sie es nur. Ich helfe Ihnen dann.«

»Danke, das ist nicht nötig.«

Vicki ging in den Isolierraum und begrüßte Hinnerk. Nach dem morgendlichen Bad war sein Fieber wieder in die Höhe geschnellt. Man sah es an den trüben Augen. Außerdem hatte er stechende Kopfschmerzen. Nach Rücksprache mit Schwester Georgia gab Vicki ihm die vorgeschriebene Menge eines Salicylpräparates. Dann maß sie die Temperatur. Sie betrug 40,7 Grad. Besorgniserregend hoch. Vicki schrieb den Wert auf die Betttafel und studierte die Fieberentwicklung der letzten Tage. Der Kranke lag seit zehn Tagen im Isolierraum, und in dieser Zeit war die Temperatur kontinuierlich angestiegen.

Wieder bat sie Schwester Georgia um Rat. »Das ist eine Eigenart bei Typhus«, erklärte diese. »Das Fieber ist am Anfang mäßig ausgeprägt und erhöht sich dann immer mehr. Wir sagen, es klettert treppenförmig. Die Kurve zeigt es: Es hielt sich stets für zwei oder drei Tage auf einem gewissen Stand und steigerte sich erneut.«

»Aber das kann doch nicht so weitergehen!«

Schwester Georgia blickte ernst. »Richtig, und dafür müssen Sie sorgen. Temperaturen über 42 Grad führen zum Tode.«

Vicki spürte die Last der Verantwortung wie einen Mühlstein. Sie dachte an den Obsthändler im Nachbarraum, der es überstanden hatte. »Waren die Symptome bei Herrn Lührs auch so ernst?«

»Nein, die Krankheit zeigte einen leichteren Verlauf.«

»Ich … ich glaube, ich schaffe es trotzdem.«

Schwester Georgia lächelte. »Schön. Und vergessen Sie nicht: Sie können mich jederzeit alles fragen. Das gilt im Übrigen auch für Professor Glaeser. Den können Sie nachts aus dem Bett holen, wenn's pressiert. Der ist mit Leib und Seele Arzt. So, und nun lasse ich Sie wieder allein. Ich sage Bescheid, dass Blunck und Lemke Ihnen Hinnerk ins Badezimmer rollen.«

Vicki führte die Behandlung genauso durch, wie sie es bei Schwester Georgia am Morgen beobachtet hatte. Hinnerk ließ alles wortlos über sich ergehen. Nach dem Bad hatten seine Kopfschmerzen nachgelassen, und auch das Fieber war heruntergedrückt.

Am nächsten Tag schnellte die Temperatur auf 41,2 Grad hoch und machte eine dreimalige Kaltwasserbehandlung notwendig. Vicki war am Ende ihrer Kräfte, aber sie hielt durch. Hinnerk hatte zu allem Übel Nasenbluten bekommen – eine typische Begleiterscheinung bei Typhus, die ihn noch mehr schwächte.

Tags darauf hielt das Fieber sich hartnäckig auf dem gleichen Niveau. Es war wie ein Feuer, das sich durch Hinnerks Körper fraß und sich von seinen schwächer werdenden Kräften nährte. Vicki kämpfte. Sie schaute alle halbe Stunde nach dem Kranken. Maß die Temperatur, machte Einläufe, riss das Fenster auf, damit Licht und Luft in den Raum kamen, fand freundliche, aufmunternde Worte.

Vierundzwanzig Stunden später verschlimmerte sich das Krankheitsbild ein weiteres Mal: Hinnerk musste sich ständig erleichtern. Sein Stuhl war grünlich, suppig und – blutig.

Schwester Georgias Antwort auf Vickis bange Frage, was zu tun sei, lautete: kalte Umschläge auf den Leib, die stündlich zu wechseln seien. Vicki erledigte auch das. Sie maß Fieber und leerte etwa fünfzehn Mal an diesem Tag die Bettschüssel, die jedesmal aufs Neue gereinigt und mit Lysollösung bedeckt werden musste. Über alledem hielt sich das Fieber hartnäckig. Es verbrannte Hinnerk förmlich. Vicki machte sich die größten Sorgen um ihn. Er hatte mit ihr während der ganzen Zeit kaum ein Wort gesprochen, und trotzdem war er ihr ans Herz gewachsen.

Nach einer Nacht, in der sie trotz ihrer Erschöpfung kaum Schlaf gefunden hatte, stellte sie am Morgen fest, dass der Dienstplan sie ab sofort mit einer anderen Aufgabe in Pavillon 37 betraute. Das musste auf jeden Fall verhindert werden!

Es gelang ihr, noch vor der Morgenvisite einen Termin im Büro der Oberin zu erhalten. »Was ist denn so wichtig, dass Sie während der Dienstzeit zu mir kommen?«, fragte Hedwig von Schlichting stirnrunzelnd.

Vicki erzählte von Hinnerks lebensbedrohlicher Typhuserkrankung und bat darum, ihn weiter pflegen zu dürfen.

»Glauben Sie, dass eine andere Schwester das weniger gewissenhaft täte als Sie?«

»Nein, natürlich nicht.«

»Dann kann ich Ihre Bitte nicht erfüllen.«

»Frau Oberin, ich möchte nur zu Ende führen, was ich begonnen habe.«

»Nein, tut mir leid.« Hedwig von Schlichting erhob sich, um anzuzeigen, dass sie das Gespräch für beendet hielt.

Vicki blieb stehen. »Frau Oberin, ich kämpfe um das Leben dieses Patienten, ich kann auf keinen Fall aufgeben!«

»So, können Sie das nicht?«

»Ich möchte nicht ungehorsam sein, aber ich ...«

»Schon gut.« Ein Lächeln stahl sich auf die sonst so strengen Züge der Oberin. »Sie sind genauso hartnäckig wie Auguste, unser *Thetje* vom Spielbudenplatz. Aber sei's drum, ich werde eine Ausnahme machen. Ich mag es, wenn jemand seinen Standpunkt verteidigt.«

Zwei Tage danach sank das Fieber auf 40,3 Grad. Vicki musste zwei Mal auf das Thermometer schauen, weil sie es zunächst nicht glauben konnte. Dann tat ihr Herz einen Sprung. Das Feuer in Hinnerk schien tatsächlich schwächer zu werden. Am Nachmittag bestätigte sich ihre Vermutung. Die Temperatur verharrte bei knapp über 40 Grad. »Wie fühlen Sie sich, Hinnerk?«

»Ein bisschen besser.«

»Bald können Sie wieder Bäume ausreißen. Vorher müssen Sie sich aber auf die Seite drehen. Wenn Sie ständig auf dem Rücken liegen, staut sich das Blut in den unteren Teilen der Lunge, und das ist nicht gut.«

Hinnerk drehte sich ächzend. »Die Bettschüssel ist schon wieder voll.«

»Ich leere sie aus. Bleiben Sie nur eine Weile so, danach dürfen Sie wieder auf dem Rücken liegen.«

»Ja, Schwester.«

»Haben Sie Hunger?«

»Nicht viel.«

»Sie dürfen nach wie vor keine festen Speisen zu sich nehmen, weil das die Darmgeschwüre reizen würde. Der Durchfall wird noch weitere Tage anhalten. Aber das Blut darin wird verschwinden. Sie werden Reis- oder Haferschleim bekommen, auch Eiwasser und gequirltes Eidotter.«

»Wann kann ich denn mal was Anständiges essen?«

»Nachdem Sie eine Woche fieberfrei waren. Aber auch dann wird es kein Schweinebraten mit Rotkohl sein, sondern eher Kartoffelbrei mit durchgerührtem Gemüse.«

Hinnerk seufzte.

In den darauffolgenden Tagen besserte sich sein Zustand erheblich, und er wurde zunehmend gesprächiger. »Wie geht es dem Obsthändler nebenan?«, fragte er einmal.

»Sie meinen Herrn Lührs? Der ist vor ein paar Tagen entlassen worden. Wahrscheinlich verkauft er schon wieder Äpfel und Birnen auf dem Markt. Und Sie? Was werden Sie tun, wenn Sie wieder ganz gesund sind?«

»In der Speicherstadt arbeiten. Bin Gehilfe bei einem Quartiersmann von *Langbehn & Cie.* Langbehn ist ein Leuteschinder, und die Lagerhaltung ist schwere Arbeit. Dreizehn Gehilfen sind wir insgesamt. Müssen Säcke schleppen von früh bis spät, Kaffeesäcke, Kakaosäcke, Gewürzsäcke. Sortieren, prüfen, begutachten, und der Quartiersmann selber tut nichts und kommandiert nur rum. Dabei kann ich froh sein, wenn ich wiederkomme und die Stelle noch frei ist.«

Ein anderes Mal sagte Hinnerk: »Vor dem Chef buckeln und nach unten treten, das kann er. 'ne Schande ist's, wie schlecht wir bezahlt werden.«

Und wiederum einen Tag später meinte er mit verschwörerischer Miene: »Ihnen kann ich's ja sagen, Schwester: Wenn das so weitergeht, ist bald ein großer Streik fällig. Im Hafen brodelt es. Es gibt viel zu viel Ungerechtigkeit, glauben Sie mir.«

Was sollte Vicki daraufhin sagen? »Sie dürfen sich nicht aufregen, Hinnerk. Essen Sie lieber Ihre Reissuppe mit dem Bratapfel. Wenn morgen das Fieber vollständig erloschen ist, bekommen Sie ein weichgekochtes Ei und etwas Huhn.«

Vicki hielt ihr Versprechen. Am nächsten Tag erhielt Hinnerk beides und am übernächsten etwas Ähnliches, denn er war von nun an dauerhaft fieberfrei.

Zwei Wochen später, am Tag seiner Entlassung, hatte Vicki in der Mittagsfreistunde Unterricht. Doktor Schultz dozierte über Nähmaterial bei Operationen. Wie immer legte er ein gehöriges Tempo vor, denn ihm blieben nur sechzig Minuten, um sein Wissen weiterzugeben. »Als Nähmaterial wird fast ausschließlich Catgut benutzt«, schnarrte er. »Für bestimmte Zwecke auch Seide und Silberdraht. Für die Zubereitung des Catguts empfiehlt es sich, Weintrinker zu sein, denn wir benötigen zum Aufwickeln des rohen Materials eine leere Flasche.«

Es war ein schwacher Scherz, aber die Mädchen lachten trotzdem pflichtschuldigst.

Er hielt die leere Weinflasche hoch und begann, das Catgut aufzuwickeln. »Die Lagen dürfen nicht zu dick sein, sehen Sie! Danach legen wir die Flasche samt Catgut in einprozentige Sublimatlösung, für eine Zeit von zwölf bis vierundzwanzig Stunden, was ich hier natürlich nicht demonstrieren kann. Danach wird das Nähmaterial mit Alkohol abgebürstet und auf durchlöcherte Glasrollen gewickelt. Die Aufbewahrung erfolgt in Jodoformätheralkohol …«

Vicki drohte schon wieder einzuschlafen. Doch sie riss sich zusammen.

Doktor Schultz schnarrte weiter: »Die Nadeln liegen beständig in *Aqua calcis*, sprich Kalkwasser, und halten sich dieserart rostfrei, wenn man nur darauf achtet, dass sie stets abgetrocknet eingelegt werden und nicht mit Sublimat oder Karbolwasser benetzt sind. Hat jemand dazu eine Frage?«

Erwartungsgemäß war das nicht der Fall.

»Bei der Operation dienen zum Bedecken der betreffenden Körperstellen nur sterilisierte trockene Tücher. Bei Laparotomien ... ach, nebenbei: Was ist eine Laparotomie?«

»Das Öffnen der Bauchhöhle«, kam von irgendwoher die Antwort.

»Richtig, das chirurgische Eröffnen der Bauchhöhle durch einen Schnitt entlang der *Linea alba*. Die Erklärung, was eine *Linea alba* ist, müssen wir zurückstellen und dem Anatomiekursus überlassen. Also: Bei Laparotomien sind alle gebrauchten Laken, Handtücher und leinenen Operationsschürzen sterilisiert. Merken Sie sich das. So, für heute wollen wir Schluss machen. Ich danke Ihnen für Ihre Aufmerksamkeit und wünsche Ihnen noch viel Freude bei der Arbeit.«

Die Mädchen strebten wieder auf ihre Stationen. Vicki eilte zu Pavillon 41, denn Doktor Schultz hatte seinen Vortrag um zehn Minuten überzogen, und im Krankensaal wurde wieder jede Hand gebraucht. Zwar hatte sich die Situation in den letzten Tagen etwas gebessert, da Lewerenz, der dritte Krankenwärter, nach dem Todesfall in seiner Familie wieder zurück war, doch Arendt, der vierte Wärter, war noch immer krank. Er lag mit einer Oberschenkelfraktur in der Chirurgie.

Vicki betrat den Pavillon und schaute ins Wärterzimmer, um sich bei Schwester Georgia zurückzumelden. Die Unermüdliche war unterwegs. Doch vielleicht war Hinnerk noch nicht fort? Er sollte an diesem Tag entlassen werden. Vicki schaute in den Isolierraum, aber das Bett war leer. Auf dem Nachttisch allerdings lag ein Gegenstand, der dort nicht hingehörte. Es handelte sich um einen Handhaken, wie ihn Lagerarbeiter und Schauerleute zum Bewegen von Jutesäcken benutzen. In der Krümmung des Hakens klemmte eine rosa Nelke. Und auf die Spitze des Hakens war ein Zettel gepikt. Darauf standen drei Worte: *Danke, Schwester Vicki!*

Sie nahm die Blume, sog den Duft der Blüte ein und dachte an Puttfark, den alten Krankenwärter, den sie vor lauter Arbeit noch kein einziges Mal hatte treffen können. Was hatte er einst zu ihr gesagt? »Glauben Sie mir, es ist ein wunderbares, mit nichts zu vergleichendem Gefühl, wenn jemand dieses Haus als geheilt verlässt.«

Dann kamen ihr die Tränen.

KAPITEL 15

Man schrieb Anfang November 1896, als Doktor Hermann Kümmell, der seit dem vergangenen Jahr in der Eppendorfer Klinik wirkte, im Obergeschoss des Operationshauses vor den Erika-Schwestern einen Vortrag hielt. Anlass seiner Rede war ein seltsames, neben ihm im Raum stehendes Gerät. Es bestand aus Schaltern, Drähten und Messinstrumenten und erinnerte in seiner Gesamtheit an einen hochbeinigen, ausgeklappten Sekretär. Kümmell griff zu einem birnenförmigen Kolben, hielt ihn in die Höhe und erklärte: »Als der Physiker Konrad Röntgen vor einem Jahr mit einer solchen Kathodenröhre experimentierte, hätte er sich wohl nicht träumen lassen, dass sie bereits heute das Herzstück eines neuartigen Durchleuchtungs-Apparates sein würde, der vielfach Verwendung findet. Wie konnte es dazu kommen? Nun, Röntgen arbeitete auch an diesem Tag – es war der achte November – in seinem Laboratorium und erzeugte mittels der erwähnten Röhre fluoreszierende Lichteffekte auf einer Glasscheibe. Die Röhre war auf den Seiten abgeschirmt, damit ihre Strahlen die Effekte nur auf der Scheibe erzeugten, nirgendwo sonst. Doch was musste er zu seiner Überraschung feststellen? Auf einem dahinterliegenden Gegenstand bildeten sich ebenfalls Lichteffekte!«

Kümmell, ein gut aussehender Mittvierziger, der einen Schnäuzer mit ausladenden, gezwirbelten Spitzen trug, hielt inne, um die Bedeutung seiner Worte zu unterstreichen. Dann blickte er die Schwestern an, die in drei Reihen vor ihm saßen und aufmerksam zuhörten. »Kann sich eine von Ihnen denken, was Röntgen daraus schloss?«

Vicki, die in der zweiten Reihe saß, hob zögernd die Hand.

»Ja, bitte, Schwester Viktoria?«

»Es scheint, die Strahlen der Röhre drangen durch die Abschirmung.«

»So ist es!« Kümmell freute sich über die richtige Antwort. »Genau das taten sie, und zwar auf unsichtbare Weise. Röntgen war, wie er es formulierte, ›auf eine neue Art von Strahlen‹ gestoßen, die er X-Strahlen nannte. Bei einem Vortrag am dreiundzwanzigsten Januar dieses Jahres machte er sie der Physikalisch-Medizinischen Gesellschaft in Würzburg bekannt. Anwesend war auch Professor Koelliker, ein bedeutender Anatom, dessen linke Hand zum Mittelpunkt der gesamten Veranstaltung werden sollte, da Röntgen sie zur Veranschaulichung mit den X-Strahlen durchleuchtete und auf diese Weise das Knochenbild sichtbar machte. Die Anwesenden waren begeistert, woraufhin Koelliker vorschlug, die neue Errungenschaft ›Röntgenstrahlen‹ zu nennen. Ihr unaufhaltsamer Siegeszug begann, was nicht zuletzt daran lag, dass Röntgen kein Patent auf seine Erfindung anmeldete. Er war der Meinung, sie solle jedermann zugänglich sein. Allerdings hatte das, wie so oft bei großen Entdeckungen, auch negative Auswirkungen, denn bei privaten Festen kam es rasch in Mode, die Extremitäten der Gäste zur allgemeinen Belustigung zu durchleuchten. Viel wichtiger scheint mir, Röntgens Erfindung als Diagnosetechnik zu nutzen, was wir, wie Ihnen bekannt ist, in unserem Institut vom ersten Augenblick an getan haben.«

Die Schwestern murmelten anerkennend. Sie wussten, dass die neue Erfindung bereits seit März im Operationshaus aufgebaut war und ihren Dienst verrichtete, aber die Wenigsten hatten sie bisher zu Gesicht bekommen.

»Die Röntgenstrahlen machen es möglich, ins Innere des Menschen zu blicken, sie erleichtern die Arbeit des Arztes ungemein. Wir nutzen sie größtenteils, um vor einer Operation die Beschaffenheit eines Knochenbruches genau zu erkennen oder um uns ein besseres Bild von Magen-Darm-Erkrankungen zu machen. Ich habe veranlasst, dass ein Archiv mit den Ergebnissen der Durchleuchtungen angelegt wird, und hoffe, dass es uns in den nächsten Jahren gute Dienste leisten wird.«

Kümmell gestattete sich ein Lächeln. »Zum Schluss meiner Ausführungen biete ich Ihnen die Gelegenheit, ihre eigene Hand durchleuchten zu lassen und die Abbildung zu behalten, gewissermaßen als Erinnerung an Ihre erste Begegnung mit den geheimnisvollen Röntgenstrahlen.«

Drei oder vier Schwestern meldeten sich, darunter auch Vicki, und legten ihre Hand an eine aufrecht stehende Glasplatte, während Kümmell die Kathodenröhre ausrichtete und die Apparatur in Gang setzte. Als die Reihe an Vicki war, fragte sie: »Wenn die Strahlen durch alles hindurchgehen, sind sie dann nicht überall im Raum?«

»Das sind sie«, bestätigte Kümmell.

Vicki wusste nicht, warum, aber der Gedanke, dass die Strahlen vor ihr, hinter ihr, über ihr und unter ihr unsichtbar vorhanden waren, durch alles hindurchdrangen, nicht nur durch ihre Hand, war ihr unangenehm. Dennoch freute sie sich, als sie einige Tage später die Aufnahme erhielt. Sie hängte die Abbildung an die Wand in ihrer Stube, die sich im neu errichteten Schwesternhaus auf dem Gelände des Ökonomiebereiches befand.

Seit sie vor einigen Monaten ihre Ausbildung beendet hatte, war manches leichter geworden. Sie musste sich die Stube nur mit einer weiteren Schwester teilen – es war Georgia, die nach wie vor in ihrer Haltung an ein Eichhörnchen erinnerte – und freute sich zudem über die Gelegenheit, jeden Mittag und jeden Abend die gemeinsame Mahlzeit im großen, lichten Speisesaal des neuen Hauses einnehmen zu können. Ansonsten hatte sich in ihrem Leben nicht viel geändert. Das Verhältnis zu ihrem Vater war noch immer gespannt – und der Kontakt zu ihrem Elternhaus in der Großen Elbstraße auf ein Minimum beschränkt.

Benno hatte sie ein oder zwei Mal in ihrer neuen Stube besucht, Georgia gegenüber den wohlerzogenen jungen Herrn gespielt und hinter ihrem Rücken grinsend angeboten, die schmucklosen Wände mit Aktmalereien zu verschönern. Er verbrachte viel Zeit auf St. Pauli, wo er mittlerweile Gott und die Welt kannte und ein freizügiges Leben zu führen schien. Doch Vicki bezweifelte, dass er wirklich glücklich war.

Sie selbst fand kaum Gelegenheit, unglücklich zu sein. Die anstrengende Arbeit ließ ihr keine Zeit, Trübsal zu blasen. Trotzdem verging kein Tag, an dem sie nicht in Gedanken bei Hannes war. Ein paarmal hatte sie überlegt, an ihrem freien Nachmittag Mutter Ohlof zu besuchen und über die alten Zeiten zu plaudern, aber es hätte zu wehgetan. Das Glück mit Hannes war für immer verloren, sie musste sich damit abfinden. Außerdem wurde sie im Krankenhaus gebraucht. Die Pflege und die Betreuung der Patienten brachten ihre eigene Erfüllung.

In den letzten Wochen hatte sie in Pavillon 13 gearbeitet, auf einer Männerstation, die in den Zuständigkeitsbereich von Doktor Kümmell fiel. Kümmell war nicht nur an allen medizinischen Neuerungen interessiert, sondern auch ein hochbegabter Skalpellkünstler, der als Nachfolger von Max Schede die Leitung der I. Chirurgie übernommen hatte. Vicki war froh, unter ihm arbeiten zu dürfen, denn anders als ihr Vater, der schnell zu Kritik und Ungeduld neigte, war er von ausgeglichenem Wesen. Seine Forschungen galten besonders den Erkrankungen von Galle, Blase, Prostata, Magen und Darm. Er setzte sich für die Frühoperation bei wiederkehrender Blinddarmentzündung ein, denn die rechtzeitige Entfernung der *Appendix vermiformis* schien ihm die konsequenteste Lösung.

Ein ebensolcher Fall lag in Bett 7, hieß Timo Fock und war zwanzig Jahre alt. Timo war Kesselreiniger im Hafen und hatte in den vergangenen drei Jahren immer wieder unter Blinddarmreizungen gelitten. Teilweise so sehr, dass er nicht zur Arbeit gehen konnte und dadurch prompt seine Stelle verlor.

Nun war er auf dem Wege der Besserung, die Operationswunde verheilte gut, er sollte in den nächsten Tagen entlassen werden. Nach der morgendlichen Visite durfte er ein wenig umhergehen. Vicki stützte ihn dabei, doch nach ein paar Schritten blieb er stehen, um zu verschnaufen: »Ich glaub, ich muss mich setzen.«

»Kommen Sie.« Vicki dirigierte ihn ins Spülzimmer des Pavillons und drückte ihn auf eine Bank. Dann holte sie ihm ein Glas Wasser.

Timo trank. »'n bisschen wird's wohl noch dauern, bis ich wieder der Alte bin.«

»Gut Ding will Weile haben.« Vicki setzte sich neben ihn und nahm ihm das Glas ab.

»Ja, aber die Arbeit ist futsch. Drei Wochen hab ich gefehlt. Wenn ich wieder zu meinem Viz geh, dann sagt der zu mir: ›Wer bist du denn?‹ und schickt mich gleich wieder weg.«

»Sind Sie denn nicht angestellt?«, fragte Vicki.

»Nee, wir Tagelöhner haben keine Verträge, Schwester. Wir leben von der Hand in den Mund. Und Geld ist immer knapp.« Timo seufzte. »Wenn ich entlassen bin, geh ich als Erstes zu den Vorsetzen. Da liegt die Kneipe vom ollen Schladitz.«

Vicki zog die Augenbrauen hoch. »Sie gehen in die Wirtschaft, obwohl Sie keine Anstellung haben?«

Timo lächelte schief. »Genau deswegen, Schwester.«

»Sie wollen mich auf den Arm nehmen!«

»Nee, nee.« Timos Lächeln wurde breiter. »In der Kneipe vom ollen Schladitz sitzen die Anwerber für die meisten Arbeiten, die im Hafen anfallen, und lassen sich's gutgehen. Eigentlich müssten sich die Behörden drum kümmern, aber die tun nichts. Deshalb findet so was in der Kneipe statt. *Beiderseits kostenfreie Arbeitsvermittelung!* steht dann an der Tür. Es gibt auch noch andere Hafenkneipen, wo man nachfragen kann, aber beim ollen Schladitz tagen immer die *Hamburg-Altonaer Fluß-Maschinisten*, und die können vielleicht was für mich tun, weil ich ja Kesselreiniger bin.«

»Sie haben bestimmt Glück, und es klappt.«

»Ihr Wort in Gottes Ohr, Schwester. Aber ganz so einfach ist es nicht. Man muss sich mit dem ollen Schladitz gutstellen, damit er einen zu den Anwerbern vorlässt. Die Herren sitzen hinten im Klubzimmer, trinken Schnaps, paffen dicke Zigarren, und der olle Schladitz sitzt davor und passt auf wie ein Schießhund, dass sich kein Unbefugter an ihm vorbeistiehlt.«

»Das ist ja unerhört.«

»Das ist das Leben, Schwester.« Timo klang plötzlich sehr altklug. »Da kann man nichts dran ändern. Außer, man macht 'ne gute Zeche. Dann ist der olle Schladitz gnädig, und man hat 'ne Chance.«

Vicki merkte, wie der Zorn in ihr hochkam. »Aber das ist ja ein Teufelskreis! Keine Arbeit, kein Geld; kein Geld, keine Zeche; keine Zeche, keine Arbeit und so weiter. Wohin soll das führen?«

Timo blickte ernst. »Direkt in den Streik, Schwester. Denn so geht es nicht weiter. Die Akkord-Schauerleute haben im September und Oktober schon zwei Mal die Arbeit niedergelegt und jedesmal mit Erfolg. Sie bekommen jetzt mehr Lohn in die Tüte. Was die können, können wir anderen auch.«

Darauf wusste Vicki nichts zu sagen. Ein Streik brachte immer Unfrieden, böses Blut und häufig Verletzte. »Kommen Sie, Timo«, befahl sie, »Ich bringe Sie jetzt wieder zu Bett.«

Wenige Tage, nachdem Timo entlassen worden war, geschah es, dass Vicki zu Hedwig von Schlichting gerufen wurde. Die Oberin saß in ihrem neu eingerichteten Büro im Schwesternhaus und studierte Papiere, als Vicki eintrat. »Ah, da sind Sie ja«, sagte sie und klappte einen Aktendeckel zu. »Können Sie sich denken, warum ich Sie rufen ließ?«

»Ich habe keine Ahnung, Frau Oberin«, antwortete Vicki.

»Tatsächlich? Normalerweise pfeifen es die Spatzen von den Dächern, wenn ein Oberarzt mit einer Schwester zufrieden ist und ihr deshalb eine neue, verantwortungsvolle Aufgabe übertragen will.«

»Ich weiß wirklich nicht, worum es geht.«

Die Oberin blickte prüfend über den Rand ihrer Brille. »Ich glaube Ihnen. Aber setzen Sie sich erst einmal.«

»Danke.« Vicki nahm auf einem der Besucherstühle Platz.

»Nun, ich will nicht lange um den heißen Brei herumreden: Das neue Chirurgische Röntgeninstitut, welches sich, wie Sie wissen, im Operationshaus befindet, soll auf Veranlassung von Doktor Kümmell personell verstärkt werden. Er dachte in diesem Zusammenhang an Sie und wollte Ihnen ein entsprechendes Angebot machen.«

»Oh, das wundert mich.«

»Genau das habe ich auch gesagt. Allerdings aus einem anderen Grund. Ich mag es nicht, wenn man über meinen Kopf hinweg mit meinen Mädchen spricht, jedenfalls nicht, wenn es um so wichtige Dinge wie eine Versetzung geht. Ich habe dem Ansinnen deshalb einen Riegel vorgeschoben und Doktor Kümmell gesagt, dass ich es bin, die zuerst mit Ihnen redet – was ich hiermit tue.«

»Jawohl, Frau Oberin.«

»Vielleicht habe ich mich mit meiner Haltung nicht gerade beliebt gemacht bei Doktor Kümmell; er wäre nicht der Erste, bei dem das so ist. Aber das spielt keine Rolle. Ich will, dass sich meine Mädchen wohlfühlen bei der Arbeit, und die Aufgaben im Röntgeninstitut wären völlig anders als die, mit denen Sie jetzt betraut sind. Ich weiß nicht, was Sie im Einzelnen zu tun hätten, doch ich nehme an, Sie müssten Patienten während der Aufnahmen betreuen, die Apparaturen in Schuss halten, die Ablichtungen archivieren und Ähnliches. Trauen Sie sich das alles zu?«

»Ja … sicher.« Vicki zögerte.

»Aber?«

»Um ehrlich zu sein, sind mir die Strahlen unheimlich. Sie sind allgegenwärtig und dringen durch alles hindurch. Auch durch die Personen, die gar nicht durchleuchtet werden sollen.«

»Das verstehe ich.« Die Oberin nickte. »Was Strahlen anrichten können, sehen wir jeden Sommer, wenn die Leute einen Sonnenbrand bekommen. Die Haut leidet von Mal zu Mal mehr und wird am Ende zerstört. Mit den Röntgenstrahlen mag es ähnlich sein. Niemand weiß, was sie auf Dauer bewirken, dafür sind sie noch viel zu unerforscht. Ich stehe der neuen Technik kritisch gegenüber und mache auch kein Hehl daraus. Wenn Sie wollen, sage ich für Sie bei Doktor Kümmell ab, dann entstehen Ihnen keine Nachteile.«

»Danke, das ist sehr freundlich, aber …«

»Ja?«

»Ich möchte lieber für mich selbst sprechen.«

Über das Gesicht der Oberin huschte ein Lächeln. »Das war wieder einmal typisch Vicki zur Haiden! Aber sei's drum. Reden Sie mit Doktor Kümmell. Nennen Sie ihm offen Ihre Bedenken. Ich hoffe, er wird Sie verstehen.«

»Danke, Frau Oberin.« Vicki erhob sich und wollte gehen.

»Warten Sie.« Wieder schaute die Oberin über den Rand ihrer Brille. »Wenn Sie mit ihm reden, dann selbstverständlich in der Mittagspause. Ihre Arbeit darf darunter nicht leiden.«

»Jawohl, Frau Oberin.« Vicki verließ den Raum.

Am Tag darauf verzichtete sie auf das Mittagessen und ging stattdessen zum Operationshaus. Sie hatte gehört, dass Doktor Kümmell zu dieser Zeit gern das Sprechzimmer im Obergeschoss nutzte, um Verwandten von begüterten Patienten Rede und Antwort zu stehen. Diese Verwandten wohnten in einem der vier Kostgängerhäuser für Privatpatienten und entpuppten sich häufig als recht lästig, da sie – anders als die Ärzte – stets über viel Zeit verfügten. Vicki schaute in das Zimmer, doch niemand hielt sich darin auf. Deshalb versuchte sie es bei einem der beiden Räume, die zum Röntgeninstitut gehörten. Hier schien sie mehr Glück zu haben, denn auf ihr Klopfen erfolgte ein höfliches »Herein!«.

Sie trat ein und stand zu ihrer Überraschung nicht Doktor Kümmell gegenüber, sondern einem etwa gleichaltrigen Mann, der einen Arztkittel trug und Röntgenbilder prüfend gegen das Licht hielt. Er fragte freundlich: »Was kann ich für Sie tun?«

»Ich wollte eigentlich zu Doktor Kümmell.«

»Ich bin Doktor Salomon, sein Assistent. Sie können mir genauso sagen, worum es geht.«

»Ich weiß nicht …«

»Nur zu. Ich glaube, ich weiß schon, warum Sie hier sind. Es geht um die neue Stelle in unserem Institut, und Sie sind Schwester Viktoria.«

»Ja, das stimmt.« Plötzlich fiel es Vicki schwer, über Ihre Absage zu sprechen. Der Mann war nett, von mittelgroßem Wuchs, mit klugen Augen und einem Vollbart, in dem sich die ersten grauen Fäden zeigten.

»Die Stelle wurde auf meine Initiative hin geschaffen, denn mir fehlt die Zeit, mich um die vielfältigen Aufgaben zu kümmern. Ich bin von Hause aus Chirurg, habe mit Doktor Kümmell zusammen in Berlin studiert.« Salomon hielt inne, legte die Röntgenbilder beiseite und lächelte. »Aber das war lange vor Ihrer Zeit. Sie sind die Tochter von Professor zur Haiden, nicht wahr?«

»Ja, stimmt.« Vickis Antwort fiel einsilbiger aus, als sie wollte, da sie es ablehnte, daraus Vorteile zu ziehen.

»Ich habe bis vor Kurzem in der II. Chirurgie unter ihm gearbeitet, doch das wissen Sie natürlich.«

»Nein, das wusste ich nicht. Es gibt so viele Ärzte hier im Krankenhaus, und … ich rede nicht oft mit meinem Vater.«

Salomon blickte sie prüfend an, doch er war zu höflich, um zu fragen, warum. Vielleicht hatte er seine eigenen Erfahrungen mit zur Haiden gemacht und konnte sich die Antwort denken. »Nun, ich nehme an, die Arbeit lässt Ihnen nicht viel Zeit für ein Privatleben.«

Vicki schwieg.

»Ich vermute, Sie haben mit der Oberin von Schlichting über die neue Aufgabe gesprochen?«

»Das habe ich.«

»Ich hoffe, sie hat Ihnen zugeraten. Sie könnten zum ersten Dezember anfangen.«

»Ich fürchte, daraus wird nichts, Herr Doktor.«

»Nanu?« Salomon runzelte die Stirn, eher erstaunt als verärgert.

»Ich habe es mir überlegt, ich möchte die Stelle nicht antreten. Die neuen Röntgenstrahlen sind mir unheimlich. Sie sind überall, man kann Ihnen nicht entgehen.«

»Aber nur, wenn der Apparat läuft. Ist er ausgeschaltet, werden von der Kathodenröhre keine Strahlen ausgesandt. Wir haben es also in der Hand, ob sie wirken oder nicht. Wir beherrschen sie sozusagen. Wollen Sie es sich nicht noch einmal überlegen?«

Vicki schüttelte den Kopf. »Ich möchte ablehnen. Auch auf die Gefahr hin, dass meine Entscheidung auf Unverständnis stößt oder mir Unannehmlichkeiten daraus erwachsen.«

»Unannehmlichkeiten?« Salomon blickte überrascht. Dann umwölkte sich seine Stirn. »Ich wäre der Letzte, von dem Sie Schwierigkeiten zu erwarten hätten, wirklich der Letzte...« Er murmelte etwas, das Vicki nicht verstand.

»Verzeihung, was sagten Sie?«

»Nichts, nichts. Aber ich weiß, wovon Sie sprechen. Ich werde Doktor Kümmell Ihre Entscheidung ausrichten. Ich bin sicher, er wird Ihre Gründe ak...«

In diesem Augenblick betrat Kümmell den Raum. Er stutzte, als er Vicki sah, und rief: »Schwester Viktoria, wollten Sie zu mir?«

»Ja, Herr Doktor.«

»Sicher wegen der neuen Stelle. Ich hätte ja gern direkt mit Ihnen gesprochen, aber das war, äh, nicht möglich. Nun, reizt Sie die Aufgabe?«

»Schwester Viktoria hat Bedenken, ihr sind die Strahlen

nicht geheuer«, erklärte Salomon. Vicki war ihm dankbar dafür, denn einem ärztlichen Leiter des Krankenhauses eine Absage zu erteilen, grenzte an Majestätsbeleidigung.

»Ach, Unsinn!« Kümmell machte eine wegwerfende Bewegung und sagte zu Vicki gewandt: »Ihnen wird der Kopf schon nicht abgerissen.«

Vicki kämpfte mit sich.

Salomon sprang ihr noch einmal bei. »Warten Sie einen Augenblick vor der Tür, Schwester. Ich rufe Sie dann wieder herein.«

Aufatmend verließ sie den Raum. Sie hatte es sich leichter vorgestellt, Kümmell zu widersprechen. Was würde Salomon dem Leiter der I. Chirurgie sagen? Er wollte sich für sie verwenden, soviel schien klar. Aber würde er auch Erfolg haben? Er hatte erzählt, er habe mit Kümmell gemeinsam in Berlin studiert. Von daher war seine Mühe vielleicht nicht umsonst. Aber wissen konnte man das nicht…

»Schwester?« Salomon steckte den Kopf aus der Tür. »Kommen Sie, Doktor Kümmell möchte Ihnen etwas sagen.«

Mit klopfendem Herzen betrat Vicki den Raum.

Kümmell stand am Fenster und blickte ihr streng entgegen. Dann glätteten sich seine Gesichtszüge, und ein leichtes Lächeln entstand unter seinem ausladenden Schnäuzer. »Nun ja«, sagte er. »Es ist etwas ungewöhnlich, dass sich eine Schwester meinen Wünschen widersetzt, doch ich bin einverstanden. Ich gewinne zwar keine gute Kraft für dieses Institut, aber mir bleibt eine fähige Schwester in meiner I. Chirurgie. Das ist ja immerhin etwas. Sie können gehen.«

»Danke, Herr Doktor«, hauchte Vicki.

Sie sandte einen dankbaren Blick zu Salomon und eilte hinaus.

KAPITEL 16

Benno saß im abgetrennten Klubzimmer von *Höller's Hölle* und blickte sich neugierig um. Die Männer vor ihm und neben ihm wirkten gereizt, und das, obwohl Willi Höller einen ausgegeben hatte. Der Grund war der seit einer Woche andauernde Streik. Die Stückgut-Schauerleute hatten ihn begonnen, einen Tag später hatte auch der Hafenarbeiterverband für einen Ausstand gestimmt, und in den darauffolgenden Tagen waren noch weitere Berufsgruppen dem Beispiel gefolgt. Doch passiert war seitdem nicht viel.

Ein drahtiger Mann mit einem silbernen Ring im Ohr stand an der Stirnseite des Raumes und hob die Hand. »Arbeitsbrüder!«, rief er. »Ich danke euch, dass ihr so zahlreich erschienen seid. Für alle, die mich noch nicht kennen: Ich bin Klaas Bohm, Mitglied im Vorstand des zentralen Streikkomitees. Ich bin gekommen, um euch über die neuesten Entwicklungen zu informieren. Aber zuerst einmal Prost!«

Klaas hob sein Bierglas. Die Männer im Raum taten es ihm gleich und tranken. Einige Gesichter entspannten sich.

Benno setzte sein Glas ab und hörte weiter zu.

»Ich weiß, dass einige von euch schon ungeduldig werden und auf Ergebnisse warten, aber ich kann sie beruhigen: Täglich schließen sich unserer gerechten Sache neue Arbeitergruppen an. Vorgestern haben sich die fliegenden Händler im Hafen mit uns solidarisch erklärt. Ebenso die kleinen Ladenbesitzer. Sie alle sind genau wie ihr von den miserablen Arbeitsbedingungen betroffen, denn wenn es euch schlecht geht, geht es auch ihnen schlecht.«

»Das stimmt!«, rief einer.

Ein anderer rief: »Aber kaufen können wir uns dafür nichts! Ich muss zuhause fünf Mäuler stopfen.«

Von mehreren Seiten kam Zustimmung.

»Ruhe, Brüder!« Klaas hob die Hand. »Ich verstehe eure Sorgen, aber immer der Reihe nach. Zum Streikgeld komme ich später. Zunächst die Frage: Ist jemand dabei, der nicht zu uns gehört? Ich meine, der nicht als Schauermann arbeitet?«

Einer meldete sich.

»Wie heißt du?«

»Timo Fock, bin Kesselreiniger.«

Sein Nebenmann, ein vierschrötiger Bursche mit der Figur wie ein Fass, dröhnte: »Da bist du hier auf dem falschen Dampfer!«

Einige lachten.

Timo wurde rot. Er war einer der Jüngsten unter den Männern. »Das wusste ich nicht. War schon bei den Anwerbern beim ollen Schladitz am Vorsetzen, aber die haben gesagt, es ist Streik.«

»Lebst wohl auf dem Mond?«, fragte jemand.

»Bin erst vor drei Tagen aus dem Krankenhaus entlassen worden«, verteidigte Timo sich.

»Halb so wild«, sagte Klaas. »Keiner reißt dir den Kopf ab. Die Berufsgruppen haben unterschiedliche Meldestellen, musst du wissen. Die Kesselreiniger treffen sich bei *Kahns* in der Friedrichstraße.« Er griff nach einem Stück Papier, ging durch die Reihen und gab es Timo. »Hier ist der Meldezettel. Da steht drauf, wer sich wo einzufinden hat. Die Ewerführer im *Hammonia Gesellschaftshaus* in der Hohen Bleichen, die Kaiarbeiter im *English Tivoli*, Kirchenallee, die Kohlenarbeiter bei *Harms*, Schaarsteinweg, und so weiter. Die Kesselreiniger, wie gesagt, bei *Kahns*. Alle anderen Bekanntmachungen findest du im *Hamburger Echo*, dem Arbeiterblatt. Hast du denn schon eine Streikkarte?«

»Nee.«

»Ich gebe dir nachher eine. Bis dahin kannst du genauso gut bei uns zuhören und das Neueste erfahren. Und nächstes Mal meldest du dich in der Kneipe von *Kahns*. Sind noch andere hier, die keine Karte haben?«

Drei oder vier Hände gingen hoch. »Gut, für euch gilt das Gleiche, ihr kriegt sie am Schluss der Veranstaltung. Für alle, die es noch nicht wissen: Die Streikkarte ist eine Art Ausweis, sie wird auf den Namen des Streikenden ausgestellt und dient gleichzeitig zur Kontrolle. Jeder, der mitmacht, muss einmal täglich zwischen neun Uhr vormittags und fünf Uhr nachmittags zu seiner Meldestelle gehen und sie abstempeln lassen.«

»Was ist mit mir?«, fragte ein jüngerer Mann, dessen Gesicht mit Sommersprossen übersät war. »Ich bin Geselle, habe in *Köster's Druckerei-Anstalt* gearbeitet, bis der alte Köster mich vorgestern rausgeschmissen hat.«

»Wieso das?«, fragte Klaas.

»Weil ich nachts heimlich Plakate und Aufrufe für den Streik gedruckt habe. Aber der Alte hat mich erwischt und Gift und Galle gespuckt.«

Klaas überlegte. »Du bist ein Sonderfall. Wir wollen sehen, was deine Gewerkschaft für dich tun kann. Soviel ich weiß, wurde keine Meldestelle für Drucker eingerichtet. Wenn deine Gewerkschaft sich uns anschließt, kriegst auch du eine Streikkarte. Ich werde mit Johann Döring, dem Vorsitzenden des Streikkomitees, besprechen, was wir in der Zwischenzeit mit dir machen.«

»Danke«, sagte der Sommersprossige.

»Halte dich zur Verfügung und melde dich erst einmal täglich hier. Ohne Meldung gibt es kein Streikgeld.«

»Das gibt's auch so nicht!«, rief ein Unzufriedener, der in Bennos Nähe saß.

»Richtig«, erwiderte Klaas ruhig, »aber das gilt nur für den Augenblick. Glaub mir, wir tun, was wir können. Die Verhandlungen mit den Unternehmern sind zäh, doch unser Druck wird stärker. Sie wollten unseren Lohnforderungen ein bisschen entgegenkommen, aber gleichzeitig die Zuschläge kürzen. Ich sage euch: Ein solcher Lohn ist reiner Hohn! Wir werden ihn niemals akzeptieren. Mittlerweile sind wir mehr als achttausend Mann, die im Ausstand stehen. Und gerade heute hat das Gewerkschaftskartell unseren Streik anerkannt. Das gibt unseren Forderungen noch mehr Nachdruck. Spätestens in der nächsten Woche rechne ich mit Streikgeld. Zehn Mark die Woche sollten drin sein.«

Der Vierschrötige neben Timo rief: »Das ist nicht mehr als 'n Appel und 'n Ei, ich verdiene fünfundzwanzig Mark die Woche!«

Klaas nickte. »Ich weiß, was ein Schauermann kriegt. War selbst lange Jahre einer. Aber es sind außergewöhnliche Zeiten, und wenn unser Streik erfolgreich ist, werden wir danach alle mehr haben. Doch bis dahin heißt es, den Gürtel enger schnallen. Der *Nationalsoziale Verein* hat bereits Geld sammeln lassen, und die *Organisation der Schauerleute* kratzt auch alles zusammen, was in der Kasse ist. Ihr seht, es passiert was. Außerdem wird unsere Sache reichsweit unterstützt! Eine Welle der Solidarität rollt auf uns zu, sogar aus dem Ausland.«

»Alles schön und gut, aber das nützt uns nichts!«, warf der Unzufriedene ein. »Das sind leere Worte, mehr nicht.«

»Ganz recht!«, riefen ein paar andere. Unmut machte sich breit.

Klaas als erfahrener Redner wusste, was zu tun war: Er musste den Verdruss der Männer in andere Bahnen lenken. »Allerdings, Brüder, gibt es einen, der nicht mit uns solidarisch ist und es mit den Unternehmern hält!«, rief er. »Wisst ihr, wen ich meine?«

Niemand wusste es. Schließlich brummte einer: »Nein, wer soll das sein?«

»Ihr kennt ihn alle.«

»Nun sag schon, wer ist es?«, knurrte der Vierschrötige.

»Ich rede von unserem Kaiser. Er weilte heute Vormittag in Altona, wo er hoch zu Ross in vollem Wichs durch die Palmaille ritt und das Generalkommando des IX. Armee-Korps besuchte. Wie man hört, hat er den Kommandeur von Waldersee zu einem energischen Eingreifen gegen uns Streikende ermuntert. ›*Fassen Sie nur ordentlich zu, auch ohne anzufragen*‹, soll er gesagt haben. Wisst ihr, was das heißt? Er will die Soldaten auf uns hetzen! Was sagt ihr nun?«

Wütende Stimmen und schrille Pfiffe waren die Antwort. Auch ein paar wenig druckreife Ausdrücke für den Monarchen fielen.

Benno zog innerlich den Hut vor Klaas. Der Funktionär wusste die Stimmungen der Männer zu steuern.

»Aber wir lassen uns nicht beirren, Brüder! Auch nicht von hochwohlgeborenen Majestäten. Die Herrschaften leben in Saus und Braus und wissen nicht, was Arbeit ist. Sie trinken Champagner und stopfen sich Kaviar in die Mäuler, während wir nicht wissen, was morgen auf den Teller kommt. Von denen haben wir nichts zu erwarten. Wir verlassen uns lieber nur auf uns selbst und nehmen unser Schicksal in die eigene Hand! Seht ihr das auch so?«

Ein vielstimmiges Ja erscholl.

»Wenn wir durchhalten, wird der Sieg unser sein! Wir treffen uns am neunundzwanzigsten November, also übermorgen am Sonntag, auf dem Heiligengeistfeld mit vielen anderen Arbeitergruppen zu einer machtvollen Kundgebung. Punkt zehn Uhr vor dem Viehmarkt geht's los. Erscheinen ist Pflicht und Ehrensache! Als Redner sind Johann Döring und meine Person vorgesehen, dazu einige andere. Es wird eine Demonstration unserer Stärke und Entschlossenheit sein. Unüberhörbar, unübersehbar! Die Presse wird auch dazukommen. Überdies Fotografen, die Aufnahmen machen. Ihnen sollt ihr die Plakate mit unseren Forderungen entgegenhalten, damit sie in den Zeitungen abgedruckt werden. Seht her, ich habe welche vorbereiten lassen.«

Klaas ging an den Rednertisch, auf dem sie lagen, und hielt einige hoch. Sie zeigten alle das gleiche Motiv: einen angewinkelten kräftigen Männerarm. Der Bizeps war angespannt und hatte eine ihn umschließende Kette gesprengt. Einzelne Glieder flogen durch die Luft. Die Texte dazu waren kurz und hoben sich schwarz vor rotem Hintergrund ab. Sie lauteten:

Sprengt den Lohn-Hohn!

Oder:

Sprengt den Tief-Tarif!

Auch an die Matrosen im Hafen war gedacht:

Sprengt die Heuer-Steuer!

Klaas erklärte: »Die Texte sind so gehalten, Brüder, dass sie die wichtigsten unserer Forderungen wiedergeben. Den Bizeps und die Kette hat übrigens unser Künstler Benno gemalt. Benno, steh mal auf.«

Benno erhob sich zögernd. Es widerstrebte ihm, plötzlich Mittelpunkt zu sein, zumal es lange Zeit zurücklag, dass er den Arm und die Kette für Klaas gemalt hatte.

Klaas applaudierte ihm, und die Männer fielen ein. »Benno kann übrigens nicht nur Arme besonders gut zeichnen, sondern auch andere Körperteile.« Damit meinte er die Akte und Ärsche, welche die Wände in der Gaststube zierten.

Die Männer verstanden. Der Applaus wurde stärker. Beifälliges Schmunzeln war zu hören.

Benno spürte, wie er verlegen wurde. Von seiner üblichen Vorwitzigkeit war in diesem Moment nicht viel zu merken.

Klaas befreite ihn aus der Situation, indem er weiterredete: »Ich verteile die Plakate nachher zusammen mit den Streikkarten. Hat jemand noch eine Frage?«

Das war der Fall. Die Männer wollten in erster Linie Näheres zu den Streikgeldern wissen. Familienväter fragten nach Unterstützung für Frau und Kind. Andere wollten Auskunft, ob sie ihre Streikkarten auch in *Tütge's Saal* im Valentinskamp abstempeln lassen dürften, da sich dort eine weitere Meldestelle für Schauerleute befand. Wieder andere wollten wissen, was zu tun sei, wenn sie die Karte verlören. Und so ging es immer weiter. Erst nach einer halben Stunde kam Klaas dazu, Verhaltensmaßregeln für die kommenden Tage zu verkünden. Er rief, die Zeit sei reif, um mit harten Bandagen zu kämpfen. Streikposten müssten vermehrt aufgestellt werden, Streikbrecher, wie sie bereits von den Unternehmern angeworben worden seien, müssten notfalls mit Gewalt an der Arbeitsaufnahme gehindert werden, Barkassen müssten im Hafen eingesetzt werden, um Kontrollfahrten durchzuführen, Telegrafenleitungen müssten gekappt werden, um die Verständigung unter den Arbeitgebern lahmzulegen, und vielerlei mehr.

Nachdem alles gesagt und jede Frage beantwortet war, begann er endlich, die Streikkarten und die Plakate zu verteilen.

Benno beschloss zu gehen. Er war zwar solidarisch mit den Arbeitern, aber keiner von ihnen. Trotzdem fühlte er sich mittlerweile so sehr als St. Paulianer, dass er sich vornahm, am Sonntag auf dem Heiligengeistfeld dabei zu sein.

Der Sonntag war ein Tag mit typischem Hamburger Schietwetter. Ein böiger Wind pfiff um die Häuserecken, und heftige Regenschauer peitschten die Wasser von Elbe und Alster auf. Das hinderte die Männer vom Hafen allerdings nicht, zu Hunderten auf das Heiligengeistfeld zu strömen und sich dort zu versammeln – die Gesichter entschlossen, die Mützen tief in die Stirn gezogen. Viele hatten sich eine Pfeife angesteckt und pafften dicke Qualmwolken in die Luft. Andere hatten einen Flachmann dabei, um sich von innen zu wärmen. Benno stand mitten unter ihnen, neben sich Willi Höller, dessen riesige Gestalt wie ein Fels in der Brandung wirkte. Willi als ehemals

»schwarzer Schauermann« hatte es sich nicht nehmen lassen, der Veranstaltung beizuwohnen, obwohl er zu so früher Stunde gewöhnlich kaum ansprechbar war. Er fröstelte trotz der Schwerwetterjacke, die er an diesem Morgen trug. Benno in seiner alten Joppe sah ganz ähnlich aus. Beide glichen in ihrem Äußeren den anderen Männern, was auch der Grund dafür sein mochte, dass man Benno ein Plakat in die Hand gedrückt hatte, mit der Aufforderung, es an einer Stange weit sichtbar in die Höhe zu halten. Auf dem Plakat stand:

Streik!

**Rührt kein Stück
Arbeit an!**

Eigentlich hatte er das Plakat nicht annehmen wollen, aber Willi hatte geknurrt: »Bist du nun einer von uns oder nicht?« Da hatte er die Stange genommen.

Es war ein reines Textplakat, und Benno überlegte gerade, ob der Wortlaut wie die anderen Parolen von Klaas verfasst worden war, als ebendieser ein hölzernes Podium erklomm. Das Gerüst wirkte nicht gerade vertrauenerweckend, denn man hatte es eilig zusammengezimmert. Ein Mann in den Dreißigern kletterte hinter Klaas die Treppe empor. Das musste Johann Döring sein, der bekannte Arbeiterführer. Ein paar andere Funktionäre folgten mit wichtiger Miene.

Döring trat an den Rand des Podiums und hob die Arme. Auf dem Platz wurde es ruhig. Dann sagte er einen Satz, der ihm sofort die Aufmerksamkeit aller schenkte. Er sagte: »Ich wünschte, Tom Mann wäre hier.«

Ein Raunen ging durch die Menge. Tom Mann war ein in ganz Europa bekannter englischer Gewerkschafter, der sich große Verdienste für die Sache der Arbeiter erworben hatte. Auch den streikenden Hamburger Hafenarbeitern hatte er beistehen wollen und war im September in die Hansestadt gekommen, um bei der Bündelung aller Kräfte gegen die Kapitalisten zu helfen. Doch er war umgehend von der Polizei aufgegriffen und nach England abgeschoben worden.

Eine so rigorose Einmischung der Behörden hatte große Empörung in weiten Teilen der Arbeiterschaft verursacht, umso mehr, als sich der Vorfall drei Monate später, am dreiundzwanzigsten November, wiederholte: Mann war ein zweites Mal an die Elbe gekommen und erneut ausgewiesen worden.

»Wie ihr wisst, kann Tom nicht bei uns sein, weil man ihn wie einen Verbrecher behandelt hat!«

Buh-Rufe wurden laut.

»Aber ich soll euch von ihm grüßen. Er hat mir vor einer Woche noch eine Nachricht zustecken können. Hier ist sie!« Döring schwenkte ein Stück Papier in der Hand und fuhr fort: »Darin macht er euch Mut, keinen einzigen Zoll nachzugeben. Der Ausstand muss auf Biegen und Brechen durchgehalten werden, bis auch die letzte unserer Forderungen erfüllt ist. Arbeitsbrüder, schließt die Reihen! Wir sind nicht allein in unserem Kampf! Ich soll euch ausrichten, die Hafenarbeiter in London, Antwerpen, Rotterdam, Göteborg und vielen anderen Städten stehen fest an eurer Seite!«

Döring hielt inne, um den aufbrandenden Beifall abzuwarten. Dann redete er weiter. Er sprach davon, dass die Frachtsätze sich in den letzten Jahren verdoppelt hätten, dass die Reeder so hohe Gewinne wie nie zuvor machten und dass die Arbeitslosigkeit deutlich nachgelassen habe, als Willi plötzlich ein erstauntes Grunzen von sich gab. Eine junge Frau hatte ihm einen Zettel in die Hand gedrückt. »Mensch, Auguste, bist du das?«, fragte er ungläubig. »Was machst du denn hier?«

Auguste unterschied sich äußerlich kaum von den Männern. Auch sie trug derbe Regenkleidung, dazu einen Südwester auf dem Kopf, wie ihn die Fischer auf der Elbe und in der Nordsee benutzten, wenn das Wetter ungemütlich wurde. »Das siehst du doch«, antwortete sie mit tiefer Stimme. »Ich verteile Zettel.«

Sie steckte auch Benno einen in die Brusttasche, weil er wegen der Plakatstange keine Hand frei hatte. »Wir rufen zu einer großen öffentlichen Versammlung aller Frauen der Hafenarbeiter auf«, erklärte sie. »Am siebten Dezember in *Koppelmann's Salon,* Große Rosenstraße. Wir müssen solidarisch sein, hörst du. Die Unternehmer wollen einen Kampf bis aufs Messer. Sie setzen den Hunger als Druckmittel ein. Aber nicht mit uns! Na ja, kannst es ja selbst lesen. Steht da alles schwarz auf weiß. Wenn du eine Frau hast, schick sie zu uns. Je mehr wir sind, desto machtvoller unser Signal.«

»Äh, ja.« Benno war verwirrt. Er hatte Auguste wiedererkannt. Sie war die Geliebte von Vira aus dem *Glückskeller.* Er erinnerte sich genau, wie er bei Vira seinerzeit »Lose« gekauft hatte. Es war sein erstes Mal gewesen. Und er erinnerte sich auch, einmal gehört zu haben, dass Auguste früher im Theater aufgetreten war, nun aber als Erika-Schwester im Eppendorfer Krankenhaus arbeitete. Warum war sie dann hier?

»Mach's gut«, sagte Auguste zu Benno und gab Willi einen freundschaftlichen Stoß in die Seite. »Ich muss weiter.« Dann fuhr sie fort, Zettel zu verteilen, während Döring auf dem Podium die satten Gewinne der Reeder und das Elend der Arbeiter anprangerte. Die Männer hingen an seinen Lippen. Auch Benno, der dazu neigte, weniges im Leben ernst zu nehmen, hörte wie gebannt zu. Danach sprach Döring von der hohen Unfallgefahr im Hafen und von den ungesunden, unhaltbaren Arbeitsbedingungen, als plötzlich Unruhe in der Menge entstand. Eine quäkende Stimme aus einem Sprechrohr, die Dörings Worte spielend übertönte, rief: »Männer, lasst euch nicht für dumm verkaufen! Der Hafen gibt euch Lohn und Brot! Nehmt morgen die Arbeit wieder auf!«

Die Stimme gehörte einem gutgenährten Mann, der einen teuren, pelzbesetzten Wintermantel trug. Er stand mit zwei anderen Herren rund hundert Schritte entfernt auf einer großen Stückgutkiste. Um sie herum hatten sich drei oder vier Dutzend schwarz gekleidete, finster dreinblickende Gestalten geschart.

»Wer sind die Pfeffersäcke da auf der Kiste?«, fragte ein Arbeiter in Bennos Nähe.

Sein Nachbar antwortete: »Der mit der Flüstertüte ist Nickhusen, der Reeder!«

»Und die beiden daneben?«

»Langbehn und Köster. Langbehn gehören zig Lagerhäuser in der Speicherstadt, wo er den Leuten Hungerlöhne zahlt, und Köster ist Druckereibesitzer, einer der größten Geizkragen überhaupt.«

»Blutsauger, allesamt!«

»Halsabschneider! Leuteschinder! Sie haben eine Gegendemonstration organisiert!«

Ein Stein schwirrte durch die Luft und verfehlte einen der Arbeiter nur knapp.

Dann zischte ein weiterer heran.

Döring auf dem Podium erkannte die Gefahr und wollte die Situation entschärfen. »Bleibt ruhig, Arbeitsbrüder!«, rief er. »Lasst euch nicht provozieren. Das ist genau das, was die feinen Herren wollen. Sie wollen unsere Versammlung spreng…«

Weiter kam er nicht, denn schon wieder kam ein Stein herangesaust und traf seine Hand, die den Brief von Tom Mann hielt. Döring stieß einen Schmerzensschrei aus.

Auf der anderen Seite hatte Langbehn, der Lagerhallenbesitzer, das Sprechrohr ergriffen. »Männer, seid vernünftig!«, dröhnte er. »Lasst euch nicht von den Gewerkschaftern ins Bockshorn jagen. Die wollen euch doch nur aufhetzen. Die reden von schlechten Arbeitsbedingungen und haben selber noch nie richtig gearbeitet. Die reden von Solidarität und Schulterschluss und haben euch noch keinen einzigen Pfennig Streikgeld gezahlt, stimmt's? Wollt ihr, dass eure Frauen und Kinder verhungern? Kehrt morgen am Montag an euren Arbeitsplatz zurück, und ihr könnt euch wieder was zu beißen kaufen. Ein Streik nützt doch niemandem etwas!«

»Verdammter Ausbeuter!« Es war Klaas, der das rief. Benno sah, dass er vor Zorn bebte, während er ein Taschentuch um

Dörings verletzte Hand wickelte. In der Tat war es infam, wie Langbehn die Tatsachen verdrehte und Zwietracht zu säen versuchte. Da war es nur zu verständlich, dass Klaas, der alles getan hatte, um die Versammlung zu einem Erfolg zu machen, die Beherrschung verlor. »Wie viel Geld willst du auf Kosten der Arbeiterschaft noch scheffeln, Langbehn?«, brüllte er. »Bis es dir zu den Ohren wieder rauskommt? Geh nach Hause mit deinen schwarzen Schlägern!«

»Schlägern?«, rief Köster, der dritte im Bunde, nun mit scheinheiliger Entrüstung. »Ich weiß nicht, wovon Sie sprechen, Bohm, ich sehe keine Schläger!«

»Heuchler! Lass uns weiter friedlich demonstrieren!«

»Friedlich? Ich muss doch sehr bitten! Ihre Leute werfen mit Steinen auf uns.«

»Lächerlich. Ihr habt angefangen. Haut endlich ab.«

Doch die finsteren Gestalten um Nickhusen, Langbehn und Köster dachten nicht daran, sich zurückzuziehen. Im Gegenteil, sie näherten sich rasch. Weitere Steine flogen. Ein Mann in Bennos unmittelbarer Nähe zuckte zusammen, fasste sich an den Kopf und sank zu Boden.

Rufe und Flüche wurden laut. Die ganze aufgestaute Wut der Arbeiter fand ihr Ventil. Lange genug hatten sie stillgehalten und sich wie Vieh behandeln lassen. Benno erinnerte sich, gehört zu haben, dass die Unternehmer in den letzten Tagen tausend Italiener als Streikbrecher angeheuert hatten, diese aber auf Geheiß des Senats noch nicht eingesetzt werden durften. Wahrscheinlich sollten sich einige von ihnen heute anderweitig nützlich machen. Sie waren zwar in der Unterzahl, doch sie hatten Steine und Knüppel dabei. Und zweifellos würde es ihnen gelingen, die Versammlung zu stören.

Benno sah, wie mehrere der schwarzen Gestalten damit begannen, auf die am Rande der Versammlung stehenden Arbeiter einzuschlagen. Die Männer wichen zurück, fluchten und hielten sich die Arme schützend vors Gesicht. Doch nicht wenige gingen zum Gegenangriff über.

Döring auf seinem Podium versuchte noch einmal, die Wogen zu glätten, aber es war zu spät. Niemand hörte ihm mehr zu. Stattdessen überschlugen sich die Ereignisse. Bizarre Bilder in rasender Abfolge entstanden vor Bennos Augen. Sie glichen den Minutenstreifen der Biographentheater auf St. Pauli, nur dass das, was er sah, kein Vulkanausbruch, kein kenterndes Schiff und auch kein boxendes Känguru war, sondern brutale Wirklichkeit. Eine Welle schwarzer Leiber wogte heran. Wurde aufgehalten. Fäuste flogen, Schläge klatschten. Drei oder vier der Angreifer hingen wie eine Traube an Willi und wollten ihn zu Fall bringen. Er schüttelte sie ab wie lästige Fliegen und brüllte Benno etwas zu. Es war eine Warnung. Das Podium schwankte. Die Pfosten knickten ein. Döring darauf ruderte mit den Armen. Sein weißes Taschentuch wirkte wie eine Kapitulation. Klaas neben ihm taumelte. Er verlor das Gleichgewicht. Stürzte hinunter, wurde von der Menge verschluckt. Wieder brüllte Willi irgendetwas. Er drosch auf mehrere schwarze Gestalten ein, die es auf einen Arbeiter mit Südwester abgesehen hatten. Willi war stark, doch die Kerle waren hartnäckig. Einer schmetterte seinen Knüppel gegen den Südwester. Der Arbeiter fiel um. Schlug mit dem Kopf hart auf. Der Südwester trudelte zur Seite. Schwarze Locken quollen hervor. Die Locken von Auguste. Schwarze Locken, die rot wurden. Angst kroch in Benno hoch. Große Angst. Nackte Angst. Er zuckte zusammen. Ein schwerer Stein hatte das Plakat getroffen, das er noch immer hochhielt. Der Stein fiel herab. Traf seine Schläfe. Benno wankte. Biss die Zähne zusammen. Von links rollte eine weitere Welle schwarzer Gestalten heran. Rufe, Kommandos, der durchdringende Pfiff von Trillerpfeifen. Freund oder Feind? Rettung in höchster Not? Nein, schon umringten ihn drei, vier neue Finsterlinge. Grinsten höhnisch. Versuchten, ihm die Stange aus der Hand zu reißen. Mein Gott, hilft mir denn keiner! Benno sprang zurück. Senkte die Stange wie einen Speer. Drehte sich im Kreis. Schlug um sich. *Streik! Rührt kein Stück Arbeit an!* Die Buchstaben zersprangen auf den

Rücken der Angreifer. Schwarzes Geschmeiß! Käufliches Pack, das ihr seid! Traut euch nur näher, ihr Feiglinge!

Ein weiterer Stein flog heran. Benno sah ihn kommen, doch es war zu spät. Er spürte noch, wie das Geschoss auf seiner Stirn in tausend Sterne zerplatzte und sämtliche Bilder in ein großes Nichts verwandelte.

Dann sank er um wie ein gefällter Baum.

KAPITEL 17

Benno fühlte sich hundsmiserabel. Dazu trugen nicht nur die faustgroße Beule auf seiner Stirn bei, sondern auch die Nächte, die er trotz aller Proteste in polizeilichem Gewahrsam hatte verbringen müssen. Wie ein Verbrecher war er in eine Zelle gesperrt worden, deren Inventar kaum mehr als eine harte Pritsche und ein paar obszöne Zeichnungen an der Wand ausmachte. Ein Wachtmeister hatte ihm mit dienstlicher Miene mitgeteilt, er würde in Bälde vor Gericht gestellt. Auf seine Frage, was man ihm vorwerfe, hatte der Uniformierte geantwortet: »Das werden Sie noch früh genug erfahren.«

»Wie tröstlich.«

»Sollen Ihre Angehörigen in der Zwischenzeit verständigt werden?«

»Um Gottes willen, nein!«, hatte Benno ausgerufen und sich den Zornesausbruch seines Vaters und das Gezeter seiner Mutter vorgestellt. »Aber ich habe Freunde auf St. Pauli. Vielleicht könnten die mich besuchen?«

»Abgelehnt. Das ist nicht statthaft. Bis zur Verhandlung werden Sie ohne seelische Aufmunterung auskommen müssen.«

»Aha. Ich soll stattdessen mit den Wandmalereien in meiner Luxuszelle vorliebnehmen?«

»Werden Sie bloß nicht komisch, Mann.«

»Nichts liegt mir ferner.«

Das alles lag drei Tage zurück. Nun saß Benno im Verhandlungssaal 278 des Justizgebäudes am Holstentor und harrte der Dinge, die da kommen sollten. Von seiner sonst so unbekümmerten Art war nicht viel übriggeblieben. Der Knast hatte das

Seinige dazu getan. Benno betastete seine Beule, die in allen Farben schillerte, und stierte vor sich auf den Tisch. Er war froh, dass niemand aus der Familie ihn so sah. Der Gerichtsdiener, ein dürrer Mann in abgewetzter Robe, baute sich vor ihm auf und herrschte ihn an: »Wenn das Hohe Gericht den Saal betritt, erheben Sie sich wie alle anderen, klar?«

»Gewiss«, murmelte Benno.

»Es ist schon vorgekommen, dass Angeklagte einfach sitzen geblieben sind.«

»Was Sie nicht sagen.«

Der Dürre würdigte ihn keines weiteren Blickes, wieselte zum Richtertisch und legte eine Akte darauf ab. Wahrscheinlich handelte es sich um Unterlagen zu Bennos Fall. Dann ging ein Raunen durch die Zuhörer. Eine Tür hinter dem Richtertisch hatte sich geöffnet, Amtsgerichtsrat Doktor Schleiden trat ein. In seiner Begleitung befanden sich zwei Schöffen. Schleiden trug die schwarze preußische Robe und ein gleichfarbiges Barett auf dem Kopf. Sein Gesicht wirkte bleich und humorlos.

Mein Gott, dachte Benno, der sieht aus, als ginge er zu einer Beerdigung. Hoffentlich ist das kein schlechtes Zeichen für mich.

Schleiden machte eine Handbewegung zu dem Dürren, und der Gerichtsdiener rief in den Saal: »Herrschaften, setzen Sie sich.«

Alle setzten sich.

Schleiden nahm das Barett ab und legte es vor sich auf den Tisch. »Guten Morgen«, sagte er knapp. »Es steht an: die Strafsache ›zur Haiden, Bernhard‹. Die Verhandlung ist hiermit eröffnet.«

Er nahm selbst Platz, links und rechts neben ihm die Schöffen. Dann blätterte er einige endlose Augenblicke in der Akte und wandte sich an den Gerichtsdiener: »Sind Zeugen zu dem Fall erschienen?«

»Zwei, Herr Rat.« Die Stimme des Dürren klang devot. »Beamte der Polizeiwache 13 von der Davidstraße. Sie warten draußen.«

»Schön. Ich stelle fest, die Staatsanwaltschaft ist anwesend, ebenso der Gerichtsschreiber und ...« Schleiden hielt inne und spähte fragend über den Rand seiner Brille. »Offenbar kein Verteidiger?«

»Ich verteidige mich selbst, Herr Richter«, erklärte Benno rasch. »Was auch immer man mir vorwirft, ich bin unschuldig und kann das ...«

»Ob Sie unschuldig sind, wird die Verhandlung ergeben«, unterbrach Schleiden. »Aber wo Sie schon unaufgefordert das Wort ergriffen haben, Angeklagter, nennen Sie dem Gericht Ihren vollen Namen, Ihr Alter, Ihre Religionszugehörigkeit und Ihren Wohnort.«

Benno gab die gewünschten Auskünfte.

»Und üben Sie einen Beruf aus?«

»Ich bin ... Kunstmaler.«

»Kunstmaler, soso. Ich glaube nicht, dass ich schon einmal ein Werk von Ihnen gesehen habe.«

»Spätestens in der *Hölle* werden Sie's!«, rief eine piepsige Stimme aus dem Zuhörerraum unter allseitigem Gelächter.

Schleiden blickte irritiert.

»In *Höller's Hölle* auf der Reeperbahn!«

Benno schaute hinüber und erkannte Vira, die als »Losverkäuferin« im *Glückskeller* arbeitete. Ein paar Stühle weiter saßen Mona und Emmi, ihre Kolleginnen. Daneben machte sich Willis riesige Gestalt breit. Ein warmes Gefühl durchströmte Benno. Er war nicht allein!

»Ruhe! Ich verbitte mir jeglichen Kommentar!«, rief Schleiden mit schneidender Stimme. »Der nächste Zwischenrufer erhält eine Ordnungsstrafe in Höhe von fünfzehn Mark.«

Sofort kehrte Ruhe ein. Fünfzehn Mark waren für die meisten sehr viel Geld.

Schleiden musterte Benno. »Ich kann mir denken, welcher Art Ihre Kunst ist, aber das steht hier nicht zur Debatte.« Er schlug die Akte auf und las ab: »Der Angeklagte wird beschuldigt, am Sonntag, dem neunundzwanzigsten November 1896, morgens um circa zehn Uhr dreißig auf dem Heiligengeistfeld anlässlich einer genehmigten Arbeiterversammlung gegen mehrere Personen gewalttätig geworden zu sein. Der Angeklagte bediente sich dazu einer Holzstange, wie sie zum Hochhalten von Plakaten Verwendung findet. Er stieß und schlug damit mehrfach zu, ohne Rücksicht auf Leib und Leben der Umstehenden zu nehmen, und verletzte hierdurch den Oberwachtmeister Pfannenschmidt, Walter, nicht unerheblich im Brustbereich.«

Schleiden blickte auf. »Angeklagter, wollen Sie sich dazu äußern?«

»Ja, Herr Richter.« Benno holte tief Luft. Jetzt galt es! »Die Streikbrecher sind an allem schuld. Wenn sie nicht gewesen wären, hätte die Veranstaltung ganz sicher einen friedlichen Verlauf genommen. Es war Notwehr!«

»Soso, Notwehr?« Schleiden rückte seine Brille zurecht. Einer der Schöffen flüsterte ihm etwas zu. Schleiden nickte. »Das Gericht sieht keinen direkten Zusammenhang zwischen Streikbrechern einerseits und Ihrem gewalttätigen Verhalten andererseits. Das sind zwei Paar Schuhe.«

Benno schluckte. Er ahnte, dass seine Verteidigung nicht einfach werden würde. »Mit Verlaub, Herr Richter, beides hängt miteinander zusammen. Die Schuhe wurden sozusagen aus demselben Anlass getragen.«

»Sie scheinen ein Spaßvogel zu sein. Nun gut, schildern Sie den Ablauf der Ereignisse mit Ihren eigenen Worten.«

»Danke, Herr Richter. Ich war an jenem Sonntagmorgen auf dem Heiligengeistfeld, weil die Sache der Hafenarbeiter eine notwendige und gerechte ist. Wie man sie behandelt, grenzt an Ausbeuterei und ist ...«

»Halten Sie keine politischen Reden. Kommen Sie zur Sache!«

»Jawohl.« Benno schluckte. »Vor der Veranstaltung drückte

man mir eine Stange mit einem Plakat in die Hand. Beides sollte ich während der Kundgebung hochhalten. Das tat ich auch. Der Redner auf dem Podium hatte vielleicht zehn Minuten gesprochen, da flogen plötzlich Steine. Die Unternehmer Nickhusen, Langbehn und Köster hatten um die fünfzig Männer angeheuert, die das Programm stören sollten. Ich nehme an, es war ein Teil der Südländer, die als Streikbrecher nach Hamburg geholt wurden. Sie waren schwarz gekleidet und gingen rücksichtslos gegen die Zuhörer vor. Ich selbst habe gesehen, wie ihre Steine einen Arbeiter am Kopf trafen und wie sie mit ihren Knüppeln die Versammelten niederschlugen.«

»Und das haben Sie zum Anlass genommen, Ihrerseits auf Menschen einzuschlagen?«

»So war es nicht, Herr Richter. Ich hatte zunächst gehofft, dass es Johann Döring, dem Hauptredner, gelingen möge, die Situation zu beruhigen, doch dann brach plötzlich das Podium zusammen, und das Chaos griff um sich. Einer der Steine, die auf mein Plakat geworfen wurden, prallte von dort ab, fiel herunter und traf mich an der Schläfe.«

»Und dadurch verloren Sie die Beherrschung und wurden aggressiv?«

»Nein, Herr Richter. Ich war nur für einen kurzen Moment benommen, klammerte mich an der Stange fest und spürte gleichzeitig, dass mehrere Männer versuchten, sie mir aus der Hand zu reißen, während andere auf mich einprügelten. Ich hatte Angst, große Angst und wehrte verzweifelt die Angreifer ab. Doch plötzlich griffen sie auch von links an. Auf der Wache erfuhr ich später, dass es Beamte aus der Davidstraße waren, die der Gewalt ein Ende setzen wollten. Ich erkannte sie in dem Durcheinander nicht, denn sie waren ebenfalls dunkel gekleidet. Ich fühlte mich umzingelt, wollte um jeden Preis heraus aus dem Kessel und begann, mit der Stange zuzustoßen und um mich zu schlagen. Nicht, um jemanden zu verletzen, sondern nur, um mich zu befreien. Dann traf mich ein weiterer Stein an der Stirn, und ich verlor das Bewusstsein. Das ist alles, was ich weiß. Glauben sie mir nun, Herr Richter, dass ich in Notwehr handelte?«

Schleiden schwieg. Dann räusperte er sich und sagte: »Kommen wir nun zur Beweisaufnahme. Gerichtsdiener, rufen Sie den ersten Zeugen herein.«

»Jawohl, Herr Vorsitzender.«

Der Zeuge war Oberwachtmeister Pfannenschmidt, der die Geschehnisse aus seiner Sicht beschrieb. Seine Ausführungen gipfelten in der Anschuldigung, Benno habe ihm die Spitze der Stange mit voller Absicht in die Brust gestoßen.

»Die Spitze der Stange?«, hakte einer der Schöffen nach. »Ich denke, daran befand sich das Plakat?«

»Das hatte der Angeklagte vorher auf dem Rücken eines der Angreifer zerschmettert.«

»Was stand denn überhaupt darauf?«, fragte der andere Schöffe.

»Das konnte ich in dem Gedränge nicht lesen«, antwortete Pfannenschmidt.

»Streik! Rührt kein Stück Arbeit an!«, half Benno aus.

»Hm«, sagte der Schöffe. »Es scheint, das Plakat hat – im Gegensatz zu seinem Zweck – sehr viel Betriebsamkeit ausgelöst.«

Unterdrücktes Gelächter im Saal.

»Ruhe! Das tut nichts zur Sache!«, rief Schleiden, der sich die Führung der Verhandlung nicht aus der Hand nehmen lassen wollte. »Oberwachtmeister Pfannenschmidt, verraten Sie uns, wie es kommt, dass Sie hier stehen und aussagen können, obwohl sie doch schwer verletzt sein müssten.«

Pfannenschmidt straffte sich. »Ich trage unter der Dienstjacke stets eine Tabakdose, da ich in meiner freien Zeit gerne ein Pfeifchen rauche.«

»Ja, und weiter?«

»Die Dose ist aus Blech. Sie fing den Stoß der Stange ab, so dass ich nur einen blauen Fleck auf der Brust davontrug. Allerdings einen sehr großen, sehr schmerzhaften blauen

Fleck. Wenn das Gericht es wünscht, kann ich ihn gerne zeigen.«

»Eine Inaugenscheinnahme wird nicht nötig sein. Und wenn überhaupt, dann nicht *coram publico*«, wehrte Schleiden ab. »Es sei denn, die Herren Schöffen sind anderer Meinung?«

Das war nicht der Fall.

»Fahren Sie fort.«

»Jawohl, Herr Richter.« Pfannenschmidt, der in Uniform war, nahm Haltung an. »Wenn das Hohe Gericht es wünscht, nehme ich gern zu den Begleitumständen Stellung. Die von dem Angeklagten als Streikbrecher bezeichneten Männer entflohen nach unserem Eingreifen innerhalb weniger Augenblicke in die Seitenstraßen. Eine Verfolgung war wegen der tumultartigen Ausschreitungen nicht möglich. Jedoch wurden die Unternehmer Nickhusen, Langbehn und Köster von uns eingehend befragt, konnten aber keine sachdienlichen Hinweise geben, da sie, wie sie glaubhaft versicherten, mit den infrage kommenden Personen keinerlei Kontakt hatten oder haben. Die entsprechenden Protokolle können vom Gericht gerne und jederzeit einges…«

»Schon gut, Oberwachtmeister. Das steht mit der Anklage nicht in unmittelbarem Zusammenhang. Ich danke Ihnen.«

Pfannenschmidt schaute leicht beleidigt, salutierte und verschwand.

Er machte Platz für seinen Untergebenen, den Schutzmann Joseph Eilers, der ebenfalls in Uniform war. Eilers hatte dem, was Pfannenschmidt ausgesagt hatte, nicht viel hinzuzufügen, außer, dass er und andere Kollegen verletzt worden seien. Wie viele und wo genau, wisse er nicht zu sagen.

»Tragen Sie auch unter der Dienstjacke eine Tabakdose?«, fragte einer der Schöffen.

»Äh, wie meinen?«

»Lassen Sie nur.« Der Schöffe winkte ab.

Eilers reckte das Kinn vor. »Jedenfalls hat der Angeklagte mit Sicherheit mutwillig gehandelt!«

»Das ist interessant«, sagte Schleiden.

»Das ist eine Lüge!«, brüllte jemand. Der Ruf kam aus den Zuhörerreihen. Willi Höller hatte sich zu voller Größe aufgerichtet und zielte mit dem Zeigefinger auf Eilers. »Der Mann spinnt. Ich war selbst dabei.«

»Ruhe! Ich verbitte mir jedwede Beamtenbeleidigung!« Auf Schleidens Stirn schwoll eine Ader. »Sie scheinen unbedingt eine Ordnungsstrafe zahlen zu wollen.«

»Ich will nur Gerechtigkeit.«

»Hüten Sie besser Ihre Zunge.«

»Ich guck mir das Theater hier die ganze Zeit an und hab nichts dazu gesagt, aber was zu viel ist, ist zu viel. Hab's mit eigenen Augen gesehen, dass Benno sich nur gewehrt hat. Das nehm ich auf meinen Eid.«

»Heißt das, Sie wollen sich als Zeuge einlassen?«

»Wenn Sie damit meinen, dass ich was sagen will, dann ja.«

Schleiden überlegte und kam zu einem Entschluss. »Nun gut, Gerichtsschreiber, protokollieren Sie: Das Gericht lässt den Zeugen zu. Schutzmann Eilers, Sie können gehen.«

Eilers verschwand, und Willi trat nach vorn. Benno musste sich beherrschen, um nicht aufzustehen und ihm die Hand zu drücken.

Willi nannte seine Personalien und musste die Hand auf die Bibel legen, die der Gerichtsdiener ihm hinhielt. Dann sprach er nach: »Ich schwöre bei Gott dem Allmächtigen und Allwissenden einen reinen Eid, dass ich über alles, worüber ich von dem Gericht befragt werde, die reine und volle Wahrheit und nichts als die Wahrheit aussagen werde. So wahr mir Gott helfe.«

Schleiden lugte wieder über den Brillenrand. »Nun, Herr Zeuge, Sie sind sich doch im Klaren darüber, dass Sie soeben einen Staatsdiener der Lüge bezichtigt haben?«

»Ja, Herr Richter.« Willi gab sich kleinlaut. Als Kneipen- und Bordellbesitzer hatte er Erfahrung im Umgang mit Behörden und wusste, dass man den Bogen nicht überspannen durfte. »Das ist mir nur so rausgerutscht. Ich meinte natürlich, dass der Polizist sich geirrt hat.«

»Das könnte Schutzmann Eilers genauso von Ihnen behaupten.«

»Das stimmt. Aber ich stand näher dran an Benno. Ich hab gesehen, welche Angst er hatte.«

»Woran sahen Sie das denn?«

Willi zögerte. »Wir hatten ja alle Angst, verstehen Sie. Sogar ich. Die Streikbrecher waren mit Knüppeln bewaffnet und sind damit auf uns losgegangen. Ist auf Sie schon mal jemand mit einem Knüppel losgegangen?«

Schleiden war peinlich berührt. »Das spielt keine Rolle. Sie wollen also sagen, dass alle Versammelten Angst hatten? Und demzufolge auch der Angeklagte?«

»Genau, Herr Richter, Sie haben's erfasst. Das waren richtige Schläger. Vier von ihnen hingen wie Kletten an mir, aber ich bin mit ihnen fertig geworden. Dann passierte die Sache mit dem Podium. Es knickte einfach weg. Sabotage, wenn Sie mich fragen. Na ja, danach ging's erst recht drunter und drüber. Es war ein einziges Gewusel. Ich hab Benno gewarnt, weil alles zusammengebrochen ist, und die Schläger die Verwirrung ausgenutzt haben und immer stärker auf uns eindroschen. Besonders auf Benno, weil der ja das Plakat hatte. Und dann noch auf Auguste. Die Arme hat Zettel verteilt, müssen Sie wissen, weil die Frauen ...«

»Verlieren Sie nicht den Faden, Herr Zeuge.«

»Jawohl. Jedenfalls, wer bei dem Angriff keinen Schiss in der Hose hatte ... äh, Verzeihung, ich meine, wer bei dem Überfall kein Fracksausen hatte, der ist nicht von dieser Welt.« Willi guckte treuherzig.

Schleiden blickte streng, wirkte aber für einen winzigen Augenblick amüsiert.

»Ich will ja nur sagen, dass Benno vor lauter Angst gar nicht wusste, was er tat.«

»Sie klingen sehr fürsorglich. Sie sind sein Freund, stimmt's?«

»Das kann man so sehen, Herr Richter. Trotzdem ist es richtig, was ich gesagt hab. Benno wollte sich nur die Schläger vom Leib halten und hat in der Hitze des Gefechts gar nicht mitgekriegt, dass die Polizei auf einmal da war. Das kann ich beschwören.«

Schleiden winkte ab. »Geschworen haben Sie ja schon.«

»Ach ja.«

»Sie können sich wieder setzen. Wenn keine weiteren Zeugen da sind, schließe ich hiermit die Beweisaufnahme ab. Herr Staatsanwalt, ich darf Sie um Ihr Plädoyer bitten.«

Willi verschwand wieder unter den Zuhörern, und Bennos Blick fiel auf den Staatsanwalt. Der Ankläger hatte bisher kein einziges Wort gesagt und nur in seinen Unterlagen geblättert. Nun hob er den Kopf und lächelte.

Benno erstarrte.

Der Staatsanwalt war niemand anderer als Ernst-Otto Schädeba, der Verflossene von Vicki – der Kerl, der sie bei ihrer Verlobungsfeier fast vergewaltigt hätte. Er hatte sich verändert, trug keinen Bart mehr, doch seine eng zusammenstehenden Augen blickten nach wie vor verschlagen.

Das konnte ja heiter werden.

Ernst-Otto erhob sich langsam, jeder Zoll ein würdiger Vertreter der Anklage. »Hohes Gericht«, sagte er mit tönender Stimme, »ich glaube, ich kann mich kurzfassen. Der Angeklagte will uns glauben machen, in Notwehr gehandelt zu haben. Und er behauptet, er habe die Polizeibeamten als solche nicht erkennen können.«

Ernst-Otto hielt inne, um seinen Worten mehr Gewicht zu verleihen, und bedachte Benno mit einem triumphierenden Blick. Dann setzte er seinen Schlussvortrag fort: »Manch einer mag die Geschichte mit der Selbstverteidigung glauben, ich kann es nicht. Warum nicht? Nun, es ist sicher von Nutzen, wenn man sich an dieser Stelle vor Augen führt, dass hier die

Aussagen zweier verdienter Polizeibeamter gegen die Einlassungen zweier – gestatten Sie mir den Ausdruck – ›Subjekte‹ aus dem Rotlichtmilieu stehen. Bei *Höller's Hölle* handelt es sich um eine Sozi-Höhle und beim *Glückskeller* um ein Bordell. Beide Etablissements werden von Wilhelm Höller betrieben, den wir soeben als Zeugen gehört haben. Und in beiden Etablissements geht der Angeklagte nach meinen Informationen ein und aus. Mehr noch: In seiner Eigenschaft als Kunstmaler beteiligte er sich sogar an den Agitationen der Sozialdemokraten, indem er Streikplakate malte. Zum Beweis darf ich ein Beispiel zeigen.« Ernst-Otto hielt ein Plakat hoch, das vor rotem Hintergrund einen Männerarm zeigte. Der geballte Bizeps sprengte eine Kette, deren einzelne Glieder davonflogen. Dazu lautete der Spruch: *Sprengt den Lohn-Hohn!*

Ernst-Otto fuhr fort: »Das Machwerk stammt zweifellos von dem Angeklagten, denn es trägt als Signatur die Initialen *BzH*, was nichts anderes als *Bernhard zur Haiden* bedeutet. Hohes Gericht, warum zeige ich Ihnen dieses Plakat? Weil es in sämtlichen Teilen Bedrohung signalisiert: der blutrote Hintergrund, die zackige Schrift, der muskulöse Arm, die gesprengte Kette – das alles birgt eine Aggressivität, die sich zwangsläufig in der Natur des Angeklagten wiederfindet.«

Ernst-Otto rollte das Plakat wieder ein. »Zurück zu den beiden Beamten der Wache Davidstraße: Sie haben als Zeugen das brutale Vorgehen des Angeklagten mit glaubhaften Worten geschildert. Der Angeklagte hingegen – und auch Wilhelm Höller – hat das Verhalten als Notwehr bezeichnet und mit Angst zu erklären versucht. Sicher, es gibt eine Angst, aus der heraus sich manches erklären lässt – aber es gibt auch eine Lust! Eine Lust an der Gewalt, eine Lust an der Zerstörung, eine Lust an der Brutalität. Wie groß war die Lust an der Brutalität bei dem Angeklagten?«

Abermals machte Ernst-Otto eine dramatische Pause. »Angst oder Lust, das ist hier die Frage, und ich habe nicht den leisesten Zweifel, dass den Aussagen der beiden Polizeibeamten mehr Gewicht beizumessen ist. Der Angeklagte ist demzufolge wegen Körperverletzung, gemäß § 223 des Strafgesetzbuches, des Widerstandes gegen die Staatsgewalt, § 113, sowie des Aufruhrs, § 115, für schuldig zu befinden. Insgesamt halte ich eine Strafe von drei Jahren Gefängnis für erforderlich. Ich danke Ihnen für Ihre Aufmerksamkeit.«

Ernst-Otto setzte sich, sichtlich zufrieden.

Benno hatte es die Sprache verschlagen. Du verdammter Dreckskerl!, dachte er. Du gottverdammter, raffinierter Dreckskerl! Du hast in meinem Privatleben herumgeschnüffelt, hast dir die Dinge zurechtgebogen, bis sie für dich passten, und mich hier an den Pranger gestellt...

»Ich danke Ihnen, Herr Staatsanwalt«, sagte Schleiden. »Bevor das Gericht sich zur Beratung zurückzieht, hat der Angeklagte das letzte Wort.«

Benno blickte überrascht. »Heißt das, ich kann diesem ... Staatsanwalt die passende Antwort geben?«

»Sie können sagen, was Sie wollen. Das Gesetz macht Ihnen da keine Vorschriften.«

»Danke.« Bennos Gedanken wirbelten in seinem Kopf. Wie konnte er es diesem Hundsfott heimzahlen? Womit fing er am besten an? »Der Herr Staatsanwalt scheint ein scheuer Mann zu sein«, sagte er schließlich und schaute Ernst-Otto so lange an, bis dieser wegsah. »Er hat während der ganzen Verhandlung den Kopf in seine Akten gesteckt, so dass man sein Gesicht kaum sah. Anderenfalls hätte ich ihn sofort erkannt – und als Ankläger abgelehnt. Ich kenne ihn nämlich gut. Er war es, der sich im letzten Jahr mit meiner Schwester verloben wollte und ihr vor Beginn der Feierlichkeiten im Ankleidezimmer meiner Mutter Gewalt antat. Er bedrängte sie und berührte sie obszön, doch sie wehrte sich, indem sie ihm einen Handspiegel gegen den Kopf schlug...«

»Kein Wort davon ist wahr!«, fuhr Ernst-Otto dazwischen.

Schleiden hob die Hand. »Herr Staatsanwalt, wie Sie wissen, lässt die Strafprozessordnung für das Deutsche Reich keine

Unterbrechungen des letzten Wortes zu. Bitte halten Sie sich daran.« Und an Benno gewandt: »Fahren Sie fort, Herr Angeklagter, wenn möglich, in etwas, äh, gemäßigterem Ton.«

»Jawohl. Aber ich sage die Wahrheit. Sie können die Narbe, die der Schlag verursachte, heute noch sehen. Schauen Sie nur hin.«

Ernst-Otto lief rot an und tupfte sich die Stirn mit einem Taschentuch ab.

»Die Verlobung platzte und endete in einem Eklat, dem meine Schwester es zu verdanken hatte, dass sämtliche Zeitungen und Gazetten lang und breit über den Fall berichteten – und keineswegs immer zu ihrem Vorteil. Denn wie jeder weiß, ist die Familie Schädeba in unserer Stadt nicht ohne Einfluss, und es war ihr gelungen, so manche Stimme zu gewinnen, die Vicki mehr oder weniger offen mit einer verklemmten Jungfer verglich, einem Mauerblümchen, das sich den Übergriff nur einbildete, ja, sich sogar auf diese Weise nur wichtig machen wollte.«

Schleiden nickte unmerklich. Als langgedienter Richter kannte er den alten Doktor Schädeba, einen Haudegen unter den Rechtsanwälten, mit dem er so manchen juristischen Strauß ausgefochten hatte.

»Meine Schwester hat sehr unter dem Vorfall gelitten, doch ich denke, sie ist darüber hinweg.« Benno holte kurz Luft und sah seinem Widersacher direkt in die Augen. »Was man von dir, Ernst-Otto, offenbar nicht behaupten kann. Du willst dich noch immer dafür rächen, dass Vicki den Mut aufbrachte, dein schändliches Verhalten vor der versammelten Verlobungsgesellschaft anzusprechen. Und der heutige Tag scheint dir dafür wie geschaffen. Du bezichtigst mich der Aggressivität und der Brutalität? Ausgerechnet du, der du deine zukünftige Frau so barbarisch zum Verkehr zwingen wolltest? Ich sage dir, ich habe auf dem Heiligengeistfeld nur das getan, was damals auch meine Schwester tat: mich heftig gewehrt.«

Benno deutete eine Verbeugung zum Richtertisch an. »Das

ist alles, was ich zu den Vorwürfen beisteuern kann, und es ist die Wahrheit. Das müssen Sie mir glauben.«

Schleiden räusperte sich, nicht unbeeindruckt. »Das Gericht zieht sich zur Beratung zurück. Das Urteil ergeht in einer halben Stunde. Der Saal ist so lange zu räumen.«

Dreißig Minuten später nahm Benno stehend und mit klopfendem Herzen das Urteil entgegen. Schleiden rückte seine Brille zurecht und las ab: »Der Angeklagte zur Haiden, Bernhard, ist mit sofortiger Wirkung auf freien Fuß zu setzen.«

Schleiden setzte sich umständlich und ließ auch die Zuhörer wieder Platz nehmen. Dann begann er mit der Urteilsbegründung. Sie war kurz und erschöpfte sich in der Ausführung, dass die Vorwürfe der Staatsanwaltschaft nicht zum Tragen kämen, da dem Angeklagten ein aggressives Verhalten gegenüber der Staatsgewalt nicht nachgewiesen werden könne. Aufgrund der Unübersichtlichkeit des Kampfgeschehens sei es denkbar, dass der Angeklagte die Polizeibeamten irrtümlich mit angreifenden Streikbrechern verwechselt habe. Möglicherweise habe zu diesem Irrtum auch der Umstand beigetragen, dass er unmittelbar zuvor durch einen Steinwurf am Kopf getroffen worden sei. Alles in allem sei die Einlassung des Angeklagten, er habe sich gegen Angreifer verteidigt, durch die Beweisaufnahme nicht entkräftet worden. Das Urteil müsse demzufolge auf Freispruch lauten.

Schleiden klappte den Aktendeckel zu, lächelte flüchtig und fragte: »Herr zur Haiden, nehmen Sie das Urteil an?«

Benno fiel ein Stein vom Herzen. »Ja, Herr Richter, ich wüsste nicht, was ich lieber täte.«

»Gut, dann ist die Verhandlung geschlossen.«

Kurz darauf lagen Benno und Willi sich in den Armen, umringt von Vira und den anderen Mädchen. »Mensch, Willi!«, rief Benno, »wenn du nicht gewesen wärst, müsste ich jetzt wieder hinter schwedische Gardinen.«

»War doch Ehrensache. Nun komm nach Hause, die *Hölle* wartet auf dich.«

Gemeinsam verließen sie das Gebäude. Als sie die Haupthalle passierten, sahen sie Ernst-Otto mit Pfannenschmidt und Eilers hinter einer Säule stehen. Sie steckten die Köpfe zusammen und redeten heftig aufeinander ein.

Benno grinste. »Wie ich's mir dachte: Die drei stecken unter einer Decke. Na, genützt hat es ihnen nichts. Wir jedenfalls werden unseren Sieg erst mal begießen. Ich gebe einen aus, dass die Wände wackeln!«

»Nee, lass man.« Willi war plötzlich sehr ernst. »Mit dem Feiern wird das heute nichts.«

»Aber wieso denn nicht?«

»Dafür geht's Auguste zu schlecht.«

KAPITEL 18

Professor zur Haiden befand sich im neu gegründeten Röntgeninstitut und betrachtete eine Reihe schwarz-weißer Lichtbilder. »Ich bin Ihnen dankbar, dass Sie mir bei der Interpretation der Aufnahmen helfen, Salomon«, sagte er zu dem Arzt an seiner Seite. »Vier Augen sehen mehr als zwei. Außerdem sind Sie geübter im Studium der neuen Wundertechnik.«

»Ich glaube, da übertreiben Sie, Herr Professor.«

»Nun seien Sie mal nicht so bescheiden.« Zur Haiden deutete auf eine Ablichtung, die den linken Vorderschädel eines Mannes zeigte. Das Knochenbild um die Augenhöhle trat hell zutage. »Was meinen Sie, muss ich das Jochbein operieren? Oder überlassen wir den Heilvorgang der Natur?«

Salomon beugte sich vor und kniff die Augen zusammen, um besser sehen zu können. »Es könnte ein Grenzfall sein«, sagte er vorsichtig. »Ein Eingriff wäre nur vonnöten, wenn der *Os jugale* einen dislozierten Bruch aufwiese. Auf diesem Bild ist eine Fraktur aber nur zu erahnen. Warten Sie« – er griff zu einer weiteren Aufnahme – »hier ist die Darstellung etwas deutlicher.«

»Also doch ein Bruch«, brummte zur Haiden.

Salomon nickte und deutete auf den Jochbogen unterhalb der Augenhöhle. »Ja, sehen Sie, hier, direkt unter der *orbita*. Die Fraktur weist eine leichte Verschiebung auf. Ein Knochenstückchen ist aus seiner angestammten Position herausgerutscht. Das macht eine Operation wohl unumgänglich. Was hat die Verletzung denn verursacht?«

»Der Patient stand am letzten Sonntag auf einer Tribüne und redete anlässlich des Hafenarbeiterstreiks. Klaas Bohm ist sein

Name. Gewerkschaftsführer. Die Tribüne brach zusammen, und er stürzte herab. Vielleicht fiel er mit dem Gesicht auf einen Pfosten, vielleicht hat ihm auch einer mit dem Schlagstock eins übergezogen. Über den genauen Hergang schweigt er sich aus. Es soll bei der Versammlung hoch hergegangen sein.«

»Ich weiß. Die Zeitungen waren voll davon.«

»Jedenfalls bot der Mann ein Bild des Jammers, als er eingeliefert wurde: ein schweres Monokelhämatom, eine Abflachung der Wange, die angesichts der Gesamtschwellung nicht leicht zu erkennen war, dazu eine anfängliche Doppelsichtigkeit und nicht zuletzt eine kapitale Gehirnerschütterung mit Schwindel und Übelkeit. Sie war der Hauptgrund, warum wir den Patienten nicht noch am gleichen Tag geröntgt haben. Die Symptome des Traumas sollten erst einmal abklingen.«

»Sie werden also operieren, Herr Professor?«

»Ja, morgen früh. Glauben Sie, dass eine Schädigung des *Nervus infraorbitalis* vorliegt?«

»Der Aufnahme zufolge eher nicht.«

Zur Haiden grunzte zufrieden. »Das denke ich auch. Der Patient hatte heute Morgen keine Schmerzen, als er gegen den Nerv drückte. Außerdem versichert mir Seebohm – Sie wissen ja, mein Zweiter –, dass keine sinusitischen Veränderungen in den Nasennebenhöhlen zu verzeichnen sind. Ich werde also einen Schnitt unter dem Lid vornehmen und das Knochenfragment im Jochbogen zurechtrücken, damit alles wieder schön an seinem Platz ist.«

»Werden Sie dazu die von Ihnen entwickelte Hakentechnik anwenden?«

»Genauso ist es. Den Rest soll dann der liebe Gott richten.«

Salomon lächelte. »Ich glaube, der liebe Gott kann sich freinehmen, wenn Sie operieren, Herr Professor.«

»Wollen Sie mich etwa loben?«

»Wenn ich so kühn sein darf.«

»Mensch, Salomon.« Zur Haiden musste schmunzeln. »Sie sind doch selbst ein guter Arzt. Ein sehr guter sogar.«

»Danke.«

»Wo wir gerade dabei sind, da ist etwas, das ich Sie gern fragen wollte: Warum haben Sie eigentlich vor ein paar Monaten um Ihre Versetzung in Kümmells Abteilung gebeten? Ich habe Sie ungern ziehen lassen.«

Salomon setzte zu einer Antwort an, aber zur Haiden hob die Hand. »Ich weiß, ich weiß, Sie sagten, Sie wollten eine neue Herausforderung annehmen und Sie hätten seinerzeit mit Kümmell in Berlin studiert, außerdem seien Sie fasziniert von der neuen Röntgentechnik. Hand aufs Herz, gibt es da nicht noch einen anderen Grund?«

Salomon schwieg und begann, die Ablichtungen einzeln einzutüten, zu beschriften und zu sortieren. »Die Röntgentechnik ist tatsächlich faszinierend«, sagte er. »Bevor es sie gab, hätte niemand zu sagen gewusst, ob bei einem Patienten wie Bohm ein Jochbeinbruch vorliegt oder nicht. Manche der Kollegen bezweifeln jedoch, dass sie segensreich ist, und halten sie wegen der omnipräsenten Strahlen für schädlich. Auch ich hatte zunächst meine Bedenken, aber dann war meine Neugier stärker. Als Ärzte in einer modernen Klinik dürfen wir uns dem Fortschritt nicht verschließen.«

»Sie weichen mir aus, Salomon. Wenn Sie nicht darüber reden wollen, sagen Sie es mir ruhig. Mir ist klar, dass wir bei der Arbeit nicht immer einer Meinung waren, und manchmal mag mit mir nicht gut Kirschen essen gewesen sein, aber unterm Strich hatte ich immer das Gefühl, wir hätten gut zusammengearbeitet.«

Salomon legte die Ablichtungen in einen Ordner und schrieb *Bohm* darauf. »Sie haben recht, Herr Professor«, sagte er leise. »Es gibt einen weiteren Grund für meinen Wechsel, und der hat nichts mit Ihnen zu tun. Aber ich spreche nicht gern darüber.«

»Geben Sie sich einen Ruck. Vielleicht fühlen Sie sich dann wohler.«

»Sie wissen, dass ich Jude bin?«

»Natürlich weiß ich das. Na und? Ich halte es nicht mit den Antisemiten, ich bin Monarchist. Allerdings mit einer dritten Herzkammer, in der die Hamburger Liberalität ihren Platz hat. Im Übrigen, wie sagte schon der alte Fritz: *Jeder soll nach seiner Façon selig werden.*«

»Leider scheinen in dieser Anstalt nicht alle so zu denken, Herr Professor.« Salomon lächelte freudlos. »Ich musste mir in den letzten Monaten wegen meines Glaubens schon so manche überflüssige Bemerkung anhören. Häufig wirkte sie auf den ersten Blick harmlos, doch bei näherer Betrachtung entpuppte sie sich als Spitze. Mal beim Mittagessen, mal beim Billard und auch mal in der Bibliothek. Sogar am Bett eines Patienten, als ich für Sie die Visite übernommen hatte, hörte ich hinter meinem Rücken leise, aber deutlich einen Kollegen flüstern: ›Jetzt treibt er die Dämonen aus, der Jude.‹«

»Dämonen? Was ist das für ein Unsinn?«

»Ich wusste zunächst auch nichts mit der Bemerkung anzufangen, denn unsere Familie gehört nicht zu den orthodoxen Juden, wir halten es eher mit der reformierten Gruppe. Doch ich erfuhr, dass zu Christi Zeiten die tückischen Krankheiten von uns Juden als Dämonen bezeichnet wurden. Welch hergeholter Vergleich! Er wurde nur bemüht, um meine Qualifikation ins Lächerliche zu ziehen. Der Vorfall hat mich sehr gekränkt.«

»Das glaube ich! Wie hieß die Kanaille?« Zur Haiden war ehrlich entrüstet.

»Es ist nicht mehr wichtig.«

»Ich bestehe auf dem Namen, Salomon! Solchen Hinterfotzigkeiten muss ein Riegel vorgeschoben werden, ein für allemal!«

Salomon zögerte kurz. »Es war Doktor Himmel.«

»Was, Himmel? Amadeus Himmel? Der hat meine Abteilung doch vor einem Monat verlassen! Ist nach München ins Rotkreuz-Klinikum gegangen.«

»So ist es, Herr Professor. Wenn ich das geahnt hätte, hätte ich vor vier Monaten nicht um meine Versetzung gebeten. Vielleicht hätte ich Himmel stattdessen zur Rede stellen sollen, aber mir war klar, es wäre umsonst gewesen. Er hätte mich nur unverschämt angesehen und eine erneute Frechheit von sich gegeben. Das wollte ich mir ersparen.«

»Himmel!« Zur Haiden konnte es kaum glauben. »Der war doch immer so nett und höflich.«

»Zu Ihnen, ja.« Salomon klang bitter. »Zu seinesgleichen weniger. Von Untergebenen ganz zu schweigen.«

»Tja, nun.« Zur Haiden wusste nicht recht, was er noch sagen sollte. »Haben denn diese, äh, Äußerungen aufgehört, nachdem Himmel weg war?«

»Nein, sie kommen immer mal wieder vor. Auch wenn Himmel der Schlimmste war. Sie sind wie Nadelstiche, die mir manchmal die Freude an der Arbeit vergällen. Zum Glück habe ich eine wunderbare Tochter und einen entzückenden kleinen Enkel. Beide sind mein ganzer Trost, seitdem meine Frau vor drei Jahren starb.«

»Ihre Tochter, ach ja.« Zur Haiden schien plötzlich nicht mehr an dem Thema interessiert. »Wie dem auch sei, das Leben geht weiter, nicht wahr? Morgen früh ist das Jochbein dran. Ich muss sehen, dass ich die Operation irgendwie mit unterbringe. Habe schon eine Gallenblase und einen Appendix im Programm. Vollnarkose, versteht sich. Bei der Ausübung unserer Kunst würde ich mir häufiger eine Teilnarkose wünschen. Die Belastung des Körpers wäre geringer.«

»Gewiss, Herr Professor.«

»Bekanntlich hat sich ja unser amerikanischer Kollege Hall einen oberen Schneidezahn schmerzlos behandeln lassen, indem er sich eine Kokain-Injektion am *Foramen infraorbitale* verabreichen ließ, und Halsted in New York hat eine Leitungsanästhesie am *Foramen mandibulae* erfolgreich durchgeführt, aber ich frage Sie: Wäre das schon der Weisheit letzter Schluss, wenn es um ein gebrochenes Jochbein geht? Komme mit meinen eigenen Forschungen in letzter Zeit nicht recht weiter. Zu wenig Zeit. Müsste mich endlich mal mit dem Extraordinarius Bier austauschen. Sie kennen Bier?«

»Nur dem Namen nach.«

»Ein noch junger Kollege. Jung, aber fähig. Bier beschäftigt sich intensiv mit der Lokalanästhesie. Direktor Rumpf und ich hätten ihn gern in unserem Krankenhaus, aber er ist wohl in Kiel nicht loszueisen. Egal, das muss Sie ja nicht kümmern. Sie haben ja Ihre Strahlen, nicht wahr, Salomon?«

»Das stimmt, Herr Professor.«

»Ich muss weiter. Geben Sie mir nur den Ordner mit den Röntgenbildern von Bohm, ich lasse ihn seinem Krankenjournal beifügen.«

»Danke, Herr Professor.«

Zur Haiden schickte sich an, den Raum zu verlassen, drehte sich aber noch einmal um. »Man versorgt eine Fraktur des *Os jugale* nicht alle Tage, doch ich denke, es wird schon schiefgehen.«

»Viel Glück.«

»Danke. OP-Schwester ist diese Woche Schwester Georgia. Die Gute ist wie ein menschlicher Automat. Sie wird die Instrumente wie immer perfekt vorbereiten und am Ende sagen: ›Der Tisch ist gedeckt, Herr Professor.‹ Trotzdem wird sie wieder das Wichtigste vergessen.«

Salomon blickte fragend.

Zur Haiden machte eine entsagende Geste. »Meine geliebte Zigarre.«

KAPITEL 19

Vicki stand an Klaas' Krankenbett und hielt ihm einen Becher mit heißer Milch und Honig hin. »Trinken Sie, Herr Bohm, damit Sie schnell wieder auf die Beine kommen.«

»Milch?«, fragte Klaas.

»Ja, mit Honig aus der Lüneburger Heide«, erklärte Vicki geduldig.

»Bin ich hier auf der Säuglingsstation?«

»Dafür, dass Ihre Operation erst wenige Stunden zurückliegt, sind Sie schon wieder ganz schön munter. Nun mal los. Trinken Sie!«

Klaas sah sie an. Seine Augen und sein Mund gehörten zu den wenigen Stellen, die nicht verbunden waren. »Muss das sein?«

»Bier und Schnaps gibt's hier nicht. Streiken können Sie woanders.« Vicki hatte gelernt, dass bei manchen Patienten ein burschikoser Ton hilfreich sein konnte. Das schien auch hier der Fall zu sein. Klaas grinste, soweit es ihm möglich war, griff nach dem Becher und trank vorsichtig einen Schluck.

»Schmeckt es?«

»Das wäre übertrieben.«

Es gab immer wieder Patienten, die am Essen etwas herumzumäkeln hatten, obwohl die Mahlzeiten der Krankenhausküche in der Regel sehr schmackhaft waren – zwar manchmal etwas lau, weil der Weg von der Ökonomie bis zu den Pavillons weit sein konnte, aber immerhin. Die meisten der Nörgler, so vermutete Vicki, hatten ohnehin zu Hause nichts Besseres zu beißen. Wie es bei Klaas war, wusste sie nicht. Sie wusste nur, dass er Gewerkschafter war und bei der Streikversammlung am vergangenen Sonntag einen Unfall gehabt hatte. Die Operation am heutigen Vormittag war gut verlaufen, und im Anschluss daran hatte es sich nicht vermeiden lassen, ein paar Worte mit ihrem Vater zu wechseln, da sie seit Kurzem in Pavillon 17 der Chirurgie arbeitete. Ihre Unterhaltung hatte sich wie üblich auf das Notwendigste beschränkt. Vicki fragte sich manchmal, ob er ihr den Entschluss, eine Erika-Schwester zu werden, bis in alle Ewigkeit nachtragen wollte. Vielleicht hoffte er immer noch, dass sie ihren Beruf an den Nagel hängen und »eine gute Partie« machen würde? Da konnte er lange warten. Wenn es drauf ankam, war ihr Dickkopf genauso groß wie seiner. Mindestens. Und mit genau derselben Dickköpfigkeit liebte sie ihren Beruf. »Milch entgiftet, Herr Bohm, Sie hatten eine Narkose. Und Honig hat eine antiseptische Wirkung. Sie sehen, wir wollen Sie nicht ärgern, sondern schnell wieder gesund machen.«

»Du willst mich wohl loswerden?«

Vicki verzog keine Miene. »So schnell wie möglich. Aber vorher müssen Sie mir noch sagen, warum Sie mich duzen.«

»Ist das nicht ganz normal unter der arbeitenden Bevölkerung?«

»Normal?«

»Ja! In halb Europa ist das üblich. Schau dir nur unsere dänischen Nachbarn an: Da ist jeder mit jedem per du. Auch die Schwester mit dem Oberarzt – und nennt ihn sogar beim Vornamen.«

»Beim Vornamen?« Vicki konnte sich ein Schmunzeln nicht verkneifen. Sie stellte sich vor, Sie würde den ehrwürdigen Direktor Rumpf beim nächsten Mal mit »Theodor« begrüßen. »Stimmt das wirklich?«

»Ja, wir Deutsche sind besonders groß darin, Distanzen aufzubauen.«

»Und was ist daran so schlimm?«

»Distanz ist der erste Schritt zur Unterdrückung. Sie endet

nicht selten im Kadavergehorsam des Untergebenen. Das Ergebnis ist die Ausbeutung der Arbeiterklasse durch die Bourgeoisie. Dagegen hilft nur eines: die Reihen zu schließen und auf die eigene Stärke zu vertrauen. Der Einzelne ist nichts, die Gemeinschaft ist alles.«

»Das hört sich an, als hätten Sie das schon tausend Mal gesagt.«

»Als hättest *du* das schon tausend Mal gesagt.«

»Wie Sie wollen. Ich meine: Wie *du* willst.« Vicki fand es plötzlich albern, auf dem Sie zu bestehen.

»Übrigens: Das Du-Sagen hat nichts mit Respektlosigkeit zu tun, im Gegenteil.« Klaas schaute ihr in die Augen. Und was er sah, schien ihm zu gefallen. »Vielleicht sollte ich mir mit dem Gesundwerden ruhig etwas Zeit lassen?«

»Du musst dich jetzt ausruhen. Am besten schläfst du noch ein wenig.« Vicki nahm ihm den Becher aus der Hand und wollte sich dem nächsten Patienten zuwenden. Doch sie kam nicht weit, denn auf dem Gang stand ihr jemand im Weg. Es war Hedwig von Schlichting.

»Können Sie ein paar Minuten Pause machen, Vicki?«, fragte sie.

»Gewiss, Frau Oberin.«

»Kommen Sie, wir gehen in den Tagesraum, da sind wir ungestört.«

Im Tagesraum war um diese Zeit niemand. »Setzen wir uns.« Die Oberin kam sofort zur Sache. »Ich habe zwei Dinge, die ich mit Ihnen besprechen möchte. Erstens: Sie wissen, dass in letzter Zeit einige Fälle von Skabies aufgetreten sind. Wir haben sie recht gut im Griff, weil die Schwefelsalbe, die der Oberapotheker Pentz anmischen lässt, hinreichend hilft. Aber es wäre nicht das erste Mal, dass ein Krankenhaus mit der Krätze zu kämpfen hat. Haben Sie bei Ihren Patienten irgendwelche Symptome beobachten können? Hat irgendwer sich häufig gekratzt?«

»Nein, Frau Oberin.«

»Hm, sind Ihnen Bläschen, Quaddeln, Papeln oder Ähnliches aufgefallen?«

»Nein, zum Glück.«

»Sehr gut.« Die Oberin wirkte beruhigt. »Achten Sie in Zukunft verstärkt auf Hautfalten zwischen den Fingern, Achselfalten und Ellenbogenbeugen. Auch bei Verbandwechseln. Es sind die Stellen, an denen sich die Krätzmilbe besonders gern in die Oberhaut bohrt.«

»Jawohl, Frau Oberin.«

»Sagen Sie auch Ihren Mitschwestern Bescheid. Ich lasse gerade eine Anordnung mit genauen Verhaltensmaßregeln bei Skabies drucken. Sie soll heute Abend im Schwesternhaus verteilt werden.«

»Jawohl. Und Ihr zweiter Punkt, Frau Oberin?«

»Macht mich offen gestanden etwas ratlos.« Die stattliche Frau, die sonst so unerschütterlich war, wirkte plötzlich besorgt. »Doch trinken wir erst einmal ein Glas Wasser.«

Vicki schenkte zwei Gläser ein. Die Oberin nahm einen Schluck, dann fragte sie: »Wann haben Sie Auguste das letzte Mal gesehen?«

»Auguste?« Vicki überlegte. »Ich glaube, vergangene Woche Freitag. Sie erzählte, sie hätte zwei Tage frei.«

»Richtig.« Die Oberin nickte. »Bis Sonntagabend, zwanzig Uhr. Ich habe den Urlaub selbst genehmigt. Das Problem ist nur, dass sie am Sonntag nicht ins Schwesternhaus zurückgekehrt ist. Ich habe erst heute davon erfahren. Die Mitschwestern Lena und Luna haben ihre Abwesenheit vertuscht und ihren Dienst mit übernommen.«

»Lena und Luna?« Vicki hatte das sommersprossige Zwillingspaar in letzter Zeit kaum gesehen.

»Genau die. Der Vorfall wird selbstverständlich bestraft werden müssen. Aber das ist jetzt nicht so wichtig, ich hoffe sehr, dass die beiden Auguste keinen Bärendienst erwiesen haben. Wir schreiben heute bereits Mittwoch, ich mache mir ernsthafte Sorgen.«

»Ich weiß wirklich nicht, wo Auguste stecken könnte.«

»Das glaube ich Ihnen.« Die Oberin trank einen weiteren Schluck und trommelte mit den Fingern auf dem Tisch. »Eigentlich hätte ich sofort die Polizei verständigen müssen, aber ich wollte nicht die Pferde scheu machen. Vielleicht wendet sich ja noch alles zum Guten. Vicki, Sie müssen mir versprechen, dass Sie Augen und Ohren offen halten und mir sofort Bescheid geben, wenn Sie etwas erfahren.«

»Sie können sich auf mich verlassen.«

»Schön. Ich will noch bis morgen Mittag warten. Wenn Auguste bis dahin nicht aufgetaucht ist, muss ich eine Vermisstenanzeige aufgeben.«

Die Oberin erhob sich und legte Vicki eine Hand auf den Arm. »Und noch eines, Vicki: Hängen Sie die Sache nicht an die große Glocke, hören Sie sich diskret um. Ich bin für Sie jederzeit erreichbar.«

»Jawohl, Frau Oberin.« Vicki blickte der großgewachsenen Frau nach, wie sie hoch erhobenen Hauptes den Tagesraum verließ. In deiner Haut möchte ich wirklich nicht stecken, dachte sie. Auf deinen Schultern ruht die ganze Verantwortung. Für jede von uns. Für Elfriede, Tabea, Annerose, Georgia, Judith, Helga, Gudrun, Lena, Luna und wie sie alle heißen. Und für Auguste.

Lieber Gott, was mag mit ihr geschehen sein?

Vicki hatte die Schuhe ausgezogen und badete die schmerzenden Füße in einer Schüssel mit Fichtennadelöl. Georgia, das »Eichhörnchen«, hatte die gemeinsame Stube verlassen, um einer Mitschwester einen Besuch abzustatten. Vicki war allein. Sie hatte eine halbe, vielleicht sogar eine ganze Stunde nur für sich. Eine Zeit, in der niemand sie rief, niemand etwas von ihr wollte, niemand neue Aufgaben erteilte. Herrlich! Sie seufzte. Eigentlich hatte sie noch ein paar Seiten in einem Roman lesen und zeitig das Licht löschen wollen, aber dann siegte ihr

Pflichtgefühl, und sie studierte stattdessen die Anordnungen, wie die Skabies auf dem Krankenhausgelände von Stund an zu verhüten und behandeln sei. Sie las:

> *… Die Skabies oder Acarodermatitis ist eine weitverbreitete parasitäre Hautkrankheit. Sie wird verursacht durch die Krätzmilbe (u. a. Sarcoptes scabiei). Die halbkugelförmigen, 0,3–0,5 mm großen Weibchen bohren sich in die Oberhaut …*

Es klopfte. Vicki fuhr hoch, sie war fast eingenickt über der trockenen Lektüre. »Ja, bitte.«

Die Tür öffnete sich. Benno stand im Rahmen.

»Benno?«

»Da staunst du, was? Lange nicht gesehen, Schwesterlein.«

»Wo warst du denn die ganze Zeit?«

»Im Kittchen.«

»Was?«

Benno winkte ab. Anders als sonst flegelte er sich nicht in den erstbesten Stuhl, sondern blieb stehen. »Das ist jetzt nicht wichtig. Ich komme, weil Auguste dich sehen möchte.«

»Auguste, wo ist sie?« Vor Aufregung sprang Vicki aus der Wasserschüssel und hinterließ einen riesigen Wasserfleck auf dem Linoleumboden.

»Im *Glückskeller.* Es geht ihr – nicht gut.«

»Was? Ja, ja, natürlich, ich komme.« Vickis Gedanken rasten. »Aber ich kann hier nicht weg. Ich darf das Gelände nicht verlassen …«

»Quatsch, natürlich darfst du. Ich habe Möller, den Pförtner am Eingang, bestochen. Hab ihm zehn Mark in die Tasche gesteckt.«

»Wie? Was? Wovon redest du überhaupt?«

»Komm schon, zieh dir Schuhe an. Und nimm Verbandzeug mit. Den Rest erkläre ich später.«

Eine halbe Stunde danach stand Vicki zum ersten Mal vor

dem Eingang zum *Glückskeller*, über dem zwei pralle Gesäße wie Lampions hingen. »Mein Gott, was ist das denn?«

»Indische Meeresnüsse.« Benno grinste flüchtig. »Ich geh mal vor.« Er stieß die Tür auf und trat ins Halbdunkel. Ein Vorraum mit Tresen und einer Lostrommel, die nur zum Schein dort stand, wurde erkennbar. Danach kam ein schmaler Gang mit roten Wänden, von denen links und rechts Türen abgingen. Dazwischen befanden sich Nischen, in denen tönerne, grell bemalte Körperteile wie Artefakte präsentiert wurden: schwellende Brüste, gespreizte Schenkel, verlockende Schöße. Dann ein Hindernis: Ein überdimensionaler Phallus versperrte ihnen wie eine Schranke den Weg. Benno schob ihn nach oben, und sie gingen weiter. Er schien sich auszukennen. »Erschrick nicht, Auguste geht's wirklich nicht gut«, sagte er und öffnete am Ende des Ganges eine Tür. Ein Raum tat sich auf, Vickis Blick fiel als Erstes auf eine Kuckucksuhr an der Wand. Dann auf ein großes Bett mit roten Kissen. Im schwachen Schein mehrerer Kerzen erkannte sie Auguste. Ein riesiger Kerl mit Bart betupfte mit einem nassen Tuch ihre Lippen. Am Bettrand knieten mehrere Mädchen und weinten.

»Das sind meine Freunde«, sagte Benno.

Vicki hatte nur Augen für Auguste. Sie eilte ans Bett und strich ihr über die Wange. Die Haut war blass und feucht. »Ich habe mir solche Sorgen um dich gemacht«, stieß sie hervor. »Was ist nur passiert?«

Der Riese antwortete: »Die schwarzen Schweine waren es. Gedungene Streikbrecher. Sie haben sie auf der Versammlung am Sonntag niedergeknüppelt. Ich bin Willi.«

Er gab ihr die Hand, und Vicki hatte das Gefühl, in einen Schraubstock geraten zu sein. »Ja, äh, guten Abend, Willi.«

»Ich bin Vira«, piepste eine kleine Blonde mit weinerlicher Stimme.

»Und ich Mona.«

»Emmi.«

Vicki hörte kaum hin. Sie hatte von dem, was Willi gesagt

hatte, nur die Hälfte verstanden. Aber sie sah, dass es Auguste schlechtging. Erschreckend schlecht. »Mach Platz, Willi. Auguste, hörst du mich?«

Auguste schlug die halb geschlossenen Augen auf. »Ja.« Ihre Stimme war kaum mehr als ein Hauch.

»Ich werde dich jetzt untersuchen. Zunächst muss der Verband ab. Wenn es weh tut, hebst du einfach die Hand.«

Auguste senkte die Wimpern, zum Zeichen, dass sie verstanden hatte.

Behutsam löste Vicki die Leinenstreifen, die jemand um den Kopf geschlungen hatte. Es war alles andere als eine fachkundige Arbeit, aber das spielte in diesem Augenblick keine Rolle. »Willi, halt mal den Leuchter hoch, ich brauche mehr Licht.«

»Ja, Vicki.«

Im Schein der Kerzen betrachtete sie die Verletzung auf dem Hinterkopf. Sie lag unter schwarzen blutverkrusteten Locken und schien auf den ersten Blick nicht besonders schwer zu sein. Doch Vicki ließ sich nicht täuschen. Sie nahm Willi das Tuch ab, tauchte es in eine Wasserschüssel und löste damit die Verkrustungen, bis sie besser sehen konnte. Und was sie sah, entsetzte sie. Neben Hautabschürfungen und Blutergüssen war ein Teil der Schädeldecke eingedrückt. Ein solcher Impressionsbruch konnte schwere Folgen haben: neben Kopfschmerz, Schwindel, Sehstörungen, Übelkeit auch innere Blutungen und Lähmungen. »Kannst du Arme und Beine bewegen, Auguste?«

»Ich … weiß nicht. Doch, ich glaube.«

»Was hat sie denn?«, piepste Vira ängstlich, und Willi fragte: »Sie wird doch wieder, oder?«

»Sie hat eine Eindrückung am Hinterkopf«, erklärte Vicki. Und fügte im Stillen hinzu: Wenn man bedenkt, dass sie seit Sonntag hier liegt, ist es fast ein Wunder, dass sie noch lebt. Laut fuhr sie fort: »Auguste muss dringend operiert werden. Wir bringen sie am besten noch heute Nacht ins Eppendorfer Krankenhaus.«

»Gut, dass ich den Kutscher hab warten lassen«, meldete sich Benno. »Ich hole ihn her, er soll mit anfassen.«

»Nein!« Augustes Augen flehten. »Bitte … ich will hierbleiben.«

Willi brummte: »Sei doch vernünftig, Auguste, die Knochenflicker kriegen dich bestimmt wieder hin.«

Vira fing wieder an zu weinen. »Liebes, bitte …«, piepste sie, »du musst machen, was Vicki sagt.«

Auguste schüttelte unmerklich den Kopf.

»Aber es soll doch alles wieder gut werden!« Schluchzend warf sich Vira über ihre Geliebte. »Wir wollten doch zusammen Weihnachten feiern, du wolltest dir freinehmen, du hast es mir versprochen.«

»Es … tut mir so leid«, flüsterte Auguste.

Benno fragte: »Soll ich nun dem Kutscher Bescheid sagen oder nicht?«

»Ja«, sagte Vicki.

»Ja!« Vira schnäuzte sich. »Dann wird alles wieder gut. Sie ist doch alles, was ich hab.«

Die anderen beiden Mädchen begannen ebenfalls, auf Auguste einzureden.

»Nein!« Die Kranke stöhnte. »Lasst mich. Ich will hier … ich will hier … ihr wisst schon.«

Vicki zögerte.

Augustes Hand tastete nach ihr. »Bitte, verrate mich nicht … Schwester.« Ein schwaches Lächeln begleitete ihre Worte.

»Ich werde erst einmal deinen Verband erneuern und dir ein Sedativ geben. Dann sehen wir weiter.«

Vira beugte sich über Auguste und küsste sie auf den Mund. »Jetzt wird alles gut«, piepste sie.

Vicki brachte Auguste mit Viras Hilfe in eine sitzende Position und zeigte ihr, wie sie den Kopf der Kranken mit der Hand abstützen sollte. Dann griff sie sich eine Kompresse und eine der sterilisierten Leinenbinden, die sie – zusammen mit Medikamenten – beim Verlassen des Schwesternhauses dem

Erste-Hilfe-Kasten entnommen hatte, und begann mit der Arbeit.

Als sie mit allem fertig war, sagte sie: »Ich komme morgen und sehe nach dir.« Wie sie das anstellen sollte, war ihr zwar schleierhaft, aber die kleine Notlüge musste sein, um Auguste zu beruhigen.

Das Sedativ begann langsam zu wirken. Auguste fielen die Augen zu.

»Auf Wiedersehen.« Vicki nahm ihre Hand und drückte sie.

»Ver… rate mich nicht.« Auguste schlief schon halb. »Schwester…«

Als Vicki mit Benno das Zimmer verließ, war ihr zum Heulen zumute. Sie wusste, sie musste eine der schwersten Entscheidungen ihres Lebens treffen.

In den wenigen Stunden der verbliebenen Nacht hatte Vicki kaum ein Auge zugetan. Hin- und hergerissen war sie gewesen zwischen ihrem Pflichtgefühl und Augustes eindringlicher Bitte. Um neun Uhr am anderen Morgen, nach der ersten Visite siegte ihr Pflichtgefühl. Sie war bei der Oberin im Wort, und außerdem würde es das Beste sein, wenn Auguste von erfahrener ärztlicher Seite Hilfe bekäme. Die Strafe, die Auguste nach ihrer Genesung erhalten würde, war nichts im Vergleich zu ihrem drohenden Tod.

Vicki verließ den Krankenpavillon und eilte zum Schwesternhaus, wo die Oberin ihr neues Büro bezogen hatte. Sie klopfte.

»Jetzt nicht!«

Vicki trat trotzdem ein. Drinnen saß die Oberin tief gebeugt über Stapeln von Papieren. Sie blickte ärgerlich auf. Doch als sie Vicki sah, glättete sich ihr Gesicht. »Ich nehme an, Sie haben etwas über Auguste erfahren?«

»So ist es, Frau Oberin.« Vicki erzählte, wie es um Auguste stand und wo sie sich aufhielt.

»Sie hätten schon heute Nacht zu mir kommen müssen.«

»Ich wollte Sie nicht wecken, Frau Oberin.«

»Ach, wirklich?«

Vicki errötete unter dem prüfenden Blick der erfahrenen Frau.

»Nun, das ist jetzt unwichtig. Wir beide werden sofort zu diesem *Glückskeller* fahren. Ich glaube nicht, dass Auguste sich meinem Befehl widersetzen wird. Sie muss unbedingt operiert werden.«

»Verzeihung, aber mein Dienst …«

»Wird von einer anderen Schwester übernommen. Ich regele das. Wozu gibt es diese neumodischen Telefonapparate.« Sie griff zum Hörer und gab ihre Anweisungen. Nach kurzer Zeit war alles erledigt. »Kommen Sie, Vicki.«

Genau zweiundvierzig Minuten danach standen sie vor dem Eingang zum *Glückskeller.* Es war noch keine zehn Uhr. Die indischen Meeresnüsse wirkten am Morgen ohne die entsprechende Beleuchtung welk. Die Oberin würdigte sie keines Blickes, ebenso wie sie die obszönen Darstellungen in den Nischen auf dem Gang übersah.

»Ganz hinten, die letzte Tür«, erklärte Vicki.

Die Oberin klopfte und trat ein, ohne zu warten. Dann blieb sie abrupt stehen. Der Raum war voller Menschen, mindestens zwanzig Personen standen um das Bett herum. Fast alle weinten. Vira kniete schluchzend am anderen Ende und streichelte immerfort Augustes verbundenen Kopf.

Willis mächtige Gestalt löste sich aus der Masse. »Wer sind Sie?«

»Ich bin Hedwig von Schlichting, Augustes Oberin.«

»Verzeihung, hab ihre Tracht nicht gleich erkannt. Hallo, Vicki.«

»Hallo, Willi.«

»Ich bin gekommen, um Auguste umzustimmen. Sie kann nicht hierbleiben. Sie muss mit uns nach Eppendorf.« Die Oberin senkte die Stimme. »Sonst stirbt sie.«

»Sie ist schon tot. Seit ’ner halben Stunde.« Willis Stimme klang hohl.

»Tot?« Die Oberin atmete tief durch.

Vicki blieb fast das Herz stehen. Sie merkte, wie ihr die Tränen kamen. Schon öfter war sie dem Tod begegnet, wenn ein Patient starb, aber dies hier war etwas anderes. Auguste war doch noch so jung! Das konnte, das durfte nicht wahr sein!

Als hätte er ihre Gedanken erraten, sagte Willi: »Wir können’s alle noch nicht fassen.«

Die Oberin faltete die Hände. »Das ist eine traurige Nachricht. Die Erika-Schwestern werden für ihre Seele beten. Sie war ein wunderbarer Mensch und sehr beliebt.«

»Ja, das war sie.«

»Sind die Verwandten schon benachrichtigt?«

»Nee.« Willi kratzte sich am Kopf. »Das ist die Schwierigkeit. Ich kenn’ nur den Ernst.«

»Wer ist das?«

»Ernst Drucker, der Vater, und der ist mit seiner Theatertruppe im Süden. Wo genau, weiß keiner. Die heißen ja alle gleich, die Dörfer da unten am Bodensee.«

Die Oberin überlegte. Dann hatte sie einen Entschluss gefasst. »Ich möchte, dass alle, denen Auguste etwas bedeutet hat, Gelegenheit bekommen, in den nächsten zwei Stunden von ihr Abschied zu nehmen. Ab Mittag beanspruche ich die Tote für mich.«

»Was, Sie?« Willis Stimme klang auf einmal drohend.

»Ja, ich.« Die Oberin war einen halben Kopf kleiner als er, aber irgendwie schaffte sie es, auf ihn herabzusehen. »Auguste war eine Erika-Schwester, und ich war ihre Vorgesetzte. Ich bin im Besitz aller notwendigen Papiere. Oder reißen Sie sich etwa darum, den Schriftverkehr zu machen und die Beerdigung zu organisieren?«

»Nee, eigentlich nicht.« So weit hatte Willi noch gar nicht gedacht.

»Sehen Sie. Glauben Sie mir, es ist das Beste so.« Die Oberin wandte sich an Vicki. »Sagen Sie Ihrer Freundin ein letztes Lebewohl. Und dann fahren Sie zurück ins Krankenhaus und nehmen Ihren Dienst wieder auf. Ich werde hier alles regeln.«

»Ja … Jawohl.« Vicki schluckte. Ihr ging das alles viel zu schnell. Aber das Wort der Oberin war Gesetz. Sie ging ans Kopfende des Bettes und betrachtete Vira, die Auguste noch immer streichelte. Ihr beide habt euch geliebt, dachte sie. Eine Liebe, die nur auf der Reeperbahn, in dieser seltsamen Welt aus Gefühl und Gewalt, möglich ist. Warst du glücklich, Auguste? Sind deine Träume in Erfüllung gegangen? Ich werde es nie mehr erfahren. Aber ich weiß, du hast mich gemocht, genauso, wie ich dich mochte. Weißt du noch, wie wir uns zum ersten Mal gesehen haben, damals, in Stube 3, im Erika-Haus? Das ist so lange her. Du warst mir nah, von Anfang an. Und doch so fremd. Und jetzt bist du von uns gegangen. Deine tiefe Stimme wird nie wieder erklingen. Und dein herzhaftes Lachen auch nicht. Doch du wirst für immer einen Platz in meinem Herzen haben. Leb wohl, leb wohl …

Sie merkte, wie ihr wieder die Tränen kamen, doch sie schämte sich nicht dafür. Es gab Momente im Leben, da durfte man Gefühle zeigen. Ohne einen Gruß eilte sie an der Oberin vorbei und verließ den *Glückskeller*.

Vier Tage waren seitdem vergangen, man schrieb Montag, den siebten Dezember, und auch an diesem Tag brodelte die Gerüchteküche. Die Erika-Schwestern machten sich Sorgen um Auguste, denn dass etwas mit ihr passiert sein musste, war inzwischen allen klar. Nur was? Lena und Luna hatten sich eine gepfefferte Gardinenpredigt von der Oberin anhören müssen und Freizeitverbot für die nächsten drei Monate erhalten. Doch was mit Auguste geschehen war, wussten auch sie nicht. Vicki schwieg zu alledem eisern, denn die Oberin hatte sie dazu verdonnert. »Stellen Sie sich vor, Vicki«, hatte sie gesagt, »eine Erika-Schwester, die im Rotlichtmilieu auf St. Pauli gestorben ist. Nicht auszudenken, wenn das publik würde! Der gute Ruf unseres Vereins steht auf dem Spiel. Wenn es so weit ist, werde ich bekannt geben, dass Auguste ihrem Vater nachgereist ist und einen tragischen Unfall hatte. Das muss genügen. Und ich möchte Sie bitten, dass diese Version auch von Willi Höller und seinen, äh, Mitarbeiterinnen übernommen wird. Ihr Bruder soll es ihnen ausrichten. Er hat ja allem Anschein nach gute Kontakte zur Unterwelt.«

Vicki hatte es versprochen. Dennoch waren die Spekulationen nicht verstummt. Niemand schien etwas Konkretes zu wissen. Umso überraschter war sie, als Klaas, dem es inzwischen deutlich besserging, an diesem Tag zu ihr sagte: »Heute wollte Auguste eigentlich in *Koppelmann's Salon* bei der großen Frauenversammlung sprechen. Es ist eine Riesensauerei, dass sie es nicht mehr kann.«

Vicki, die gerade Teller und Bestecke vom Mittagessen forträumte, fiel fast das Tablett aus der Hand. »Du … du kennst Auguste?«, stotterte sie.

»Wenn du mich in den Tagesraum begleitest, erzähle ich dir mehr.«

»Ich kann jetzt nicht. Ich muss noch abräumen und das Geschirr im Spülzimmer reinigen.«

»Dann in einer halben Stunde?«

»Gut, aber viel Zeit habe ich nicht.«

Als Klaas ihr später bei einer Tasse Tee gegenübersaß, machte er ein geheimnisvolles Gesicht. »Ich weiß viel mehr über dich und Auguste, als du denkst.«

Vicki schwieg.

»Ihr wart Freundinnen.« Klaas trank einen Schluck. »Auguste hat es mir vor einiger Zeit erzählt. »Sie hält große Stücke auf dich.«

»Woher weißt du das alles?«

»Auguste ist in der Frauenbewegung. In ihrer wenigen freien

Zeit kämpft sie für Gerechtigkeit und Gleichberechtigung. Am neunundzwanzigsten November verteilte sie Zettel bei der großen Versammlung auf dem Heiligengeistfeld. Dabei wurde sie von den Bütteln der Unternehmer niedergeschlagen. Ich selbst hab's nicht gesehen, weil ich zu dem Zeitpunkt schon bewusstlos war. Das Podium war zusammengebrochen, und ein Balken war härter als mein Jochbein.« Klaas grinste.

Vicki fragte sich, was er mit seiner Offenheit bezweckte. Wollte er sich nur wichtig machen? Wusste er noch mehr? »Und was ist dann mit Auguste passiert?«, fragte sie.

»Es wurde beobachtet, wie einer sie wegtrug. Ein ziemlich großer Kerl.«

»Weißt du, wer das war?«

»Nein, tut mir leid.«

»Dann weißt du auch nicht, wohin der Kerl sie brachte?«

Klaas zuckte mit den Schultern. »Keine Ahnung. Hör mal, ich dachte, ich tue dir einen Gefallen, wenn ich dir erzähle, was ich weiß. Stattdessen fragst du mir Löcher in den Bauch. Alles können meine Informanten auch nicht wissen.«

Vicki goss ihm Tee nach. »Sind das die zwei, die dich gestern am Sonntag besucht haben?«

»Dir entgeht aber auch nichts, was?« Klaas trank einen Schluck. »Wenn du's genau wissen willst, ja. Unser Streik geht weiter, auch wenn ich vorübergehend ausfalle.«

»Jedenfalls danke ich dir, dass du mir gesagt hast, was du erfahren hast.« Insgeheim dachte sie: Aber alles weißt du nicht, sonst wüsstest du, dass sie tot ist und wo sie starb. Ich werde dir nichts erzählen. Ganz im Sinne der Oberin, die auf den guten Ruf der Erika-Schwestern bedacht ist. »Würdest du mir einen Gefallen tun?«

»Jeden.« Klaas grinste schon wieder. »Oder sagen wir: fast jeden.«

»Behalte es für dich, dass Auguste nicht nur Erika-Schwester war. Die Gerüchteküche kocht auch so schon über.«

»Wenn's weiter nichts ist.« Klaas griff nach ihrer Hand.

Vicki entzog sie ihm und blickte zur Uhr. »Ich muss jetzt gehen. Der Massagekurs findet in dreizehn Minuten statt.«

Klaas blickte spöttisch. »Sag bloß, du lernst massieren?«

»Und wenn es so wäre?«

»Würde ich mir wünschen, dass du deine Künste zuerst an mir ausprobierst.«

»Du bist unmöglich.« Sie stand auf und verließ den Raum. Doch irgendetwas an ihm gefiel ihr.

KAPITEL 20

Warst du zu Augustes Beerdigung auf dem Ohlsdorfer Friedhof?«, fragte Klaas am Ende der Woche, als Vicki ihn zum Badehaus brachte.

»Nein«, antwortete sie, »ich hatte Dienst.«

»Es soll sehr ergreifend gewesen sein. Man sagt, der Pastor hätte eine schöne Predigt gehalten.«

»Das habe ich auch gehört.« Tatsächlich wusste Vicki sehr viel mehr über die Beisetzung, denn die Oberin hatte sie am Tag danach zu sich gebeten und zu ihr gesagt: »Dienst ist Dienst, Vicki, deshalb konnten Sie Ihrer Feundin nicht das letzte Geleit geben, aber ich versichere Ihnen, dass es eine würdige Feier war. Pastor Kurbjuhn wählte als Leitsatz Psalm 55, Vers 17: *Ich aber will zu Gott rufen, und der Herr wird mir helfen.* Ein sehr passendes Motto, wie ich fand.«

»Wie viele Trauergäste waren denn anwesend?«, hatte Vicki gefragt.

»Nun, von uns Schwestern waren insgesamt nur fünf dabei, dazu zwei oder drei entfernte Verwandte aus dem norddeutschen Raum, ein halbes Dutzend Theaterleute, Willi und Vira vom *Glückskeller* und ein Vertreter der Heinrich-Schmilinsky-Stiftung, mehr leider nicht. Ich habe den Vater zu erreichen versucht, es ist mir nicht gelungen. Aber der Schwesternverein hat auf meine Veranlassung einen sehr schönen Kranz gespendet. Anschließend habe ich dafür gesorgt, dass es noch eine kleine Stärkung in einer der umliegenden Gaststätten gab.«

»Ich frage mich die ganze Zeit, wie Sie das alles geschafft haben.«

Die Oberin hatte flüchtig gelächelt. »Das ging mir selbst hinterher genauso. Es war nicht ganz leicht, die Verstorbene nach Eppendorf bringen zu lassen, im Leichenhaus zu verwahren und einen Arzt zu finden, der beim Ausfertigen des Totenscheins nicht allzu viel wissen wollte.«

»Darf ich fragen, wer es war?«

»Ihr Vater.«

»Mein Vater?« Vicki hatte völlig entgeistert geguckt.

»Genau der. Wie Sie wissen, ist mein Verhältnis zum ihm, nun, sagen wir: nicht gerade herzlich, aber er hat eine Tochter, die mit Auguste befreundet war, nämlich Sie, und einen Sohn, der im *Glückskeller* und ähnlichen Etablissements verkehrt. Er musste also ein Interesse daran haben, mir zu helfen.«

»Mein Verhältnis zu Vater ist leider auch nicht das beste.«

»Und ich bin nicht ganz schuldlos daran.«

»Trotzdem bereue ich nicht, eine Erika-Schwester geworden zu sein.«

»Ich weiß, und ich bin stolz auf Sie...«

Klaas riss Vicki aus ihren Gedanken. »Ist das da vorn das Badehaus?«

»Ja, wir sind gleich da.«

»Warum soll ich eigentlich baden? Jeder Mensch weiß, dass eine Waschschüssel und eine Wasserkruke für einen Mann völlig ausreichen.«

»Da ist Doktor Seebohm anderer Meinung. Sauberkeit und Hygiene sind das A und O in jedem Krankenhaus, sagt er. Jeder Patient, der dazu in der Lage ist, muss deshalb ein Mal in der Woche baden, auch du. Und wenn das Wannenbad im Krankenpavillon wegen einer Reparatur nicht möglich ist, muss er eben ins Badehaus. Komm weiter.«

Sie betraten das Badehaus durch den Männereingang, passierten das Wartezimmer und trafen im Raum des Bademeisters zu Vickis Überraschung auf Puttfark, den alten Krankenwärter. »Nanu, Sie hier?«, fragte Vicki.

Puttfark lächelte scheu. »Ja, ich mache nur noch Tagesdienst. Bin hier seit dem ersten November für den Badebetrieb zuständig, zusammen mit einem Kollegen und zwei Kolleginnen. »Was führt Sie hierher?«

Vicki erklärte es ihm.

»Hm, ein schlichtes Wannenbad soll es sein? Dafür sind wir eigentlich nicht eingerichtet. Wir können mit einem Römischen Bad dienen, einem Dampfbad, einem elektrischen Bad, auch mit Wasserbetten und Körper- und Kopfduschen und natürlich mit arzneilichen Bädern, aber ein Wannenbad?« Er kratzte sich am Kopf. »Warten Sie, da ist noch das Beamtenbad. Eigentlich den Mitarbeitern des Badehauses vorbehalten, aber ich mache eine Ausnahme.«

»Danke, Sie sind unsere Rettung.«

»Ach, nicht der Rede wert.« Puttfark wandte sich an Klaas. »Komm mit, ich zeige dir das Frigidarium, da kannst du dich ausziehen und deine Kleidung lassen. Anschließend zeige ich dir das Beamtenbad, es liegt gleich gegenüber. Kannst du dich allein waschen oder brauchst du Hilfe?«

»Ich bin kein Greis.«

»Gewiss. Gehen wir.«

Vicki sagte: »Ich warte hier.«

Kurz danach war Puttfark zurück.

Vicki fragte: »Sie scheinen Herrn Bohm zu kennen?«

»So ist es. Ich habe ihm mal geholfen, und er mir. In fünfzehn Minuten sage ich ihm Bescheid. Dann muss er aus der Wanne. Eigentlich wollte ich ihn beaufsichtigen, aber er versicherte mir nochmals, er sei kein Greis.« Puttfark nahm Vicki gegenüber Platz und unterdrückte dabei ein Stöhnen.

Sie bemerkte es trotzdem. »Fehlt Ihnen etwas?«, fragte sie besorgt.

»Die Knie. Sie sind ein bisschen steif in letzter Zeit.« Er lächelte entschuldigend. »Das drohende Alter.«

»So alt sind Sie doch noch gar nicht.«

»Vierundfünfzig. Ich könnte schon Opa sein.«

»Sie sehen aber gar nicht so aus.«

»Danke.« Er schaute verlegen.

»Darf ich Sie etwas fragen?«

»Natürlich.«

»Warum haben Sie eigentlich nie geheiratet?«

Puttfark räusperte sich umständlich. »Mögen Sie ein Glas Fliederbeersaft?«

»Fliederbeersaft? Warum nicht?«

Er stand auf und hinkte zu einem Schrank, entnahm ihm eine bauchige Flasche und holte zwei Gläser. »Wollen Sie ihn verdünnt?«

»Nein, danke.«

Er goss die Gläser voll, und sie tranken.

»Warum haben Sie nie geheiratet, Puttfark?«

»Ach, das ist doch unwichtig.«

»Sagen Sie das nicht.«

Puttfark seufzte und blickte zu Boden. »Ich habe eben nie die Richtige gefunden. Und als ich sie gefunden hatte, war es dreißig Jahre zu spät.«

»Oh, das tut mir leid. Erzählen Sie, wie war sie?«

»Bezaubernd, obwohl sie krank war. Ich habe sie gesundgepflegt.«

»Ja, das kann niemand besser als Sie. Ich hab's am eigenen Leib erfahren. Was hatte die Patientin denn?«

Puttfark blickte auf und sagte langsam: »Die Cholera.«

»Die Cholera? Das ist aber ein Zufall, ich hatte doch auch die …« Vicki verstummte. Dann begriff sie. Puttfark meinte niemand anderen als sie. Konnte das wirklich sein? Wenn ja, musste er sich vor vier Jahren in sie verliebt haben. Puttfark, der gute, alte Puttfark? Er hatte nie ein Wort darüber verloren, nie eine Andeutung gemacht. Und sie? Sie hatte es nicht bemerkt. Wie auch. Gewiss hatte er befürchtet, dass seine Gefühle nicht erwidert würden und deshalb geschwiegen – und den Kontakt mit ihr gemieden. Wenn sie es recht bedachte, war sie ihm in all den Jahren nur drei oder vier Mal begegnet, und immer nur flüchtig. Er hatte wohl Angst gehabt, sie könnte ihm ansehen, wie es um ihn stand. Armer Puttfark! Doch was konnte sie ihm jetzt sagen? Dass er ihr leid tat? Dass es besser so war? Dass sie einen Anderen, Jüngeren liebte, genauso ohne jede Hoffnung auf Erfüllung?

»Der Fliederbeersaft ist sehr gut«, sagte sie.

»Selbst eingekocht. Mit Rohrzucker und etwas Zitrone.« Puttfark wirkte auf einmal wie befreit. »Die Beeren sind aus dem Garten von Direktor Rumpf.«

»Haben Sie sie stiebitzt?«

»Um Gottes willen, nein. Ich gehe neuerdings beim Herrn Direktor ein und aus.«

»Das müssen Sie mir erzählen.«

»Ach, da gibt es nicht viel zu erzählen. Es war Ende Mai in diesem Jahr, da lief ich ihm über den Weg. ›Sie sind doch Puttfark?‹, fragte er.

›Jawohl‹, sagte ich, ›zu Diensten.‹

›Gehen Sie mal zu mir nach Hause und holen Sie mir die grüne Akte. Meine Frau weiß Bescheid.‹

›Die grüne Akte‹, sagte ich, ›jawohl. Wohin wollen der Herr Direktor die Akte haben?‹

›In mein Büro.‹

Ich bin dann schnurstracks zu seinem Privathaus an der Südwestecke des Geländes und sage zu der Frau Direktor, dass ich die grüne Akte holen soll. Doch sie war mit den Gedanken ganz woanders. ›Sehen Sie nur, die Rosen‹, klagte sie, ›was mach ich nur mit denen, die verkümmern mir doch alle.‹

›Kann ich helfen?‹, fragte ich.

›Sie?‹ Sie schaute mich groß an. ›Verstehen Sie denn was von Rosen?‹

›Ein wenig‹, sagte ich. ›Wir hatten früher welche auf der Wandrahminsel, wo ich aufgewachsen bin.‹

›Hier, gucken Sie bloß.‹ Sie zeigte mir ein paar lange Stiele mit Blättern, die hässliche rötlich-gelbe Flecken aufwiesen. ›Die sehen alle so aus. Auch die Blätter an den Stauden hinten im Garten. Schrecklich!‹

›Ich glaube, das ist Rosenrost‹, sagte ich.

›Ist das schlimm?‹

›Ich würde es mit Knoblauchtee versuchen.‹«

Puttfark drückte seine schmerzenden Knie durch und fuhr fort: »Die Frau Direktor wurde plötzlich ganz aufgeregt. ›Wenn das hilft, haben Sie bei mir einen Stein im Brett. Könnten Sie es versuchen?‹

›Ich tue mein Bestes‹, sagte ich, ›aber ich kann nichts garantieren.‹ Ich habe dann Knoblauchzehen in heißes Wasser gegeben und sie eine Zeit lang ziehen lassen. Dann habe ich den Aufguss in einen Zerstäuber gefüllt und die Rosenbüsche im Garten mit dem Zeug behandelt. Drei Mal innerhalb einer Woche hab ich das gemacht, und am Ende war eine deutliche Besserung festzustellen. Die Frau Direktor ist mir fast um den Hals gefallen. Als sie dann irgendwann mitbekam, dass ich Probleme mit den Knien habe, hat sie mit ihrem Mann gesprochen, er soll mir eine leichtere Tätigkeit verschaffen. Tja, so bin ich hier gelandet.«

Puttfark erhob sich und stellte die Flasche wieder weg. »Tja, manchmal geht das Leben seltsame Wege, meinen Sie nicht auch?«

»Ja«, sagte Vicki, »das meine ich auch.«

»Ich hole dann den Patienten wieder aus der Wanne.«

Als Vicki kurz darauf mit Klaas auf dem Rückweg war, fragte er: »Du scheinst dich ja gut mit Puttfark zu verstehen. Was hast du denn die ganze Zeit mit ihm besprochen?«

»Ach, nichts Besonderes«, antwortete sie.

KAPITEL 21

Das schmeckt ja wie bei Muttern«, sagte Klaas kauend. Er saß im Tagesraum und aß mit gutem Appetit Hühnerfrikassee, dazu Erbsen, Kartoffeln und Pilze. Seine Jochbeinfraktur behinderte ihn kaum noch.

»Du bist wie stets der Letzte beim Essen«, mahnte Vicki. »Alle anderen sind schon fertig.«

»Weil ich mit dir allein sein will.«

»Lass das.« Sie räumte das benutzte Geschirr vom Tisch und trug es hinüber in das Spülzimmer. »Wenn du aufgegessen hast, kannst du mir gern etwas helfen. Patienten, die nicht bettlägerig sind, dürfen sich durchaus nützlich machen.«

»Von Küchenarbeit verstehe ich nichts.«

»Aber essen kannst du, oder?«

Klaas grinste. »Komm, sei nicht so streng. Ich helfe dir ja schon.« Er nahm den letzten Bissen und trug seinen Teller zu ihr hinüber. »Ich bin Gewerkschafter und – bei aller Bescheidenheit – sehr erfolgreich mit meinen Kollegen.«

»Wisch mal den Handstein aus.« Vicki gab ihm einen Lappen.

Klaas gehorchte. »Am neunundzwanzigsten November, als die große Versammlung stattfand, waren wir achttausendsiebenhundert Streikende. Heute ist der sechzehnte Dezember, und wir sind weit über fünfzehntausend. Das kann sich doch sehen lassen.«

»Mag sein, aber ich habe gelesen, euch geht das Geld aus. Und der Senat will neuerdings, dass an der Tür nicht mehr für die Streikenden gesammelt wird.«

»Pah, wenn der Spender den Sammler zu sich in die Wohnung bittet, kann der Senat nichts machen. Wir müssen die Herren eben noch mehr unter Druck setzen, damit sie unsere Forderungen erfüllen. Übrigens, wenn du schon so viel weißt: Hast du auch gehört, dass in letzter Zeit nachts immer mal wieder Barkassen, Schuten und Ausflugsboote herrenlos in der Elbe treiben und auf Grund laufen? Drei Mal darfst du raten, wer die wohl losgemacht hat.«

»Das will ich gar nicht wissen. Ich verstehe die Sache der Arbeiter ja, jeder muss sein vernünftiges Auskommen haben. Ich verstehe aber auch die Unternehmer, die sich nicht die Pistole auf die Brust setzen lassen wollen. Kann man sich nicht einfach wie Erwachsene an einen Tisch setzen und mit gesundem Menschenverstand...« Vicki hielt inne, drei Patienten waren in den Tagesraum gekommen, um Skat zu spielen. »Danke, Herr Bohm, Sie haben mir sehr geholfen.«

»Keine Ursache, Schwester.« Klaas verließ wohl oder übel das Spülzimmer. Als er durch den Tagesraum zurück in den Saal ging, rief ihm einer der Skatspieler zu: »Na, Bohm, haste dich wieder lieb Kind gemacht bei der Schwester?«

»Leck mich«, knurrte Klaas und verschwand.

Vicki blickte ihm nach und dachte: Er ist sehr von sich eingenommen, aber er steht für seine Überzeugungen ein. Ich hoffe für ihn, dass er nicht scheitert.

Am Nachmittag sah Vicki, dass Klaas wieder von Informanten aufgesucht wurde. Zwei Männer waren es, wie üblich. Sie blickten düster drein und gingen mit ihm in den Tagesraum, wo sie sich in eine Ecke setzten und die Köpfe zusammensteckten. Vicki hätte gern gewusst, worüber sie sprachen, doch erstens ging sie das nichts an, und zweitens hatte sie viel Arbeit. Später allerdings, nach Ende der Besuchszeit und erfolgter Visite, fragte sie ihn: »Keine guten Nachrichten, Klaas?«

Er legte den Finger an die Lippen. »Pst, nicht so laut. Es muss nicht jeder hören, worüber wir sprechen.«

Vicki schaute hinüber zu seinem rechten Bettnachbarn. Der Mann döste vor sich hin. Einen linken Nachbarn gab es nicht, da war nur die Saalwand. »Was gibt's denn so Geheimnisvolles?«

»Ach, eigentlich nichts.«

»Gut, es ist nicht so, dass ich nichts zu tun hätte.« Sie wandte sich zum Gehen.

»Warte.« Klaas kämpfte mit sich. Dann gab er sich einen Ruck. »Egal, morgen steht's ja doch in der Zeitung. Es heißt, der Senat will eine Kommission einsetzen.«

»Davon gibt es viele.«

»Ja, aber diese soll die Kerle ausfindig machen, die nachts die Schiffe losmachen und in die Elbe treiben lassen.«

»Da hast du ja nichts zu befürchten. Du liegst seit über zwei Wochen bei uns auf Station.«

»Richtig. Aber es gibt im Leben zweierlei Leute: solche, die Dinge tun, und solche, die ihnen sagen, was sie tun sollen.« Klaas blickte sie vielsagend an. »Wenn du verstehst, was ich meine.«

»Ich glaube, das will ich gar nicht.« Vicki stopfte ein heraushängendes Stück Betttuch zurück. »Jedenfalls kann dir hier nichts passieren.«

»Schön wär's. In der Kommission soll Graumann sitzen, ein Vigilant und Schnüffler der übelsten Sorte. Willi Höller hat ihn mal in hohem Bogen an die Luft gesetzt. Graumann ist rachsüchtig. Der wird nicht eher ruhen, bis er was rauskriegt.«

»Hier bist du jedenfalls sicher. Schlaf jetzt, um zehn ist sowieso Nachtruhe.«

»Wenn nur der Junge nicht wäre.«

Vicki war schon halb auf dem Gang. »Was für ein Junge?«

»Ich will nicht, dass er in die Sache reingezogen wird.«

»Dein Sohn? Ich wusste gar nicht, dass du …«

»Nein, nein. Er wohnt nur bei mir, und ich kümmere mich um ihn. Finn heißt er, sechzehn Jahre alt.«

»Hat er denn keine Eltern mehr?«

»Nein, beide hat die Cholera geholt.«

Vicki kam ein Verdacht. »Wie heißt der Junge mit Nachnamen?«

»Flögl.«

»Den kenne ich!«, platzte sie heraus. »Das heißt, ich habe ihn einmal gesehen. Er war so ein rachitisches Bürschchen, wohnte in der Niedernstraße, glaube ich, und hatte sich auch angesteckt. Die halbe Familie war schon tot. Aber die Mutter lebte zu dem Zeitpunkt noch. Sie tat mir so schrecklich leid. Hannes hat ihr noch ein Fünfmarkstück dagelassen, damit sie dem Jungen was Anständiges zu essen kaufen konnte.«

»Hannes? Wer ist Hannes?«, frage Klaas misstrauisch.

»Ein junger Arzt, den du nicht kennst.«

»Hattest du was mit ihm?«

»Das geht dich nichts an. Sag mir lieber, wie es kommt, dass der Junge bei dir wohnt.«

»Puttfark hat ihn mir damals aufs Auge gedrückt.«

»Puttfark? Was hat der denn damit zu tun?«

Klaas zog sich die Decke über den Kopf. »Das ist wieder eine eigene Geschichte. Wie sagtest du eben? Ich soll schlafen. Das tue ich jetzt. Gute Nacht.«

»Wie du willst«, sagte Vicki. »Gute Nacht.«

Es war zehn Minuten vor sechs am anderen Morgen, als Vicki das kleine Wärterzimmer in Pavillon 17 betrat. Sie liebte die wenigen ruhigen Minuten bis zum Dienstantritt, denn um sechs schrillte die Anstaltsglocke, und die Betriebsamkeit setzte ein. Sie trat vor den Spiegel, überprüfte den Halt ihrer Haarspangen und setzte das Häubchen auf. Aus dem Spind holte sie die gestärkte Schürze hervor, band sie um und strich sie glatt. Fertig. Hinter ihr ging die Tür auf. Annerose, ihre Mitschwester, kam herein. Sie stammte von einem Heidehof in Amelinghausen, stand stets mit den Hühnern auf und war durch nichts aus der Ruhe zu bringen. Doch heute Morgen schien das anders zu sein. Ohne einen Gruß stieß sie hervor: »Ein Patient ist weg!«

»Erst einmal guten Morgen.«

»Aber es fehlt wirklich einer! Ich hab schon überall nachgeguckt.«

»Unmöglich. Wer soll es denn sein?«

»Bohm, Bett 1, der mit dem Jochbein.«

»Was?« Plötzlich war Vicki hellwach. Während sie mit Annerose in den Saal lief, um sich selbst zu überzeugen, fragte sie, welche Wärter letzte Nacht für den Pavillondienst zuständig gewesen waren.

»Jürgens und Sackmann.«

Jürgens, der seinen Namen gehört hatte, rief: »Ich bin hier hinten! Das Ventil am Heizkörper hat wieder seine Mucken!« Dann eilte er mit besorgter Miene herbei.

Vicki hatte unterdessen festgestellt, dass Klaas' Bett tatsächlich leer war. Doch unbenutzt schien es nicht. Die Decke war zurückgeschlagen, das Kopfkissen verrutscht. Er musste also zumindest einen Teil der Nacht darin gelegen haben. »Habt ihr wirklich überall nachgesehen?«

»Ja«, sagten beide wie aus einem Munde.

»Auch auf dem Klosett?«

»Auch da«, versicherte Jürgens. »Ich hatte Laufwache, hab die ganze Nacht meine Runden gemacht. Der Patient muss zwischen vier und halb fünf verschwunden sein.«

»Sind Sie sicher?«

»Nee, sicher nicht.« Jürgens schaute betreten. »Ehrlich gesagt hab ich nicht immer nach jedem Bett geguckt, hab mich auf Sackmann verlassen, der hatte ja Sitzwache an Bett 9 bei dem Oberschenkelhalsbruch. Der hätte eigentlich was mitkriegen müssen.«

»Fragen wir ihn.« Doch wie sich zeigte, stritt Sackmann vehement ab, etwas gesehen zu haben. Wahrscheinlich war er irgendwann eingenickt – das kam häufiger vor –, aber beweisen ließ sich das nicht.

»Nun gut«, meinte Vicki. »Sagen Sie uns wenigstens, wie es Ladiges geht. War er die Nacht über ruhig?« Ladiges war der Patient mit dem Oberschenkelhalsbruch. Er war achtundsiebzig Jahre alt und die Treppe hinuntergestürzt. Zu dem Bruch war eine Lungenentzündung gekommen. Ein ernster Fall, weshalb an seinem Bett Sitzwache gehalten werden musste.

»Es rasselt ziemlich, wenn er atmet«, sagte Sackmann.

»Ich höre es«, sagte Vicki. In ihre Worte hinein ertönte die Anstaltsglocke. Sie musste lauter sprechen, um verstanden zu werden. »Annerose, sei so gut und versorge Ladiges. Sackmann soll den normalen Dienst aufnehmen. Lüften, wischen, Betten machen und so weiter. Ich kümmere mich um den Vermissten.«

Zusammen mit Jürgens eilte sie in das Wärterzimmer zurück. »Wer ist wachhabender Gehilfsarzt?«, fragte sie.

»Wilmans«, antwortete Jürgens.

»Wo ist er?«

Jürgens zuckte mit den Schultern. »Vermutlich im Badehaus, da haben die Wachhabenden ja ihre Ärztezimmer.«

»Ich rufe ihn an.« Vicki griff zum Hörer des Telefonapparates und wählte die Nummer. Doch sie bekam keine Verbindung. »Nichts zu machen«, sagte sie. »Aber Wilmans muss unbedingt verständigt werden. Seien Sie so gut und laufen Sie rüber. Er möge bitte sofort kommen.«

»Jawohl.« Jürgens war sichtlich erleichtert, dass jemand das Kommando übernommen hatte.

Nach einer Viertelstunde war Wilmans da. Er war klein, dick und sah noch verschlafen aus. Neu war er obendrein. Entsprechend hilflos war er, was er jedoch durch forsches Auftreten zu überspielen suchte. »Schon überall nachgeguckt?«, fragte er.

»Gewiss.« Vicki fand die Frage ziemlich überflüssig, ließ sich aber nichts anmerken.

»Hm, hm. Wirklich überall? Klosetts, Heizungskeller, Kleiderkammer …?«

»Auch da.«

»Hm.« Wilmans war mit seinem Latein am Ende. Dann kam ihm der rettende Einfall. »Verständigen Sie Doktor Seebohm.« Seebohm war Zweiter Chirurg und sein Vorgesetzter, der würde wissen, was zu tun war.

»Sollten wir nicht lieber vorher beim Pförtner im Verwaltungsgebäude anrufen? Vielleicht hat der was gesehen.«

»Gute Idee, tun Sie das. Danach rufen Sie Doktor Seebohm an.«

»Jawohl, Herr Doktor.«

Wilmans ließ sich aufatmend auf dem einzigen Stuhl des Wärterzimmers nieder.

Vicki telefonierte. Nicht nur mit Möller, dem Pförtner, sondern auch mit Doktor Seebohm, der recht kurz angebunden war und erst bei der Visite um neun über den Fall informiert zu werden wünschte. Vorher nicht.

Vicki telefonierte weiter, versuchte es auch in der Medizinischen Abteilung, in den Spezialgebäuden, sogar in der Ökonomie, aber nirgendwo wusste man etwas über einen Patienten namens Bohm.

Schließlich gab sie auf. Sie konnte nicht den ganzen Tag hinter dem schwarzen Apparat sitzen. Die Arbeit rief.

Zur Visite um neun hatte sich noch nichts Neues ergeben. Seebohm erklärte, eigentlich müsse Professor zur Haiden über den Vorfall in Kenntnis gesetzt werden, aber dieser habe eine Besprechung im Haus der Hamburger Ärztekammer und sei somit nicht erreichbar. »Wenn Bohm bis morgen früh nicht aufgekreuzt ist, verständigen wir die Polizei«, entschied er.

»Jawohl.« Wilmans verbeugte sich. »Selbstverständlich. Ich wollte das gerade auch vorschlagen.«

Seebohm knurrte irgendetwas und verschwand.

»Sie haben ja gehört, was Doktor Seebohm angeordnet hat«, sagte Wilmans zu Vicki. »Machen Sie weiter. Der Fall ist damit erst einmal erledigt.«

Doch für Vicki war der Fall überhaupt nicht erledigt. Ständig musste sie während der Arbeit an Klaas denken. Er hatte eine

Andeutung gemacht, dass er der Drahtzieher war, der dafür gesorgt hatte, dass Schiffe herrenlos auf der Elbe trieben und auf Grund liefen – Sabotageakte, die gewiss empfindliche Schäden hervorriefen. Und er hatte erzählt, dass eine Kommission gebildet würde, um den Tätern auf die Spur zu kommen.

Hatte Klaas sich deshalb aus dem Staub gemacht?

War er tatsächlich in Gefahr?

Vicki arbeitete weiter und versuchte, sich zu beruhigen. Klaas war ein erwachsener Mann mit zahllosen Verbindungen, sogar ins Ausland. Dem würde schon nichts passieren.

Aber was war mit dem Jungen? Was passierte mit Finn, wenn Klaas sich nicht mehr um ihn kümmerte? Der Junge war ohnehin schon mehr als zwei Wochen auf sich allein gestellt…

Dieser Gedanke ließ sie nicht los.

Am frühen Nachmittag, gegen halb drei, als sie ein paar freie Minuten hatte, schaute sie in Klaas' Krankenjournal. Ihr war eingefallen, dass sie noch nicht einmal wusste, wo er wohnte. Doch im Journal stand nur: *Hafen, Brooks Brücke.* Das half ihr wenig. Aber halt! Was hatte Klaas über Finn gesagt? Richtig: »Puttfark hat ihn mir aufs Auge gedrückt.«

Puttfark. Der alte Wärter, der ihr seine Zuneigung durch die Blume gestanden hatte. Hätte er sie wirklich heiraten wollen? Egal, das lag vier Jahre zurück. Und der Umstand, dass er heute darüber reden konnte, sprach dafür, dass seine Gefühle weitgehend erloschen waren. Sie musste zu ihm.

Unter dem Vorwand, frische Jodoformbinden aus dem Operationshaus holen zu wollen, verließ sie Pavillon 17 und eilte zum Badehaus. Sie hoffte, Puttfark würde Zeit finden, sich kurz mit ihr zu unterhalten.

Und sie hatte Glück. Puttfark saß im Raum des Bademeisters und machte gerade Pause. Als er sie sah, legte er rasch das Leberwurstbrot beiseite und sprang auf.

Vicki wusste nicht recht, wie sie anfangen sollte.

Er half ihr aus der Verlegenheit. »Sie sind bestimmt wegen meines Fliederbeersaftes gekommen.«

Sie musste lachen. »Nein, nein … das heißt, warum eigentlich nicht?«

»Wusste ich's doch.« Er holte die Flasche und goss ihr ein Glas ein. »Unverdünnt, wenn ich mich recht erinnere, Fräulein Vicki …« Er hielt inne. »Verzeihung, ich meine natürlich: Schwester.«

»Sagen Sie ruhig Vicki zu mir. Wir beide haben doch ziemlich viel zusammen erlebt.«

»Ja«, antwortete er ernst, »wir haben zusammen die Cholera besiegt.«

»Nein, Sie haben sie für mich besiegt. Ich musste literweise Wasser trinken, und irgendwann hatten Sie mich ›über den Berg gebracht‹, wie Sie es nannten.«

»Das wissen Sie noch?«

»Natürlich. Wollen wir darauf trinken – mit Fliederbeersaft?«

»Warten Sie, ich hole mir auch ein Glas.«

Sie tranken, und das Gespräch versickerte.

Dann nahm Vicki einen neuen Anlauf. Sie erzählte, dass Klaas verschwunden sei und sie sich frage, was aus dem Jungen werden würde.

Puttfark nickte und rieb sich die Hände, die wie immer kalt waren. »Dass Klaas weg ist, wissen wir hier natürlich auch; die ganze Anstalt redet von nichts anderem. Davon abgesehen denke ich natürlich auch ständig an den Jungen.«

»Stehen Sie und Finn sich sehr nah?«

»Ich bin so etwas wie der Vaterersatz für ihn, und Klaas ist für ihn wie ein Onkel. Ich habe ihn die ganzen Jahre über regelmäßig besucht, soweit es meine Zeit erlaubte. Als Krankenwärter hat man es einerseits mit sehr vielen Menschen zu tun, andererseits ist es ein Leben wie im Gefängnis, weil man kaum rauskommt.«

Vicki nickte. Sie wusste genau, was er meinte.

»Jedenfalls, als seine Mutter die Augen für immer schloss, ist mir das sehr zu Herzen gegangen, obwohl ich schon viele

Menschen habe sterben sehen.« Puttfark lächelte flüchtig und erzählte, wie er den Jungen aus dem Krankenhaus herausgeschmuggelt und zu Klaas gebracht hatte, weil er selbst nicht in der Lage war, sich um ihn zu kümmern. »Er hatte ja niemanden mehr, außer zwei Schwestern, die zu Verwandten nach Hittfeld gegeben worden waren.«

»Ja, ich erinnere mich. Sie erwähnten damals die Schwestern.« Vicki trank ihr Glas aus. »Wissen Sie, ich frage mich die ganze Zeit, was aus dem Jungen wird, falls Klaas nicht wieder auftauchen sollte. Jemand muss doch für ihn sorgen. Die Geschwister kommen dafür nicht infrage, die sind noch jünger als er.«

Puttfark runzelte die Stirn. »Warum glauben Sie, dass Klaas nicht wieder auftaucht?«

Vicki schwieg. Sollte sie Puttfark von den Sabotageakten an den Schiffen auf der Elbe erzählen? Besser nicht. Es war ja nur eine Vermutung. »Vielleicht ist es weibliche Intuition, vielleicht auch nicht. Sie sagen, Sie hätten Finn damals zu Klaas gebracht? Dann wissen Sie sicher auch, wo er wohnt. Bitte, geben Sie mir die Adresse.«

»Er wohnt in einer schwarzen Schute, die er sich zu einem Hausboot umgebaut hat. Die Schute liegt vertäut am Fuß der Brooks Brücke, warum?«

Vicki holte tief Luft. »Ich will Klaas suchen und mit Finn reden. Noch heute Nacht.«

KAPITEL 22

Vicki schlug den Mantelkragen hoch und zog den Fleetenkieker in die Stirn. Beides hatte Puttfark ihr geliehen, bevor er sie am Pförtner vorbei hinausschleuste. Die Mütze war zu groß, weshalb sie fast auf den Ohren saß, und der Mantel war zu lang, wodurch er fast über den Boden schleifte. Aber der Zweck heiligte die Mittel, denn es war kalt. Die ersten Dezemberfröste hatten eingesetzt. Über eine Stunde war sie nun schon zu Fuß unterwegs, denn die letzte Bahn war längst gefahren.

»Warum tue ich mir das eigentlich an?«, murmelte sie. Und konnte sich die Antwort selbst geben: Doktor Seebohm hatte angeordnet, morgen früh die Polizei zu verständigen, um Klaas suchen zu lassen. Und wenn man ihn fand – wovon Vicki überzeugt war –, was sollte dann aus Finn werden? Würde man ihn in ein Heim stecken? Das musste verhindert werden, da waren Puttfark und sie sich einig gewesen.

Sie beugte die Schultern nach vorn und schritt weiter aus. Als sie die Mattentwiete hinunterging und sich der Brooks Brücke näherte, musste sie an ihren nächtlichen Ausflug zu Mutter Ohlof in die Steinstraße denken. Damals in Friedas Kleidern. Sie hatte gehofft, die Wirtin wüsste, wo Hannes sich aufhielte, aber die alte Frau hatte ihr nicht helfen können. Nur tröstende Worte gefunden. Und mit ihr einen Köm getrunken. Hannes ... warum konnte sie ihn nicht vergessen, es war doch schon so lange her?

Egal, sie durfte nicht in Selbstmitleid zerfließen. Wenigstens kannte sie sich noch in der Gegend aus, und das Mondlicht brach gerade durch die Wolken. Da vorn, das musste die Brücke sein. Wie hatte Puttfark die Stelle beschrieben? »Am Fuß der Brücke …«

Vicki ging hinunter zum Wasser und erspähte einen dunklen Umriss. Ein Schiff. War es die Schute?

Sie fasste sich ein Herz und kletterte über den Laufsteg an Deck. Im Hintergrund erkannte sie zwei erleuchtete Fenster. Sie waren Teil einer Kajüte, aus deren Dach ein hoher Schornstein ragte. Rauch stieg ihr in die Nase. Sie unterdrückte ein Niesen und schlich nach achtern. An der Seite der Kajüte entdeckte sie eine Tür. Sie klopfte.

Keine Antwort.

Konnte es sein, dass niemand da war? Aber aus dem Schornstein qualmte es doch? Sie öffnete die Tür.

Und dann ging alles blitzschnell.

Vier starke Hände packten sie an beiden Schultern, zogen sie in den Raum, drückten sie mit dem Oberkörper auf einen Tisch und drehten ihr die Arme auf den Rücken. »Wen haben wir denn da?«, erklang eine Stimme. Sie gehörte Klaas.

»Ich bin's«, stöhnte Vicki.

»Du?« Klaas riss ihr den Fleetenkieker vom Kopf. »Mein Gott, tatsächlich. Was willst du denn hier?«

Vicki richtete sich auf und blickte auf einen Siedlerherd, einen Rettungsring an der Wand und ein Regal darüber. Davor stand Klaas, an seiner Seite ein junger Mann. »Bist du Finn?«

»Und wenn es so wäre?« Er musterte sie misstrauisch. Sein Gesicht erinnerte kaum noch an den schmächtigen Jungen von einst. Er war immer noch hager, sah aber gesund aus, hatte blaue Augen, einen blonden Flaum auf der Oberlippe und ein paar Pickel auf der Stirn.

»Ich möchte mit dir sprechen.«

»Wer sind Sie überhaupt?«

Klaas wollte für sie antworten, aber sie kam ihm zuvor. »Ich bin Viktoria. Freunde nennen mich Vicki. Ich war damals mit

Doktor Dreyer bei euch zu Hause, als du die Cholera hattest, erinnerst du dich?«

»Nee. Ein Arzt war da, das weiß ich noch. Mehr nicht. Mir ging's ziemlich dreckig.«

»Zieh dich erst mal aus«, sagte Klaas zu Vicki. »Wo hast du bloß die Klamotten her?«

»Von Puttfark.«

»Von Puttfark? Wieso das denn?«

»Er fand es wichtig, dass ich mit euch spreche. Deshalb hat er mir Mütze und Mantel geliehen. Wenn eine Frau nachts auf der Straße geht, sollte sie besser wie ein Mann aussehen.«

»Stimmt. Setz dich.« Klaas machte eine einladende Geste. »Finn, hol mal die Buddel. Ich glaube, wir können jetzt alle einen Schluck vertragen.«

Sie tranken ein braunes scharfes Zeug, an dem Vicki sich fast verschluckte.

Klaas klopfte ihr auf den Rücken. »Na, na, das ist guter Hansen Rum aus Flensburg.«

»Aha.«

»So, worum geht es? Eines sage ich dir gleich: Ins Krankenhaus geh ich nicht zurück. Die halbe Welt weiß inzwischen, dass ich da liege.«

»Deshalb bin ich nicht hier.«

»Warum dann?« Klaas wollte ihr nachschenken.

»Danke, nein.« Sie hielt die Hand über ihr Glas. »Ich bin hier, um dich zu warnen. Doktor Seebohm hat veranlasst, dass morgen die Polizei verständigt wird, falls du nicht auffindbar bist. Sie wird dich überall suchen.«

Klaas winkte ab. »Das wird sie wohl bald sowieso. Aber lieb, dass du an mich gedacht hast.« Er ergriff ihre Hand.

Sie entzog sie ihm. Es war ihr peinlich vor dem Jungen. »Hast du denn gar keine Angst?«

»Das habe ich mir abgewöhnt.« Es klang ein wenig großspurig, aber es mochte wahr sein. »Angst ist der erste Schritt zur Niederlage. Warum möchtest du mit Finn sprechen?«

»Weil ich wissen will, was aus ihm wird, für den Fall, dass die Polizei dich einsperrt.«

»Dazu müsste sie mich erst mal finden.«

»Du meinst also, sie kennen deine Adresse nicht?«

»Schon, aber ich habe viele Adressen.«

»Jedenfalls möchte ich nicht, dass Finn mit der Polizei in Berührung kommt.«

»Warum reden Sie nicht mit mir, Sie tun so, als gäb's mich nicht!«, beschwerte sich Finn. Er war rot im Gesicht geworden. Vielleicht durch den Rum, vielleicht auch vor Ärger, weil er sich übergangen fühlte.

»Verzeih, ich wollte nicht unhöflich sein.« Vicki biss sich auf die Lippen. Sie hatte es ungeschickt angestellt. Jünglinge wollten wie ein Mann behandelt werden – auch wenn sie es noch nicht waren. »Angenommen, Klaas muss, äh, verschwinden, was wird dann aus dir? Hast du dir das schon einmal überlegt?«

»Wenn er weggeht, geh ich mit.«

»Willst du nicht erst einen Beruf erlernen? Klaas hat auch eine Ausbildung gemacht. Er ist Schauermann.«

»Ich weiß.« Finn blickte trotzig. »Aber das brauch ich nicht, ich komm auch so zurecht.«

»Finn …« Vicki suchte nach Worten. »Bedenke doch, du willst sicher einmal heiraten und Kinder haben. Wie willst du die ernähren ohne Beruf?«

»Soll ich mich auspressen lassen wie die Leute im Hafen? Soll ich für die Kapitalisten malochen, damit die sich auf meine Kosten die Taschen vollstopfen? Nee, nicht mit mir …«

Vicki seufzte insgeheim. Finn schien ein schwerer Fall zu sein. Er plapperte das ganze Vokabular der Streikenden nach. Entweder aus Überzeugung oder als vorgeschobenes Argument, weil er keine Lust hatte zu arbeiten.

»Finn, ich werde nicht zulassen, dass du unter die Räder kommst.«

Finn sprang auf, seine Augen blitzten. »Sie haben mir gar nichts zu befehlen!«

Klaas schaltete sich ein. »Sei vernünftig, Junge, Vicki hat recht, wir müssen uns etwas für dich überlegen. Wir …«

»Und du auch nicht!«

»Nun hör mal zu.« Klaas wurde langsam ärgerlich. »Wir zwei meinen es nur gut mit dir.«

»Woher wollt ihr wissen, was gut für mich ist? Ihr könnt mich alle mal …« Mit zwei, drei Schritten war Finn an der Tür, sprang hinaus und schmetterte sie hinter sich zu.

Vicki wollte hinter ihm her, aber Klaas hielt sie zurück. »Der kommt schon wieder. Halbstarke wie er sind in einem schwierigen Alter. Im Grunde ist er ein plietscher Bengel. Nicht auf den Kopf gefallen. Hatte immer gute Noten.« Klaas grinste. »Viel bessere als ich. Aber seitdem er aus der Schule ist, lässt er sich ein bisschen treiben.«

»Wir müssen etwas unternehmen.«

»Ja, doch nicht jetzt.« Wieder nahm Klaas ihre Hand, und diesmal ließ sie es geschehen. »Willst du noch einen Rum?«

»Nein, lieber nicht.«

»Aber ich.« Er kippte den Brannt hinunter. Dann legte er Vicki den Arm um die Schulter. »Es hat mich sehr berührt, dass du dich um mich sorgst.«

»Ach, das war doch selbstverständlich.«

»Überhaupt nicht.« Er löschte die beiden Positionslampen und entzündete eine Kerze. »So ist es gemütlicher.«

»Ich weiß nicht …«

»Doch, glaub mir.« Er begann, an ihrem Ohrläppchen zu knabbern.

Vicki ließ auch das geschehen. Es lag so lange zurück, dass ein Mann zärtlich zu ihr war. Und das Gefühl, begehrt zu werden, tat gut. Sie musste nur aufpassen, dass er nicht zu weit ging. Aber darauf würde sie schon achten.

»Da fehlt ein Ring, wie ich ihn habe. Ich werde dir einen schenken.«

»Warum?«

»Dann sind wir verlobt.«

Sie musste lachen. Der Gedanke, Verlobungsringe im Ohrläppchen zu tragen, war lustig.

»Komm, trink noch einen. Der Erste und der Zwanzigste, das sind immer die Schwersten.«

Wieder musste sie lachen. Klaas redete ziemlichen Unsinn. Aber sie trank noch ein Gläschen.

Er küsste sie.

Es war angenehm. Und prickelte ein bisschen. Er hatte einen hübschen Mund. Der Verband über dem Jochbein störte nicht. »Wenn der Junge kommt …«

»Der kommt nicht.« Klaas' Stimme klang heiser. »Komm, Schwester Vicki, ich brauche deine Hilfe, mein Puls rast, mein Blut kocht, ich glaube, ich muss mich hinlegen.«

»Dann tu's doch.«

»Du musst natürlich mitkommen. Vorn unter Deck sind die Kojen. Schaffst du den Niedergang runter?«

Vicki folgte ihm, denn sie war neugierig. Und sie sagte sich, dass sie die Situation unter Kontrolle hatte. Im Halbdunkel, mehr erahn- als sichtbar, sah sie eine blaukarierte Bettdecke. Klaas schlug sie zurück und zog sie aufs Lager. »Fühl mir den Puls«, flüsterte er.

Sie griff nach seinem Handgelenk.

»Aber doch nicht da. Es gibt eine Stelle, wo es viel stärker pocht.« Er nahm ihre Hand und drückte sie gegen sein hartes Glied. »Wie fühlt sich das an?«

Sie wollte etwas erwidern, aber etwas lenkte sie ab. Ein Geruch. Brenzlig. Beißend. Sie hustete. Klaas hatte es auch bemerkt. »Die Kerze«, murmelte er. »Warte.«

Er stieg den Niedergang empor. Sie folgte ihm, denn die Luft wurde mit jeder Sekunde unangenehmer.

»Die Kerze ist es nicht.«

Vicki sah es. Das Licht brannte harmlos vor sich hin.

»Verdammt, komm schnell!« Er packte sie am Arm und riss die Tür auf. Augenblicklich quoll dicker Qualm in die Kajüte. »Mach schon!«

Sie stolperte hinter ihm an Deck, heftig nach Luft ringend. »Der Schornstein?«, fragte sie hustend.

»Nein, komm weiter! Wir müssen vom Schiff.« Er rannte zum Laufsteg und verharrte. Der Übergang war weg. »Scheiße!« Er nahm einen Anlauf und sprang hinüber auf den Kai. Dann drehte er sich um und streckte den Arm aus. »Gib mir deine Hand und spring!«

»Nein!«

»Du musst! Oder willst du verbrennen?«

Vicki sprang. Und schaffte es so gerade eben. Ohne ihn wäre sie ins Hafenbecken gestürzt. »Danke.«

Klaas antwortete nicht. Seine Augen ruhten auf dem Heck. Dort lagen zwei oder drei brennende Fackeln an Deck. Sie waren die Ursache des Feuers, das rasend schnell um sich griff. »Bist du verletzt?«, fragte er fürsorglich.

Sie starrte an sich herab. Ihre Hände waren rußgeschwärzt, ebenso Rock und Bluse, aber das war schon alles. »Nein, ich bin in Ordnung.«

Er schaute sich suchend um, niemand war zu sehen. »Jemand will mir ans Leder«, sagte er. »Das war ganz klar Brandstiftung.«

»Oder Sabotage«, entgegnete sie.

»Na ja«, er nahm sie in den Arm, »Es ist jedenfalls noch mal gutgegangen.«

»Ja«, sagte Vicki und dachte an die blaukarierte Bettdecke. »Es ist noch einmal gutgegangen.«

Erst zwei Tage danach hatte Vicki wieder Gelegenheit, mit Puttfark zu sprechen. Es war zehn Uhr abends. Sie saßen im Tagesraum von Pavillon 17. Jürgens war Laufwärter und drehte seine Runden, Sackmann hatte Sitzwache an Bett 21. Der alte Mann mit dem Oberschenkelhalsbruch in Bett 9 war verstorben. »Mit Fliederbeersaft kann ich nicht dienen«, sagte Vicki, »aber wie wäre es mit einem Jasmintee?«

»Sehr gern«, sagte Puttfark.

Sie tranken pustend und mit spitzen Lippen, denn der Tee war brühheiß. »Klaas scheint ja wie vom Erdboden verschwunden zu sein«, begann Puttfark das Gespräch.

»Er hat auch allen Grund dazu.« Vicki erzählte von dem Brandanschlag auf das Schiff.

»Meine Güte!«, entfuhr es Puttfark. »Gut, dass Sie da heil rausgekommen sind.«

»Ja, viel hätte nicht gefehlt. Ich fragte Klaas, wo er nun wohnen wolle, das Schiff sei ja verloren, aber das schien seine geringste Sorge zu sein. Er meinte, er habe genug Arbeitsbrüder, bei denen er Unterschlupf finden könne. Dann gab er mir noch seine Jacke, weil der Mantel und der Fleetenkieker ein Raub der Flammen geworden waren. Ich werde Ihnen den Schaden selbstverständlich ersetzen.«

»Unsinn. Von Rechts wegen hätte ich mit Ihnen gehen müssen, nur leider haben mir die Knie einen Strich durch die Rechnung gemacht.« Puttfark lächelte sein freundliches Lächeln. »Sie sehen, die Stücke wären so oder so verbrannt. Ach, übrigens: Wie sind Sie denn an Möller, dem Schießhund, vorbeigekommen?«

»Ich konnte den Eingang einfach passieren. Möller war eingenickt.« Vicki blickte durch die offene Tür in den Krankensaal. »Genau wie Sackmann. Der Mann ist unverbesserlich.«

»Ich kenne ihn von früher. Er war nicht immer so. Aber seit er den Herzinfarkt hatte ...« Puttfark ließ den Satz unvollendet.

»Das wusste ich gar nicht.«

Wieder tranken sie. Der Tee war inzwischen ein wenig abgekühlt. Jürgens kam vorbei und fragte: »Alles in Ordnung bei euch?«

»Ja, ja«, sagte Puttfark.

Als Jürgens weg war, nahm er den Faden wieder auf. »Und was ist mit Finn?«

Vicki erzählte von der Trotzreaktion des Jungen.

»Ja, manchmal muss man ihn wie ein rohes Ei behandeln.

Aber er hat einen guten Kern. Hatte Klaas eine Vermutung, wohin der Junge gegangen sein könnte?«

»Nein, er schien sich keine Sorgen zu machen.«

»Ich mache mir dafür umso größere«, seufzte Puttfark.

»Ich auch. Der Junge lebt doch jetzt auf der Straße. Mein Gott, was machen wir nur?«

»Wir müssen ihn finden. Aber wo sollen wir ihn suchen?«

Vicki überlegte. Dann sagte sie: »Ich glaube, ich habe eine Idee.«

Am Sonntag fuhren Vicki und Puttfark pünktlich um zwei Minuten nach zwei mit der Bahn nach Hamburg. Vicki hatte nur bis zum Ende der Besuchszeit Ausgang, also knapp zwei Stunden. Entsprechend eilig hatte sie es. Zumal ihr Ziel in der Altstadt lag. Genauer gesagt, in der Niedernstraße. »Ich weiß nicht, ob ich den Hof auf Anhieb wiederfinde, und ich weiß erst recht nicht, ob wir Finn dort antreffen, aber versuchen müssen wir es«, hatte sie zu Puttfark gesagt.

»Irgendwo muss der Junge ja schlafen«, hatte er überlegt. »Es spricht einiges dafür, dass er es an alter, gewohnter Stätte tut.«

Als sie in die Niedernstraße einbogen, kam Vicki alles fremd vor. Die meisten Gebäude waren nach der Cholera-Epidemie abgerissen und nur teilweise durch neue ersetzt worden. Von den Hinterhöfen existierte nur noch einer, es war Hof 24, der Nachbarhof neben Finns ehemaliger Heimat.

»Meinen Sie wirklich, er könnte hier stecken?«, fragte Vicki.

»Vielleicht in dem baufälligen Gebäude da.« Puttfark wies auf ein verfallenes Haus. »Es scheint unbewohnt zu sein. Für Finn vielleicht das Richtige. Versuchen wir's.«

Sie betraten das Gebäude durch einen Windfang. Die Haustür hing schief in den Angeln. Ein Geruch nach Schimmel und Moder lag in der Luft. »Finn?«, rief Vicki ins Treppenhaus hinein. »Bist du da?«

Nichts rührte sich. Nur eine Ratte huschte die Kellertreppe hinunter.

»Finn?« Diesmal versuchte es Puttfark. Auch er bekam keine Antwort.

»Hier ist niemand«, sagte Vicki, »wir sollten ...« Sie hielt inne. Sie hatte ein Geräusch gehört. Von oben, aus dem ersten oder zweiten Stock. »Oder vielleicht doch? Ich schaue mal nach.«

»Warten Sie, ich komme mit.«

Gemeinsam erklommen sie die Stufen bis zur ersten Etage. Drei Türen gingen hier oben ab. Eine links, eine rechts. Die mittlere stand halb offen. Sie gingen hindurch und erblickten Finn. Er saß auf einem Strohsack, vor sich eine Kiste, auf der ein Teller mit einer halb verspeisten Wurst lag, daneben ein abgewetztes Kartenspiel. Zwei weitere Teller waren leer, wiesen jedoch Speisereste auf. »Was wollt ihr?«, fragte Finn.

»Erst mal verschnaufen«, sagte Puttfark. Er setzte sich neben Finn auf den Strohsack.

»Nun sag schon, was willst du?«

Puttfark antwortete nicht und blickte sich um. Der Raum bot ein Bild des Verfalls. Die Fenster waren eingeschlagen und blind, die Wände verpilzt, und von der Decke bröckelte der Putz. Der Fußboden hatte ein riesiges Loch, durch das man hinunter ins Erdgeschoss blicken konnte. Es war eiskalt. »Besonders heimelig ist es hier nicht gerade, wenn man ein Spielchen machen will.«

»Ich kann spielen, wo ich will.«

»Zweifellos, die Frage ist nur, wie lange noch. In fünf Tagen ist Weihnachten. Willst du dann dem Christkind und Knecht Ruprecht eine milde Gabe abluchsen?«

Finn schwieg.

»Du hast hier doch schon gespielt? Oder isst du immer von drei Tellern?«

»Ja, ich habe hier gespielt, na und?«

»Skat?«

»Nein. Mau-Mau.«
»Und hast du gewonnen?«
»Nein!«
»Man hat dich also über den Tisch gezogen?«
Wieder schwieg Finn.
»Das dachte ich mir. Nun, Vicki und ich wollen dir einen Vorschlag machen, wie du zu einem Bett und einem geheizten Zimmer kommst.«
»Ich finde es sehr schön hier.«
»Wirklich?«
»Ja, wirklich!«
Vicki sagte: »Du bekämst drei Mahlzeiten täglich, anständige Kleidung und ein Taschengeld. Es ist ein Spiel, das du garantiert gewinnen würdest.«
In Finns Gesicht arbeitete es. Natürlich war seine Situation erbarmungswürdig, aber er würde lieber sterben, als das einzuräumen. »Ihr könnt sagen, was ihr wollt, ich kann hier sowieso nicht weg«, brachte er schließlich hervor.
»Und warum nicht?«
»Weil ich … Weil ich …«
»Sag's nur.«
»Weil ich Schulden hab, wenn ihr's genau wissen wollt.« Jetzt war es heraus. Finn tat es fast leid, dass er es gesagt hatte.
»Wie viel?«, fragte Puttfark.
»Elf Mark achtzig. Und bevor ich die nicht bezahlt habe, kann ich hier nicht weg. Die schlagen mich sonst tot. Das sind professionelle Spieler.«
»Das ist ja eine vertrackte Situation«, sagte Puttfark.
»Ja, das ist sie«, bekräftigte Vicki.
Puttfark griff in seine Tasche und holte eine Börse heraus. Er zählte alle Münzen ab und legte sie auf die Kiste. »Das sind neun Mark zweiunddreißig, mehr habe ich nicht.«
Vicki lächelte. »Die restlichen Zweiachtundvierzig steuere ich bei.« Sie legte das Geld dazu.
Finn war sprachlos. »Ja, aber …?«

»Das Geld gehört dir«, sagte Vicki.

»Du bist ein freier Mann«, fügte Puttfark hinzu.

In Finns Gesicht löste sich alle Anspannung. Doch so recht traute er seinem Glück noch nicht. »Ich muss den Kerlen das Geld geben, vorher kann ich hier nicht weg.«

»Doch, das kannst du«, sagte Puttfark. »Du lässt es einfach auf der Kiste und gehst.«

»Die Burschen kommen bestimmt wieder, dann finden sie es«, fügte Vicki hinzu. »Deine Pechsträhne ist vorbei.«

Finn fing an zu strahlen. »Ja, wenn das so ist … Wo gibt es denn das warme Bett und die drei Mahlzeiten täglich?«

»Bei uns im Krankenhaus«, sagte Vicki.

»Als Gehilfswärter«, setzte Puttfark hinzu.

DRITTER TEIL

November 1897 bis Dezember 1899

KAPITEL 23

Und Sie könnten schon am ersten Dezember anfangen?«, fragte Louise und legte das Lorgnon beiseite. Sie hatte das Referenzschreiben einer gewissen Anni Janssen studiert und sich dabei der Lesehilfe bedient. Eigentlich brauchte sie kein Lorgnon, aber es sah viel distinguierter aus, eines zu benutzen.

»Ja, das wär kein Problem«, sagte Anni. Sie war ein Mädchen von siebzehn Jahren mit blauen Augen und einem frischen, offenen Gesicht.

»Hier steht, Sie kommen aus Finkenwerder?«

»Das stimmt, gnä' Frau. Vater arbeitet als Schlepperführer im Hafen. Unser Haus steht direkt hinterm Auedeich.«

»Aha.« Louise warf einen Blick aus dem Fenster des Kleinen Salons hinüber nach Finkenwerder und wieder zurück aufs Elbufer. Der Anblick bereitete ihr noch weniger Freude als gewöhnlich, da im letzten Jahr beim Fischmarkt zusätzlich eine Auktionshalle entstanden war – und mit ihr weiterer Lärm und Gestank. Der Bahnanschluss mit dem Quietschen der Waggons, das Donnern der Eisblöcke, wenn diese verladen wurden, die strengen Ausdünstungen nach totem Meeresgetier, alles das war *dégoûtant*, einfach *dégoûtant*…

Bis zum Ende des Hafenarbeiterstreiks Anfang Februar waren die Belästigungen halbwegs erträglich gewesen, da viele der Beschäftigten sich dem Ausstand angeschlossen hatten, und wenn das Verhalten der Arbeiter nicht völlig *inacceptable* gewesen wäre, hätte man sich darüber freuen können. So jedoch blieb nur die Genugtuung, dass die Auseinandersetzungen mit einer vollständigen Niederlage der Streikenden geendet hatten. Die steigende Zahl der Streikbrecher, die sich mehr und mehr in den Hafenbetrieb einarbeiteten, die Kürzung der Unterstützungsgelder und der strenge Winter mit dem anhaltenden Frost hatten dazu geführt, dass die Arbeiter am Ende kapitulierten. Seitdem herrschte wieder die alte, unerträgliche Geschäftigkeit in der Auktionshalle. Dazu kam die nahegelegene Hamburger Seemannsmission, in der die Matrosen rund um die Uhr ein und aus gingen. Von denen würde sicher gern so mancher ein Auge auf diese Anni Janssen werfen. Hübsch genug war sie ja mit ihren blonden Haaren. Aber war sie auch sittsam? »Frau Doktor Lauterjung stellt Ihnen ein sehr gutes Zeugnis aus. Was haben Sie gemacht, bevor Sie bei ihr waren?«

»Ich hab gefischt, gnä' Frau.«

»Gefischt?«

»Ja, mit Onkel Enno in seinem Kutter. Aber als ich sechzehn wurde, hat Mutter gesagt, der Beruf wär nichts für Frauen, da bin ich in Stellung gegangen.«

»Soso.« Louise griff wieder zum Lorgnon und überflog noch einmal das Schreiben von Frau Doktor Lauterjung. Die Dame hatte seinerzeit zum erweiterten Kreis des Zirkels gehört, doch dann – nach dem Eklat bei Vickis Verlobungsfeier – war der Kontakt abgerissen. »Hier steht auch, Sie könnten gut kochen. Würden Sie einen *Loup de mer* zubereiten können?«

Anni zog die Stirn kraus. »Einen *Loup* … was?«

»Einen Steinbeißer.«

»Ach so.« Annis Gesicht hellte sich auf. »Klar, alles, was mit Fisch ist, kann ich!«

»Und wie steht es mit Fleisch und Soßen?«

»Die gehen mir auch gut von der Hand, gnä' Frau.«

»Das käme meinen Vorstellungen sehr entgegen.« In der Tat hatte es in der letzten Zeit öfter Probleme mit Martha, der alten Köchin, gegeben. Mal hatte sie eine Suppe versalzen, mal einen Braten anbrennen lassen. Kein wirklicher Grund, sie zu entlassen, dafür hatte sie zu viele Meriten, aber Anlass genug, ihr eine Hilfe an die Seite zu geben. Allerdings verlangte das ein gewisses Fingerspitzengefühl, denn sie war empfindlich und schnell beleidigt, wenn man ihre Fähigkeiten in Zweifel zog. »Trauen Sie sich zu, der Form halber unter unserer Martha zu arbeiten? Sie ist eine gute Köchin, in letzter Zeit nur etwas vergesslich. Es würde ein wenig Taktgefühl erfordern, ihre kleinen Fehler auszugleichen, ohne dass sie es merkt.«

Anni lächelte verständnisvoll. »Das kenn ich, gnä' Frau, damit komm ich klar. Wir werden ja alle im Alter 'n bisschen tüdelig, nicht?«

»Meinen Sie?« Louise war leicht pikiert. Sie war vierundvierzig, neun Jahre jünger als ihr Mann, und konnte sich nicht vorstellen, im Alter »tüdelig« zu werden.

»Ja, meine Uromi hat auch zum Schluss zehn Mal in der Stunde auf die Uhr geschaut und gefragt, ob der Kaiser schon Geburtstag hat.«

»Was Sie nicht sagen.«

»Wie steht es denn mit dem Lohn, gnä' Frau? Ich mein, wenn die Frage gestattet ist.«

»Nun, ich würde Ihnen dasselbe zahlen wie Frau Doktor Lauterjung.«

»Das wär mir recht.«

»Sie bekämen die Kammer neben Friedas Mansardenstübchen im Dachgeschoss. Dienstkleidung würden Sie ja mitbringen. Warum will sich Frau Doktor Lauterjung eigentlich von Ihnen trennen?«

Anni machte ein trauriges Gesicht. »Der Herr Doktor ist vor vier Wochen gestorben. Er hatte es mit dem Herzen. Ich glaub, die Frau Doktor muss jetzt jeden Pfennig umdrehen. Da hat es für meinen Lohn nicht mehr gelangt. Sie hat's natürlich nicht gesagt, aber man denkt sich sein Teil.«

Das klang plausibel. Louise beschloss, bei Gelegenheit den Kontakt zu Margot Lauterjung wieder aufzunehmen. Dann würde sich herausstellen, ob die Angaben stimmten. In der Zwischenzeit mochte Anni anfangen. Vorher jedoch galt es, Martha den Gedanken an ein neues Gesicht in der Küche schmackhaft zu machen. Am besten würde sein, ihr zu sagen, sie hätte schon lange eine Unterstützung verdient. »Nun gut, der erste Dezember ist ein Mittwoch. Sie kommen am Dienstagabend und beziehen Ihre Kammer. Am nächsten Morgen, pünktlich um sechs Uhr, beginnen Sie. Martha und Frieda werden Ihnen alles sagen, was Sie wissen müssen. Ich hoffe, Sie enttäuschen mich nicht.«

»Bestimmt nicht, gnä' Frau.«

An ihrem ersten Arbeitstag stand Anni in der Küche und schnitt die Köpfe und Flossen von einem Dutzend Schollen ab. Martha schaute ihr dabei kritisch über die Schulter. »Bist du Linkshänderin?«, fragte sie. Es hörte sich an, als wäre Anni vom Aussatz befallen.

»Bin ich.«

»Wie machst du die Schollen?«

»Nach Finkenwerder Art, mit Speck und Krabben.«

»Ich mache sie nur mit Speck. Und mit Bratkartoffeln.«

Anni lachte. »Die kommen sowieso dazu. Und 'n bisschen Petersilie.«

»Krause oder glatte?«

»Das ist egal.«

Martha hob den Finger. »In meiner Küche ist nichts egal. Und Scholle macht man nur mit Speck. Das kannst du dir hinter die Ohren schreiben.«

»Was soll sie sich hinter die Ohren schreiben?« Frieda war in die Küche gekommen und stellte ein Tablett mit benutztem Geschirr auf dem großen Tisch ab.

»Dass man Scholle nur mit Speck macht.«

»Ich kenn's auch mit Krabben.« Frieda begann, das Geschirr vom Tablett zu nehmen.

»Nein, zum Donnerwetter!« Aus Marthas Augen schossen Blitze. »Wer ist hier die Köchin, du oder ich?«

»Du natürlich.« Friedas Gutmütigkeit glich der eines Pferdes – was im Übrigen auch für ihre Figur galt.

Anni musste an die Gnädige denken, die gesagt hatte, der Umgang mit Martha erfordere etwas Taktgefühl. Zweifellos hatte sie da recht. Andererseits war nicht einzusehen, warum die Besserwisserei der alten Köchin klaglos ertragen werden sollte. Vielleicht gab es ja einen Weg, ihr auf schonende Art beizubringen, dass auch andere ihr Handwerk verstanden. »Weißt du was«, schlug Anni vor, »jede von uns beiden macht eine Scholle, so wie sie's kennt, und du, Frieda, sagst uns, welche besser schmeckt.«

»Wenn du meinst«, sagte Frieda zögernd.

»Kommt überhaupt nicht in die Tüte«, protestierte Martha.

Anni grinste entwaffnend. »Wie soll ich denn von dir was lernen, wenn du's nicht vormachst?«

Das leuchtete ein. Trotzdem war es unter Marthas Würde, sich mit einer Küchenhilfe zu messen. »Du wirst noch oft genug Gelegenheit haben, was von mir zu lernen. Außerdem haben wir keine Zeit für solche Albernheiten. Um sieben muss das Abendessen fertig sein.«

»Heute nicht«, meinte Frieda. »Der neue Telefonapparat hat vorhin geklingelt. Die Gnädige ist rangegangen und hat gesagt, der Herr Professor kommt eine Stunde später.«

»Nun ja.« Martha machte noch einen Versuch: »Hör mal, Anni: Kennst du dich überhaupt mit der Küchenhexe aus?« Die Küchenhexe war ein befeuerter Kochherd mit gusseiserner Platte, in der sich mehrere kreisrunde Öffnungen befanden, die mit Hilfe von Herdringen vergrößert oder verkleinert werden konnten. Ein integriertes Fach diente als Backofen.

»Klar, Martha.«

»Also meinetwegen, dann los. Ich werd's dir zeigen.«

Kurz darauf waren beide Frauen emsig am Werk. Sie spülten die Schollen ab, tupften sie trocken, ritzten sie ein und mehlierten sie, während Frieda das Geschirr abspülte, als ginge sie das Ganze überhaupt nichts an. Danach griff sich jede eine Pfanne und warf gewürfelten Räucherspeck hinein. »Nimm keine Butter zum Anbraten«, befahl Martha, »der Speck hat Fett genug.«

»Ja, Martha.«

Nach dem Anbraten nahmen beide die Würfel aus der Pfanne und ließen sie auf einem Tuch abtropfen. Bis dahin war jeder ihrer Schritte gleich gewesen, doch nun gingen sie unterschiedlich vor: Während Martha ihre Scholle in der Pfanne briet – vier Minuten auf der dunklen Seite, drei Minuten auf der hellen –, stellte Anni eine Stippe aus Speck, Zwiebeln und Krabbenfleisch her und füllte damit ihren Fisch. Anschließend tat sie ihn in den Backofen.

»Das dauert ja ewig bei dir«, meinte Martha triumphierend, nahm ihre Scholle aus der Pfanne und richtete sie mit den Speckwürfeln auf einem Teller an. Ein Sträußchen Petersilie und eine Scheibe Zitrone krönten das Werk. »Bei dir wäre die Herrschaft schon längst verhungert.«

»Zum Kochen gehört Geduld, sagt meine Mutter immer.« Als es so weit war, nahm Anni ihre Scholle aus dem Backofen, einen goldbraunen, knusprigen Fisch, und richtete sie genauso an wie Martha. »Fertig. Nun soll Frieda probieren.«

»Soll ich wirklich?« Frieda hätte sich gern gedrückt. Sie hatte Angst, eine der beiden Köchinnen zu verärgern.

»Du musst«, sagte Anni. »Setz dich an den Tisch. Links vor dir steht Marthas Scholle, rechts daneben meine.«

Frieda aß einen winzigen Bissen von jedem Fisch.

Martha und Anni blickten sie erwartungsvoll an.

»Nicht schlecht«, sagte Frieda.

»Was ist nicht schlecht?«, fragte eine männliche Stimme. Sie gehörte Benno, der in diesem Augenblick hereinschaute.

»Frieda meint meine Scholle«, sagte Martha.

»Scholle?« Bennos Blick wanderte von den Fischen auf den Tellern zu Anni, von deren Einstellung ihm niemand etwas gesagt hatte. »Nanu, eine neue Kraft? Welch Glanz in unserer Hütte!«

»Ich heiße Anni.«

Benno grinste. »Ich bin der junge Herr zur Haiden. Aber Sie können ruhig Benno zu mir sagen – wenn wir allein sind.«

Anni grinste zurück, traute sich aber nicht, etwas zu erwidern.

»Sehe ich schon wieder alles doppelt, oder sind das tatsächlich zwei Plattfische?«

»Frieda wollte uns gerade sagen, welche Scholle besser schmeckt. Marthas oder meine.«

»Verstehe, eine Art Wettkampf am Herd. Und? Wer hat gewonnen, Frieda?«

»Ich weiß nicht. Habe ja kaum probiert.«

»Wenn die Damen einverstanden sind, werde ich mich der Sache annehmen.« Benno setzte sich und begann ohne ein weiteres Wort zu essen. Während Frieda sich aufatmend aus dem Staub machte, vertilgte er beide Schollen mit bemerkenswerter Geschwindigkeit. Danach lehnte er sich zurück und tupfte sich den Mund ab. »Lecker, alle beide! Aber die Siegerscholle ist eindeutig diese.« Er hob den Finger und wollte auf den rechten Teller deuten, doch Anni schüttelte unmerklich den Kopf. Benno begriff. Sein Finger verharrte in der Luft, machte ein paar kreisende Bewegungen, als wolle er es besonders spannend machen, und zeigte dann zielsicher auf den linken Teller.

Martha grunzte zufrieden.

Anni lächelte.

»Wer hat denn gewonnen?«, fragte Benno scheinheilig.

»Ich natürlich«, sagte Martha.

Benno schaute Anni an. »Da habe ich Ihnen ja eine Niederlage zugefügt. Kann ich das jemals wiedergutmachen?«

Annis Lächeln wurde breiter. Der junge Herr hatte den Schuss Frechheit, der ihr gefiel. »Vielleicht.«

Einige Tage später, es war der Abend des fünften Dezembers, klopfte Benno an Annis Kammertür.

»Wer ist da?«, kam es von drinnen.

»Der Nikolaus.«

Schweigen.

»Ich habe eine milde Gabe, aber ich sehe keinen Schuh vor der Tür.«

»Ich bin schon im Nachthemd.«

»Das macht dem Nikolaus nichts aus.«

Die Tür ging auf. Anni stand da. Mit ihren blonden offenen Haaren sah sie aus wie ein Engel.

Benno hielt den Atem an. »Darf ich reinkommen?«

»Ich weiß nicht. Wenn Frieda was mitkriegt …«

»Frieda ist unten und putzt Silber. Alle zweiunddreißig Tafelbestecke. Ich habe ihr den Auftrag persönlich erteilt.«

Anni musste lachen. Dann wurde sie wieder ernst. »Sie können mir die milde Gabe auch hier geben.«

»Das geht nicht!« Benno blickte entrüstet. »Der Nikolaus darf sein Geschenk nur in den Schuh legen. Und wenn der Schuh in der Kammer steht, muss der Nikolaus in die Kammer.«

»Na gut.« Anni gab den Weg frei.

Benno betrat den kleinen Raum und blickte sich um. Unter der Dachschräge stand ein einfaches eisernes Bett, daneben ein Schrank, davor ein Tischchen mit Waschschüssel und Kruke. Über einem Stuhl hingen Annis Kleider. Das Auffälligste aber war eine Seekiste, die auf der gegenüberliegenden Seite Platz gefunden hatte. Sie war aus Holz, außen grün und innen rot. Der aufgeklappte Deckel zeigte einen kunstvoll gemalten Klipper, dessen Name darunter in englischer Schreibschrift zu lesen war: *Cutty Sark*. Benno hatte eigentlich anderes im Sinn, als sich mit Segelschiffen zu beschäftigen, aber sein Künstlerauge ließ ihn innehalten. »Wer hat denn den Kahn gemalt?«, fragte er.

»Das war Noah Byrne, ein Schiffszimmermann.«

»Aha, und der hat Ihnen die Kiste geschenkt?« Benno spürte so etwas wie Eifersucht.

Anni lachte. »Nee, die Kiste gehört meinem Vater. Erst wollte er sie nicht rausrücken, weil er so dranhängt, aber dann hab ich ihn doch rumgekriegt.«

Benno sah Anni in die Augen. »Das kann ich gut verstehen.«

Anni wurde rot und blickte weg.

»Und warum hängt er so dran?«

»Die Kiste ist'n Erinnerungsstück. Er war Steuermann auf der *Cutty Sark* und hat sie durch eine Wette gewonnen. 1887 war's, das Schiff lag in Sidney und sollte mit Wolle zurück nach London. Vater brauchte eine zweite Seekiste, und die von Noah Byrne gefiel ihm. Aber der Zimmermann wollte sie nicht verkaufen. Da sagte Vater: ›Was hältst du von 'ner kleinen Wette?‹

›Worum geht's?‹, fragte Noah.

›Ich wette, dass ich die *Cutty* in weniger als fünfundsiebzig Tagen nach Hause segele.‹

›Das schaffst du nie.‹

›Wenn nicht, kriegst du fünf Sovereigns.‹

›Und wenn doch?‹

›Krieg ich die Kiste.‹

Am Ende schaffte Vater die Strecke sogar in zweiundsiebzig Tagen; es war die schnellste Fahrt, die er unter Kapitän Woodget jemals gemacht hat und die schnellste Fahrt eines Klippers überhaupt.«

»Donnerwetter.« Benno betrachtete den hölzernen Behälter plötzlich mit anderen Augen. Er bot Raum für ausreichend Wäsche, hatte ein Extrafach für nautische Geräte und war an den Ecken durch Messingbeschläge geschützt. Ein stabiles Schloss sicherte die Habe ab. »Und was bedeutet *Cutty Sark?*«

»Das ist Schottisch, sagt Vater. Es heißt ›kurzes Hemd‹. Die Hexe Nannie trägt es.«

»Die Hexe Nannie?«

»Sie ist die Galionsfigur der *Cutty* und hängt vorn unterm Klüverbaum.«

Benno grinste. »Das ist lustig: Die Nannie trägt ein kurzes Hemd und hängt unterm Klüverbaum, und die Anni trägt ein langes Hemd und steht vor mir im Dachgeschoss.«

Anni lachte.

»Ich wünschte mir, sie würde auch ein kurzes Hemd tragen.«

Benno wollte nach Anni greifen, aber sie trat einen Schritt zurück. »Sie müssen jetzt gehen, junger Herr.«

»Junger Herr? Ich bin der Nikolaus! Dem weist man nicht die Tür. Darf ich mich setzen?«

Widerstrebend deutete Anni auf ihr Bett.

Benno ließ sich am Ende der Rosshaarmatratze nieder und sagte geheimnisvoll: »Ich hätte die milde Gabe braten, kochen oder dünsten können, aber dann dachte ich, es gibt eine bessere Verwendung für sie.«

Anni blickte verständnislos.

»Augenblick.« Benno bückte sich, nahm einen von Annis Schnürschuhen auf und legte eine mit Seidenpapier umwickelte Schachtel hinein. »Bitte sehr.«

»Für mich?«

»Vom Nikolaus persönlich.«

Anni öffnete die Schachtel und riss erstaunt die Augen auf. Was sie sah, war eine kleine silberne Scholle mit Kettchen. »Oh, ist die niedlich!«

»Gefällt sie dir?«

»Die kann ich nicht annehmen.«

»Und ob du das kannst. Sie ist die Wiedergutmachung für deine Niederlage beim Wettkochen.« Benno nahm das Fischlein aus der Schachtel und hängte es Anni um den Hals. »Du siehst wunderhübsch aus.«

»Ich weiß nicht … Was wird die Gnädige sagen, wenn sie mich so sieht?«

»Gar nichts. Du trägst die Kette nur, wenn wir allein sind – so wie jetzt.« Benno beugte sich vor und küsste sie sanft auf den Mund.

»Das dürfen wir nicht«, murmelte Anni.

»Doch, das dürfen wir.« Wieder küsste Benno sie.

»Bitte … es geht einfach nicht. Wenn das rauskommt, bin ich geliefert.«

»Unsinn! Und wie soll das rauskommen? Niemand wird davon erfahren, und die Scholle lassen wir einfach davonschwimmen. Siehst du, so …« Er nahm den kleinen Fisch und schob ihn behutsam in den Ausschnitt von Annis Nachthemd, die sanften Rundungen darunter wie zufällig berührend.

»Bitte!« Anni umklammerte seine Hand. »Sie … Du musst jetzt wirklich gehen.«

»Schade.« Ernüchtert ließ er von ihr ab. Aber er fing sich schnell und fand zurück zu seinem alten Grinsen. »Wann darf ich wiederkommen? Morgen?«

»Nein, der Nikolaus kommt nur ein Mal im Jahr.«

»Vielleicht muss er sich in einen Adventsengel verwandeln? Nun, wir werden sehen.« Benno erhob sich und steuerte die Tür an. Vor dem Hinausgehen drehte er sich noch einmal um und warf Anni eine Kusshand zu. »Auf Wiedersehen, mein kleiner Silberfisch.«

KAPITEL 24

Puttfark krempelte die Hosenbeine hoch und sagte zu Finn: »Nimm lieber nicht zu viel von der Salbe, ich glaube, das Zeug brennt wie Feuer.«

Finn nahm einen ordentlichen Klacks aus der Dose und begann, ihn in Puttfarks Knie einzureiben. »Längenfelder, der Hilfsapotheker, hat gesagt, es muss brennen, sonst nützt es nichts.«

»Wenn er meint. Aber vergiss nicht, dir gleich danach die Hände zu waschen.«

»Mach ich.« Finn arbeitete weiter mit kreisenden Bewegungen.

»Was hat Längenfelder denn da reingemischt?«

»Genau weiß ich's nicht. Arnika und Beinwell. Und Pfeffer.«

»Das merke ich. Es beißt gehörig und wird warm. Na, Hauptsache, es hilft. Ich hoffe, du hast Längenfelder nicht gesagt, für wen du die Salbe wolltest?«

»Doch, habe ich.«

Puttfark fuhr von dem Stuhl hoch, auf dem er saß. »Herrgott, ich will nicht, dass die Malesche mit meinen Knien bekannt wird! Ich hab's dir ausdrücklich gesagt.«

Finn grinste und rieb weiter. »Ich hab behauptet, ich soll sie für Schwester Viktoria holen.«

Puttfark ließ sich, halbwegs besänftigt, wieder zurücksinken. »Ihr beide steckt also unter einer Decke. Schämst du dich nicht?«

»Nee. Es war übrigens gar nicht so leicht, Längenfelder die Salbe abzuschwatzen, aber ich hab's geschafft.«

»Ja, das hast du.« Puttfark kam ins Grübeln. Es war nicht das Einzige, was Finn in den vergangenen Monaten geschafft hatte. Nach einer Zeit der Eingewöhnung hatte er sich rasch dem Hospitalalltag angepasst und sich sehr anstellig gezeigt. Puttfark war es nicht ganz leichtgefallen, seinen Draht zu Direktor Rumpfs Gattin nochmals auszunutzen, aber am Ende hatte er sich doch dazu entschlossen, da der Zweck die Mittel heiligte. So war Finn als Gehilfswärter im Badehaus gelandet, wo Puttfark ein Auge auf ihn haben konnte und von Anfang an dafür sorgte, dass ihm bei der Arbeit keine Extrawurst gebraten wurde: etwa beim Reinigen des elektrischen Lichtschwitzkastens, beim Herrichten der zehn Massagebetten, beim Putzen der Armaturen im Duschraum oder beim Kontrollieren der Zufluss- und Abflussöffnungen der neunhundert Liter fassenden Wannen für die permanenten Bäder – all das und mehr gehörte zu seinen Aufgaben, die er flink und gewissenhaft erledigte, denn gottlob war er klug genug, um zu erkennen, dass der geregelte Ablauf einer Krankenanstalt mit guter Unterkunft, warmer Kleidung und schmackhafter Kost dem unsteten Leben auf der Straße vorzuziehen war.

»So, fertig.« Finn verschloss die Dose und legte sie in den Schrank, wo Puttfark seinen Fliederbeersaft aufzubewahren pflegte. »Schwester Viktoria ist der Meinung, du solltest endlich einen Arzt aufsuchen. Hier wimmelt es von Ärzten, und du gehst einfach nicht hin.«

»Wozu? Du hast mir doch die Salbe besorgt.« Puttfark rollte seine Hosenbeine wieder nach unten. »Die hilft bestimmt.«

»Und wenn nicht? Seit Monaten dokterst du an den Knien herum, und sie werden nicht besser.«

»Wart's nur ab.«

Finn ergriff einen Besen, denn er musste den Korridor zwischen dem Männer- und dem Frauentrakt noch fegen. »Du kennst hier Dutzende von Ärzten, die Behandlung würde dich keinen Pfennig kosten.«

»Das verstehst du nicht.«

»Schwester Viktoria versteht es auch nicht. Sie sagt, du könntest dich sogar persönlich an Direktor Rumpf wenden. In Paragraf 12 der Ärztlichen Hausordnung stünde, er behandelt das gesamte Personal der Anstalt im Erkrankungsfalle und verfügt bei Bedarf die Aufnahme in eine Krankenabteilung.«

»Nun hör mir mal zu.« Puttfark hatte sich entschlossen, Finn reinen Wein einzuschenken. »Ich kann es mir nicht leisten krankzufeiern. Ich habe noch über zehn Jahre bis zur Rente. Wenn man mich jetzt auf die Straße setzt, müsste ich betteln gehen.«

»Das wusste ich nicht.« Finn stellte den Besen beiseite und setzte sich wieder. »Gibt es gegen Arbeitsunfähigkeit nicht eine Versicherung oder so was?«

»Das mag sein. Ich kenne mich da nicht aus. Auf keinen Fall will ich von der Fürsorge leben. Will niemandem auf der Tasche liegen, verstehst du?«

»Hast du denn nichts auf der hohen Kante?«

»Nein.« Puttfarks Stimme klang abschließend.

Finn ließ nicht locker. »Und warum nicht?«

»Willst du das wirklich wissen?«

»Wieso nicht?« Finn lachte.

»Weil ich jahrelang für einen gewissen jungen Mann, der jetzt als Gehilfswärter in diesem Krankenhaus arbeitet, gezahlt habe. Ich habe es immer gern getan, aber es blieb nie ein Pfennig übrig.«

Finn schwieg betroffen.

Puttfark räusperte sich. »Verzeih, das wollte ich eigentlich nicht sagen. Am besten machst du jetzt deine Arbeit weiter.«

Finn blieb sitzen. Er schien schwer in Gedanken. »Ich könnte mit dir gehen«, sagte er schließlich. »Und uns beide mit Mau-Mau über Wasser halten.«

»Kommt überhaupt nicht infrage!« Puttfark packte Finns Handgelenk mit überraschender Kraft. »An so etwas darfst du nicht einmal denken.«

»Schon gut, lass mich los.« Finn grübelte weiter. »Ich dachte immer, Klaas hätte für mich gesorgt.«

»Klaas?« Puttfark schnaubte verächtlich. »Er ist ein guter Gewerkschafter, aber er konnte noch nie mit Geld umgehen. Spätestens Mitte des Monats war nichts mehr da. Es ging alles immer drauf für Plakate, Aktionen, Versammlungen und was weiß ich noch.«

»Wenn er immer so klamm war, warum hat er mich damals überhaupt aufgenommen, als du mich zu ihm gebracht hast?«

»Das ist eine eigene Geschichte.«

»Ich will sie hören.«

Puttfark zögerte. Es machte keinen guten Eindruck, wenn er so lange mit dem Jungen schwatzte, doch zum Glück war niemand außer ihnen im Raum des Bademeisters. »Also gut, aber wasch dir erst mal die Hände.«

Als Finn vom Handstein zurückkehrte, begann Puttfark: »Ich glaube, ich habe dir schon erzählt, dass ich 70/71 im Krieg war. Ein Kamerad von mir, Timpe Bohm, fiel in der Schlacht von Loigny. Er hatte einen Bauchschuss bekommen und lag im Sterben. Timpe war ein feiner Kerl. Er hatte mit mir den harten Drill in der Ausbildung überstanden, die Schikanen des Spießes, die stundenlangen Märsche, die schmerzenden Blasen und die ersten Gefechte an der Front. Doch nun ging es mit ihm zu Ende. Ich lag neben ihm im Dreck und konnte nichts für ihn tun, außer ihm gut zuzureden und ihm zu sagen, dass alles wieder in Ordnung käme, weil der Sani schon unterwegs sei. Er wusste genau wie ich, dass es nur schöne Worte waren. ›Werner‹, flüsterte er, ›ich hab einen Jungen in Barmbek. Klaas … Seine Mutter ist tot. Er ist bei der Oma, bitte … guck nach ihm.‹

›Ich kümmere mich, mach dir keine Sorgen‹, sagte ich.

›Schwör's.‹

›Ich schwöre es‹, sagte ich.

Kurz darauf tat er seinen letzten Atemzug.

Nach dem Krieg nahm ich Klaas zu mir, denn die Oma war mittlerweile ebenfalls gestorben. Ich arbeitete fünf Jahre lang als Bote in der Schwan-Apotheke am Dammtor, bis Klaas so weit war, dass er Schauermann lernen und auf eigenen Füßen stehen konnte. Danach war ich in verschiedenen Krankenhäusern, bis ich hierher nach Eppendorf kam.«

Puttfark hauchte sich in die wie immer kalten Hände. »So, jetzt kennst du die ganze Geschichte.«

»Ja, jetzt kenne ich sie«, murmelte Finn.

»Und jetzt weißt du auch, warum Klaas mir meine Bitte, er möge sich um dich kümmern, schlecht abschlagen konnte.«

»Ja, jetzt weiß ich's.«

Puttfark erhob sich ächzend. »Zeit, sich wieder an die Arbeit zu machen. Ich gehe rüber zum Lichtbad, da müssen zwei Glühlampen ausgewechselt werden. Und du, du fegst den Korridor.«

»Mach ich.«

Finn nahm sich vor, Puttfarks Knie von nun an regelmäßig einzureiben.

»Nur ein paar Minuten noch«, sagte Vicki freundlich zu dem Patienten in Bett 4, »dann wollen wir sehen, ob alles in Ordnung ist.« Sie ergriff eine Spezialschere und führte das stumpfe Ende der längeren Schneide behutsam unter den Gipsverband, der direkt hinter dem Handgelenk ansetzte. Es knackte und knirschte, während sie die Panzerung Schnitt für Schnitt öffnete. Unter dem Gips traten der Trikotschlauch aus Baumwolle und die Schiene aus Hartgummi zutage. Hartgummi, so hatte Vicki gelernt, war zwar teurer als Holz, wies aber den Vorteil auf, dass es sich unter heißem Wasser in jede beliebige Form biegen ließ und antiseptische Eigenschaften besaß.

»Dauert das noch lange?«, fragte Päffgen. Er war ein quengeliger Patient, der seit sechs Wochen in Pavillon 17 lag und keinen Tag verstreichen ließ, ohne zu fragen, ob sein Arm wieder ganz gesund werden würde. Er sei Kommis in einer Quartiersfirma der Speicherstadt und müsse viel schreiben. Nicht auszudenken, wenn er diese wichtige Tätigkeit in Zukunft nicht mehr ausüben könne.

Vicki hatte ihn stets beruhigt und sich trotzdem immer wieder anhören müssen, welch böses Schicksal ihn an jenem Tag stolpern und aus dem ersten Stock des Lagerhauses fallen ließ.

»Nein, es ist gleich geschafft.« Sie machte die letzten Schnitte. Der Gipsverband verlief im rechten Winkel bis hinauf zur Schulter, entsprechend der Haltung, die der mehrfach gebrochene Arm während des Heilungsprozesses einnehmen musste. Päffgens Sorge um die weitere Ausübung seines Berufes war unbegründet. Die meisten Brüche verheilten glatt. Vicki hatte im Laufe des Jahres eine erhebliche Anzahl derartiger Frakturen gesehen. Doch waren diese nicht Folge eines Sturzes gewesen, sondern das Ergebnis gewaltsamer Auseinandersetzungen, die Anfang Februar zwischen den Hafenarbeitern und der Polizei stattgefunden hatten. Nach der bedingungslosen Einstellung des Ausstandes hatten Streikbrecher auf dem Schaarmarkt Schüsse abgegeben und damit die Arbeiter provoziert. Tausende enttäuschter, verbitterter, verzweifelter Männer waren daraufhin in die Neustadt geströmt, um sich ein letztes Mal solidarisch zu zeigen. Die anrückende Polizei hatte die Straßenschlachten mit Waffengewalt aufgelöst und rund hundertfünfzig Männer durch Tritte und Schlagstöcke verletzt. Auch an den folgenden Tagen war es immer wieder zu Tumulten gekommen, doch genützt hatte es den Arbeitern am Ende nichts: Die Ziele des Streiks, wie Arbeitszeitverkürzung, Festanstellung und geregelte Pausen, waren zum größten Teil nicht erreicht worden. Lediglich Hafeninspektoren wurden fortan eingesetzt, um die hohe Unfallgefahr zu mildern.

Päffgen mit seinen Brüchen war also – anders, als er glaubte – kein außergewöhnlicher Fall. Im Gegenteil, er musste keine Angst um seinen Arbeitsplatz haben und durfte nach seiner Genesung weiterhin mit einem auskömmlichen Verdienst rechnen.

Vicki machte den letzten Schnitt und bog den Gips auseinander, um den Arm freizulegen. Ein Stück behaarter Haut wurde sichtbar, weißlich blass, entwöhnt von Licht und Luft.

»Versuchen Sie, den Arm anzuheben«, sagte eine Stimme hinter Vicki. Sie gehörte Doktor Wilmans, dem kleinen dicken Gehilfsarzt. Er wollte nach dem Patienten sehen, nachdem Professor zur Haiden bei der Fünf-Uhr-Visite die Entfernung des Gipses angeordnet hatte. »Na los, versuchen Sie's.«

Päffgen traten Schweißperlen auf die Stirn, er bemühte sich nach Kräften, aber er schaffte es nicht. »Ich wusste es«, sagte er weinerlich. »Die ganze Behandlung war umsonst. Ich werde nie wieder schreiben können.«

»Doch, das werden Sie«, beruhigte ihn Vicki. »Nach sechs Wochen in Gips hat die Muskulatur sich völlig zurückgebildet. Sie muss erst wieder gestärkt werden.«

»So ist es«, bestätigte Wilmans. Er ergriff den Arm und beugte ihn vor und zurück. »Tut das Ellbogengelenk weh?«

»Ja«, keuchte Päffgen.

»Das ist normal. Hauptsache, die Knochen sind wieder richtig zusammengewachsen, alles Weitere findet sich.« Wilmans ließ von Päffgen ab und wollte sich entfernen, doch zuvor fiel sein Blick auf den Nachttisch am Bett. Neben Spucknapf und Uringlas lag dort ein schwarzes Gesangbuch mit dem Titel *Befiehl dem Herrn deine Wege*. »Was hat das Buch da zu suchen?«, fragte er.

»Anordnung von der Frau Oberin«, erklärte Vicki. »Zur Erbauung der Kranken soll am Abend vor dem Löschen des Lichts ein frommes Lied gesungen und ein Gebet gesprochen werden. Aus diesem Grund wurde jedem Patienten in diesem Pavillon probehalber ein Buch zur Verfügung gestellt.«

»Das ist gegen die Vorschrift.«

Vicki zuckte mit den Schultern.

Wilmans überlegte. »Folgen Sie mir in den Tagesraum.«

Im Tagesraum schickte er die sich dort aufhaltenden Patienten hinaus und setzte sich. »Nehmen Sie Platz, Schwester

Viktoria«, sagte er förmlich. »Es stimmt also tatsächlich, was der Anstaltsleitung zu Ohren gekommen ist. Ich fordere Sie hiermit auf, die Bücher unverzüglich zu entfernen.«

»Aber auf Befehl der Frau Oberin …«

»Das sagten Sie bereits.«

»Verzeihung, meine direkte Vorgesetzte ist die Oberin. Ihr Wort gilt für mich.«

»Das mag so sein. Aber ich glaube nicht, dass Frau von Schlichting befugt ist, sich über den Willen von Herrn Direktor Rumpf hinwegzusetzen. Sie steht in der Rangfolge unter ihm. Bitte richten Sie sich danach.«

»Jawohl, Herr Doktor.«

»Schön, dann wäre das geklärt. Machen Sie weiter.« Wilmans stand auf und verließ den Raum.

Nach dem Abendessen saß Vicki an Päffgens Bett und rieb ihm den Arm mit belebendem Minzöl ein, als die Oberin unverhofft erschien. »Wo sind die Gesangbücher?«, fragte sie stirnrunzelnd.

»Ich habe sie auf Anordnung der Anstaltsleitung eingesammelt und im Schwesternschrank weggeschlossen«, antwortete Vicki.

»Holen Sie sie wieder heraus.«

»Jawohl, Frau Oberin.« Vicki stellte den Tiegel mit dem Minzöl zur Seite und senkte die Stimme, damit Päffgen es nicht hören konnte. »Darf ich fragen, ob das mit Herrn Direktor Rumpf abgestimmt ist?«

»Das ist es nicht.« Die Oberin sprach in gleicher Lautstärke weiter. »Nun machen Sie schon, Vicki.«

»Jawohl.« Vicki holte die Gesangbücher wieder hervor und verteilte sie auf den Nachttischen.

Die Oberin blickte zur Uhr. »In fünfzehn Minuten beginnt die Nachtruhe!«, rief sie den Patienten im Saal zu. »Doch vorher wollen wir alle ein Lied singen. Bitte schlagen Sie Seite siebenundfünfzig auf. *Mit meinem Gott geh ich zur Ruh.*«

Sie stimmte das Lied an, und alsbald erklang es im Saal:

Mit meinem Gott geh ich zur Ruh
und tu in Fried mein Augen zu,
denn Gott vom Himmels Throne
über mich wacht
bei Tag und Nacht,
damit ich sicher wohne ...

Nicht alle Patienten sangen mit, darunter auch Päffgen, aber das schien die Oberin nicht zu stören. Sie sprach noch ein Abendgebet und wünschte allseits eine gute Nacht. Zu Vicki sagte sie: »Machen Sie sich keine Gedanken wegen der Bücher. Ich glaube nicht, dass die Anstaltsleitung ernsthaft etwas gegen Gesang haben kann. Das wäre ja noch schöner!«

»Jawohl.«

»Schlafen Sie gut, Vicki.«

»Danke, ebenso, Frau Oberin.«

Einen Tag später verließ Vicki mit Päffgen den Pavillon, um das Badehaus aufzusuchen. Beide trugen warme Kleidung – Vicki ihren Schwesternmantel, Päffgen seinen Gehrock –, denn es war Spätherbst. Man schrieb bereits Mitte November 97, und das Wetter war ungemütlich kalt.

Im Badehaus hatte Puttfark an diesem Morgen Dienst. Als er die beiden kommen sah, hellte seine Miene sich auf. »Was kann ich für Sie tun, Vicki?«, fragte er nach der Begrüßung.

Vicki erklärte, dass Päffgens Arm eine erste Massage zur Kräftigung erhalten solle.

»Gern, aber von wem? Es ist gerade kein Wärter frei.«

»Von mir.«

Puttfark kratzte sich am Kopf. »Das riecht nach Ärger.«

»Wieso?«

»Wilmans streicht gerade durch die Räume. Er hat Order, darauf zu achten, dass Massagen an Männern nur im äußersten Notfall von Schwestern durchgeführt werden.«

»Ich bin ein Notfall«, mischte Päffgen sich ein. »Wissen Sie eigentlich, was passiert, wenn mein Arm nicht vollständig wiederhergestellt wird? Ich bin Kommis in der …«

»Schon gut«, unterbrach ihn Vicki. »Ich nehme die Behandlung auf meine Kappe. Wozu habe ich mit den anderen Schwestern einen Massagekurs absolviert.«

»Wie Sie wollen.« Puttfark gab nach. »Massagebett 8 müsste frei sein. Ich versuche, Ihnen Wilmans vom Leib zu halten.«

»Danke, das ist sehr lieb von Ihnen.«

Puttfark wandte sich ab, damit Vicki seine Verlegenheit nicht bemerkte, und führte sie zum genannten Bett.

Wenig später begann Vicki, Päffgen zu massieren. Der Kommis lag mit entblößtem Oberkörper da und spähte misstrauisch auf ihre Hände. Nach den ersten Berührungen jedoch schien er die Behandlung zu genießen.

Dann kam es, wie es kommen musste: Plötzlich stand Wilmans in der Tür. »Hören Sie sofort damit auf!«, befahl er scharf.

Vicki machte weiter.

»Männer werden von Männern massiert, Frauen von Frauen. Ist Ihnen das etwa nicht bekannt?«

Vicki musste sich zusammennehmen, um ruhig zu bleiben. »Auf Anregung der Oberin haben die Erika-Schwestern einen Massage-Kurs absolviert«, entgegnete sie. »Und zwar mit Billigung der Anstaltsleitung Der Grund war der Mangel an Kräften, die diese Kunst beherrschen. Welchen Sinn würde es haben, wenn der Mangel behoben ist und die Behandlung dennoch nicht erfolgte.«

Wilmans Augen traten aus den Höhlen, seine Stimme überschlug sich fast. »Die Behandlung kann stattfinden, sobald ein Wärter frei ist. Zum letzten Mal: Sie machen augenblicklich Schluss und gehen zurück an Ihre Arbeit!«

»Dies ist meine Arbeit.« Vicki knetete und klopfte weiter und hoffte, dass Wilmans ihre zitternden Hände nicht bemerkte.

»Das wird ein Nachspiel haben!« Der kleine dicke Arzt stürmte aus dem Massagezimmer.

Vicki schlug das Herz bis zum Hals, aber sie fuhr in ihrer Arbeit fort. Nach einer Weile fragte sie scheinbar gelassen: »Ist Ihnen das angenehm, Herr Päffgen?«

»Ja, sehr angenehm, Schwester.« Der quengelige Kommis hatte ausnahmsweise einmal nichts zu meckern.

»Das freut mich. Dann sind wir für heute fertig.«

Puttfark erschien und machte ein betretenes Gesicht.

Vicki schickte Päffgen unter die Dusche und begann, sich die Hände zu waschen.

»Wilmans hat Ihren Mantel an der Garderobe gesehen und wollte wissen, wo die Schwester ist, der er gehört«, erklärte Puttfark. »Ich sagte, ich wüsste es nicht. Aber er wurde misstrauisch und hat überall herumgeschnüffelt. Ich konnte ihn nicht daran hindern.«

Vicki trocknete sich die Hände ab. »Sie können ja nichts dafür. Es ist schon das zweite Mal, dass ich in Päffgens Beisein mit Wilmans aneinandergerate. Eine vertrackte Situation. Egal, wie ich mich verhalte, es ist immer falsch. Entweder ich verärgere die Oberin, oder ich verärgere die Anstaltsleitung.«

Puttfark seufzte. »Wie heißt es so schön: Niemand kann zwei Herren dienen. Ich hoffe, Ihnen entstehen keine Nachteile aus den Vorfällen.«

Wiederum einen Tag später tauchte die Oberin abermals in Pavillon 17 auf, und das zu ungewöhnlicher Zeit. Es war erst Viertel vor sieben. »Lassen Sie alles stehen und liegen«, sagte sie zu Vicki, »Direktor Rumpf erwartet uns im Verwaltungsgebäude.«

»Ich ahne nichts Gutes«, murmelte Vicki, als sie sich zwei Minuten später im fahlen Licht der Gaslaternen auf den Weg machten.

»Wir werden sehen«, entgegnete die Oberin und beschleunigte ihren Schritt. Es war ein nasskalter Morgen, Nebel hing in der Luft und lag wie ein schweres weißes Tuch über den Häusern. Die Lichtverhältnisse wurden erst etwas besser, als sie das mit Bogenlampen erleuchtete Operationshaus passierten und die letzten Meter zu ihrem Ziel zurücklegten.

Professor Doktor Theodor Rumpf, seit fünf Jahren Leiter des Allgemeinen Krankenhauses Eppendorf, erwartete sie in seinem Büro. Er saß am großen Konferenztisch, zu seiner Rechten Professor zur Haiden, zur Linken den Zweiten Chirurgen Seebohm und daneben den Gehilfsarzt Wilmans. Rumpf starrte die beiden Frauen feindselig an. »Setzen Sie sich«, befahl er und deutete auf die gegenüberliegende Seite des Tisches.

»Wir ziehen es vor zu stehen.« Hedwig von Schlichting richtete sich zu voller Höhe auf. Ihr Gesicht war steinern, ohne jede Spur von Angst.

»Sie können sich denken, warum Sie hier sind?«

»Ja.«

»Dann kann ich mir jede Vorrede ersparen.« Rumpf griff zu einer druckfrischen Zeitung, faltete die Seite mit den Lokalnachrichten auseinander und knallte sie auf den Tisch. »Können Sie das lesen, Frau Oberin?«

»Ja.«

Rumpf holte Luft. Da steht: *Sittenwidrige Handlungen im AK Eppendorf?* Wissen Sie, was das bedeutet?«

»Ja.«

»Ist das alles, was Sie dazu zu sagen haben?« Rumpf bewahrte mühsam die Contenance.

»Nein. Ich kenne den Artikel. Auch ich habe ihn heute Morgen gelesen. Der Verfasser hebt darin den moralischen Zeigefinger und schürt die Ängste um den sittlichen Verfall. Ein aus der Luft gegriffenes lächerliches Geschreibsel, das nur der höheren Auflage dienen soll.«

»Ach, das finden Sie lächerlich, wenn sich die halbe Stadt das Maul über unsere Anstalt zerreißt?«, schaltete zur Haiden sich ein. Während er das sagte, würdigte er Vicki keines Blickes.

Die Oberin widersprach: »Nein, nicht lächerlich. Ich darf

die Herren daran erinnern, dass wir nicht mehr im Mittelalter leben und dass es im Sinne einer besseren Versorgung unserer Patienten unvermeidbar ist, wenn unsere Schwestern ohne Rücksicht auf das Geschlecht massieren.«

Seebohm stand auf und nahm mehrere Zeitungen von einem Aktenbock. Sie stammten aus den letzten Tagen. Er breitete sie auf dem Tisch aus und wies auf die Schlagzeilen. Eine lautete: *Erika-Schwestern mit zweifelhaften Künsten*. Eine andere, besonders reißerische: *Badehaus oder Hurenhaus?* »Das finden Sie vermutlich auch unvermeidbar?«, fragte er süffisant.

»Nein, es ist unerhört!« Vicki hatte sich eigentlich vorgenommen, nichts zu sagen, aber angesichts der schlüpfrigen Schmierereien konnte sie nicht an sich halten. »Wenn ein männlicher Arzt eine Frau untersuchen darf, warum sollte eine Schwester nicht einen männlichen Patienten massieren dürfen?«

»Das kann man wohl kaum vergleichen«, sagte Seebohm von oben herab.

»Ach, und warum nicht, wenn ich fragen darf?«, ergriff die Oberin wieder das Wort. »Weil Männer etwas Besseres sind als Frauen?«

»Das ist mir zu dumm.« Seebohm blickte seine ärztlichen Kollegen an und erntete Zustimmung.

Rumpf schob die Zeitungen beiseite. »Dieser Disput führt zu nichts. Ja, ich habe damals nicht widersprochen, als es darum ging, ob die Erika-Schwestern an einem Massagekurs teilnehmen dürfen oder nicht. Aber ich ging davon aus, dass sie nur weibliche Patienten behandeln würden.«

»Der eigentliche Grund für den Kursus waren die unzulänglichen Kapazitäten bei der Versorgung aller – ich wiederhole: aller – Patienten. Wussten Sie das nicht?«, versetzte die Oberin. »Im Sinne einer optimalen Behandlung war das Seminar unumgänglich.«

Zur Haiden stand halb auf und stützte sich mit den Fäusten auf dem Tisch ab. »Ach was, das sind Haarspaltereien! Wollen

Sie uns erzählen, dass die Massage eines Patienten nicht einen halben oder einen ganzen Tag warten kann, bis ein entsprechender Krankenwärter frei ist? Da wollen wir doch mal die Kirche im Dorf lassen!«

Rumpf, Seebohm und Wilmans nickten, Wilmans am eifrigsten. Rumpf merkte, dass das Thema sich festfuhr. Er wollte zu einem Ergebnis kommen. »Es ist eine Tatsache, dass viele Erika-Schwestern eine Massage-Ausbildung erhalten haben«, sagte er, »und es ist ebenso eine Tatsache, dass eine Massage bei mancher Heilung unterstützend wirken kann. Es ist aber ebenso unstrittig, dass der Heilerfolg auch dann einträte, wenn eine Massage um ein paar Stunden verschoben würde. Ich erwarte deshalb von Ihnen, Frau Oberin, dass Sie im Zweifelsfalle Ihre Schwestern Zurückhaltung üben lassen. Im Übrigen darf ich Sie daran erinnern, dass ich der Direktor dieses Institutes bin und Sie bei Nichtbefolgen meiner Anordnungen Ihres Amtes entheben kann.«

»Das können Sie durchaus.« Die Oberin blieb äußerlich völlig ruhig. »Ich wiederum darf Sie daran erinnern, dass die Erika-Schwestern von der Schmilinsky-Stiftung unterstützt werden, ein Umstand, der gleichermaßen für die gesamte Anstalt gilt, und das in nicht unerheblichem Maße. Ich glaube nicht, dass die Geldgeber der Stiftung sehr erbaut wären, wenn ich meine Aufgaben hier nicht mehr wahrnehmen dürfte.«

Rumpf schnappte nach Luft. Er spürte, dass die Auseinandersetzung mit einer Niederlage enden könnte. Aber noch hatte er einen Pfeil im Köcher. Er holte ein schwarzes Buch hervor und sagte: »Das ist das *Schleswig Holsteinische Gesangbuch* von 1883. Stimmt es, dass es auf Ihre Anordnung hin im Pavillon 17 auf alle Nachttische gelegt wurde?«

»Das stimmt.«

»Sie werden die Bücher noch heute entfernen lassen.«

»Das werde ich nicht.«

Rumpfs Zeigefinger bohrte sich in die Luft. Er sagte scharf: »Doch, Verehrteste, das werden Sie. Ich glaube kaum, dass dem Krankenhaus-Kollegium, der allen Hamburgischen öffentlichen Krankenhäusern vorgesetzten Verwaltungsbehörde, Ihre eigenmächtige Anordnung gefallen würde. In den Statuten ist eindeutig festgelegt, was auf einen Nachttisch gehört und was nicht. Sie werden also die Freundlichkeit besitzen und die Bücher fortnehmen.«

Die Oberin zögerte.

»Darüber hinaus werden Sie das gemeinsame Beten unterlassen. Die Religion ist ein heikles Thema, und nicht jeder Patient ist christlichen Glaubens.«

Die Oberin straffte sich. Vicki erwartete eine scharfe Antwort, aber zu ihrer Überraschung begann die Oberin plötzlich zu singen:

»Guten Abend, gut' Nacht,
mit Rosen bedacht,
mit Näglein besteckt,
schlupf unter die Deck',
morgen früh, wenn Gott will,
wirst du wieder geweckt,
morgen früh, wenn Gott will,
wirst du wieder geweckt.«

Rumpf und seine Kollegen starrten die Oberin mit offenem Mund an und fragten sich, ob sie nicht mehr bei Sinnen sei.

»Ich glaube nicht, dass das Krankenhaus-Kollegium als die allen Hamburgischen öffentlichen Krankenhäusern vorgesetzte Verwaltungsbehörde etwas dagegen haben kann, wenn am Abend ein gemeinsames Schlaflied gesungen wird«, sagte die Oberin. »Auch ohne Gesangbuch. Oder sind Sie anderer Meinung, meine Herren?«

Rumpf blickte seine ärztlichen Kollegen fragend an, aber diese schwiegen.

»Sie können jetzt gehen«, sagte er.

KAPITEL 25

In der darauffolgenden Zeit herrschte so etwas wie Waffenstillstand zwischen der Oberin und den Herren der Anstaltsleitung. Puttfark übernahm die Massageplanung für die Krankenwärter, wodurch die Einteilung effizienter wurde, und Wilmans war angewiesen worden, die Schwestern unbehelligt zu lassen, wenn diese ihre Patienten im Badehaus durchkneteten.

Auch die Presse beruhigte sich allmählich, andere Ereignisse rückten wieder in den Vordergrund: Nachrichten von der Belgica Expedition, die am sechzehnten August in die Antarktis aufgebrochen war. Ein Flottenbesuch des Kaisers. Unruhen in Deutsch-Südwest. Und nicht zuletzt ein Neujahrsempfang im Rathaus, das am sechsundzwanzigsten Oktober 97 feierlich eingeweiht worden war – ein Ereignis, das keinen Hamburger unberührt ließ, vielleicht mit Ausnahme von Benno, der ganz andere Dinge im Kopf hatte. Auf Drängen seines Vaters hatte er sich breitschlagen lassen und war Mitte Januar 98 nach Heidelberg gegangen, um sich dort auf ein Medizinstudium vorzubereiten. Doch schon bald hatte er gemerkt, dass aus ihm nie ein Jünger des Äskulap werden würde. Seine Liebe galt der Malerei, den Farben, den Formen, den Perspektiven. Das hatte ihn trotz zur Haidens heftiger Proteste zurück nach Hamburg gezogen. Zurück nach St. Pauli. Und zu Anni.

Bevor er nach Heidelberg ging, hatte er sich ein paarmal mit dem kleinen »Silberfisch« getroffen. Mal auf dem Markt, mal am Elbufer bei Övelgönne, mal an der Köhlbrandtreppe. Immer heimlich und immer auf der Hut, denn Anni war vorsichtig. Sie mochte ihn zwar gern, wie sie nach den ersten zarten Küssen gestand, aber sie wollte auf keinen Fall ihre Anstellung verlieren. Deshalb hatte sich auch nie wieder eine so günstige Gelegenheit ergeben wie seinerzeit vor dem Nikolaustag.

Doch das sollte sich heute ändern.

Das große Haus in der Elbstraße war an diesem Abend verlassen: Zur Haiden und Louise hatten Billets für *Minna von Barnhelm* in der Oper, Martha war früh nach Hause gegangen, sie wohnte noch immer in der Van-der-Smissen-Allee, wo sie mit ihrem Mann, einem Maurermeister, lebte. Frieda war bei ihrer kränkelnden Schwester, und die zwei Gärtner schliefen im Anbau hinter dem Gewächshaus. Sturmfreie Bude sozusagen.

Nur Anni war da. Sie arbeitete noch in der Küche, wo sie klar Schiff machte. Danach würde sie in ihre Kammer kommen. Wo er schon wartete.

Seine Geduld wurde auf eine harte Probe gestellt, aber endlich erklangen ihre Schritte auf der Treppe. Sie schlüpfte durch die Tür, zündete die Petroleumlampe an und streifte als Erstes die Schuhe ab.

»Hallo, mein kleiner Silberfisch«, flüsterte Benno.

Anni zuckte zusammen. »Gott, hast du mich erschreckt!«

»Tut mir leid.« Er trat auf sie zu und nahm sie in die Arme. »Freust du dich nicht, dass ich wieder da bin?«

»Doch, tu ich.« Der Schreck wich aus ihrem Gesicht. Sie begann zu strahlen.

Benno küsste sie auf den Mund.

»Lieber nicht.« Sie versuchte sich zu befreien. »Ich hab Angst.«

»Wieso denn?« Benno grinste. »Ich bin doch hier.«

»Du Doofer, deswegen doch.«

»Niemand ist im Haus. Nur wir.« Wieder küsste er sie. Diesmal drängender, und sie ließ es geschehen. Seine Hände drückten ihren biegsamen Körper an sich, er spürte ihre Brüste unter der Bluse und murmelte: »Ich habe dich so vermisst in all den Wochen. Ich wollte dir sogar schreiben, aber ich hatte Angst, dass Mutter die Briefe abfängt. Sie hört die Flöhe husten und die Holzwürmer klopfen.«

Anni kicherte. Sie stellte sich vor, wie die Gnädige im Wäscheschrank nach Holzwürmern lauschte. »Ich hab schon gedacht, du hättest mich vergessen.«

»Niemals!« Benno blickte empört. »Wie könnte ich.« Er küsste sie wieder. Dann zog er die Nadeln aus ihrem Dutt. Ihre Haare lösten sich und fielen im matten Licht der Lampe wie Gold auf ihre Schultern. »Du bist wunderschön.«

»Und du bist frech.«

»Ja, bin ich …« Langsam öffnete er das oberste Häkchen ihrer Bluse.

»Benno, bitte … Wenn jetzt die Herrschaft zurückkommt.«

»Die kommt nicht. Bis Minna von Barnhelm ihren Tellheim endlich kriegt, vergehen Stunden.« Er machte weiter mit den Häkchen, küsste sie und zog ihr die Bluse aus. Durch das Hemd darunter zeichneten sich die Spitzen ihrer Brüste ab. »War das zu frech?«

»Ja.«

»Ja?«

»Nein.« Anni lächelte. »Eigentlich nicht. Oder vielleicht ein bisschen.« Sie schloss die Augen und schmiegte sich an ihn. Sie wusste, es war unerhört, was sie tat, ein Skandal, wenn es herauskam, aber seltsamerweise war es ihr im Augenblick egal. Nachdem er ihr den Silberfisch geschenkt hatte, war er ihr mehrere Male über den Weg gelaufen, und zuerst hatte sie gedacht, es wäre Zufall. Bis sie gemerkt hatte, dass er es ernst meinte. Und dann, dann war er plötzlich fortgegangen. Studieren hatte er wollen, in Heidelberg, gerade, als sie begann, sich richtig in ihn zu verlieben. Er hatte sie getröstet und versprochen, in spätestens einem Dreivierteljahr während der Semesterferien nach Hamburg zu kommen – und fortan nichts mehr von sich hören lassen. Und nun war er schon zurück! Und sie war so glücklich, dass sie ihm alles geben wollte. Alles bis auf eines …

»Ich habe dir etwas mitgebracht«, sagte er leise.

»Oh, was denn?«

»Es ist in deinem Bett.«

Anni blickte zum Bett. Kissen und Decke sahen aus wie immer. »In meinem Bett?«

»Unter dem Kopfkissen. Komm, wir gucken mal nach.«

»Nee, lieber nicht.«

Benno lachte. »Hast du etwa Angst?«

»Nee.«

»Dann komm.« Er nahm sie bei der Hand und führte sie zum Bett. »Heb das Kissen mal hoch.«

Sie blickte ihn fragend an.

»Na, mach schon.«

Sie gehorchte – und blickte in ihr eigenes Gesicht. Unter dem Kissen lag ein Porträt, in einem schönen Rahmen, farbig und ihr zum Verwechseln ähnlich. »Hast du das gemalt?«

»Hab ich.« Er blickte stolz. »In Heidelberg. Du hast mir ziemlich gefehlt, und ich wusste nicht, wie ich dir nahe sein könnte. Da hab ich dich gemalt und immer dann, wenn mir danach war, habe ich dich geküsst. Ungefähr so.« Er beugte sich hinunter und küsste Annis ernst dreinblickendes Konterfei auf den Mund.

Anni staunte. »Menschenskinder, das bin ich wirklich. Wie hast du das bloß hingekriegt?«

»Ganz einfach, ich hatte dich ja immer bei mir. Erinnerst du dich noch an den Tag im März auf dem Spielbudenplatz?«

»Ja, tu ich. Da war ein Fotograf.«

»Genau. Der hatte eine Plattenkamera, und als er uns beide sah, fragte er, ob er von uns eine fotografische Aufnahme machen solle. Vier Mark würde es kosten, und du hast gesagt, er hätte wohl nicht alle Tassen im Schrank. Das könnte keiner bezahlen.«

Anni nickte eifrig, die Erinnerung war wieder da. »Dann hat er die Aufnahme für zweifünfzig gemacht. Und es hat 'ne Ewigkeit gedauert, bis du sie gekriegt hast.«

»Die Aufnahme war die Vorlage für das Bild. Es zeigt dich viel lebendiger, finde ich. So, wie du wirklich bist.« Benno nahm es und gab es Anni. »Nun gehört es dir, denn ich brauche es nicht mehr. Ich gehe nicht mehr zurück nach Heidelberg.«

»Oh, danke, danke …« Anni kamen vor Rührung und vor Glück die Tränen. Sie setzte sich aufs Bett und konnte sich nicht sattsehen an ihrem eigenen Konterfei.

»Wenn du willst, male ich noch mehr von dir«, flüsterte Benno.

»Alles?«

»Alles.« Er lächelte.

»Du hast ja gar keine Malsachen dabei.«

»Heute nicht. Aber es kann nicht schaden, wenn ich mir das Motiv in seinen Einzelheiten schon mal anschaue.«

»Du bist schon wieder so frech.« Anni kicherte. Doch sie ließ es zu, dass er ihr das Bild aus der Hand nahm und ihr das Hemd über den Kopf zog. Während er sie mehr und mehr entkleidete, dachte sie, dass sie der glücklichste Mensch auf dieser Welt sei.

Und dass man eigentlich alles dürfe, wenn man sich nur liebte.

KAPITEL 26

Professor zur Haiden saß am Schreibtisch und verfasste einen Brief. Die Zeilen sollten an den Extraordinarius August Bier in Kiel gehen und einen Vorschlag beinhalten, der nicht nur für zur Haiden, sondern auch für das Eppendorfer Krankenhaus von einiger Bedeutung sein konnte. Nach mehreren Anläufen und Verbesserungen schrieb er schließlich die Fassung ins Reine. Unter dem Datum – *13. März 1898* – stand in seiner steilen, akkuraten Schrift zu lesen:

> *Sehr geehrter Herr Kollege,*
> *wie Ihnen sicher bekannt ist, beschäftige auch ich mich seit Jahren mit der Kunst der Anästhesie und hatte dieserart häufig Gelegenheit, Ihre akribischen Forschungen mit größtem Interesse zu verfolgen. Vieles wurde seit den Anfängen der Narkotisierung erreicht, doch ebenso groß waren die Hindernisse, die sich ihr entgegenstellten (und sich teilweise immer noch entgegenstellen). Es ist heutigentags kaum mehr verständlich, dass einst der Schmerz als notwendige Voraussetzung für die Heilung galt, dass es mancherorts als unethisch angeprangert wurde, »an Kadavern« zu operieren, oder dass der Magnetschlaf eine Conditio sine qua non bei jeder Operation war …*

An dieser Stelle hielt zur Haiden inne und fragte sich, ob die kleine Exkursion in die Anfänge der Anästhesie nicht überflüssig oder gar wichtigtuerisch wirke, entschied sich dann aber, die Passage stehenzulassen. Der Extraordinarius Bier sollte ruhig wissen, dass er es mit jemandem zu tun hatte, der das Metier kannte. Zur Haiden griff erneut zur Feder und kam auf die Schwierigkeiten der modernen Anästhesie zu sprechen, insbesondere auf die Problematik der Dosierung. Er schrieb:

… Sie dürfte nicht zuletzt darin liegen, dass viele der Kollegen noch nicht genügend zu unterscheiden vermögen zwischen Wirkstoff, Dosis, Galenik und Applikationsform. So verwundert es nicht, dass es bei der Lokalanästhesie auch heute noch immer wieder zu Vergiftungserscheinungen durch Kokain kommt. Umso segensreicher könnte sich eine Vereinigung deutscher Ärzte auswirken, die sich zur Aufgabe macht, ein solches elementares Wissen zu vermitteln – eine Institution, die es in England bereits seit dem Jahre 1893 mit der »Society of Anaestetics« gibt und sich aus Kollegen, die sich auf diesem Gebiet spezialisiert haben, zusammensetzt.
Ihre Forschungen, Herr Extraordinarius, zur Lokalanästhesie des Wirbelkanals dürften nicht nur die englischen Kollegen sehr interessieren, sondern – in aller Bescheidenheit – auch mich. Da mich ein Verwandtenbesuch demnächst nach Kiel führt, würde ich sehr gern die Gelegenheit wahrnehmen, mich mit Ihnen über Ihre neuesten Erkenntnisse auszutauschen …

Es folgten noch ein paar Höflichkeiten und Gesundheitswünsche und der Absender.

Die Sache mit dem Verwandtenbesuch stimmte natürlich nicht, aber der Extraordinarius brauchte nicht zu wissen, wie viel zur Haiden an dem Gespräch lag. Er steckte das Schreiben in ein Kuvert, klebte eine Marke darauf und trug es eigenhändig zum nächsten Briefkasten. Dann wartete er.

Eine Woche verging. Eine zweite. Endlich kam die Antwort. In ihr stand, der Extraordinarius fühle sich geehrt, dass Herr Professor zur Haiden an seiner Forschungsarbeit interessiert sei. Der Herr Professor sei im privaten Haus in der Kirchhofs Allee jederzeit willkommen, ein kurzer telefonischer Anruf vorab würde genügen.

Die erfreuliche Nachricht kam am Montag, dem achtundzwanzigsten März. Schon am darauffolgenden Freitag fuhr zur Haiden nach Kiel. Er sagte, er sei am Sonntagabend zurück. Louise schmollte: Sie habe eine Einladung zum Tee bei Senator Hachmann und ihr Ehegatte, der sich ohnehin viel zu rar mache, sei dabei unverzichtbar, aber zur Haiden blieb hart. Der Besuch bei Bier war wichtiger.

Am Sonnabendmorgen gegen neun ließ Louise sich das Frühstück ans Bett servieren. Wenn zur Haiden schon nicht da war, wollte sie die Zeit wenigstens richtig genießen. Zwei Eier im Glas, etwas Weißbrot mit Butter, Erdbeermarmelade und eine schöne Tasse Kaffee. »*Merci*, Frieda. Und machen Sie das Fenster zu. Ich mag keinen Fischgeruch zum Frühstück.«

»Gerne, gnä' Frau.« Frieda wünschte guten Appetit und entfernte sich. Doch nach wenigen Minuten stand sie wieder in der Tür. »Da ist jemand, der will Sie sprechen.«

»Wer ist es?« Louise trank einen Schluck Kaffee.

»Hat er nicht gesagt. Sieht ziemlich runtergekommen aus.«

»Ein Bettler? Wimmeln Sie ihn ab.«

Louise knabberte an einem Stück Weißbrot und tauchte den Löffel in das Glas mit den Eiern.

»Der ist hartnäckig.« Frieda war schon wieder da. »Er sagt, wenn Sie ihn nicht anhören, gibt's einen Skandal.«

»Einen Skandal?« Das Wort weckte in Louise unliebsame Erinnerungen. Der Eklat auf Vickis Verlobungsfeier lag zwar schon Jahre zurück, aber es kam immer noch vor, dass man ihr den Vorfall aufs Brot schmierte. Natürlich nur *en passant* und stets mit einem zuckersüßen Lächeln ... »Ist Benno da? Er soll dem Kerl Beine machen.«

»Benno ist nicht da.«

Louise zögerte. Irgendetwas sagte ihr, dass Gefahr im Verzug war. »Nehmen Sie das Tablett weg und sagen Sie dem Kerl, ich erwarte ihn am Nebeneingang.«

»Jawohl, gnä' Frau.«

Louise schwang die Beine aus dem Bett, zog einen Morgenmantel über und eilte zum Nebeneingang. Bevor sie öffnete, spähte sie durch die Glastür. Ein dunkler Schatten stand in seltsam gekrümmter Haltung davor. Zögernd machte sie auf.

Ein buckliger Kerl in abgerissener Kleidung wurde sichtbar, unrasiert und triefäugig. »Sind Sie die Dame des Hauses?«

»Was wollen Sie?«

»Ich will Sie vor Ärger bewahren.«

»Und ich will mit Ihnen nichts zu tun haben. Scheren Sie sich zum Teufel.« Louise wollte die Tür schließen, aber der Kerl stellte seinen Fuß dazwischen.

»Was fällt Ihnen ein! Ich hole gleich meinen Mann!«

»Der ist nicht da, stimmt's?« Der Kerl grinste schmierig und entblößte einer Reihe angefaulter Zähne. »Und morgen ist er auch nicht da, wo er doch eigentlich zu Direktor Rumpf zum Schachspielen gehen müsste, nicht?«

Louise stutzte. Sie gab ihre Bemühungen auf, die Tür zu schließen. »Woher wissen Sie das?«

Der Kerl kicherte.

»Wer sind Sie überhaupt?«

»Jemand, der mehr weiß, als Ihnen lieb sein kann. Ich weiß zum Beispiel, dass Ihr hochgeschätzter Mann noch nie am Sonntag zum Schachspielen gegangen ist.«

»Lächerlich!«

»Er hat immer seinen kleinen Bastard besucht. Ein uneheliches Kind.«

Louise lachte. Es war ein schrilles Lachen, in dem schon etwas Angst mitschwang.

»Sie finden das lustig? Dann wird es Sie sicher auch amüsieren, dass der Bastard Aron heißt und der Sohn einer jungen Jüdin namens Esther ist. Esther wiederum ist die Tochter von Doktor Harel Salomon, einem Kollegen Ihres Mannes. Ich nehme an, Sie haben den Namen schon mal gehört?«

Das hatte Louise in der Tat. Zur Haiden hatte öfter mit Bedauern erwähnt, dass Salomon sich in eine andere Abteilung habe versetzen lassen, zu Professor Kümmell, wenn sie sich recht erinnerte. Konnte es sein, dass an der Geschichte etwas dran war?

Der Bucklige fuhr fort: »Sie können sicher sein, dass Salomon nicht die geringste Ahnung hat, wer der wirkliche Kindesvater ist. Ein bestgehütetes Geheimnis zwischen Ihrem Mann und Esther. Doch wenn es gelüftet würde, gäbe es einen ausgewachsenen Skandal.« Wieder grinste der Kerl schmierig. »Mit verheerenden Folgen für die Karriere Ihres Mannes und für Ihre gesamte Familie.«

Louise schluckte. Sie hatte das Gefühl, ihr würde der Boden unter den Füßen weggerissen.

»Aber davor will ich Sie bewahren, Gnädigste. Das Dumme ist nur, dass ich gerade etwas knapp bei Kasse bin, wenn Sie verstehen, was ich meine.«

Das verstand Louise sehr gut. Ihre Gedanken rasten. Wenn das, was der bucklige Halunke sagte, stimmte, hatte er eine Bombe in der Hand, die jederzeit explodieren konnte. Das musste unbedingt verhindert werden. Es konnte nicht sein, dass dieser hergelaufene Krüppel ihre heile Welt zerstörte, die sie sich in vielen Jahren aufgebaut hatte. Niemand brauchte zu wissen, dass sie das neunte Kind des Bierkutschers Zietz aus dem Küsterkamp in Wandsbek war, niemand brauchte zu wissen, dass ihr wirklicher Name Liese war, und niemand brauchte zu wissen, dass sie zur Haiden von Anfang an vorgemacht hatte, sie sei eine Waise aus verarmter, aber vornehmer hugenottischer Familie, Louise de Citesse, die sich zum Zeitpunkt ihres Kennenlernens notgedrungen mit Schneiderarbeiten über

Wasser hielt. Kurzum: Das Erreichte durfte nicht aufs Spiel gesetzt werden! »Wie viel wollen Sie?«

»Ich wusste, dass Sie mich verstehen würden.« Schon wieder grinste der Kerl. Louise hätte ihn dafür mit einer Schere erdolchen können.

»Zehn Mark vielleicht, Gnädigste?«

»Warten Sie.« Louise schloss die Tür und eilte in ihr Ankleidezimmer, wo sie stets eine kleine Geldreserve – von der zur Haiden nichts wusste – aufzubewahren pflegte. Sie holte den Schein aus einem Ridikül hervor und hielt ihn kurz darauf dem Kerl vor die Nase. Er wollte danach greifen, doch sie zog ihre Hand zurück. »Ich glaube Ihnen kein Wort. Sicher haben Sie die Geschichte erzählt, weil Sie Geld brauchen. Das verstehe ich. Aber Sie kriegen es nur, wenn Sie mir versprechen, dass ich Sie hier nie wiedersehe.«

»Das ist doch selbstverständlich, Gnädigste. Ihr Mann wird Ihnen sicher bestätigen, dass die ganze Geschichte frei erfunden ist.« Der Kerl ergriff mit taschenspielerischer Geschicklichkeit den Schein, deutete eine Verbeugung an und verschwand.

Nach seiner Rückkehr am Sonntagabend war zur Haiden bester Laune. Beim Abendessen mit Louise griff er herzhaft zu, ließ sich von Frieda eine weitere Rinderroulade und eine Portion Rosenkohl reichen, nippte an seinem Glas Riesling und erzählte von seinem Besuch beim Extraordinarius Bier in Kiel. Dieser sei ein hochinteressanter Mann, gelehrt in jeder Beziehung, ein hervorragender Wissenschaftler und frei von jedem Dünkel. »Er hat mir seine neuesten Erkenntnisse zur Spinalanästhesie ohne jede Geheimniskrämerei mitgeteilt. Faszinierend, sage ich dir. Vor einer Operation im Lendenwirbelbereich kann die Schmerzübermittlung in den vom Rückenmark ausgehenden Nerven gehemmt oder gänzlich ausgeschaltet werden!«

»Aha«, sagte Louise.

»Er experimentiert außerdem mit Adrenalin, um die narkotische Wirkung der Kokainlösung zu verlängern, merkte aber bescheiden an, Heinrich Braun in Leipzig sei da schon weiter. Na, ich habe natürlich versucht, ihm einen Anstellungsvertrag bei uns in Eppendorf schmackhaft zu machen, aber leider vergebens. Er fühlt sich in Kiel sehr wohl. Sag mal, was machst du eigentlich für ein Gesicht? Du hörst mir ja überhaupt nicht zu.«

»Ich muss mit dir reden, Carl-Heinrich.«

»Was gibt es?« Zur Haiden horchte auf. Wenn seine Gattin ihn nicht *»Chéri«* nannte, war etwas im Busch.

»Frieda, lassen Sie uns allein.« Die Dienstmagd, die an der Anrichte die Nachspeise herrichtete, machte einen Knicks und verschwand.

»Also, was gibt's?«, fragte zur Haiden.

»Ich habe heute Nachmittag Direktor Rumpf angerufen.«

»Rumpf, wieso denn das?«

»Ich habe mich noch einmal für die Einladung zur Soiree neulich Abend bedankt. Es war wirklich ein exquisites kleines Fest. Und dann habe ich ihn gefragt, ob er das Schachspiel mit dir nicht vermisse, weil du doch dieses Wochenende in Kiel seist. Er war sehr verwundert und sagte, das müsse ein Irrtum sein. Er habe noch nie mit dir Schach gespielt.«

Zur Haiden hüstelte.

»Es stimmt doch, du hast noch nie mit ihm gespielt? Wo warst du an den vielen Sonntagen?«

»Nun, du kannst dir denken, dass ich, äh, Aufgaben in der Klinik habe, über die ich Stillschweigen bewahren muss.«

»Aufgaben mit Doktor Salomon?«

»Äh, ja, auch.«

Louise nahm ihre Gabel vom Teller und zielte damit auf zur Haiden. »Dann habt ihr bei der Arbeit vielleicht auch über Salomons kleines Enkelkind gesprochen, dessen Vater du bist?«

Zur Haiden fiel die Kinnlade herab.

»Es stimmt doch: Salomons Tochter Esther hat einen Sohn, Aron, und du bist der Vater, oder?«

Zur Haiden schwieg.

»Stimmt es oder nicht?«

»Ja«, sagte er tonlos.

Louises Hand mit der Gabel zitterte. »Dass du dich nicht schämst!«

Frieda steckte den Kopf in die Tür. »Verzeihung, gnä' Frau, das Kompott wird kalt, soll ich nun servieren?«

»Nein.« Louise winkte die Dienstmagd heran. »Nehmen Sie das Dessert, tragen Sie es in die Küche und bleiben Sie da. Wenn ich Sie brauche, klingele ich.«

»Jawohl, gnä' Frau.«

»Irgendwann musste es wohl herauskommen«, brummte zur Haiden resignierend, als Frieda fort war. Von seiner sonst so dominanten Art war wenig übrig.

Louise schwieg, von Gefühlen überwältigt. Sie hatte geahnt, dass die Geschichte des Buckligen stimmte, aber nun, da zur Haiden sie bestätigt hatte, traf die Wahrheit sie wie ein Keulenschlag.

Schwerfällig stand zur Haiden auf und schenkte sich von dem Riesling nach. »Willst du auch?«

»Nein.«

»Wenn du die Trennung wünschst, könnte ich es verstehen.«

»Eine Trennung kommt nicht infrage. Ganz davon abgesehen, ob du sie dir überhaupt leisten könntest. Aber ich will alles wissen. Alles, verstehst du?«

Zur Haiden zuckte hilflos mit den Schultern. »Ja, sicher, natürlich.«

»Also?« Louise konnte nicht umhin, trotz der traurigen Umstände eine gewisse Genugtuung zu verspüren, ihren alles wissenden und alles bestimmenden Mann in dieser Situation zu sehen.

»Es war der reine Zufall. Ein kühler Tag im April, an dem es in Strömen regnete … Sie stand vor dem Haupteingang und wartete auf ihren Vater. Eine Bö klappte ihr den Parapluie um. Das Ding ließ sich nicht mehr zurückbiegen … Ich kam hinzu und lieh ihr meinen Schirm. Sie wäre sonst pitschnass geworden.« Zur Haiden unterbrach seinen stockenden Bericht und blickte Louise an. »Tja, so fing es an.«

»Und weiter?«

»Muss das sein?«

»Ich glaube, ich habe ein Recht darauf, alles zu erfahren, da du mein Vertrauen jahrelang missbraucht hast.«

»Also gut.« Zur Haiden seufzte. »Wenn du darauf bestehst. Ich dachte, ich würde meinen Schirm nie wiedersehen, aber am übernächsten Tag stand sie an derselben Stelle und gab ihn mir zurück. Dazu ein handliches Paket, das verführerisch duftete. ›Sie müssen es öffnen, es ist ein kleines Dankeschön‹, sagte sie zu mir.

Ich tat es. Ein Stück Schokoladenpuffer lag darin.

›Probieren Sie‹, sagte sie.

Ich sträubte mich etwas, am helllichten Tag auf dem Bürgersteig ein Stück Kuchen zu probieren, aber ich tat es, denn Esther sah mich an, und es war unmöglich, nein zu sagen. Auch später war es unmöglich, bei ihr nein zu sagen, wie du ja inzwischen erfahren hast.«

»Wusstest du, dass Esther Salomons Tochter ist?«

»Nein.« Zur Haiden berichtete, dass er aus allen Wolken fiel, als sie es ihm erzählte. Drei oder vier Monate später sei es gewesen. In der Harvestehuder Wohnung ihres Mannes, eines Offiziers namens Moritz von Stolten, mit dem sie im Jahre 91 nach Kamerun gegangen sei. Sie sagte, sie sei nur sporadisch in Deutschland, um ihren Vater in Hamburg zu besuchen. Kurz danach sei sie noch einmal nach Kamerun aufgebrochen, um mit von Stolten über die Scheidung zu sprechen …

»Heißt das etwa, du wolltest dich auch scheiden lassen, Carl-Heinrich?«

»Nein, nie, das musst du mir glauben. Aber ich hatte einfach nicht die Kraft, es Esther zu gestehen. Das Gespräch zwischen ihr und ihrem Mann fand übrigens niemals statt, weil er kurz vor ihrer Ankunft in Duala bei einem tragischen Reitunfall ums

Leben gekommen war. Sieben Monate später brachte Esther den kleinen Aron in Hamburg zur Welt. Ich wollte mehrfach das Verhältnis zu ihr beenden, doch nachdem der Kleine das Licht der Welt erblickt hatte, brachte ich es einfach nicht übers Herz.«

»Salomon glaubt also, dieser von Stolten ist der Vater?«

»Ja. Esther sah keine Veranlassung, ihn zu korrigieren. Und ich natürlich auch nicht.«

»Das kann ich mir denken.« Louise klang bitter.

Zur Haiden hatte sich so weit gefangen, dass er sich eine Zigarre anzünden konnte. Er paffte ein paar Ringe in die Luft. »Nun kennst du also die ganze Geschichte. Im Grunde bin ich froh darüber. Das Versteckspielen hat ein Ende. Die Frage ist nur, von wem weißt du sie?«

Louise erzählte von dem Buckligen, der sie am gestrigen Tage aus dem Bett geholt hatte. »Er schien seiner Sache sehr sicher zu sein. Ein widerlicher Kerl. Einfach *dégoûtant*. Ich habe ihm zehn Mark in die Hand gedrückt, damit er mir verspricht, mit niemandem darüber zu reden.«

»Seltsam, dass er von meiner Liaison und, äh, ihren Auswirkungen wusste. Mir ist schleierhaft, wieso. Nun, hoffen wir, dass es dabei bleibt. Wenn wir Pech haben, hat der Kerl Blut geleckt und kommt wieder.« Zur Haiden steckte die Zigarre in einen Gluttöter. »Kommst du mit ins Bett? Ich bin müde.«

»Ich denke nicht daran. Ich möchte wissen, wie es mit uns weitergeht, oder besser: Ich will sicher sein, dass es mit dieser Esther nicht weitergeht.«

»Müssen wir das jetzt besprechen?«

»Nein. Was du mir dazu zu sagen hast, kannst du dir heute Nacht überlegen. Im Gästezimmer.«

»Aber …«

»Kein Aber, Carl-Heinrich. Gute Nacht.«

Zur Haiden sollte recht behalten. Nur eine Woche später, abermals an einem Sonntag, stand der Bucklige wieder vor der Tür und wünschte die Gnädige zu sprechen.

»Bleib, wo du bist«, sagte zur Haiden zu Louise, nachdem Frieda den Besucher gemeldet hatte, »ich knöpfe mir den Kerl mal vor.« Er ging zum Nebeneingang und öffnete. »Was wollen Sie?«

»Habe ich die Ehre mit Herrn Professor zur Haiden?« Der Kerl machte eine unterwürfige Verbeugung.

»Sehe ich aus wie der Gärtner? Was wollen Sie?«

»Ich wollte an Ihr Mitleid appellieren, Herr Professor. Sie wissen selbst, dass alles teurer wird auf dieser Welt, und da dachte ich, dass sie mir mit einem kleinen Betrag aushelfen könnten.«

»Ich denke nicht daran!«

»Wirklich?« Der Kerl grinste selbstgefällig. »Auch dann nicht, wenn ich Ihnen einen großen Gefallen täte und gewisse Dinge, nun, sagen wir, vergessen würde?«

»Das haben Sie schon einmal versprochen.«

»Oh, ich sagte nur zu Ihrer verehrten Frau Gemahlin, dass sie mich hier nie wiedersehen würde. Seien sie barmherzig, Herr Professor, helfen Sie mir, und mein Gedächtnis wird mich für alle Zeiten im Stich lassen.«

Zur Haiden kämpfte mit sich. Aber er hatte keine andere Wahl. »Wie viel?«

»Fünfzig Mark, Herr Professor. Für Sie eine Kleinigkeit, für mich das Ende aller Sorgen.«

Zur Haiden wollte aufbrausen, doch dann sagte er sich, dass der Kerl vielleicht tatsächlich Sorgen hatte und dass mit der Zahlung die Sache wahrscheinlich ausgestanden sein könnte. »Also gut. Aber merken Sie sich: Dies ist das letzte Mal, dass wir Sie unterstützen. Haben Sie verstanden?«

»Selbstverständlich, Herr Professor, Sie sind ein guter Mensch. Ich danke Ihnen.« Abermals machte der Bucklige eine Verbeugung und wieselte mit dem Geld davon.

»Ich glaube, die leidige Sache ist damit aus der Welt«, sagte zur Haiden wenig später zu Louise, die hinter einer Staffelei saß und ein Blumenarrangement zu aquarellieren versuchte.

Louise steckte den Tuschepinsel ins Wasser und wusch ihn aus. Das Ergebnis ihrer Bemühungen – ein Bukett aus Anemonen, Astern und Zinnien – war ähnlich trist wie ihre Laune. »Sie ist erst aus der Welt, wenn du mit dieser Person ein Ende gemacht hast, Carl-Heinrich.«

»Das habe ich dir doch schon versprochen!«

»Aber noch nicht gehalten! Du bist schon eine Woche zurück und hast noch keinen Finger gerührt.«

»Aber wie denn?« Zur Haiden tigerte vor ihr auf und ab. »Das alles ist nicht so einfach. Ich muss vorsichtig sein. Ich muss an meinen guten Ruf denken.«

»Ich erwarte, dass du am nächsten Sonntag … zum Schachspielen gehst und die Sache ein für alle Mal aus der Welt bringst!«

»Ja, doch. Ich mache es.« Zur Haiden trat hinter seine Frau und tätschelte ihr die Schulter. Zu seiner Überraschung ließ sie es geschehen.

»Wirklich, *Chéri?*«

»Wirklich.« Er atmete auf und steckte sich eine Zigarre an. Bald würde alles wieder gut werden.

Am Sonntag fuhr zur Haiden nach Harvestehude und hatte mit Esther eine lange, tränenreiche Aussprache, in deren Verlauf sie ihm eröffnete, sie habe schon geahnt, dass er sich nie von seiner Frau lossagen würde. Sie trage sich deshalb mit dem Gedanken, nach Palästina auszuwandern.

»Nach Palästina?«, fragte zur Haiden entgeistert.

»Ja, zusammen mit Vater und dem kleinen Ari. Er wird in diesem Jahr fünf, wie du weißt, und ist noch jung genug, um sich schnell an eine neue Umgebung gewöhnen zu können. Wir werden wie eine kleine Familie leben.«

»Dann ist diese Palästina-Idee also von Salomon, ich meine, deinem Vater?«

Esther nickte und nahm Ari, der selbstvergessen mit einem Hampelmann spielte, auf den Schoß. »Er steht schon seit Längerem mit Theodor Herzl, dem Begründer des Zionismus, in brieflichem Kontakt. Herzl ist der Überzeugung, dass wir Juden eine Nation seien und dass wegen des Antisemitismus und der Diskriminierungen in der Gesellschaft ein jüdischer Staat gegründet werden müsse. Vater denkt genauso wie er.«

»Das kommt mir irgendwie bekannt vor.« Zur Haiden musste an das Gespräch mit Salomon im Röntgeninstitut des Operationshauses denken. Der Kollege hatte sich bitter über die spitzen Bemerkungen beschwert, denen er sich immer wieder ausgesetzt sah.

»Wieso?«

»Ach, nichts. Wirst du ihm dann erzählen, dass ich Aris Vater bin?« Zur Haiden wollte Esther übers Haar streichen, doch sie wich ihm aus.

»Ist das deine einzige Sorge?«

»Ich, äh, möchte nur, dass es dir und dem Jungen gutgeht. Der Kleine wird mir sehr fehlen.« Letzteres stimmte sogar.

»Bitte, lass uns jetzt allein.«

»Das heißt, du wirfst mich hinaus?«

Sie schaute ihn direkt an. »Wenn du mich so fragst, ja. Es hat ja doch keinen Zweck mehr. Leb wohl.«

Schweigend zog zur Haiden sich den Rock über und schloss die Haustür hinter sich. Als er die Treppe hinunterstieg, hörte er Esther leise schluchzen. Auch ihm war zum Heulen zumute. Es fiel ihm schwer, sich vorzustellen, dass plötzlich alles vorbei sein sollte. Doch dann straffte er sich und schritt kräftig aus. Er hatte reinen Tisch gemacht, und das war sehr beruhigend.

Louise würde mit ihm zufrieden sein, und – noch wichtiger – der Haussegen würde nicht mehr schief hängen.

KAPITEL 27

Mit seiner Annahme, nach Beendigung der Liaison mit Esther würde der Haussegen nicht mehr schief hängen, lag zur Haiden weit daneben.

Dafür sorgte wenige Tage später der Bucklige, der unterwürfig grinsend erneut die Hand aufhielt.

»Sie schon wieder?«, fuhr zur Haiden ihn an.

»Die Umstände, Herr Professor, die leidigen Umstände!«

»Wir hatten uns darauf geeinigt, dass ich Sie nie wiedersehen würde!«

»Hatten wir das? Nun, mein Gedächtnis ist doch besser, als ich dachte. Sie müssen mich noch einmal unterstützen. Zum allerletzten Mal.«

»Scheren Sie sich zum Teufel!«

Zur Haiden wollte dem Kerl die Tür vor der Nase zuknallen, doch dieser sagte mit verschlagenem Gesichtsausdruck: »Gern, aber vorher gehe ich noch zu Doktor Hartmeyer, dem Herausgeber der *Hamburger Nachrichten.* Der wird sich sehr für meine kleine Geschichte interessieren. Sie kennen doch Doktor Hartmeyer?«

Zur Haiden schluckte. Mit der Nennung des Namens bekam die Bedrohung auf einmal etwas ganz Reales. Und noch Gefährlicheres.

Woher wusste der Kerl, dass er mit Hartmeyer seit Jahren bekannt war? »Nun gut.« Zur Haiden holte sein Portemonnaie hervor. »Hier sind zwanzig Mark. Mehr habe ich nicht. Und nun auf Nimmerwiedersehen.«

Der Bucklige stand da und regte sich nicht.

»Nehmen Sie schon.«

»Zwanzig Mark? Ich will zweihundert.«

»Sie unverschämter Flegel!« Viel hätte nicht gefehlt, und zur Haiden wäre die Hand ausgerutscht. »Machen Sie, dass Sie wegkommen.«

»Soll ich Doktor Hartmeyer von Ihnen grüßen?«

»Von mir aus.«

»Wie Sie wollen.« Der Bucklige drehte sich um und ging, sich noch einmal umblickend.

Doch schon nach wenigen Schritten rief zur Haiden ihn zurück.

»Warten Sie. So viel habe ich nicht im Haus. Ich müsste erst zur Bank. Kommen Sie übermorgen wieder.«

»Selbstverständlich, Herr Professor. Ich verlasse mich auf Sie. Sonst … Sie wissen schon.«

»Ja, ja.«

Nach reiflicher Überlegung entschloss zur Haiden sich zu einer Hinhaltetaktik und befahl Frieda am übernächsten Tag, den Kerl abzuwimmeln, mit der Behauptung, der Herr Professor habe ihn nicht vergessen, habe im Augenblick aber leider keine Zeit. Er möge in einer Woche wiederkommen.

Die Woche verging. Dann stand der Kerl wieder vor der Tür. Und wurde abermals von Frieda weggeschickt. Anschließend geschah zunächst einmal nichts.

Zur Haiden rechnete jeden Tag mit dem erneuten Erscheinen des hinterhältigen Halunken, aber dieser blieb fern. Sollte die Sache sich nun erledigt haben? Es schien tatsächlich der Fall zu sein.

Doch dann passierte etwas, das bei zur Haiden das blanke Entsetzen auslöste. Er war morgens auf dem Weg zur Palmaille, um die Bahn nach Eppendorf zu nehmen, als er durch Zufall ein kleines Plakat an einer Hauswand entdeckte. Er las:

SKANDAL!

Professor in Krankenhaus schwängert Tochter seines Kollegen!

Mehr darüber demnächst hier.

Zur Haiden stand davor und rang nach Luft. Dieser abgefeimte, widerliche Halunke! Was würde er noch alles tun, um zum Ziel zu kommen? Zur Haiden riss den Wisch von der Wand und sah sich um. Gott sei Dank waren zu dieser frühen Stunde nur wenige Passanten auf der Straße. Sie hatten noch keine Notiz von dem Plakat genommen. Ihm blieb also noch eine Galgenfrist, bis … ja, bis wann eigentlich?

Schwer in Gedanken ging zur Haiden weiter. Und stieß an der nächsten Straßenecke auf ein weiteres Plakat. Er riss es herunter und begegnete kurz darauf einem dritten. Und mit jedem heruntergerissenen Papier wurde ihm klarer, dass etwas geschehen musste. Er war sicher, der Erpresser würde am Abend oder spätestens morgen wieder vor der Tür seines Hauses stehen. Nun gut, er sollte sein Geld kriegen. Danach jedoch müssten andere Saiten aufgezogen werden. Die Frage war nur, wie und mit wem …

Zur Haiden hatte einen Familienrat einberufen. Es war ihm schwergefallen, Vicki anzusprechen und Benno zu bitten, aber er sah keine andere Möglichkeit. Nun saß er mit den beiden und Louise in seinem Arbeitszimmer und suchte nach Worten. Von seiner Vaterschaft wusste bislang nur Louise etwas. Die Nachricht würde bei seinen Kindern wie eine Bombe einschlagen. »Nun ja.« Er räusperte sich umständlich. »Eure Mutter und ich haben etwas, das wir mit euch besprechen müssen. Die Sache ist delikat. Sehr delikat.«

»Drohen wir zu verarmen?« Benno grinste und schenkte sich einen Kognak ein.

»Damit liegst du gar nicht so falsch«, sagte zur Haiden mit Grabesstimme.

Benno lachte ungläubig.

Vicki blickte fragend.

Louise schwieg und starrte auf ihr Stickkissen.

Zur Haiden hielt eines der abgerissenen Plakate hoch. »Lest das.«

Benno las die Zeilen. »Ja und?« Dann dämmerte es ihm. »Heißt das etwa, du bist damit gemeint?«

Zur Haiden nickte schwer.

»Das ist ein Witz, oder?«

»Leider nein. Ich werde erpresst. Seit einiger Zeit.«

Vicki sagte: »Es muss sich um einen anderen Professor handeln, Vater. Der Erpresser hat nichts gegen dich in der Hand.«

»Eben doch, das ist es ja gerade!«, brach es aus Louise hervor. »Das Ganze ist ja so schrecklich *gênant*!«

Danach herrschte Schweigen. Zur Haiden glaubte zu spüren, wie seine Kinder ihn plötzlich mit anderen Augen ansahen. Aber es half nichts, die Sache musste ausgestanden werden. Mit stockender Stimme begann er seine Beichte. Und mit jeder weiteren Wendung der Geschichte bekamen seine Kinder größere Augen. Als er geendet hatte, pfiff Benno durch die Zähne. »Alle Wetter, wenn ich es recht sehe, haben wir einen Halbbruder, Vicki. Wer hätte das gedacht!«

Vicki nickte ernst und blickte ihren Vater an. »Ich denke, wir zur Haidens müssen jetzt zusammenhalten.«

»Danke, Kind.« Zur Haidens Stimme klang brüchig.

Benno stand auf und holte die Kiste mit der Aufschrift *Pinar del Rio*. »Rauch erst mal eine gute Zigarre, Vater.«

»Ja, ja.« Zur Haiden ließ sich von Benno Feuer geben und bemühte sich, die Finger dabei ruhig zu halten. Er tat ein paar tiefe Atemzüge. Er hatte es hinter sich gebracht. Aber wie würde es weitergehen?

Als hätte er die Gedanken seines Vaters erraten, sagte Benno: »Wir müssen überlegen, wie es weitergeht. Zwei Dinge scheinen mir klar zu sein. Erstens, der Kerl wird nicht lockerlassen. Den sehen wir früher oder später wieder. Die Sache mit den Plakaten war nur ein weiterer Schuss vor den Bug, um uns weichzukochen.«

»Und zweitens?«, fragte Vicki.

»Der Kerl ist, nach dem, wie Vater ihn geschildert hat, ein viel zu kleines Licht, als dass die Erpressung auf seinem eigenen Mist gewachsen sein könnte.«

»*Mon Dieu*« – Louise legte das Stickkissen beiseite und ließ sich von Benno einen Kirschlikör einschenken –, »wer mag bloß dahinterstecken? Wer will deinem Vater so schaden?«

»Genau das müssen wir herausfinden.«

»Aber wie?«, fragte Vicki.

Benno überlegte. »Ich werde versuchen, den Buckligen aufzuspüren, und mich in der *Hölle* umhorchen.«

»Bitte wo?« Zur Haiden blickte irritiert.

»In *Höller's Hölle,* das ist die Kneipe, in der ich die Wände bemalt habe. Wenn der bucklige Halunke sich irgendwo in der Altstadt oder auf St. Pauli herumtreibt – und dafür spricht ja einiges –, dann kennt Willi Höller ihn bestimmt.«

»Und dann?«

»Dann knöpfe ich ihn mir vor.«

»Was heißt das?«

Benno lächelte. »Dass er in Zukunft ein bisschen kleinlauter sein wird.«

»Oh, Junge, wenn du das schaffen würdest ...« Louise ließ den Satz unvollendet und kippte ihren Likör hinunter.

»Ich kümmere mich noch heute Abend darum.«

»Danke, mein Sohn«, murmelte zur Haiden. »Ich danke dir sehr!«

»Versprechen kann ich nichts.«

Willi stand hinterm Tresen und schürzte die Lippen, nachdem Benno den Buckligen beschrieben hatte. »Nimm erst mal einen zur Brust, machst ja ein Gesicht wie sieben Tage Regen.«

Benno trank das Bier in einem Zug aus.

»Na, gieß noch einen Köm hinterher.«

Nachdem Benno auch den Aquavit hinuntergestürzt hatte, fragte Willi: »Geht's jetzt?«

»Ja, danke.«

»Kann sein, dass ich weiß, wen du meinst. Was willst du von ihm?«

»Privatsache, Willi.«

»Hm.« Willi nahm ein Solei aus dem Glas, pulte es ab und steckte es auf einmal in den Mund. »Wenn es der ist, von dem ich glaube, dass er's ist«, sagte er kauend, »dann hast du es mit einem ziemlichen Schlitzohr zu tun.«

»Wie heißt er?«

»Ich kenn seinen richtigen Namen nicht. Die Leute nennen ihn ›Triefauge‹. Aber Vorsicht, der Kerl ist gefährlich. Hat nicht nur 'n Buckel, sondern auch ein Messer, das ihm hinten im Kragen steckt. Damit soll er ziemlich gut umgehen können.«

»Wo finde ich ihn?«

Willi zögerte. »Hör mal, Benno, ich will nicht, dass dir was passiert. Ich komme mit.«

»Nein, ich muss es allein machen.«

»Wirklich?«

»Es geht nicht anders, glaub mir.«

»Schön.« Willi bückte sich und holte unter dem Tresen einen Schlagstock hervor. »Den nimmst du mit. Ist'n echter Polizeiprügel.«

»Wo hast du den her?«

Willi grinste. »Ist'n Überbleibsel der letzten Razzia im *Glückskeller*. Es ging hoch her an dem Abend.«

Benno betrachtete den Knüppel. Am Griffende waren zwei Buchstaben eingeritzt: *J. E.* »Wer ist *J. E.?*«

»Keine Ahnung. Ich guck mir die uniformierten Herren nicht so genau an, wenn die Fäuste fliegen.«

Benno verbarg die Waffe unter seiner alten Joppe. »Und wo finde ich Triefauge?«

»Im *Siebenmeilenstiefel.* Der Wirt heißt Schuh, Amandus Schuh, daher der Name. Ist'n alter Bekannter von mir. Wenn Triefauge nicht da ist, fragst du nach Mandi und sagst, du kämst von mir.«

»In Ordnung. Danke, Willi.«

»Viel Glück.«

Benno drängte sich zwischen den Gästen aus der *Hölle* hinaus und trat auf die Straße. Das *Siebenmeilenstiefel* lag am Ende der Reeperbahn in der Herrenweide. Er war noch nie dagewesen, aber man konnte nicht alles kennen.

»'n Abend allerseits«, wünschte er, als er ins dämmrige Licht der Kneipe trat. Der Laden sah aus wie viele andere auf dem Kiez: ein verräucherter Raum, ein paar Bilder leicht geschürzter Damen, vier bis sechs Tische und ein Tresen mit Zapfhahn. Dahinter stand ein massiger Mann im Unterhemd, über das sich zwei breite Hosenträger spannten. Benno ging auf ihn zu und sagte: »Ich suche Triefauge.«

»Kenn ich nicht.«

Benno setzte nach: »Du bist Mandi, nicht? Ich soll dich schön von Willi grüßen. Bin ein Freund von ihm. Hab ihm die *Hölle* mit Malereien verschönert.«

»Ach, du bist das.« Mandi taute sichtlich auf.

»Ja, ich bin das. Benno heiß ich. Machst du mir ein Bier klar?«

»Hier.« Mandi schob ihm ein Glas rüber. »Geht auf Kosten des Hauses.«

Benno trank. Allerdings nur einen kleinen Schluck. Er wollte einen klaren Kopf behalten.

Mandi musterte ihn abschätzend. »Könntest du dir vorstellen, auch bei mir ein paar nackte Weiber an die Wände zu malen?«

»Sicher. Aber erst muss ich Triefauge finden. Lass uns ein andermal darüber reden.«

»Auf Ehre?«

»Auf Ehre.«

Mandi gab sich einen Ruck. »Also: Der ist vor 'ner halben Stunde gegangen. Hatte schon etwas Schlagseite. Schmeißt in letzter Zeit mit den Kröten nur so um sich. Wenn du Glück hast, ist er in seinem Kabuff in der Silbersackstraße.«

»Wo da genau?«

»Ist'n Hinterhof mit vielen Fässern. Mehr weiß ich nicht. Früher war da 'ne Brauerei.«

»Danke, Mandi.« Benno stellte sein Bierglas ab und ging. Draußen hatte leichter Nieselregen eingesetzt. Er schlug den Kragen hoch und strebte zurück zur Reeperbahn. Kurz darauf bog er rechts in die Silbersackstraße ein. Von der hellerleuchteten sündigen Meile war hier nichts mehr zu sehen. Benno hielt Ausschau nach einem Toreingang mit Fässern. Nach einer Weile glaubte er, am Ziel zu sein. Eine Einfahrt mit holprigem Kopfsteinpflaster tat sich vor ihm auf, dahinter im Dämmerlicht eine Ansammlung von Bierfässern. Die Luft roch faul und schal. Er riss ein Streichholz an und hielt es an eines der Fässer. Im flackernden Licht erkannte er zwei eingebrannte, verwitterte Zeilen:

– Hirsch Export –

Trinke Hirsch auf jeder Pirsch!

Darunter ein stilisiertes Hirschgeweih. Im Schein einer schwachen Hoflaterne zwängte er sich durch die eng stehenden Fässer, bis er zur Tür eines Gebäudes gelangte, das mehr einer Ruine glich als einer ehemaligen Fabrik. Die dunklen Fenster mit ihren zerbrochenen Scheiben schienen ihn wie aus toten Augen anzustarren. Irgendwo hing eine Regenrinne herab, in der Giersch und Brennnesseln wucherten. Daneben brannte

Licht. War das Triefauges Behausung? Ja, zweifellos, es konnte nicht anders sein. Benno fröstelte. Er war kein Held. Zwar war er in den vergangenen Jahren immer mal wieder in eine handfeste Rauferei geraten – das ließ sich nicht vermeiden, wenn man Stammgast in der *Hölle* war –, und er hatte sich auch jedes Mal recht wacker geschlagen, wie Willi anerkennend meinte, aber er war von Natur aus eher einer, der mit Worten kämpfte. Egal, es half nichts. Es ging um den guten Ruf der Familie, und die Sache musste aus der Welt.

Benno tastete nach dem Schlagstock unter der Joppe. Das kühle Holz wirkte beruhigend auf ihn. Dann schlüpfte er durch die windschiefe Tür. Im Haus war es noch finsterer als draußen auf dem Hof. Er blinzelte. Nach einer Weile hatten seine Augen sich an die Dunkelheit gewöhnt. Er erkannte einen langen Gang. Vielleicht befand er sich im Verwaltungsgebäude der ehemaligen Brauerei. Die Dielen unter seinen Füßen knarrten. Langsam ging er weiter. Da! Vor ihm schimmerte ein Lichtspalt unter einer Tür.

Benno hielt inne. Angst kroch in ihm hoch. Warum nur hatte er Willis Hilfsangebot abgelehnt? Zu spät, um sich darüber Gedanken zu machen. Vorsichtig drückte er die Türklinke herunter. Ein Raum wie ein Kontor wurde sichtbar. Zur Rechten befand sich ein großer Aktenschrank mit abgeblätterter Farbe, in der Mitte stand ein Schreibpult, über dem zwei kaputte Glühlampen baumelten, und an den Wänden klebten mehrere bunte Reklameplakate für das gute Hirsch Export. Dazwischen – gleichsam als natürliches Markenzeichen – hing das mächtige Geweih eines Zwölfenders.

Unter dem Geweih saß ein buckliger Mann auf einer schmuddeligen Matratze. Er aß Frikadellen mit Senf und trank dazu Schnaps aus einer Tonkruke. Beleuchtet wurde die Idylle von dem funzeligen Licht einer Messinglampe.

»Guten Abend, Triefauge«, sagte Benno.

Der Bucklige zuckte zusammen. »Wer bist du?«, krächzte er misstrauisch.

»Ich bin Benno.«

»Na und? Verschwinde.« Triefauge aß weiter.

»Der Sohn von Professor zur Haiden.«

»Aaah! Das ist aber eine Überraschung. Der Sohn meines Gönners.« Triefauge lächelte schmierig und legte die angebissene Frikadelle zur Seite. »Du bist sicher gekommen, um mir mein Geld zu bringen.«

»Nein, ich bin gekommen, um dir ein für alle Mal das Maul zu stopfen.« Benno holte den Schlagstock hervor und legte ihn unmissverständlich auf das Schreibpult.

Triefauge stand schwankend auf, die Schnapskruke in der Hand. Trotz seiner Fahne schien er auf einen Schlag nüchtern zu werden. »Na, na, das klingt aber sehr unfreundlich. Wir können über alles reden. Ich schlage vor, wir nehmen erst mal 'nen Schluck aus der Betonbuddel.«

»Mit Abschaum wie dir trinke ich nicht.« Benno hatte sich genau überlegt, wie er auftreten wollte. Er musste mit dem Kerl Tacheles reden und durfte vor allen Dingen keine Schwäche zeigen. »Du wirst meinen Vater nie wieder erpressen. Ist das klar?«

»Erpressen ist ein hässliches Wort, Kleiner. Er hat mich ein paar Male unterstützt, das ist alles.« Triefauge kicherte. »Und er wird es wohl weiter tun müssen.«

»Ich rate dir: Lass dich nie wieder bei uns blicken! Und spar dir in Zukunft deine lächerlichen Plakatanschläge. Du wärst nicht der Erste, der als Leiche in der Elbe schwimmt. Ich habe mächtige Freunde auf dem Kiez. Ich muss nur mit dem Finger schnippen, und du bist tot.«

»Ist das dein Ernst?«

»Allerdings.«

Triefauge lachte schrill. »Übernimm dich nicht, Kleiner.«

»Du hast gehört, was ich gesagt habe. Eher lasse ich ein paar Hunderter springen, damit man dich kaltmacht, als sie dir in den Rachen zu schmeißen. Ich spaße nicht.«

»Hm.« Triefauge schien zu überlegen. »Willst du nicht doch

einen Schluck aus der Betonbuddel, dann redet es sich leichter?«

»Nein.«

»Nein?« Triefauges Pupillen glitzerten. Dann, mit einer blitzschnellen Bewegung, schmetterte er Benno die Schnapskruke gegen die Schläfe. Benno taumelte gegen das Schreibpult und riss es im Fallen zu Boden.

Als er wieder zu sich kam, drehte sich über ihm alles im Kreis. Sein Kopf dröhnte. Er lag auf dem Rücken und starrte in Triefauges grinsende Visage. Der Bucklige hatte ein Knie auf seine Brust gesetzt und trank aus seiner Betonbuddel. »So, Kleiner«, krächzte er mit gefährlichem Unterton, »du rührst dich nicht, verstanden? Bei der geringsten Bewegung schlage ich wieder zu, und dann bist du es, der tot in der Elbe schwimmt.« Er lachte meckernd.

Benno biss die Zähne zusammen. Er hatte sich wie ein Anfänger übertölpeln lassen.

»Wer hat dir verraten, wo ich wohne, Kleiner?«

»Der Weihnachtsmann.«

»Sag das noch mal.« Triefauge hob drohend die Schnapskruke.

»Sag du mir erst, welches Vöglein dir die Sache mit meinem Vater gesungen hat. Davon wussten selbst wir in der Familie nichts.«

Triefauge ließ die Schnapskruke sinken und grinste überlegen. »Das hättest du wohl gerne, was? So, und nun raus mit der Sprache.«

Benno schwieg.

»Raus mit der Sprache!« Triefauge hob erneut die Kruke. Gleichzeitig krallte sich seine Linke um Bennos Hals. »Woher weißt du, wo ich wohne? Rede!«

Benno keuchte.

Der Griff wurde fester. »Rede endlich, du kleiner Scheißer!«

Benno zappelte und rang nach Luft. Er versuchte, die würgende Hand von seinem Hals zu reißen, aber Triefauge lachte nur. Bennos Bewegungen wurden matter, gleich würde ihm erneut schwarz vor Augen werden. Fahrig tastete er den Boden nach etwas zum Zuschlagen ab. Da! Der heruntergefallene Schlagstock. Er umfasste den Knüppel und schlug ihn seinem Widersacher mit verzweifelter Kraft gegen den Arm.

Der Bucklige kreischte auf und ließ ihn los. Die Schnapskruke zerbarst am Boden. Benno rappelte sich auf. Aus dem Augenwinkel sah er, dass Triefauges linker Arm schlaff herabhing. Genugtuung durchströmte ihn. Doch nur für einen Augenblick. Schon sah er, wie Triefauges rechte Hand im Nacken verschwand und ein Messer in seiner Hand aufblitzte. »Du verfluchter kleiner Scheißer«, krächzte er. »Ich mach dich kalt!«

Benno stand mittlerweile wieder. Schwer atmend ließ er den Schlagstock kreisen. Er glaubte, jetzt im Vorteil zu sein, da seine Reichweite größer war. Ein Irrtum. Anders als Triefauge war er nicht auf der Straße aufgewachsen und kannte deren oberstes Gesetz nicht: kämpfen. Mit allen Mitteln kämpfen, um zu überleben. Und genau das tat Triefauge jetzt. Seine tückischen Augen musterten Benno wie eine Schlange, während er ihn langsam umkreiste und mit dem Messer spielerisch zustieß. »Du bist so gut wie tot«, krächzte er.

Benno wollte Triefauge das Messer aus der Hand schlagen, aber seine Hiebe gingen ins Leere. Triefauge lachte nur und umkreiste ihn weiter. »Tot, tot, tot«, krächzte er.

»Noch ist es nicht so weit!« Benno stürzte vor, es gelang ihm, Triefauge den Knüppel vor die Brust zu rammen. Der Bucklige prallte zurück. Benno rückte nach, er wollte die Gunst des Augenblicks nutzen und seinem Widersacher das Messer aus der Hand schlagen, doch er war zu langsam. Triefauge wich geschickt aus. Mit katzenartiger Gewandtheit schnellte er vor und stieß mit dem ausgestreckten Arm zu. Die Klinge traf Benno oberhalb des linken Schlüsselbeins. Er spürte nur einen dumpfen Schlag, keinen Schmerz. Doch der Knüppel entglitt seiner rechten Faust. Er bückte sich, um ihn aufzuheben, und das war sein Glück: Der nächste Stoß verfehlte ihn um Haaresbreite. Dafür gelang es ihm, Triefauges rechtes Handgelenk zu packen. Er hielt es eisern fest und schlug es, so oft und so hart er konnte, auf das umgestürzte Schreibpult, bis das Messer klirrend zu Boden fiel. Gleichzeitig musste er sich der Tritte Triefauges erwehren, die ihn von hinten trafen. Er rammte ihm den linken Ellenbogen in den Magen und verschaffte sich auf diese Weise Luft. Doch nur für einen Augenblick. Triefauge war noch lange nicht geschlagen. Mit einem Wutschrei griff er abermals an und bediente sich einer Waffe, die Benno nicht kannte: dem Zeige- und Mittelfinger, die er ihm in die Augen stoßen wollte. Benno konnte gerade noch ausweichen. Die schmutzigen Nägel des Buckligen hinterließen tiefe Schrammen auf seiner Stirn. Aber es war ihm gelungen, seinen Widersacher am Revers zu packen und ihn hochzuheben. Triefauge kreischte. Er klammerte sich an Benno wie ein Affe, die Beine um seine Hüften geschlungen, mit der rechten Faust ständig nach ihm schlagend. Benno zog den Kopf ein. Er wollte die widerliche Klette abschütteln, doch es gelang nicht. Er taumelte vorwärts, stolperte über eine große Scherbe der Schnapskruke und spürte plötzlich einen harten Widerstand. Im gleichen Moment erlahmte Triefauges Gegenwehr. Die Umklammerung löste sich. Benno richtete sich auf und erkannte den Grund: Er war mit voller Wucht gegen das Geweih an der Wand geprallt. Ein spitzes Ende hatte Triefauges Körper durchstoßen und trat an der Brustseite hervor. Benno erschauerte bei dem Anblick.

Für ein, zwei Sekunden hing Triefauge an dem Geweih, dann stürzte er polternd damit zu Boden. Seine Arme und Beine bewegten sich hilflos wie die eines Käfers, der auf dem Rücken liegt.

»Das wollte ich nicht«, keuchte Benno. »Großer Gott, das wollte ich nicht.«

Triefauges Lippen bewegten sich und formten unverständliche Worte. Anklagend sah er zu Benno empor. Alle Tücke, alle Gemeinheit, alle Boshaftigkeit waren aus seinem Blick gewichen.

Benno kniete neben ihm nieder und stammtelte: »Mandi war es, der mir verraten hat, wo ich dich finde. Mandi, der Wirt vom *Siebenmeilenstiefel*, hörst du? Nun sag du, von wem du das Geheimnis meines Vaters kennst.«

Triefauge atmete mühsam. Blut trat aus seinen Mundwinkeln hervor.

»Sag mir, wer hinter der Erpressung steckt. Sag's mir. Du selbst bist doch nicht darauf gekommen?«

Triefauge begann, Blut zu spucken. Sein Körper krümmte sich zusammen. Benno dachte schon, er würde keine Antwort mehr erhalten, da kam es mühsam aus dem blutenden Mund: »Schä... Schäde...« Dann fiel der Kopf kraftlos zur Seite.

Benno blieb knien. Er konnte noch nicht begreifen, was geschehen war. Ein böser Traum musste es sein, der ihn gequält hatte. Ein Traum? Die Wirklichkeit traf ihn wie eine Keule: Er hatte einen Menschen getötet. Er hatte ein Leben ausgelöscht. Er war ein Mörder.

Wie von Furien gehetzt, lief er nach Hause.

KAPITEL 28

Zur Haiden stand in seinem Arbeitszimmer und fixierte die Jodoformbinde, die er straff um Bennos Schulter gewickelt hatte. »So, Junge, das müsste halten. Du hast Glück gehabt, die Wunde ist tief, aber nicht gefährlich. Sie dürfte kaum geblutet haben. Wie ist das alles nur passiert?«

Benno blickte zur Uhr auf dem Schreibtisch. Es war zehn Minuten nach Mitternacht. »Ich glaube, ich brauche erst mal eine Stärkung.«

»Sollst du kriegen.« Zur Haiden holte einen Kognakschwenker und schenkte seinem Sohn ein. »Und nun erzähle. Anders als deine Mutter konnte ich bisher kein Auge zumachen. Ihren Schlaf möchte ich haben.«

Benno trank einen großen Schluck und fasste sich an die Stirn, wo sein Vater die Kratzer von Triefauges Nägeln mit einer Kompresse abgedeckt hatte. Seltsamerweise schmerzten sie mehr als die Schulter. »Es war wie ein Albtraum«, begann er, noch immer unter dem Eindruck des Erlebten stehend. Dann, immer wieder an seinem Kognak nippend, schilderte er den grausigen Hergang des Geschehens. Zuerst stockend, zuletzt immer flüssiger. Er ließ nichts aus und fügte nichts hinzu, denn er spürte, wie gut es ihm tat, darüber zu reden.

Als er geendet hatte, sagte zur Haiden lange Zeit nichts. Er hatte sich eine Zigarre angezündet und paffte dicke Ringe. »Wir können nicht zur Polizei gehen«, sagte er schließlich.

»Nein, das können wir nicht.«

»Glaubst du wirklich, dieser Halunke wollte am Schluss ›Schädeba‹ sagen?«

Benno nickte. »Ja, ich bin fest davon überzeugt. Wenn jemand unserer Familie etwas Böses will, dann er.«

»Du meinst, weil er dich vor Gericht anklagte, nachdem du auf dem Heiligengeistfeld festgenommen worden warst?«

»Woher weißt du davon? Du hast nie was gesagt.«

»Ein Kollege von der Medizin hat es mir gesteckt, nicht ganz ohne Schadenfreude, wie sich denken lässt. Nun ja. Zu dem Zeitpunkt warst du bereits freigesprochen worden, und ich wollte kein großes Trara mehr darum machen. Allein schon wegen deiner Mutter, die vor Scham im Boden versunken wäre.«

»Das kann ich mir lebhaft vorstellen. Jedenfalls brachte Ernst-Otto Dinge gegen mich vor, die nur jemand wissen konnte, der mir in *Höller's Hölle* nachspioniert hatte.«

Zur Haiden streifte die Asche seiner Zigarre ab. »Glaubst du, Ernst-Otto wird mich ein zweites Mal über einen Strohmann erpressen wollen?«

Benno dachte nach. »Nein. Dazu müsste er erst einmal wissen, dass Triefauge tot ist. Gewiss, er wird sich wundern, nichts mehr von dem Halunken zu hören, zumal dieser ja doppelt abkassieren konnte: erstens die ›Entschädigung‹ von seinem Auftraggeber, also Ernst-Otto, und zweitens die Unterstützung von uns. Aber der feine Herr wird der Sache nicht nachgehen, sosehr er auch die Situation genossen haben mag. Er ist viel zu vorsichtig. Und zu feige. Und selbst wenn jemand die Leiche findet und ihm Bericht erstattet, würde er das nicht an die große Glocke hängen. Dafür steckt er selbst viel zu tief in der Sache drin.«

»Ja, das klingt logisch.« Zur Haiden stand auf und schenkte Benno nach. Sich selbst genehmigte er auch einen. Der Fall schien wasserdicht. Gott sei Dank! »Und du bist sicher, dass du in dem Kontor keine Spuren hinterlassen hast?«

Benno grinste. »Höchstens ein paar Tropfen Blut, aber die können genauso gut von Triefauge stammen.«

»Theoretisch ja.« Der Arzt in zur Haiden erwachte. »Allerdings gibt es schon länger Bemühungen in der Wissenschaft, unterschiedliche Blutarten zu erkennen und zu kategorisieren. Landsteiner in Wien forscht intensiv auf diesem Feld. Doch soviel ich weiß, ist er noch nicht so weit. Wir können also ganz beruhigt sein, nicht zuletzt, weil du ja sicher bist, keine Spuren hinterlassen zu haben.«

»Das können wir.« Benno steckte die Nase in sein Kognakglas, genoss den aromatischen Duft des edlen Brandes und nahm sich vor, das schreckliche letzte Bild, das sich ihm geboten hatte, für immer zu vergessen: den toten Erpresser mit dem Geweih im Rücken, das Blut auf den Dielen, das umgestürzte Schreibpult, die Scherben der Schnapskruke, den Schlagstock der Polizei ... den Schlagstock der Polizei?

Durch Benno ging ein Ruck. Den Knüppel hatte er ganz vergessen. Zu dumm! Andererseits: War das ein Grund, die Pferde scheu zu machen? Es war ein Schlagstock, wie ihn jeder Schutzmann in Hamburg trug. Und es gab Hunderte, die ihn verloren haben konnten. Benno atmete auf. Und erstarrte im nächsten Augenblick wieder. *J. E.!* Die beiden Buchstaben am Griffende des Stockes! Die gab es ja auch noch. Die Waffe musste einem Beamten mit diesen Initialen gehören. Es würde ein Leichtes sein, ihn auf diese Weise zu identifizieren.

Benno trank einen großen Schluck Kognak und versuchte, seine Erregung zu verbergen. Er hatte den Knüppel von Willi bekommen, und dieser hatte gesagt, die Waffe sei das Überbleibsel einer Razzia gewesen. Das bedeutete, der Besitzer war mit großer Wahrscheinlichkeit ein Beamter der Wache in der Davidstraße.

J. E. ...?

Und dann wusste Benno, wer sich hinter den Buchstaben verbarg: Joseph Eilers, der opportunistische Schutzmann, der im Prozess gegen ihn ausgesagt hatte.

Die folgenden Bilder liefen wie im Biographentheater vor seinem Auge ab: Demnächst würde jemand die Leiche finden, allein schon wegen des Verwesungsgeruchs. Die Polizei würde verständigt und der Schlagstock gefunden werden. Die Ermittlungen würden ergeben, dass Eilers der Besitzer war. Eilers würde befragt werden, würde zugeben, dass er die Waffe bei einer Razzia im *Glückskeller* verloren habe. Willi und alle seine Freunde würden eingehend befragt werden. Und einer von Willis engsten Freunden war … halt, halt, halt!

»Was hast du, mein Junge?«, fragte zur Haiden besorgt. »Bekommt dir der Kognak nicht?«

Benno schüttelte den Kopf. »Es ist doch nicht alles so einfach, wie wir dachten«, sagte er tonlos.

»Was soll das heißen?«

»Ich habe einen Schlagstock im Kontor liegenlassen.« Benno schilderte seine Schlussfolgerungen.

Zur Haiden wurde bleich. Er nahm einen hastigen Zug aus der Zigarre, verschluckte sich am Rauch und hustete qualvoll. »Wenn das alles so eintreten sollte«, keuchte er, »ist es das Ende unserer Familie. Das überleben deine Mutter und ich nicht.«

»Ich weiß«, flüsterte Benno.

»Dann können wir uns alle einen Strick nehmen.«

Minutenlang saßen Vater und Sohn da, vor Entsetzen wie gelähmt. Dann sagte Benno: »Ich muss noch einmal dorthin. Niemand darf den Schlagstock finden. Und wenn ich's mir recht überlege, gilt genau dasselbe für den Toten.«

»Da hast du wohl recht. Aber wenn du gehst, dann gehe ich mit.«

»Das kann ich nicht verlangen, Vater.«

»Darum geht es nicht. Wie willst du den Toten allein wegschaffen? Du brauchst jemanden, der dir hilft.«

Benno schwieg.

Zur Haiden sagte bitter: »Ich hätte nie gedacht, dass ich jemals in eine solche Situation kommen würde. Ein Arzt, der nicht heilt, sondern Leichen verschwinden lässt! Aber es geht nicht anders. Wir stehen mit dem Rücken zur Wand.«

»Das stimmt leider.«

»Lass mich überlegen.« Ohne es zu merken, zündete zur Haiden sich eine neue Zigarre an, obwohl die alte erst halb aufgeraucht war. »Wir müssten es irgendwie hinkriegen, dass der Tote sich in Luft auflöst.«

»Ja, aber wie?«

»Das ist die Frage. Vielleicht muss es nicht unbedingt Luft sein.« Zur Haiden grübelte weiter, dicke Wolken paffend und mit den Fingern auf dem Schreibtisch trommelnd. Schließlich legte er die Zigarre im Aschenbecher ab und sagte: »Ja, so könnte es gehen.«

»Was meinst du damit?«, fragte Benno.

»Flusssäure.«

»Da ist er ja«, sagte zur Haiden erleichtert und nahm den Schlüssel von einem Eckbord herunter. Er und Benno befanden sich im Vorraum zur Krankenhausapotheke, die im Parterre des Verwaltungsgebäudes lag. Es war das Reich des Oberapothekers Wilhelm Pentz, und wenn dieser geahnt hätte, was zur Haiden vorhatte, wäre er sehr erstaunt gewesen. Allein der Umstand, dass zur Haiden in den Besitz des Schlüssels gelangt war, hätte ihn aus der Fassung gebracht. Denn von dem kostbaren Schließgerät existierten nur vier Exemplare: Eines hatte Direktor Rumpf, eines Pentz, ein drittes der Erste Hilfsapotheker Xaver Petztet und das vierte und letzte hatte Heinrich Längenfelder, der Hilfsapotheker, an seinem Schlüsselbund.

Doch nicht in dieser Nacht.

Dafür hatte der gewitzte Finn mit Vickis Hilfe gesorgt. Beide wussten nicht, was zur Haiden vorhatte – das wusste nicht einmal Benno zu diesem Zeitpunkt genau –, doch beide waren verschwiegen und zu hundert Prozent verlässlich.

»Komm mit.« Zur Haiden schritt durch die Tür in Pentz' Allerheiligstes, sah sich unter den Schränken und Regalen um und blieb schließlich vor einer Vitrine stehen. Hinter der gläsernen Tür standen mehrere Dutzend Flaschen und Fläschchen, deren Etikett allesamt mit einem roten Streifen versehen war – dem Signal für die Gefährlichkeit ihres Inhalts. Zur Haiden schloss auf.

»Wonach suchst du?«, fragte Benno.

»H_2SO_4.«

»Schwefelsäure?«

»Ich sehe, du hast in Chemie ausnahmsweise aufgepasst.« Zur Haiden fand die entsprechende Flasche und stellte sie auf den Rezepturtisch. Dann glitt sein Auge prüfend über einige Regale. »Ah, da haben wir's.« Er nahm ein Gefäß mit der Aufschrift *Flussspat* herunter und stellte es neben die Flasche mit der Schwefelsäure. »Jetzt brauchen wir nur noch ein Nönnchen.«

»Ein was?« Trotz der heiklen Situation musste Benno grinsen.

»Vielleicht hast du doch nicht so gut aufgepasst. Unter einem Nönnchen versteht man ein verschließbares, birnenförmiges Enghalsglas, und eben dieses brauchen wir für den chemischen Prozess. Sieh an, da haben wir schon eins.« Zur Haiden gab eine gute Portion Flussspat in das Gefäß. Dann goss er mit konzentrierter Schwefelsäure auf. Sofort entstand eine stark rauchende Flüssigkeit, deren Tätigkeit er kurz darauf unterband, indem er einen gläsernen Stopfen auf das Nönnchen setzte.

Benno unterdrückte einen Würgereiz. »Und was soll das Ganze werden, wenn es fertig ist?«

»Flusssäure, wie ich bereits sagte.«

Benno schüttelte den Kopf. »Wie willst du mit einer so geringen Menge einen ausgewachsenen Körper beseitigen?«

»Es ist noch keine Flusssäure, Junge, sondern lediglich eine Vorstufe. Flusssäure entsteht erst in Verbindung mit Wasser. Dann allerdings wird sie zu einer alles zerstörenden Kraft.«

»Ich staune. Du bist ein chemisches Lexikon.«

»Ich habe mich in meiner Studentenzeit auch für die Lehre von den Stoffen und ihren Veränderungen interessiert.« Zur Haiden verbarg das Nönnchen in der Innentasche seines

Rocks, stellte alles wieder an seinen Ort und schloss die Vitrine ab. Dann verließ er mit Benno den Raum. Draußen legte er den Schlüssel zurück auf das Eckbord. »Meinst du, Finn wird es gelingen, ihn wieder an Längenfelders Schlüsselbund zu kriegen, ohne dass der Mann es merkt?«

»Wenn einer es schafft, dann Finn. Jedenfalls hat Vicki das gesagt.«

»Ihr Wort in Gottes Ohr.«

Auf leisen Sohlen verließen sie das große Gebäude.

Benno wies auf die Einfahrt mit dem holprigen Kopfsteinpflaster. »Hier hindurch, Vater. Das dunkle Gebäude da hinten, das ist es.«

Im schwachen Licht der Hoflaterne bahnten sie sich ihren Weg durch die Fässer und standen kurz darauf vor der Tür zum Kontor. »Man sieht die Hand nicht vor Augen«, brummte zur Haiden. »Mach die kleine Laterne an. Aber stell den Docht nicht zu hoch.«

Benno entzündete die mitgebrachte Lampe und leuchtete in den Raum. Dann hielt er den Atem an. Triefauge lag nicht mehr an seinem Platz. »Der Kerl ist weg! Großer Gott, wenn jemand ihn …«

»Nein, da unter dem Fenster liegt einer, leuchte mal dahin.«

Benno fiel ein Stein vom Herzen. Triefauge musste noch einmal zu sich gekommen und mit letzter Kraft zum Fenster gekrochen sein. Vielleicht, um Hilfe herbeizurufen. Das Geweih steckte ihm noch immer im Rücken und erinnerte in grotesker Weise an die Flügel eines Todesengels.

»Welch schauderhafter Anblick«, murmelte zur Haiden. Als Chirurg war sein Auge einiges gewohnt, aber so etwas hatte er noch nicht gesehen. Er hielt einen Finger an die Halsschlagader des Toten und untersuchte die Gliedmaßen. »Exitus. Der *Rigor mortis* hat sich in den vergangenen vierundzwanzig Stunden wieder gelöst. Wo ist der Schlagstock?«

»Hier.« Benno zeigte auf den Knüppel am Boden. »Er liegt noch am alten Platz.«

»Steck ihn ein und fass mit an.«

Mit vereinten Kräften zogen sie das Geweih aus dem Rücken des Toten, reinigten es mit einem herumliegenden Lappen und hängten es wieder an die Wand. Danach trugen sie den Leichnam hinaus, Benno voran, dahinter zur Haiden. Auf dem Hof legten sie ihre Last ab, und zur Haiden hielt Ausschau nach einem Bierfass, in dem sich ausreichend Regenwasser befand, um den Toten darin vollständig verschwinden zu lassen. Nachdem er eines gefunden hatte, holte er das Nönnchen hervor und murmelte: »Wohlan denn.« Mit entschlossenem Schwung goss er den Inhalt in das Fass. »Gib mir den Schlagstock, Junge.«

»Ja, Vater.«

Zur Haiden nahm den Knüppel und rührte das Gemisch kräftig durch. »Ich muss gestehen, der Plan, einen Menschenleib restlos zu zerstören, ist das eine, das andere ist die Ausführung. Und die fällt mir als Arzt wahrlich nicht leicht. Aber es muss wohl sein.«

»Sag mal, Vater, wenn die Flusssäure so ein Teufelszeug ist, wieso zerstört sie nicht die Wand des Fasses?«

»Sie wird es, Junge, schon in wenigen Tagen oder Wochen. Doch bis dahin dürfte der Leichnam bis zur Unkenntlichkeit aufgelöst sein, von Triefauge ist dann nur noch Brei übrig. Und nun lass uns tun, was getan werden muss.«

Die beiden Männer drückten die Beine des Leichnams so zusammen, dass die Knie unter das Kinn gelangten. Zur Haiden untersuchte noch einmal die Hände des Toten und sagte: »Da steckt noch ein Ring am Finger. Er hat die Form eines Totenkopfs. Vielleicht ist er aus Messing, vielleicht aber auch aus Gold. Ich nehme ihn besser ab.«

»Warum?«, fragte Benno.

»Gold trotzt sogar der Flusssäure. Einzig Königswasser ist in der Lage, es aufzulösen. Wir werfen den Ring nachher in die Elbe.«

Gemeinsam hoben und schoben sie den Toten über die Öffnung des Fasses. Mit einem glucksenden Laut versank der Leib darin. »Wirf den Schlagstock hinterher, Junge. Auch er soll sich auflösen.«

Benno gehorchte.

Zur Haiden nahm den Deckel des Fasses und stülpte ihn über die Öffnung. Dabei verspürte er einen leichten Schmerz, den ein Holzsplitter in seiner Hand verursachte, doch er beachtete ihn nicht weiter.

»Mutter wird froh sein, dass alles überstanden ist«, seufzte Benno.

»Mutter kann warten. Hast du die Spuren deines Kampfes vergessen? Wir müssen noch einmal zurück.«

Nach einer halben Stunden war auch das geschafft. Sie hatten alles beseitigt, was einem Besucher verdächtig erscheinen konnte: Sie hatten die Blutspuren aufgewischt, das Schreibpult aufgerichtet, die Tonscherben aufgekehrt und den gesamten Raum gerade so weit hergerichtet, dass er noch als Unterschlupf eines Obdachlosen durchgehen mochte.

Danach wischte zur Haiden sich den Schweiß von der Stirn. »Gott sei Dank, das war's. Zu Hause wartet eine gute Zigarre auf mich.«

»Und auf mich ein Kognak.« Benno grinste müde.

»Du hast dich gut gehalten, Junge. Dieses Kapitel dürfte ein für alle Mal zu Ende sein.«

Doch diese Annahme sollte sich für zur Haiden als tragischer Irrtum erweisen.

KAPITEL 29

Nach einem ausgiebigen Mahl aus Kraftbrühe mit Eierstich, Schweinebraten mit Rotkohl und Apfelkompott mit Sahne erklärte zur Haiden am darauffolgenden Abend: »So unerfreulich die Begleitumstände auch sind, so haben sie doch ein Gutes mit sich gebracht: Die Familie ist wieder vereint.«

Vicki und Benno nickten. Louise rief: »*Mon Dieu,* wie recht du hast, *Chéri!* Aber ich verstehe die Geheimniskrämerei nicht, die du um die ganze Angelegenheit machst. Nun sag schon, was ist passiert? Ich liebe mysteriöse Geschichten.«

Zur Haiden tupfte sich den Mund mit der Serviette ab. »Es gibt Dinge, die du besser nicht weißt. Das gilt auch für dich, Vicki. Doch ich danke dir für deine Hilfe. Hat dieser Finn die Sache mit dem Schlüssel regeln können?«

»Er sagt, ja.«

»Das freut mich. Ich glaube, Benno und ich bleiben beim Dornfelder heute Abend. Er passte sehr gut zum Braten.« Zur Haiden klingelte.

Frieda erschien. »Sie haben geläutet, gnädiger Herr?«

»Ja, schenken Sie von dem Dornfelder nach. Und fragen Sie die Damen, was sie möchten.«

Vicki wollte nichts, und Louise nahm einen Cordon Rouge. Nachdem sie ein Schlückchen von dem Bitterlikör getrunken hatte, sagte sie: »Was hast du eigentlich da an der Hand, *Chéri?* Ich wollte dich heute Morgen schon fragen.«

Zur Haiden verbarg die Hand unter dem Tisch. »Nur ein kleiner Verband, eine Vorsichtsmaßnahme. Weiter nichts.«

»Das hat Benno gestern auch schon gesagt. Irgendjemand

hat ihm die Stirn zerkratzt und irgendwas ist mit seiner Schulter. Habt ihr euch alle gegen mich verschworen, oder warum sagt ihr mir nichts? Ich wette, es hat etwas mit diesem Erpresser zu tun, *n'est-ce pas?*«

»Lass es gut sein, meine Liebe.«

Benno sagte: »Nimm an, ich hätte mich auf St. Pauli geprügelt, Mutter.«

»Wirklich? Dass du dich nicht schämst. Es sollte unter deiner Würde sein, dich mit Saufköpfen herumzuschlagen.«

Benno grinste.

Vicki lächelte. »Soll ich nicht lieber mal nach deiner Hand gucken, Vater?«

»Nett von dir, aber nein. Hört mal, was hieltet ihr davon, wenn wir im Herbst alle zusammen nach Norderney fahren würden? Ein Familienurlaub wie in allen Zeiten.«

Louise klatschte in die Hände. »Oh, das wäre *formidable, Chéri,* ein gemeinsamer Urlaub, wie würde ich ihn genießen!«

Vicki meinte, sie müsse in diesem Fall um ein paar freie Tage bitten.

Benno sagte, er wolle mal sehen, ob es sich einrichten ließe.

»Dann ist es so gut wie abgemacht«, freute sich zur Haiden.

Den Rest des Abend verbrachte man unter Plaudern und Pläneschmieden.

Wiederum einen Abend später trug zur Haiden einen neuen, größeren Verband. Die Wunde, die der Splitter hinterlassen hatte, war rot angeschwollen und eiterte etwas, aber stellte keinen Grund zur Beunruhigung dar. Jedenfalls nach Meinung des Hausherrn. »Meine Liebe«, sagte er zu Louise, »der Schuster hat die schiefsten Leisten, beim Klempner tropft der Wasserhahn, und ein Arzt hat anderes zu tun, als sich um das eigene Wehwehchen zu kümmern.«

»Wenn du meinst, *Chéri*. Aber willst du die Stelle nicht lieber einem Kollegen zeigen, Seebohm vielleicht oder Salomon?«

»Auf keinen Fall. Ich weiß selbst am besten, was richtig für mich ist.«

Louise bedauerte, dass Benno und Vicki an diesem Montag nicht da waren. Vielleicht hätten sie sich eher Gehör verschaffen können, doch so musste sie sich mit der Antwort begnügen. »Heute ist übrigens ein Brief für dich gekommen. Ich glaube, aus Kiel.«

»Aus Kiel?« Hastig riss zur Haiden den Umschlag auf und überflog die Zeilen. Je länger er las, desto mehr strahlte sein Gesicht. »Der Extraordinarius Bier plant übermorgen an der Christian-Albrechts-Universität ein hochinteressantes Experiment mit unterschiedlich dosierten Kokain-Injektionen und fragt mich, ob ich Interesse hätte, dabei zu sein. Er bittet um Nachsicht für die kurzfristige Einladung, hofft aber sehr auf meine Teilnahme. Eine große Ehre! Ich werde gleich morgen früh mit Rumpf sprechen, ob ich ein paar Tage freinehmen kann.«

»Und deine Stelle an der Hand?«, wagte Louise einzuwenden.

»Ach, die kleine Wunde. Nicht der Rede wert.«

Doch die Stelle, wie Louise sie nannte, sah am Dienstag besorgniserregend aus, das musste zur Haiden sich eingestehen, als er den Verband im Krankenhaus eigenhändig wechselte. Doch er wischte seine Bedenken beiseite. Ein wenig mehr Jod, und die Sache würde schon heilen. Auch das leichte Fieber würde sich legen. Viel wichtiger war die Einladung von Bier. Eine solche Gelegenheit kam so schnell nicht wieder.

Am Nachmittag sprach er mit der Anstaltsleitung und regelte seine Vertretung für die kommenden Tage. Und noch am Abend fuhr er nach Kiel.

Mit Grüßen von Rumpf und voll froher Erwartung.

Am Donnerstag, zwei Tage nach seiner Abfahrt, brachte man zur Haiden zurück. Die Lokomotive im Zug nach Hamburg hatte vor Elmshorn einen Kesselschaden gehabt, und Mitreisende hatten den im Fieber Fantasierenden in eine Kutsche gebettet, damit er zu Hause in ärztliche Obhut käme.

Louise schlug die Hände über dem Kopf zusammen und schickte so schnell wie möglich nach Eppendorf um Hilfe. Anderthalb Stunden später stand Seebohm mit Vicki vor der Tür. »Wo ist der Herr Professor?«, fragte er.

Louise deutete wortlos mit der Hand zum Salon.

Seebohm untersuchte zur Haiden, der apathisch mit glühendheißer Stirn auf einer Ottomane lag, und machte ein ernstes Gesicht. Vicki, die ihn beobachtete, ahnte Schlimmes.

»Er wird doch wieder gesund?«, fragte Louise ängstlich.

Seebohm antwortete nicht und klappte seinen Arztkoffer wieder zu.

»Was hat er, Herr Doktor?«

»Ich fürchte, eine Sepsis, gnädige Frau.«

»Ach ja?«

»Eine Blutvergiftung, Mutter«, erklärte Vicki.

»Da kann man doch bestimmt etwas machen?«

Seebohm wiegte bedenklich den Kopf. »Ein fiebersenkendes, sedierendes Mittel, stärkende Tropfen, kühlende Umschläge, viel mehr kann man nicht tun.«

»Heißt das etwa …?«, kreischte Louise.

»Ich werde selbstverständlich mehrere Kollegen zu Rate ziehen. Ich fürchte nur, sie werden meine Diagnose bestätigen. Die roten Striemen bis zur Schulter, das hohe Fieber, der schlechte Allgemeinzustand, all das spricht eine eindeutige Sprache. Wie es aussieht, hat Ihr Gatte die kleine Wunde an der Hand nicht ernst genommen.«

»Ja, und nun?«

»Nun werde ich den Herrn Professor schnellstmöglich nach Eppendorf bringen lassen. Dort wird alles getan werden, was menschenmöglich ist. Meine Kutsche wartet noch draußen.«

Louise schluchzte auf und warf sich in Vickis Arme.

»Wenn Sie es wünschen, Schwester Viktoria, spreche ich mit der Oberin von Schlichting, damit Sie hierbleiben und Ihrer Frau Mutter in diesen schweren Stunden Beistand leisten können.«

»Ja, danke«, murmelte Vicki.

Seebohm veranlasste alles Notwendige, und eine Viertelstunde später befand sich zur Haiden auf dem Weg ins Krankenhaus, diesmal nicht als Arzt, sondern als lebensbedrohlich erkrankter Patient.

Drei Tage lang kämpften Rumpf, Seebohm und andere Kollegen um das Leben des geschätzten Kollegen. Doch sie mussten mehr oder weniger tatenlos mit ansehen, wie zur Haidens Leber- und Nierenfunktionen insuffizient wurden, stellten fest, dass der Patient immer weniger Harn ausschied, und konnten am Ende nur noch den Tod durch Herzversagen konstatieren.

Am Sonntag, dem fünfzehnten Mai, erreichte Louise die traurige Nachricht. Sie nahm sie mit versteinerter Miene entgegen, wehrte alle Tröstungsversuche durch Vicki und Benno ab und zog sich in ihr Ankleidezimmer zurück. Einzig Frieda durfte ihr hin und wieder eine Speise hineinreichen.

»Mutter, so geht das nicht weiter«, flehte Vicki vor der Tür. »Dadurch, dass du dich so abschottest, machst du Vater nicht wieder lebendig. Wir sind doch alle unendlich traurig, und gerade deshalb müssen wir den Schmerz teilen. Bitte, komm heraus.«

Statt einer Antwort hörte sie Louise singen. Es war ein Kinderlied:

»Dreht euch nicht um,
denn der Plumpsack geht um!
Wer sich umdreht oder lacht
kriegt den Buckel blau gemacht …«

Kopfschüttelnd ging Vicki zurück in ihr Zimmer. Die Mutter hatte schon immer ihre Schrullen gehabt, aber dies …?

Bennos Bemühungen waren genauso erfolglos. Ihm blieb nichts anderes übrig, als ohne Louises Wünsche die Beerdigung in die Wege zu leiten.

Sie fand am Freitag, dem siebenundzwanzigsten Mai, auf dem Ohlsdorfer Friedhof unter großer Anteilnahme statt. Über dreihundert Menschen scharten sich um das mit Blumen, Gebinden und Kränzen üppig geschmückte Grab. Ein kunstvolles Gesteck an der Kopfseite des Sargs zeigte das Wappen der zur Haidens: den springenden Karpfen auf grünem Grund. Pastor Albert Tjaden hatte seine Trauerandacht unter das Motto *Ehre den Arzt mit gebührender Verehrung* aus dem Buch Jesus Sirach gestellt, was allgemein als sehr ergreifend und angemessen empfunden wurde.

Nachdem der Sarg der Erde übergeben worden war, trat Louise mit steifen Schritten als Erste an die Grube und warf ein Schäufelchen Erde und einen Strauß Frühlingsblumen hinunter. Es folgten Benno und Vicki und ein paar entfernte Verwandte des Verstorbenen aus der Nordheide. Von Louises Seite war niemand erschienen, denn als hugenottische Waise konnte sie keine Angehörigen haben. Ein Umstand, der von ihrem Gatten zu Lebzeiten nie in Zweifel gezogen worden war.

Nacheinander traten die Trauergäste heran und sprachen der tief verschleierten, ganz in Schwarz gekleideten Witwe ihr Beileid aus. Zunächst der amtierende Bürgermeister Johannes Lehmann, sodann die Senatoren und weitere Vertreter der Stadt, ferner die Freunde, die Kollegen, die Nachbarn, die Damen des Zirkels, die Erika-Schwestern mit der Oberin an der Spitze, die Wärterinnen und Wärter, darunter Puttfark und Finn, und viele ehemalige Patienten. »Aufrichtiges Beileid. Aufrichtiges Beileid. Aufrichtiges Beileid …«

Der Tonfall war immer gleich: ernst und mitfühlend.

»Mein aufrichtiges Beileid.« Diese Stimme klang anders. Louise sah auf und blickte in zwei engstehende Augen. Sie gehörten Ernst-Otto Schädeba. Rasch zog sie ihre Hand zurück. Ernst-Otto wirkte betrübt. »Es war mir ein besonderes Anliegen, Ihnen viel Kraft zu wünschen, gnädige Frau.«

Er machte einen Schritt weiter und wollte auch Vicki die Hand reichen, aber diese verweigerte sie ihm.

Das Gleiche galt für Benno. Doch Ernst-Otto schien sich dadurch nicht beirren zu lassen. »Mein aufrichtiges Beileid«, sagte er und zeigte dabei ein Lächeln mit nichts dahinter als Zähnen.

Benno lächelte zurück und dachte: Vielleicht ahnst du Hurensohn, dass Vaters Tod mit dem Verschwinden deines buckligen Handlangers zusammenhängt, aber ich will lieber tot umfallen, als es dir auf die Nase zu binden. Weide dich nur an unserem Unglück, irgendwann dreht sich das Rad auch wieder. Leise zischte er: »Steck dir dein Beileid in den Arsch.«

Die Letzten, die kondolierten, waren Frieda, Martha und die beiden Gärtner. Anni fehlte, was Benno sehr verdross. Er hatte sie seit Wochen nicht mehr gesehen, genauer gesagt, seit dem Tag, an dem sie gekündigt hatte – ohne ihm vorher einen Ton zu sagen. Einfach so. Louise hatte die Kündigung nicht ohne Bedauern entgegengenommen, aber Martha hatte sehr zufrieden geguckt. Er hatte sich den Kopf zermartert, warum sie so plötzlich gegangen war, hatte sich gefragt, ob er der Grund dafür gewesen sein könnte, doch er hatte, wie er glaubte, sich nichts vorzuwerfen. Im Gegenteil, ihr Verhältnis war seit der Liebesnacht nach seiner Rückkehr aus Heidelberg noch inniger geworden. Sie hatten sich immer wieder heimlich getroffen und, sooft es sich einrichten ließ, miteinander geschlafen. Sogar über das Heiraten hatten sie einmal gesprochen, aber eigentlich nur im Spaß, denn an eine Ehe konnte er noch nicht denken, jedenfalls so lange nicht, wie er keinen vernünftigen Berufsabschluss hatte.

Wenigstens zur Beerdigung meines Vaters hätte sie kommen können, dachte er missmutig, aber wer weiß, ob sie überhaupt noch in Hamburg ist.

Mittlerweile hatten sich die letzten Trauergäste verlaufen. Nur die Verwandten aus der Nordheide waren übriggeblieben: der über achtzigjährige Klaus-Johann zur Haiden, ein entfernter Cousin, mit seiner Frau Annemarie sowie eine Nichte und ein Großonkel, der seinen Lebensunterhalt als Imker verdiente. Und natürlich die Bediensteten. »Kommst du mit in die *Caféstuben Sonneberg*, Benno?«, fragte Vicki, die sich bei Louise untergehakt hatte. »Ich habe dort Plätze reservieren lassen. Eine kleine Stärkung wird uns allen guttun.«

»Meinetwegen.«

In den *Caféstuben Sonneberg* gab es Kaffee, Schokolade und Butterkuchen, wahlweise auch Tee und Bienenstich. Benno trank Kognak. Die Unterhaltung drehte sich überwiegend um die vielen Vorzüge, die der arme Verstorbene gehabt hatte: seine Tüchtigkeit, seine Beliebtheit, seine Fürsorge. Wer ihn nicht gekannt hatte, hätte glauben können, er sei ein Übermensch gewesen. Louise schnäuzte sich ein ums andere Mal und zerknüllte dabei ihr Taschentuch. Ihre Tränen flossen reichlich. Vielleicht auch, weil niemand der Honoratioren Anstalten gemacht hatte, die Familie noch ins Café zu begleiten. Nicht einmal die Damen des Zirkels waren mitgekommen. Als Trost mussten ein oder zwei Likörchen herhalten.

Benno trank Kognak.

Nach einiger Zeit verebbte die Unterhaltung. Die Verwandten aus der Nordheide brachen auf. Sie wollten heute noch zurück.

Vicki meinte, auch für die Familie sei es Zeit zu gehen, doch Benno wehrte ab. Er bestellte sich noch einen Kognak. Louise trank ein weiteres Likörchen. Frieda, Martha und die Gärtner hielten sich zurück. Sie fühlten sich ohnehin nicht wohl, weil sie es nicht gewohnt waren, mit der Herrschaft an einem Tisch zu sitzen.

»Komm jetzt, Benno.« Vicki wurde energisch. »Wir wollen alle nach Hause.«

»Ich bleibe. Will noch einen Kognak trinken.«

Vicki blickte sich hilfesuchend um. Martha hatte sich mittlerweile, eine Entschuldigung murmelnd, ebenfalls verabschiedet, es zog sie nach Hause zu ihrem Maurermeister. Auch die beiden Gärtner waren gegangen. »Benno, bitte!«

»Lass mich.«

»Wie du willst. Mutter und ich nehmen jetzt eine Kutsche. Dann kannst du sehen, wie du nach Hause kommst. Frieda, Sie dürfen bei uns mitfahren.«

Doch zu Vickis Überraschung sagte Frieda hinter der vorgehaltenen Hand: »Ich bleibe noch, wenn's recht ist, Fräulein Vicki. Irgendjemand muss ja auf den jungen Herrn aufpassen, so verzweifelt, wie der ist, über den Tod des Gnädigen.«

Nach kurzem Zögern willigte Vicki ein. »Wenn der junge Herr geruht, nach Hause zu wollen, nehmen Sie ebenfalls eine Kutsche, Frieda. Hier haben Sie Geld.« Sie gab der Dienstmagd ein paar Münzen und steuerte mit Louise aus dem Café.

Frieda setzte sich zu Benno. Sie hatte eine Schwäche für ihn, schon immer gehabt, aber das wusste keiner. Und es brauchte auch keiner zu wissen. »Nehmen Sie's man nicht so schwer«, sagte sie unbeholfen.

Benno trank einen weiteren Schluck und stieß auf. »Ich habe Sie noch nie doppelt gesehen, Frieda, aber das macht die Sache nicht leichter.«

»Sie werden schon drüber wegkommen.«

»Ich versuch's ja, aber es klappt nicht. He, Fräulein, noch einen Kognak.«

»Die Zeit heilt alle Wunden, junger Herr.« Frieda bedeutete der Bedienung, sie solle nichts mehr bringen.

»Wenn ich nur wüsste, was mit ihr los ist.«

»Ihr? Wen meinen Sie damit?«

»Tun Sie doch nicht so, Frieda. Sie haben doch bestimmt mitbekommen, dass zwischen Anni und mir … also, dass wir zusammen sind. Ich meine, waren …«

»Ach so.«

»Haben Sie's spitzgekriegt?«

Frieda knetete die Hände. »Wenn man Tür an Tür wohnt, hört man mal was.«

»Also ja.« Benno wurde etwas nüchterner. Die doppelte Frieda vereinfachte sich.

»Ja, aber ich hab mit niemandem drüber geredet. Gott ist mein Zeuge. Nicht mal mit meiner kranken Schwester.«

»Brav, Frieda.« Benno musste grinsen. Für eine Sekunde war er wieder der Alte. »Wissen Sie, warum Anni so plötzlich gekündigt hat und seitdem verschwunden ist?«

»Tja, nun.«

»Heraus mit der Sprache.«

»Ja, ich weiß es.«

»Und?«

»Ich kann's nicht sagen, junger Herr. Hab schwören müssen, dass ich's nicht sag.«

»Unsinn.«

»Nehmen Sie's mir nicht übel. Ich hab gewusst, Sie würden irgendwann fragen, aber ich darf's nicht sagen.« Frieda fühlte sich denkbar unwohl. Sie wollte helfen, aber sie war im Wort. Und ein gegebenes Wort brach man nicht.

Benno versuchte es auf andere Weise. »Glauben Sie nicht, Frieda, dass Anni einverstanden wäre, wenn sie wüsste, wie sehr mir daran liegt, es zu erfahren?«

Frieda dachte nach. »Ja, das kann sein. Aber ich weiß das ja nicht. Und fragen kann ich sie auch nicht.«

»Dann sagen Sie es mir einfach trotzdem.«

Frieda kämpfte mit sich. »Nein, 's tut mir wirklich leid, aber es geht nicht.«

Benno versuchte es noch mehrere Male, doch Frieda blieb standhaft. Vielleicht, dachte er, ist sie ein andermal gesprächiger. Ich darf sie nicht verärgern. Irgendwann in den nächsten Tagen wird sie's schon ausspucken.

»Junger Herr, wir müssen jetzt wirklich gehen. Die Gardinen werden schon vorgezogen.«

»Na denn, in Gottes Namen.«

KAPITEL 30

Bevor sie durch die hohe Eingangstür schritt, blickte Vicki noch einmal empor zu dem schönen, großbürgerlichen Gebäude in der Hansastraße. Hier also, im vornehmen Harvestehude, wohnte Esther, die Mutter des kleinen Ari, die Tochter von Doktor Salomon, die Geliebte ihres verstorbenen Vaters. Es wurde Zeit, sie kennenzulernen. Vicki hatte sich schon mehrmals vorgenommen, Kontakt zu Esther aufzunehmen, aber die Tage nach der Beerdigung waren hektisch gewesen. Vieles musste neu geregelt werden, und die Mutter war bei alledem keine große Hilfe. Louise haderte mit dem Schicksal, trauerte um ihren geliebten Ehemann und beklagte den schwindenden gesellschaftlichen Einfluss. Sie kapselte sich immer mehr ab. Das Gleiche galt für Benno: Er trank viel und verbrachte die Nächte auf St. Pauli. Wenn man ihm deshalb Vorhaltungen machte, reagierte er gereizt. Vielleicht machte ihm der Tod des Vaters mehr aus, als man vermutet hätte.

Doch heute hatte Vicki frei, endlich einmal, nachdem drei Wochen seit dem Begräbnis ins Land gegangen waren. Entschlossen betrat sie das Treppenhaus und stieg hinauf in die Beletage, wo ihr ein Messingschild entgegenblitzte: *Moritz von Stolten*. Sie betätigte den Türklopfer und wartete.

Die Tür wurde aufgerissen. Ein kleiner Junge im Matrosenanzug stand da und krähte: »Wer bist du?«

»Ich bin Vicki.«

Der Kleine drehte sich um und prallte gegen eine junge Frau. »Na, nicht so stürmisch, Ari. Haben wir Besuch?«

»Ich bin Viktoria.« Vicki lächelte, die junge Frau war ihr auf

Anhieb sympathisch. Sie musste etwa im gleichen Alter sein, hatte dunkle, wellige Haare, große braune Augen und einen sensiblen Mund.

»Und ich bin Esther. Esther von Stolten. Was wünschen Sie?«

»Ich wollte mich vorstellen. Normalerweise werde ich Vicki genannt. Von Freunden und von – Verwandten. Mein Nachname ist zur Haiden.«

»Oh!« Esther riss die Augen auf. »Das … kommt etwas überraschend.«

»Tut mir leid. Wenn es gerade nicht passt …«

»Nein, nein. Kommen Sie doch … Ich meine, komm doch herein. Ich wollte mir gerade eine Tasse Tee kochen. Willst du auch eine?«

»Gern.« Vicki trat in den langen Flur und wäre fast über Ari gestolpert, der ihr mit einem Spielzeugwagen in die Quere kam.

Esther führte Vicki in die Küche, wo auf dem großen Herd ein Kessel summte. Sie goss Tee in einer Kanne auf und bat Vicki, Platz zu nehmen. »Bei mir sieht es immer ein bisschen unordentlich aus, aber seitdem mein Mann … ich meine, seitdem ich Witwe bin, habe ich kein Personal mehr. Ich muss ziemlich haushalten.«

»Das kenne ich. Seit Vaters Tod müssen wir auch rechnen.«

Esther schenkte den Tee ein, und die beiden jungen Frauen tranken. Dann schwiegen sie, ein wenig verlegen. Schließlich sagte Esther: »Dass Carl-Heinrich … ich meine, dein Vater so plötzlich verstorben ist, hat mich sehr getroffen. Ich wollte ursprünglich zu seiner Beerdigung gehen, aber dann tat ich es doch nicht. Ich wollte euch nicht in Schwierigkeiten bringen. Und ich wollte nicht, dass sein guter Ruf beschädigt wird. Wir hatten uns zwar getrennt, aber immerhin ist er Aris …«

»Ich weiß«, sagte Vicki. »Vater hat uns alles gebeichtet. Der kleine Ari ist sein Sohn. Und deshalb bin ich Aris Halbschwester, und Benno ist sein Halbbruder.«

Esther nickte. »Carl-Heinrich hat oft von dir und Benno gesprochen.«

»Ja, es ist seltsam. Mir war gar nicht so bewusst, wie Vater an uns hing. Erst jetzt, wo er tot ist, wird mir klar, dass er wirklich nur das Beste für Benno und mich wollte. Er ist nie darüber hinweggekommen, dass Benno nicht zum Studium taugt und dass ich nicht heiraten wollte, sondern lieber zu den Erika-Schwestern ging.«

»Wir wollen ihn beide in guter Erinnerung behalten.« Spontan ergriff Esther Vickis Hand.

»Ja, das wollen wir.«

Wieder schwiegen beide. Dann sagte Vicki: »Der Tee ist sehr gut.«

»Es ist Darjeeling. Willst du noch eine Tasse?«

»Ja, gern.«

»Einen oder zwei Teelöffel Zucker?«

»Nur einen, wie eben.« Vicki trank mit gespitzten Lippen, denn das Getränk war noch immer sehr heiß. Sie beschloss, das Thema zu wechseln. »Vater deutete an, du würdest vielleicht nach Palästina gehen?«

»Ja, das stimmt.« Ein Schatten fiel auf Esthers Gesicht. »Offen gesagt, hält mich in Hamburg nicht mehr viel. Moritz' zackige Offizierskameraden liegen mir nicht besonders, und in der jüdischen Gemeinde habe ich kaum Bekannte. Ich reise mit Ari und Vater. Im Eppendorfer Krankenhaus weiß es noch niemand, aber er wird seinen Vertrag zum dreißigsten September kündigen. Danach gehen wir zu dritt auf ein Schiff.«

Vicki nickte. »Vater hat immer gut von Doktor Salomon gesprochen. Es sieht so aus, als würden die Siedler dort einen fähigen Arzt bekommen.«

»Lieb, dass du das sagst.«

»Ich kenne Ari noch keine Stunde, aber ich glaube, er wird mir fehlen. Er ist so ein putziger kleiner Kerl. Kaum zu glauben, dass er mein Bruder ist.«

»Er hat grüne Augen, so wie du. Jetzt weiß ich, wem er sie verdankt. Ari, komm mal her. Setz dich zu Vicki auf den Schoß.«

Ari gehorchte, obwohl er gerade mit seinem Hampelmann spielte. Er zeigte ihn stolz und krähte: »Zieh mal dran!«

Vicki zog an der Schnur. Arme und Beine hüpften auf und nieder.

Ari juchzte vor Vergnügen. »Mehr, mehr!«

Vicki zog weiter. Doch schon nach kurzer Zeit erlahmte Aris Interesse, und er musste sich wieder seinem Spielzeugwagen widmen.

Esther mahnte: »Ari, das war nicht lieb. Lauf doch nicht einfach weg. Vicki ist deine Schwester.«

Vicki lachte. »Lass ihn, es gibt Wichtigeres als ältere Schwestern. Verrate mir, was du in Palästina machen willst.«

»Oh, das habe ich mir genau überlegt.« Esther erzählte, dass sie plane, ihrem Vater bei seiner ärztlichen Tätigkeit zu assistieren, und darüber hinaus beabsichtige, einen jüdischen Kindergarten nach den Ideen von Fröbel zu gründen. Vicki war neugierig, mehr darüber zu erfahren, und berichtete ihrerseits von der vielfältigen Arbeit der Erika-Schwestern. Daran wiederum war Esther sehr interessiert, die den Alltag der jungen Frauen mit der Rotkreuz-Brosche nur aus der Sicht ihres Vaters kannte.

So verrann die Zeit. Der kleine Ari war bereits zu Bett gebracht worden, als Vicki nichts Gutes ahnend zur Küchenuhr schaute. »Ach, du Schreck, schon so spät! Ich muss in einer Stunde wieder auf Station sein.«

»Du willst schon gehen?«

»Ich muss! Unsere Oberin Hedwig von Schlichting kennt kein Pardon, wenn jemand zu spät kommt.«

»Schade, es hat gutgetan, mit dir zu reden.«

»Mir ging es genauso. Wir bleiben auf jeden Fall in Verbindung. Am besten schreiben wir uns gegenseitig, oder ich besuche dich wieder, wenn ich das nächste Mal frei habe. Zu uns in die Große Elbstraße kommst du besser nicht. Ich weiß nicht, wie Mutter reagieren würde.«

»Ich schreibe dir bestimmt. Du musst doch erfahren, wie es Ari geht.«

»Danke.« Nach einem letzten Blick auf den schlafenden Ari legte Vicki sich das leichte Cape um die Schultern und umarmte Esther. Sie hatte das Gefühl, die junge Frau schon seit Ewigkeiten zu kennen. »Ach, da fällt mir noch eines ein: Weiß dein Vater mittlerweile, wer Aris wirklicher Vater ist?«

Esther schüttelte den Kopf. »Nein, ich werde es ihm irgendwann sagen. Wenn er den Kopf wieder freier hat. Und ich auch.«

»Ich verstehe. Auf Wiedersehen, Esther. Alles Liebe für dich.«

»Für dich auch. Auf Wiedersehen, Vicki.«

Der Patient, der in Pavillon 17 lag, war kein Deutscher, sondern Waliser. Er stammte aus Cardiff und war von Beruf Ingenieur oder *engineer*, wie er sich selbst genannt hätte. Er hieß Dalvin Gruffydd, war Spezialist für die Steigerung des Wirkungsgrades bei Dampfmaschinen und in dieser Eigenschaft von *Blohm & Voss* bis Ende des Jahres verpflichtet worden. Unglücklicherweise hatte Dalvin sich bei der Kletterei im Schiffsinneren eines Neubaus den Arm gebrochen, weshalb er sich in ärztliche Obhut begeben musste. Sein Deutsch war recht passabel, aber Seebohm, der die II. Chirurgische Abteilung kommissarisch übernommen hatte, war der Meinung, die Betreuung durch eine des Englischen einigermaßen mächtige Schwester sei vonnöten. So war Dalvin Gruffydd Vickis Patient geworden.

»*How are you, Mister Gruffydd?*«, fragte Vicki ihn an diesem Morgen.

»*Very well*, Vicki.« Dalvin fuhr sich mit der Hand durch den feuerroten Haarschopf. Er war Mitte dreißig und wie alle Männer von der Insel unkompliziert im Umgang mit anderen.

»Aber ich muss Deutsch sprechen, hörst du? Mein Deutsch ist schlecht.«

»Es ist sogar sehr gut. Sonst wären Sie ja gar nicht nach Hamburg gekommen.« Vicki maß Fieber bei Dalvin, trug den Wert ein und schnitt ihm anschließend die Fingernägel, da er das selbst nicht konnte. Dann wollte sie sich entfernen, aber der Waliser hielt sie zurück. »Wann kann ich raus, Vicki? Die Jungs von die Werft warten auf mich.«

»Das hängt von Doktor Seebohm ab.«

»Ah, der Doc. Er ist ein guter Mann, nicht?«

»Gewiss.« Wieder wollte Vicki weiter, weil sie an diesem Morgen mit ihren Pflichten im Verzug war, doch Dalvin ließ nicht locker. Er wollte sich unterhalten, vielleicht, weil er sich langweilte, vielleicht auch, weil die schlanke Vicki in ihrer Schwesterntracht ein hübscher Anblick im Grau des Klinikalltags war.

»Der Doc, er hat gesagt, der Arm wird ganz wiederhergestellt. Was ist ›wiederhergestellt‹?«

»Es bedeutet, Ihr Arm wird wieder voll funktionsfähig sein.«

Dalvin zog die Stirn in Falten. »Die Deutschen sprechen ein bisschen *crazy*, nicht? Mein Arm sollte sein ›funktionsfähig‹, wie ein Fahrrad, und mein Gesundheit wird ›hergestellt‹, wie ein Pudding?«

Vicki musste lachen.

»In Cardiff wir haben auch Ärzte. Sie sind nicht wirklich gut. Ein *colleague* von mir hat einen schiefen Arm deshalb. Wir haben gekämpft viele Wochen für ein … *compensation?*«

»Sie meinen eine Entschädigung?«

»Genau. Wir Waliser, wir kämpfen immer.« Dalvin wurde ernst. »Am liebsten gegen die Engländer. Wir mögen sie nicht sehr.«

»Aber es gibt bestimmt auch nette Engländer.«

»Ja, vielleicht. Tom Mann aus Coventry ist einer.«

»Tom Mann?« Vicki, die schon wieder weiterwollte, hielt inne.

»Kennst du ihn? Er war in Deutschland einige Male.«

»Nein, ich kenne ihn nicht. Ich habe aber seinen Namen schon gehört.«

»Er und die *trade union*, sie haben gekämpft für ein Entschädigung. Es war letztes Jahr, vor das große Unglück.«

»Welches Unglück?«

»Es war ein *assassination*, schrecklich.«

»Ein Attentat?«

»Ja, es war ein *assassination* an Tom, aber es hat erwischt einen anderen. Sein Name war Claus, ein Deutscher. Ich kannte Claus. Er ist tot.«

Vicki wurde blass. Sie musste sich auf den Bettrand setzen. Konnte es sein, dass Dalvin von Klaas sprach? Sie hatte bis heute nichts von ihm gehört. Er war nach dem Brandanschlag auf sein Schiff spurlos verschwunden. Doch zuvor hatte er sie, die um sein Leben fürchtete, beruhigt und ihr gesagt, er habe genug Arbeitsbrüder, bei denen er Unterschlupf finden könne. War er nach England zu Tom Mann gegangen?

»Hören Sie, ich kannte einen Klaas Bohm. Er war Gewerkschafter, ein drahtiger Mann, der immer einen silbernen Ring im Ohr trug.«

»*Yes!* Das ist er.«

»Du lieber Gott!« Vicki schlug sich die Hand vor den Mund. »Ich kann es noch gar nicht glauben, ich ...«

»Vicki, entschuldige.« Schwester Annerose näherte sich. »Ich war gerade bei der Oberin, sie hat meinen Urlaub Anfang Oktober genehmigt, du weißt doch, beim Erntedank kommt meine ganze Familie immer zusammen.«

»Sicher, ja.« Vicki war mit ihren Gedanken ganz woanders.

»Du sollst übrigens zu ihr kommen.«

»Wie?«

»Du sollst zur Oberin kommen, jetzt gleich.«

Auch das noch!, dachte Vicki, aber sie erhob sich rasch und wies Annerose ein, damit sie ihre Arbeiten übernehmen konnte. Dann eilte sie die Querstraße entlang nach Westen, vorbei an dem sogenannten Marktplatz, auf dem wie immer ein paar Müßiggänger herumstanden, traf auf die Ökonomiestraße, wo sie rechts abbog, um gleich darauf das Schwesternwohnheim, in dem die Oberin residierte, zu erreichen.

»Herein!« Die Stimme der Oberin klang geschäftig.

Vicki trat ein. »Sie haben mich rufen lassen?«

»Ja, setzen Sie sich.« Die Oberin ordnete ein paar Papiere vor sich auf dem Schreibtisch. »Sie sehen schlecht aus, Vicki. Blass wie Wachs. Der Tod Ihres Vaters bewegt Sie noch immer, habe ich recht?«

»Jawohl.«

»Es war für uns alle ein großer Verlust.«

»Jawohl.«

»Oder gibt es da noch etwas anderes?«

Vicki wunderte sich über die Feinfühligkeit der sonst so strengen Oberin, aber ihr war nicht danach, über das eben Erfahrene zu sprechen. »Vaters Tod hat zu Hause viele Veränderungen mit sich gebracht. Aber die Arbeit hilft mir über alles hinweg.«

»Das freut mich. Über die Arbeit wollte ich mit Ihnen sprechen. Haben Sie schon gehört, dass Oberschwester Elfriede einem Ruf an das Elisabeth-Hospital in Kassel folgen wird?«

»Nein, das ist mir neu.«

»Da sie aus Kassel stammt und sehr heimatverbunden ist, war es ein lang gehegter Wunsch von ihr zurückzukehren. Ich habe dem entsprochen. Oberschwester Elfriede wird uns in der kommenden Woche verlassen und am ersten November ihre neue Arbeitsstelle antreten. Das bedeutet, wir brauchen eine Nachfolgerin. Ich habe an Sie gedacht, Vicki. Trauen Sie sich die Aufgabe zu?«

»Oh.« Vicki war überrascht und erfreut zugleich. Als Trägerin der Rotkreuz-Brosche mit silbernem, geflochtenem Kranz würde sie mehr Aufsichts- als Pflegepflichten übernehmen müssen, dazu einen Großteil der Ausbildung für die Lernschwestern. Und: Ihr Gehalt würde sich erhöhen. Ein Aspekt, der nicht zu unterschätzen war angesichts der Situation in der Großen Elbstraße. Der Vater hatte bei seinem Tod zwar eine gewisse Summe hinterlassen, aber von dem einstmals beträchtlichen Vermögen war nicht mehr viel übrig. Das große Haus, das Personal und die Ansprüche der Mutter kosteten weitaus mehr, als Vicki verdiente. Und Bennos Kneipenmalereien waren alles andere als eine regelmäßige Einnahmequelle. Der Zeitpunkt, an dem man mindestens einen der beiden Gärtner würde entlassen müssen, rückte näher. »Ja, ich traue mir die Aufgabe zu, Frau Oberin.«

»Das freut mich. Sie wissen ja, dass ich große Stücke auf Sie halte. Ihre offizielle Ernennung bekommen Sie zum gegebenen Zeitpunkt.«

»Danke.« Vicki fühlte, dass die Unterredung damit beendet war, doch sie beschloss, die Gunst der Stunde zu nutzen. »Ich habe noch eine Bitte, Frau Oberin.«

»Ja?«

»Eine sehr ungewöhnliche Bitte. Meine Mutter benimmt sich in letzter Zeit so seltsam. Sie zieht sich zurück, ist geistesabwesend, redet manchmal zusammenhanglos. Ich führe das auf Vaters Tod zurück, aber es hilft natürlich nicht bei der Organisation des Haushalts. Sicher, die Köchin ist erfahren, und auch die Dienstmagd kennt ihre Pflichten, doch es fehlt die führende Hand. Kurz, ich wollte um die Erlaubnis bitten, in Zukunft über Nacht zu Hause schlafen zu dürfen, damit ich ein Auge auf Mutter und die anfallenden Arbeiten haben kann.«

Die Oberin zog die Brauen hoch. »Aber es gibt doch einen Mann im Haus, Ihren Bruder?«

»Benno ist, offen gesagt, ein Luftikus und ständig unterwegs.« Vicki seufzte. »Und in den letzten Monaten trinkt er mehr, als ihm guttut. Manchmal erkenne ich ihn kaum wieder. Vaters Tod ist ihm sehr nahegegangen.«

»Sie sind wirklich nicht zu beneiden, Vicki.« Die Oberin starrte aus dem Fenster und überlegte. »Das, was Sie möchten,

Vicki, könnte zu einem Präzedenzfall werden. Und Präzedenzfälle mag ich nicht.«

»Jawohl, Frau Oberin.« Vicki konnte kaum ihre Enttäuschung verbergen.

»Andererseits sind Sie nicht irgendeine Schwester, sondern demnächst Oberschwester. Und vielleicht gibt es irgendwann eine Änderung in unseren Satzungen, die es Oberschwestern erlaubt, Heimschläferin zu sein. Bis dahin werden Sie von mir eine Dauergenehmigung für den abendlichen Ausgang bis sechs Uhr früh erhalten. Sie werden nach wie vor Ihre Stube mit Schwester Georgia teilen, damit der Schein gewahrt bleibt. Natürlich wird sich Ihr Privileg auf Dauer nicht verheimlichen lassen … Moment.«

Der Telefonapparat hatte geklingelt. Die Oberin nahm den Hörer ab, meldete sich und lauschte. »… Nein, Herr Direktor, die Idee, regelmäßige Andachten für die Patienten zu halten, kam von mir … Aber Pastor Voigt hat sie ausdrücklich gutgeheißen … Verzeihung, ich weiß, dass Pastor Voigt nicht der Direktor dieses Instituts ist … Sie brauchen mir nicht zu sagen, dass wir kein kirchengeführtes Krankenhaus sind … Ja, ich kenne die Vorschriften, aber ich kenne auch meine Pflichten … Nein, die Teilnahme ist freiwillig … Tut mir leid, ich bestehe darauf, dass die Andachten fortgeführt werden … Guten Tag, Herr Direktor.«

Die Oberin legte auf. Wie immer war ihre Miene beherrscht, nur die Mundwinkel zuckten leicht.

»Auch Sie sind nicht zu beneiden, Frau Oberin«, sagte Vicki mitfühlend.

»Danke. Ich bin fest davon überzeugt, dass die Andachten durch Pastor Voigt zur seelischen Stärkung der Patienten beitragen werden – und damit zu ihrer Gesundung. Natürlich ist der Anteil nicht messbar wie bei Lysolwasser oder Sublimatlösung, aber die Wirkung steht fest. Da die Gottesdienste in einem der Kostgängerhäuser stattfinden, befürchtet Direktor Rumpf, die dort wohnenden Angehörigen könnten sich gestört fühlen. Vermutlich hat er auch Angst, dass die Übernachtungsgelder zurückgehen. Es ist das alte Lied. Was geht vor: die Gesundheit oder der Kommerz? Ich jedenfalls fechte für die Gesundheit. Um den Kommerz mögen sich andere kümmern.«

Vicki war der Meinung, dass Direktor Rumpf die undankbare Aufgabe hatte, beides unter einen Hut zu bringen, hielt es allerdings für klüger zu schweigen.

Plötzlich lächelte die Oberin. »Je höher der Baum wird, desto mehr Angriffsfläche bietet er. Damit muss man leben, wenn man weiterkommen will. Und Sie wollen doch weiterkommen, Vicki?«

»Ja, das möchte ich.«

»Dann ist es gut. Dann machen wir alles so wie besprochen.«

»Jawohl.« Vicki merkte, dass sie entlassen war, wünschte noch einen guten Tag und ging.

Es war ungewohnt für Vicki, nicht am Sonntag, sondern mitten in der Woche nach Hause zu kommen. Sie öffnete die Tür des Haupteingangs und betrat das Vestibül. Es war fast acht Uhr am Abend. Frieda stand mit einem Wäschekorb auf der Treppe und schrak zusammen. »Mein Gott, Fräulein Vicki, was machen Sie denn hier?«

Vicki erklärte ihr, sie werde ab sofort jede Nacht in ihrem alten Zimmer schlafen und im Übrigen die Verantwortung für den Haushalt übernehmen.

»Oh, da bin ich aber froh. Hier weiß manchmal die Linke nicht, was die Rechte tut, und die gnädige Frau ist ja so furchtbar in Trauer.«

»Wo ist sie denn?«

»In ihrem Ankleidezimmer. Ich glaube, sie malt.«

»Ich schaue mal nach ihr.«

»Wollen Sie nicht erst was essen, Fräulein Vicki? Martha ist schon weg, aber von heute Mittag wäre noch Grünkohl übrig, den könnte ich warm machen und dazu …«

»Ich habe schon gegessen, Frieda, danke.«

Vicki legte den Mantel ab und ging hinauf zu ihrer Mutter. Louise saß hinter der Staffelei und aquarellierte ein düsteres Bild. Anders als ihre üblichen Blumenstillleben hatte das Werk wenig Gegenständliches aufzuweisen. Die schwarzen, grünen und violetten Farben flossen ineinander und vereinigten sich zu einem rätselhaften Gebilde.

»Guten Abend, Mutter.«

»Ich habe dich schon gehört, Kind. Holst du mir mal frisches Wasser?«

Vicki spülte das Glas mit dem verfärbten Wasser aus und ließ frisches hineinlaufen. »Brauchst du kein Tageslicht zum Malen?«

»Darauf kommt es nicht an.«

»Was soll das Ganze denn darstellen, Mutter?«

»Siehst du das nicht? Die Fischauktionshalle.«

»Ach so. Ja, wenn du meinst.«

»Das Schwarz, das Grün, das Violett, es sind Farben, die leise sind und nicht so quietschen wie alte Waggons. Und sie stinken nicht so nach Fisch.«

»Gewiss. Arbeite nicht so lange, Mutter. Ich gehe auf mein Zimmer.«

Auf dem Weg dahin begegnete Vicki abermals Frieda. »Der junge Herr ist eben gekommen«, meldete sie und fügte mit sorgenvoller Miene hinzu: »Vielleicht gucken Sie mal nach ihm. Er ist im Salon.«

Benno saß vor dem großen Kamin, hielt ein Glas Kognak in der Hand und starrte Vicki entgegen. Er war ganz offenbar betrunken. »Was machst du denn hier?«, fragte er mit schwerer Zunge.

Vicki erklärte es ihm.

»Aha, du willst dich also um unser Domizil kümmern.« Er nahm einen Schluck. »*Und drinnen waltet die züchtige Hausfrau* … wie reizend.«

»Du solltest nicht so viel trinken.«

»Ich trinke so viel, wie ich will.«

Vicki nahm ihm das Glas aus der Hand. »Was ist eigentlich mit dir los? Seit Monaten kippst du den Alkohol in dich hinein, hast schlechte Laune und arbeitest kaum noch auf St. Pauli.«

»Gib mir mein Glas wieder.«

»Nein.«

Benno wollte aufbegehren, sank aber wieder in seinem Sessel zusammen. »Woher willst du wissen, dass ich nicht auf St. Pauli arbeite?«

»Willi hat es mir gesagt.«

»Willi?«

»Ich war vor ein paar Tagen in der *Hölle*, weil ich mir Sorgen um dich mache. Übrigens nicht nur ich, auch deine Freunde dort. ›Er säuft wie ein Loch‹, sagte Willi zu mir. ›Vielleicht hört er ja auf Sie und lässt den Blödsinn endlich. Wir wissen alle nicht, was er hat. Am Tod von seinem alten Herrn allein kann's nicht liegen.‹«

Benno rülpste vernehmlich.

»Also noch mal: Was ist mit dir los?«

»Mir geht's eben dreckig, na und?« Benno stand auf, holte sich ein anderes Glas und schenkte sich einen neuen Hennessy ein.

»Du bist unmöglich.«

»Die Zeiten sind eben schwer.«

»Was ist für dich schon schwer?« Vicki zögerte kurz und trank das erste Glas aus. Der starke Weinbrand schüttelte sie durch. »Dass du morgens bis in die Puppen schläfst? Dass du keiner geregelten Arbeit nachgehst? Dass du dich von hinten bis vorne bedienen lässt? Nur dass du es weißt: Für mich war es auch kein leichter Tag.«

»Na und?«

»Ich habe einen Patienten, einen Waliser namens Dalvin Gruffydd, einfache Fraktur von Elle und Speiche, rechts. Dalvin kannte Klaas und erzählte mir, er sei bei einem Attentat in Cardiff ums Leben gekommen.«

»Klaas? Du meinst den Klaas, der …?«

»Genau den. Es gab eine Zeit, da habe ich mehr für ihn empfunden, als eine Schwester für ihren Patienten empfinden sollte. Und seit heute weiß ich, dass er tot ist. Das ist es, was ich schlimm nenne! Und du sitzt hier herum, betrinkst dich und tust dir selber leid.«

»Klaas«, murmelte Benno. »Mensch, Klaas …«

»Ich bin heute nach Feierabend zu Puttfark und Finn ins Badehaus gegangen und habe ihnen erzählt, was ich von Dalvin gehört hatte. Sie waren starr vor Schreck. Puttfark meinte, es gäbe keine hundertprozentige Sicherheit, dass es sich bei dem Ermordeten um Klaas handelte, aber wir wussten, dass es nur ein Strohhalm war, an den er sich klammerte. Wir waren gemeinsam sehr, sehr traurig. So, und nun verrätst du mir, welchen Grund ausgerechnet du haben willst, unglücklich zu sein.«

»Ich bin nicht unglücklich. Ich bin der glücklichste Mann der Welt.« Benno klang sehr ironisch. Und sehr verzweifelt.

»Das sieht man.«

»Lass mich in Ruhe.«

»Benno, ich bin deine Schwester. Jetzt, wo Vater tot ist und Mutter immer wunderlicher wird, müssen wir zusammenhalten! Es darf keine Geheimnisse zwischen uns geben. Da ist doch etwas, das dir Kummer macht. Sag es mir, bestimmt kann ich dir helfen.«

»Mir kann keiner helfen. Und mir braucht auch keiner zu helfen.«

»Wie du willst.« Vicki beschloss, auf ihr Zimmer zu gehen. Sie war müde und fühlte sich wie zerschlagen. Eines wusste sie aber: Mit Benno konnte es so nicht weitergehen.

KAPITEL 31

Der vierte Advent – man schrieb Sonntag, den achtzehnten Dezember 1898 – war ein trister Tag mit regnerischem, ungemütlich windigem Wetter, das auf das Gemüt der Menschen in der Stadt drückte. Zum Fest würde es keinen Schnee geben. Entsprechend schwer fiel es, in vorweihnachtliche Stimmung zu kommen.

Vicki saß am Schreibtisch der Oberin und erledigte Büroarbeiten für sie, da die Unentwegte sich ausnahmsweise einmal freigenommen hatte und nach Berlin gereist war, um sich dort mit ihrem alten Vater, einem ehemaligen Kommandierenden General des XIV. Armee-Korps, sowie ihrer Mutter, einer Geborenen von Zieten, und einigen nahen Verwandten zu treffen.

Louise saß in ihrem Ankleidezimmer vor der Staffelei, hielt seltsame Monologe und malte düstere Aquarelle.

Martha, die Köchin, hatte mittags drei Flugenten in den Backofen der Küchenhexe geschoben und dabei geklagt, dass die krossen Vögel wohl für die Katz sein würden, weil niemand da sei, der sich für sie interessiere: die Gnädige nicht, weil sie kaum noch äße, der junge Herr nicht, weil er nur noch trinke, das Fräulein Vicki nicht, weil sie Dienst hätte und nicht vor acht Uhr am Abend zurückkäme. Danach war Martha nach Hause zu ihrem Maurermeister gegangen, der ihre Kochkünste viel mehr zu schätzen wusste als die undankbaren Mäuler in der Großen Elbstraße.

Der erste Gärtner, ein älterer Pole namens Dariusz, saß im Anbau hinter dem Gewächshaus, verzehrte Schlackwurst mit

Tilsiter und trank dazu Glühwein. Ebenso der zweite Gärtner, der Jakub gerufen wurde.

Frieda war in der Küche und sandete die Zinnteller ab, weil niemand sonst es machte. Vor sich auf dem Küchentisch hatte sie eine einsame Kerze entzündet, in dem Bemühen, ein wenig Adventsstimmung zu schaffen. Es war eine ähnlich stumpfsinnige Arbeit wie seinerzeit das Putzen des silbernen Bestecks, das sie auf Weisung des jungen Herrn erledigt hatte. Warum ausgerechnet er auf die Idee gekommen war, ihr die Aufgabe zu übertragen, hatte sie erst hinterher begriffen, als sie ihn aus Annis Kammer herausschleichen sah. Aber das ging sie nichts an. Sie konnte schweigen wie ein Grab. Wenn es nicht so gewesen wäre, hätte sie ihre Stellung längst verloren.

Frieda machte eine Pause und griff sich an den Busen. In letzter Zeit litt sie etwas an Atemnot. Sicher nichts Ernstes im Vergleich zum Leiden ihrer Schwester, die mit ihren offenen Beinen kaum noch laufen konnte, aber doch recht lästig. Frieda holte ein paar Mal tief Luft, griff zum nächsten Teller und hielt inne. Die Tür zur Küche hatte sich geöffnet.

»Sieh an, Frieda, der gute Geist des Hauses! Noch so spät bei der Arbeit?« Benno trat näher und setzte sich ihr gegenüber.

»Guten Abend, junger Herr. Haben Sie noch Hunger?«

»Hunger? Nee, Durst. Habt ihr hier unten in euren Katakomben was Trinkbares?«

»Nein. Oder warten Sie. Ich habe eine Flasche Heidelbeerwein. Möchten Sie ein Gläschen?«

»Heidelbeerwein?« Benno verzog das Gesicht. »Wollen Sie mich vergiften?«

»Bestimmt nicht, das wissen Sie doch.« Frieda beugte sich über den nächsten Teller. »Den Wein hab ich persönlich in diesem Jahr angesetzt. Er ist nicht schlecht, das sagen alle, aber wenn Sie nicht mögen ...«

Benno hatte die Ellenbogen auf den Tisch gestützt und überlegte. »Wenn ich es recht bedenke, sollte ich doch mal probieren. Doch nur, wenn Sie einen mittrinken, Frieda.«

»O nein, nicht während der Arbeit.«

»Sie haben jetzt Feierabend.« Er nahm ihr den Zinnteller aus der Hand und stellte ihn mit den anderen zurück ins Bord. »Sie tun sowieso schon viel zu viel. Morgen ist auch noch ein Tag.«

»Wenn Sie meinen.« Die scheinbare Fürsorge schmeichelte Frieda. Aus einem Wandschrank holte sie die Flasche mit dem Heidelbeerwein und schenkte zwei Gläschen ein. »Zum Wohl, junger Herr.«

»Prost, Frieda.« Benno kippte den Wein auf einmal hinunter und ließ sich nicht anmerken, dass ihm das süßliche Zeug zuwider war. »Sehr schön, sehr fruchtig. Haben Sie den ganz allein gemacht?«

»Gewiss.« Um ein Haar wäre Frieda errötet.

»Wie ich Sie kenne, in Ihrer wenigen Freizeit?«

»Ja, bei meiner Schwester.«

»Wie gesagt, Sie arbeiten zu viel.«

»Ach, junger Herr.« Frieda nippte an ihrem Gläschen.

»Nein, nein, im Ernst. Wissen Sie, wie spät es ist? Schon nach acht. Wenn wenigstens Anni noch bei uns wäre, dann hätten Sie etwas mehr Entlastung, aber so ...«

»Ja.« Beim Stichwort Anni wurde Frieda einsilbig. In den Monaten nach ihrem Gespräch in den *Caféstuben Sonneberg* hatte der junge Herr noch drei oder vier Male versucht, den Grund für Annis plötzliche Kündigung zu erfahren, aber sie war standhaft geblieben. Kein Wort hatte er aus ihr herausgequetscht.

»Schade, dass sie nicht mehr bei uns ist, die liebe Anni.«

»Ja. Sie war 'ne feine Deern.«

»Und dass sie so plötzlich gekündigt hat.«

»Ja, ja.«

»Kommen Sie, Frieda, wir wollen nicht länger um den heißen Brei herumreden: Sie wissen, dass ich den Grund dafür gerne erfahren würde, und ich weiß, dass Sie ihn kennen. Also heraus mit der Sprache.«

»Bitte, junger Herr.« Frieda war kurz davor, in Tränen auszubrechen. »Quälen Sie mich doch nicht. Sie an Annis Stelle würden auch nicht wollen, dass ich's sag.«

Benno lächelte mühsam. Friedas Hartnäckigkeit ging ihm zusehends auf die Nerven. Doch plötzlich hatte er eine Idee. »Wissen Sie was, Frieda: Denken Sie doch auch mal an sich. Und an Ihre arme Schwester. Die kommt doch gar nicht mehr raus mit ihren lädierten Beinen. Ich spendiere Ihnen beiden eine Kutschfahrt die Elbe entlang bis runter zur Haseldorfer Marsch, mit einem schönen Essen in einem alten Gasthof. Das wär doch was, oder? Und im Gegenzug sagen Sie mir, warum Anni gekündigt hat.«

Frieda schwieg.

»Es geht mir doch nur darum, dass ich nicht schuld an ihrer Kündigung bin. Ich weiß, dass ich manchmal ein loses Mundwerk habe. Liegt es vielleicht daran?«

»Nein, das ist es nicht …« Frieda war drauf und dran, das Geheimnis zu lüften, doch dann fiel ihr das Atmen plötzlich wieder schwer. Sie keuchte und rang nach Luft.

»Frieda, was haben Sie?« Benno sprang auf und blickte sich hilflos um. Verdammt, was konnte er tun?

»Bleiben Sie ganz ruhig, Frieda.« In der Tür stand Vicki. »Benno, hol ein Glas Wasser, schnell.«

Vicki warf ihren Mantel über eine Stuhllehne und öffnete Frieda die obersten Knöpfe der Bluse. »Strecken Sie die Arme zur Seite aus und atmen Sie tief ein … und wieder aus. Ein … und aus. Ein … und aus. Geht es jetzt besser?«

Frieda nickte.

Vicki hielt ihr das Glas an die Lippen. »Trinken Sie. Langsam, Schluck für Schluck, so ist es gut. Benno, gib mir mal deine Taschenuhr.«

Vicki ergriff Friedas Handgelenk und zählte den Puls. Er lag bei hundertfünfzig Schlägen in der Minute. Viel zu hoch. »Haben Sie Schmerzen in der Brust?«

»Nur'n bisschen.«

»Wie lange schon?«

»Ach, ich weiß nicht. Es geht schon wieder. Lassen Sie man, Fräulein Vicki. Das kommt alles nur von dem Heidelbeerwein. Ich bin so was nicht gewöhnt.« Frieda erhob sich und räumte die Weinflasche zurück in den Wandschrank. »Ich spül auch noch schnell die Gläser ab. Wollen Sie was essen, Fräulein Vicki? Martha hat Flugenten gemacht. Sie sind lange kalt, aber ich könnte eine warm machen.«

»Nein, danke, Frieda. Sie wissen doch, ich habe meistens schon gegessen, wenn ich abends komme. Sind Sie sicher, dass es wieder geht?«

»Ja, doch.«

»Schön. Für heute machen Sie Schluss. Schaffen Sie es allein hinauf in Ihr Mansardenstübchen?«

»Gewiss, Fräulein Vicki. Aber ich wollte doch noch die Gläser ab…«

»Das lassen Sie mal. Und schlafen Sie sich richtig aus. Vor sieben Uhr müssen Sie morgen früh nicht anfangen.«

Als die Dienstmagd fort war, sagte Vicki: »Ich mache mir Sorgen um Frieda. Nachdem wir Anni nicht mehr haben, möchte ich sie nicht auch noch verlieren. Sie sagt, ihr Unwohlsein käme vom Wein, aber ich bin mir nicht sicher, ob das stimmt. Hoffentlich ist ihr Herz gesund.«

»Frieda ist unverwüstlich. Ein altes Schlachtross.«

»Unsinn! Niemand ist unsterblich. Denke an Vater.« Vicki gab Benno die Taschenuhr zurück. »Worüber habt ihr beide eigentlich gesprochen?«

»Ach, nichts Besonderes. Ich sagte ihr, sie solle mal eine Ausfahrt mit ihrer kranken Schwester machen. Das ist alles.«

»Seit wann bist du so fürsorglich? Geht es dir etwa wieder gut?«

»Aber ja. Ich bin der glücklichste Mann der Welt.«

Am einundzwanzigsten Dezember kam ein Brief von Esther. Sie schrieb darin, dass sie mit ihrem Vater und Ari in einer

Siedlung mit Namen Petach Tikwa eine neue Heimat gefunden habe. Das Leben sei einerseits hart und beschwerlich, andererseits von Freiheit und Lebensfreude geprägt. Ari gehe es gut. Er blühe förmlich auf unter der herrlichen Sonne Palästinas. Ihre Pläne, einen Kindergarten einzurichten, müssten zunächst noch warten. Es gebe viel zu viel anderes zu tun. Obwohl der biblische Vers *Wer sein Feld bestellt, wird satt von Brot* im Wappen der Siedler stehe, würden überwiegend Zitrusfrüchte geerntet und verkauft. Das sei die Haupterwerbsquelle. Der Transport der Zitronen und Orangen erfolge mühsam mit offenen Pferdewagen, es fehle eine Bahnstrecke an die Küste. Doch wolle niemand darüber klagen. Insgesamt seien sie schon fünftausend Menschen aus ganz Europa, die sich hier, im Lande des Herrn, niedergelassen hätten. Ihr Vater sei wohlauf, er habe alle Hände voll zu tun, größtenteils mit kleineren Verletzungen, aber manchmal auch mit der Behandlung von Brüchen und von Malariafällen, die trotz Trockenlegung vieler Sümpfe immer noch dann und wann auftauchten. Sie wünsche Vicki und den Ihren alles Gute und ein gesegnetes Weihnachtsfest. Auch sie werde mit Vater und dem kleinen Ari feiern, allerdings, wie hier in Petach Tikwa üblich, das Chanukka-Fest.

Neben Esthers Unterschrift waren mit kindlicher Hand drei winkende Strichmännchen gemalt, zwei große und ein kleines, dazu eine Sonne mit langen Strahlen und ein Herz. Darunter folgte ein Postskriptum: *Die Zeichnung ist von Ari, der Euch hiermit grüßt. In der bewussten Angelegenheit habe ich noch nicht mit Vater gesprochen, aber ich werde es im neuen Jahr auf jeden Fall tun. Noch einmal herzliche Grüße nach Deutschland … d. O.*

Vicki legte den Brief beiseite. Sie hatte ihn in ihrem Zimmer gelesen und beschloss, ihn Benno zu zeigen. Immerhin war er Aris Halbbruder. Sie hatte ihn gegen acht nach Hause kommen hören; er musste also irgendwo stecken. Mit dem Brief in der Hand ging sie hinunter in den Salon, wo sie ihn allerdings nicht antraf. Das war ungewöhnlich. Normalerweise trank er dort als Erstes einen Kognak, dem nicht selten ein paar weitere folgten. Nachdem sie in mehreren Räumen vergebens nach ihm gesucht hatte, gab sie ihr Vorhaben auf und stieg hinunter in die Küche. Martha war zwar wie immer um diese Zeit schon fort, aber es würde genügen, die Weihnachtsvorbereitungen mit Frieda zu besprechen.

Sie traf die Dienstmagd beim Wischen des Küchenbodens an. »Legen Sie Leuwagen und Feudel mal beiseite, Frieda. Es ist noch einiges für das Fest zu regeln.«

»Jawohl, Fräulein Vicki.« Frieda wrang den Feudel im Handstein aus und hängte ihn über die Herdstange.

»Setzen Sie sich. Weil mein Vater fehlt, wird dieses Jahr die Familie kleiner sein und die Feier bescheidener ausfallen. Ich selbst habe Heiligabend frei, jedoch an den Weihnachtsfeiertagen Dienst. Bitte sagen Sie Martha, sie möge das bei ihrer Planung für die Mahlzeiten berücksichtigen. Ich will, dass unsere Bediensteten am vierundzwanzigsten nicht so viel Arbeit haben, sondern abends bei ihren Liebsten sein können. Es soll deshalb Kartoffelsalat mit Würstchen geben. Das ist einfach vorzubereiten und macht nicht so viel Abwasch. Am ersten Weihnachtstag soll es für meine Mutter und den jungen Herrn eine Poularde geben. Am zweiten Geflügelklein. Die Beilagen soll Martha sich ausdenken. Die beiden Gärtner sollen morgen am Freitag die Tanne hinten rechts im Garten fällen und im Salon aufstellen. Der Baum müsste gerade die richtige Größe haben. Fürs Schmücken sind Sie zuständig. Wo die Halter für die Christbaumkerzen aufbewahrt werden, wissen Sie ja. Es ist mir klar, dass Martha pikiert sein wird, weil ich die Essensfragen nicht mit ihr bespreche, aber ich kann es nicht anders einrichten. Wenn sie morgen früh kommt, bin ich schon weg.«

»Jawohl, Fräulein Vicki. Ich fürchte, es wird … ganz anders sein als sonst.«

»Das wird es wohl. Haben Sie noch Fragen?«

Die hatte Frieda allerdings. Eine der wichtigsten war, ob Heiligabend wieder um sechs gegessen würde.

»Ja, daran wird nicht gerüttelt. Wir werden sehen, ob meine Mutter in der, äh, Stimmung ist, mit mir danach einige Weihnachtslieder auf dem Klavier zu spielen. Ich selbst will die Weihnachtsgeschichte vorlesen. Danach ist Bescherung. Ab sieben Uhr dreißig haben alle Bediensteten frei.«

»Es tut mir so leid, dass es nicht mehr wie früher ist. Der gnädige Herr hat immer so gern gegessen und danach so schön gesungen. Ach ja …«

»Wir werden es gemeinsam schon schaffen.« Vicki drückte Frieda die Hand. »Ich gehe jetzt wieder hinauf in mein Zimmer. Und wenn Sie den jungen Herrn sehen, richten Sie ihm aus, er sei Heiligabend für das Feuer im Kamin zuständig. Zu irgendetwas muss auch er nütze sein.«

Frieda lächelte schüchtern. »Ist gut, Fräulein Vicki.«

Punkt sechs am Heiligen Abend gab es Würstchen mit Kartoffelsalat. Trotz des frugalen Essens, das von Frieda und Martha mit ernster Miene serviert wurde, war Louise in prächtiger Robe erschienen, auf dem Kopf einen mühlradgroßen Hut mit wippender Pfauenfeder. Benno hatte sich bequemt, einen Langbinder anzulegen, und Vicki trug ihr altes blaues Kostüm, da sie als Erika-Schwester weder Lust noch Gelegenheit hatte, dem sich ständig ändernden Modediktat zu folgen.

»Guten Appetit und fröhliche Weihnachten.«

Benno hatte schon in seine Wurst gebissen. »Wünsche ich auch allerseits.«

»*Bon appétit.*« Louise blickte auf dem Tisch herum. »*Chéri*, gibt es keinen *Moutarde de Dijon?*«

Frieda schaute betreten auf den leer gebliebenen Platz des Hausherrn.

»Geben Sie meiner Mutter Senf«, sagte Benno.

Frieda gehorchte.

»*Merci.*« Louise bestrich ein winziges Stückchen Wurst mit Mostrich. Von dem Kartoffelsalat kostete sie nicht. Martha sah es mit beleidigtem Blick.

»Die Würstchen von Schlachter Driberg sind sehr gut«, versuchte Vicki die Spannung zu glätten.

Dem wurde nicht widersprochen.

Der weitere Verlauf des Essens fiel recht einsilbig aus. Irgendwann flüsterte Louise, den leeren Platz am Tisch anstarrend: »Du fehlst mir so sehr, *Chéri*, so sehr …«

Vicki ergriff ihre Hand. »Er ist doch bei uns, Mutter. Er schaut uns von oben zu und freut sich, wenn es uns schmeckt.«

»*Mon Dieu*, er hat immer so gern gegessen. Und so viel! Frieda, warum haben Sie nicht für ihn eingedeckt?«

»Legen Sie ein Besteck aus«, befahl Benno. »Und stellen Sie ein Weinglas dazu.«

»Gewiss, sehr wohl.« Frieda beeilte sich, der Anweisung zu folgen.

Zum Nachtisch gab es eingemachte Sauerkirschen mit Sahne. »Ich schlage vor, wir machen es wie immer, Mutter«, sagte Vicki im Anschluss, »wir spielen zweihändig *Stille Nacht, heilige Nacht* und *Es ist ein Ros' entsprungen*, und dazu singen wir.«

»*Impossible*, ganz *impossible*, Kind, das wäre sehr unpassend, wo er doch tot ist.«

»Nun gut, dann lese ich die Weihnachtsgeschichte vor. Kommt, wir setzen uns zum Tannenbaum vor den Kamin.«

Im Licht der Christbaumkerzen las Vicki aus dem Lukas-Evangelium: *»Es begab sich aber zu der Zeit, dass ein Gebot von dem Kaiser Augustus ausging, dass alle Welt sich schätzen ließe …«*

Danach war Bescherung. Traditionell wurde das Personal zuerst beschenkt. Frieda erhielt von Vicki ein Paar wollene Handschuhe, Martha einen Muff aus Kaninchenfell, die beiden Gärtner jeder eine Pfeife und Tabak.

Auch die Bediensteten hatten eine Überraschung vorbereitet. In ihrem Namen überreichte Frieda an Vicki eine Brosche mit Glassteinen, an Benno einen Bierkrug mit Deckel, von dem er meinte, man könne notfalls auch Spirituosen daraus trinken, an die Gnädige einen Stickrahmen.

Benno erhielt von Vicki einen Kaschmirschal, die Mutter eine Palette mit Aquarellfarben.

Benno seinerseits schenkte der Mutter ein paar Malpinsel und Vicki das *Handbuch der Entbindungskunst* von Osiander, wobei er bemerkte, so etwas könne man als Frau immer gebrauchen, im Übrigen habe Vicki seinerzeit ja auch *Die Kunst der Geburt* von Marie Anne Boivin gelesen.

Louise hatte an Gaben nichts zu verteilen, was sie aber nicht bemerkte.

Danach verschwanden die Bediensteten mehr oder weniger aufatmend, nachdem sie gemeinsam den Tisch abgeräumt hatten.

Gleich darauf zog sich Louise zurück. Ihre Geschenke vergaß sie.

Benno meinte, es sei kein Sakrileg, sich eine von Vaters Havannas anzuzünden, und machte es sich bequem. Er griff wie immer zum Kognak und wollte auch Vicki ein Glas anbieten, aber sie lehnte ab. Ihr war die Weihnachtsstimmung vergangen. Ebenso die Lust, den Kirchgang am Heiligen Abend allein anzutreten. »Lösch die Christbaumkerzen, wenn du aufgeraucht hast«, sagte sie, wünschte eine gute Nacht und ging hinauf in ihr Zimmer. Hier entkleidete sie sich und legte sich im Nachthemd aufs Bett. Dann kamen ihr die Tränen. Ein trostloseres Fest hatte sie noch nie erlebt. Der Vater tot, die Mutter wirr, Benno unstet und zu viel trinkend. Wo sollte das noch hinführen?

Nach einer Weile stand sie wieder auf. Ihr war unwohl, sie hatte Sodbrennen. Der Kartoffelsalat war zu sauer angemacht worden, Martha hatte es mit dem Essig zu gut gemeint. So, wie es ihr häufiger auch mit dem Salz passierte. Oder war das Ganze eine kleine Rache dafür, dass sie bei der Essensplanung nicht mit einbezogen worden war? Einerlei, Vicki hatte nichts gesagt – um des lieben Friedens willen und weil Weihnachten war.

Sie warf sich einen Morgenrock über und ging hinunter in die Küche, um nach etwas Natron zu sehen. Zu ihrer Überraschung war die Küche nicht leer. Frieda saß am Tisch, in Hut und Mantel, als wolle sie gerade gehen. Und Benno. Beide schauten drein wie ertappte Sünder. Frieda drückte sich ein Taschentuch in die Augenwinkel, als hätte sie geweint.

»Was ist hier los?«, fragte Vicki.

»Nichts«, knurrte Benno, der wieder einmal nicht ganz nüchtern schien.

Frieda schniefte. »Darf ich jetzt zu meiner Schwester? Es ist doch Heiligabend!«

Vicki ahnte, dass Benno sie in irgendeiner Form bedrängt hatte. Aber weshalb? Da stimmte doch etwas nicht! »Benno, bitte, lass uns allein.«

»Ich sitze hier warm und trocken.«

»Benno, bitte!«

»Na, meinetwegen.« Er wusste, wenn Vicki in diesem Ton mit ihm sprach, war es bitterernst. »Ich verdünnisiere mich.«

Als er sich getrollt hatte, sagte Vicki: »Sie können gleich zu Ihrer Schwester gehen, Frieda, verraten Sie mir nur vorher, wo das Natron ist.«

»In der Speisekammer, Fräulein Vicki. Warten Sie, ich hol es Ihnen.«

Vicki nahm einen Esslöffel voll und ließ dazu Wasser in ein Glas laufen. »Was wollte mein Bruder von Ihnen? Sie haben doch nicht umsonst geweint?«

»Ach, Fräulein Vicki.« Frieda kamen schon wieder die Tränen.

»Nun setzen Sie sich erst mal wieder.« Vicki rührte um und trank. »Mir ist nicht verborgen geblieben, dass mein Bruder in letzter Zeit so … unausgeglichen ist. Und so unglücklich. Zuerst dachte ich, es hinge mit Vaters Tod zusammen, aber das allein kann es nicht sein. Es muss noch etwas anderes dahinterstecken, und eben hatte ich das Gefühl, dass Sie mir vielleicht weiterhelfen können. Also Frieda: Was wollte mein Bruder von Ihnen?«

Frieda kämpfte mit sich. »Es geht um Anni«, stieß sie schließlich hervor.

»Um Anni? Sie ist seit mehreren Monaten fort. Sehr plötzlich, wie ich mich erinnere. Hat das Benehmen meines Bruders etwas damit zu tun?«

»Ja… das hat's.«

»Soweit ich weiß, nannte sie keinen Grund für ihre Kündigung.«

»Nein.«

»Aber sie kennen den Grund, nicht wahr, Frieda?«

»Hm, ja.«

»Und Sie dürfen ihn nicht verraten, stimmt's?«

Frieda nickte heftig. »Ich hab der Anni schwören müssen, dass ich nichts sag.«

Vicki trank einen Schluck von dem verdünnten Natron. Die basische Wirkung setzte langsam ein. Ihr wurde wohler. Und gleichzeitig unwohler. Denn als Frau ahnte sie den Grund für Friedas Schwur. Nichts lag näher. »Anni war schwanger, als sie kündigte, nicht wahr?«

Frieda schwieg und knetete ihr Taschentuch.

»Sie brauchen nichts zu sagen, ich sehe Ihnen an, dass es stimmt. Nun zu meinem Bruder: Ich vermute, er hatte eine Liebschaft mit Anni und fragte sich, warum sie so plötzlich fort war. Und ich vermute außerdem, dass er keine Ahnung von Annis Schwangerschaft hat. Doch er fühlt etwas. Ich kenne ihn. Er ist unruhig, und – um es rundheraus zu sagen – er säuft. Das hat er noch nie getan. Ist er der Vater von Annis Kind?«

Frieda stierte auf ihr Taschentuch.

»Gut, Frieda, es ehrt Sie, dass Sie schweigen. Aber wie soll es weitergehen? Nehmen wir einmal an, da sind zwei Menschen, die sich lieben und ein Kind kriegen. Sie könnten ein ganzes

Leben lang glücklich miteinander sein, vierzig, vielleicht fünfzig Jahre, und nur die zwei Worte ›Ich schwöre‹ von einer dritten Person stünden dagegen? Wem täte diese Person damit einen Gefallen? Anni? Benno? Dem Kind? Ich gebe Ihnen die Antwort: niemandem. Sagen Sie einfach ja und überlassen Sie alles Weitere mir.«

»Ja«, hauchte Frieda.

Vicki stand auf und sagte sanft: »Ich danke Ihnen. Sie haben richtig gehandelt, glauben Sie mir. Gehen Sie jetzt und grüßen Sie Ihre Schwester von mir.«

»Ach, Fräulein Vicki. Ich bin so froh, dass es vorbei ist!« Frieda schluchzte auf. »So froh! Vielleicht wird es ja doch noch eine schöne Weihnacht.«

»Ja, vielleicht«, sagte Vicki.

Vicki lag wieder auf dem Bett in ihrem Zimmer und starrte gegen die Decke. Ihre Gedanken kreisten wie ein Karussell. Anni und Benno … Benno und Anni. Konnte das gutgehen? Er war ein Sohn aus großbürgerlichem Haus, ein Bruder Leichtfuß, der nichts im Leben richtig ernst nahm. Gewiss, er war gebildet und halbwegs belesen, konnte Englisch und Latein, hatte – viel mehr als seine Mutter – eine Begabung für die Malerei, aber sonst …?

Und Anni? Sie war die Tochter von einfachen Leuten aus Finkenwerder, die auf der Elbe gefischt hatte, bevor sie in Stellung ging. Sie war nicht gebildet, nicht belesen, konnte weder Englisch noch Latein …

Anni und Benno, das musste doch schiefgehen!

Andererseits war Anni ein junges, natürliches Mädchen von ansteckender Fröhlichkeit und beileibe nicht auf den Kopf gefallen. Die Art und Weise, wie sie Marthas Launen in der Küche mit Fingerspitzengefühl begegnet war, sprach für sich. Und: Sie hatte Humor. Sie würde Benno, der alles Unkonventionelle liebte, guttun.

Trotzdem, der Standesunterschied! Und die Gesellschaft, die feine Hamburger Gesellschaft! Was würde sie sagen, wenn Benno und Anni vor den Traualtar …?

Na und? Den Eklat nach der geplatzten Verlobungsfeier mit dem vermaledeiten Ernst-Otto hatte die Familie auch überlebt. Überhaupt: Was machte denn den Standesunterschied aus? Wissen, Geld und Umgangsformen, mehr nicht. Das konnte man sich aneignen. Und was nützte der angesehenste Stand, wenn man ein charakterloser Lump war?

Ja, das war alles richtig. Aber die Bedenken blieben.

Vicki wälzte sich hin und her. Sie kam zu keinem Ergebnis. Schließlich sagte sie sich, dass es nicht an ihr war zu entscheiden, wie es mit den beiden weiterging. Das mussten sie selber wissen.

Eines aber stand in jedem Fall fest: Benno musste sich zu seiner Vaterschaft bekennen und die Verantwortung dafür übernehmen.

Vicki stand auf, zog sich den Morgenrock ein zweites Mal über und ging nach unten in den Salon.

Benno saß, umnebelt von dicken Rauchschwaden, im Sessel vor dem Kamin. Die Kognakflasche auf dem Lyra-Beistelltischchen war drei Viertel leer. Die letzte Christbaumkerze verlöscht. Vicki nahm die Flasche vom Tischchen und stellte sie weg.

»Was soll das?«, knurrte Benno.

»Du hast genug getrunken.« Vicki setzte sich in den anderen Sessel.

»Wie viel ich trinke, entscheide immer noch ich.« Er wollte aufstehen und sich die Flasche wieder holen.

»Ich habe mit Frieda gesprochen. Sie hat ihr Schweigen gebrochen.«

»Was?« Benno hielt mitten in der Bewegung inne.

»Setz dich. Frieda musste Anni schwören, nicht darüber zu sprechen, dass sie schwanger war. Drei Mal darfst du raten, von wem.«

Benno sperrte Mund und Nase auf. Wenn die Situation nicht so ernst gewesen wäre, hätte man über seinen Gesichtsausdruck lachen können.

»Es dürfte klar sein, dass Anni deswegen gekündigt hat. Warum sie dir von alledem nichts gesagt hat, wirst du selbst am besten wissen.«

»Schwanger, mein Gott, schwanger …?«

Vicki spürte, wie aufgewühlt er war, aber sie wollte ihn nicht mit Samthandschuhen anfassen. Das hatte er nicht verdient.

»Schwanger …«

Sie wartete.

Schließlich begann er zu reden. Leise, stockend: »Tausend Mal hab ich mich gefragt, warum sie so Knall und Fall weg war, aber ich hab mir keinen Reim drauf machen können. Ein paar Mal war ich kurz davor, nach Finkenwerder rüberzufahren und sie zu suchen, aber ich wollte ihr nicht hinterherlaufen. War zu stolz. Hab gedacht, sie hat einen anderen und ist zu feige, mit mir darüber zu reden. Mein Gott …«

»Du musst irgendetwas getan oder gesagt haben, das sie sehr verletzt hat. Anders kann ich es mir nicht erklären.«

»Ich würde sie nie verletzen wollen. Ich … ich glaube, ich liebe sie. Wollte unbedingt aus Frieda rausquetschen, dass sie mich wegen eines anderen verlassen hat. Und hab gleichzeitig gehofft, dass es nicht so ist. Seit Monaten ist sie weg. Ich kann sie einfach nicht vergessen.«

»Das verstehe ich gut«, sagte Vicki warm. Sie musste an Hannes denken, der seit sechs Jahren fort war und den sie noch immer liebte. »Trotzdem: Du musst irgendetwas gesagt haben, dass sie bewogen hat, dir ihren Zustand zu verschweigen. Überlege mal, streng dich an.«

Benno schielte nach der Kognakflasche, machte aber keine Anstalten, sie sich zurückzuholen. »Ich hab immer wieder nachgedacht, worüber wir am letzten Abend geredet haben. Wir lagen auf ihrem Bett, nachdem wir miteinander … nun ja, du weißt schon. Wir haben uns geküsst und ein bisschen gealbert, und dann wollte Anni, dass wir das *Was-wär-ich-wenn-Spiel* spielen.«

»Was ist das denn?«

»Ich kannte es vorher auch nicht. Es beginnt zum Beispiel damit, dass der eine den anderen fragt: ›Was wär ich, wenn ich eine Pflanze wäre?‹ Anni antwortete mir an dem Abend, ich wär ein Kaktus, weil ich nicht gut rasiert war. Danach war sie dran, mit derselben Frage. Und ich antwortete: ›Du bist ein Gemeines Fettkraut‹, weil sie zu dem Zeitpunkt an meinem Ohrläppchen knabberte. Daraufhin gab sie mir einen Klaps und schmollte, aber ich erklärte ihr, das Gemeine Fettkraut sei eine fleischfressende Pflanze und deshalb stimme der Vergleich. Na ja, so ging es weiter: Was wär ich, wenn ich eine Blume wäre? Was wär ich, wenn ich ein Vogel wäre? Was wär ich, wenn ich ein Fisch wäre? Auf meine Frage, an welches Tier ich sie erinnere, antwortete sie: ›An einen Ochsen.‹ Daraufhin verglich ich sie natürlich mit einer Kuh.

Sie lachte. ›Ochse und Kuh können aber nicht heiraten.‹ Woraufhin ich ebenfalls lachte und sagte: ›Wie heißt es so schön? Von einem Ochsen kann man nicht mehr als ein Stück Fleisch verlangen; und eine Kuh muss man nicht heiraten, nur weil man einen Schluck Milch trinken w…‹« Benno wurde kreidebleich. »Oh, mein Gott!«

»Hast du das wirklich gesagt?« Vicki konnte kaum glauben, was sie gehört hatte. »Du schläfst mit einem Mädchen und sagst ihr anschließend so etwas ins Gesicht?«

»Aber es war doch nur im Spaß! Ich habe gar nicht weiter drüber nachgedacht – bis eben!«

»Du bist tatsächlich ein Ochse. Der gedankenloseste, taktloseste, gefühlloseste Hornochse der Welt!« Vicki war ehrlich empört.

Benno saß da wie ein Häufchen Elend. »Bis heute habe ich mich gefragt, warum sie später so reserviert war. Ich hab's nicht verstanden. Ich hab ihr versichert, mir würden auch noch andere Tiere für sie einfallen, ein Reh vielleicht oder ein Häschen, und die Wogen schienen danach wieder halbwegs geglättet. Allerdings durfte ich sie zum Abschied nur auf die Wange küssen. Mein Gott, Vicki, meinst du wirklich, sie hat deswegen gekündigt?«

»Weshalb denn sonst? Bedenke, sie war schwanger! Und du? Du hattest nichts anderes zu tun, als ihr klarzumachen, dass eine Heirat für dich nicht infrage käme, ja, sogar etwas völlig Überflüssiges, Törichtes sei. Und da fragst du noch, ob sie deswegen gegangen ist? Wahrscheinlich hat sie das Kind inzwischen schon bekommen.«

»Ja, ja, sicher. Aber was soll ich jetzt machen? Nach allem, was du mir eben erklärt hast, muss sie mich hassen wie die Pest.«

Vicki stand auf und schenkte sich und Benno einen Kognak ein, denn der schien jetzt nötig. »Wer will das wissen?«, sagte sie. »Frauen sind manchmal seltsame Wesen. Vielleicht wartet sie nur auf dich.«

KAPITEL 32

Benno verbrachte den ersten und den zweiten Weihnachtstag in der *Hölle*. Das gemeinsame Mittagessen mit seiner Mutter schwänzte er. Er brauchte Geborgenheit, und die fand er nicht in der Großen Elbstraße, sondern bei Willi und seinen Mädchen. Sie wussten zwar nicht, was mit ihm los war, aber sie stellten keine Fragen. Auf St. Pauli hatte jeder sein Päckchen zu tragen, und solange er dies nicht öffnete und über den Inhalt sprach, war man nicht neugierig.

Am Nachmittag des sechsundzwanzigsten saß er an dem Zweiertisch, über dem das Haigebiss und der Kugelfisch baumelten, und widmete seine Aufmerksamkeit einem Bier. Die letzten Monate hatte er getrunken, um Anni zu vergessen, nun trank er, um den Mut zu finden, ihr gegenüberzutreten. Langsam füllte sich die Kneipe. Nach dem Heiligen Abend und zwei Tagen reichlichen Essens hatten viele der Arbeiter Lust auf ein Verdauungsschnäpschen. Vielleicht auch auf zwei oder mehr.

»Was dagegen, wenn ich mich zu dir setze?«

Benno blickte auf und sah in ein wettergegerbtes Gesicht. Blaue Augen, schmale Lippen, dazwischen eine Pfeife. Es gehörte einem kräftigen Mann Ende vierzig, der eine Schwerwetterjacke trug.

»Nee.«

Der Fremde zog die Jacke aus, hängte sie über die Stuhllehne und bestellte ein Bier bei Willi.

»Mir auch noch eins«, sagte Benno.

Willi brachte die Biere und bedachte Benno mit einem Blick, in dem die Aufforderung lag, nicht so viel zu trinken. Aber er verkniff sich die Bemerkung. Bennos Laune war an diesem Tag noch übler als gewöhnlich.

»Prost«, sagte der Fremde.

»Prost.«

Sie tranken und schwiegen.

Um sie herum wurde es lauter. Die Verdauungsschnäpschen taten ihre Wirkung. Außerdem hatte Willi eine Lokalrunde geschmissen, um den Umsatz anzukurbeln. Auch Benno hatte noch einen Köm abgekriegt, jedoch nicht ohne Willis warnenden Blick.

»Bist du öfter hier?«, fragte der Fremde.

»Hm.«

»Nette Kneipe. Kannte ich gar nicht.«

»Hm.«

Die einseitige Unterhaltung wurde unterbrochen durch einen Ruf vom Nebentisch. »He, Benno, an deinem Arsch dahinten blättert die Farbe ab. Da musst du mal wieder ran.«

Gelächter.

»Kümmer dich um deinen eigenen Arsch.«

Benno wollte wieder in sein Glas stieren, aber der Fremde hielt ihn davon ab: »Was meinte der Kerl eben mit der abblätternden Farbe?«

Benno bequemte sich zu einer Antwort: »Seychellenpalme.«

»Hä?«

»Ich soll die Frucht der Seychellenpalme ausbessern. Ich hab sie angemalt, damit sie wie ein Weiberhintern aussieht.«

»Ach so. Von den Dingern hängen hier ein paar herum.« Der Fremde ließ den Blick schweifen. »Und jede Menge aufreizende Bilder an der Wand. Hast du die auch alle gemalt?«

»Hab ich.«

»Weißt du, was ich nicht verstehe?«

»Nee.«

»Wie man so schlechte Laune haben kann, wenn man so begabt ist wie du.«

»Danke für die Blumen.«

Der Fremde musterte ihn forschend. »Ist es wegen eines Mädchens?«

»Du fragst viel, wenn der Tag lang ist, was?«

»Hast recht, es geht mich nichts an.«

»Ja, es ist wegen eines Mädchens.«

»Dachte ich mir.«

Benno trank einen großen Schluck Bier und kippte den Köm hinterher. Irgendwie wirkte der Fremde beruhigend auf ihn. Er strahlte Stärke und Verlässlichkeit aus. »Wie heißt du eigentlich?«

»Cord, ich bin Seemann.«

Wieder tranken sie.

»Das Ganze ist ein furchtbares Missverständnis.«

»Ein Missverständnis?« Cord nahm die Pfeife aus dem Mund und stopfte die Glut im Kopf nach. Er tat es mit dem blanken Daumen. »Das kommt häufiger vor zwischen Mann und Frau.«

»Meinst du?«

»Missverständnisse sind dazu da, dass man sie ausräumt. Was bedrückt dich denn so, Junge?«

»Ich kann nicht drüber reden.«

»Verstehe ich.«

»Ach, Schiet, warum soll ich es dir nicht sagen? Sie kriegt ein Kind von mir, das heißt, wahrscheinlich hat sie es schon gekriegt, genau weiß ich's nicht, weil sie mir davongelaufen ist. Und sie ist mir davongelaufen, weil ich einen saudämlichen Satz gesagt hab.«

»Aha.« Cord wartete und sog an seiner Pfeife.

»Also, das war so.« Benno erzählte von dem *Was-wär-ich-wenn-Spiel* an dem bewussten Abend und von seinem verhängnisvollen Vergleich mit der Kuh.

Cord nickte. »So was sagt man als Mann schnell mal. Besonders, wenn man es nicht so ernst meint.«

»Aber ich liebe sie!« Benno schrie fast. »Du ahnst nicht, was ich die letzten Monate durchgemacht habe. Ich hab die ganze Zeit gedacht, sie will nichts mehr von mir wissen, bis mir meine Schwester klargemacht hat, dass es einzig und allein an mir liegt. Herrgott im Himmel, so eine verflixte Situation!«

»Scheint so, als meinst du es wirklich ernst. Und nun?«

Benno zuckte mit den Schultern.

Cord stieß dicke Qualmwolken aus.

»Ich hab Angst, dass ich mir eine blutige Nase hole, wenn ich zu ihr rüber nach Finkenwerder fahre.«

»Das kann passieren. Aber wenn du es nicht versuchst, wirst du es nie erfahren.«

»Ich war schon zwei oder drei Mal drauf und dran, hab's aber immer wieder gelassen. Ich wüsste auch gar nicht, was ich ihr sagen soll.«

»Vielleicht musst du gar nicht viel sagen.«

»Du hast gut reden.«

»Ich stecke ja auch nicht in der Tinte wie du.«

»Na gut, ich denke, ich werde morgen oder übermorgen rüberfahren.«

»Und ich denke, du solltest es jetzt tun.«

»Du machst wohl Witze? Wer sollte mich heute am Weihnachtstag mit rübernehmen?«

»Ich.« Cord stand auf und trank sein Bier aus. »Ich habe eine alte Mutter auf Finkenwerder, die freut sich immer, wenn sie mich sieht. Mein Schlepper liegt unten an den Landungsbrücken. Komm schon.«

Cord rief Willi zu, er wolle zahlen, doch der Riese winkte ab. »Geht aufs Haus. Das gilt auch für dich, Benno.«

»Danke, Willi.«

Sie verließen die *Hölle* und gingen die Taubenstraße hinunter zu den Landungsbrücken. »Da liegt er, mein *Panther*«, erklärte Cord. »Siebzehn Meter lang, fünf Meter breit. Und der da am Bug ist Kuddel.« Er wies auf einen älteren Mann, der zur Begrüßung grinste und dabei zwei einzelne Zähne zeigte.

»Ahoi, Skipper.«

»Mach die Leinen los und gib 'ne Schippe Kohlen in den Heizkessel. Wir dampfen rüber nach Finkenwerder.«

»Jo.«

Cord nahm Benno mit ins Ruderhaus. »Kuddel ist Decksmann, Heizer und Maschinist in einem. Ohne ihn wäre mein *Panther* nur ein harmloses Kätzchen. Pass auf, dass du dich nicht stößt, es ist eng hier drin.«

Benno nickte. Die Maschine begann zu arbeiten, das Schiff erzitterte. Dicke Qualmwolken stiegen aus dem hohen Schornstein, während der *Panther* langsam ablegte und Kurs auf die Strommitte nahm. Cord stand am Steuerrad und konzentrierte sich auf den Schiffsverkehr. »Unsichtiges Wetter«, brummte er, »viel zu mild für Dezember. Wenn du nicht aufpasst, kommt dir einer in die Quere und rammt dich. Dann ist meistens Feierabend.«

Benno antwortete nicht.

Cord schien es nicht zu bemerken. Er redete weiter, während er von Zeit zu Zeit den Kurs korrigierte. »Aber der *Panther* ist schnell und wendig. Wenn Kuddel ihm ordentlich einheizt, macht er neun Knoten in der Stunde und frisst dafür fünfundsiebzig Kilo Kohle. Neun Knoten, das sind fast siebzehn Kilometer. Schneller ist die Elektrische in der Stadt auch nicht. Und schnell müssen wir sein, wenn wir die Arbeiter von *Blohm & Voss* hin und zurück über die Norderelbe fahren. Die dürfen nicht zu spät kommen. Morgens nicht, weil sie keinen Ärger auf der Werft kriegen wollen, und abends nicht, weil Muttern das Abendbrot fertig hat. In der Zwischenzeit bugsieren wir die dicken Pötte in den engen Hafenbecken auf Position. Da kommt es auf jeden Zentimeter an, auch unter dem Kiel. Wir haben nur zweieinhalb Meter Tiefgang, das heißt, wenn es drauf ankommt, sind wir fast'n Schlickrutscher. Sag mal, hörst du mir überhaupt zu?«

»Äh, ja.«

Cord setzte seine Erklärungen nicht ohne Stolz fort, und während er über die Maschine redete, genauer: über die Zwei-Zylinder-Expansionsdampfmaschine, die stattliche zweihundertvierzig Pferdestärken bei hundertdreißig Umdrehungen in der Minute erzeuge, über den Flammrohrkessel mit einer Heizfläche von zweiundvierzig Quadratmetern und einem Wasserinhalt von fünf Kubikmetern, über die Speisepumpe und die Dampfstrahlpumpe, über den Dampfdruck und vielerlei mehr, überlegte Benno angestrengt, was er Anni am besten sagen sollte. Es durfte nicht zu forsch klingen, aber auch nicht zu reuig, nicht zu schüchtern und nicht zu frech. Er musste ihr sagen, dass es ihm unendlich leid täte, aber es durfte nicht zu pathetisch klingen. Trotzdem musste es glaubhaft sein. Er musste ihr klarmachen, dass er sich über das Kind freue und dass er selbstverständlich die Vaterschaft anerkennen werde. Er musste versprechen, dass er für sie sorgen wollte, für sie und das Kind, aber er musste damit rechnen, dass sie ihn fragen würde, wovon er das bezahlen wolle.

»Träumst du, Junge? Wir sind gleich da.« Cord dampfte langsam in den Kutterhafen von Finkenwerder ein und gab Kuddel die notwendigen Befehle zum Anlegen. Als der *Panther* fest vertäut und die Maschine zum Stillstand gekommen war, ging er mit Benno an Land. Kuddel blieb an Bord. Er war Junggeselle und hatte seine Koje im Vorschiff.

»Was bin ich dir schuldig?«, fragte Benno.

»Nichts. Ich musste ja sowieso rüber.«

»Tja, dann: danke. Vielen Dank.« Benno wollte sich abwenden, aber ihm viel noch etwas ein. »Weißt du, wie ich zum Auedeich komme?«

»Ja, aber du kannst mit mir gehen. Wir haben dieselbe Richtung.«

Als sie in den schmalen Weg einbogen, sagte Benno: »Ich muss zur Nummer 19.«

»Das Haus da vorn, keine fünfzig Meter von hier.«

Benno erblickte ein stattliches Haus unter Reet mit acht Sprossenfenstern und zwei Gauben im Dach. Neben der rustikalen Haustür lud eine weiße Bank zum Sitzen ein. »Das ist es also«, murmelte er und wäre am liebsten wieder umgekehrt.

»Ja, das ist die Nummer 19.«

»Drück mir die Daumen, Cord, auf Wiedersehen.«

Cord nahm die Pfeife aus dem Mund und grinste. »So schnell wirst du mich nicht los. Wir haben dasselbe Ziel.«

Benno blickte verständnislos.

Cords Grinsen wurde breiter. »Ich wohne hier. Ich bin Annis Vater.«

»Was?«

»Du hast richtig gehört. Ich bin Annis Vater.«

»Aber … aber …?«

»Setz dich erst mal.«

Benno ließ sich auf die weiße Bank fallen. Cord nahm in aller Ruhe neben ihm Platz. »Da staunst du, was?«

»Ich dachte, du wolltest deine alte Mutter besuchen?« Benno hatte seine Sprache wiedergefunden.

»Die wohnt hier auch. Wir leben alle unter einem Dach. Sind eine intakte Familie.«

»Ich versteh's immer noch nicht. Woher wusstest du …?«

»Deine Schwester Vicki ist am ersten Weihnachtstag in die *Hölle* gegangen und hat Willi erzählt, dass Anni der Grund für deine trübselige Stimmung ist. Und alles Weitere auch. Sie sagte ihm, dass du wahrscheinlich nicht in die Puschen kommen würdest, um die Sache einzurenken. Daraufhin nahm Willi die Angelegenheit in die Hand. Er kam noch am selben Tag hierher nach Finkenwerder und sprach mit mir. Wir beschlossen, deinem und Annis Glück ein wenig auf die Sprünge zu helfen. Er sagte mir auch, du seist ein feiner Kerl, und ich sollte dir nicht gleich sämtliche Knochen brechen, wenn wir uns das erste Mal begegnen.«

Cord klopfte die Pfeife am Stiefelabsatz aus und begann, sie neu zu stopfen. »Das hatte ich nämlich eigentlich vor. Immerhin bist du der Kerl, der meiner Tochter ein Kind gemacht hat. Sie war in den letzten Monaten genauso unglücklich wie du. Und genauso dickköpfig. Sie wollte den Vater des kleinen Mädchens auf keinen Fall nennen.«

»Es ist ein Mädchen?«

»Genau.«

»Und … und Anni hat mich vermisst?«

»Und wie.«

»Und … und …« Bennos Gedanken überschlugen sich. »Und wieso hast du mir die ganze Zeit nicht gesagt, wer du bist?«

»Weil ich dir zuerst auf den Zahn fühlen wollte. Wollte wissen, ob Willi recht hatte, als er sagte, du seist in Ordnung. So, und nun geh schon rein und schaff die Sache aus der Welt.« Cord erhob sich, stieß die Tür auf und machte eine einladende Geste.

Es blieb Benno nichts anderes übrig, als auf wackligen Beinen ins Haus zu gehen. Er gelangte in eine Vordiele, einen dämmrigen Gang mit niedriger Decke, und kam danach in den Pesel, einen unbeheizten Raum, der auch »kalte Pracht« genannt wurde. Danach folgte der eigentliche Wohnraum, die Döns. Trotz seiner Aufregung registrierte Benno jede Einzelheit, denn er war noch nie im Inneren eines Reetdachhauses gewesen.

Die Döns wirkte auf den ersten Blick gemütlich, was sicher auch an der Wärme lag, die von dem Bilegger rechts hinten in der Ecke ausging. Es war ein gusseiserner Ofen mit schöner Reliefplatte, die biblische Motive zeigte. Vor dem Ofen, auf breiten Dielen, hatte ein wuchtiger Glasschrank Platz gefunden, mit breiten Schubladen und geteilten Scheiben, hinter denen das gute Delfter Porzellan schimmerte. Eine Wiege stand auch da. Sie war leer, und ihre grüne Farbe erinnerte an die Seekiste mit dem Motiv der *Cutty Sark*. Auf die Stirnseite der Wiege hatte jemand mit weißer Farbe drei Buchstaben gemalt: *FLO*. Ein Tisch am Fenster rundete das Bild ab.

Nichts schien in diesem Raum zu fehlen. Außer Anni.

Benno wollte sich gerade umdrehen und Cord fragen, wo sie sein könnte, als er Schritte hörte.

Sie war es.

Mitten in der Bewegung hielt sie inne und starrte ihn an. In ihren Armen lag ein winziges Wesen, das fröhlich krähte und mit den Ärmchen um sich schlug.

Benno starrte zurück. Er konnte nicht anders, er musste sie ansehen. Ihre blonden Haare, die bis zur Schulter herabfielen, die blauen Augen, den Mund, der so herzhaft lachen konnte. Das alles hatte er vermisst, mehr, als er je zu sagen vermochte.

Hilflos hob er die Arme und sagte heiser: »Hier steht der größte Ochse aller Zeiten.«

KAPITEL 33

An einem Sonntag im Februar 99 zog Anni mit ihrer Habe in der Großen Elbstraße 7 ein. Cord, Kuddel und der *Panther* hatten die Sachen von Finkenwerder herübergeschafft. Die kleine Flo war natürlich der Mittelpunkt bei der ganzen Aktion. Eigentlich hieße sie Florence, wie Anni stolz erklärt hatte, der Name bedeute die »Blühende«, und er passe so schön, weil alle sagten, die Kleine sehe wie das blühende Leben aus.

Neben Flo hatte Anni ihre Seekiste und die Wiege im Gepäck. Dazu die Aussteuer, die im wesentlichen aus Bettzeug, Tischdecken und silbernem Besteck mit der Gravur *AJ* bestand. Letzteres war zehnteilig und damit nur für zwei Personen geeignet, aber Anni meinte, das reiche für Benno und sie. Martha, die dabei stand, rümpfte die Nase über die schlichte Ausführung. Sie hatte wohl vergessen, dass bei ihr zu Hause Blechbesteck auf dem Tisch lag.

Louise blieb derweil in ihrem Ankleidezimmer, der Rummel störte sie beim Aquarellieren. Benno hatte ihr zwar angekündigt, dass Anni wieder einziehe, diesmal als seine Braut, und dass im Mai geheiratet werde, wenn das Wetter besser sei, aber sie hatte nur den Kopf geschüttelt. »Anni von Holthusen-Strunz? Die ist doch schon verheiratet, Junge, und viel zu alt für dich.«

Frieda jedoch, das alte »Schlachtross«, wie Benno sie einmal genannt hatte, freute sich für Anni. »Meiner Treu, kann ich denn jetzt überhaupt noch Anni zu dir sagen, oder wär Gnä' Frau passender?«

Anni lachte. »Du sagst weiter Anni zu mir, alles andere wär

blöd. Und auch Martha und die Gärtner sollen mich weiter so nennen. Allerdings könnt ihr mich von nun an nicht mehr rumkommandieren.«

»Ja, ja. Soll ich schon was rauftragen? Die Seekiste ist zu schwer, die müssen die Männer nehmen, aber die Wiege, die ginge. Der junge Herr hat sein Zimmer umgeräumt, und das Gästezimmer wird gerade leergemacht.«

»Ich weiß.« Anni wiegte Flo in ihren Armen, um sie zu beruhigen. Der Umzugstrubel hatte sich auf die Kleine übertragen. »Benno und ich werden in seinem alten Zimmer wohnen. Der Raum daneben wird zum Kinderzimmer.«

»Dann stell ich die Wiege da rein.«

»Ja, tu das.«

»In einer Stunde soll es Essen geben. Fräulein Vicki wird auch dabei sein. Martha will Kasseler mit Sauerkraut machen. Ich bin ja heilfroh, dass sich alles zum Guten gewendet hat. Im Vertrauen: Der junge Herr ist wie umgewandelt, seitdem ihr beide wieder zusammen seid. Ganz der Alte, kiebig wie früher. Ihr werdet euch bestimmt schnell einleben. Ach, Gott, ist die Kleine süß! Zum Knuddeln. Na, dann will ich mal.«

Frieda trug die Wiege die Treppe hinauf.

Anni blickte ihr hinterher. Plötzlich legten sich zwei Arme von hinten um sie herum. Es war Benno. Er strich ihr die blonden Haare zur Seite und küsste sie in den Nacken. »Willkommen zu Hause, mein kleiner Silberfisch.«

In den Monaten bis zur Hochzeit nahm der Alltag in der Großen Elbstraße 7 seinen Lauf. Anni war glücklich, auch wenn Benno häufig unterwegs war, um auf St. Pauli mit seinen Malereien Geld zu verdienen. Doch sie musste sich ohnehin um die kleine Flo kümmern. Flo war ein sonniges Kind, das viel lachte und jedermanns Herz sofort eroberte. Wenn sie brüllte, dann nur aus gutem Grund: weil sie Hunger hatte oder weil die Windel voll war. Selbst nachts schlief sie weitgehend durch, was, wie Anni erfuhr, bei Kleinkindern eher als Ausnahme galt.

Das Verhältnis zu Martha war in den ersten Wochen etwas angespannt – bis Anni eines Morgens zum Fischmarkt ging und von dort sechs Schollen mitbrachte. »Martha«, sagte sie, »heute Mittag werden wir zu viert am Tisch im Speisezimmer sitzen. Die gnädige Frau, der junge Herr, Fräulein Vicki und ich. Dann soll es Scholle geben.«

Martha brummte irgendetwas vor sich hin.

»Erinnerst du dich noch an unseren Wettkampf am Herd? Der junge Herr fand deine Zubereitungsart leckerer. Bitte, mach die Schollen so.«

Seitdem war das Eis gebrochen. Martha wurde zugänglicher und ließ sich hin und wieder sogar etwas sagen.

Auch mit Louise kam Anni recht gut klar. Allerdings schien die Gnädige nicht zu begreifen, dass sie kein Dienstmädchen mehr war. Tagsüber spielte das kaum eine Rolle, da Louise sich nicht aus ihren Zimmern entfernte. Nur bei den gemeinsamen Mahlzeiten erforderte ihr Verhalten etwas Taktgefühl – immer dann, wenn sie Anni fragte, was sie am Tisch zu suchen habe, und sie in die Küche zurückschicken wollte.

Mit Vicki war das Verhältnis von Anfang an sehr herzlich. Sie war für Anni wie eine große Schwester, hilfsbereit und zugewandt. Sie fand die kleine Flo entzückend und freute sich über den winzigen Familienzuwachs, der auf seine Weise die Lücke füllte, die zur Haidens Tod so schmerzlich hinterlassen hatte. Im Übrigen war sie froh, in Anni jemanden gefunden zu haben, der ihr bei der Organisation der vielen kleineren und größeren Aufgaben im Hause helfen konnte.

Und Benno? Der war, wie Frieda richtig beobachtet hatte, tatsächlich wie verwandelt. Ein bürgerlicher Ehemann würde er wohl niemals werden, aber statt sich in Kneipen herumzutreiben, kam er jeden Abend nach Hause. »In der *Hölle* war ich lang genug, bei dir bin ich im Himmel, mein kleiner Silberfisch«, sagte er grinsend.

Auch dem Kognak hatte er abgeschworen. Er trank nur noch mäßig. Ab und zu ein Bier, aber keine scharfen Sachen mehr. »Was sollte meine kleine Flo sonst von mir denken?«

Und er hatte die Verschönerungen im *Siebenmeilenstiefel* in Angriff genommen. Mandi hatte die Arbeiten von Anfang an kritisch verfolgt, hinter ihm stehend, die Daumen in die Hosenträger eingehakt. »Die Ärsche könnten ruhig noch ein bisschen praller sein. In der *Hölle* hast du's doch auch hingekriegt.«

»In Ordnung, Mandi. Ich mach sie dicker.«

»Und die Brüste hab ich auch schon voller gesehen. Was ist nur mit dir los?«

»Nichts, Mandi.« In der Tat kam Benno in letzter Zeit die Anfertigung lustvoller Akte etwas profan vor. Vielleicht, weil er ein Ehemann *in spe* war, vielleicht, weil er schon so viel nacktes Fleisch gemalt hatte, vielleicht auch, weil sein Geschmack sich geändert hatte. Möglicherweise von allem etwas. Er hatte Mandi vorgeschlagen, die Körper ein wenig zu verfremden. Das sei etwas ganz Neues. Ein Künstler beschäftige sich nicht immer nur mit der erlebten Wirklichkeit, sondern mit ihrer inneren Natur und den durch das Thema geweckten Gefühlen.

»Bist du bekloppt?«, hatte Mandi gefragt.

»Schon gut, du kriegst, was du willst.«

Ansonsten arbeitete Benno noch im *Concerthaus Ludwig*, wo er glutäugige karibische Schönheiten in die Kuppel malte, im *Bellami* und in *Leineweber's Lustgarten*. Alle Betreiber verlangten stets ein und dasselbe, und Benno sah ein, dass er seine Kunstambitionen zurückstellen musste. Immerhin verdiente er regelmäßig Geld, mehr als er jemals zuvor erhalten hatte.

Dann endlich kam der Mai. Vicki überlegte insgeheim, ob es der richtige Zeitpunkt für die Eheschließung sei, da der Vater im selben Monat des vergangenen Jahres verstorben war, doch sie behielt den Gedanken für sich. Das Leben ging weiter, und es war gewiss nicht falsch, sich im Wonnemonat das Ja-Wort zu geben. Nach der standesamtlichen Trauung in Altona sollte die Vermählung drüben in Finkenwerder stattfinden, am Sonntag, dem vierzehnten, in St. Nikolai. Ein großes Ereignis, das schon Wochen vorher seine Schatten vorauswarf.

Am meisten Zündstoff ergab sich aus dem Problem, wer eingeladen werden sollte, da die Verwandten, Bekannten und Freunde, die infrage kamen, aus höchst unterschiedlichen Kreisen stammten. Aus Respekt vor der Hausherrin erging zunächst eine kunstvoll gedruckte Invitation an die Hamburger Senatoren und weitere Honoratioren der Stadt, die zu Lebzeiten zur Haidens in der Großen Elbstraße 7 ein und aus gegangen waren. Doch zeigte sich, dass sämtliche Persönlichkeiten – zu ihrem allergrößten Bedauern – an jenem Tag schon anderweitige Verpflichtungen hatten. Gleiches galt für die entfernten Verwandten aus der Nordheide. Louise war durch die Abfuhr tief getroffen. Sie hatte gehofft, die Vermählung zu einem gesellschaftlichen Ereignis machen zu können, und war damit ebenso gescheitert wie damals bei Vickis Verlobungsfeier.

Einzig Professor Theodeor Rumpf, der Direktor des Eppendorfer Krankenhauses, kündigte aus alter Verbundenheit sein Kommen an. Doch auch er sagte wenige Tage später ab – vermutlich, weil er gehört hatte, dass sich unter den Gästen die Oberin von Schlichting befinden würde.

So blieben nur »die kleinen Leute«, wie Louise sich auszudrücken beliebte, bevor sie beleidigt in ihrem Ankleidezimmer verschwand.

Die »kleinen Leute«, das waren die Schwestern Annerose und Georgia, dazu Lena und Luna, die Zwillinge aus Lüneburg. Sie hatten von der gestrengen Oberin freibekommen und stellten gewissermaßen eine Abordnung der Erika-Schwestern dar.

Weitere Vertreter des Krankenhauses waren Puttfark und Finn.

Vom Kiez wollten Willi und seine Mädchen dabei sein, ferner Mandi vom *Siebenmeilenstiefel*, und auch Mutter Ohlof hatte zugesagt.

Als der große Tag da war, trafen sich alle Punkt acht Uhr am Morgen an den Landungsbrücken, wo Cord und Kuddel mit dem *Panther* schon warteten. Louise war zu Hause geblieben, desgleichen Frieda, die sich um die kleine Flo kümmern sollte, ferner Martha, die das Hochzeitsmahl – Labskaus mit Roter Bete und Spiegeleiern – vorbereiten musste, sowie die beiden Gärtner, die Tische und Bänke für die im Garten geplante Feier aufzustellen hatten.

Willi hatte eigens eine Pankokenkapelle angemietet, die schon an Deck stand und die Gäste beim Anbordgehen begrüßte. Es war ein Trio aus erprobten Straßenmusikanten, alle mit Melone auf dem Kopf, das aus Fidel, Schalmei und Quetschkommode bestand und vom ersten Augenblick an für Stimmung sorgte.

Weil das Wetter so schön war, wurde die Überfahrt nach Finkenwerder auf allgemeinen Wunsch ein bisschen ausgedehnt. Der *Panther* dampfte bis zum Lühesand hinunter und von da die Elbe wieder hinauf. Die Zeit verging wie im Fluge, zumal ein 50-Liter-Fass Gröninger Bier im Heck festgezurrt war. Mutter Ohlof hatte sich nicht lange bitten lassen, die Ärmel hochgekrempelt und zapfte Glas um Glas, während der *Panther* unter den Klängen des Donauwalzers durch die Wellen glitt. Alsbald wagten die Mutigsten ein paar Tanzschritte, die zunächst aber etwas unbeholfen wirkten. Teils weil die Übung fehlte, teils weil das Deck so schwankte, doch das störte niemanden. Benno drehte sich mit Anni, Willi mit Vira, Finn mit Lena – oder war es Luna? –, Mandi mit Mutter Ohlof, und selbst die gestrenge Oberin sagte nicht nein, als Puttfark sie aufforderte.

Weil Damenüberschuss herrschte, tanzte Puttfark auch mit Vicki, Finn mit Annerose, dazu Emmi mit Mona, Georgia mit Luna oder Lena. Und am Schluss jeder mit jedem.

Donau so blau, so schön und blau …

Kein Wunder, dass manche der Gäste schon etwas angesäuselt waren, als der *Panther* schließlich im Kutterhafen einlief und Pastor Thewes wenig später in St. Nikolai seine Predigt begann. Die Festgesellschaft hatte sich mittlerweile um Cords Ehefrau Meike und seine Mutter Lisbeth erweitert – jene alte Mutter, von der er zu Benno gesagt hatte, sie würde sich immer freuen, wenn sie ihn sähe. Lisbeths Mann Erwin hatte schon vor einigen Jahren das Zeitliche gesegnet, doch man war sich einig, dass er den Tag sehr gern erlebt hätte und stolz darauf gewesen wäre, dass so viele Finkenwerder in die Kirche gekommen waren, um Anni heiraten zu sehen.

Pastor Thewes machte seine Sache im Großen und Ganzen gut. Er übersah den angeheiterten Zustand der Festteilnehmer und überging taktvoll die Tatsache, dass die Brautleute schon vor der Hochzeit ein Kind in Sünde gezeugt hatten. Seine Predigt stellte er unter das Motto *Die Ehe soll in Ehren gehalten werden* aus dem Brief an die Hebräer, Kapitel 13, Vers 4. Er sprach vielleicht ein wenig zu lang und ließ womöglich eine Strophe zu viel singen, doch als Benno und Anni schließlich mit ihrem Ja versicherten, in guten wie in schlechten Zeiten füreinander einzustehen, und die Ringe tauschten, waren alle wieder hellwach.

Willi, der zwischenzeitlich ein Nickerchen gemacht hatte, schreckte auf, sah, dass Braut und Bräutigam sich küssten, und klatschte spontan Beifall. Pastor Thewes blickte irritiert. Die Gemeinde schmunzelte. Willi murmelte eine Entschuldigung und sank zurück auf seine Bank. Bald darauf war der Gottesdienst vorbei. Thewes entließ seine Schäfchen an der Kirchentür, und die Gesellschaft steuerte zielstrebig zum Kutterhafen. Die Predigt hatte Hunger gemacht, und am anderen Elbufer wartete das Labskaus von Martha.

Auf dem *Panther* ging es bei der Rückfahrt noch enger und gemütlicher zu, da diesmal Mutter Meike und Oma Lisbeth mit von der Partie waren. Von Westen her hatte es aufgebrist, das Wasser war kabbelig und das 50-Liter-Fass noch halbvoll.

Die Pankokenkapelle spielte, was das Zeug hielt, die Möwen schrien, die Schiffshörner tuteten, und wie es der Zufall wollte, läuteten dazu die Glocken des Michels. Oh, wie schön das alles war! Anni saß mit Benno an der Reling und schloss die Augen. Sie legte den Kopf auf seine Schulter und begann zu singen:

»Dat du min Leevsten büst,
dat du woll weeßt.
Kumm bi de Nacht, kumm bi de Nacht,
segg wo du heeßt;
kumm bi de Nacht, kumm bi de Nacht,
segg wo du heeßt.«

»Ick heeß Benno!«, rief Benno, und alle lachten.

»Un ick, ick heff mol en Hamborger Veermaster sehn!«, brüllte Cord aus dem Ruderhaus und stimmte gleich darauf an:

»Ick heff mol en Hamborger Veermaster sehn,
to my hoodah, to my hoodah!
De Masten so scheef as den Schipper sien Been,
to my hoodah, hoodah ho!«

Daraufhin hoben alle ihre Gläser und sangen den Refrain aus voller Brust mit:

»Blow boys blow, for Californio.
There is plenty of gold so I am told
on the banks of Sacramento.
Blow boys blow, for Californio.
There is plenty of gold so I am told
on the banks of Sacramento …«

Cord sang auch noch die zweite und dritte Strophe, dann hörte er auf, denn die anderen kannte er nicht. Außerdem näherten sie sich bereits dem Fischereihafen, der das Ziel war, da er näher zum Haus in der Großen Elbstraße lag als die Landungsbrücken. Also sangen alle gemeinsam noch den Refrain von *Rolling Home:*

> »*Rolling home, rolling home,*
> *rolling home across the sea;*
> *rolling home, to good old Hamburg,*
> *rolling home, min Deern to di …*«

Nachdem Kuddel den *Panther* vorn und achtern vertäut, die Maschine gestoppt und den Laufsteg ausgelegt hatte, begab sich die gesamte Gesellschaft beschwingt an Land. Das Bier, die Musik und der festliche Anlass hatten die Gruppe zusammengeschweißt. Alle hakten sich unter – mit Ausnahme der Oberin, die es vorzog, allein zu gehen – und strebten gemeinsam zum Anwesen des Bräutigams. Als Letzter hob Benno seine Anni auf und trug sie über die Planke an die Pier. Dort setzte er sie behutsam ab, küsste sie zärtlich und sagte: »Jetzt bist du gleich zu Hause, Frau zur Haiden. Wir haben es nicht weit.«

Anni hauchte ihm einen Kuss auf die Nasenspitze. »Dein Silberfisch würde mit dir bis ans Ende der Welt gehen.«

»Wirklich?«

»Zusammen mit Flo.«

Im Juni schrieb Vicki einen langen Brief an Esther, in dem sie die frohen Ereignisse der letzten Wochen schilderte. Sie hatte schon mehrfach Post nach Palästina gesandt, doch niemals eine Antwort erhalten. Ob das ein Anlass zur Sorge war? Vicki wusste es nicht. Sie hatte keine genaue Vorstellung davon, wie es im Heiligen Land aussah, vermutete aber, dass dort noch alles sehr unzivilisiert war. Vielleicht lag darin der Grund, warum Esthers Briefe nicht nach Deutschland befördert werden konnten. Wie es wohl dem kleinen Ari ging? Er war ihr Halbbruder. Sie hatte ihn nur an einem einzigen Nachmittag gesehen, und dennoch fühlte sie eine tiefe Verbundenheit zu ihm. Esther hatte in ihrem einzigen Brief geschrieben, er blühe förmlich auf unter der herrlichen Sonne Palästinas. Aber hatte er dort schon Freunde gefunden? Ging er schon zur Schule? Lernte er tüchtig? Lernte er auch weiterhin Deutsch? Viele Fragen … Vicki bat darum, ihr frei heraus zu sagen, wenn sie mit irgendetwas helfen könne. Vielleicht mit Schulbüchern oder anderem Material. Dann wünschte sie Esther viel Glück bei allem, was sie noch vorhabe, besonders für die Gründung des Kindergartens, und ließ ihren Vater, Doktor Salomon, herzlich grüßen. Sie erwarte voller Hoffnung ein Lebenszeichen …

Zu diesem Zeitpunkt konnte sie noch nicht wissen, dass ihre Hoffnung auf eine Antwort vergebens sein würde.

Es sollte nie mehr eine kommen.

Im Juli starb Frieda.

Ihr Tod fiel zunächst niemandem auf, da Benno mit Frau und Kind gern etwas länger schlief, Louise am Familienleben kaum noch teilnahm und die beiden Gärtner ihre Zimmer im Anbau hinter dem Gewächshaus hatten.

Erst als Martha gegen acht noch immer nichts von Frieda gesehen oder gehört hatte, wurde sie misstrauisch. Sie kletterte die Treppen hinauf bis in Friedas Mansardenstübchen und öffnete die Tür, nachdem sie auf ihr energisches Klopfen keine Antwort erhalten hatte.

Frieda lag in ihrem Bett und starrte mit toten Augen gegen die schräge Decke.

»Jesus Christus!« Martha fasste sich an den Busen und rang nach Luft. Sie musste nicht zwei Mal hinsehen, um zu begreifen, was passiert war. Eine Schwägerin hatte vor zwei Monaten genauso dagelegen. Bei ihr war es das Herz gewesen. Es war immer das Herz. Wenn es nicht mehr schlug, war das Leben zu Ende. Ach Gott, was sollte nun bloß werden? Eilends verließ Martha das Stübchen und klopfte bei Benno und Anni an …

Eine Woche später war die arme Frieda schon unter der Erde. Die Kosten für das Begräbnis hatte Vicki zusammen mit Benno übernommen. Vicki war es auch, die Kontakt zu Friedas Schwester hergestellt und dafür gesorgt hatte, dass sie wegen ihrer offenen Beine ins Eppendorfer Krankenhaus eingewiesen wurde. Wenn alles gutging, würde die moderne Medizin ihr helfen können.

So weit war alles geregelt. Dennoch fehlte Frieda an allen Ecken und Enden. Das alte »Schlachtross« war ein wichtiges Rädchen im Getriebe des Haushalts gewesen. Deshalb machte Anni eines Tages den Vorschlag, an ihrer statt einen der Gärtner im Hause zu beschäftigen. »An wen hast du gedacht?«, fragte Vicki.

»An Jakub«, antwortete Anni. »Er hat jüngere Beine als Dariusz. Dariusz müsste dann den Garten allein machen, aber wenn wir nicht so viele einjährige Blumen hätten und dafür mehr Stauden, wär schon viel gewonnen, weil die immer wiederkommen. Und um das Kräuterbeet kann ich mich kümmern. Außerdem würden wir dann den Lohn für Frieda sparen.«

»Du denkst wirklich praktisch«, sagte Vicki. »So machen wir's.«

Jakub war mit der neuen Regelung einverstanden, doch ergaben sich in der ersten Zeit einige Schwierigkeiten. Als Gärtner hatte er gelernt, dass alles seine Zeit braucht. Ein Baum wurde nicht von heute auf morgen groß, und ernten konnte man nicht, ohne vorher gesät zu haben. Entsprechend bedächtig erledigte er im Haus die ihm aufgetragenen Arbeiten. Da Martha zu Ungeduld und Rechthaberei neigte, gab es häufiger Zank, bis Anni ihn eines Tages unter ihre Fittiche nahm. Von da an ging es besser, denn sie traf den richtigen Ton. Sie zeigte ihm, wie man Staub wischte, Hemden stärkte, Kleider bügelte, Gardinen aufhängte, Knöpfe annähte, Anzüge ausbürstete, Essen servierte und vielerlei mehr. Jakub erledigte alles, so gut er konnte, doch ein vollwertiger Ersatz für Frieda wurde er nicht.

Dafür war er stark. Das machte sich besonders im August bezahlt, als Benno beschloss, sich ein Atelier einzurichten. Er musste dazu die Mauer zwischen Friedas Mansardenstübchen und Annis alter Kammer einreißen, um auf diese Weise mehr Platz zu gewinnen. Außerdem wollte er zwei weitere Fenster im Dach haben.

Jakub meinte schüchtern, da sei doch schon eins, und Benno antwortete ihm: »Ein Maler ohne ausreichendes Licht ist wie eine Pflanze ohne Wasser.«

Das leuchtete Jakub ein.

In der Folgezeit packte er kräftig mit an, und dank seiner Hilfe gelang es, die Kosten für die Handwerker klein zu halten. Am Ende hatte Benno einen großen, hellen Raum mit zwei Fenstern nach Westen und einem nach Osten. Darunter stellte er seine Staffelei auf. Schon lange hatte er davon geträumt, seinen eigenen Stil zu verwirklichen und die Dinge so wiederzugeben, wie er sie mit seinen Augen sah. Gauguin und van Gogh mit ihren Werken waren es, die es ihm besonders angetan hatten. Gauguins träge Südseeschönheiten: mit der Tiaréblüte im Haar, den üppigen Formen, den verfremdeten Farben – selbstvergessen, geheimnisvoll. Dazu van Goghs Landschaftsbilder aus Arles: so kraftvoll, so licht, dass sie den Betrachter magnetisch in sich hineinzogen. Nicht zu vergessen die Schwertlilien, die Sternennächte, die Weizenfelder, die Sonnenblumen … So faszinierend sollten auch seine Bilder werden!

Lange hatte er überlegt, wie sein erstes Motiv aussehen sollte, bis ihm die Idee kam: Es würde der Auftakt für acht Werke sein, die sich zu einem 360-Grad-Panorama seiner Heimatstadt ergänzten. In den vergangenen Monaten, zwischen schwellenden Brüsten und prallen Gesäßen, hatte er darüber nachgedacht, wie er am besten vorgehen könnte. Er wollte aus dem Fenster seines Ateliers schauen und mit dem Blick auf den Michel beginnen, sich weiter nach Süden wenden, nach Westen, nach Norden und mit dem achten Bild den Kreis schließen.

An einem wolkenlosen Septembertag, bei idealem Licht, mischte er die ersten Ölfarben an …

Im Oktober lud er in die Großen Elbstraße 7 zu seiner ersten Vernissage ein. Die acht Bilder, jeweils im Querformat von 164 mal 126 Zentimetern, waren im Vestibül aufgestellt – sinnvollerweise in Form eines Oktogons – und harrten ihrer Betrachter. Louise war die Erste, die sich die Werke ansah, noch bevor die Gäste kamen. Lange stand sie vor dem Motiv, das die Fischauktionshalle zeigte, und meinte schließlich, das Bild sei recht gut gelungen. Sie selbst hätte die Halle auch schon gemalt. Sie wolle, dass ihr Bild danebengestellt würde.

Da das nicht möglich war – allein schon wegen des fehlenden Rahmens – zog sie sich zürnend in ihre Zimmer zurück.

Wie kaum anders zu erwarten, glänzten die wichtigen Persönlichkeiten der Stadt auch diesmal durch Abwesenheit. Dafür war ein Redakteur der *Hamburger Nachrichten* gekommen, in seiner Begleitung ein Fotograf mit schwerer Plattenkamera. Der machte von jedem Bild mit hochwichtiger Miene eine Aufnahme, während der Redakteur den Ausführungen des Künstlers lauschte und sich dazu Stichworte notierte. Benno erklärte, er strebe einen Stil zwischen dem Post-Impressionismus und Expressionismus an, wie man an seinen Bildern erkennen könne. Im Expressionismus versuche der Künstler, emotionale Erfahrungen in ihrer zwingendsten Form zu präsentieren.

Die Herren nickten. Der Redakteur schrieb. Benno fuhr fort: Das bildliche Thema würde oft karikiert, übertrieben oder verzerrt dargestellt, um die emotionale Erfahrung zu betonen. Der Michel in Bild Numero I sei dafür ein gutes Beispiel. Noch nie habe ihn jemand mit pastösem Strich in Zinnoberrot abgebildet, doch im Auge des Künstlers erscheine er so. Das Gleiche gelte für den violetten Himmel und das grüne Wasser der Elbe. Farbe müsse als Folge von Licht und Atmosphäre gesehen und als Träger des Lichts wiedergegeben werden.

Danach entschuldigten sich die Zeitungsleute, sie hätten noch einen anderen Termin und könnten der eigentlichen Veranstaltung leider nicht beiwohnen. Doch würde der Artikel in der nächsten Ausgabe erscheinen.

Benno war zufrieden.

Im Laufe der nächsten halben Stunde erschienen die geladenen Gäste. Sie wurden am Eingang zum Oktogon mit einem Glas Sekt begrüßt und nippten daran. Der Schaumwein war für sie ein ungewohntes Getränk, denn sie tranken normalerweise Bier, Köm oder Tee: Es waren die Freunde vom Kiez und die Schwestern vom Krankenhaus Eppendorf. Diesmal waren es Elfriede, Tabea, Judith, Gudrun und Lena. Luna, der zweite Zwilling, hatte von der Oberin, die ebenfalls fehlte, nicht freibekommen. Dafür waren Puttfark und Finn dabei. Finn, der auf dem *Panther* häufig mit Lena getanzt hatte, hatte nur Augen für sie – und weniger für die Bilder. Puttfark jedoch hörte den Ausführungen Bennos umso aufmerksamer zu. Willi und Mandi standen vor dem Motiv, das den Hafen mit *Blohm & Voss* zeigte, und rieben sich zweifelnd das Kinn. So hatten sie die Werft noch nie gesehen. Vira hingegen fand den roten Michel lustig, er würde ein wenig an einen aufgerichteten, nun ja … erinnern. Anni und Vicki mussten lachen. Mutter Meike und Oma Lisbeth erging es ebenso. Tabea blieb ernst, sie hatte einen Bruder, der in der Fischauktionshalle arbeitete, und meinte, die Atmosphäre, die dort herrsche, sei sehr gut getroffen, die Farben würden so laut schreien wie die Männer bei der Arbeit. Gudrun versicherte, sie habe das Wasser der Elbe auch schon mal grün gesehen, genauso wie auf dem Bild mit dem Sonnenuntergang im Westen. Das sei vor ein paar Jahren gewesen, als so viele Algen im Fluss schwammen. Mona und Emmi vom *Glückskeller,* die sonst nicht viel sagten, fanden den Mastenwald der Schiffe sehr schön, der würde aussehen wie schwarze Streichhölzer.

Mutter Ohlof erinnerten die Streichhölzer eher an Stricknadeln.

Cord nahm die Pfeife aus dem Mund, deutete mit dem Stiel auf das Abendrot und meinte zu Kuddel, da sei ordentlich Feuer drin, so ein Feuerchen müsste er dem *Panther* auch mal unter dem Hintern machen, dann würde der glatt drei Knoten mehr laufen.

Kuddel grinste.

Judith sagte schüchtern, bei dem Motiv mit den Landungsbrücken würde die Eingangshalle zum Anleger nach Cuxhaven und Helgoland fehlen. Trotzdem würde es sehr hübsch aussehen. Irgendwie nach Fernweh.

So hatte jeder seine Meinung, und wenn es auch nicht ganz die war, die Benno gerne hören wollte, so war er doch mit dem Urteil seiner Freunde einverstanden. Sie sahen seine Werke eben mit ihren eigenen Augen – genauso, wie er es tat.

»Ganz schön große Schinken, die du da gemalt hast«, sagte Willi abschließend zu ihm und ließ sich von dem »Rülpswasser«, wie er es nannte, nachschenken. »Ich nehme mal an, das ist Kunst?«

»Ich hoffe es zumindest.«

»Hm, heißt das, du hast in Zukunft für unsere Bilder keine Zeit mehr?«

Benno lachte. »Klar hab ich die. Ich kann's mir gar nicht leisten, für euch nicht mehr zu arbeiten.« Er drückte Anni, die neben ihm stand, an sich. »Ich habe doch jetzt Familie, muss Geld verdienen.«

Willi schien beruhigt. »Wenn ich ehrlich bin, finde ich, du kannst Ärsche und Titten besser malen als Wasser und Wolken, aber ich versteh ja auch nichts von der Sache. Was willst du denn jetzt mit den Bildern machen?«

»Das weiß ich noch nicht genau. Ursprünglich hoffte ich, zu meiner Vernissage würden ein paar Kunstinteressierte oder Galeristen kommen und vielleicht ein Bild erwerben wollen. Und wenn nicht gleich ein Bild, dann wenigstens ein paar Bleistiftskizzen, die ich vorab angefertigt habe. Aber wie es aussieht, wird daraus wohl nichts.«

»Das tut mir leid«, sagte Mandi, der hinzugetreten war. »Dir scheint viel daran zu liegen.«

»So ist es.« Benno zuckte mit den Schultern. »Andererseits ist noch kein Meister vom Himmel gefallen. Ich habe deshalb mit Anni und Vicki gesprochen. Sie sind damit einverstanden, dass ich mich hier in Hamburg fortbilde.«

»Fortbilde?« Willi runzelte die Stirn. »Was meinst du denn damit?«

Benno antwortete fast feierlich: »Ich werde mich um einen Platz an der Staatlichen Kunstgewerbeschule bemühen.«

KAPITEL 34

Benno saß in seinem Atelier und machte Vorskizzen für eine Reihe von Schlachtenmalereien, die Christian Hornhardt, der Besitzer von *Hornhardt's Etablissement*, bestellt hatte. Sie sollten unter anderem die Musikmuschel verschönern und zu vermehrtem Verzehr bei Garten- und Promenadenkonzerten anregen.

Anni spielte mit Flo auf dem Boden und sang ihr ein Kinderlied vor:

»Alle meine Entchen schwimmen auf dem See,
schwimmen auf dem See,
Köpfchen in das Wasser, Schwänzchen in die Höh'…«

Die fröhliche Melodie passte nicht recht zu dem heroischen Geschehen, das Benno mit groben Strichen aufs Papier warf, doch das störte niemanden. Die friedliche Stimmung wurde erst unterbrochen, als Vicki unverhofft im Atelier erschien und Benno einen Brief in die Hand drückte. »Der ist soeben gekommen.«

»Von wem?«, fragte er, ohne von seiner Arbeit aufzusehen.

»Ich glaube, von der Kunstgewerbeschule.«

»Gib her.« Er riss das Kuvert auf, überflog die Zeilen und wurde blass. »Das kann nicht sein!«

»Schlechte Nachrichten?«, fragte Anni.

»Sie haben mich abgelehnt! Ich verstehe das nicht. Es ist keine drei Wochen her, dass ich in der Schule am Steintor war und mit Professor Bäroldt gesprochen habe. Er hat meine

Arbeiten durchgesehen und war begeistert. Er wollte dafür sorgen, dass ich im nächsten Jahr mit dem Studium beginnen kann. Das Ganze sei nur noch Formsache.«

In seiner Wut wollte Benno das Papier zerreißen, aber Vicki kam ihm zuvor. »Halt, lass mal sehen.« Sie las die kurze, unpersönliche Absage und studierte die Unterschriften. Es waren zwei. Die eine stammte von Professor Albrecht Bäroldt, die andere von einem gewissen Hans-Heribert Schädeba. »Das ist ja seltsam«, murmelte sie.

»Was ist seltsam?«, knurrte Benno.

»Die zweite Unterschrift neben der des Professors. Hast du die schon gesehen?«

»Nein.«

»Sie ist vom kaufmännischen Direktor der Schule. Der Mann heißt Schädeba.«

»Was?« Benno sprang auf. »Sag das noch mal.«

Vicki wiederholte den Namen.

Er riss ihr das Papier aus der Hand und starrte auf die Unterschrift. »Dieser verfluchte Hurensohn!«

»Kennst du ihn?«, fragte Anni.

»Nein.« Benno rang um Fassung. »Aber ich kenne Ernst-Otto Schädeba. Das ist der saubere Herr, der Vicki mal Gewalt antun wollte und Vater später erpressen ließ. Ich habe dir davon erzählt.«

»Und du meinst …?«

»Genau das meint er«, bestätigte Vicki. »Ernst-Otto muss von Bennos Bewerbung erfahren haben und hat daraufhin seine verwandtschaftlichen Beziehungen spielen lassen. Ganz klar: Dieser Hans-Heribert hat sein Veto eingelegt. Als Kaufmann konnte er das; Kaufleute haben immer das letzte Wort. Denn ohne Geld läuft nichts in dieser Welt. Das sehe ich jeden Tag im Krankenhaus.«

Benno nickte düster.

Anni nahm Flo auf den Schoß. »Und was machen wir jetzt?«

»Ich weiß es nicht«, sagte Vicki. »Dagegen angehen?«

»Zwecklos.« Benno hatte sich gefangen und streifte Anni und Flo mit einem liebevollen Blick. Seine kleine Familie sollte auf keinen Fall unter der Fehde mit den Schädebas leiden. »Jedenfalls kann ich mir jetzt auch einen Reim darauf machen, warum der Artikel über meine Vernissage nicht in den *Hamburger Nachrichten* erschienen ist. Die stecken alle unter einer Decke!«

»Sei nicht so verbittert. Das eine muss nichts mit dem anderen zu tun haben«, wandte Vicki ein.

»Hast recht. Wir müssen das erst mal so hinnehmen. Aber es ist noch nicht aller Tage Abend. Ich lasse mir etwas einfallen. Ernst-Otto wird staunen.«

»Was hast du vor?«, fragte Anni.

»Wart's nur ab.« Benno grinste.

Sein Grinsen verhieß nichts Gutes.

Das gemeinsame Abendessen an diesem Sonntag – man schrieb den sechsundzwanzigsten November 1899 – verlief einmal mehr in angespannter Atmosphäre. Der Grund war Louise, die vorwurfsvoll in die Runde blickte und sich darüber mokierte, dass Anni sie »Mutter« nannte. »Lassen Sie das, Anni. Außerdem wünsche ich nicht, dass Sie mit uns am Tisch sitzen. Da könnte ja jeder kommen, *n'est-ce pas?* Holen Sie mal Salz aus der Küche, dieses ist klumpig.«

Vicki und Benno wandten ein, das könne Jakub doch erledigen, aber Anni war schon aufgestanden. »Ich geh schon. Dann ist Ruhe. Bin gleich wieder da.«

Während Anni fort war, sagte Vicki: »Hör mal, Mutter, wir haben es dir schon hundert Mal gesagt, Anni ist jetzt Bennos Frau. Sie gehört zur Familie, verstehst du?«

»Ja, ja, zur Familie.« Louise starrte auf den Platz, den zur Haiden früher innegehabt hatte. »Wo ist Vater eigentlich?«

»Da bin ich wieder.« Anni stellte das Salz vor Louise auf den Tisch und setzte sich auf ihren Platz.

Louise beachtete sie nicht. Wenig später stand sie auf und verließ den Raum. Sie hatte weder die Bouillon mit Eierstich noch das selbstgebackene Brot oder den Kernschinken angerührt.

Schweigend beendeten Vicki, Benno und Anni ihre Mahlzeit. Vicki seufzte. »Mutter hat schon wieder nichts gegessen. So geht das nicht weiter.«

»Soll ich ihr etwas Bouillon in ihr Ankleidezimmer bringen?«, bot Anni an.

»Lieb von dir, aber das mache ich besser selbst.« Vicki ließ sich von Jakub ein Tablett geben und trug die Kraftbrühe hinauf.

Louise saß vor einem düsteren Aquarell und starrte es an. Erst auf den zweiten Blick sah Vicki, dass ihr Tränen über die Wangen liefen. Sie stellte das Tablett ab und nahm ihre Mutter in den Arm. »Hast du traurige Gedanken?«

Louise antwortete nicht. Immerhin versiegten die Tränen.

»Es ist für uns alle nicht leicht, seit Vater tot ist. Versuche doch einmal, das Schöne zu sehen: Benno und Anni sind glücklich, und sie haben die kleine Flo. Möchtest du vielleicht ein bisschen mit ihr spielen? Sie ist ein entzückendes Kind.«

Louise schwieg.

Vicki war, als spräche sie gegen eine Mauer. Wenigstens gelang es ihr etwas später, Louise dazu zu bewegen, ein wenig von der Bouillon zu nehmen.

Manchmal hatte sie das Gefühl, mit allem allein fertigwerden zu müssen.

Die darauffolgende Woche war ebenso trist. Das galt für das Wetter ebenso wie für die Stimmung in der Krankenhausführung. Grund war wieder einmal, dass die Oberin neue Schwesternschülerinnen und Schwestern für den Pflegedienst gewinnen konnte. Ein Erfolg, der nicht zuletzt dadurch zustande kam, dass den jungen Frauen im Falle der Arbeitsunfähigkeit nach zehnjähriger Dienstzeit eine beachtliche Alterssicherung aus einem Pensionsfonds zugesichert wurde.

Ein Erfolg aber auch, der gleichbedeutend war mit einem Misserfolg für Direktor Rumpf. Denn jede Neueinstellung von Schwestern zog regelmäßig die Kündigung von Wärterinnen und Wärtern nach sich, die weiterhin niedriger bezahlt wurden und ihnen untergeordnet waren. Die entstandenen Lücken zu schließen war für Rumpf sehr schwierig und ein ständiges Ärgernis obendrein. Hinzu kam, dass die Oberin in der Öffentlichkeit die Interessen ihrer Schutzbefohlenen sehr gut zu vertreten wusste. Sie trat erfolgreich für günstige Erholungseinrichtungen und Urlaubsregelungen ein, beispielsweise, indem sie Artikel für die Presse schrieb und Verbesserungen anmahnte.

So berichtete sie unter der Überschrift *Sinn und Wesen der Nachtwache* von den vielfältigen Aufgaben, die zwischen Abend und Morgen in den Krankenpavillons anfielen und betonte, wie wichtig dabei eine Entlastung der Schwesternschaft sei.

Der Artikel erschien am siebten Dezember in mehreren Zeitungen, auch in den *Hamburger Nachrichten*, und Vicki, die an diesem Tag wieder einmal Büroarbeiten für die Oberin erledigte, las ihn mit großem Interesse. Dann blätterte sie weiter und stieß auf eine unübersehbar große Anzeige. Sie hatte folgenden Wortlaut:

◇◇◇◇◇◇◇◇◇◇◇◇◇◇◇◇◇◇◇◇◇◇

Wir sind hocherfreut, die Verlobung unseres Sohnes

Ernst-Otto Schädeba mit

Frl. Friederike von Stresow

bekanntgeben zu dürfen.

Dr. Waldemar Schädeba und Frau Hannelore.

◇◇◇◇◇◇◇◇◇◇◇◇◇◇◇◇◇◇◇◇◇◇

Es folgte der Hinweis, dass aus Anlass dieses Ereignisses ein Empfang im Hause Schädeba gegeben werde, und zwar am Sonntag, dem zehnten Dezember, ab elf Uhr. Neben den Honoratioren der Stadt seien Freunde und Bekannte sowie die Presse herzlich willkommen.

Vicki legte das Blatt beiseite und wunderte sich. Die Familie der Stresows war zwar anerkannt und alteingesessen in Hamburg, Friederike allerdings galt als fades Mauerblümchen, das seit Jahren vergebens auf der Jagd nach einem Mann war. Außerdem musste sie schon über fünfzig sein. Die oftmals gnadenlose Presse hatte wiederholt über ihre Bemühungen berichtet, jedes Mal nicht ohne Spott und Ironie. Und nun dies? Da stimmte doch etwas nicht!

Auch an der Sache mit dem Empfang schien etwas faul zu sein. Zu einem solchen Ereignis wurde man schriftlich eingeladen, hier jedoch schien man einfach so erscheinen zu können. In beliebiger Zahl. Sehr seltsam …

»Haben Sie die Dienstpläne für die kommende Woche überarbeitet?« Die Oberin stand im Türrahmen, und Vicki beeilte sich, ihr den Schreibtisch freizuräumen. »Ja, ist erledigt.«

»Schön.« Die Oberin setzte sich auf ihren angestammten Platz. »Und was sagen Sie zu dem Artikel?«

»Sie meinen den über die Nachtwache?«

»Welchen sonst?« Die Oberin schaute über den Rand ihrer Brille.

»Äh, natürlich.« Die Verlobungsanzeige beschäftigte Vicki so sehr, dass sie den Beitrag der Oberin schon fast vergessen hatte. »Sehr treffend. Es kann nicht schaden, wenn die Öffentlichkeit mal erfährt, wie aufopferungsvoll manchmal unser Dienst ist.«

»Das meine ich auch. Wenn Sie nichts weiter zu erledigen haben, Vicki, können Sie für heute Schluss machen. Ich muss mich noch mit einer Beschwerde von Direktor Rumpf beschäftigen. Er beklagt sich, dass er in unsere Personalplanungen zu wenig eingebunden ist. Dabei sollte er doch froh sein, mehr qualifizierte Mitarbeiterinnen in seine Anstalt zu bekommen.«

»Gewiss. Sagen Sie, brauchen Sie die Zeitung noch? Ich würde sie sonst mit nach Hause nehmen.«

»Tun Sie das. Bis morgen, Vicki.«

»Bis morgen, Frau Oberin.«

Benno grinste bis über beide Ohren, als Vicki ihm in seinem Atelier die Verlobungsanzeige unter die Nase hielt. »Tja, wo die Liebe so hinfällt, Schwesterlein.«

»Das klingt, als würdest du das Inserat schon kennen?«

»Kann man so sagen.«

Vicki kam ein Verdacht. »Warst du das etwa, der …?«

Benno hob abwehrend die Hände. »Wo denkst du hin. Ich habe mit der ganzen Sache nichts zu tun. Aber ich könnte mir vorstellen, dass jemand, der Ernst-Otto ärgern wollte, einen Strohmann zur Anzeigenabteilung der Zeitung geschickt hat, um das Inserat aufzugeben.«

»Heißt das, die Verlobung wird gar nicht stattfinden?«

»Genauso wenig wie deine damals. Allerdings wird die Angelegenheit hohe Wellen schlagen, vielleicht sogar höhere als seinerzeit bei dir. Der Telefonapparat im Hause Schädeba wird ab heute nicht mehr stillstehen, Dutzende, wenn nicht Hunderte werden Näheres wissen wollen und dabei erfahren, dass das Ganze ein Missverständnis ist. Trotzdem werden am zehnten Dezember immer noch Leute bei Schädebas erscheinen, besonders die Nassauer und die Schmarotzer, die überall auftauchen, wo es etwas abzustauben gibt, und auch sie werden erfahren, dass sie einem Irrtum aufgesessen sind. Der Presse wird es ähnlich ergehen, und sie wird entsprechend reagieren, vielleicht verärgert, vielleicht belustigt – mit einer Glosse, über die ganz Hamburg lacht. Gar nicht zum Lachen allerdings wird das Fräulein von Stresow mit ihrer Familie die Anzeige finden, und ich halte es nicht für ausgeschlossen, dass sie juristisch wegen Rufschädigung gegen die Schädebas vorgeht, was sich wiederum ungünstig auf die Karriere von Ernst-Otto auswirken könnte. Alles in allem: Wir dürfen gespannt sein, wie sich die Dinge entwickeln.«

Während Benno sprach, fühlte Vicki sich hin und her gerissen. Einerseits gönnte sie den Schädebas den gesellschaftlichen Tiefschlag, andererseits tat ihr Friederike von Stresow leid. Die Arme war durch ihr reizloses Aussehen schon bestraft genug.

Und dann war da noch die Rache von Ernst-Otto, die so sicher kommen würde wie das Amen in der Kirche. »Meinst du nicht, Ernst-Otto wird herausfinden, wer hinter der ganzen Sache steckt?«

»Ach, i wo!« Benno grinste noch immer. Er räkelte sich auf dem Stuhl hinter seiner Staffelei und gab ein Bild höchster Selbstzufriedenheit ab. »Vielleicht wird er sich sein Teil denken, aber das reicht nicht. Was er braucht, sind Beweise, und die wird er nicht erbringen können. Da mag er noch so sehr in seinen Paragrafen herumwühlen.«

»Ich habe Angst um dich. Und um Anni mit der kleinen Flo. Hast du auch an sie gedacht?«

»Ich denke immer an sie.« Benno stand auf, ging zu einem Tisch und zog die Schublade darunter auf. Er entnahm ihr drei bedruckte Streifen Papier und zeigte sie Vicki. »Weißt du, was das ist? Drei Fahrkarten Erster Klasse auf dem Schnelldampfer *Auguste Victoria*. Der Dampfer macht am zweiundzwanzigsten Dezember hier in Hamburg die Leinen los und fährt über Southampton nach New York. Pünktlich im neuen Jahr wird er drüben festmachen. Und Anni, Flo und ich werden an Bord sein.«

»Was?« Vicki glaubte, nicht richtig zu hören.

»Wir werden auswandern. Ich werde in New York malen und dort mein Glück versuchen, im Land der unbegrenzten Möglichkeiten. Das ist meine Antwort auf die Intrige bei meiner Bewerbung für die Kunstschule.« Benno machte eine vielsagende Pause und fügte hinzu: »Unter anderem.«

»Und… und…?« Vickis Gedanken überschlugen sich. »Was soll hier aus uns werden?«

»Ach, ihr kommt schon klar. Du bist doch meine große Schwester und nicht kleinzukriegen, was?«

Vicki wollte widersprechen. Sie wollte sagen, dass sie das Gefühl hatte, der Boden würde ihr unter den Füßen weggerissen, aber sie schwieg. Dann sagte sie leise: »Willst du es dir nicht noch einmal überlegen?«

»Wie sollte ich?« Benno fuchtelte mit den Fahrkarten in der Luft herum. »Die sind bezahlt. Weißt du, was eine Überfahrt Erster Klasse kostet? Zweihundertachtzig Mark pro Person. Ich hätt' mir die Passagen gar nicht leisten können, wenn ich nicht Christian Hornhardt kennengelernt hätte. Krischan hat mir einen Großauftrag für sein Etablissement gegeben. So konnte ich alles bezahlen und habe noch zweihundert Mark Startkapital übrig. Ob das reicht, wird sich zeigen. Du musst mir Glück wünschen.«

»Viel Glück«, murmelte Vicki.

Sie ließ die Zeitung mit Ernst-Ottos Verlobungsanzeige auf dem Tisch liegen und verließ mit schleppenden Schritten das Atelier.

Später, in ihrem Zimmer, überkam sie das heulende Elend. Sie warf sich angekleidet aufs Bett und starrte Löcher in die Luft. Es waren schon so viele, die ihr nahestanden, für immer gegangen. Viel zu viele. Auguste, ihre Mitschwester mit der dunklen Stimme: tot. Der Vater: ebenfalls tot. Die Mutter wunderlich. Esther und Ari fort, vielleicht verschollen. Frieda: tot. Und nun gingen auch noch Benno, Anni und Flo. Das prächtige Haus in der Großen Elbstraße würde verwaisen. Bis auf die Dienerschaft. Und bis auf sie.

Sie vergrub den Kopf in den Kissen und weinte sich in den Schlaf.

KAPITEL 35

Eine Woche war seit dem Erscheinen der Verlobungsanzeige für Ernst-Otto und Fräulein von Stresow vergangen, und nach allem, was in Hamburg zu hören und zu lesen war, hatte sie wie eine Bombe eingeschlagen. Die sogenannte gute Gesellschaft zerriss sich die Mäuler, die Presse rätselte über den Urheber des Inserats und erging sich in süffisanten Artikeln – denn auch die Schädebas hatten ihre Feinde –, und Benno lief mit einem Dauergrinsen durch die Welt. Er meinte, er würde viel dafür geben, im Hause Schädeba einmal Mäuschen spielen zu können.

Gar nicht zum Grinsen zumute war dagegen Vicki. Sie saß an diesem Morgen der Oberin in deren Büro gegenüber und schüttete ihr Herz aus. Eine Woche lang hatte sie hin und her überlegt, wie das schöne große Haus nach Bennos Fortgang zu halten sein könnte, doch ihr war nichts eingefallen. »Ich fürchte, es führt kein Weg daran vorbei, ich werde verkaufen müssen«, klagte sie.

Die Oberin blickte über den Rand ihrer Brille. Dann zog sie eine Schublade ihres Schreibtisches auf und holte zu Vickis Überraschung eine Dose mit Keksen hervor. »Nehmen Sie nur, Vicki, es ist Adventszeit, die Zeit, in der wir Christen uns eigentlich freuen sollten. Auf die Geburt Jesu Christi, unseres Herrn.«

»Danke.« Vicki schniefte und knabberte höflich an einem Zimtstern.

»Wer weiß, vielleicht wendet Er da oben doch noch alles zum Guten. Wir müssen nur fest daran glauben. Was allerdings den Verkauf Ihres Vaterhauses angeht, stellt sich die Frage, ob Sie das überhaupt können. Verkaufen lässt sich nur etwas, das man besitzt. Im Falle, dass nach dem Tod des Vaters Ihre Mutter die Eigentümerin ist, müssten Sie ihr Einverständnis einholen.«

»Das bekomme ich nie. Mit Mutter ist, leider, kein vernünftiges Wort mehr zu reden. Früher, da wäre sie lieber heute als morgen ausgezogen, am liebsten in eine der hochherrschaftlichen Villen an der Außenalster, aber seitdem Vater tot ist, igelt sie sich in ihrem Ankleidezimmer ein und verlässt es höchstens noch zu den Mahlzeiten.«

»Ja, Sie sprachen von ihrem, äh, Zustand.« Die Oberin nahm ebenfalls einen Keks und verstaute die Dose wieder. Mehr als ein Stück Gebäck zu nehmen grenzte in ihren Augen an Völlerei. »Bevor Sie weitere Schritte unternehmen, sollten Sie sich in jedem Fall rechtlich beraten lassen. Dann sind Sie auf der sicheren Seite. Im Übrigen: Die ganze missliche Situation ist doch nur entstanden, weil Ihr Bruder nach Amerika auswandern will, oder?«

»Ja, dadurch fällt sein Beitrag zum Erhalt des Hauses und zur Bezahlung des Personals weg, und allein schaff ich's nicht.«

»Natürlich nicht. Ich finde es – wenn die Bemerkung gestattet ist – recht verantwortungslos von Ihrem Bruder, Sie mit diesem Problem sitzen zu lassen.«

Der Gedanke war nicht von der Hand zu weisen, aber Vicki wollte nichts auf Benno kommen lassen. Blut war dicker als Wasser. »Er hat ja auch eine Verantwortung seiner Frau und seiner Tochter gegenüber. Er glaubt, beide nur als erfolgreicher Künstler ernähren zu können, und hier in Hamburg sieht er dafür keine Möglichkeit. Er will nach New York. Und weil er ein echter zur Haiden ist, wird er seinen Kopf auch durchsetzen.«

Die Oberin schwieg daraufhin. »Haben Sie denn schon einmal an eine Vermietung gedacht, Vicki?«, fragte sie nach einer Weile. »Dann würde das Anwesen wenigstens im Besitz der Familie bleiben.«

»Ja, das habe ich. Aber wo sollte ich Mutter dann unterbringen?«

»Vielleicht eine Teilvermietung?«

»Ich weiß nicht. Ich müsste mal mit einem Maklerbüro sprechen, ob dergleichen überhaupt möglich ist. So oder so: Das Personal muss ich in jedem Fall entlassen. Das allein wird mir schon schwer genug fallen.«

»Manchmal geht es nicht anders. Angestellte kommen und gehen, und häufig ist das mit Schwierigkeiten verbunden. Sie sehen es schon bei uns Erika-Schwestern: Immer wenn wir Zuwachs erhalten, steht Ärger ins Haus, weil gleichzeitig ein paar Wärter oder Wärterinnen kündigen – sehr zum Verdruss von Direktor Rumpf.« Die Oberin beugte sich vor. Ihre Stimme bekam etwas Vertrauliches. »Er und ich werden wohl niemals Freunde werden, dafür sind wir zu verschieden. Er wirft mir immer wieder vor, ich verstieße gegen meinen Arbeitsauftrag, eine säkulare, von Kirchen- und Wohlfahrtsverbänden unabhängige Schwesternschaft zu führen, aber ich frage Sie, Vicki: Wie könnten wir unseren Dienst ohne festen Glauben und christliche Liebe verrichten!«

»Das wäre unmöglich.«

»Man kann Gott nicht totschweigen mittels irgendwelcher Regularien. Er ist in uns allen. Und er gibt uns die Kraft, vertrauensvoll in die Zukunft zu blicken. Auch Ihnen, Vicki.«

»Ja«, sagte Vicki. Sie spürte, dass ihr Gespräch zu Ende war, und verließ den Raum.

Voller Verzweiflung, trotz der tröstenden Worte.

Das Schiffshorn der *Adolph Woermann* dröhnte drei Mal über den Mastenwald des Hamburger Hafens, als sie an diesem Vormittag am Petersenkai festmachte. Leinen wurden an Bug und Heck über Bord geworfen und vertäut, Kommandos flogen hin und her, Geschäftigkeit herrschte allerorten. Nachdem die Gangway ausgebracht worden war, gingen die ersten der hundertzwanzig Fahrgäste an Land. Es waren Kaufleute, Offiziere und Verwaltungsbeamte. Die meisten von ihnen schlugen fröstelnd den Mantelkragen hoch, denn der Dampfer kam aus Swakopmund, einem Ort weit unten im Süden Afrikas, wo zurzeit Frühling war.

Am Kai warteten Dutzende von Kollegen, Kameraden und Kommis, dazu viele Frauen und Kinder, um die Ankömmlinge zu empfangen. Es gab kaum jemanden, der nicht herzlich umarmt, geküsst oder mit freundlichem Handschlag begrüßt worden wäre. Zu den wenigen Passagieren, die nicht abgeholt wurden, gehörte auch ein jungenhaft aussehender Mann Mitte dreißig, der, anders als die übrigen Herren, weder Melone noch Zylinder noch den Hut der Schutztruppe trug. Er war barhäuptig und fuhr sich mit der Hand durch die rotblonden Haare, während er sich suchend nach einem Gepäckträger umsah.

»Zu Diensten, der Herr!« Ein schnauzbärtiger Mann schob quietschend seine Schottsche Karre heran und deutete auf die drei schweren Koffer. »Wo sollen die Kaventsmänner denn hin?«

»Ich muss ins Gängeviertel, Steinstraße.«

Der Gepäckträger musterte sein Gegenüber. Man sah ihm an, dass er die feine Kleidung des Herrn nicht mit der Arme-Leute-Gegend in Einklang bringen konnte, aber er sagte nichts. Dafür hatte er schon zu viel erlebt. Stattdessen schlug er vor: »Wollen der Herr nicht lieber in ein gutes Hotel an der Binnenalster?«

»Nein, das will ich nicht.«

»War ja nur 'ne Frage.« Der Gepäckträger wuchtete die Koffer auf die Karre. Sie waren in der Tat sehr schwer. »Steinstraße, das kostet aber 'ne Kleinigkeit.«

»Ich kann auch eine Kutsche nehmen.«

»Nee, nee, lassen Sie mal, 's geht ja schon los.«

Gemeinsam machten sie sich auf den Weg. Der Herr auf dem Bürgersteig, der Gepäckträger mit der Karre daneben auf der Straße. Beide sprachen nicht. Der eine, weil er zu sehr in Gedanken war – der andere, weil er die Luft zum Atmen brauchte.

»Mannomann!« Der Gepäckträger musste eine kurze Pause einlegen und wischte sich den Schweiß von der Stirn. »Habe das Gefühl, ich würd noch'n paar Steine mehr in die Steinstraße bringen.«

»In den Koffern sind hauptsächlich Bücher.« Der Herr schmunzelte.

»Bücher?«

»Ganz recht. Medizinische und schöngeistige Literatur. Sie haben es gleich geschafft, nur noch den Kattrepel hoch und dann rechts.«

»Ja, ja, ich weiß.« Der Gepäckträger spuckte in die Hände und schob die Karre wieder an.

Ein paar hundert Meter weiter waren sie am Ziel. »Sie können die Koffer hineintragen.« Der Herr deutete auf eine verwitterte Holztür mit einem alten Emailleschild und dem Sinnspruch: *Trautes Heim, Glück allein!* Über der Tür, in weitaus größeren Lettern, stand: *Ohlof's Wirthschaft & Frühstücks-Lokal.*

»Wird gemacht.« Dem Gepäckträger schwollen die Adern auf der Stirn, als er die schweren Stücke in die enge Schankstube trug. Aber er schaffte es, empfing seinen Lohn, tippte sich an die Mütze und machte sich aufatmend davon.

Der Herr sah sich um. Drei Männer saßen an einem Ecktisch und spielten Skat. »Achtzehn, zwanzig, zwo, drei …« Sie hatten sich durch den neuen Gast kaum stören lassen. Ein weiterer Zecher saß allein vor seinem Bier, hatte den Kopf auf die Arme gelegt und döste vor sich hin. Der Tresen im Hintergrund des Schankraums war leer. Nur ein verloren wirkender Adventskranz mit drei fast heruntergebrannten Kerzen stand darauf. Doch plötzlich öffnete sich die Tür zur winzigen Küche. Eine ältere Frau mit sorgfältig ondulierter Frisur erschien. »Was ist das für ein Gepolter hier?«, fragte sie streng und hielt mitten in der Bewegung inne. »Mein Gott …? Ich werd verrückt, sind Sie es wirklich, Herr Doktor?«

Hannes ging auf sie zu und nahm sie in den Arm. »Ja, ich bin zurück, Mutter Ohlof.«

Als Vicki am Abend dieses Tages in die Küche kam, stand Martha in Hut und Mantel da. Sie hatte seit fünf Minuten Feierabend und schickte sich an zu gehen.

»Ich muss noch etwas mit Ihnen besprechen«, sagte Vicki.

»Hat das nicht Zeit bis morgen?« Martha achtete sehr auf Pünktlichkeit, besonders, wenn es um ihre freie Zeit ging.

»Das würde an der Sache nichts ändern.«

»Welcher Sache?«

»Das werden Sie gleich erfahren. Bitte setzen Sie sich.« Am liebsten hätte Vicki die Kündigung nicht ausgesprochen, aber die Meinung der Oberin hatte sie nochmals in ihrer Absicht bestärkt. Die Entlassung von Martha und den beiden Polen war unumgänglich. Eigentlich hätten Benno und Anni das Gespräch führen müssen, denn sie waren die Verursacher der ausweglosen Situation, doch Benno war auf St. Pauli, um letzte Hand an die Schlachtenmalereien in *Hornhardt's Etablissement* zu legen, und Anni war oben im Kinderzimmer und stillte die kleine Flo. Louise wiederum hatte kein Interesse gezeigt, mit dem Personal zu reden, und zu dem Thema nur gesagt, man könne die Fischteiche in der Lüneburger Heide verkaufen.

Auf Vickis Entgegnung, das sei nicht möglich, am besten wäre es, sich von dem gesamten Anwesen zu trennen, hatte sie voller Empörung gerufen: »*Chéri*, sie will dir dein Haus nehmen!« Und hinzugefügt, das käme überhaupt nicht infrage, nur über ihre Leiche.

»Die Gnädige will noch einen Earl Grey auf ihr Zimmer.« Jakub trat in diesem Augenblick dazu.

»Der Tee kann warten«, sagte Vicki. »Bitte holen Sie Dariusz, ich vermute, er ist hinten im Garten.«

»Sofort, Fräulein Vicki.«

Jakub entfernte sich.

Martha blickte ungeduldig zur Uhr über der Küchenhexe.

Jakub kehrte zurück. »Dariusz wird gleich da sein, Fräulein Vicki, er wechselt nur rasch die Schuhe, weil er bis eben im Gewächshaus gearbeitet hat.«

»Ist recht.«

Gemeinsam am Tisch sitzend, warteten sie.

Dann pochte es an der Tür.

Vicki wunderte sich, dass Dariusz anklopfte. »Kommen Sie schon herein!«, rief sie. »Setzen Sie sich zu den anderen.«

Die Tür öffnete sich.

Ein Mann stand da, rotblond, mittelgroß, gutgekleidet. Er lächelte und hob die Hand zum Gruß.

Hannes!, schoss es Vicki durch den Kopf … Hannes? Nein, das konnte nicht sein. Der war tot. Seit sieben Jahren hatte er kein Lebenszeichen von sich gegeben. Und doch: Ein Zweifel schien ausgeschlossen. Er war es. Wenn auch gereifter und ernster. Und irgendwie fremd.

»Martha«, hörte Vicki sich sagen, »Sie können jetzt nach Hause gehen.«

Die Köchin protestierte: »Aber eben wollten Sie doch noch mit uns re…«

»Gehen Sie bitte! Das gilt auch für Sie, Jakub. Ich brauche Sie und Dariusz heute nicht mehr.«

Schweigend standen beide auf und schoben sich durch die Tür an dem Fremden vorbei, nicht ohne einen neugierigen Blick auf ihn zu werfen.

Hannes trat näher und blieb vor Vicki stehen. »Ich bin hier hereingeplatzt, weil am Haupteingang niemand aufgemacht hat«, sagte er leise.

»Es hat sich manches verändert.« Vicki musterte ihn. In seinem Gesicht war etwas, das sie nicht kannte, etwas, das früher nicht da gewesen war. Was hatte das Schicksal ihm in all den Jahren beschieden? Glück und Erfolg? Oder Härte und Leid? Er stand zwei Schritte von ihr entfernt, zum Greifen nah und doch so fern. Hinter sich die Küchenhexe mit der Uhr an der Wand, daneben hingen Töpfe, Tiegel und Topflappen. Ein Wiedersehen mit ihm hatte sie sich anders vorgestellt – am Anfang, als sie noch daran geglaubt hatte. Romantischer, zärtlicher, bei Musik und Kerzenschein in einem

Separee und nicht in Marthas Küche, in der es nach Kohlrouladen roch.

»Darf ich mich setzen?«

»Ja, äh, natürlich.« Vicki kam in die Wirklichkeit zurück. »Verzeih, ich weiß gar nicht, was ich dir anbieten kann.« Ihr Blick ging suchend über die Regale und Borde und blieb auf einem Glas mit Rollmöpsen haften. Sie stand auf und holte es. »Ich fürchte, etwas anderes habe ich auf die Schnelle nicht. Vielleicht noch etwas Brot und Butter ...«

»Nicht nötig.« Hannes nahm den Deckel vom Glas und nahm sich einen Rollmops heraus. Er biss hinein, verzog das Gesicht und lächelte. Für einen kurzen Augenblick war es das jungenhafte Lächeln, das Vicki von früher kannte – und das sie so geliebt hatte. Sie setzte sich zu ihm.

Er aß den Rollmops mit gutem Appetit auf. »Köstlich! Da, wo ich herkomme, gab es manchmal nur Heuschreckenlarven.«

»Heuschreckenlarven? Du scherzt.«

»Sie sind gar nicht so schlecht, wenn man Hunger hat.«

»Und wo hast du diese ... Viecher essen müssen?«

»In Afrika.«

»In Afrika?«

»Ja, es ist eine lange Geschichte.«

Vicki spürte, dass er nicht gern darüber reden wollte, und beließ es dabei.

»Erinnerst du dich noch an unseren ersten Abend bei Mutter Ohlof? Auch damals aßen wir Rollmöpse.«

»Ja, und Soleier.«

Er nahm ihre Hand. »Ich wohne übrigens seit heute wieder bei ihr.«

»Und wie lange bleibst du?«

»Solange du willst.« Er sah ihr in die Augen. »Ich habe von Mutter Ohlof gehört, dass dein Vater vor einiger Zeit gestorben ist. Das tut mir sehr leid.«

»Danke.«

»Ich vermute, dass es seitdem schwierig ist, dieses Haus zu

unterhalten, und ich könnte mir denken, dass die Hauptlast auf deinen Schultern liegt. Solltest du jemanden brauchen, der dir zur Seite steht und der dich beschützt, dann …« Er ließ den Satz unvollendet.

»Ich komme schon zurecht.« Vicki entzog ihm ihre Hand. Gern hätte sie über ihre Situation gesprochen, aber sie konnte es nicht. Es ging alles zu schnell. Sie kannte nur den Hannes, wie er früher war. Den neuen kannte sie nicht. Sie war noch nicht so weit, ihm ihr Herz auszuschütten.

»Wie geht es Benno? Du erzähltest mir damals, er wäre ein ziemlicher Luftikus, aber Mutter Ohlof sagte, er hätte in der Zwischenzeit geheiratet.«

»Ja, das hat er. Er und Anni haben eine kleine Tochter. Sie wollen noch in diesem Monat nach Amerika auswandern. Benno will dort als Kunstmaler arbeiten.«

»Als Kunstmaler?« Hannes, der im Begriff war, sich einen zweiten Rollmops zu nehmen, hielt inne. »Glaubt er etwa, damit eine Familie ernähren zu können?«

Vicki seufzte. Hannes sprach aus, was sie vom ersten Moment an bezweifelt hatte. »Er lässt sich nicht davon abbringen und hat schon Fahrkarten für die Passage. Ich kann nur hoffen, dass alles gutgeht – und dass er mal schreibt.«

Hannes nickte.

»Wo ich gerade davon rede: Ich habe dir mehrere Briefe geschickt, adressiert an die Adresse von Mutter Ohlofs Kneipe, aber sie sind nicht angekommen, wahrscheinlich, weil wegen der Cholera hier alles drüber und drunter ging. Du jedenfalls hast mir nie geschrieben.«

»Wie bitte?« Er blickte fassungslos. »Dutzende Male habe ich dir geschrieben. Immer wieder, obwohl ich nie eine Antwort erhielt. Irgendwann, nach drei oder vier Jahren, habe ich es dann aufgegeben. Ich dachte, du hättest einen anderen, seist vielleicht verheiratet, und dein Mann würde eine Korrespondenz nicht dulden.«

»Ich habe nie einen Brief von dir bekommen.«

»Das kann nicht sein.«

»Es ist aber so.«

Hannes merkte, dass sich der Ton zwischen ihnen verhärtete, und sagte versöhnlich: »Sie müssen unterwegs verloren gegangen sein. Anders kann ich es mir nicht erklären.«

»Verloren gegangen? So viele Briefe?« Es fiel Vicki schwer, das zu glauben. Sie hätte es gern getan, aber es gelang ihr nicht. Auch sie hatte sich verändert. Sie war älter geworden, erfahrener. Und auch misstrauischer. Zwischen ihr und Hannes würde es nie wieder so werden wie früher – vorausgesetzt, sie kamen überhaupt wieder zusammen. Sieben Jahre Trennung waren eine viel zu lange Zeit.

»Bitte, Vicki, glaube mir. Es gab diese Briefe. Ich schwöre, ich habe sie mit eigener Hand geschrieben und mit dem Postdampfer nach Deutschland geschickt. Jeden einzelnen!«

»Beruhige dich.« Sie strich ihm mit der Hand über die Wange. Und spürte einen Teil der alten Glut. Doch sie wehrte sich dagegen. Wer sagte denn, dass er sie überhaupt noch liebte?

»Ich möchte, dass wir uns recht bald wiedersehen, Vicki.« Er sah sie an, und seine Augen waren eine einzige Bitte.

Vicki schüttelte den Kopf. »Ich brauche noch etwas Zeit«, flüsterte sie.

»Natürlich.« Er erhob sich. Die Enttäuschung stand ihm ins Gesicht geschrieben. »Du weißt, wo du mich findest. Jedenfalls für die nächsten paar Tage.«

»Ja, ich weiß.«

Er ging zur Tür und drehte sich noch einmal um. »Ich warte auf dich.«

Tief in Gedanken blieb Vicki sitzen. Hatte sie sich richtig verhalten? Hätte sie ihn zum Abschied küssen sollen, um ihm Hoffnung zu machen? Vielleicht. Sie war sich selbst nicht sicher, was sie wollte. Sie stand auf und räumte das Glas mit den Rollmöpsen weg. Morgen früh würde Martha wieder zum Dienst erscheinen, ebenso Jakub. Letzterer hatte vorhin doch irgendetwas gewollt? Ach ja, er hatte noch einen Earl Grey servieren wollen …

Vicki beschloss, den Tee aufzugießen und ihn selbst nach oben zu tragen. Bei der Gelegenheit konnte sie gleich nach der Mutter sehen.

Kurze Zeit später klopfte sie an die Tür des Ankleidezimmers, das Louise zum Malen und als Rückzugsort diente. »Mutter, bist du da?«

»Komm herein, *Chéri.*«

Vicki trat ein und stellte das Tablett ab.

»Ach, du bist es, Vicki.«

»Ja, ich bin's.«

»Wieso bringt Jakub mir den Tee nicht?« Louise tauchte den Pinsel ins Malwasser und blickte vorwurfsvoll. Immerhin schien sie einen ihrer lichteren Momente zu haben.

»Ich habe Jakub freigegeben. Es war Besuch da.«

»Besuch?«

»Ja.« Vicki hätte sich im gleichen Moment auf die Zunge beißen können. Dass Hannes da gewesen war, brauchte die Mutter, die ihn nie akzeptiert hatte, nicht zu wissen. Doch es war schon zu spät.

»Besuch? Wer?«

»Hannes.«

»Welcher Hannes?« Louise blickte streng.

»Doktor Johannes Dreyer, wenn du es genau wissen willst.«

»Aus Afrika?«

»Genau.«

»Er ist kein Umgang für dich.«

»Das lass nur meine Sorge sein.«

Louise trank einen Schluck Tee und mischte einen neuen Farbton für ihr Aquarell an. Die ineinander zerfließenden Konturen zeigten eine korpulente Gestalt, in deren Hand irgendein Gegenstand aufblitzte. Nur mit viel Fantasie ließ sich erkennen, dass es sich um zur Haiden handelte. »Vater würde sich im Grabe umdrehen, wenn er davon wüsste.«

»Gute Nacht, Mutter.« Vicki nahm das Tablett und verließ das Zimmer.

Später im Bett kreisten ihre Gedanken unablässig um die Geschehnisse des Abends. Hannes war zurück. Ihr Hannes, nach dem sie sich jahrelang vergebens gesehnt hatte. Liebte er sie noch? Liebte sie ihn noch? Es war alles so verwirrend. Was hatte er die ganze Zeit gemacht? Wie war es ihm ergangen? Er hatte manchmal Heuschreckenlarven essen müssen. Aber nicht weiter darüber reden mögen. Nie im Leben wäre sie darauf gekommen, dass er in Afrika war. Und niemand hatte es gewusst.

Niemand?

Die Mutter hatte gefragt, ob er aus Afrika zurück sei. Irgendwer musste ihr gesagt haben, wo er sich aufgehalten hatte. Oder irgendetwas …

Ein ungeheurer Verdacht stieg in Vicki auf.

Sie sprang aus dem Bett, kleidete sich an und huschte geräuschlos über den Flur zum Ankleidezimmer. Der Spalt unter der Tür zeigte kein Licht mehr. Die Mutter war also im Schlafzimmer und schon zu Bett gegangen. Vicki trat ein und schaltete das Oberlicht an. Vorsichtig öffnete sie Schränke und Schubladen, und schließlich, im unteren Fach der Frisierkommode, fand sie, was sie suchte. Da lagen sie. Mehrere Stapel Briefe. Ein kleiner Stapel mit sauberen, immer noch zart nach Parfum duftenden Umschlägen, die an Herrn Dr. Johannes Dreyer adressiert waren, und viele andere mit fremdartigen Marken, große und kleine, geknickt und zerknittert, gerichtet an Fräulein Viktoria zur Haiden. Doch alle, ohne Ausnahme, geöffnet.

Mit zitternden Händen suchte Vicki den ältesten Brief von Hannes heraus und begann zu lesen. Er schrieb, dass er auf Umwegen über ihre Cholera-Erkrankung und den anschließenden Erholungsurlaub auf Norderney erfahren habe und sich schreckliche Sorgen mache. Am schlimmsten bei alledem aber sei die Ohnmacht, ihr nicht helfen zu können. Hinzu käme seine aussichtslose Situation. Nach ihrer letzten, unbeschreiblich schönen Nacht sei er fest entschlossen gewesen, sie zu heiraten. Doch wovon hätte er eine Familie ernähren sollen? Eine Anstellung in einer der Hamburger Krankenanstalten sei nach der Entlassung durch ihren Vater illusorisch und das Eröffnen einer eigenen Praxis aus finanziellen Gründen nicht möglich gewesen. In dieser verzweifelten Situation habe er keine andere Möglichkeit gesehen, als sich zur Kolonialtruppe nach Deutsch-Südwest zu melden und dort als Arzt einige Jahre zu dienen, um dann finanziell abgesichert zurückzukehren …

Im zweiten und dritten Brief schilderte er seine Ankunft in der Walfischbucht und den Transport zu seiner Einheit. Immer wieder betonte er, wie sehr sie ihm fehle. Er bat sie inständig, auf ihn zu warten. Alles würde gut werden. Sie sei seine einzige große Liebe. Die Aussicht auf das erstrebte Ziel gebe ihm die Kraft durchzuhalten, auch in den schweren Stunden, wenn Tote zu beklagen und Verwundete zu versorgen seien, wenn die Sinnlosigkeit des Krieges alles überschattete …

Vicki las Stunde um Stunde und war zu Tränen gerührt. Jede einzelne Zeile war ein Zeugnis seiner Leidenschaft, seiner Sehnsucht, seiner Einsamkeit. Wie sehr musste sie ihn verletzt haben, als sie behauptete, er habe ihr keine Briefe geschickt! Und wie groß war der Vertrauensbruch ihrer Mutter, die Briefe abzufangen, sie zu unterschlagen und obendrein noch zu lesen! Nicht nur die von Hannes, auch ihre eigenen!

Doch es würde sinnlos sein, die verwirrte Frau zur Rede zu stellen. Etwas anderes war jetzt wichtiger. Vicki nahm alle Briefe, drückte sie an sich und trug sie hinüber in ihr Zimmer, um sie dort sicher zu verwahren. Sie zog sich einen Mantel über und war fertig. Sie wollte zu ihm gehen. Sofort. So wie damals, als sie Friedas Tracht angelegt und sich heimlich aus dem Haus gestohlen hatte.

Sie trat vor die Tür. Ein eisiger Ostwind fegte durch die Große Elbstraße und schlug ihr entgegen. Es war Nacht, und es war dunkel.

Doch nichts konnte sie aufhalten.

KAPITEL 36

In den Fenstern von *Ohlof's Wirthschaft & Frühstücks-Lokal* schimmerte mattes Licht, als Vicki gegen Mitternacht ihr Ziel erreichte. Sie blickte durch eine der blinden Scheiben und sah, dass sich kein Gast mehr im Schankraum befand. Nur Mutter Ohlof war noch da. Sie hatte sämtliche Stühle auf die Tische gestellt und wischte den Boden. Vicki tippte ein paarmal gegen die Scheibe.

»Wer ist da?« Mutter Ohlof blickte misstrauisch.

»Ich bin's, Vicki.«

Die alte Wirtin öffnete, ließ Vicki ein und schloss hinter ihr gleich wieder ab. »Ich hab geahnt, dass Sie kommen. Er ist oben«, sagte sie.

»Darf ich?«

»Natürlich … Frau Doktor.« Mutter Ohlof schmunzelte vielsagend.

Vicki eilte die Stiege empor und klopfte.

»Ja, bitte?« Hannes' Stimme klang müde.

Vicki betrat die Kammer. Die spartanische Einrichtung sah noch genauso aus wie früher. Nur ein paar mächtige Koffer standen in der Ecke neben dem Schrank. Hannes lag im Bett, das *Hamburger Echo* vor der Nase, und starrte sie ungläubig an. »Du?«

»Ja, ich.«

»Das ist aber eine Überraschung.«

»Ich habe etwas für dich.« Sie hielt ihm ein Kuvert entgegen.

»Was ist das?«

»Einer der Briefe, die ich dir damals geschrieben habe. Meine Mutter hat ihn abgefangen und gelesen – so wie alle deine Briefe auch.«

»Deine Mutter war es also?«

»Ja, sie war es. Seit Vaters Tod ist sie nicht mehr ganz bei sich, aber als deine Briefe kamen, war sie noch klar im Kopf. Nie hätte ich gedacht, dass sie so etwas fertigbringt.« Vicki machte eine hilflose Geste und fügte hinzu: »Ich habe es erst heute Abend herausgefunden, nachdem du gegangen warst. Es tut mir so leid, dass ich Zweifel an deinen Worten hatte.«

»Schon vergessen.« Er legte die Zeitung beiseite, drehte den Docht der Petroleumlampe etwas höher und las den Brief. Und je länger er las, desto mehr veränderte sich sein Gesicht. Erst war es angespannt, dann breitete sich ein Lächeln darin aus, und am Schluss wirkte es fast glücklich – ganz so wie früher. »Wenn man's genau nimmt, stehen hier dieselben Dinge drin wie in meinen Briefen.«

»Das habe ich auch bemerkt.«

»Bist du deshalb gekommen?«

»Ja.«

Eine Weile schwiegen sie und blickten sich an. »Willst du den Mantel nicht ausziehen?«, fragte er.

»Doch, ja.« Vicki legte den Mantel ab und setzte sich auf den Bettrand.

»Komm ruhig ein bisschen näher, ich beiße nicht.«

Sie rückte näher.

Er nahm ihre Hand. Wieder blickten sie sich an. Und dann, plötzlich, mussten beide lachen. Der Bann war gebrochen. Hannes zog sie zu sich hinunter und küsste sie zärtlich auf den Mund. »Ich bin so froh, dass du da bist.«

»Ich bin so froh, dass es dich gibt.«

Er hob die Bettdecke, und sie schlüpfte an seine Seite. Vollständig bekleidet, bis auf den Mantel. »Du musst mir alles, was du erlebt hast, erzählen, haarklein, hörst du? Ich will alles wissen.«

Er lachte. »Dafür würde ich Stunden brauchen.«

»Das ist mir egal. Fang an.« Sie kuschelte sich in seine Armbeuge und lauschte.

»Also gut.« Hannes blickte zur Uhr. »Wir haben jetzt fünfzehn Minuten nach Mitternacht. In Deutsch-Südwest ist es genauso spät, weil es keine Zeitverschiebung gibt. Wenn ich geblieben wäre, säße ich jetzt vielleicht mit einigen Offizierskameraden vor dem Zelt und würde im Schein des Lagerfeuers ein Holsten aus der Flasche trinken.«

»Ein Holsten-Bier in Afrika?« Vicki kicherte. »Wirklich?«

»Es wird mit den Dampfern der *Woermann-Linie* bis nach Swakopmund gebracht. Von dort verteilt man es über ganz Deutsch-Südwest. Der Soldat ist sehr erfinderisch, wenn es darum geht, an ein Bier zu kommen.«

»Gut, ihr sitzt also am Lagerfeuer und trinkt Hamburger Bier. Über was redet ihr?«

»Über das, worüber alle Soldaten reden: den Krieg, die Frauen und die Heimat. Neben mir sitzt unser Kompaniechef Hauptmann von Lothar, rechts davon die Leutnants Gerswald und Dosse, links der Büchsenmacher Klietz-Rathenow und der Chirurg Hösemann. Wir rücken enger ans Feuer, denn in der Wüste kann es nachts sehr kalt werden. Die Zikaden zirpen, in der Ferne heult eine Hyäne, der Himmel ist sternenklar.«

»Das hört sich sehr romantisch an. Wie könnte es weitergehen?«

»Sehr unromantisch. Mein Freund Hösemann, Stabsarzt wie ich, steht nach einiger Zeit auf und geht hinüber zum Lazarettzelt, um nach den Verwundeten zu sehen. Tagsüber hat es wieder ein Gefecht mit den aufständischen Mbanderu gegeben. Mehrere unserer Männer sind verletzt, einer davon schwer. Wir hoffen, dass er vom Wundfieber verschont bleibt. Die Mbanderu sind stolz und kriegerisch. Sie gehören zu den Herero und leben von der Rinderzucht. Seit Jahren wehren sie sich gegen die Siedlungspolitik des Reiches.«

Hannes hielt inne und sagte nachdenklich: »Ich zähle zu den

wenigen, die das gut verstehen können. Sie waren schließlich vor uns da.«

»Die Deutschen müssen ihnen wie Eindringlinge vorkommen!«

»Viele von ihnen liegen nach einem Schusswechsel verletzt am Boden, unfähig zu fliehen. Der Sanitäts-Unteroffizier Oestrich und ich versorgen sie, so gut es geht. Einige wollen wir zu Hösemann ins Lazarettzelt bringen, aber wie so oft muss das Lager plötzlich abgebrochen werden. Neue Unruhen an anderer Stelle. Marschbefehl von oben.«

»Hat sich das wirklich so zugetragen?«

»So oder ähnlich kam es vor.«

»Das heißt, ihr habt die Verletzten einfach liegen lassen?«

»Uns blieb nichts anderes übrig. Wir konnten nur hoffen, dass sie von ihren Leuten gerettet wurden, sonst wären sie verdurstet oder den Raubtieren zum Opfer gefallen. Die Romantik am Lagerfeuer und die Schönheit Afrikas sind nur die eine Seite der Medaille – die andere besteht aus Machtanspruch und Grausamkeit. Immer wieder flackerten in den letzten Jahren die Kämpfe gegen die einheimischen Stämme auf. Oftmals war es ein blutiges Gemetzel, ohne Gnade, hüben wie drüben. Und manchmal hatten wir kaum etwas zu beißen. Aber in der Not frisst der Teufel Fliegen.« Hannes machte eine Pause und lächelte freudlos. »Oder er röstet sich Heuschreckenlarven. Sie schmecken übrigens gar nicht so schlecht, ein wenig nach Nuss. Die Schwarzen sagen, sie seien sehr gesund.«

Vicki strich Hannes sanft über die Wange. »Es muss schwer für dich gewesen sein. Erinnerst du dich noch, was du am ersten Tag zu mir gesagt hast, als ich dich fragte, ob du gedient hättest? Du sagtest, du seist kein großer Krieger.«

Er seufzte. »Ich wollte nie ein Krieger sein, immer nur ein Heiler. Viel zu wenige Leben habe ich retten können. Am blutigsten war das Gefecht am Hornkranz im Jahre 93, nach dem die Nama und Witbooi sich in die Naukluftberge zurückgezogen hatten. Unser Befehlshaber, Major Leutwein, schloss im

Jahr darauf einen Schutzvertrag mit den Witbooi ab und wies ihnen ein Reservat zu, doch immer wieder gab es neue Auseinandersetzungen, denn die Siedler nahmen den Schwarzen ihr Land unter fadenscheinigen Gründen weg.«

»Das ist unerhört.«

»Aber es ist geschehen. Und es geschieht immer wieder. 95 und 96 erhoben sich die Ostherero und die Kauas und wurden besiegt, später die Swartbooi. Am schlimmsten war für mich die Niederwerfung eines Aufstandes der Mbanderu mit Hilfe der Herero. Die Schutztruppe ließ es in diesem Fall zu, dass Schwarze gegen Schwarze kämpften, um die Interessen des Reiches wahrzunehmen. Sie stellte damit ihren eigentlichen Sinn auf den Kopf. Das war im Jahre 96. Major Leutwein wurde dafür sogar zum Gouverneur von Deutsch-Südwest ernannt.«

»Davon haben wir hier kaum etwas mitgekriegt.«

»Umgekehrt war es ähnlich. In der Wüste ist man ganz auf sich allein gestellt, von aller Welt verlassen. Nur in Windhuk, Swakopmund und Lüderitz gibt es Zeitungen aus der Heimat, und die sind meistens Wochen oder Monate alt.«

»Dann hast du vielleicht gar nicht gelesen, dass der Kaiser und die Kaiserin im letzten Jahr eine Palästinareise gemacht haben? Es soll ein Ereignis gewesen sein, über das ganz Europa gesprochen hat.«

»Doch, doch. Über das, was Seine Majestät unternimmt, waren wir immer recht gut informiert. Ich weiß, dass er mit der Jacht *Hohenzollern* im Oktober von Konstantinopel nach Haifa fuhr und von dort weiter nach Jerusalem reiste, wo er die Erlöserkirche einweihte. Es hieß, er wolle das Christentum im Morgenland stärken. Wenn man bedenkt, dass zur gleichen Zeit in Deutsch-Südwest das Christentum gestärkt wurde, indem man die Schwarzen in Reservate einsperrte, ist das der reine Hohn.«

Daraufhin schwieg Vicki. Hannes dachte schon, sie sei eingeschlafen, da sagte sie leise: »Du bist sehr verbittert. Lass uns von etwas anderem reden.«

Er zog sie an sich, spürte ihren warmen, festen Körper und wünschte sich mehr, viel mehr, so wie er es in unzähligen einsamen Stunden ersehnt hatte, doch er fürchtete, ihre neu aufblühende Liebe im Keim zu ersticken. Deshalb sagte er nur: »Ja, erzähle mir von dir. Aber wenigstens weißt du nun, warum ich zurückgekehrt bin. Ziemlich desillusioniert, doch mit einer Belobigung für meine Verdienste durch den Kaiser.«

»Durch den Kaiser?«

»Ja, vielleicht hilft sie mir, hier eine neue Existenz aufzubauen.«

»Kaiser Wilhelm war erst vor zwei Monaten in Hamburg, als das Linienschiff *Kaiser Karl der Große* bei *Blohm & Voss* vom Stapel lief. In der Zeitung stand, er hätte persönlich die Taufrede gehalten und ›*Bitter not ist uns eine starke deutsche Flotte!*‹ ausgerufen. Und Bürgermeister Mönckeberg hat eine Champagnerflasche gegen den Bug geschleudert. Es war eine Veranstaltung, über die in Hamburg tagelang mit Stolz geredet wurde. Besonders in den Gegenden, wo die Werftarbeiter wohnen.«

»Auch im Gängeviertel?«

»Ich denke, ja.«

»Wie sieht es heute da aus? Ich bin noch nicht dazu gekommen, mich richtig umzusehen.«

»Oh, in der Zwischenzeit ist viel passiert. Das Viertel wurde zum großen Teil abgerissen, und die Kanalisation wurde erweitert. Ich glaube nicht, dass dort jemals wieder die Cholera ausbricht.«

»Gott sei Dank. Aber auch wieder schade.« Hannes küsste sie auf die Nasenspitze. »Dann werden wir nie wieder Gelegenheit haben, den *Vibrio cholerae* zu bekämpfen.«

Vicki sah ihn an. »Wir könnten andere Dinge gemeinsam machen.«

»Und die wären?« Er küsste sie wieder.

»Wir könnten einen Ausflug nach Kaltehofe machen und das moderne Filtrierwerk besichtigen.«

»Wie langweilig. Ist das dein Ernst?«

»Warum nicht?« Vicki lachte. »Aber ich wollte ja von mir erzählen. Also: Nachdem du fort warst, haben meine Eltern versucht, aus mir eine brave Bürgerstochter zu machen und mich mit einem arroganten Lüstling zu verheiraten. Aber es gelang ihnen nicht, weil ich die Verlobung platzen ließ. Es hat einen Riesenwirbel gegeben, sowohl in der Gesellschaft als auch bei uns zu Hause. Doch ich blieb fest. Ich wollte ihn nicht.«

»Wer ist der Kerl?«

»Du kennst ihn nicht. Er ist es auch nicht wert, dass man ihn kennt. Ich werde dir später einmal alles genau erzählen. Jedenfalls wurde ich kurz darauf eine Erika-Schwester.«

»Eine Erika-Schwester? Du? Donnerwetter, das war aber mutig.«

»Ja. Wie mutig, das habe ich in den nächsten Jahren immer wieder zu spüren bekommen. Weil Vater, der damit natürlich nicht einverstanden war, mich wie Luft behandelte, und weil der Dienst wirklich hart ist. Aber die Arbeit macht große Freude. Wir Schwestern sind eine eingeschworene Gemeinschaft, und unsere Oberin, Hedwig von Schlichting, geht für uns durchs Feuer.«

»Hedwig von Schlichting? Ist sie nicht die Tochter eines Generals?«

»Das ist sie. Und das merkt man. Sie ist sehr resolut, was immer wieder zu Differenzen mit Direktor Rumpf führt.«

»An ihn erinnere ich mich gut. Er war gerade erst im Amt, als dein Vater dafür sorgte, dass ich das Krankenhaus verlassen musste.«

»Ja, das war sicher schrecklich für dich. Aber es hatte auch sein Gutes.« Vickis Stimme wurde weich. »Wir hätten uns sonst nie kennengelernt.«

»Da hast du recht.« Hannes blickte Vicki an und sprach feierlich: »Für dich würde ich mich jederzeit wieder hinauswerfen lassen.«

»Soll das eine Liebeserklärung sein?«

»Ja, bei Gott, das soll es! Wie oft habe ich in den letzten Jahren überlegt, was ich dir sagen werde, falls wir uns wiedersehen, die schönsten Sätze, die klügsten Gedanken, und nun klang es so schrecklich profan.«

»Es klang sehr schön.« Vicki schmiegte sich an ihn. »Ich möchte es immer wieder hören. Aber vorher muss ich noch weiter berichten, denn es gibt Dinge, die mir auf der Seele brennen.«

»Ja, meine Liebste.«

»Ich war bei Direktor Rumpf stehen geblieben. Er ist ein guter Direktor der Anstalt, auch wenn die Oberin und er wie Katze und Maus sind. Unter seiner Leitung hat das Krankenhaus einen hervorragenden Ruf erworben. Vor fünf Jahren hat er ein Heilserum zur Behandlung der Diphterie eingeführt. Und im Kampf gegen den Typhus war er auch sehr erfolgreich. Im Jahr 96 hat er dafür gesorgt, dass die Anstalt eine moderne Röntgenabteilung erhielt. Und wieder ein Jahr später gehörte er zu den Honoratioren, die zur Einweihung des neuen Rathauses eingeladen wurden. Eine große Ehre. Trotzdem mehren sich die Stimmen, die behaupten, er fühle sich nicht mehr wohl in Eppendorf und schuld daran sei die Oberin. Man munkelt, sie würde uns in absehbarer Zeit verlassen, da ihr streitbares Wesen auch einigen Persönlichkeiten in der Hamburger Bürgerschaft ein Dorn im Auge sei. Dann müsste für sie eine Nachfolgerin gesucht werden, und womöglich wird man sich an mich wenden. Ich weiß noch nicht, ob ich annehmen soll. Mutter und das große Haus beanspruchen mich viel zu sehr. Wahrscheinlich werde ich das Anwesen im nächsten Jahr verkaufen müssen. Benno ist dann ja auch nicht mehr da.«

»War es das, was dir auf der Seele brennt?«

»Ja, ich muss ständig daran denken. Wenn ich mir vorstelle, dass dieses Haus irgendwann nicht mehr im Besitz unserer Familie sein sollte, wird mir ganz schlecht. Ach, ich stehe ganz allein da.«

»Das tust du nicht.« Hannes nahm ihre Hand in die seine und sagte ruhig: »Ab heute wird alles einfacher für dich werden, denn ich bin an deiner Seite. Und ich werde nie wieder gehen.«

»Oh, wirklich …? Sag das noch mal.«

»Ich werde nie wieder gehen. Wir beide gehören für immer zusammen.«

Vicki kamen die Tränen.

»Weine nicht, meine Liebste, alles wird gut werden.«

Aber Vicki weinte weiter. Es waren Tränen der Erleichterung und des Glücks. Sie hatte das Gefühl, als würden Zentnerlasten von ihr abfallen. Alles schien plötzlich so leicht und einfach.

Hannes wiegte sie wie ein Kind in seinen Armen, küsste sie, streichelte sie, bis sie sich beruhigt hatte. Dann flüsterte er: »Ich habe mir viele Gedanken gemacht, wie es mit dir und dem Haus weitergehen könnte – und mit uns. Wir müssen alles genau besprechen …« Er hielt inne, denn ihre Atemzüge waren plötzlich ganz ruhig geworden. »Schläfst du, meine Liebste?«

Vicki war tatsächlich eingeschlummert.

Hannes löschte die Lampe und sprach leise weiter, denn er musste sich die Dinge von der Seele reden: »Mutter Ohlof hat dich schon damals zu meiner ›Frau Doktor‹ gemacht, erinnerst du dich? Jetzt sollst du so bald wie möglich eine richtige Doktorsfrau werden. Ich möchte, dass wir heiraten. Kannst du dir das vorstellen? Als Erika-Schwester müsstest du allerdings deine Arbeit im Krankenhaus aufgeben. Würdest du das? Es wäre der Preis für unser Glück. Was hieltest du davon, wenn wir uns im Frühjahr trauen ließen, nachdem ich meine Approbation bekommen habe? Ich bin sicher, dass ich sie erhalte. Einem Arzt, der sich um das Vaterland verdient gemacht hat, wird man sie nicht verwehren. Ich werde, wenn du einverstanden bist, meine Praxis hier in diesem Haus einrichten, zusammen mit der besten Assistentin, die ich mir denken kann: mit dir …«

Hannes hing diesem verlockenden Gedanken eine Weile

nach und sprach dann weiter: »Ich würde am liebsten morgen schon mit meinen Koffern bei dir einziehen, aber es wäre wohl nicht schicklich. Du könntest Schwierigkeiten im Krankenhaus oder in der Nachbarschaft bekommen. Oder mit deiner Mutter. Ich werde versuchen, mit ihr zu reden; sie darf unserem Glück nicht im Wege stehen. Vielleicht kann ich ihr sogar helfen und ihren Geisteszustand etwas verbessern. Bis dahin werde ich bei Mutter Ohlof logieren. Es wird mir schwerfallen, noch so lange zu warten, bis du endlich meine Frau bist, aber ich habe mich so lange geduldet, da kommt es auf drei oder vier Monate auch nicht mehr an.

Das alles und noch viel mehr wollte ich dir sagen, meine Liebste. Du hast es nicht mitbekommen, aber es hörte sich gut und richtig an, und deshalb wird es auch so eintreten. Gute Nacht, meine Liebste, gute Nacht …«

Er hauchte ihr einen Kuss auf die Lippen und sank zurück in die Kissen.

Mit einem Lächeln auf dem Gesicht schlief er ein.

Der zweiundzwanzigste Dezember war ein klirrend kalter Tag. Es war trocken und windig, im Hamburger Hafen kletterte das Thermometer nicht über minus 8 Grad. Vicki und Hannes standen, in dicke Wintermäntel gehüllt, am Ende des Amerikakais und blickten auf die turmhohe Bordwand der *Auguste Victoria,* eines Schnelldampfers, der über Southampton nach New York laufen sollte. Kurz zuvor hatten sie sich von Benno, Anni und der kleinen Flo verabschiedet, ein Lebewohl, das bei den Frauen nicht ohne Tränen abgegangen war. »Ihr seid spät dran, wir dachten schon, ihr kommt nicht mehr«, hatte Hannes erleichtert ausgerufen.

»Ohne uns fahren sie nicht.« Benno hatte sein übliches Grinsen aufgesetzt und hinzugefügt: »Die Wichtigtuer von der Auswandererbehörde haben uns aufgehalten. Sie wollten uns nicht durchlassen, weil ich unsere Passkarten auf die Schnelle nicht finden konnte. Hatte nur die Schiffsfahrkarten und musste mir einen Vortrag anhören, dass Auswärtige eine vierzehntägige Quarantäne durchlaufen müssten, bevor sie ausreisen dürften. Anderenfalls wären sie nicht beförderungsfähig. Ich hab gesagt: ›Leute, guckt mal richtig in eure Unterlagen, da steht alles drin, was ihr wissen wollt.‹ Und während sie noch die Nasen in ihre Karteien steckten, ist Willi dazugekommen und hat ihnen ein paar Takte erzählt. Er hat sie gefragt, ob sie auf dem Mond leben, weil sie Benno zur Haiden, den besten Aktmaler von St. Pauli, nicht kennen. Das hat geholfen. Und natürlich unsere Passkarten. Die hatten sich auch wieder angefunden.«

Bei seinen letzten Worten hatte Benno auf Willi gezeigt, der etwas weiter entfernt mit den Mädchen vom *Glückskeller* stand. Auch Mandi vom *Siebenmeilenstiefel* und Krischan von *Hornhardt's Etablissement* waren gekommen. Sogar Mutter Ohlof hatte bei dem eisigen Wetter ihre Kneipe verlassen und sich auf den Weg zum Hafen gemacht.

Nun spähten Vicki und Hannes zur Gangway, die von den letzten Passagieren im Gänsemarsch erklommen wurde. Benno und die Seinen waren darunter. Sie drehten sich noch einmal um, grüßten und verschwanden im Bauch des Schiffes. Das Einzige, was von der jungen Familie noch übrig war, stand neben einigen anderen Gepäckstücken auf dem Kai: ein mannshoher schwarzer Koffer, stabil wie ein Schrank, geschützt von drei umlaufenden Stoßleisten. Er stellte ein Abschiedsgeschenk der Freunde vom Kiez dar, das sie Benno schon vor einer Woche in der *Hölle* übergeben hatten, damit er, wie Willi meinte, das Ding noch in Ruhe vollstopfen könne. Der Koffer barg nur das Nötigste, was die Auswanderer brauchten, einschließlich der in ihre Teile zerlegten Staffelei und einiger Skizzen – darunter jene, die Benno für das 360-Grad-Panorama seiner Heimatstadt angefertigt hatte.

Zwei Matrosen erschienen und wollten den schwarzen Koloss hochheben, doch sie mühten sich vergebens. Er war festgefroren. Erst kräftiges Rütteln löste ihn vom Boden. Zusammen mit den verbliebenen Gepäckstücken wuchteten sie ihn auf eine Palette. »Hiev op!« Mittels einer Talje schwebte der Koffer in die Höhe, erreichte das Deck und wurde von kräftigen Fäusten übernommen. Just in dem Moment, wo er verschwand, tauchten Benno und Anni mit der kleinen Flo an anderer Stelle wieder auf. Sie standen an der Bugreling und winkten lebhaft.

»Da sind sie!«, rief Vicki und winkte zurück. Hannes, Willi und die Leute vom Kiez taten es ihr nach.

»Gute Reise, gute Reise! Und immer eine Handbreit Wasser unter dem Kiel!«

Die Gangway wurde abgebaut und eingeholt.

Eine Blaskapelle, die unterdessen Aufstellung genommen hatte, begann zu spielen:

Muss i denn, muss i denn
zum Städtele hinaus, Städtele hinaus,
und du, mein Schatz, bleibst hier …

»Leinen los!«, ertönte das Kommando. Die Trossen an Bug und Heck der *Auguste Victoria* wurden eingeholt. Das Schiffshorn dröhnte drei Mal, während die quirlige Betriebsamkeit, die bis zu diesem Zeitpunkt auf dem Kai geherrscht hatte, langsam abnahm. Aus dem mittleren der drei Schornsteine stieg dicker Qualm.

Übers Jahr, übers Jahr
Wenn me Träubele schneid't, Träubele schneid't,
stell i hier mi wiedrum ein;
bin i dann, bin i dann
dein Schätzele noch, Schätzele noch,
so soll die Hochzeit sein …

»Schau nur, Liebster!«, rief Vicki und zeigte auf einen der beiden Schlepper, die das Schiff in die Strommitte der Norderelbe zogen. »Das ist der *Panther.*«

In der Tat war es Cords bulliger Dampfschlepper, der die *Auguste Victoria* auf dem Haken hatte. Er wühlte einen mächtigen Heckstrudel auf, während die Verbindungstrosse sich wie eine Geigensaite spannte. Die Tür zum Ruderhaus öffnete sich einen Spalt breit, ein Kopf mit Pfeife erschien, ein Arm winkte kurz. Dann ein zweiter und ein dritter Arm. Sie gehörten wohl Mutter Meike und Oma Lisbeth. Die Tür schloss sich wieder. Mehr Zeit blieb den Finkenwerdern nicht, um Anni und ihrer Familie Lebewohl zu sagen, denn das Manöver erforderte Cords volle Aufmerksamkeit. Dafür winkten Vicki und Hannes umso mehr. Ebenso taten es die Leute vom Kiez. Willi formte die Hände zu einem Trichter und rief: *»Hol di stief, Maler Klecksel!«* Mandi brüllte: *»Pass op dien Lüüd op!«* Und Krischan rief: *»Kiek mol wedder in!«*

Mutter Ohlof schniefte und schwenkte ein Spitzentaschentuch.

Während die *Auguste Victoria* langsam die Elbe hinunter Fahrt aufnahm, wurden die Gestalten am Bug kleiner und kleiner, bis sie nur noch ein Punkt in der Ferne waren. Vicki sah zu Hannes auf, in ihren Augen standen Trauer und Hoffnung zugleich. »Ich hasse Abschiede. Ich glaube, ich muss schon wieder heulen. Werden wir sie jemals wiedersehen?«

»Wir müssen einfach nur fest daran glauben.«

»Oh, ich wünsche mir so sehr, dass ihre Entscheidung richtig war! Sie haben nur zweihundert Mark, um drüben ein neues Leben zu beginnen.«

»Wenn sie es schaffen wollen, werden sie es schaffen.«

»Vielleicht hast du recht, Liebster. Es heißt, das kommende Jahrhundert gehöre Amerika.«

Hannes nickte und drückte sie zärtlich an sich. »Amerika – und uns.«

DIE WICHTIGSTEN PERSONEN DER HANDLUNG

Im Haus Grosse Elbstrasse 7

Professor Carl-Heinrich zur Haiden, Leitender Chirurg und Patriarch mit menschlichen Schwächen

Louise zur Haiden, seine Ehefrau, streut gern französische Brocken in die Unterhaltung, obwohl sie kein Französisch kann

Viktoria »Vicki« zur Haiden, beider Tochter, wird Erika-Schwester, weil sie nicht Medizin studieren darf

Benno zur Haiden, ihr Bruder, ein lebenslustiger Kunstmaler, der sich gern auf St. Pauli herumtreibt

Anni Janssen, eine Küchenmagd, die Benno den Kopf verdreht und ihn am Ende heiratet; Mutter der kleinen Florence

Frieda, eine Dienstmagd, die der Herrschaft treu ergeben ist und eine Schwäche für Benno hat

Martha, eine Köchin, die von launischer Natur ist

Im Neuen Allgemeinen Krankenhaus

Professor Theodor Rumpf*, Leiter der Anstalt, mit zur Haiden befreundet – und mit Hedwig von Schlichting verfeindet

Hedwig von Schlichting*, Oberin der Erika-Schwestern, eine Frau, die sich nicht die Butter vom Brot nehmen lässt

Professor Robert Koch*, Bakteriologe, kommt wegen der Cholera nach Hamburg und ist über die Zustände entsetzt

Elfriede, Oberschwester der Erika-Schwestern und Stellvertreterin Hedwig von Schlichtings

Georgia, eine Erika-Schwester, die in ihrer Haltung an ein Eichhörnchen erinnert und genauso emsig ist

Auguste, eine Erika-Schwester, die vom Kiez stammt und Ungerechtigkeiten hasst

Doktor Harel Salomon, ein Arzt, der Schwierigkeiten hat, weil er jüdischen Glaubens ist

Werner Puttfark, ein Krankenwärter, der ein mitfühlendes Herz hat und unter kalten Händen leidet

Finn Flögl, ein Gehilfswärter, der die Cholera überlebt und dank Puttfarks Hilfe nicht in der Gosse landet

Auf St. Pauli und in der Altstadt

Doktor Johannes »Hannes« Dreyer, ein junger Arzt, der Vicki liebt und mit ihr die Cholera bekämpft

Mutter Ohloff, die Wirtin von *Ohlof's Wirthschaft & Frühstücks-Lokal,* gibt Hannes Kost und Logis

Willi Höller, der Betreiber von *Höller's Hölle* und dem *Glückskeller,* rau, aber herzlich, ein Freund von Benno

Vira, eine »Losverkäuferin« im *Glückskeller,* Geliebte von Auguste

Klaas Bohm, ein Gewerkschaftsführer, der nicht immer mit legalen Mitteln kämpft und deshalb untertauchen muss

Amandus »Mandi« Schuh, der Betreiber vom *Siebenmeilenstiefel,* ein Freund von Benno

Christian »Krischan« Hornhardt*, der Betreiber von *Hornhardt's Etablissement,* ein Freund von Benno

Triefauge, ein schmieriger Halunke, der großes Unglück über die Familie zur Haiden bringt

Sonstige

Ernst-Otto Schädeba, ein arroganter Jurist, der Professor zur Haiden mit Triefauges Hilfe erpresst
Cord Janssen, Schlepperführer des *Panther*, Vater von Anni
Esther von Stolten, Tochter von Doktor Salomon und Mutter von Professor zur Haidens unehelichem Sohn Aron

Die mit einem * gekennzeichneten Personen haben tatsächlich gelebt.

DANK

Niemand ist allwissend, und Autoren machen da sicher keine Ausnahme. Umso dankbarer bin ich meiner Frau, weil sie mir auch diesmal wieder in bewährter Weise mit unerschütterlich guter Laune und großem Einsatz bei der Recherche half – und mich darüber hinaus sicher durch das juristische Paragrafengestrüpp im Kaiserreich Wilhems II. führte.

Außerdem geht mein Dank an Dirk Meynecke, meinen Agenten, der die Anregung gab, einen Familienroman zu schreiben, dessen Protagonisten im »Neuen Allgemeinen Krankenhaus« (dem heutigen Universitätsklinikum Hamburg-Eppendorf) arbeiten und leben.

Ferner an Reinhard Rohn, meinen Verleger, der die Idee guthieß und es möglich machte, dass Vicki, Hannes, Benno, Anni, Willi und all die anderen Figuren zum Leben erweckt werden konnten.

Sowie an Olli und Magda (sprich »Mauda«, denn Magda ist eine dänische Mopsdame). Beide haben mich regelmäßig daran erinnert, dass Gassigehen gesund ist und den Kopf wieder freimacht.

Und nicht zuletzt an die vielen hilfsbereiten Hamburger in Museen, Instituten und Bibliotheken, die mir zahlreiche Quellen erschlossen, sowie an die klugen Köpfe von Wikipedia.

Danke.

Wolf Serno, im Februar 2019

Helga Glaesener
Das Erbe der Päpstin
Historischer Roman
464 Seiten. Gebunden
ISBN 978-3-352-00928-0
Auch als E-Book erhältlich

Die Legende lebt

Die junge Freya wird Zeuge, wie ihre von dänischen Wikingern entführte Mutter ermordet wird. Anschließend flieht sie gen Süden, getrieben von der Sehnsucht nach ihrem Großvater Gerold. Bald findet sie heraus, dass Gerold inzwischen in Rom lebt, als Schutzherr des Papstes. Verkleidet schafft Freya es, im Jahr 858 in die Heilige Stadt zu gelangen. Doch dort muss sie mitansehen, wie Gerold während einer Prozession ermordet wird – und mit ihm der Papst, der in Wahrheit eine Frau ist: die kluge Heilerin Johanna. Freya beschließt, herauszufinden, wer hinter dem Mord an der Päpstin steckt, auch wenn sie damit übermächtige Feinde auf den Plan ruft.

Inspiriert vom Weltbestseller »Die Päpstin« erzählt Helga Glaesener eine große, sehr eigenständige Geschichte – wie das Mädchen Freya sich aufmacht, das Erbe Johannas zu verteidigen.

Regelmäßige Informationen erhalten Sie über unseren Newsletter. Jetzt anmelden unter: www.aufbau-verlag.de/newsletter

rütten & loening